D0614055

El cliente

Biblioteca

JOHN GRISHAM

El cliente

Traducción de
Enric Tremps

DEBOLS!LLO

Papel certificado por el Forest Stewardship Council®

MIXTO
Papel procedente de
fuentes responsables
FSC® C117695

Penguin
Random House
Grupo Editorial

Título original: *The Client*

Primera edición: octubre de 2014
Sexta reimpresión: junio de 2021

© 1993, John Grisham
© 2008, Penguin Random House Grupo Editorial, S. A. U.
Travessera de Gràcia, 47-49. 08021 Barcelona
© Enric Tremps Lladó, por la traducción, cedida por Editorial Planeta, S. A.
Diseño de la cubierta: Penguin Random House Grupo Editorial / Yolanda Artola
Fotografía de la cubierta: Arrow Books / © Getty Images

Printed in Spain – Impreso en España

ISBN: 978-84-8346-766-4
Depósito legal: B-35.909-2011

Compuesto en Anglofort, S. A.

Impreso en Prodigitalk, S. L.

P 86766 B

A Ty y Shea

1

Mark tenía once años y hacía dos que fumaba; no tenía intención de dejarlo, pero procuraba no viciarse. Prefería Kools, lo que solía fumar su padre, pero su madre consumía un par de paquetes diarios de Virginia Slims y, a lo largo de la semana, llegaba a sustraerle de diez a doce cigarrillos. Era una mujer atareada, con muchos problemas, tal vez un poco ingenua en lo concerniente a sus hijos, y nunca se le había ocurrido que el mayor pudiera fumar a los once años.

De vez en cuando, Kevin, el delincuente del vecindario, vendía a Mark un paquete de Marlboro robado por un dólar. Pero la mayor parte del tiempo dependía de los cigarrillos birlados a su madre.

Aquella tarde llevaba cuatro en el bolsillo, mientras conducía a su hermano Ricky, de ocho años, por el sendero del bosque detrás del cámping. Ricky estaba nervioso, iba a fumar por primera vez. El día anterior había descubierto a Mark escondiendo los cigarrillos en una caja de zapatos bajo la cama y le había amenazado con revelar su secreto si su hermano mayor no le enseñaba a fumar. Avanzaban por el camino arbolado, en dirección a uno de los escondrijos de Mark, donde este había pasado muchas horas a solas intentando tragarse el humo y formando círculos.

Casi todos los demás chiquillos del barrio consumían cerveza y marihuana, vicios en los que Mark estaba decidido a no sucumbir. Su padre era un alcohólico que maltrataba a sus hijos y a su esposa, y su conducta violenta se manifestaba siempre después de haber tomado mucha cerveza. Mark había visto y sufrido los efectos del alcohol. También le daban miedo las drogas.

—¿Te has perdido? —preguntó Ricky, como es propio de un hermano menor, cuando abandonaron el sendero para avanzar entre hierbajos que les llegaban a la altura del pecho.

—¡Cállate! —respondió Mark sin aminorar la marcha.

El único tiempo que su padre pasaba en casa solía dedicarlo a beber, dormir y maltratarles. Ahora, gracias a Dios, les había abandonado. Hacía cinco años que Mark cuidaba de Ricky. Se sentía como un padre de once años. Le había enseñado a lanzar la pelota y a montar en bicicleta. Le había explicado lo que sabía sobre el sexo. Le había advertido de los peligros de las drogas y protegido de los matones. Le atormentaba la idea de introducirle en el vicio, pero, por suerte, no era más que un cigarrillo. Podría ser mucho peor.

Se acabaron los hierbajos y se encontraron bajo un gran árbol, con una cuerda colgada de una de sus gruesas ramas. Una hilera de matorrales conducía a un pequeño claro, más allá del cual un camino invadido por el bosque se perdía hacia lo alto de una colina. A lo lejos se oía el ruido de una carretera.

Mark se detuvo y señaló un tronco cerca de la cuerda.

—Siéntate ahí —ordenó.

Ricky obedeció, mientras miraba angustiado a su alrededor como si pudiera estar observándoles la policía. Mark le miró como un sargento a un recluta y se sacó un cigarrillo del bolsillo. Lo cogió entre el índice y el pulgar, aparentando naturalidad.

—Ya conoces las reglas —declaró con una mirada condescendiente a Ricky.

Había solo dos reglas, de las que habían hablado una docena de veces durante el día, y Ricky se sentía frustrado de que le trataran como un niño.

—Sí —respondió, levantando la mirada al cielo—, si se lo cuento a alguien, me darás una paliza.

—Exacto.

—Y solo puedo fumar un cigarrillo diario —agregó Ricky, con los brazos cruzados.

—Exacto. Si descubro que fumas más, te habrás metido en un buen lío. Y si me entero de que bebes cerveza o pruebas alguna droga...

—Ya sé, ya sé. Volverás a darme una paliza.

—Eso.

—¿Cuántos fumas al día?

—Solo uno —mintió Mark.

Algunos días solo uno. Otros, tres o cuatro, según las existencias.

Se colocó el filtro entre los labios, como un gángster.

—¿Moriré si fumo uno diario? —preguntó Ricky.

—No en un futuro próximo —respondió Mark, después de retirar el cigarrillo de su boca—. Uno diario no supone mucho peligro. Si fumas más, podrías tener problemas.

—¿Cuántos fuma mamá al día?

—Dos paquetes.

—¿Y eso cuántos cigarrillos son?

—Cuarenta.

—Jo. Entonces tiene un gran problema.

—Mamá tiene muchos problemas. No creo que le preocupen los cigarrillos.

—¿Cuántos fuma papá al día?

—Cuatro o cinco paquetes. Cien cigarrillos diarios.

—Entonces no tardará en morir, ¿verdad? —Ricky sonrió ligeramente.

—Eso espero. Entre las borracheras y el tabaco, no creo que aguante muchos años. Es un fumador empedernido.

—¿Qué significa eso de fumador empedernido?

—Que enciende un cigarrillo tras otro. Ojalá fumara diez paquetes diarios.

—Sí, ojalá —repitió Ricky mientras miraba hacia el camino y el pequeño claro del bosque.

Se estaba fresco a la sombra del árbol, pero hacía calor donde daba el sol. Mark pellizcó el filtro entre el índice y el pulgar, y se lo pasó por delante de la boca.

—¿Estás asustado? —preguntó en tono de burla, como solo un hermano mayor puede hacerlo.

—No.

—Me parece que sí lo estás. Fíjate, cógelo así, ¿ves? —dijo, acercándoselo teatralmente a los labios y dando una chupada.

Ricky miraba con atención.

Mark lo encendió, soltó una pequeña bocanada de humo, lo levantó y expresó admiración.

—No intentes tragarte el humo. Todavía no estás preparado para eso. Solo aspira un poco y luego expulsa el humo. ¿Estás listo?

—¿Me marearé?

—Sí, si te tragas el humo —respondió, antes de dar un par de caladas como demostración—. ¿Lo ves? Es muy fácil. Más adelante te enseñaré a tragarte el humo.

—Vale —respondió Ricky, al tiempo que extendía nervioso su índice y su pulgar, y Mark le entregaba cuidadosamente el cigarrillo.

—Adelante.

Ricky se llevó el húmedo filtro a los labios con mano temblorosa. Dio una breve calada y expulsó el humo. Luego otra. El humo no iba más allá de sus dientes. Otra calada. Mark le observaba atentamente, con la esperanza de que se atragantara, tosiera, empalideciera, sintiera náuseas y no volviera a fumar jamás.

—Es fácil —exclamó Ricky lleno de orgullo, mientras admiraba el cigarrillo que sostenía con una mano todavía temblorosa.

—No tiene nada de particular.

—Tiene un gusto un poco extraño.

—Sí, claro —respondió Mark, después de sentarse junto a él y sacarse otro cigarrillo del bolsillo.

Ricky daba pequeñas caladas rápidas. Mark encendió el suyo y ambos permanecieron en silencio bajo el árbol, saboreando tranquilamente sus cigarrillos.

—Es divertido —comentó Ricky mordisqueando el filtro.

—Me alegro. Pero entonces ¿por qué te tiemblan las manos?

—No me tiemblan.

—Claro.

Ricky no respondió. Apoyó los codos sobre las rodillas, dio una buena calada y luego escupió en el suelo, como había visto que lo hacían Kevin y los mayores detrás del cámping. Era pan comido.

Mark abrió la boca, redondeó los labios e intentó expulsar un círculo de humo. Creyó que así impresionaría realmente a su hermano menor, pero el círculo no llegó a formarse y el humo se dispersó en una nube gris.

—Creo que eres demasiado joven para fumar —dijo.

Ricky no dejaba de chupar y escupir, orgulloso y satisfecho de aquel enorme paso hacia la madurez.

—¿Qué edad tenías tú cuando empezaste? —preguntó.

—Nueve años. Pero era más maduro que tú.

—Eso es lo que siempre dices.

—Porque es verdad.

Permanecieron allí sentados, fumando en silencio a la sombra del árbol y con la mirada fija en el claro del bosque. Mark era efectivamente más maduro que Ricky a los ocho años. Era más maduro que cualquier otro niño de su edad. Siempre lo había sido. Había golpeado a su padre con un bate de béisbol a los siete años. Las secuelas no fueron agradables, pero aquel idiota borracho dejó de golpear a su madre. Había habido muchas peleas y palizas, y Dianne Sway buscaba refugio y consejo en su hijo mayor. Se habían consolado mutuamente y conspirado para sobrevivir. Habían llorado juntos después de las palizas. Habían formulado estrategias para

13

proteger a Ricky. A los nueve años, Mark convenció a su madre para que solicitara el divorcio. Llamó a la policía cuando su padre apareció borracho, después de recibir la solicitud de divorcio. Prestó declaración en el juzgado respecto al abuso, la negligencia y las palizas. Era muy maduro.

Ricky fue el primero en oír el coche. Era un suave ronroneo procedente del camino sin asfaltar. Luego lo oyó Mark y dejaron de fumar.

—No te muevas —dijo Mark sin levantar la voz.

Permanecieron inmóviles.

Un Lincoln negro, largo y reluciente apareció sobre la colina y avanzó lentamente hacia ellos. Las hierbas del camino llegaban a la altura del parachoques delantero. Mark dejó caer el cigarrillo al suelo y lo pisó. Ricky le imitó.

El coche casi se detuvo al llegar al claro del bosque y luego giró acariciando las ramas en su lento movimiento. Se detuvo y se colocó mirando hacia el camino. Los niños estaban exactamente detrás del vehículo, sin poder ser vistos. Mark se deslizó por el tronco en el que estaban sentados y se arrastró entre los hierbajos hasta unos matorrales junto al claro. Ricky le siguió. La parte trasera del Lincoln se encontraba a diez metros. Observaron atentamente. Llevaba matrícula de Luisiana.

—¿Qué hace? —susurró Ricky.

—¡Cállate! —exclamó en voz baja Mark, mientras miraba entre los matorrales.

Había oído hablar en el cámping de que los adolescentes usaban aquellos bosques para reunirse con chicas y fumar marihuana, pero aquel coche no era el de un adolescente. Paró el motor y, durante unos instantes, no ocurrió absolutamente nada. Entonces se abrió la puerta, se apeó el conductor y miró a su alrededor. Era un individuo rechoncho de traje negro. Tenía la cabeza gorda y redonda, desprovista de cabello, a excepción de unos nítidos mechones sobre las orejas y una barba canosa. Se dirigió a la parte posterior del vehículo, manoseó las llaves y por último abrió el maletero. Sacó una manguera, conectó un extremo de la misma al tubo de escape e introdujo el otro por una rendija de la ventana posterior izquierda. Cerró el maletero, miró de nuevo a su alrededor como si esperara que le estuvieran vigilando y volvió a entrar en el coche.

Arrancó el motor.

—¡Ostras! —exclamó Mark en voz baja, con la mirada fija en el vehículo.

—¿Qué hace? —preguntó Ricky.

—Intenta quitarse la vida.

Ricky levantó un poco la cabeza para ver mejor.

—No comprendo, Mark.

—Agáchate. ¿Ves la manguera? Los gases del escape entran en el coche y morirá.

—¿Quieres decir que se está suicidando?

—Exacto. En una ocasión vi hacerlo a alguien en una película.

Se acercaron un poco y miraron la manguera que iba del tubo de escape a la ventana. El motor zumbaba apaciblemente.

—¿Por qué quiere quitarse la vida? —preguntó Ricky.

—¿Cómo quieres que lo sepa? Pero hemos de hacer algo.

—Sí, larguémonos inmediatamente.

—No. Espera un momento y no hagas ruido.

—Yo me largo, Mark. Tú puedes verle morir si lo deseas, pero yo me largo.

Mark agarró a su hermano por los hombros y le obligó a agacharse. Ricky tenía la respiración entrecortada y ambos sudaban. El sol se ocultó tras una nube.

—¿Cuánto se tarda? —preguntó Ricky con voz temblorosa.

—No mucho —respondió Mark, después de soltar a su hermano y empezar a avanzar a gatas—. Quédate aquí, ¿me oyes? Si te mueves, te daré una patada en el culo.

—¿Qué haces, Mark?

—No te muevas de aquí. Lo digo en serio.

Mark acercó su delgado cuerpo al suelo y se arrastró sobre los codos y las rodillas entre los hierbajos, en dirección al coche. La hierba estaba seca y medía más de medio metro. Sabía que aquel individuo no podía verle, pero le preocupaba el movimiento de las plantas. Permaneció exactamente detrás del coche, avanzando sobre la barriga como una serpiente, hasta llegar a la sombra del maletero. Retiró cuidadosamente la manguera del tubo de escape y la dejó en el suelo. Volvió sobre sus pasos un poco más rápido y al cabo de unos segundos estaba de nuevo agachado junto a Ricky, observando entre los matorrales bajo las ramas más salientes. Sabía que, si eran descubiertos, podrían correr junto al árbol y alejarse por el sendero, antes de que aquel individuo rechoncho pudiera alcanzarles.

Esperaron. Transcurrieron cinco minutos, aunque pareció que había pasado una hora.

—¿Crees que está muerto? —susurró Ricky con una voz débil y seca.

—No lo sé.

De pronto se abrió la puerta y se apeó el individuo. Se acercó farfullando y sollozando a la parte posterior del vehículo, vio la manguera en el suelo y echó una maldición, mientras la conectaba de nuevo al tubo de escape. Miró enfurecido a los árboles a su alrededor, con una botella de whisky en la mano, y volvió a subirse al coche. Hablaba consigo mismo cuando cerró la puerta.

Los niños miraban horrorizados.

—Está como un cencerro —declaró débilmente Mark.

—Larguémonos de aquí —dijo Ricky.

—¡No podemos! Si se quita la vida y nosotros lo sabíamos o lo hemos visto, podríamos meternos en un gran lío.

—Entonces no se lo diremos a nadie —dijo Ricky, al tiempo que levantaba la cabeza como para retirarse—. ¡Vámonos, Mark!

Mark le agarró de nuevo por los hombros y le obligó a agacharse.

—¡No levantes la cabeza! ¡No nos iremos hasta que yo lo diga!

Ricky cerró con fuerza los ojos y empezó a llorar. Mark movió la cabeza asqueado, pero sin separar la mirada del coche. Los hermanos menores suponían más problemas que ventajas.

—¡Para! —exclamó entre dientes.

—Tengo miedo.

—De acuerdo, pero no te muevas, ¿oyes? Estate quieto. Y deja de llorar.

Mark se había tumbado de nuevo en el suelo, dispuesto a arrastrarse entre los hierbajos.

—Déjale morir, Mark —susurró Ricky entre sollozos.

Mark le echó una mirada furiosa por encima del hombro y empezó a acercarse al coche, que seguía con el motor en marcha. Avanzó entre los mismos hierbajos semiaplastados con tanta cautela que incluso Ricky, que había dejado de llorar, apenas podía verle. Este observaba la puerta del coche, con el temor de que de pronto se abriera, se apeara aquel loco de su interior y matara a Mark. Apoyó las puntas de los pies en el suelo como los velocistas, dispuesto a salir huyendo por el bosque. Vio que Mark aparecía tras el parachoques trasero, apoyaba la mano sobre las luces para no perder el equilibrio y retiraba cautelosamente la manguera del tubo de escape. Crujió suavemente la hierba, se movieron un poco las plantas y Mark llegó de nuevo junto a él, con la respiración entrecortada, sudando y, curiosamente, con una sonrisa en los labios.

Se sentaron sobre las piernas como un par de insectos entre la maleza y observaron el coche.

—¿Qué haremos si vuelve a salir? —preguntó Ricky—. ¿Y si nos ve?

—No puede vernos. Pero si viene hacia aquí, sígueme. Desapareceremos antes de que haya dado un par de pasos.

—¿Por qué no desaparecemos ahora?

—Estoy intentando salvarle la vida, ¿vale? —respondió Mark, airado—. Existe la posibilidad, tal vez remota, de que se dé cuenta de que esto no funciona y puede que decida dejarlo para mejor ocasión. ¿Es eso tan difícil de entender?

—Está loco. Si es capaz de quitarse la vida, también lo es de matarnos a nosotros. ¿Es eso tan difícil de entender?

Mark movió frustrado la cabeza y, de pronto, volvió a abrirse la puerta. El individuo se apeó farfullando consigo mismo y se tambaleó hacia la parte posterior del vehículo. Levantó el extremo de la manguera, lo examinó como si se resistiera a cumplir su cometido y miró lentamente a su alrededor. Sudaba y jadeaba. Miró hacia los árboles y los muchachos se pegaron al suelo. Al mirar a sus pies quedó paralizado; de pronto comprendió lo ocurrido. La hierba estaba ligeramente aplastada detrás del coche y se agachó para examinarla, pero volvió a introducir la manguera en el tubo de escape y se apresuró a entrar de nuevo en el vehículo. No parecía que le importara que alguien le observara desde los árboles. Quería darse prisa en morir.

Se levantaron dos cabezas entre la maleza, pero solo unos centímetros, y durante un largo minuto miraron entre los hierbajos. Ricky estaba dispuesto a echar a correr, pero Mark reflexionaba.

—Mark, por favor, larguémonos —suplicó Ricky—. Ha estado a punto de descubrirnos. ¿Y si tiene una pistola o algo por el estilo?

—Si tuviera una pistola, se pegaría un tiro.

Ricky se mordió el labio y se le humedecieron nuevamente los ojos. Nunca había ganado a su hermano en una discusión, ni aquella sería la primera ocasión.

Pasó otro minuto y Mark empezó a inquietarse.

—Lo intentaré por última vez, ¿vale? Y si ahora no desiste, nos largaremos de aquí. Prometido, ¿de acuerdo?

Ricky asintió con reticencia. Su hermano se tumbó en el suelo y empezó a arrastrarse lentamente entre los hierbajos. Ricky se secó las lágrimas de las mejillas con los dedos sucios.

Al abogado se le ensanchaban las ventanas de la nariz con sus portentosas inhalaciones. Vaciaba lentamente los pulmones y miraba por el parabrisas mientras intentaba determinar si alguna parte de aquel preciado y mortífero gas había llegado a su flujo sanguíneo y empezado a actuar. Junto a él, sobre el asiento, había una pistola cargada. En la mano tenía una botella medio vacía de Jack Daniels. Tomó un trago, tapó la botella y la dejó sobre el asiento. Aspiraba lentamente y con los ojos cerrados para saborear el gas. ¿Se limitaría a perder suavemente el conocimiento? ¿Le dolería, ardería o se sentiría enfermo antes de que el veneno acabara con él? La nota estaba sobre el tablero, cerca del volante, junto a un frasco de píldoras.

Lloraba y hablaba consigo mismo a la espera de que el gas surtiera su efecto, ¡maldita sea!, antes de darse por vencido y recurrir a la pistola. Era un cobarde, pero con mucha determinación, y prefería aspirar el gas y perder el conocimiento, a dispararse un tiro en la boca.

Tomó un trago de whisky y silbó al sentir el ardor que provocaba en su descenso. Sí, al fin funcionaba. Pronto todo habría terminado, y se sonrió a sí mismo en el espejo porque se cumplía su propósito, se estaba muriendo y, después de todo, no era un cobarde. Se necesitaba valor para hacer lo que estaba haciendo.

Lloraba y farfullaba mientras descorchaba la botella de whisky para tomar un último trago. Bebió, y parte del líquido rebosaba de sus labios y descendía por su boca.

Nadie le echaría de menos. Y a pesar de que esta idea debía ser dolorosa, al abogado le tranquilizaba pensar que nadie lamentaría su defunción. Su madre era la única persona en el mundo que le había querido, y ahora, cuatro años después de su muerte, su defunción ya no podría afectarle. Tenía una hija de su desastroso primer matrimonio a la que no había visto desde hacía once años, que según le habían dicho se había afiliado a una secta y estaba tan loca como su madre.

Muy poca gente asistiría al funeral. Unos pocos compañeros de profesión y tal vez uno o dos jueces, vestidos de oscuro y susurrando con gravedad, mientras la música de órgano que emergía de los altavoces retumbaba en una capilla casi vacía. Ninguna lágrima. Los abogados consultarían sus respectivos relojes mientras el reverendo, un desconocido, pronunciara apresuradamente los comentarios reservados a los que nunca asistían a la iglesia.

La sencilla ceremonia duraría diez minutos. La nota del cuadro de mandos solicitaba que se le incinerara.

—¡Jo! —exclamó suavemente, después de tomar otro trago.

Al levantar la botella, echó una ojeada al retrovisor y se percató de que los hierbajos de detrás del coche se movían.

Ricky vio cómo se abría la puerta antes de que Mark la oyera. Se abrió de golpe como de un puntapié y de pronto el gordo de rostro enrojecido avanzó entre los hierbajos, apoyándose en el coche y refunfuñando. Ricky se incorporó, muerto de miedo, y se meó en los pantalones.

Mark acababa de tocar el parachoques cuando oyó la puerta. Quedó momentáneamente paralizado, pensó en ocultarse bajo el coche, y la duda le traicionó. Resbaló al intentar levantarse para echar a correr y el hombre lo agarró.

—¡Pequeño hijo de puta! —exclamó mientras sujetaba a Mark por el cabello y lo arrojaba contra el maletero del coche—. ¡Pequeño hijo de puta!

Mark daba patadas y chillaba, cuando una mano gruesa le abofeteó la cara. Dio otra patada, no tan fuerte, y recibió otra bofetada.

Mark contempló fijamente aquel rostro iracundo a pocos centímetros del suyo. Tenía los ojos húmedos e irritados. Le goteaba la nariz y tenía babas en la mandíbula.

—Pequeño hijo de puta —refunfuñó entre unos dientes sucios y apretados.

Después de agarrarlo, inmovilizarlo y someterlo, el abogado introdujo de nuevo la manguera en el tubo de escape, tiró de Mark asiéndolo por el cuello de la camisa y lo arrastró entre los hierbajos hasta la puerta del coche, que seguía abierta. Lo arrojó al interior del vehículo y lo empujó sobre el asiento de cuero negro.

Mark se agarraba a la manecilla de la puerta, en busca del seguro, cuando el individuo se dejó caer tras el volante, cerró la puerta, señaló la manecilla y exclamó:

—¡No toques eso!

A continuación le propinó un violento revés sobre el ojo izquierdo.

Mark gimió de dolor, se cubrió los ojos aturdido, agachó la cabeza y se echó a llorar. Le dolía terriblemente la nariz y aún más la boca. Estaba mareado. Notaba un sabor a sangre en la boca. Oía que el individuo lloraba y refunfuñaba. Olía a whisky y veía las rodillas sucias de sus vaqueros con el ojo derecho. El izquierdo empezaba a hincharse. Lo veía todo un poco borroso.

El gordo abogado tomó un trago de whisky y contempló a Mark, que estaba doblado y temblaba de pies a cabeza.

—Deja de llorar —refunfuñó.

Mark se lamió los labios y tragó la sangre de la boca. Se frotó el entrecejo fruncido e intentó respirar hondo, sin levantar la mirada de sus vaqueros.

—Deja de llorar —repitió el individuo.

Mark intentó obedecerle.

El motor seguía funcionando. Era un coche grande, pesado y silencioso, pero Mark oía que el motor ronroneaba suavemente en la lejanía. Volvió lentamente la cabeza y vio la manguera que entraba por la ventana posterior, cual serpiente iracunda dispuesta a acabar con ellos. El gordo se rió.

—Creo que debemos morir juntos —declaró de pronto perfectamente sereno.

El ojo izquierdo de Mark se hinchaba rápidamente. Se volvió para mirar cara a cara a aquel individuo, que entonces parecía todavía más corpulento. Tenía la cara rechoncha, la barba frondosa, los ojos todavía irritados y le miraba como un demonio en la oscuridad.

—Por favor, déjeme salir de aquí —suplicó Mark con la voz entrecortada y los labios temblorosos, sin dejar de llorar.

El individuo se llevó la botella de whisky a los labios y la levantó para echar un trago. Hizo una mueca y chasqueó los labios.

—Lo siento, muchacho. Has querido pasarte de listo metiendo tu sucia nariz en mis asuntos, ¿no es cierto? De modo que ahora creo que debemos morir juntos. ¿De acuerdo? Solo tú y yo, compañero. Juntos al mundo de las maravillas. A reunirnos con el gran mago. Te deseo sueños felices, muchacho.

Mark husmeó el aire y entonces vio la pistola sobre el asiento. Desvió la mirada, pero volvió a contemplarla cuando el individuo levantó la botella para tomar otro trago.

—¿Quieres la pistola? —preguntó el individuo.

—No, señor.

—Entonces ¿por qué la miras?

—No la miraba.

—No me mientas, muchacho, porque si lo haces te mataré. Estoy completamente loco y no me importa matarte —declaró en un tono muy tranquilo, respirando hondo, a pesar de que las lágrimas manaban libremente de sus ojos—. Además, muchacho, si vamos a ser compañeros debes ser sincero conmigo. La sinceridad es muy importante, ¿lo sabías? Y ahora dime, ¿quieres la pistola?

—No, señor.

—¿Te gustaría coger la pistola y pegarme un tiro?

—No, señor.

—No tengo miedo de morir, muchacho, ¿lo comprendes?

—Sí, señor, pero yo no quiero morir. Tengo que cuidar de mi madre y de mi hermano menor.

—Qué conmovedor. Un auténtico padre de familia.

Después de tapar la botella, cogió la pistola, se metió el cañón en la boca, cerró los labios a su alrededor y miró a Mark, que observaba todos y cada uno de sus movimientos con la esperanza de que apretara el gatillo y con la esperanza de que no lo hiciera. Se retiró lentamente el cañón de la boca, besó el extremo del mismo y entonces apuntó a Mark.

—Nunca la he disparado —dijo casi en un susurro—. La he comprado hace una hora en una tienda de empeños de Memphis. ¿Crees que funcionará?

—Por favor, deje que me marche.

—Puedes elegir, muchacho —declaró mientras inhalaba los gases invisibles—. Puedo volarte la tapa de los sesos y todo habrá terminado, o dejar que el gas acabe contigo. Tú decides.

Mark no miró la pistola. Olió el aire y pensó momentáneamente que tal vez detectaba algo. El cañón del arma estaba cerca de su cabeza.

—¿Por qué está haciendo esto? —preguntó.

—A ti qué te importa, mocoso. Estoy loco, ¿vale? Como un cencerro. Me proponía un suicidio en privado, ¿comprendes? Solo yo, mi manguera, quizá algunas pastillas y un poco de whisky. Sin nadie que me molestara. Pero tú has tenido que pasarte de listo. ¡Pequeño hijo de puta!

Bajó la pistola y la dejó cuidadosamente sobre el asiento. Mark se frotó la frente y se mordió el labio. Le temblaban las manos y se las colocó entre las piernas.

—Dentro de cinco minutos estaremos muertos —declaró oficialmente el abogado, al tiempo que se llevaba la botella a los labios—. Solo tú y yo, compañero, vamos a ver al gran mago.

Por fin, Ricky decidió moverse. Le tiritaban los dientes y llevaba los pantalones mojados, pero ahora reflexionaba. Empezó a avanzar a gatas entre los hierbajos, en dirección al coche, llorando y chirriando los dientes con el estómago pegado al suelo. La puerta se abriría de un momento a otro. Aquel loco, que era rápido a pesar de su corpulencia, aparecería inesperadamente, le agarraría por el cuello como lo había hecho con Mark y morirían todos en aquel largo coche negro. Despacio, centímetro a centímetro, se abría paso entre los hierbajos.

Mark levantó lentamente la pistola con ambas manos. Pesaba tanto como un ladrillo. El arma temblaba cuando la elevó para apuntar al gordo, que se inclinó hasta que su nariz se encontró a un par de centímetros del cañón.

—Ahora aprieta el gatillo, muchacho —dijo sonriendo, con su húmedo rostro radiante y lleno de expectación—. Aprieta el gatillo. Yo moriré y tú podrás marcharte —insistió antes de acercarse aún más y morder la punta del cañón, mientras Mark llevaba el dedo al gatillo—. ¡Dispara! —exclamó.

Mark cerró los ojos y asió la culata con las palmas de las manos. Aguantó la respiración, y estaba a punto de apretar el gatillo, cuando el individuo le arrebató la pistola. La agitó violentamente frente a la cara de Mark y disparó. Mark chilló en el momento en que la ventana a su espalda se rajaba en mil pedazos, sin romperse.

—¡Funciona! ¡Funciona! —exclamó el abogado, al tiempo que Mark se agachaba con las manos sobre las orejas.

Ricky hundió la cabeza ente la hierba al oír el disparo. Estaba a tres metros del coche cuando algo estalló y oyó que Mark gritaba. El gordo chillaba y Ricky volvió a mearse en los pantalones. Cerró los ojos y se agarró a los hierbajos. Se le había formado un nudo en el estómago, le latía violentamente el corazón y durante un minuto, después del disparo, permaneció inmóvil. Lloró por su hermano, ahora muerto, asesinado por aquel loco.

—¡Maldita sea, deja de llorar! ¡Estoy harto de oírte llorar!

Mark se agarró las rodillas e intentó dejar de llorar. Le dolía la cabeza y tenía la boca seca. Se colocó las manos entre las rodillas y se agachó. Tenía que dejar de llorar y pensar en algo. Una vez, en un programa de televisión, había visto a un loco dispuesto a lanzarse desde lo alto de un edificio y un policía empezó a hablarle con mucha serenidad, hasta que el loco se decidió a responderle y, evidentemente, no se lanzó.

—¿Por qué está haciendo esto? —preguntó Mark, después de husmear rápidamente el aire.

—Porque quiero morir —respondió tranquilamente el gordo.

—¿Por qué? —preguntó, con la mirada fija en el pulcro orificio de la ventana.

—¿Por qué hacen los niños tantas preguntas?

—Porque somos niños. ¿Por qué quiere morir? —insistió Mark, sin apenas oír sus propias palabras.

—Mira, muchacho, dentro de cinco minutos estaremos muertos, ¿comprendes? Solo tú y yo, compañero, juntos ante el gran mago —respondió antes de tomar un trago de la botella ya casi vacía—. Empiezo a sentir el gas, muchacho. ¿Lo sientes tú? Por fin.

Por el espejo lateral, Mark vio que se movían los hierbajos y que Ricky se arrastraba hacia los matorrales junto al árbol. Cerró los ojos y rezó.

—Debo confesar, muchacho, que es agradable tenerte conmigo. Nadie quiere morir solo. ¿Cómo te llamas?

—Mark.

—¿Mark qué?

—Mark Sway —respondió, pensando en que si seguían hablando tal vez el loco no se lanzaría—. ¿Cómo se llama usted?

—Jerome. Pero puedes llamarme Romey. Así es como me llaman mis amigos, y puesto que ahora existe bastante intimidad entre nosotros, tú también puedes llamarme Romey. Y se acabaron las preguntas, ¿de acuerdo, muchacho?

—¿Por qué quiere morir, Romey?

—He dicho que se acabaron las preguntas. ¿Sientes el gas, Mark?

—No lo sé.

—Pronto lo sabrás. Será mejor que empieces a rezar —declaró Romey antes de descansar su voluminosa cabeza en el respaldo del asiento y cerrar los ojos, completamente relajado—. Nos quedan unos cinco minutos, Mark. ¿Te apetece decir algo? —preguntó, con la botella de whisky en la mano derecha y la pistola en la izquierda.

—Sí. ¿Por qué está haciendo esto? —preguntó Mark, mientras miraba por el retrovisor por si veía a su hermano.

Respiraba de prisa, por la nariz, y no olía ni sentía nada. Seguramente Ricky había retirado la manguera.

—Porque estoy loco, no soy más que uno de los muchos abogados turulatos. Me han vuelto loco, Mark. A propósito, ¿cuántos años tienes?

—Once.

—¿Has probado alguna vez el whisky?

—No —respondió sinceramente Mark.

De pronto se encontró con la botella de whisky delante de las narices y la cogió.

—Prueba un trago —dijo Romey sin abrir los ojos.

Mark intentó leer la etiqueta, pero su ojo izquierdo estaba prácticamente cerrado, le silbaban los oídos del disparo y no podía concentrarse. Dejó la botella sobre el asiento, de donde Romey la recogió sin decir palabra.

—Nos estamos muriendo, Mark —dijo, hablando casi consigo mismo—. Supongo que es duro a los once años, pero qué le vamos a hacer. No puedo remediarlo. ¿Tienes algo más que decir, hombrecito?

Mark se dijo que Ricky lo había logrado, que la manguera era ahora inofensiva, que su nuevo amigo Romey estaba borracho y loco, y que para sobrevivir tendría que pensar y hablar. El aire era limpio. Respiró hondo y se dijo que lo lograría.

—¿Qué le ha enloquecido?

Romey reflexionó unos instantes y decidió que tenía gracia. Resopló, e incluso soltó una pequeña carcajada.

—Esto es maravilloso. Perfecto. Desde hace unas semanas sé algo que el resto del mundo desconoce, a excepción de mi cliente, que, dicho sea de paso, es pura escoria. Debes comprender, Mark, que los abogados oímos muchas cosas privadas que no podemos repetir jamás. Estrictamente confidenciales, ¿comprendes? No podemos revelar en modo alguno lo ocurrido con el dinero, o quién se acuesta con quién, o dónde está enterrado el cadáver, ¿te das cuenta? —declaró mientras se llenaba los pulmones de aire, lo expulsaba con gran regocijo, se acomodaba en su asiento y mantenía los ojos cerrados—. Siento haber tenido que darte un bofetón —añadió, con el dedo en el gatillo.

Mark cerró los ojos y no sintió nada.

—¿Cuántos años tienes, Mark?

—Once.

—Ya me lo habías dicho. Once. Yo tengo cuarenta y cuatro. Los dos somos demasiado jóvenes para morir, ¿no Mark?

—Sí, señor.

—Pero está ocurriendo, compañero. ¿Lo sientes?

—Sí, señor.

—Mi cliente mató a un hombre, escondió el cadáver, y ahora quiere matarme a mí. Eso es todo. Me han vuelto loco. ¡Ja! ¡Ja! Es maravilloso, Mark. Esto es fantástico. Ahora yo, el abogado de confianza, literalmente unos segundos antes de morir, puedo revelarte dónde está el cadáver. El cadáver, Mark, el cuerpo desaparecido más tristemente famoso de nuestra época. Increíble. ¡Por fin puedo revelarlo! —exclamó con unos ojos muy abiertos, que miraban fijamente a Mark—. ¡Es para troncharse de risa!

Mark no le veía la gracia. Miró de soslayo el espejo y luego el seguro de la puerta, a menos de medio metro. La manecilla estaba todavía más cerca.

Romey se relajó de nuevo y cerró los ojos, como si intentara desesperadamente quedarse dormido.

—Lo lamento, muchacho, lo lamento muchísimo, pero como ya te he dicho, es agradable tenerte conmigo —dijo mientras dejaba lentamente la botella sobre el cuadro de mandos, junto a la nota, cogía la pistola con la mano derecha y acariciaba el gatillo con el índice, al tiempo que Mark procuraba no mirar—. Lo siento muchísimo, muchacho. ¿Cuántos años tienes?

—Once. Me lo ha preguntado tres veces.

—¡Cállate! Ahora siento el gas, ¿tú no? ¡Deja de resoplar, maldita sea! ¿No comprendes, imbécil, que es inodoro? No se huele. Yo ya estaría muerto y tú andarías por ahí jugando, si no te hubieras pasado de listo. ¿Sabes que eres bastante estúpido?

No tanto como usted, pensó Mark.

—¿A quién mató su cliente?

Romey sonrió, pero sin abrir los ojos.

—A un senador de Estados Unidos. Lo revelo. Lo revelo. Me voy de la lengua. ¿Lees los periódicos?

—No.

—No me sorprende. El senador Boyette, de Nueva Orleans. Yo también soy de allí.

—¿Qué le ha traído a Memphis?

—¡Maldita sea, muchacho! ¡No haces más que formular preguntas!

—¿Por qué mató su cliente al senador Boyette?

—Por qué, por qué, por qué. Eres un verdadero plomo, Mark.

—Lo sé. ¿Por qué no deja que me marche? —preguntó Mark, al tiempo que miraba la manguera que descansaba sobre el asiento posterior, después de echarle una ojeada al espejo.

—Puede que te pegue un tiro en la cabeza si no te callas —respondió el abogado, con la barbilla tan caída que la barba casi le tocaba el pecho—. Mi cliente ha matado a mucha gente. Así es como gana dinero, matando gente. Forma parte de la mafia de Nueva Orleans y ahora intenta matarme a mí. Peor para él, ¿no te parece, muchacho? Le hemos ganado la mano. Somos los últimos en reírnos.

Romey tomó un largo trago de whisky y miró fijamente a Mark.

—Piensa en ello, muchacho; en estos momentos Barry, conocido como Barry el Navaja, fíjate que esos tipos de la mafia siempre tienen apodos encantadores, me está esperando en un restaurante de mala muerte en Nueva Orleans. Probablemente tiene un par de compinches en los alrededores. Después de una cena tranquila, querría que me subiera con él al coche para dar una vuelta y charlar sobre el caso, y en un momento dado sacaría un cuchillo, de ahí que le llame el Navaja, y yo pasaría a la historia. Se desharían en cualquier lugar de mi rechoncho cadáver, como lo hicieron con el del senador Boyette, y listos, así de sencillo; habría en Nueva Orleans un nuevo crimen sin resolver. Pero les hemos dado una lección, ¿no es cierto, muchacho? Les hemos dado una lección.

Su discurso era más lento y se le trababa la lengua. Movía la pistola de arriba abajo sobre sus rodillas mientras hablaba. Su dedo permanecía en el gatillo.

—¿Por qué quiere matarle ese individuo llamado Barry? —preguntó Mark para instigarle a que siguiera hablando.

—Otra pregunta. Estoy flotando. ¿Sientes que estás flotando?

—Sí. Es muy agradable.

—Un montón de razones. Cierra los ojos, muchacho. Reza tus oraciones.

Sin dejar de vigilar la pistola, Mark echó una ojeada al seguro de la puerta. Se tocó lentamente la punta de los dedos con el pulgar, como si contara en la clase de párvulos, y comprobó que la coordinación era perfecta.

—Entonces ¿dónde está el cadáver?

Romey resopló y meneó la cabeza. Su voz era casi un susurro.

—El cuerpo de Boyd Boyette. Vaya pregunta. ¿Sabías que ha sido el primer senador estadounidense asesinado en activo? Asesinado por mi querido cliente, Barry Muldanno el Navaja, que le disparó cuatro veces en la cabeza y luego ocultó el cadáver. Sin cadáver, no hay caso. ¿Lo comprendes, muchacho?

—Sinceramente, no.

—¿Por qué no lloras, muchacho? Hace un momento llorabas. ¿No estás asustado?

—Sí, tengo mucho miedo. Y quiero marcharme. Siento que desee morir y todo lo demás, pero yo debo cuidar de mi madre.

—Conmovedor, muy conmovedor. Pero ahora cállate. No lo comprendes, muchacho, los federales tienen que encontrar el cadáver para demostrar que ha tenido lugar un asesinato. Barry es su sospechoso, su único sospechoso, porque realmente fue él quien lo hizo, ¿comprendes?, y ellos lo saben. Pero necesitan el cadáver.

—¿Dónde está?

Una gran nube cubrió el sol y, de pronto, el claro del bosque quedó sumido en la oscuridad. Romey movió suavemente la pistola sobre la pierna, como para advertir a Mark que no hiciera ningún movimiento precipitado.

—El Navaja no es el más inteligente de los maleantes que he conocido. Se cree un genio, pero en realidad es bastante estúpido.

Tú eres el estúpido, pensó nuevamente Mark. Sentado en un coche con una manguera conectada al tubo de escape. Procuraba mantenerse inmóvil.

—El cadáver está debajo de mi barco.

—¿Su barco?

—Sí, mi barco. Tenía prisa. Yo había salido de la ciudad y mi querido cliente decidió llevar el cadáver a mi casa y sepultarlo en hormigón debajo de mi garaje. Todavía sigue allí, ¿no te parece increíble? El FBI ha excavado media Nueva Orleans en busca del cuerpo, pero no se les ha ocurrido buscar en mi casa. Puede que Barry no sea tan estúpido después de todo.

—¿Cuándo se lo contó?

—Estoy harto de tus preguntas, muchacho.

—Realmente ahora querría marcharme.

—Cállate. El gas está funcionando. Estamos acabados, muchacho. Acabados —dijo después de dejar caer la pistola sobre el asiento.

El motor ronroneaba suavemente. Mark contempló el agujero de bala en la ventana, el sinfín de diminutas fisuras que irradiaban del mismo, y por último el rostro rojizo y los párpados pesados de aquel individuo. Emitió un soplido, casi un ronquido, y le cayó la cabeza sobre el pecho.

¡Estaba perdiendo el conocimiento! Mark le miró fijamente y observó su voluminoso tórax. Había visto a su padre un centenar de veces en circunstancias semejantes.

Mark respiró hondo. El seguro de la puerta haría ruido. La pistola estaba demasiado cerca de la mano de Romey. Se le formó un nudo en el estómago y tenía los pies entumecidos.

El rostro rojizo emitió un fuerte e indolente ruido, y Mark supo que no tendría más oportunidades. Lentamente y con mucha cautela, acercó sus temblorosos dedos al seguro de la puerta.

Los ojos de Ricky estaban casi tan secos como su boca, pero llevaba los pantalones empapados. Estaba bajo el árbol, en la oscuridad, lejos de los matorrales, los hierbajos y el coche. Habían transcurrido cinco minutos desde que había retirado la manguera. Cinco minutos desde el disparo. Pero sabía que su hermano estaba vivo, porque se había desplazado quince metros tras los árboles, hasta ver la cabellera rubia que se movía dentro de aquel enorme coche. De modo que había dejado de llorar y empezado a rezar.

Había regresado al punto de origen, donde se mantenía

agachado con la mirada fija en el coche, con el ferviente deseo de ver aparecer a su hermano, cuando de pronto se abrió la puerta y ahí estaba Mark.

La cabeza de Romey había caído sobre el pecho y, cuando empezaba a roncar, Mark arrojó la pistola al suelo con la mano izquierda, mientras abría el seguro con la derecha. Agarró la manecilla, empujó la puerta con el hombro y lo último que oyó al apearse fue otro sonoro ronquido del abogado.

Cayó de rodillas al suelo y se agarró con uñas y dientes a los hierbajos para alejarse del coche. Corrió agachado entre los matorrales y, a los pocos segundos, llegó junto al árbol desde donde Ricky observaba horrorizado. Paró junto al tronco y volvió la cabeza, temiendo que el abogado le persiguiera con la pistola. Pero el coche parecía inofensivo. La puerta seguía abierta. El motor funcionaba. La manguera estaba desconectada. Respiró por primera vez en un minuto y miró lentamente a Ricky.

—He retirado la manguera —dijo Ricky en un tono agudo y con la voz entrecortada.

Mark asintió sin decir palabra. De pronto se sentía mucho más tranquilo. El coche estaba a cinco metros, y si Romey aparecía, podían desaparecer en un instante por el bosque. Además, protegidos por los árboles y los matorrales, el abogado nunca les alcanzaría aunque decidiera empezar a dispararles.

—Tengo miedo, Mark. Vámonos —dijo Ricky en un tono todavía agudo y con manos temblorosas.

—Un momento —respondió Mark, que examinaba atentamente el coche.

—Vamos, Mark. Larguémonos.

—He dicho que esperes un momento.

—¿Está muerto? —preguntó Ricky, con la mirada fija en el coche.

—Creo que no.

De modo que el individuo seguía vivo, tenía una pistola, y era evidente que su hermano mayor ya no estaba asustado y le rondaba algo por la cabeza.

—Yo me largo —farfulló Ricky, al tiempo que retrocedía—. Quiero irme a casa.

Mark permaneció inmóvil. Expulsó suavemente el aire de sus pulmones y observó el vehículo.

—Solo un segundo —respondió de nuevo con mucha seguridad en la voz, sin levantar la mirada.

Ricky dejó de moverse, se inclinó hacia delante y apoyó las manos en sus húmedas rodillas. Observaba a su hermano y movía lentamente la cabeza mientras este se sacaba con toda parsimonia un cigarrillo del bolsillo de la camisa, sin alejar la mirada del coche. Lo encendió, dio una prolongada calada y expulsó el humo hacia las ramas del árbol. Entonces fue cuando Ricky se percató, por primera vez, de la hinchazón de su frente.

—¿Qué te ha ocurrido en el ojo?

De pronto, Mark lo recordó y se frotó suavemente el chichón.

—Me ha dado un par de bofetones.

—Tiene mal aspecto.

—No es nada. ¿Sabes qué voy a hacer? —preguntó hablando casi consigo mismo—. Voy a volver a conectar la manguera al tubo de escape. Le voy a facilitar las cosas a ese hijo de puta.

—Estás más loco que él. No hablarás en serio, ¿verdad, Mark?

Mark dio un bufido. De pronto se abrió la puerta del conductor y apareció Romey pistola en mano. Refunfuñaba en voz alta mientras se tambaleaba hacia la parte posterior del vehículo y, una vez más, se encontró la manguera en el suelo, inofensiva. Puso el grito en el cielo.

Mark se agachó y obligó a Ricky a que también lo hiciera. Romey dio una vuelta y examinó los árboles alrededor del claro. Volvió a blasfemar y llorar ruidosamente. De su cabello descendían gotas de sudor y llevaba la chaqueta negra empapada y pegada al cuerpo. Caminaba de un lado para otro detrás del vehículo, sollozando, hablando y chillando hacia los árboles.

De pronto se detuvo, subió con dificultad su portentoso cuerpo sobre el maletero, se retorció y cayó de espaldas como un elefante drogado, hasta golpearse contra la ventana trasera. Sus robustas piernas se extendían hacia delante. Le faltaba un zapato. Levantó la pistola, sin parsimonia ni precipitación, casi como algo rutinario, y se introdujo el cañón en la boca. Sus ojos desorbitados miraban a todas partes y, momentáneamente, se detuvieron en el tronco donde estaban los muchachos.

Separó los labios y mordió el cañón con sus grandes dientes sucios. Cerró los ojos y apretó el gatillo con el pulgar derecho.

2

Los zapatos eran de piel de tiburón y los calcetines de seda color vainilla, que le llegaban hasta las rodillas, acariciaban las pantorrillas velludas de Barry Muldanno, o Barry el Navaja, o simplemente el Navaja, como prefería que le llamaran. Su traje verde oscuro tenía un brillo que a primera vista parecía el de un lagarto, una iguana, o algún otro reptil, pero al examinarlo más detenidamente se veía que no era un animal, sino poliéster. La chaqueta era cruzada, con la parte frontal llena de botones. Se ajustaba de maravilla a su armoniosa estructura. Y ondeaba elegantemente con su contoneo, cuando se dirigía a la cabina telefónica al fondo del restaurante. El traje no era chabacano, solo llamativo. Habría pasado por un elegante importador de drogas, o tal vez por un agente de apuestas en Las Vegas, lo cual le encantaba porque era el Navaja y deseaba llamar la atención, de modo que quien le viera se percatara de que era un personaje de éxito. Se suponía que debían quedar boquiabiertos de miedo y apartarse de su camino.

Tenía una frondosa cabellera negra, teñida para ocultar las canas, peinada hacia atrás, cubierta de brillantina y recogida en la nuca para formar una perfecta cola de caballo, que descendía arqueada hasta apenas tocar el cuello de su chaqueta de poliéster verde oscuro. Le dedicaba horas a su cabello. Un indispensable diamante brillaba como correspondía en el lóbulo de su oreja izquierda. Un exquisito brazalete de oro colgaba de su muñeca izquierda, por debajo del Rolex de diamantes, y en su muñeca derecha repiqueteaba suavemente otra cadena de oro conforme se contoneaba.

La exhibición acabó frente a la cabina, situada cerca de los servicios, en un estrecho pasillo del fondo del restaurante. Desde el teléfono, sus ojos escudriñaron en todas direcciones. La mirada de Barry el Navaja, penetrante, escrutadora y en busca de violencia, bastaba para removerle las tripas a cualquier persona normal. Tenía los ojos castaño oscuro y tan poco distanciados entre sí que, si alguien se hubiera atrevido a mirarlos directamente durante más de dos segundos, le habría tomado por bizco. Pero no lo era. Una pulcra línea de pelo negro unía sus sienes, sin la más mínima interrupción sobre el puente de su prolongada nariz aguileña. Una soberbia ceja. Una abultada piel morena cubría en forma de semicírculo la parte inferior de sus ojos, testigo inequívoco de que le gustaba la bebida y la buena vida. Sus ojos turbios delataban, entre muchas otras cosas, abundantes resacas. Al Navaja le encantaban sus ojos. Eran legendarios.

Marcó el número del despacho de su abogado y, sin esperar a que le respondiera, dijo apresuradamente:

—¡Sí! ¡Soy Barry! ¿Dónde está Jerome? Todavía no ha llegado. Debía reunirse aquí conmigo hace cuarenta minutos. ¿Dónde se ha metido? ¿Le ha visto?

La voz del Navaja tampoco era agradable. Tenía el tono amenazador de un maleante callejero de Nueva Orleans de éxito, que había roto muchos brazos y rompería otros muy a gusto, si alguien se interponía demasiado tiempo en su camino o no respondía a sus preguntas con suficiente rapidez. Su tono era grosero, soberbio e intimidante, y la secretaria que le escuchaba lo había oído muchas veces, además de haber visto sus ojos, sus vistosos trajes y su cola de caballo. Tragó saliva, respiró hondo, dio gracias a Dios de que llamara por teléfono, en lugar de encontrarse frente a su escritorio haciendo crujir los nudillos, y comunicó al señor Muldanno que el señor

Clifford había salido a las nueve de la mañana, y no se le había visto desde entonces.

El Navaja colgó el teléfono y echó a andar apresuradamente por el pasillo, pero luego recuperó su compostura y empezó a contonearse, conforme se acercaba a las mesas y a las miradas. El restaurante empezaba a llenarse. Eran casi las cinco.

Solo pretendía tomar unas copas y luego compartir una buena cena con su abogado, para hablar del lío en el que estaba metido. Solo beber y cenar, eso era todo. Los federales vigilaban y escuchaban. Jerome estaba paranoico y, hacía solo unos días, había dicho a Barry que creía que habían instalado micrófonos en su despacho. Por consiguiente, habían decidido reunirse en el restaurante y compartir una buena comida, sin tener que preocuparse de micrófonos o de que alguien les escuchara.

Tenían que hablar. Hacía quince años que Jerome Clifford se dedicaba a defender a maleantes de Nueva Orleans —gángsteres, camellos, políticos— y su historial era impresionante. Era astuto y corrupto, siempre dispuesto a sobornar a quien fuera sobornable. Tomaba copas con los jueces y se acostaba con sus novias. Sobornaba a la policía y amenazaba a los miembros del jurado. Confraternizaba con los políticos y contribuía a sus campañas cuando se lo pedían. Jerome sabía qué hacía funcionar el sistema, y cuando algún maleante adinerado necesitaba ayuda en Nueva Orleans, acudía al bufete de W. Jerome Clifford, abogado y asesor jurídico. Y allí encontraba a un amigo que florecía entre la roña, y leal hasta las últimas consecuencias.

Sin embargo, el caso de Barry era algo distinto. Era enorme y crecía por momentos. Faltaba un mes para el juicio y la ejecución parecía pender de un hilo. Sería su segundo juicio por asesinato. El primero había tenido lugar a la tierna edad de dieciocho años, cuando el fiscal intentó demostrar, con solo un testigo de escasa fiabilidad, que Barry le había amputado los dedos a otro delincuente enemigo, antes de degollarlo. El tío de Barry, un veterano y respetado mafioso, distribuyó un poco de dinero por aquí y por allá, y el jurado del joven Barry no logró acordar un veredicto por unanimidad.

Más adelante, Barry cumplió dos años de condena en un agradable centro federal, por delitos de improbidad. Su tío pudo habérselo evitado, pero entonces tenía ya veinticinco años y le convenía un breve encarcelamiento. Era una buena referencia profesional. La familia se sentía orgullosa de él. Jerome Clifford se encargó de negociar la sentencia y se hicieron amigos desde entonces.

A Barry le esperaba un vaso de lima con soda en la barra, cuando volvió a su lugar. El alcohol podía esperar unas horas. Tenía que tener el pulso firme.

Exprimió la lima y se miró al espejo. Se percató de que algunos le miraban fijamente; después de todo, con toda probabilidad en aquel momento era el supuesto asesino más famoso del país. Faltaban cuatro semanas para el juicio y la gente le miraba. Su fotografía aparecía en todos los periódicos.

Aquel juicio era excepcional. La víctima era un senador, el primero, se decía, asesinado en acto de servicio. «Estados Unidos de América contra Barry Muldanno.» Evidentemente, no había cadáver, y eso suponía un enorme problema para los Estados Unidos de América. Sin cadáver, tampoco había informes de la autopsia, de balística, ni repugnantes fotografías que mostrar en la sala y con las que impresionar a los miembros del jurado.

Pero Jerome Clifford se desmoronaba. Actuaba de un modo extraño: desaparecía como en ese momento, abandonaba el despacho, no respondía a las llamadas, llegaba siempre tarde al juzgado, refunfuñaba consigo mismo y bebía demasiado. Siempre había sido tenaz y mezquino, pero ahora se mantenía alejado y la gente murmuraba. Con toda sinceridad, lo que Barry quería era un nuevo abogado.

Faltaban solo cuatro semanas y Barry necesitaba tiempo. Una prórroga, una postergación, algo. ¿Por qué es tan veloz la justicia cuando uno no lo desea? Había pasado toda su vida al borde de la ilegalidad y había visto casos que se prolongaban durante varios años. En una ocasión se habían presentado cargos contra su tío, pero después de tres años de intensas escaramuzas el gobierno había acabado por retirar la acusación. Hacía solo seis meses que se había acusado oficialmente a Barry y, de pronto, ahí estaba el juicio. No era justo. Romey no funcionaba. Era preciso sustituirle.

Evidentemente, había un par de lagunas en el caso de los federales. Nadie había presenciado el asesinato. Tal vez construirían un buen caso circunstancial contra él, incluso el motivo. Pero nadie le había visto cometer el crimen. Disponían de un informador inestable y de poco fiar, cuyo testimonio podría ser desvirtuado en la sala cuando se le interrogara, si seguía vivo cuando se celebrara el juicio. Los federales lo tenían escondido. Y Barry contaba con su propia gran ventaja: el cadáver, el pequeño y delgado cuerpo de Boyd Boyette que se pudría lentamente en el hormigón. Sin él, el reverendo Roy no lograría que le condenaran. Eso hizo sonreír a Barry, que guiñó el ojo a dos rubias oxigenadas sentadas a una mesa cerca de la puerta. Disponía de innumerables mujeres desde la acusación. Era famoso.

El caso del reverendo Roy era verdaderamente frágil, pero no había mermado sus sermones cotidianos ante las cámaras, ni sus ostentosos pronósticos de una justicia rápida y eficaz, ni sus presuntuosas entrevistas con cualquier periodista suficientemente aburrido para formularle preguntas. Era un devoto fiscal federal de voz empalagosa y pulmones como una gaita, con ofensivas aspiraciones políticas y opiniones atronantes sobre cualquier cosa. Tenía su propio agente de prensa, un alma agobiada cuya misión era la de mantener al reverendo en las candilejas, de modo que en un futuro muy próximo el público insistiera en que les representara en el Senado de Estados Unidos. De allí, solo el reverendo sabía hacia dónde le conduciría Dios.

El Navaja mordió el hielo con gesto de asco, al pensar en Roy Foltrigg exhibiendo sus autos de procesamiento ante las cámaras y vociferando toda clase de pronósticos acerca del triunfo del bien sobre el mal. Pero habían transcurrido seis meses desde entonces y ni el reverendo Roy ni sus confederados, el FBI, habían encontrado el cadáver de Boyd Boyette. Seguían a Barry día y noche. A decir verdad, probablemente le esperaban ahora en la calle, como si fuera tan estúpido para, después de cenar, ir a echarle una ojeada al cadáver por puro capricho. Habían sobornado a todos los borrachos y vagabundos que alegaban ser informadores. Habían secado balsas y estanques, y dragado ríos. Habían conseguido órdenes de registro para docenas de edificios y fincas de la ciudad. Habían gastado una pequeña fortuna en azadas y palas mecánicas.

Pero lo tenía Barry. El cuerpo de Boyd Boyette. Quería trasladarlo, pero no podía. El reverendo y su legión de ángeles le vigilaban.

Clifford llevaba ya una hora de retraso. Barry pagó las dos rondas, guiñó el ojo a las rubias oxigenadas con minifalda de cuero, y abandonó el local maldiciendo a los abogados en general y al suyo en particular.

Necesitaba un nuevo abogado, uno que contestara a sus llamadas, se reuniera con él para tomar una copa y encontrara a algunos miembros del jurado a los que pudiera sobornar. ¡Un abogado de verdad!

Necesitaba un nuevo abogado y necesitaba una prórroga, una postergación, un aplazamiento, ¡mecachis!, cualquier cosa que retrasara el proceso y le diera tiempo de pensar.

Encendió un cigarrillo y echó a andar tranquilamente por Magazine, entre Canal y Poydras. El aire era pesado. El despacho de Clifford estaba a cuatro manzanas. ¡Su abogado quería un juicio rápido! ¡Menudo imbécil! Nadie quería un juicio rápido en aquel sistema, pero W. Jerome Clifford insistía. El abogado le había explicado, hacía menos de tres semanas, que debían insistir en un juicio rápido porque no había cadáver y, por consiguiente, no había caso. Pero si esperaban, puede que descubrieran el cadáver, y puesto que Barry era un sospechoso tan maravilloso y que se trataba de un asesinato tan sensacionalista, con mucha presión para que se resolviera, además de que había cometido realmente el delito, les convenía que se celebrara el juicio cuanto antes. Esto había sorprendido a Barry. Habían discutido acaloradamente en el despacho de Romey y, desde entonces, las cosas habían tomado otro cariz.

En un momento dado de la discusión, hacía tres semanas, habían bajado las voces y Barry había alardeado de que nunca descubrirían el cadáver. Se había deshecho de muchos cadáveres y sabía cómo esconderlos. Boyette había sido ocultado un tanto precipitadamente y, a pesar de que Barry deseaba trasladar su diminuto cuerpo, descansaba en paz sin peligro de que Roy y sus federales lo molestaran.

Barry soltó una carcajada mientras caminaba por Poydras.

—Entonces ¿dónde está el cadáver? —había preguntado Clifford.

—Es preferible que no lo sepas —respondió Barry.

—Claro que quiero saberlo. Todo el mundo quiere saberlo. Cuéntamelo, si tienes agallas.

—Es preferible que no lo sepas.

—Vamos. Cuéntamelo.

—No te gustará.

—Cuéntamelo.

Barry arrojó la colilla al suelo y estuvo a punto de reírse en voz alta. No debió habérselo contado a Jerome Clifford. Había sido una chiquillada, aunque inofensiva. Se le podían confiar secretos, amparados en la discreción profesional entre el cliente y su abogado, y le ofendía que Barry no le contara hasta el último detalle, desde el primer momento. Jerome Clifford era tan corrupto y depravado como sus clientes, y si tenían las manos manchadas de sangre, quería verla.

—¿Recuerdas el día en que desapareció Boyette? —preguntó Barry.

—Por supuesto. El dieciséis de enero.

—¿Recuerdas dónde estabas tú el dieciséis de enero?

En aquel momento Romey se había acercado a la pared, detrás de su escritorio, para consultar un calendario lleno de borrones.

—En Colorado, esquiando.

—¿Recuerdas que me prestaste tu casa?

—Sí, tenías una cita con la esposa de algún médico.

—Exactamente. Solo que ella no pudo acudir a la cita y llevé al senador a tu casa.

En aquel momento Romey había quedado paralizado, mirando a su cliente con la boca abierta y los ojos entornados.

—Llegó en el maletero —prosiguió Barry— y lo dejé en tu casa.

—¿Dónde? —preguntó Romey con incredulidad.

—En el garaje.

—Mientes.

La puerta principal del despacho de Clifford estaba cerrada con llave. Barry la sacudió y blasfemó por la ventana. Encendió otro cigarrillo y buscó el Lincoln negro en los aparcamientos habituales. Encontraría a ese gordo hijo de puta, aunque tardara toda la noche.

Barry tenía un amigo en Miami contra quien en una ocasión habían dictado auto de procesamiento por varios cargos de tráfico de drogas. Su abogado era bastante bueno y logró alargar los prolegómenos durante dos años y medio, hasta que el juez perdió la paciencia y ordenó que se celebrara el juicio. Un día antes de la selección del jurado, su amigo mató a su excelente abogado, y el juez se vio obligado a conceder otra prórroga. El juicio nunca llegó a celebrarse.

Si de pronto falleciera Romey, transcurrirían meses, tal vez años, antes de que se celebrara el juicio.

3

Ricky se alejó del árbol entre los hierbajos hasta encontrar un pequeño sendero y echó a correr.

—Ricky —exclamó Mark—. Escúchame, Ricky, espera.

Pero no hizo caso.

Mark contempló una vez más al individuo del coche, con la pistola todavía en la boca. Tenía los ojos semiabiertos y le temblaban los talones. Ya había visto bastante.

—Ricky —exclamó de nuevo, mientras corría hacia el sendero.

Su hermano seguía corriendo de un modo peculiar, con los brazos rígidos y pegados al cuerpo, doblado por la cintura. Los hierbajos le azotaban el rostro. Tropezó, pero no se cayó. Mark le agarró por los hombros y le obligó a dar media vuelta.

—¡Escúchame, Ricky! Ha pasado el peligro.

Ricky parecía un zombi, pálido y con los ojos empañados. Jadeaba y emitía un doloroso gemido apagado. No podía hablar. Se soltó de una sacudida y volvió a su galope, sin dejar de gemir conforme los hierbajos le azotaban la cara. Mark casi le alcanzaba cuando cruzaron el lecho seco de un riachuelo, camino de su casa.

Empezaban a escasear los árboles al acercarse a la deteriorada verja que rodeaba la mayor parte del cámping. Un par de chiquillos tiraban piedras contra una pulcra hilera de latas, colocadas sobre el capó de un coche destartalado. Ricky aceleró y cruzó por un orificio de la verja. Saltó una cuneta, se escurrió entre dos remolques y siguió corriendo por la calle. Mark le pisaba los talones. Ricky respiraba más hondo y el gemido aumentó de volumen.

El hogar sobre ruedas de los Sway medía cuatro metros de anchura por veinte de longitud, y estaba aparcado en una pequeña parcela de la calle Este, junto a otros cuarenta. Tucker Wheel Estates contaba también con las calles Norte, Sur y Oeste, que giraban en todas direcciones y se cruzaban varias veces entre sí. Era un cámping correcto, con calles bastante limpias, algunos árboles, numerosas bicicletas y unos cuantos coches abandonados. Cuando había ruido o música demasiado fuerte y alguien lo denunciaba al señor Tucker, acudía inmediatamente la policía. Su familia era propietaria del terreno y de la mayoría de las caravanas, incluida la número 17 de la calle Este, que Dianne Sway alquilaba por doscientos ochenta dólares mensuales.

Ricky entró corriendo por la puerta, que no estaba cerrada con llave, y se dejó caer en el sofá de la sala de estar. Parecía que lloraba, pero sin lágrimas. Dobló las rodillas contra el estómago, como si tuviera frío, y luego, muy lentamente, se llevó el pulgar derecho a la boca. Mark le observaba atentamente.

—Ricky, háblame —dijo su hermano, al tiempo que le movía suavemente los hombros—. Tienes que hablarme, Ricky. Todo ha pasado.

Se limitó a chupar con mayor ahínco su pulgar. Cerró los ojos y le temblaba todo el cuerpo.

Mark miró alrededor de la sala y la cocina, y comprobó que todo estaba exactamente tal como lo habían dejado una hora antes. ¡Una hora! Parecía una eternidad. La luz del sol menguaba y todo parecía un poco más oscuro. Sus libros y bolsas del colegio estaban amontonados sobre la mesa de la cocina, como de costumbre. La nota habitual de su madre estaba sobre el aparador, junto al teléfono. Se acercó al fregadero, cogió una taza limpia y la llenó de agua. Tenía muchísima sed. Mientras bebía el agua fresca, miró por la ventana a la caravana contigua. Entonces oyó unos ruidos y miró a su hermano. Se chupaba el pulgar. En una ocasión había visto un programa por televisión en el que unos chiquillos californianos se chupaban el pulgar después de un terremoto. Intervinieron toda clase de médicos. Un año después del suceso, seguían chupándolo.

La taza tocó un punto sensible del labio y recordó la sangre. Corrió al cuarto de baño y se examinó la cara en el espejo. Cerca de la línea del cabello tenía un pequeño chichón casi imperceptible. Su ojo izquierdo estaba hinchado y tenía muy mal aspecto. Dejó correr el agua del grifo y se limpió una mancha de sangre del labio inferior. No estaba hinchado, pero de pronto empezó a dolerle. Había tenido peor aspecto después de alguna pelea en la escuela. Era un chico duro.

Cogió un cubito de hielo del refrigerador y lo mantuvo firme bajo el ojo. Se acercó al sofá y observó a su hermano, prestando atención particularmente al pulgar. Ricky estaba dormido. Eran casi las cinco y media, hora en que su madre solía regresar a casa, después de nueve largas horas en la fábrica de lámparas. Todavía le silbaban los oídos de los disparos y de los bofetones de su difunto amigo el señor Romey, pero empezaba de nuevo a reflexionar. Se sentó junto a los pies de Ricky y se frotó lentamente el ojo con el cubito de hielo.

Si no llamaba al 911, podrían transcurrir varios días antes de que alguien descubriera el cuerpo. El ruido del disparo fatal había sido muy sordo y estaba seguro de que solo ellos lo habían oído. Había estado muchas veces en aquel claro del bosque, pero de pronto se dio cuenta de que nunca había visto a nadie por allí. Era un lugar apartado. ¿Por qué lo habría elegido Romey? ¿No era de Nueva Orleans?

Mark había visto muchos programas sobre rescates por televisión y sabía con toda certeza que todas las llamadas al 911 quedaban grabadas. No quería que le grabaran a él. No le contaría nunca a nadie, ni siquiera a su madre, la experiencia que acababa de vivir, pero tenía una necesidad imperante de hablar del tema con su hermano menor, para no discrepar en sus mentiras.

—Ricky —exclamó, al tiempo que sacudía la pierna de su hermano.

Ricky gimió, pero no abrió los ojos, y se acurrucó todavía más.

—¡Ricky, despierta!

Su única reacción consistió en temblar, como si estuviera muerto de frío. Mark fue al armario en busca de un edredón, cubrió a su hermano, luego envolvió un puñado de cubitos de hielo en un trapo de cocina y lo colocó cuidadosamente sobre su propio ojo izquierdo. No le apetecía dar explicaciones sobre el estado de su rostro.

Con la mirada fija en el teléfono, pensó en las películas de indios y vaqueros con el suelo cubierto de cadáveres, los buitres describiendo círculos en el cielo, y la preocupación de todo el mundo por enterrar a los muertos antes de que los atacaran los malditos pajarracos. Tardaría aproximadamente una hora en oscurecer. ¿Atacaban los buitres de noche? Nunca lo había visto en ninguna película.

La idea de aquel abogado con la pistola en la boca, un solo zapato y probablemente todavía sangrando, era ya bastante horrible, pero el mero hecho de pensar en los buitres picoteando y desgarrando impulsó a Mark a levantar el teléfono, marcar 911 y aclararse la garganta.

—Sí, hay un muerto, en el bosque y, bueno, alguien tiene que recogerlo —dijo en el tono más grave que pudo.

Desde la primera sílaba supo que su intento de disimular era irrisorio. Respiró hondo y sintió que le dolía el chichón de la frente.

—¿Quién habla, por favor? —preguntó una voz femenina, casi como la de un robot.

—Bueno, prefiero no decírselo, ¿vale?

—Necesitamos tu nombre, hijo.

Magnífico, sabía que era un niño. Tenía la esperanza de que le tomara, por lo menos, por un adolescente.

—¿Le interesa saber algo del cadáver o no? —preguntó Mark.

—¿Dónde está el cadáver?

Eso era el colmo, pensó, ya se lo estaba contando a alguien. Y no precisamente a alguien en quien pudiera confiar, sino a alguien que vestía uniforme y trabajaba para la policía. Imaginaba incluso su conversación grabada, repetida una y otra vez ante el jurado, como por televisión. Someterían su voz a toda clase de pruebas y todo el mundo sabría que había sido Mark Sway quien había hablado del cadáver a la policía, cuando ningún otro habitante del planeta conocía su existencia. Intentó adoptar un tono más grave de voz.

—Está cerca de Tucker Wheel Estates y...

—Eso es por Whipple Road.

—Sí, efectivamente. Está en el bosque, entre Tucker Wheel Estates y la Nacional diecisiete.

—¿El cadáver está en el bosque?

—Más o menos. En realidad el cuerpo está sobre un coche en el bosque.

—¿Y el cuerpo está muerto?

—Se ha pegado un tiro, ¿vale? Con una pistola, en la boca, y estoy seguro de que está muerto.

—¿Has visto el cadáver? —preguntó aquella mujer, en un tono más agudo y menos profesional.

Vaya pregunta estúpida, pensó Mark. ¿Si he visto el cadáver? Le hacía perder el tiempo para localizar la llamada.

—Hijo, ¿has visto el cadáver? —volvió a preguntar.

—Claro que lo he visto.

—Necesito tu nombre, hijo.

—Escúcheme, hay un pequeño camino sin asfaltar que sale de la Nacional diecisiete y llega hasta un pequeño claro del bosque. El coche es grande y negro, y el muerto está encima. Si no lo encuentran, peor para ustedes. Adiós.

Colgó y se quedó con la mirada fija en el teléfono. La caravana estaba perfectamente tranquila. Se acercó a la puerta y miró entre los sucios visillos, medio a la expectativa de ver aparecer coches de policía por todas partes, sirenas, agentes especiales y chaquetas antibalas.

Serénate. Volvió a sacudir ligeramente a Ricky y, al tocarle el brazo, comprobó lo pegajoso que estaba. Pero seguía durmiendo con el pulgar en la boca. Mark lo agarró cuidadosamente por la cintura y lo arrastró por el suelo a lo largo del estrecho pasillo hasta su habitación, para meterlo en la cama. Ricky farfulló y se retorció un poco, pero volvió a enroscarse como una pelota. Mark lo cubrió con una manta y cerró la puerta.

A continuación escribió una nota para su madre, comunicándole que Ricky no se sentía bien, que guardara silencio porque estaba dormido, y que él regresaría al cabo de una hora aproximadamente. No era obligatorio que estuvieran en casa cuando su madre regresara, pero era imprescindible que dejaran una nota.

A Mark le pasó inadvertido el ronroneo lejano de un helicóptero.

Encendió un cigarrillo por el camino. Hacía un par de años había desaparecido una bicicleta nueva de una casa de un barrio residencial, cerca del cámping. Se rumoreaba que se había visto detrás de una de las caravanas y que un par de chiquillos del cámping la habían desarmado y cambiado de color. A los niños de los barrios residenciales les gustaba denominar a sus vecinos «chiquillos del cámping», con el consiguiente desprecio que eso significaba. Asistían a la misma escuela y todos los días había peleas entre ambas clases sociales. Todos los delitos y disturbios en los barrios residenciales se atribuían automáticamente a la gente del cámping.

Kevin, el delincuente de la calle Norte, tenía la bicicleta nueva y se la había mostrado a algunos de sus compañeros, antes de pintarla de nuevo. Mark la había visto. Los rumores no dejaban de circular, la policía husmeaba y una noche alguien llamó a la puerta. Se había mencionado el nombre de Mark y un policía quería formularle unas preguntas. El agente se sentó junto a la mesa de la cocina y miró fijamente a Mark durante una hora. Era muy diferente de la televisión, donde el acusado no pierde la serenidad y se ríe del poli.

Mark no admitió nada, pasó tres noches sin dormir, y juró vivir honradamente y evitar los problemas.

Pero lo de ahora era un problema. Un verdadero problema, mucho peor que el de la bicicleta robada. Un muerto que había revelado ciertos secretos antes de morir. ¿Habría dicho la verdad? Estaba borracho y loco como una cabra; hablaba incluso de visitar al mago. Pero ¿por qué mentiría?

Mark sabía que Romey tenía una pistola, incluso la había tenido en las manos y acariciado el gatillo. Y aquella pistola había acabado con su vida. Debía de ser un delito ver a alguien suicidarse y no impedírselo.

¡No se lo diría nunca a nadie! Romey ya no hablaba. Tendría que ocuparse de Ricky. Mark había guardado silencio respecto a la bicicleta y podía hacerlo de nuevo. Nadie sabría jamás que había estado en el coche.

Se oyó una sirena en la lejanía y a continuación el ronroneo característico de un helicóptero. Mark se refugió bajo un árbol, cuando oyó que se acercaba. Luego avanzó sigilosamente y sin prisas entre árboles y matorrales, hasta que oyó voces.

Estaba todo lleno de luces intermitentes. Azul para la policía y rojo para la ambulancia. Los coches blancos de la policía de Memphis estaban aparcados alrededor del Lincoln negro. La ambulancia blanca y anaranjada llegaba cuando Mark miró entre los matorrales. Nadie parecía exaltado ni preocupado.

Romey seguía en el mismo lugar. Un policía tomaba fotografías, mientras otros se reían. Las radios emitían extrañas voces, como en la televisión.

Manaba sangre por debajo del cadáver, que descendía por las luces traseras rojas y blancas. La cabeza estaba ladeada hacia la derecha, ahora con los ojos cerrados. Tenía todavía la pistola en la mano derecha, sobre su abultado vientre. Los enfermeros se acercaron, le observaron, soltaron algunos chistes de mal gusto y los policías se rieron. Las cuatro puertas estaban abiertas, e inspeccionaban cuidadosamente el vehículo. Nadie movía un dedo para trasladar el cadáver. El helicóptero hizo una última pasada y se alejó.

Mark estaba en medio del bosque, tal vez a unos diez metros del árbol y del tronco donde habían encendido los primeros cigarrillos. Tenía una vista perfecta del claro y del gordo abogado que yacía sobre el coche, como una vaca muerta en medio de la carretera. Llegó otro coche de policía y luego otra ambulancia. La gente de uniforme tropezaba entre sí. Se retiraban pequeñas bolsas blancas del coche, con suma cautela, de contenido invisible. Dos policías con guantes de goma enrollaron la manguera. El fotógrafo se agachó junto a cada puerta y tomó fotografías. De vez en cuando alguien se detenía para observar a Romey, pero la mayoría tomaba café en tazas de plástico y charlaba. Un policía colocó el zapato de Romey sobre el maletero, junto al cadáver, luego lo introdujo en una bolsa blanca y escribió algo sobre la misma. Otro policía se agachó junto a la matrícula y esperó una respuesta con la radio en la mano.

Por fin apareció una camilla de la primera ambulancia, la trasladaron junto al parachoques posterior y la colocaron en el suelo. Dos enfermeros agarraron a Romey por los pies y tiraron suavemente, hasta que otros dos pudieron sujetarle los brazos. Los policías observaban y se reían de lo gordo que estaba el señor Clifford, cuyo nombre ahora conocían. Preguntaban si necesitarían más enfermeros para trasladar aquella mole, si la camilla resistiría y si cabría en la ambulancia. Todos se reían a carcajadas mientras intentaban bajar el cadáver.

Un policía introdujo la pistola en una bolsa. Colocaron la camilla en la ambulancia, pero no cerraron las puertas. Llegó una grúa con luces amarillas y retrocedió junto al parachoques delantero del Lincoln.

Mark pensó en Ricky y en el hecho de que se chupara el pulgar. ¿Y si necesitaba ayuda? Su madre no tardaría en llegar. ¿Qué ocurriría si intentaba despertarle y se llevaba un susto? Regresaría a su casa al cabo de un minuto y fumaría un cigarrillo por el camino.

Oyó un ruido a su espalda pero no le dio importancia, quizá era el crujido de una pequeña rama; de pronto una mano lo agarró con fuerza del cuello y oyó una voz que decía:

—¿Qué haces aquí, chiquillo?

Mark volvió la cabeza, comprobó que se encontraba ante un policía, se quedó paralizado y se le cortó la respiración.

—¿Qué estás haciendo aquí, chiquillo? —insistió el agente, al tiempo que le estiraba del cuello sin hacerle daño pero con absoluta firmeza—. Levántate, chiquillo. No tengas miedo.

Mark se puso de pie y el policía le soltó. Los agentes del claro le habían oído y todos le miraban.

—¿Qué estás haciendo aquí?

—Solo miraba —respondió Mark.

El agente señaló el claro con la linterna. El sol ya había desaparecido y oscurecería en unos veinte minutos.

—Vamos hacia allí —dijo el agente.

—Debo regresar a mi casa —respondió Mark.

—¿Cómo te llamas? —preguntó el policía, después de colocarle el brazo sobre el hombro y conducirlo hacia el claro del bosque.

—Mark.

—¿Y tu apellido?

—Sway. ¿Cómo se llama usted?

—Hardy. Conque Mark Sway, ¿eh? —repitió pensativo el policía—. Y vives en Tucker Wheel Estates, ¿no es cierto?

No podía negarlo, pero por alguna razón titubeó.

—Sí, señor.

Se reunieron con el resto de los policías, que guardaban ahora silencio a la espera de ver al chiquillo.

—Muchachos, os presento a Mark Sway, el chiquillo que ha hecho la llamada —declaró Hardy—. Tú has hecho la llamada, ¿no es cierto, Mark?

Quería mentir, pero en aquel momento no creyó que pudiera permitírselo.

—Pues... sí, señor.

—¿Cómo descubriste el cadáver?

—Mi hermano y yo estábamos jugando.

—¿Dónde jugabais?

—Por aquí. Vivimos ahí abajo —respondió, señalando entre los árboles.

—¿Estabais fumando droga?

—No, señor.

—¿Estás seguro?

—Sí, señor.

—Manténte alejado de las drogas, muchacho.

Había por lo menos seis policías en un corro y las preguntas llovían de todas partes.

—¿Cómo descubristeis el coche?

—Bueno, simplemente nos lo encontramos.

—¿Qué hora era?

—No lo recuerdo, en serio. Solo dábamos un paseo por el bosque. Siempre lo hacemos.

—¿Cómo se llama tu hermano?

—Ricky.

—¿El mismo apellido que tú?

—Sí, señor.

—¿Dónde estabais tú y Ricky cuando visteis el coche?

—Debajo de aquel árbol —respondió Mark, señalando a su espalda.

Un enfermero se acercó al grupo y dijo que iban a llevar el cuerpo al depósito de cadáveres. La grúa tiraba del Lincoln.

—¿Dónde está Ricky ahora?

—En casa.

—¿Qué te ha ocurrido en la cara? —preguntó Hardy.

—No tiene importancia —respondió Mark, al tiempo que se llevaba la mano instintivamente al ojo—. He tenido una pelea en la escuela.

—¿Por qué te escondías entre los matorrales?

—No lo sé.

—Vamos, Mark, te escondías por algo.

—No lo sé. Estoy asustado, ¿sabe? Con eso de ver un muerto y todo lo demás.

—¿No habías visto nunca ningún muerto?

—Por televisión.

Uno de los policías llegó a sonreír.

—¿Viste a ese hombre antes de que se quitara la vida?

—No, señor.

—¿De modo que le encontraste tal cual?

—Sí, señor. Cuando llegamos a ese árbol vimos el coche y luego vimos al hombre.

—¿Dónde estabais cuando oísteis el disparo?

Estaba a punto de señalar el árbol, cuando de pronto se contuvo.

—No comprendo.

—Sabemos que oísteis el disparo. ¿Dónde estabais cuando lo oísteis?

—No oímos ningún disparo.

—¿Estás seguro?

—Completamente seguro. Llegamos aquí, nos lo encontramos, regresamos a casa y llamé al nueve uno uno.

—¿Por qué no diste tu nombre cuando llamaste?

—No lo sé.

—Vamos, Mark, será por algo.

—No lo sé. Por miedo, supongo.

Los polis se miraron entre sí, como si se tratara de un juego. Mark procuraba respirar con normalidad e inspirar compasión. No era más que un niño.

—Tengo que regresar a mi casa. Probablemente mi madre me estará buscando.

—De acuerdo. Una última pregunta —dijo Hardy—. ¿Estaba el motor en marcha cuando viste el coche por primera vez?

Mark se esforzó, pero no lograba recordar si Romey había parado el motor antes de pegarse un tiro.

—No estoy seguro —respondió lentamente—, pero creo que estaba funcionando.

—Sube —dijo Hardy, señalando un coche de policía—. Te llevaré a tu casa.

—No es necesario. Iré andando.

—No, está demasiado oscuro. Te llevaré. Vamos, sube —insistió después de cogerlo del brazo y conducirlo hacia el coche.

4

Dianne Sway había llamado a la clínica infantil y estaba sentada al borde de la cama de Ricky, mordiéndose las uñas a la espera de que llamara el médico. La enfermera le había dicho que tardaría menos de diez minutos. También le había dicho que circulaba un virus muy contagioso por las escuelas y que aquella semana habían tratado a docenas de niños. Los síntomas eran los mismos, de modo que no tenía por qué preocuparse. Dianne le había tocado la frente para comprobar si tenía fiebre. Tambien lo había sacudido suavemente, pero no había reaccionado. Seguía acurrucado, respirando con normalidad y chupándose el pulgar. Oyó el ruido de la puerta de un coche y regresó a la sala de estar.

—Hola, mamá —dijo Mark, después de cruzar la puerta.

—¿Dónde te habías metido? —exclamó Dianne—. ¿Qué le ocurre a Ricky?

El sargento Hardy apareció en la puerta y ella se quedó paralizada.

—Buenas tardes, señora —dijo el policía.

—¿Qué has hecho, Mark? —preguntó con la mirada fija en su hijo.

—Nada.

—Nada grave, señora —respondió Hardy, después de cruzar el umbral de la puerta.

—Entonces ¿por qué está usted aquí?

—Puedo explicártelo, mamá. Es un poco complicado.

Hardy cerró la puerta y se quedaron los tres de pie en la pequeña sala, mirándose torpemente.

—Te escucho.

—Bueno, Ricky y yo estábamos jugando en el bosque esta tarde, cuando vimos un gran coche negro aparcado con el motor en marcha y, al acercarnos, comprobamos que había un hombre sobre el maletero, con una pistola en la boca. Estaba muerto.

—¡Muerto!

—Suicidado, señora —aclaró Hardy.

—Entonces volvimos rápidamente a casa y llamé al nueve uno uno.

Dianne se cubrió la boca con los dedos.

—El nombre del difunto es Jerome Clifford, varón, blanco —declaró oficialmente Hardy—. Es de Nueva Orleans y no tenemos ni idea de por qué vino aquí. Creemos que hace un par de horas que está muerto, no mucho. Ha dejado una nota.

—¿Qué ha hecho Ricky? —preguntó Dianne.

—Al llegar a casa se ha tumbado en el sofá, ha empezado a chuparse el pulgar y no ha querido hablar. Le he llevado a la cama y le he tapado con un edredón.

—¿Qué edad tiene? —preguntó Hardy, con el entrecejo fruncido.

—Ocho años.

—¿Puedo verle?

—¿Por qué? —preguntó Dianne.

—Me preocupa. Ha presenciado algo horrible y puede que esté en estado de *shock*.

—¿*Shock*?

—Sí, señora.

Dianne cruzó rápidamente la cocina y avanzó por el pasillo seguida de Hardy, con Mark en la retaguardia moviendo la cabeza y apretando los dientes.

Hardy retiró un poco el edredón y tocó el brazo de Ricky.

Tenía el pulgar en la boca. Le sacudió ligeramente el hombro, pronunció su nombre, y Ricky abrió momentáneamente los ojos y susurró algo.

—Tiene la piel fría y húmeda. ¿Ha estado enfermo? —preguntó Hardy en voz baja.

—No.

Sonó el teléfono y Dianne se apresuró a contestar. Desde el dormitorio, Hardy y Mark oyeron que le describía los síntomas al médico y le contaba lo del cadáver con el que los niños se habían encontrado.

—¿Ha dicho algo cuando visteis el cadáver? —preguntó Hardy sin levantar la voz.

—Creo que no. Ha ocurrido todo muy rápido. Hemos echado a correr cuando lo hemos visto. Solo gemía y refunfuñaba cuando volvíamos, corría de un modo extraño, con los brazos pegados al cuerpo. Nunca le había visto correr de ese modo, y en el momento de llegar a casa se ha acurrucado y no ha vuelto a hablar.

—Hay que llevarle al hospital —dijo Hardy.

Mark sintió que le cedían las rodillas y se apoyó contra la pared. Dianne colgó el teléfono y Hardy se reunió con ella en la cocina.

—El médico quiere que ingrese en el hospital —exclamó alarmada.

—Llamaré a una ambulancia —dijo Hardy, dirigiéndose a su coche—. Prepárele un poco de ropa —añadió antes de salir y dejar la puerta abierta.

Dianne miró fijamente a Mark, que se sentía débil y necesitaba sentarse. Se dejó caer en una silla, junto a la mesa de la cocina.

—¿Nos estás contando la verdad? —preguntó Dianne.

—Sí, mamá. Supongo que se ha asustado al ver el cadáver y luego hemos venido corriendo a casa.

Ahora tardaría horas en contarle la verdad. Cuando estuvieran solos, puede que se lo pensara mejor y se lo contara todo, pero en aquel momento estaba allí aquel policía y el asunto se complicaría demasiado. No le tenía miedo a su madre y solía ser sincero con ella cuando insistía. Tenía solo treinta años, era más joven que cualquiera de las madres de sus amigos, y habían superado juntos muchas peripecias. Sus brutales epopeyas para defenderse de su padre habían forjado entre ambos un vínculo mucho más profundo que el habitual entre madre e hijo. Le dolía ocultarle la verdad. Estaba asustada y desesperada, pero lo que Romey le había contado no tenía nada que ver con el estado de Ricky. Sintió una punzada en el estómago y la sala empezó a girar lentamente.

—¿Qué te ha ocurrido en el ojo?

—He tenido una pelea en la escuela. No ha sido culpa mía.

—Nunca lo es. ¿Estás bien?

—Creo que sí.

—La ambulancia llegará dentro de un momento —anunció Hardy, de nuevo en la puerta—. ¿A qué hospital?

—El médico ha dicho que le llevemos al de Saint Peter.

—¿Quién es el médico?

—Grupo pediátrico Shelby. Han dicho que un psiquiatra infantil se reuniría con nosotros en el hospital —respondió nerviosa, mientras encendía un cigarrillo—. ¿Le parece correcto?

—Deben practicarle un reconocimiento, señora, y tal vez deba quedarse en el hospital. He visto esto otras veces, con niños que han presenciado tiroteos o puñaladas. Es algo muy traumático y puede que tarde algún tiempo en recuperarse. El año pasado un niño vio cómo un traficante de *crack* le pegaba un tiro a su madre, y el pobre chico sigue todavía en el hospital.

—¿Qué edad tenía?

—Ocho años, ahora tiene nueve. No habla. No come. Se chupa el pulgar y juega con muñecas. Es muy triste.

—Voy a preparar un poco de ropa —dijo Dianne, que ya había oído bastante.

—Lleve también un poco de ropa para usted, señora. Puede que tenga que quedarse con él.

—¿Qué ocurrirá con Mark?

—¿A qué hora regresa su marido?

—No tengo marido.

—Entonces prepare ropa también para Mark. Es posible que les hagan pasar la noche en el hospital.

Dianne estaba de pie en la cocina, con el cigarrillo a unos centímetros de los labios, intentando pensar. Tenía miedo y no estaba segura de lo que debía hacer.

—No tengo ningún seguro médico —susurró en dirección a la ventana.

—En el Saint Peter aceptan casos de beneficencia. Prepare la ropa.

Se formó un corro alrededor de la ambulancia cuando esta se detuvo frente al número 17 de la calle Este. La gente esperaba, observaba, susurraba y señalaba, cuando los enfermeros entraron en la caravana.

Hardy colocó a Ricky sobre la camilla y le envolvieron en una manta. Intentó acurrucarse, pero las cintas de sujeción se lo impidieron. Gimió un par de veces, pero sin abrir los ojos. Dianne le liberó suavemente el brazo derecho para que tuviera acceso a su pulgar. Tenía los ojos húmedos, pero se negaba a llorar.

La gente abrió paso detrás de la ambulancia, cuando los enfermeros llegaron con la camilla. Introdujeron a Ricky en el vehículo y a continuación entró Dianne. Algunos vecinos expresaron su preocupación, pero el conductor cerró la puerta antes de darle tiempo a responder. Mark se sentó en el coche de la policía junto a Hardy, que pulsó un botón e inmediatamente unas luces azules empezaron a reflejarse y circular por las caravanas circundantes. La gente se separó y Hardy aceleró el motor, seguido de la ambulancia.

Mark estaba demasiado preocupado y asustado para interesarse por las radios, micrófonos, armas y aparatos. Permaneció inmóvil, con la boca cerrada.

—¿Me has contado la verdad, hijo? —preguntó inesperadamente Hardy, actuando de nuevo como un policía.

—Sí, señor. ¿Sobre qué?

—Sobre lo que has visto.

—Sí, señor. ¿No me cree?

—No he dicho eso. Pero me parece un poco raro, eso
es todo.

—¿Qué le parece raro? —preguntó Mark al cabo de unos
segundos, cuando comprendió que Hardy esperaba su respuesta.

—Varias cosas. En primer lugar, hiciste la llamada, pero no
quisiste dar tu nombre. ¿Por qué no? Si tú y Ricky simplemente os encontrasteis con el muerto, ¿por qué no dar tu
nombre? En segundo lugar, ¿por qué volviste al bosque y te
ocultaste entre los matorrales? Las personas que se esconden
es porque están asustadas. ¿Por qué no volviste a contarnos
sencillamente lo que habías visto? En tercer lugar, si tú y
Ricky visteis lo mismo, ¿por qué le ha causado a él una impresión tan fuerte, cuando tú sigues en bastante buena forma?
¿Comprendes a lo que me refiero?

Mark reflexionó unos instantes y se dio cuenta de que
no tenía nada que decir. Por consiguiente, guardó silencio. Estaban en la carretera Nacional, en dirección al centro
de la ciudad. Era divertido ver cómo los demás coches les cedían el paso. Las luces rojas de la ambulancia les seguían de
cerca.

—No has contestado a mi pregunta —acabó por decir
Hardy.

—¿Qué pregunta?

—¿Por qué no diste tu nombre cuando llamaste por teléfono?

—Tenía miedo, ¿vale? Es la primera vez que he visto a un
muerto y me he llevado un susto. Todavía estoy asustado.

—Entonces ¿por qué volviste al lugar de autos? ¿Por qué
te ocultabas de nosotros?

—Tenía miedo, pero quería saber qué ocurría. Eso no es ningún delito, que yo sepa.

—Tal vez no.

Salieron de la carretera y en aquel momento circulaban entre el tráfico de la ciudad. Se vislumbraban los altos edificios del centro de Memphis.

—Confío en que nos estés contando la verdad —dijo Hardy.

—¿No me cree?

—Tengo mis dudas.

—¿Por qué tiene dudas? —preguntó Mark, después de respirar hondo, mientras miraba por el espejo lateral.

—Te diré lo que pienso, muchacho. ¿Quieres oírlo?

—Desde luego —respondió lentamente Mark.

—Pues creo que estabais en el bosque fumando. He encontrado unas colillas frescas bajo el árbol de la soga. Sospecho que estabais allí fumando un pitillo y lo habéis visto todo.

El corazón de Mark dejó de latir y se le enfrió la sangre en las venas, pero sabía lo importante que era aparentar que conservaba la serenidad. Se limitó a encogerse de hombros. Hardy no estaba presente. No había visto nada. Se dio cuenta de que le temblaban las manos y se sentó encima de las mismas. Hardy le observaba.

—¿Detienen a los niños por fumar cigarrillos? —preguntó Mark con la voz un poco más débil.

—No. Pero los niños que mienten a la policía pueden tener problemas muy graves.

—Yo no miento, ¿vale? He fumado allí en otras ocasiones, pero no hoy. Paseábamos por el bosque, pensando en la posibilidad de fumar un cigarrillo, cuando de pronto nos hemos encontrado con el coche y con Romey.

—¿Quién es Romey? —preguntó Hardy, después de titubear unos instantes.

Mark respiró hondo y se concentró. Comprendió inmediatamente que todo había acabado. Había metido la pata.

Había hablado demasiado. Mentido demasiado. Se había mantenido fiel a su versión menos de una hora. Sigue pensando, se dijo.

—Es el nombre de ese individuo, ¿no es cierto?

—¿Romey?

—Sí. ¿No es así como usted le ha llamado?

—No. Le he dicho a tu madre que se llamaba Jerome Clifford y que era de Nueva Orleans.

—Creía que había dicho Romey Clifford, de Nueva Orleans.

—¿Quién ha oído jamás semejante nombre?

—Que me registren.

El coche giró a la derecha y Mark miró al frente.

—¿Es esto el hospital de Saint Peter?

—Eso dice el cartel.

Hardy aparcó a un lado y vieron cómo la ambulancia retrocedía hacia la entrada de urgencias.

5

El ilustrísimo señor don J. Roy Foltrigg, fiscal de Estados
Unidos en el distrito sur de Luisiana, en Nueva Orleans, y re-
publicano, sorbía delicadamente el zumo de tomate de una
lata, con las piernas estiradas en el interior de una furgoneta
Chevrolet personalizada, mientras esta avanzaba veloz y suavemente por la autopista. Memphis estaba a cinco horas de
camino hacia el norte, por la Interestatal 55, y podía haber cogido un avión, pero había dos razones por las que no lo había
hecho. En primer lugar, el papeleo. Podía alegar que se trataba de un viaje oficial relacionado con el caso de Boyd Boyette y, apretando por aquí y aflojando por allá, lograría que co-
lara. Pero tardaría meses en cobrar y tendría que rellenar un
sinfín de formularios. La segunda razón, y la más importante,
era que no le gustaba volar. Podía haber esperado tres horas
en Nueva Orleans para coger un vuelo de una hora de duración y llegar a Memphis alrededor de las once de la noche, pero
en la furgoneta llegarían a las doce. No confesaba su miedo a
volar y sabía que algún día tendría que ver a un psiquiatra para
superarlo. Entretanto, se había comprado aquella lujosa furgoneta con el dinero de su propio bolsillo, y la había llenado
de aparatos y artefactos, dos teléfonos, televisión e incluso un
fax. La utilizaba para recorrer todo el distrito sur de Luisiana,
siempre con Wally Boxx al volante. Era mucho más bonita y
cómoda que cualquier limusina.

Se despojó lentamente de sus mocasines y contempló la noche que se desplazaba velozmente, mientras el agente especial Trumann escuchaba lo que le decían por el teléfono incrustado en su oreja. Al otro extremo del acolchado asiento posterior se encontraba el ayudante del fiscal Thomas Fink, un fiel subordinado de Foltrigg, que había estado trabajando ochenta horas semanales en el caso Boyette y que se ocuparía de la mayor parte del juicio, especialmente del trabajo más duro y menos vistoso, dejando evidentemente la parte más fácil y seductora a su jefe. Fink estaba leyendo un documento, como de costumbre, e intentaba descifrar el balbuceo del agente Trumann, sentado frente a él en un robusto sillón giratorio. Trumann hablaba por teléfono con la oficina del FBI en Memphis.

Junto a Trumann, en otro sillón giratorio idéntico al suyo, se encontraba el agente especial Skipper Scherff, un novato que apenas había trabajado en el caso, pero que resultaba estar libre para esa excursión a Memphis. Se dedicaba a tomar notas y lo seguiría haciendo durante las próximas cinco horas, porque en aquel círculo cerrado de poder no tenía nada que decir, ni nadie quería oírle. Se limitaba a mantener la mirada fija en su cuaderno y a dejar constancia escrita de las órdenes de su superior, Larry Trumann, y evidentemente de las del propio general: el reverendo Roy. Scherff se concentraba atentamente en la escritura, evitando con gran diligencia el más mínimo contacto visual con Foltrigg, e intentando en vano discernir lo que Memphis le contaba a Trumann. Hacía solo una hora que la noticia de la muerte de Clifford había electrizado su oficina, y Scherff todavía no estaba seguro de la razón por la que se encontraba en la furgoneta de Roy, desplazándose velozmente por la autopista. Trumann le había ordenado ir a toda prisa a su casa, preparar una muda y dirigirse inmediatamente al despacho de Foltrigg. Y así lo había hecho. Y ahí estaba, escuchando y tomando notas.

El chófer, Wally Boxx, tenía en realidad una licencia para

practicar la abogacía, pero no sabía cómo utilizarla. Oficialmente era ayudante del ministerio fiscal, igual que Fink, pero en la práctica hacía de botones para Foltrigg. Conducía su furgoneta, le llevaba el maletín, escribía sus discursos y se ocupaba de la prensa, a lo que dedicaba el 50 por ciento de su tiempo, porque a su jefe le preocupaba enormemente su imagen pública. Boxx no era imbécil. Era diestro en la manipulación política, siempre dispuesto a defender a su jefe y plenamente fiel al mismo y a su misión. Foltrigg tenía un gran futuro y Boxx sabía que algún día pasearía a solas con él por el Capitolio, susurrando importantes secretos.

Boxx también era consciente de la importancia de Boyette. Sería el juicio más trascendente de la ilustre carrera de Foltrigg, el juicio con el que había estado soñando, el juicio que le proyectaría a la fama a nivel nacional. Sabía que Barry Muldanno el Navaja le impedía dormir.

Larry Trumann concluyó su conversación y colgó el teléfono. Era un agente veterano, cuarentón, al que le faltaban diez años para la jubilación. Foltrigg esperó a que hablara.

—Intentan convencer al departamento de policía de Memphis para que nos entreguen el coche, a fin de que podamos examinarlo. Probablemente tardarán más o menos una hora. No les resulta fácil hacerles comprender lo de Clifford, Boyette y todo lo demás, pero lo están logrando. El jefe de nuestra oficina de Memphis es un individuo llamado Jason McThune, muy tenaz y persuasivo, que en estos momentos está reunido con el jefe de policía de Memphis. McThune ha llamado a Washington y desde Washington han llamado al jefe de policía de Memphis, y el coche estará en nuestras manos seguramente dentro de un par de horas. Un solo disparo en la cabeza, evidentemente autoinfligido. Al parecer lo intentó primero con una manguera conectada al tubo de escape, pero por alguna razón no funcionó. Había estado tomando Dalmane, codeína y tragos de Jack Daniels. No hay constancia del arma, pero todavía es pronto. La policía de Memphis lo investiga. Un revólver barato del 38. Creyó que podría tragarse la bala.

—¿No hay duda de que es un suicidio? —preguntó Foltrigg.

—Ninguna.

—¿Dónde lo hizo?

—En algún lugar del norte de Memphis. Entró en el bosque con su enorme Lincoln negro y se quitó la vida.

—Supongo que nadie lo habrá visto...

—Claro que no. Un par de chiquillos encontraron el cuerpo en un lugar remoto.

—¿Cuánto hacía que estaba muerto?

—No mucho. Dentro de una hora le practicarán la autopsia y determinarán la hora de su muerte.

—¿Por qué en Memphis?

—No estamos seguros. Si hay alguna razón, todavía la desconocemos.

Foltrigg reflexionaba, mientras sorbía su zumo de tomate. Fink tomaba notas. Scherff escribía afanosamente. Wally Boxx no se perdía palabra.

—¿Qué hay de la nota? —preguntó Foltrigg, mirando por la ventana.

—Podría ser interesante. Nuestros muchachos de Memphis tienen una copia, no muy buena, y procurarán mandárnosla por fax dentro de unos minutos. Al parecer está escrita a mano con tinta negra y es bastante legible. Consta de varios párrafos de instrucciones a su secretaria sobre el funeral, quiere ser incinerado, y sobre cómo disponer de los muebles de su despacho. Le indica a su secretaria dónde está su testamento. Nada referente a Boyette, evidentemente. Nada sobre Muldanno. Luego, al parecer, intentó agregar algo a la nota con un bolígrafo azul, pero se quedó sin tinta después de empezar a escribir. Parece un garabato y no es fácil de leer.

—¿De qué trata?

—No lo sabemos. La nota, el arma, las pastillas y todas las pruebas físicas retiradas del vehículo siguen todavía en posesión de la policía de Memphis. Han encontrado un bolígrafo sin tinta en el coche y parece ser el que intentó utilizar para añadir algo a la nota.

—Supongo que lo tendrán cuando lleguemos —comentó Foltrigg en un tono que no dejaba lugar a dudas en cuanto a que esperaba tenerlo todo a su disposición a su llegada a Memphis.

—Están en ello —respondió Trumann.

Técnicamente, Foltrigg no era su jefe, pero aquel caso ya no era una investigación sino una acusación, y el reverendo llevaba la batuta.

—De modo que Jerome Clifford se va a Memphis en su coche y se vuela la tapa de los sesos —declaró Foltrigg como si hablara con la ventana—. Cuatro semanas antes del juicio. Asombroso. ¿Qué otra locura puede aparecer en este caso?

No anticipaba ninguna respuesta y siguieron todos en silencio, a la espera de que Roy hablara de nuevo.

—¿Dónde está Muldanno? —preguntó por fin.

—En Nueva Orleans. Le tenemos bajo vigilancia.

—A medianoche tendrá otro abogado y mañana al mediodía habrá presentado una docena de recursos para solicitar el aplazamiento del juicio, alegando que la trágica defunción de Jerome Clifford socava gravemente su derecho constitucional a un juicio imparcial, con la ayuda de un defensor. Evidentemente nos opondremos y el juez ordenará una vista para la semana próxima. Perderemos y pasarán otros seis meses antes del juicio. ¡Seis meses! ¿No es increíble?

—Por lo menos dispondremos de más tiempo para encontrar el cadáver —respondió Trumann moviendo la cabeza con asco.

Ciertamente así sería y, por supuesto, Roy ya había pensado en ello. A decir verdad necesitaba más tiempo, pero no podía admitirlo porque era el fiscal, el abogado del pueblo, que luchaba en nombre del gobierno contra el crimen y la corrupción. Tenía razón, la justicia estaba de su parte, y tenía que estar dispuesto a luchar contra el mal en cualquier momento, de cualquier modo y en cualquier lugar. Había presionado enormemente para que el juicio se celebrara con celeridad, porque tenía razón y conseguiría una condena. ¡Los Estados Unidos de Norteamérica vencerían! Y Roy Foltrigg les brindaría la victoria. Ya veía los titulares. Olía la tinta.

También tenía que encontrar el maldito cuerpo de Boyd Boyette, ya que de lo contrario puede que no hubiera condena, ni fotos de primera plana, ni entrevistas en la CNN, ni un ascenso rápido al Capitolio. Había convencido a su equipo de que un veredicto de culpabilidad era posible sin cadáver, y era cierto. Pero prefería no arriesgarse. Quería encontrar el cuerpo.

Fink miró al agente Trumann.

—Creemos que Clifford sabía dónde está el cadáver. ¿Tenía conocimiento de ello?

Era evidente que Trumann no lo tenía.

—¿Qué le hace suponer tal cosa?

—Romey y yo éramos viejos amigos —respondió Fink, después de dejar los papeles sobre el asiento—. Estudiamos juntos en la facultad de derecho de Tulane, hace veinte años. Por aquel entonces estaba un poco loco, pero era muy inteligente. Hace aproximadamente una semana me llamó a mi casa y me dijo que quería hablar del caso Muldanno. Estaba borracho como una cuba, se le trababa la lengua y no dejaba de repetir que no podía seguir con ese juicio, lo cual era sorprendente dado lo mucho que le encantaban los casos importantes. Habló durante una hora, divagando y tartamudeando...

—Incluso lloró —interrumpió Foltrigg.

—Sí, lloró como un niño. Al principio me sorprendió, pero luego, pensándolo mejor, nada de lo que hiciera Jerome Clifford podía ya sorprenderme. Ni siquiera que se suicidara. Por fin colgó. A las nueve de la mañana del día siguiente llamó a mi despacho, aterrorizado por si se le había escapado algo la noche anterior. Estaba muerto de miedo y no dejaba de insinuar que tal vez supiera dónde estaba el cadáver, y de indagar por si se le había escapado alguna pista cuando estaba borracho. Yo le seguí la corriente y le di las gracias por la información de la noche anterior, que era inexistente. Se lo agradecí dos veces, luego por tercera vez, e intuí que Romey estaba sudando al otro extremo de la línea. Me llamó otras dos veces al despacho aquel mismo día y por la noche a mi casa, nuevamente borracho. Era casi cómico, pero pensé que, si tiraba del hilo, tal vez se le escaparía algo. Le dije que había tenido que contárselo a Roy, que Roy se lo había comunicado al FBI y que desde entonces le vigilaban día y noche.

—Eso le dejó realmente muerto de miedo —confirmó Foltrigg.

—Efectivamente, se puso furioso conmigo, pero al día siguiente me llamó al despacho. Almorzamos juntos y estaba hecho un manojo de nervios. Estaba demasiado asustado para preguntarme abiertamente si sabíamos algo del cuerpo, y yo disimulé. Le dije que teníamos la seguridad de que dispondríamos del cadáver mucho antes del juicio y volví a darle las gracias. Se desmoronaba ante mis ojos. No había dormido, ni se había duchado. Tenía los ojos hinchados e irritados. Se emborrachó durante el almuerzo y empezó a acusarme de tramposo, embaucador y de conducta inmoral. Fue muy desagradable. Pagué la cuenta, me marché, y aquella noche me llamó a mi casa, asombrosamente sobrio. Me pidió disculpas. Le dije que no había de qué. Le conté que Roy estaba pensando seriamente en acusarle de obstrucción a la justicia y volvió a ponerse furioso. Dijo que no podíamos demostrar nada. Admití que tal vez tuviera razón, pero de todos modos se le acusaría, detendría y juzgaría, y no podría en modo alguno representar a Barry Muldanno. Chilló y blasfemó durante quince minutos, y luego colgó. No volvió a ponerse en contacto conmigo.

—Sabe, o mejor dicho sabía, dónde ha ocultado Muldanno el cadáver —afirmó categóricamente Foltrigg.

—¿Por qué no se nos informó? —preguntó Trumann.

—Estábamos a punto de hacerlo. A decir verdad, Thomas y yo lo estuvimos comentando esta tarde, poco antes de recibir la llamada —respondió Foltrigg con aire de indiferencia, como si Trumann no tuviera derecho a formularle ese tipo de preguntas.

Trumann miró a Scherff, que estaba concentrado en su cuaderno dibujando pistolas.

Foltrigg se acabó el zumo de tomate y arrojó la lata a la papelera.

—Deben investigar los pasos de Clifford, desde Nueva Orleans hasta Memphis —dijo, después de cruzarse de piernas—. ¿Qué ruta siguió? ¿Tenía algún amigo por el camino? ¿Dónde paró? ¿A quién vio en Memphis? Sin duda debe de haber hablado con alguien desde que salió de Nueva Orleans y hasta que se pegó el tiro. ¿No les parece?

—Es un camino muy largo —asintió Trumann—. Estoy seguro de que tuvo que detenerse en algún lugar.

—Sabía dónde está el cuerpo y evidentemente pensaba suicidarse. ¿No creen que existe la posibilidad de que se lo haya contado a alguien?

—Tal vez.

—Piénselo, Larry. Supongamos que usted es el abogado, Dios nos libre de ello, que representa a un asesino que ha matado a un senador de Estados Unidos. Supongamos que el asesino le cuenta a usted, su abogado, dónde ha escondido el cadáver. Única y exclusivamente dos personas en el mundo entero conocen el secreto. Y usted, el abogado, pierde la razón y decide quitarse la vida. Y lo proyecta. Sabe que va a morir. Consigue las pastillas, el whisky, la pistola, la manguera, recorre cinco horas de camino y se quita la vida. ¿Compartiría con alguien su secreto?

—Tal vez. No lo sé.

—Existe la posibilidad, ¿no es cierto?

—Remota.

—Bien. Existe una posibilidad remota y debemos investigarla a fondo. Yo empezaría por el personal de su oficina. Averigüen cuándo salió de Nueva Orleans. Comprueben sus tarjetas de crédito. ¿Dónde compró combustible? ¿Dónde comió? ¿Dónde compró la pistola, las pastillas y el licor? ¿Tiene algún pariente entre un lugar y otro? ¿Algún viejo amigo de profesión? Hay un millar de cosas por comprobar.

—Llame a nuestra oficina —dijo Trumann, al tiempo que entregaba el teléfono a Scherff—. Que le pongan con Hightower.

A Foltrigg le encantaba comprobar que el FBI entraba en acción cuando daba un grito, y sonrió afectadamente a Fink. Entre ellos y la puerta había una caja llena de fichas, pruebas y documentos relacionados con el caso «Estados Unidos contra Barry Muldanno». En el despacho había otras cuatro cajas. Fink había grabado todo su contenido en la memoria, pero no Roy. Sacó un sumario y lo hojeó. Era una extensa petición presentada hacía un par de meses por Jerome Clifford, sobre la que el juez no se había pronunciado todavía. La dejó sobre el asiento y contempló el oscuro paisaje del Mississippi, que fluía en la noche al otro lado de la ventana. Se acercaban a la salida de Bogue Chitto. ¿De dónde sacarían esos nombres?

Aquel sería un viaje rápido. Necesitaba confirmar que Clifford estaba efectivamente muerto y que se había quitado la vida. Precisaba saber si había dejado alguna pista, alguna confesión a amigos o desconocidos, tal vez alguna última palabra escrita que pudiera serles útil. Posibilidades remotas en el mejor de los casos. Pero se habían encontrado con innumerables callejones sin salida en la búsqueda de Boyd Boyette y de su asesino, y aquel no sería el último.

6

Un médico con un chándal amarillo entró corriendo por la puerta del fondo del pasillo de urgencias e intercambió unas palabras con la recepcionista sentada tras una sucia ventana corrediza. La enfermera señaló con el dedo y el médico se acercó a Dianne, Mark y Hardy, que estaban junto a la máquina de Coca-Cola, en un rincón de la sala de espera del hospital Saint Peter de beneficencia. Se presentó a Dianne como doctor Simon Greenway, e hizo caso omiso de Mark y del policía. Dijo que era psiquiatra y que acababa de llamarle el doctor Sage, pediatra de la familia. Quería que ella le acompañara. Hardy dijo que se quedaría con Mark.

Avanzaron apresuradamente por el estrecho pasillo, sorteando enfermeras, carros y camillas, y desaparecieron por la puerta. La sala de admisiones estaba llena de enfermos y pacientes potenciales. No había ninguna silla libre. Los familiares rellenaban impresos. Nadie tenía prisa. Un intercomunicador oculto en algún lugar del techo parloteaba incesantemente, llamando a un centenar de médicos por minuto.

Pasaban unos minutos de las siete.

—¿Tienes hambre, Mark? —preguntó Hardy.

—Tal vez un poco —mintió para poder salir de allí.

—Vamos a la cafetería. Te invito a una hamburguesa con queso.

Cruzaron un ajetreado vestíbulo y bajaron por unas escaleras hasta el sótano, donde un montón de gente angustiada circulaba por el pasillo. A través de otro pasillo llegaron a una gran sala y de pronto se encontraron en la cafetería, donde había más gente y más ruido que en la cantina de la escuela. Hardy señaló la única mesa libre a la vista y Mark le esperó.

Lo que más preocupaba a Mark en aquel momento, evidentemente, era su hermano menor. Le preocupaba su estado físico, aunque Hardy le había explicado que su vida no corría peligro. Dijo que algunos médicos hablarían con él y procurarían que recobrara el conocimiento. Pero tal vez tardarían algún tiempo. Dijo que era sumamente importante que los médicos supieran lo ocurrido, toda la verdad y nada más que la verdad, y que engañar a los médicos podría scr gravemente perjudicial para Ricky y su equilibrio mental. Dijo que Ricky podría pasar meses, o incluso años, encerrado en alguna institución, si no contaban a los médicos la verdad sobre lo que habían presenciado.

Hardy era un buen hombre, no demasiado inteligente, y cometía el error de hablar a Mark como si tuviera cinco años en lugar de once. Le habló de las paredes acolchadas y levantó exageradamente la mirada al cielo. Le contó que encadenaban a algunos pacientes a la cama, como si narrara historias de terror junto a la hoguera. Mark estaba harto.

No lograba pensar en gran cosa más que en Ricky, y en si se sacaría el pulgar de la boca y volvería a hablar. Deseaba desesperadamente que lo hiciera, pero quería ser el primero en charlar con él cuando eso ocurriera. Tenían cosas de que hablar.

¿Qué ocurriría si los médicos, o peor aún, la policía, lograban hablar antes con Ricky y este les contaba todo lo sucedido? Todos sabrían que Mark mentía. ¿Qué harían con él si descubrían que mentía? Tal vez no creerían a Ricky. Puesto que había perdido el conocimiento y abandonado temporalmente el mundo, puede que prefirieran creer a Mark. La discrepancia de versiones era demasiado horrible para pensar en ella.

Es asombroso cómo crecen las mentiras. Uno empieza con una pequeña mentira que parece fácil de ocultar, pero de pronto se encuentra acorralado y cuenta otra. Luego otra. Al principio la gente le cree a uno, reacciona de acuerdo con las mentiras, y a uno se le ocurre que ojalá hubiera contado la verdad. Él podía haber contado la verdad a la policía y a su madre. Podía haber explicado detalladamente todo lo que Ricky había visto. Y el secreto estaría todavía a salvo, porque Ricky no lo sabría.

Todo ocurría con tanta rapidez que no le daba tiempo a reflexionar. Deseaba encerrarse con su madre en una habitación y contárselo todo antes de que empeoraran las cosas. Si no hacía algo, él podría acabar en la cárcel y Ricky en un manicomio infantil.

Hardy llegó con una bandeja llena de patatas fritas y hamburguesas con queso, dos para él y una para Mark. Distribuyó cuidadosamente la comida y devolvió la bandeja.

Mark empezó a mordisquear una patata frita y Hardy hincó el diente en una hamburguesa.

—¿Qué te ha ocurrido en la cara? —preguntó Hardy sin dejar de mascar.

Mark se frotó el chichón de la frente y recordó que se había lastimado en una reyerta.

—No tiene importancia —respondió—. Una pelea en la escuela.

—¿Con quién te has peleado?

¡Maldita sea! Los polis son inaguantables. Hay que contar una mentira para ocultar otra. Estaba harto de mentir.

—Usted no le conoce —respondió, antes de pegarle un mordisco a la hamburguesa.

—Puede que quiera hablar con él.

—¿Por qué?

—¿Te han castigado por la pelea? ¿Te ha llevado tu maestro ante el director o algo por el estilo?

—No. Ha ocurrido cuando ya habían acabado las clases.

—Creí que me habías dicho que te habías peleado en la escuela.

—Bueno, se puede decir que ha empezado en la escuela. Discutimos durante el almuerzo y le dije que nos veríamos al terminar las clases.

Hardy chupó fuertemente la pajilla de su batido de leche. Tragó, se aclaró la garganta y preguntó:

—¿Cómo se llama el chico con el que te has peleado?

—¿Por qué quiere saberlo?

Aquello enojó a Hardy y dejó de masticar. Mark, para no mirarle a los ojos, bajó la cabeza y se concentró en la salsa de tomate.

—Soy un policía, muchacho. Mi trabajo consiste en formular preguntas.

—¿Debo contestarlas?

—Desde luego. A no ser, claro está, que tengas miedo porque ocultas algo. En tal caso, tendré que hablar con tu madre y tal vez os llevemos a ambos a la comisaría para ser interrogados.

—¿Interrogados sobre qué? ¿Qué es exactamente lo que desea saber?

—¿Quién es el chico con el que te has peleado hoy?

Mark no dejaba de morder el extremo de una patata frita. Hardy cogió la segunda hamburguesa. Tenía un poco de mayonesa en la comisura de los labios.

—No quiero meterle en ningún lío —respondió Mark.

—No le meterás en ningún lío.

—Entonces ¿por qué quiere saber su nombre?

—Porque me interesa. Es mi trabajo, ¿vale?

—Usted cree que miento, ¿no es cierto? —dijo Mark, mirando lastimosamente al voluminoso rostro del policía.

—No lo sé, muchacho —respondió el agente dejando de masticar—. En tu versión hay muchas lagunas.

Mark le miró con un aspecto todavía más lastimoso.

—No puedo recordarlo todo. Ocurrió muy de prisa. Usted quiere que le cuente todos los detalles y no puedo recordarlos.

—Come —dijo Hardy, antes de llenarse la boca de patatas fritas—. Debemos regresar.

—Gracias por la cena.

Ricky estaba en una habitación individual del noveno piso; se trataba, según un enorme cartel colgado junto al ascensor, del departamento de psiquiatría y era mucho más silencioso que el resto del hospital. Las luces eran más tenues, las voces más suaves y el tráfico más lento. La oficina de las enfermeras estaba cerca del ascensor y controlaban a todo el que llegaba. Un guardia de seguridad hablaba en voz baja con las enfermeras y vigilaba los pasillos. Cerca de los ascensores, al otro extremo de las habitaciones, había una pequeña sala oscura, con un televisor, una máquina de refrescos, revistas y ejemplares de la Biblia.

Mark y Hardy estaban solos en la sala de espera. Mark tomaba Sprite, su tercera lata, y miraba un episodio repetido de *Canción triste de Hill Street* por cable, mientras Hardy dormitaba en un sofá excesivamente pequeño. Eran casi las nueve y había transcurrido media hora desde que Dianne le había acompañado por el pasillo hasta la habitación de Ricky para echar una breve ojeada. Parecía pequeño bajo las sábanas. El tubo intravenoso, según explicó Dianne, era para alimentarle porque se negaba a comer. Le aseguró que Ricky se pondría bien, pero al mirarla a los ojos, Mark comprendió que estaba preocupada. El doctor Greenway volvería pronto y deseaba hablar con Mark.

—¿Ha dicho algo? —preguntó Mark con la mirada fija en el tubo intravenoso.

—No. Ni una palabra.

Dianne le cogió de la mano y regresaron juntos a la sala de espera por el pasillo tenuemente iluminado. Por lo menos cinco veces Mark había estado a punto de hablar. Al pasar frente a una habitación vacía, cerca de la de Ricky, poco le faltó para arrastrar a su madre y confesárselo todo. Pero no lo hizo. Más tarde, se dijo, se lo contaré más tarde.

Hardy había dejado de formularle preguntas. Acababa el servicio a las diez y era evidente que estaba harto de Mark, de Ricky y del hospital. Quería volver a la calle.

Una atractiva enfermera de falda corta pasó junto a los ascensores e hizo una seña a Mark para que la siguiera. Este se levantó, con su lata de Sprite. La enfermera le cogió de la mano y la experiencia le resultó emocionante. Sus uñas eran largas y rojas. Su piel suave y morena. Era joven, rubia y con una sonrisa perfecta. Se llamaba Karen y le estrechaba la mano un poco más de lo necesario. A Mark le dio un vuelco el corazón.

—El doctor Greenway quiere hablar contigo —dijo la enfermera, inclinándose ligeramente mientras andaban.

Mark olió su perfume, que era la fragancia más maravillosa que recordaba.

Le condujo hasta la habitación de Ricky, la 943, y le soltó la mano. La puerta estaba cerrada, llamó discretamente y la abrió. Mark entró lentamente y Karen le dio unos golpecitos en el hombro. Observó cómo se alejaba por la puerta semiabierta.

El doctor Greenway llevaba ahora camisa y corbata, bajo una bata blanca. De su bolsillo izquierdo colgaba una tarjeta de identificación. Era un individuo delgado, con gafas redondas, barba negra, y parecía demasiado joven para lo que hacía.

—Pasa, Mark —dijo el médico, cuando el chico estaba ya en la habitación, junto al pie de la cama de Ricky—. Siéntate aquí —añadió señalando una silla de plástico, junto a una cama plegable bajo la ventana.

Su voz era suave, casi un susurro. Dianne estaba sentada sobre sus propios pies, en la cama. Sus zapatos estaban en el suelo. Llevaba vaqueros azules, jersey, y miraba fijamente a Ricky bajo las sábanas, con un tubo conectado al brazo. La única luz procedía de una lamparilla sobre una mesa, cerca del baño. Las persianas estaban completamente cerradas.

Mark se instaló en la silla de plástico y el doctor Greenway se sentó a medio metro, al borde de la cama plegable. Entornó los ojos, frunció el entrecejo y proyectó tal melancolía que Mark creyó momentáneamente que estaban todos a punto de morir.

—Tengo que hablar contigo de lo ocurrido —dijo el médico con una voz que ya no era un susurro.

Era evidente que Ricky estaba en otro mundo y no temían despertarle. Dianne estaba detrás de Greenway, con la mirada fija en la cama de su hijo. Mark habría querido estar con ella a solas para poder hablar y aclarar aquel lío, pero su madre estaba sumida en la oscuridad, a la espalda del médico, sin hacerle ningún caso.

—¿Ha dicho alguna cosa? —preguntó Mark en primer lugar, acostumbrado a las preguntas de Hardy durante las últimas tres horas, y con dificultad para romper el hábito.

—No.

—¿Está muy enfermo?

—Muy enfermo —respondió Greenway con sus pequeños ojos oscuros clavados en Mark—. ¿Qué ha visto esta tarde?

—¿Guardará el secreto?

—Sí. Todo lo que me cuentes es estrictamente confidencial.

—¿Y si la policía quiere saber lo que le cuento?

—No se lo contaré. Te lo prometo. Esto es muy secreto y confidencial. Quedará entre tú, yo y tu madre. Todos intentamos ayudar a Ricky y necesito saber lo ocurrido.

Tal vez una buena dosis de verdad ayudaría a todo el mundo, especialmente a Ricky. Mark contempló la pequeña cabeza rubia, con el cabello que se proyectaba en todas direcciones sobre la almohada. Maldita sea, ¿por qué no habían echado a correr cuando llegó el coche negro y se detuvo? De pronto se sentía culpable y estaba aterrorizado. Todo aquello era culpa suya. Debería haber tenido la sensatez de no meterse con un loco.

Le temblaban los labios y se le llenaron los ojos de lágrimas. Tenía frío. Había llegado el momento de contarlo todo. Se le agotaban las mentiras y Ricky necesitaba ayuda. Greenway no se perdía detalle.

Mark empezó por contar lo de los cigarrillos. Su madre le miró fijamente, pero si estaba enojada no lo manifestó. Meneó un par de veces la cabeza, sin decir palabra. Hablaba sin levantar la voz, mirando rápida y alternativamente a Greenway y hacia la puerta, y describió el árbol de la soga, el bosque y el claro. Luego el coche. Se calló una buena parte de la historia, pero admitió en voz baja y en un tono sumamente confidencial que en una ocasión se había acercado al coche para retirar la manguera. Y entonces Ricky había llorado y se había meado en los pantalones. Ricky le había suplicado que no lo hiciera. Se percató de que a Greenway le gustaba aquella parte. Dianne escuchaba sin expresión alguna.

Pasó Hardy, pero Mark fingió que no le veía. Después de una pausa momentánea, contó que el individuo había salido apresuradamente del coche, vio la manguera en el suelo, se subió al maletero y se pegó un tiro.

—¿A qué distancia estaba Ricky? —preguntó Greenway.

—¿Ve esa puerta al otro lado del pasillo? —dijo Mark después de mirar a su alrededor—. A esa distancia.

—Unos trece metros —comentó Greenway frotándose la barba—. Bastante cerca.

—Muy cerca.

—¿Qué hizo exactamente Ricky cuando oyó el disparo?

Ahora Dianne prestaba atención. Al parecer acababa de darse cuenta de que aquella versión era diferente de la anterior. Frunció el entrecejo y miró fijamente a su primogénito.

—Lo siento, mamá. Estaba demasiado asustado para pensar. No te enfades conmigo.

—¿Visteis realmente cómo se pegaba un tiro? —preguntó con incredulidad.

—Sí.

—No me sorprende —comentó Dianne mirando a Ricky.

—¿Qué hizo Ricky cuando oyó el disparo?

—Yo no miraba a Ricky. Miraba al individuo de la pistola.

—Pobre niño —susurró Dianne.

Greenway levantó la mano para que no prosiguiera.

—¿Estaba Ricky cerca de ti?

Mark miró hacia la puerta y contó débilmente cómo Ricky se había quedado paralizado y luego había echado a correr torpemente, con los brazos pegados al cuerpo y emitiendo un lúgubre gemido. Lo contó todo con mucha precisión, desde el momento del disparo hasta la llegada de la ambulancia, sin dejar ningún detalle. Cerró los ojos, revivió todos y cada uno de sus pasos. Le producía una maravillosa sensación ser tan sincero.

—¿Por qué no me contaste que habíais visto cómo se quitaba la vida? —preguntó Dianne.

—Por favor, señora Sway, pueden hablar de ello más tarde —exclamó irritado Greenway, sin dejar de mirar a Mark—. ¿Cuál fue la última palabra que pronunció Ricky? —añadió.

Mark reflexionó, con la mirada fija en la puerta. El pasillo estaba desierto.

—No me acuerdo, de verdad.

El sargento Hardy conferenciaba con su teniente y con el agente especial McThune del FBI. Charlaban en la sala de espera, junto a las máquinas de refrescos. Otro agente del FBI vigilaba los alrededores del ascensor. El guardia de seguridad del hospital no le quitaba la vista de encima.

El teniente explicó brevemente a Hardy que el asunto estaba ahora en manos del FBI, que el coche del difunto y todas las demás pruebas materiales no estaban ya en posesión del departamento de policía de Memphis, que los expertos en huellas dactilares, al inspeccionar el coche, habían encontrado numerosas huellas demasiado pequeñas para pertenecer a un adulto, y que necesitaban saber si Mark había dado alguna pista o cambiado su versión de los hechos.

—No, pero no estoy convencido de que nos esté contando la verdad —respondió Hardy.

—¿Ha tocado algo que podamos llevarnos? —preguntó McThune inmediatamente, sin que le preocuparan las teorías o convicciones de Hardy.

—¿Qué quiere decir?

—Tenemos la sólida sospecha de que el niño estuvo dentro del coche antes de la muerte de Clifford. Tenemos que conseguir de algún modo sus huellas dactilares para comprobar si concuerdan.

—¿Qué les hace suponer que estuvo en el coche? —preguntó Hardy con curiosidad.

—Luego se lo contaré —respondió el teniente.

Hardy miró a su alrededor y de pronto señaló la papelera situada junto a la silla donde estaba sentado Mark.

—Allí. La lata de Sprite. Se tomó un Sprite sentado en esa silla.

McThune miró de un lado para otro del pasillo, envolvió cuidadosamente la lata de Sprite en un pañuelo y se la guardó en el bolsillo de la chaqueta.

—Es suya, seguro —dijo Hardy—. Esta es la única papelera y no hay otra lata de Sprite.

—Se la entregaré a los técnicos del laboratorio —añadió McThune—. ¿Se quedará aquí Mark esta noche?

—Eso creo —respondió Hardy—. Han instalado una cama plegable en la habitación de su hermano. Parece que todos van a dormir aquí. ¿Por qué se interesa el FBI por Clifford?

—Ya se lo contaré —dijo el teniente—. Quédese aquí una hora más.

—Se supone que acabo el servicio dentro de diez minutos.

—Le hacen falta horas extra.

El doctor Greenway estaba sentado en la silla de plástico, cerca de la cama, examinando sus notas.

—Voy a marcharme dentro de un momento, pero volveré por la mañana temprano. El niño está estable y espero pocos cambios durante la noche. Las enfermeras pasarán de vez en cuando. Llámenlas si se despierta —dijo el médico, antes de dar vuelta a la página, leer los garrapatos y mirar fijamente a Dianne—. Es un caso severo de tensión postraumática aguda.

—¿Eso qué significa? —preguntó Mark, mientras Dianne se frotaba las sienes con los ojos cerrados.

—A veces una persona ve algo horrible y no puede asimilarlo. Ricky estaba terriblemente asustado cuando retiraste la manguera del tubo de escape, y cuando vio que aquel hombre se pegaba un tiro, quedó de pronto expuesto a una experiencia aterradora que no pudo asimilar. Esto le ha producido una reacción. Es como si hubiera desconectado. Ha sacudido su mente y su cuerpo. Es asombroso que fuera capaz de correr hasta su casa, porque habitualmente una persona traumatizada como Ricky queda inmediatamente paralizada e insensible —explicó, antes de dejar las notas sobre la cama—. No podemos hacer gran cosa en este momento. Confío en que recobrará el conocimiento mañana, o pasado mañana a lo sumo, y empezaremos a hablar de lo sucedido. Puede durar algún tiempo. Tendrá pesadillas sobre el disparo y recuerdos. Negará lo ocurrido y luego se culpará a sí mismo. Se sentirá aislado, traicionado, desconcertado, e incluso tal vez deprimido. Nunca se sabe.

—¿Qué tratamiento le aplicarán? —preguntó Dianne.

—Debemos hacer que se sienta seguro. Usted debe quedarse aquí todo el tiempo. Según me ha dicho, el padre es un inútil.

—No permita que se acerque a Ricky —declaró categóricamente Mark, mientras Dianne asentía.

—De acuerdo. ¿No tiene abuelos ni parientes cerca de aquí?

—No.

—Muy bien. Es esencial que ambos permanezcan en esta habitación tanto tiempo como les sea posible, durante los próximos días. Ricky debe sentirse seguro y a salvo. Necesitará su apoyo físico y emocional. Hablaré con él varias veces al día. Es importante que Ricky y Mark hablen de lo ocurrido. Deben compartir y comparar sus reacciones.

—¿Cuándo cree que podremos regresar a casa? —preguntó Dianne.

—No lo sé, cuanto antes. Ricky necesita la seguridad y familiaridad de su habitación y su entorno. Tal vez dentro de una semana. Puede que dos. Depende de la rapidez con que responda.

—Bueno... yo tengo que trabajar —dijo Dianne, al tiempo que se sentaba de nuevo sobre sus pies—. No sé qué hacer.

—Mi secretaria llamará a su jefe a primera hora de la mañana.

—Mi jefe es un negrero. No es una elegante empresa donde se cuide y respete a los empleados. No mandarán flores al hospital. Me temo que no lo comprenderán.

—Haré cuanto esté en mi mano.

—¿Y la escuela? —preguntó Mark.

—Tu madre me ha dado el nombre del director. Llamaré a primera hora y hablaré con tus profesores.

Dianne volvía a frotarse las sienes. Una enfermera, no la atractiva, llamó, entró en la habitación y entregó a Dianne un par de pastillas y un vaso de agua.

—Es Dalmane —dijo Greenway—. Le ayudará a descansar. Si no puede dormir, llame a las enfermeras y le darán algo más fuerte.

Después de que se retirara la enfermera, Greenway se puso de pie y tocó la frente de Ricky.

—Les veré por la mañana. Procuren dormir.

Sonrió por primera vez, antes de cerrar la puerta a su espalda.

Se quedaron solos, la diminuta familia Sway o lo que quedaba de la misma. Mark se acercó a su madre y apoyó la cabeza en su hombro. Ambos contemplaron la pequeña cabeza sobre la almohada, a menos de metro y medio.

—Todo saldrá bien, Mark —dijo Dianne acariciando el brazo de su hijo—. Nos las hemos visto peores —añadió al tiempo que le daba un fuerte abrazo y Mark cerraba los ojos.

—Lo siento, mamá —respondió Mark, con los ojos llenos de lágrimas y a punto de llorar—. Lamento mucho lo ocurrido.

Ella le abrazó con fuerza y le retuvo durante un largo minuto. Mark sollozaba discretamente, con la cabeza hundida en el jersey de su madre.

Esta acostó lentamente, con Mark todavía en sus brazos, y se acurrucaron juntos sobre el sencillo colchón de espuma. La cama de Ricky era medio metro más alta. Estaban debajo de la ventana. La luz era tenue. Mark dejó de llorar. De todos modos, llorar no se le daba.

El Dalmane surtía su efecto y Dianne estaba agotada. Nueve horas empaquetando lámparas en cajas de cartón, cinco horas de crisis y ahora el Dalmane. Estaba lista para quedarse profundamente dormida.

—¿Van a despedirte, mamá? —preguntó Mark, tan preocupado como ella por las finanzas familiares.

—No lo creo. Nos preocuparemos de ello mañana.

—Tenemos que hablar, mamá.

—Lo sé. Pero dejémoslo para mañana.

—¿Por qué no podemos hablar ahora?

Dejó de estrujarle y respiró hondo, con los ojos ya cerrados.

—Estoy muy cansada, Mark, y tengo mucho sueño. Te prometo que mantendremos una larga charla a primera hora de la mañana. Tienes algunas preguntas que responder, ¿no es cierto? Ahora ve a lavarte los dientes y procuremos dormir.

De pronto Mark también se sentía cansado. Una de las barras metálicas de la cama se le hincaba en el costado, a través del colchón. Se acercó a la pared y tiró de la única sábana. Su madre le acarició el brazo. Contempló la pared, a menos de un palmo de su nariz, y decidió que no podría dormir de aquel modo una semana.

La respiración de su madre era más profunda y ella permanecía inmóvil. Pensó en Romey. ¿Dónde estaría ahora? ¿Dónde estaría aquel cuerpo rechoncho de cabeza calva? Recordó el sudor que manaba de su reluciente calva en todas direcciones, goteando de sus cejas y empapándole el cuello. Incluso sus orejas estaban mojadas. ¿Quién se quedaría con su coche? ¿Quién le lavaría y limpiaría la sangre? ¿Quién se quedaría con la pistola? Mark se dio cuenta de que por primera vez en sus oídos ya no zumbaba el disparo en el coche. ¿Seguiría Hardy en la sala de espera intentando dormir? ¿Volvería al día siguiente la policía con más preguntas? ¿Y si preguntaban por la manguera? ¿Y si le formulaban un sinfín de preguntas?

Estaba completamente despierto, con la mirada fija en la pared. La luz del exterior se filtraba por la persiana. El Dalmane era muy eficaz, porque su madre respiraba honda y lentamente. Ricky no se había movido. Contempló la tenue luz sobre la mesa, y pensó en Hardy y en la policía. ¿Le estarían controlando? ¿Le tendrían bajo vigilancia, como por televisión? Claro que no.

Durante veinte minutos vio cómo dormían y se hartó. Había llegado el momento de explorar. Cuando estaba en el primer curso, una noche, ya tarde, su padre llegó a casa borracho y empezó a discutir con Dianne. Se pelearon, la caravana se movía y Mark abrió el ventanuco de su habitación y saltó al suelo. Fue a dar un largo paseo por el barrio y luego por el bosque. Hacía una noche de un calor intenso y pegajoso, con el firmamento muy estrellado, y se detuvo a descansar en una colina desde la que se divisaba el cámping. Rezó para que su madre estuviera a salvo. Le imploró a Dios que le concediera una familia en la que todo el mundo pudiera dormir sin temor a ser avasallado. ¿Por qué no podían ser ellos sencillamente gente normal? Deambuló durante dos horas. Todo estaba tranquilo a su regreso, y de aquel modo empezó su costumbre de hacer excursiones nocturnas, que tanta paz y placer le habían aportado.

Mark pensaba, se preocupaba, y cuando dormía mal o tenía insomnio, daba grandes paseos secretos. Había aprendido mucho. Vestía ropa oscura y se desplazaba como un duende entre las tinieblas de Tucker Wheel Estates. Presenciaba pequeños delitos de robo y vandalismo, pero nunca los denunciaba. Veía amantes que se escabullían por las ventanas. Le encantaba sentarse en la colina que dominaba el cámping y saborear un cigarrillo. El temor de que le descubriera su madre había desaparecido hacía muchos años; trabajaba mucho y dormía profundamente.

No le asustaban los lugares desconocidos. Cubrió a su madre con la sábana, hizo otro tanto con Ricky y cerró sigilosamente la puerta a su espalda. El pasillo estaba oscuro y desierto. La hermosa enfermera Karen estaba ocupada en su escritorio. Le brindó una encantadora sonrisa y dejó de escribir. Dijo que quería ir a tomar un zumo de naranja en la cafetería y que ya sabía el camino. Volvería dentro de un minuto. Karen le sonrió y Mark se alejó, enamorado.

Hardy había desaparecido. La sala de espera estaba desierta, pero el televisor funcionaba: *Los héroes de Hogan*. Entró en el ascensor vacío para bajar al sótano.

La cafetería estaba desierta. Un individuo con ambas piernas escayoladas estaba tieso en una silla de ruedas, junto a una mesa. La escayola era limpia y reluciente. Llevaba el brazo en cabestrillo. Una gruesa venda cubría la parte superior de su cabeza y parecía llevar el cráneo afeitado. Estaba terriblemente incómodo.

Mark pidió medio litro de zumo de fruta y se instaló en una mesa carcana a la de aquel individuo, que le miró con una mueca de frustración y apartó el plato de sopa que tenía delante. Sorbía zumo de fruta con una paja, mientras observaba a Mark.

—¿Qué tal? —preguntó Mark con una sonrisa, dispuesto a hablar con cualquiera y movido por la compasión.

El individuo le miró fijamente y luego volvió la cabeza. Hizo una mueca e intentó mover las piernas. Mark fingía no darle importancia.

Un individuo de camisa blanca y corbata apareció inesperadamente con una bandeja de comida y café, y se instaló en una mesa frente a la del lesionado. No pareció percatarse de la presencia de Mark.

—Parece bastante malherido —exclamó con una gran sonrisa—. ¿Qué le ha ocurrido?

—Un accidente de tráfico —respondió un tanto angustiado—. Me embistió un camión de Exxon. El loco no respetó el *stop*.

—¿Cuándo tuvo lugar el accidente? —preguntó todavía más sonriente, haciendo caso omiso de la comida y del café.

—Hace tres días.

—¿Ha dicho un camión de Exxon? —preguntó ya de pie y acercándose a la mesa del otro individuo, mientras se sacaba algo del bolsillo.

Cogió una silla y se instaló a escasos centímetros de la escayola.

—Sí —respondió cautamente el malherido.

—Me llamo Gill Teal —dijo el de la corbata, al tiempo que le entregaba su tarjeta—. Soy abogado especializado en accidentes de tráfico, particularmente los casos con grandes camiones —añadió velozmente Gill Teal, como si acabara de atrapar un pez gordo y tuviera que actuar con rapidez para que no se le escapara—. Son mi especialidad. Los grandes camiones. Dieciocho ruedas. Camiones de la basura. Camiones cisterna. Sea lo que sea, voy a por ellos. Me llamo Gill Teal —concluyó, al tiempo que le tendía la mano por encima de la mesa.

Afortunadamente, el brazo bueno del malherido era el derecho, y tendió una mano lacia al buscavidas.

—Joe Farris.

Gill se la estrechó con entusiasmo y pasó ávidamente al ataque.

—¿Qué le ha ocurrido, un par de piernas rotas, contusión, heridas internas?

—Y una clavícula rota.

—Magnífico. Lo que nos planteamos entonces es invalidez permanente. ¿A qué se dedica? —preguntó Gill, que se frotaba la barbilla con aspecto meditabundo.

La tarjeta permanecía sobre la mesa, sin que Joe la hubiera tocado. Ambos hacían caso omiso de Mark.

—Operador de grúa.

—¿Sindicado?

—Sí.

—Así que el camión de Exxon se saltó un *stop*. No parece haber ninguna duda en cuanto a quién es el culpable.

Joe frunció el entrecejo, volvió a moverse, e incluso Mark pudo darse cuenta de que empezaba a estar cansado de Gill y de su intromisión. Movió negativamente la cabeza.

Gill tomó afanosamente notas en una servilleta, miró a Joe con una sonrisa y dijo:

—Puedo conseguirle por lo menos seiscientos mil. Yo me quedo solo con un tercio y usted se embolsa cuatrocientos mil. Mínimo. Cuatrocientos de los grandes, evidentemente libres de impuestos. Presentaremos la denuncia mañana mismo.

Joe le escuchaba, como si ya lo hubiera oído todo antes. Gill se mantenía a la expectativa con la boca abierta, orgulloso y seguro de sí mismo.

—He hablado con otros abogados —dijo Joe.

—Puedo conseguirle más que cualquiera. Así es como me gano la vida, solo con casos de camiones. Ya me he querellado con Exxon, conozco a todos sus abogados y funcionarios locales, que están aterrorizados conmigo porque voy directo a la yugular. Es la guerra, Joe, y yo soy el méjor de la ciudad. Conozco sus juegos sucios. Acabo de saldar un caso de un camión por casi medio millón. En el momento en que mi cliente me contrató, empezaron a ofrecerle dinero. No pretendo vanagloriarme, Joe, pero para estos casos soy el mejor de la ciudad.

—Esta mañana me ha llamado un abogado y me ha dicho que podría conseguirme un millón.

—Miente. ¿Cómo se llama? ¿McFay? ¿Ragland? ¿Snodgrass? Les conozco a todos. No hago más que ganarles casos, Joe; además, he dicho seiscientos mil como mínimo. Podría ser mucho más. Maldita sea, Joe, si nos obligan a ir a juicio, quién sabe cuánto podría otorgarnos el jurado. Estoy en los juzgados todos los días, Joe, atosigando a todo Memphis. Seiscientos mil es el mínimo. ¿Ha contratado ya a alguien? ¿Ha firmado algún contrato?

—Todavía no —respondió Joe, al tiempo que movía la cabeza.

—Estupendo. Mire, Joe, supongo que tiene esposa e hijos.

—Ex esposa, tres hijos.

—Eso significa que recibe una asignación para los hijos. ¿Cuánto?

—Quinientos mensuales.

—Es poco. Y tiene cuentas que pagar. Le diré lo que voy a hacer. Le adelantaré mil dólares mensuales, que descontaremos de la liquidación. Si lo saldamos en tres meses, le descontaré tres mil. Si tardáramos dos años, que no será el caso, pero si lo fuera, le descontaría veinticuatro mil. O lo que corresponda. ¿Me comprende, Joe? Dinero en mano.

Joe volvió a moverse y fijó la mirada en la mesa.

—Un abogado que pasó ayer por mi habitación dijo que me daría dos mil inmediatamente y otros dos mil mensuales.

—¿Quién era? ¿Scottie Moss? ¿Rob LaMoke? Les conozco, Joe, son una bazofia. Son incapaces de encontrar el camino del juzgado. No se puede confiar en ellos. Son unos incompetentes. Igualaré su oferta: dos mil inmediatamente y dos mil mensuales.

—Otro abogado de un gran bufete me ofreció diez mil por anticipado y cuenta abierta para lo que necesitara.

Gill quedó apabullado y tardó por lo menos diez segundos en recuperar el habla.

—Escúcheme, Joe. La cuestión no es cuánto dinero se le puede anticipar, ¿de acuerdo? La cuestión es cuánto dinero le puedo sacar a Exxon para usted. Y nadie, repito, nadie les sacará tanto como yo. Nadie. Fíjese. Le entregaré cinco mil inmediatamente y le permitiré retirar todo lo que necesite para saldar sus cuentas. ¿Le parece justo?

—Me lo pensaré.

—El tiempo se nos echa encima, Joe. Hay que actuar con rapidez. Las pruebas desaparecen. Los recuerdos se esfuman. Las grandes corporaciones actúan con mucha lentitud.

—Le he dicho que me lo pensaré.

—¿Puedo llamarle mañana?

—No.

—¿Por qué no?

—Maldita sea, no puedo dormir porque me lo impiden las llamadas de los abogados. No puedo comer sin que me acosen. Por aquí circulan más abogados que médicos.

—Hay muchos embaucadores, Joe —respondió Gill impertérrito—. Muchos picapleitos que solo saben meter la pata. Es triste, pero cierto. Hay demasiada gente en la profesión, y los abogados están por todas partes en busca de trabajo. Pero no se equivoque, Joe. Compruebe quién soy. Mire las páginas amarillas. Verá que tengo un anuncio a tres colores a toda página. Busque el nombre de Gill Teal y verá quién es quién.

—Lo pensaré.

Gill se sacó otra tarjeta del bolsillo y se la ofreció a Joe. Luego se despidió y se marchó, sin tocar la comida ni el café.

Joe sufría. Agarró la rueda con el brazo derecho y se alejó lentamente. Mark quería ayudarle, pero cambió de opinión. Las tarjetas de Gill seguían sobre la mesa. Acabó de tomarse el zumo, miró a su alrededor y cogió una de las tarjetas.

Mark dijo a Karen, su enamorada, que no podía dormir y que estaría mirando la televisión si alguien le necesitaba. Se sentó en el sofá de la sala de estar y echó una ojeada a la guía telefónica mientras miraba un episodio de *Cheers*. Se tomó otro Sprite. Hardy, bendito sea, le había dado un poco de dinero después de la cena.

Karen le trajo una manta y le abrigó las piernas. Le acarició el brazo con sus largas y elegantes manos, y se deslizó hacia la lejanía. Mark no se perdió detalle.

El señor Gill Teal tenía efectivamente un anuncio a toda página en la sección de abogados de las páginas amarillas de Memphis, junto a otra docena de abogados. Había una bonita fotografía suya en la puerta del juzgado, sin chaqueta y con las mangas de la camisa arremangadas. LUCHO POR SUS DERECHOS, decía bajo la foto. ¿HA SUFRIDO ALGÚN ACCIDENTE?, se leía en grandes letras rojas, al principio dc la página. A continuación, unas gruesas letras verdes respondían: DE SER ASÍ, LLAME A GILL TEAL, NO LE DEFRAUDARÁ. Más adelante, en letras azules, Gill describía el género de casos de los que se ocupaba, que eran centenares: segadoras de hierba, electrocuciones, deformaciones congénitas, accidentes de tráfico, explosión de calderas... Dieciocho años de experiencia en los juzgados. Un pequeño plano en la esquina del anuncio dirigía al mundo entero a su despacho, situado frente al juzgado.

Mark oyó una voz familiar y de pronto ahí estaba, Gill Teal en persona, hablando por televisión junto a la entrada de urgencias de un hospital, comentando las heridas de los seres queridos y los fraudes de las compañías de seguros. En el fondo parpadeaban luces rojas. A su espalda corrían unos enfermeros. Pero Gill lo tenía todo bajo control y se ocuparía de su caso sin depósito alguno. Si no había indemnización, no cobraba honorarios.

¡El mundo era un pañuelo! En las dos últimas horas, Mark le había visto personalmente, había recogido una de sus tarjetas, contemplaba literalmente su cara en las páginas amarillas y en aquel momento le hablaba por televisión.

Cerró la guía telefónica y la dejó sobre la abigarrada mesilla. Se cubrió con la manta y decidió echar un sueño.

Tal vez al día siguiente llamaría a Gill Teal.

7

A Foltrigg le encantaba llevar escolta. Disfrutaba particularmente de aquellos momentos sublimes cuando las cámaras
rodaban a la espera de su aparición, y en el momento justo
avanzaba majestuosamente por el pasillo o descendía por la
escalera del juzgado precedido de Wally Boxx, que le abría
paso como un toro de lidia, y con Thomas Fink u otro ayudante a su lado, para eludir las preguntas inoportunas. Dedicaba muchos momentos de relajamiento a contemplar vídeos
de sí mismo, entrando y saliendo de los juzgados con una pequeña escolta. Su sincronización solía ser perfecta. Perfiló su
forma de andar. Levantaba pacientemente las manos como si
deseara responder a todas las preguntas, pero la enorme importancia de su posición no le dejaba tiempo para hacerlo.
Poco después, Wally agrupaba a los periodistas en una impro-
visada conferencia de prensa, en la que el propio Roy hacía un
hueco en su atestadísima agenda, para mostrarse unos momentos ante los focos. Habían convertido una pequeña biblioteca de la fiscalía en sala de prensa, con sus correspondientes focos y sistema acústico. Roy guardaba el maquillaje
en un armario cerrado con llave.

Cuando entró en el Edificio Federal, en Main Street de
Memphis, pocos minutos después de la medianoche, llevaba
una escolta formada por Wally, Fink y los agentes Trumann y
Scherff, pero no había ningún periodista a la vista. En reali-

dad, no se encontró con nadie hasta llegar a las oficinas del FBI, donde Jason McThune tomaba café pasado en compañía de otros dos agentes. La recepción no tuvo nada de particular.

Se presentaron sin perder tiempo, mientras se dirigían al abigarrado despacho de McThune. Foltrigg se instaló en la única silla disponible. McThune era un agente con veinte años de servicio, a quien habían mandado a Memphis hacía cuatro años contra su voluntad, y contaba los días que le faltaban para trasladarse al noroeste en el Pacífico. Estaba cansado e irritado por lo avanzado de la hora. Había oído hablar de Foltrigg, pero no le conocía. Los rumores le describían como un asno presuntuoso.

Un agente que no había sido identificado ni presentado cerró la puerta, y McThune se instaló en la silla situada al otro lado del escritorio. Describió los puntos básicos: el hallazgo del coche, el contenido del mismo, el arma, la herida, la hora de la muerte, etcétera.

—El chiquillo se llama Mark Sway. Ha declarado a la policía de Memphis que él y su hermano se encontraron casualmente con el cuerpo, y que corrió inmediatamente para avisar a las autoridades. Viven en un cámping, a un kilómetro aproximadamente de donde se encontró el coche. Actualmente el hermano menor está ingresado en un hospital, al parecer con *shock* traumático. Mark Sway y su madre, Dianne, divorciada, están también en el hospital. El padre vive en la ciudad y tiene un historial de delitos menores. Conducir borracho, peleas y cosas por el estilo. Delincuente poco sofisticado. Blancos de clase baja. De todos modos, el chiquillo miente.

—No he podido leer la nota —interrumpió Foltrigg, que se moría de ganas de decir algo—. El fax era un desastre —añadió, como si McThune y los demás agentes del FBI de Memphis fueran unos ineptos, porque él, Roy Foltrigg, había recibido un fax de mala calidad en su furgoneta.

McThune miró de reojo a Larry Trumann y Skipper Scherff, que estaban apoyados contra la pared, y prosiguió:

—Se la mostraré dentro de un momento. Sabemos que el chiquillo miente porque dice que llegaron al lugar de autos después de que Clifford se pegara un tiro. Parece dudoso. En primer lugar, las huellas dactilares del chiquillo están por todas partes, dentro y fuera del coche. Sobre el cuadro de mando, la puerta, la botella de whisky, la pistola... Hace un par de horas conseguimos las huellas del niño y nuestros especialistas han inspeccionado el coche. No acabarán hasta mañana, pero es evidente que el chiquillo ha estado en el interior del vehículo. ¿Con qué propósito? El caso es que no estamos seguros. También hemos encontrado huellas alrededor de las luces traseras, justo encima del tubo de escape. Y también había tres colillas frescas bajo un árbol, cerca del coche. Virginia Slims, la misma marca que fuma Dianne Sway. Sospechamos que, como tantos otros chiquillos, sustrajeron los cigarrillos del paquete de su madre y fueron a fumárselos al bosque. Estaban probablemente en lo suyo, cuando Clifford apareció inesperadamente. Se ocultaron y le observaron: la vegetación es densa en aquella zona y es fácil esconderse. Puede que se acercaran y retiraran la manguera; no estamos seguros y los niños no han dicho nada. El menor no puede hablar y Mark evidentemente miente. En todo caso, está claro que la manguera no funcionó. Estamos intentando identificar las huellas de la misma, pero es muy difícil. Tal vez imposible. Por la mañana dispondremos de fotografías donde se muestra la posición de la manguera cuando llegó la policía de Memphis.

»Clifford efectuó por lo menos un disparo desde el interior del coche —prosiguió McThune, después de levantar un cuaderno amarillo sumergido entre la multitud de papeles de su escritorio y dirigirse al mismo en lugar de a Foltrigg—. La bala salió casi por el centro de la ventana frontal derecha, cuyo cristal se agrietó sin desmoronarse. No tenemos la más remota idea de cuándo ni por qué lo hizo. Hace una hora que han terminado su autopsia, y Clifford estaba saturado de Dalmane, codeína y Percodan. Además, el contenido de alcohol en su sangre era de 0,22, de modo que, como suele decirse, estaba borracho como una cuba. Teniendo en cuenta que no solo estaba lo suficientemente desequilibrado para quitarse la vida, sino borracho e intoxicado, no hay forma de aclarar mucho de lo ocurrido. No es una mente racional lo que intentamos comprender.

—Ya me doy cuenta —asintió Roy con impaciencia, mientras Wally Boxx paseaba a su espalda, como un fiel perro de caza.

—El arma es un treinta y ocho barato, comprado ilegalmente en una tienda de empeños, aquí en Memphis —prosiguió McThune, sin prestar atención a su interlocutor—. Hemos interrogado al tendero, pero se niega a hablar sin que esté presente su abogado, de modo que proseguiremos por la mañana. Un recibo de Texaco indica que compró gasolina en Vaiden, Mississippi, aproximadamente a una hora y media de aquí. El empleado es un joven que cree que paró alrededor de la una de la tarde. No hay prueba de ninguna otra compra. Su secretaria afirma que salió de su despacho alrededor de las nueve de la mañana, según dijo para hacer un recado, y no supo nada de él hasta que nosotros llamamos. Sinceramente, no parecía muy trastornada por la noticia. Todo indica que salió de Nueva Orleans poco después de las nueve, tardó cinco o seis horas en llegar a Memphis, paró en una ocasión para repostar, paró para comprar la pistola, condujo hasta el bosque y se quitó la vida. Puede que parara para almorzar, para comprar el whisky o tal vez un montón de cosas. Seguimos investigando.

—¿Por qué Memphis? —preguntó Wally Boxx.

Foltrigg asintió, evidentemente satisfecho por la pregunta.

—Porque nació aquí —respondió solemnemente McThune con la mirada fija en Foltrigg, como si todo el mundo prefiriera morir en su lugar de nacimiento.

Era un chiste pronunciado con la cara seria, que a Foltrigg

le pasó completamente inadvertido. McThune había oído decir que no era demasiado inteligente.

—Claro que la familia se trasladó cuando era todavía niño —aclaró después de una pausa—. Estudió en el instituto de Rice y luego en la facultad de derecho de Tulane.

—Estudiamos juntos en la facultad —declaró con orgullo.

—Estupendo. La nota está escrita a mano y fechada hoy, o mejor dicho, ayer. Está escrita con algún tipo de rotulador negro, que no llevaba encima ni se ha encontrado en el coche —dijo McThune, al tiempo que levantaba un papel y se lo ofrecía a su interlocutor—. Aquí está. Es el original. Trátelo con cuidado.

Wally Boxx se apresuró a cogerlo y se lo entregó a Foltrigg, que lo examinó.

— Solo habla de la organización del funeral y de instrucciones para su secretaria —prosiguió McThune, mientras se frotaba los ojos—. Fíjese en el fondo. Parece que intentó añadir algo con un bolígrafo azul, pero el bolígrafo estaba seco.

—Dice «Mark, Mark, ¿dónde están...?», y el resto no se entiende —declaró Foltrigg, después de acercarse la nota.

—Exactamente. La caligrafía es atroz y el bolígrafo se quedó seco, pero nuestro experto coincide: «Mark, Mark, ¿dónde están...?». También cree que Clifford estaba borracho, intoxicado o algo por el estilo cuando intentó escribirlo. Encontramos el bolígrafo en el coche. Un Bic barato. No cabe duda de que es el bolígrafo utilizado. No tiene ningún hijo, sobrino, hermano, tío ni primo llamado Mark. Estamos investigando a sus amigos íntimos, aunque según su secretaria no tenía ninguno, y hasta ahora no hemos encontrado a ningún Mark.

—Entonces ¿qué significa?

—Hay algo más. Hace unas horas, un policía de Memphis llamado Hardy condujo a Mark Sway al hospital en su coche. Durante el desplazamiento, al niño se le escapó que Romey había dicho o hecho algo. Romey. Abreviación de Jerome, según la secretaria del señor Clifford. En realidad, según ella eran más los que le llamaban Romey que Jerome. ¿Cómo podía el chiquillo conocer su apodo, a no ser que el propio señor Clifford se lo hubiera comunicado?

—¿Cuál es su opinión? —preguntó Foltrigg, que escuchaba con la boca abierta.

—Mi teoría es que el chiquillo estuvo en el coche antes de que Clifford se quitara la vida, que pasó allí un buen rato debido a las numerosas huellas que hemos encontrado, y que él y Clifford hablaron de algo. Luego, en algún momento, el chiquillo salió del coche, Clifford intentó añadir algo a la nota y se pegó un tiro. El niño se asustó. Su hermano menor entró en estado de *shock*, y hasta aquí hemos llegado.

—¿Por qué mentiría el chiquillo?

—En primer lugar, está asustado. En segundo lugar, es un niño. Y en tercer lugar, puede que Clifford le haya contado algo que no debería saber.

El relato de McThune había sido perfecto y el dramatismo de la última frase generó un silencio sepulcral en la sala. Foltrigg estaba paralizado. Boxx y Fink miraban fijamente el escritorio con la boca abierta.

Puesto que su jefe estaba temporalmente perdido, Wally Boxx intervino a la defensiva y formuló una pregunta estúpida:

—¿Qué le hace suponer eso?

Hacía veinte años que McThune había agotado la paciencia con los fiscales y sus subordinados. Les había visto ir y venir. Había aprendido a jugar con ellos y a manipular sus egos. Sabía que la mejor forma de tratar sus trivialidades consistía simplemente en responder.

—La nota, las huellas y las mentiras. El pobre niño no sabe qué hacer.

—¿Han hablado con el niño? —preguntó Foltrigg, después de dejar la nota sobre la mesa y aclararse la garganta.

—No. Fui al hospital hace un par de horas, pero no le vi. El sargento Hardy de la policía de Memphis ha hablado con él.

—¿Piensa hacerlo?

—Sí. Dentro de unas horas. Trumann y yo iremos al hospital alrededor de las nueve, hablaremos con el chiquillo y tal vez con su madre. También me gustaría hablar con su hermano menor, pero depende del médico.

—Me gustaría estar presente —declaró Foltrigg.

Todo el mundo se lo esperaba.

—No me parece una buena idea —respondió abruptamente McThune mientras movía la cabeza, sin dejar lugar a dudas de que él era quien mandaba en Memphis y de que no estaban en Nueva Orleans—. Nosotros nos ocuparemos de ello.

—¿Y el médico del niño? ¿Han hablado con él?

—No, todavía no. Lo intentaremos esta mañana. Dudo que nos cuente gran cosa.

—¿Cree que esos chiquillos se lo contarían al médico? —preguntó ingenuamente Fink.

McThune miró a Trumann y entornó los párpados, como para decir: «¿Qué clase de imbéciles me has traído?», «No puedo responderle, caballero. No sé qué saben esos niños. No sé cómo se llama el médico. No sé si ha hablado con los niños. No sé si le habrán dicho algo».

Foltrigg frunció el entrecejo con la mirada fija en Fink, que se estremeció avergonzado. McThune se puso de pie y consultó su reloj.

—Señores, es tarde —dijo—. Nuestros expertos terminarán con el coche al mediodía y sugiero que nos reunamos entonces.

—Debemos averiguar todo lo que Mark Sway sabe —dijo Roy sin moverse—. Ha estado en el coche y ha hablado con Clifford.

—Lo sé.

—Sí, señor McThune, pero hay algo que usted no sabe.

Clifford sabía dónde está escondido el cadáver y ha hablado de ello.

—Hay muchas cosas que no sé, señor Foltrigg, porque este es un caso de Nueva Orleans y yo trabajo en Memphis, ¿comprende? No me interesa saber nada más sobre el pobre señor Boyette y el pobre señor Clifford. Estoy hasta las pelotas de cadáveres. Es casi la una de la madrugada y estoy aquí, en mi despacho, ocupándome de un caso que no me incumbe, hablando con ustedes y contestando a sus preguntas. Seguiré trabajando en este caso hasta mañana al mediodía y luego quedará en manos de mi compañero Larry Trumann. Yo habré terminado.

—A no ser, claro está, que le llamen de Washington.

—Sí, por supuesto, a no ser que me llamen de Washington, en cuyo caso haré lo que me ordene el señor Voyles.

—Hablo con el señor Voyles todas las semanas.

—Le felicito.

—Según él, el caso de Boyette ocupa el primer lugar en la lista de prioridades del FBI.

—Eso he oído.

Roy se levantó despacio y miró fijamente a McThune.

—Es indispensable que averigüemos todo lo que Mark Sway sabe. ¿Comprende?

McThune le miró también fijamente, sin decir palabra.

8

Karen vigiló a Mark durante la noche y le sirvió un zumo de naranja a eso de las ocho. Estaba solo en la pequeña sala de espera y le despertó suavemente.

A pesar de los muchos problemas que tenía en aquel momento, se estaba enamorando perdidamente de aquella hermosa enfermera. Se tomó el zumo, con la mirada fija en sus destelleantes ojos castaños. Ella golpeó suavemente la manta que le cubría las piernas.

—¿Cuántos años tienes? —preguntó Mark.

—Veinticuatro —respondió con una radiante sonrisa—. Trece más que tú. ¿Por qué lo preguntas?

—Costumbre. ¿Estás casada?

—No —respondió mientras retiraba la manta y empezaba a doblarla—. ¿Has estado cómodo en el sofá?

—Más que en la cama donde ha tenido que dormir mi madre —respondió Mark, al tiempo que se desperezaba sin dejar de contemplarla—. ¿Has trabajado toda la noche?

—De ocho a ocho. Hacemos turnos de doce horas, cuatro días semanales. Ven conmigo. El doctor Greenway está en la habitación y quiere verte.

Karen le cogió de la mano, lo cual ayudó enormemente, le acompañó a la habitación de Ricky, se retiró y cerró la puerta.

Dianne parecía cansada. Estaba de pie junto a la cama de Ricky, con un cigarrillo sin encender en una mano temblorosa. Mark se le acercó y ella le puso una mano sobre los hombros. Ambos observaban mientras Greenway frotaba la frente de Ricky y le hablaba. Sus ojos estaban cerrados y no respondía.

—No le oye, doctor —dijo finalmente Dianne, sin que el médico le hiciera ningún caso.

Era difícil escuchar a Greenway, porque hablaba como si fuera un niño. Dianne se secó una lágrima de la mejilla. Mark olió a jabón y se percató de que su madre tenía el pelo mojado. También se había cambiado de ropa. Pero no llevaba maquillaje y su cara era distinta.

—Un caso sumamente grave —declaró oficialmente Greenway con la mirada fija en los ojos cerrados, hablando casi consigo mismo, después de ponerse de pie.

—¿Qué piensa hacer ahora? —preguntó Dianne.

—Esperar. Sus constantes vitales son estables, de modo que no corre ningún peligro físico. Recuperará el conocimiento, y cuando lo haga, es imprescindible que esté usted en la habitación —respondió Greenway mientras se rascaba la barba con aspecto meditabundo—. Debe ver a su madre cuando abra los ojos. ¿Comprende?

—No pienso moverme de aquí.

—Tú, Mark, puedes ausentarte de vez en cuando, pero es preferible que estés aquí casi siempre.

Mark asintió. La idea de pasar un minuto más en aquella habitación le ponía enfermo.

—Los primeros momentos pueden ser fundamentales. Tendrá miedo cuando mire a su alrededor. Tiene que poder ver y abrazar a su madre. Estréchele en sus brazos y haga que se sienta seguro. Llame inmediatamente a la enfermera. Dejaré instrucciones. Tendrá mucho apetito, de modo que procuraremos darle comida. La enfermera le retirará el tubo intravenoso para que pueda andar por la habitación. Pero lo importante es abrazarle.

—¿Cuándo cree que...?

—No lo sé. Probablemente hoy o mañana. Es imprevisible.

—¿Ha visto antes algún caso parecido?

Greenway miró a Ricky y decidió ser sincero.

—No tan grave como este —respondió moviendo la cabeza—. Está casi comatoso y eso es un poco inusual. Normalmente, después de un buen descanso, despiertan con hambre —dijo casi sonriendo—. Pero no estoy preocupado. Ricky se repondrá. Es solo cuestión de tiempo.

Ricky pareció oírle. Refunfuñó y se desperezó, pero sin abrir los ojos. Le miraron atentamente a la espera de algún sonido, alguna palabra. Aunque Mark prefería que su hermano guardara silencio sobre lo ocurrido hasta que pudieran hablarlo a solas, deseaba desesperadamente que despertara y hablara de otros temas. Estaba harto de verle acurrucado sobre la almohada, chupándose ese maldito pulgar.

Greenway metió la mano en su bolsa y sacó un periódico. Se trataba del *Memphis Press,* el periódico matutino. Lo dejó sobre la cama y entregó a Dianne una tarjeta.

—Mi consultorio está en el edificio adjunto. Aquí está mi número de teléfono, por si lo necesita. No lo olvide, en el momento en que despierte póngase en contacto con la enfermera y ella me llamará inmediatamente. ¿De acuerdo?

Dianne cogió la tarjeta y asintió. Greenway abrió el periódico sobre la cama de Ricky.

—¿Ha visto esto? —preguntó.

—No —respondió Dianne.

Al fondo de la primera página había un titular sobre Romey: ABOGADO DE NUEVA ORLEANS SE SUICIDA EN EL NORTE DE MEMPHIS. Bajo el titular, a la derecha, aparecía una gran foto de W. Jerome Clifford, y a la izquierda otro titular de menor tamaño: EXTRAVAGANTE ABOGADO CRIMINALISTA PRESUNTAMENTE VINCULADO A LA MAFIA. A Mark le llamó la atención la palabra «mafia». Contempló el rostro de Romey y de pronto le entraron ganas de vomitar.

—Al parecer el señor Clifford era un abogado bastante conocido en Nueva Orleans —declaró Greenway bajando la voz, después de acercarse—. Estaba involucrado en el caso del señor Boyette. Por lo visto era el defensor del presunto asesino. ¿Estaba al corriente del caso?

Dianne se llevó el cigarrillo sin encender a la boca y movió la cabeza.

—Pues se trata de un caso de mucha envergadura. El primer senador estadounidense asesinado en activo. Aquí se lo dejo para que lo lea. Abajo están la policía y el FBI. Estaban ya aquí hace una hora, cuando he llegado. Desean hablar con Mark y, evidentemente, quieren que usted esté presente.

Mark se agarró a la baranda del pie de la cama.

—¿Por qué? —preguntó Dianne.

—El caso Boyette es complicado —respondió Greenway después de consultar su reloj—. Creo que lo comprenderá mejor cuando haya leído el artículo. Les he dicho que usted y Mark no podrían hablar con ellos hasta que yo lo autorizara. ¿Le parece bien?

—Sí —respondió precipitadamente Mark—. No quiero hablar con ellos. Puede que acabe como Ricky si esos polis no me dejan en paz.

Dianne y Greenway le miraron. De algún modo, Mark sabía que la policía volvería con un montón de preguntas. No habían acabado con él. Pero la fotografía de la primera página y la mención del FBI le producían escalofríos, y sintió necesidad de sentarse.

—Manténgalos alejados de momento —respondió Dianne.

—Han preguntado si podrían verles a las nueve y les he dicho que no. Pero no se marcharán —dijo Greenway mientras consultaba de nuevo su reloj—. Volveré a las doce del mediodía. Puede que entonces sea una buena idea hablar con ellos.

—Lo que usted diga.

—Muy bien. Les mantendré a raya hasta las doce. Mi secretaria ha llamado a su jefe y a la escuela. Procure no preocuparse por eso. Quédese junto a la cama hasta mi regreso.

Esbozó una sonrisa al tiempo que cerraba la puerta a su espalda.

Dianne entró apresuradamente en el cuarto de baño y encendió un cigarrillo. Mark pulsó el control remoto junto a la cama de Ricky hasta que se encendió el televisor y sintonizó las noticias locales. Solo hablaban del tiempo y de deportes.

Dianne acabó de leer el artículo sobre el señor Clifford y dejó el periódico en el suelo, bajo la cama plegable. Mark la miraba angustiado.

—Su cliente asesinó a un senador de Estados Unidos —exclamó atónita.

Menuda broma. Habrían muchas preguntas difíciles y, de pronto, Mark tenía hambre. Eran más de las nueve. Ricky no se había movido. Las enfermeras les habían olvidado. Greenway parecía formar parte del pasado. El FBI esperaba entre bastidores. La habitación parecía empequeñecer a ojos vistas y la precaria cama sobre la que estaba sentado le dañaba la espalda.

—Me pregunto por qué lo haría —dijo Dianne, puesto que no se le ocurrió otra cosa.

—El artículo dice que Jerome Clifford estaba vinculado a la mafia de Nueva Orleans y que a su cliente se le supone miembro de la misma.

Mark había visto El padrino por cable. En realidad, también había visto la continuación y lo sabía todo acerca de la mafia. Recordó escenas de ambas películas y empeoró su dolor de estómago. Le latía aceleradamente el corazón.

—Mamá, tengo hambre. ¿No te apetece comer algo?

—¿Por qué no me contaste la verdad, Mark?

—Porque el policía estaba en la caravana y no era un buen momento para hablar. Lo siento, mamá. Te aseguro que lo siento. Me proponía contártelo enseguida cuando estuviéramos a solas, te lo prometo.

—Tú nunca me mientes Mark —dijo Dianne con suma tristeza, mientras se frotaba las sienes.

No digas nunca jamás.

—¿Podemos hablar luego, mamá? Tengo mucha hambre. Dame un par de dólares e iré a por unos buñuelos a la cafetería. Me vendrían como caídos del cielo. Te traeré un café —dijo Mark, ya de pie, a la espera del dinero.

Afortunadamente, no estaba de humor para mantener una conversación seria sobre la sinceridad. Perduraban los efectos del Dalmane y pensaba con lentitud. Le dolía la cabeza. Abrió el bolso y le dio un billete de cinco dólares.

—¿Dónde está la cafetería?

—En el sótano. Ala Madison. He estado allí dos veces.

—¿Por qué será que no me sorprende? Supongo que has recorrido todo el hospital.

—Sí, mamá —respondió Mark después de guardarse el dinero en el bolsillo de sus vaqueros—. Estamos en el piso más silencioso. Los niños están en el sótano y aquello parece un circo.

—Ten cuidado.

Mark cerró la puerta a su espalda. Dianne esperó y luego sacó del bolsillo el frasco de Valium que Greenway le había mandado.

Mark comió cuatro buñuelos mientras miraba *Donahue* y su madre procuraba descansar sobre la cama. Le dio un beso en la frente y le dijo que le apetecía ir a dar una vuelta. Dianne le advirtió que no abandonara el hospital.

Bajó de nuevo por la escalera porque supuso que Hardy, el FBI y el resto de la pandilla estarían en algún lugar cerca de los ascensores, por si daba señales de vida.

Al igual que la mayoría de los hospitales de beneficencia de las grandes ciudades, el Saint Peter había sido construido cuando pudieron conseguirse algunos fondos, sin demasiada preocupación por la simetría arquitectónica. Lo formaban una desconcertante configuración de alas y extensiones, con un laberinto de pasillos, galerías y entresuelos, que intentaban desesperadamente conectarse entre sí. Habían añadido ascensores y escaleras automáticas donde cupieran. En algún momento dado, alguien se había percatado de la dificultad para trasladarse de un lugar a otro sin perderse por completo e introdujeron una asombrosa colección de señales de colores para facilitar el movimiento del tráfico. Luego se agregaron nuevas alas. La señalización dejó de ser aplicable, pero no la retiraron. Entonces solo servía para aumentar la confusión.

Mark corrió como una flecha por el ahora familiar territorio y salió del hospital por una pequeña puerta que daba a la Avenida Monroe. Examinó un plano del centro de la ciudad en las primeras páginas de la guía telefónica y comprobó que el despacho de Gill Teal estaba bastante cerca, en el tercer piso de un edificio situado a cuatro manzanas. Avanzó con rapidez. Era martes, día de escuela, y no quería encontrarse con ningún inspector del departamento de educación. Era el único menor que circulaba por la calle y sabía que no estaba donde le correspondía.

Se fraguaba una nueva estrategia. ¿Qué podía haber de malo —se preguntaba con la mirada fija en la acera y evitando la mirada de los transeúntes—, en hacer una llamada anónima a la policía o al FBI para contarles exactamente dónde se hallaba el cadáver? Entonces él ya no sería el único en conocer el secreto. Si Romey no le había mentido, encontrarían el cuerpo y el asesino iría a la cárcel.

Había riesgos. Su llamada al 911 del día anterior había sido un desastre. Cualquiera al otro extremo de la línea sabría que se trataba de un chiquillo. El FBI grabaría su voz y la analizaría. Los de la mafia no eran estúpidos.

Puede que no fuera una buena idea.

Giró por la calle Tercera y entró apresuradamente en el edificio Sterick. Era antiguo y muy alto. El vestíbulo era de mármol y estaba embaldosado. Entró en el ascensor con un montón de gente y pulsó el botón del tercer piso. Personas muy bien vestidas y con maletines pulsaron otros cuatro botones. Hablaban entre sí sin levantar la voz, como suele hacerse en los ascensores.

Su parada fue la primera. Salió a un pequeño vestíbulo, de donde partía un pasillo al frente, otro a la izquierda y otro a la derecha. Giró a la izquierda y echó a andar tranquilamente procurando parecer relajado, como si lo de buscar a un abogado fuera habitual para él. El edificio estaba lleno de letrados. Sus nombres aparecían en placas de bronce sujetas a las puertas, y algunos de ellos eran largos y amedrantadores, con numerosas siglas e iniciales. J. Winston Buckner; F. MacDonald Durston; Hempstead Crawford. Cuantos más nombres leía, mayor era el deseo de Mark de encontrarse con un simple Gill Teal.

Encontró la puerta del señor Teal al fondo del pasillo, sin ninguna placa de bronce. GILL TEAL, ABOGADO POPULAR, se leía en simples letras negras de arriba abajo. Tres personas esperaban en el pasillo junto a la puerta.

Mark se armó de valor y entró. Estaba lleno de gente. Un montón de personas tristes, con toda clase de heridas y contusiones, abarrotaba la pequeña sala de espera. Había muletas por todas partes. Dos de los presentes iban en silla de ruedas. No había ningún asiento libre y un pobre hombre con un collar ortopédico, cuya cabeza se balanceaba como la de un recién nacido, se había sentado sobre la abigarrada mesilla. Una mujer con el pie escayolado sollozaba discretamente. Una niña con terribles quemaduras en la cara se aferraba al brazo de su madre. Una escena bélica no podría haber sido más lastimosa. Era peor que la sala de urgencias del hospital de Saint Peter.

El señor Teal no parecía haber escatimado esfuerzos para reunir clientes. Mark había decidido marcharse, cuando alguien le gritó:

—¡Eh, tú, muchacho! ¿Qué quieres? ¿Deseas algo?

Era la voz de una corpulenta dama desde detrás de la ventanilla de recepción.

A pesar de que su voz retumbó por la sala, nadie le prestó atención y el sufrimiento prosiguió. Mark se acercó a la ventanilla y miró ceñudo aquella cara fea.

—Deseo ver al señor Teal —respondió en un tono suave, mientras miraba a su alrededor.

—¿Ah, sí? ¿Has concertado una cita? —preguntó la recepcionista después de levantar una carpeta y examinarla.

—No, señora.

—¿Cómo te llamas?

—Mark Sway. Se trata de un asunto privado.

—Qué duda cabe —respondió, mirándole de pies a cabeza—. ¿De qué tipo de herida se trata?

Recordó el camión Exxon y lo mucho que había emocionado al señor Teal, pero comprendió que no podía engañarles.

—No estoy herido.

—Entonces estás en el lugar equivocado. ¿Para qué necesitas a un abogado?

—Sería muy largo de contar.

—Mira, muchacho, ¿ves a todas esas personas? Todas tienen hora concertada para ver al señor Teal. Es una persona muy ocupada y solo acepta casos con muertos o heridos.

—De acuerdo —dijo Mark cuando ya retrocedía, pensando en la multitud de bastones y muletas a su espalda.

—Y ahora te ruego que vayas a molestar a otra parte.

—Desde luego. Si me atropella un camión o algo por el estilo, volveré.

Cruzó el campo de batalla y salió.

Bajó por la escalera y se dedicó a explorar el segundo piso. Más abogados. En una sola puerta, contó veintidós placas de bronce. Abogados y más abogados. Alguno de ellos debería ser capaz de ayudarle. Se cruzó con algunos en el pasillo. Demasiado ocupados para percatarse de su presencia.

De pronto apareció un guardia de seguridad que caminaba

lentamente hacia él. Mark echó una ojeada a la puerta siguiente. Sobre la misma, pintadas en pequeñas letras, figuraban las palabras REGGIE LOVE, ABOGADO. Giró la manecilla y entró en una pequeña sala de espera completamente desierta. Ni un solo cliente esperando. Había dos sillones y un sofá, alrededor de una mesa de cristal. Las revistas estaban cuidadosamente ordenadas. Una música suave descendía de las alturas. Una atractiva alfombra cubría el suelo de madera. Un joven con corbata pero sin chaqueta se levantó de su escritorio, rodeado de plantas en macetas, y se acercó.

—¿En qué puedo servirte? —preguntó con bastantes buenos modales.

—Necesito ver a un abogado —respondió Mark.

—¿No eres un poco joven para necesitar un abogado?

—Sí, pero tengo problemas. ¿Es usted Reggie Love?

—No. Ella está dentro del despacho. Yo soy su secretario. ¿Cómo te llamas?

Él era el secretario. Reggie una mujer. El secretario un hombre.

—Mark Sway. ¿Usted es el secretario?

—Y pasante, entre otras cosas. ¿Por qué no estás en la escuela? —preguntó el secretario, cuya placa sobre el escritorio le identificaba como Clint van Hooser.

—Entonces ¿usted no es abogado?

—No. El abogado es Reggie.

—En tal caso, tengo que hablar con Reggie.

—En este momento está ocupada. Siéntate —dijo mostrándole el sofá.

—¿Cuánto tendré que esperar? —preguntó Mark.

—No lo sé —respondió el joven, a quien le parecía gracioso que un chiquillo necesitara un abogado—. Le diré que estás aquí. Tal vez pueda verte un momento.

—Es muy importante.

El chiquillo estaba nervioso y era sincero. Miraba la puerta de reojo, como si alguien pudiera haberle seguido.

—¿Estás metido en algún lío, Mark? —preguntó Clint.

—Sí.

—¿Qué clase de lío? Tienes que contarme un poco la historia, si quieres que Reggie te reciba.

—Tengo que hablar con el FBI a las doce y creo que necesito un abogado.

Eso bastó.

—Coge una silla y espera un momento.

Mark se sentó y, en el momento en que Clint desapareció, cogió las páginas amarillas y buscó la sección de abogados. Ahí estaba de nuevo Gill Teal, con su anuncio de una página entera. Página tras página de enormes anuncios, todos dedicados a víctimas de accidentes. Fotografías de ajetreados hombres y mujeres de aspecto importante, con gruesos textos legales en las manos, o sentados tras su escritorio, o pegados al teléfono. Reggie Love no figuraba entre ellos. ¿Qué clase de abogado debía de ser?

Reggie Love era uno de los millares de abogados en la guía telefónica de Memphis. No debía de ser muy buen abogado, cuando tan poca consideración le tenían en las páginas amarillas, y a Mark se le ocurrió que quizá debería huir de allí inmediatamente. Pero por otra parte estaba Gill Teal, un verdadero letrado, defensor de la gente común, estrella de las páginas amarillas, suficientemente famoso para salir por televisión, y no había más que ver su despacho al fondo del pasillo. Inmediatamente decidió jugársela con Reggie Love. Tal vez necesitaba clientes. Puede que dispusiera de más tiempo para ayudarle. De pronto le resultó agradable la idea de una mujer abogado, porque había visto una en *La ley de Los Ángeles* que, en una ocasión, había sabido darles su merecido a unos policías. Cerró la guía y volvió a colocarla cuidadosamente en la estantería. El despacho era fresco y agradable. No se oían voces.

Clint cerró la puerta a su espalda y cruzó la alfombra persa para acercarse al escritorio de Reggie Love, que más que hablar escuchaba con el teléfono en la mano. Clint le mostró tres mensajes telefónicos e hizo la señal convenida para indicar que alguien deseaba verla. A continuación se sentó al borde del escritorio, jugando con un clip y observándola.

No había nada de cuero en el despacho. Un papel estampado con motivos florales rosas cubría las paredes. El impecable escritorio de cristal y metal cromado estaba situado en una esquina de la alfombra. Las sillas eran elegantes y tapizadas con tela color borgoña. Se trataba, sin lugar a dudas, del despacho de una mujer. Una mujer muy ordenada.

Reggie Love tenía cincuenta y dos años y hacía menos de cinco que ejercía la abogacía. Era de una corpulencia media, con el pelo muy corto y muy canoso, cuyo flequillo tocaba casi la montura negra de sus gafas perfectamente redondas. Tenía unos ojos verdes que le sonreían a Clint como si acabara de oír algo gracioso. Luego levantó la mirada al cielo y entornó los párpados.

—Adiós, Sam —dijo por fin, antes de colgar el teléfono.

—Tengo un nuevo cliente para ti —sonrió Clint.

—No necesito nuevos clientes, Clint. Lo que necesito son clientes que puedan pagar. ¿Cómo se llama?

—Mark Sway. No es más que un niño, de unos diez o doce años. Y dice que debe entrevistarse con el FBI a las doce del mediodía. Asegura que necesita un abogado.

—¿Está solo?

—Sí.

—¿Cómo nos ha encontrado?

—No tengo ni idea. Soy un simple secretario, no lo olvides. Tendrás que formular tú algunas preguntas.

Reggie se puso en pie y dio la vuelta al escritorio.

—Hazle pasar. Y rescátame dentro de quince minutos, ¿de acuerdo? Tengo mucho que hacer esta mañana.

—Ven conmigo, Mark —dijo Clint.

Mark le siguió por una pequeña puerta y a lo largo de un pasillo. La puerta del despacho era de cristal ahumado y sobre la misma había otra placa de bronce en la que se leía REGGIE LOVE, ABOGADO. Clint la abrió e indicó a Mark que pasara.

Lo primero que le llamó la atención fue su cabello. Era de color gris y más corto que el suyo; muy corto sobre las orejas y cogote, un poco más abundante encima y con un flequillo. Nunca había visto a ninguna mujer con un cabello gris tan corto. No era vieja ni joven.

Ella le sonrió debidamente en el umbral de la puerta.

—Mark, yo soy Reggie Love —dijo al tiempo que le tendía la mano.

Mark se la cogió con reticencia y ella la estrechó vigorosamente. Estrecharle la mano a una mujer no era algo que hiciera a menudo. No era alta ni baja, delgada ni gorda. Llevaba un sobrio vestido negro y brazaletes negros y dorados en ambos brazos que tintineaban.

—Encantado de conocerla —dijo tímidamente Mark, cuando ella ya le conducía hacia un rincón del despacho, donde había dos sillones frente a una mesilla con libros infantiles.

—Siéntate. Solo dispongo de un minuto.

Mark se sentó al borde de la silla, de pronto aterrorizado. Había mentido a su madre. Había mentido a la policía. Había mentido al doctor Greenway. Estaba a punto de mentirle al FBI. Hacía menos de un día que Romey había muerto, y le mentía por los descosidos a todo el mundo. Mañana, sin duda, le mentiría a quien se pusiera por delante. Tal vez, para variar, había llegado el momento de hablar con sinceridad. A veces le daba miedo contar la verdad, pero luego solía sentirse mejor por haberlo hecho. Sin embargo, la perspectiva de descargar su conciencia ante una desconocida hacía que la sangre se le congelara en las venas.

—¿Te apetece algo de beber?

—No, señora.

—Te llamas Mark Sway, ¿no es cierto? Por favor, no me llames señora, ¿de acuerdo? Tampoco quiero que me llames señora Love, ni nada por el estilo, mi nombre es Reggie. Podría ser perfectamente tu abuela, pero quiero que me tutees, ¿te parece bien?

—Muy bien.

—¿Cuántos años tienes, Mark? Cuéntame algo sobre ti mismo.

—Tengo once años. Soy estudiante de quinto curso en Willow Road.

—¿Por qué no estás hoy en la escuela?

—Es una historia muy larga.

—Comprendo. ¿Y esa larga historia es la razón de tu visita?

—Sí.

—¿Quieres contármela?

—Creo que sí.

—Clint me ha dicho que vas a reunirte con el FBI a las doce del mediodía. ¿Es cierto?

—Sí. Quieren formularme preguntas en el hospital.

—¿El hospital? —preguntó después de coger un cuaderno y escribir algo en el mismo.

—Forma parte de la larga historia. ¿Puedo preguntarte algo, Reggie?

Le resultaba extraño dirigirse a aquella dama con un nombre relacionado con el béisbol. Había visto una mala película por televisión sobre la vida de Reggie Jackson, y recordaba que el público gritaba al unísono: ¡Reggie! ¡Reggie! Sin olvidar los caramelos Reggie.

—Desde luego —respondió con una radiante sonrisa.

Era evidente que le divertía la situación de un niño que necesitaba a un abogado. Mark, por su parte, sabía que la sonrisa desaparecería si llegaba a contarle la historia. Tenía unos bonitos ojos, que brillaban al mirarle.

—Si te explico algo, ¿lo contarás?

—Claro que no. Lo que se diga aquí es confidencial.

—¿Eso qué significa?

—Significa sencillamente que no puedo contar nada de lo que me expliques, a no ser que me autorices a hacerlo.

—¿Nunca?

—Nunca. Es como si hablaras con tu médico o tu sacerdote. Las conversaciones son secretas y no se pueden contar. ¿Comprendes?

—Creo que sí. Bajo ningún concepto...

—Jamás. No puedo contarle a nadie lo que me expliques, bajo ningún concepto.

—¿Y si te cuento algo que nadie sabe?

—No estoy autorizada a relatarlo.

Al principio le divertían sus preguntas, pero su insistencia empezó a preocuparla.

—Algo que podría crearte graves problemas.

—No puedo relatarlo.

Mark la miró un minuto sin parpadear y decidió que podía confiar en ella. Su expresión era amable y su mirada reconfortante. Estaba relajada y resultaba fácil hablar con ella.

—¿Alguna pregunta más?

—Sí. ¿De dónde has sacado el nombre de Reggie?

— Me lo cambié hace unos años. Me llamaba Regina, estaba casada con un médico y muchas cosas salieron mal, de modo que lo cambié por el de Reggie.

—¿Estás divorciada?

—Sí.

—Mis padres también lo están.

—Lo siento.

—No lo lamentes. Mi hermano y yo nos sentimos muy felices cuando se divorciaron. Mi padre bebía mucho y nos pegaba. A mi madre también. Ricky y yo le odiábamos.

—¿Ricky es tu hermano?

—Sí. Es el que está ingresado en el hospital.

—¿Qué le ocurre?

—Forma parte de la larga historia.

—¿Cuándo te gustaría contarme esa larga historia?

Mark titubeó unos segundos y pensó en algunas cosas. Todavía no estaba listo para contarlo todo.

—¿Cuánto cobras?

—No lo sé. ¿De qué tipo de caso se trata?

—¿De qué tipo de casos te ocupas?

—Sobre todo casos de niños desatendidos o maltratados. Algunos abandonados. Muchas adopciones. Algunos de negligencia médica, relacionada con menores. Pero sobre todo casos de malos tratos. Algunos son muy graves.

—Estupendo, porque este es realmente grave. Hay una persona muerta. Otra está en el hospital. La policía y el FBI quieren hablar conmigo.

—Escúchame, Mark, supongo que no dispones de mucho dinero para contratarme, ¿estoy en lo cierto?

—Sí.

—Técnicamente, debes pagarme algo por anticipado. Entonces me convierto en tu abogado y podemos proceder. ¿Tienes un dólar?

—Sí.

—Entonces ¿por qué no me lo entregas como pago anticipado?

Mark se sacó un dólar del bolsillo y se lo entregó.

—Es todo lo que tengo.

Reggie no quería el dólar de aquel chiquillo, pero lo aceptó por respeto a la ética profesional y porque probablemente sería lo único que recibiría de él. Mark, por su parte, se sentía orgulloso de contratar a un abogado. De algún modo recuperaría su dólar.

—Muy bien —dijo Reggie, después de dejar el billete sobre la mesa—, ahora yo soy el abogado y tú el cliente. Oigamos tu historia.

Mark volvió a meterse la mano en el bolsillo y sacó el trozo de periódico doblado que Greenway les había entregado.

—¿Has visto esto? —preguntó después de mostrárselo con una mano temblorosa—. Es el periódico de esta mañana.

—¿Tienes miedo, Mark?

—Más o menos.

—Procura tranquilizarte, ¿de acuerdo?

—De acuerdo. Lo intentaré. ¿Lo has visto?

—No. Todavía no he leído el periódico.

Cogió el recorte y lo leyó. Mark tenía la mirada fija en sus ojos.

—¿Y bien? —preguntó después de leerlo.

—El artículo menciona que dos niños encontraron el cuerpo. Somos Ricky y yo.

—Estoy segura de que debe de haber sido horrible, pero no es un delito encontrarse con un cadáver.

—Estupendo. Porque hay mucho más.

Se esfumó la sonrisa de su rostro y se dispuso a tomar notas.

—Quiero que me lo cuentes ahora.

Mark respiraba hondo y con rapidez. Los cuatro buñuelos se le revolvían en el estómago. Tenía miedo, pero también sabía que se sentiría mucho mejor cuando todo hubiera terminado. Se acomodó en su silla, respiró hondo y agachó la cabeza.

Empezó por su carrera de fumador, el hecho de que Ricky le descubriera y su expedición al bosque. Luego habló del coche, la manguera y el gordo que resultó llamarse Jerome Clifford. Hablaba despacio para recordar todos los detalles y para que su nuevo abogado pudiera tomar nota de todo.

Clint intentó interrumpirles al cabo de quince minutos, pero Reggie le miró con ceño. Cerró inmediatamente la puerta y se retiró.

La primera versión duró veinte minutos, con escasas interrupciones por parte de Reggie. En la misma había algunas lagunas, no por culpa de Mark, sino algunos detalles poco claros que Reggie captó en la segunda versión, que duró otros veinte minutos. Hicieron un descanso para tomar café y agua fría, que les trajo Clint. Reggie aprovechó para trasladarse a su escritorio, sobre el que desparramó sus notas, y se preparó para la tercera versión de aquella extraordinaria historia. Llenó un cuaderno de notas y empezó otro. Hacía rato que habían desaparecido las sonrisas. Había sustituido su tono amable y paternalista de abuela para con su nieto por preguntas concretas en busca de detalles.

Los únicos detalles que Mark se reservó fueron los del emplazamiento exacto del cadáver del senador Boyd Boyette, o mejor dicho, lo que Romey le había contado acerca del mismo. Conforme avanzaba la conversación confidencial y se desvelaba el secreto, empezó a parecerle evidente a Reggie que Mark sabía dónde estaba sepultado presuntamente el cadáver, y se manejaba hábil y temerosamente respecto a dicha información. Puede que se lo preguntara, o puede que no. En todo caso, sería lo último de lo que hablarían.

Una hora después de haber comenzado, se tomó un descanso y leyó dos veces el artículo del periódico. Luego volvió a leerlo. Parecía encajar. Conocía demasiados detalles para estar mintiendo. No era una historia que una mente hiperactiva pudiera inventar. Además, el pobre niño estaba muerto de miedo.

Clint la interrumpió de nuevo a las once y media para comunicarle que hacía una hora que su próximo cliente esperaba. Sin levantar la cabeza de sus notas, Reggie le ordenó que anulara la cita y Clint se retiró. Mark paseaba por el despacho mientras ella leía. Luego se acercó a la ventana y contempló a sus pies el tráfico de la calle Tercera. A continuación volvió a su asiento y esperó.

Su abogada estaba profundamente preocupada y casi le dio pena. Con tantos nombres y rostros en las páginas amarillas, y había acabado descargando aquella bomba sobre Reggie Love.

—¿De qué tienes miedo, Mark? —preguntó mientras se frotaba los ojos.

—De muchas cosas. He mentido a la policía sobre este asunto, y creo que saben que miento. Eso me da miedo. Mi hermano está en coma por mi culpa. Es todo culpa mía. He mentido al médico. Y todo eso me asusta. No sé qué hacer y supongo que esa es la razón por la que estoy aquí. ¿Qué debo hacer?

—¿Me lo has contado todo?

—No, pero casi.

—¿Me has mentido?

—No.

—¿Sabes dónde está enterrado el cadáver?

—Creo que sí. Sé lo que Jerome Clifford me contó.

Durante un breve instante, Reggie sintió un miedo atroz a que se lo revelara. Pero no lo hizo y, durante un largo minuto, se miraron mutuamente a los ojos.

—¿Quieres contármelo? —preguntó por fin.

—¿Quieres que te lo cuente?

—No estoy segura. ¿Qué te impide contármelo?

—Tengo miedo. No quiero que nadie sepa que lo sé, porque Romey me dijo que su cliente había asesinado a muchas personas y se proponía asesinarle también a él. Si ha matado a mucha gente y cree que yo conozco su secreto, vendrá a por mí. Y si se lo cuento a la policía, seguro que me liquidará. Es de la mafia y eso me da mucho miedo. ¿A ti no?

—Creo que sí.

—La policía ya me ha amenazado si no les cuento la verdad y, en todo caso, están convencidos de que miento. No sé qué hacer. ¿Cree que debo contárselo a la policía y al FBI?

Reggie se puso de pie y se acercó lentamente a la ventana. En aquel momento no se le ocurría ningún maravilloso consejo para darle. Si le sugería a su nuevo cliente que se sincerara con el FBI y seguía su consejo, su vida podría estar realmente en peligro. Ninguna ley le obligaba a hablar. Tal vez podrían acusarle de obstrucción a la justicia, pero no era más que un niño. No estaban seguras de lo que sabía, y mientras no pudieran demostrarlo, no corría ningún peligro.

—Eso es lo que haremos, Mark. No me cuentes dónde está el cadáver, ¿de acuerdo? Por lo menos de momento. Tal vez más adelante, pero no ahora. Reunámonos con el FBI y oigamos lo que tienen que aducir. Tú no tienes por qué decir una sola palabra. Hablaré yo y ambos escucharemos. Luego, entre tú y yo, decidiremos lo que hay que hacer a continuación.

—Me parece bien.

—¿Sabe tu madre que estás aquí?

—No. Tengo que llamarla.

Reggie buscó el número en la guía telefónica y llamó al hospital. Mark contó a Dianne que había ido a dar una vuelta y que estaría de regreso al cabo de un minuto. Reggie se percató de la facilidad con que mentía. Escuchó unos momentos en silencio y parecía preocupado.

—¿Cómo está? —preguntó—. Voy ahora mismo.

Colgó y miró a Reggie.

—Mi madre está preocupada. Ricky está recuperando el conocimiento y no encuentra al doctor Greenway.

—Te acompañaré al hospital.

—Muy agradecido.

—¿Dónde quiere verte el FBI?

—Creo que en el hospital.

Reggie consultó su reloj y guardó un par de cuadernos en blanco en su maletín. De pronto estaba nerviosa. Mark la esperaba junto a la puerta.

9

El segundo abogado contratado por Barry Muldanno el Navaja para que le defendiera de la odiosa acusación que pesaba sobre él era un tipo malhumorado con el nombre de Willis Upchurch, que se estaba haciendo famoso entre la pandilla de vociferantes charlatanes que recorrían el país actuando para los maleantes y las cámaras. Upchurch tenía bufetes en Chicago, Washington y cualquier otra ciudad donde pudiera hacerse con un caso famoso y alquilar un despacho. Inmediatamente después del desayuno, cuando acababa de hablar con Muldanno, cogió un avión a Nueva Orleans, en primer lugar con el propósito de organizar una conferencia de prensa, y en segundo lugar para reunirse con su famoso nuevo cliente y programar una ruidosa defensa. Se había enriquecido y adquirido bastante fama en Chicago por su apasionada defensa de asesinos y narcotraficantes de la mafia, y desde hacía aproximadamente diez años componentes de dicha organización le habían llamado desde distintas partes del país para diversas representaciones. Su historial era regular, pero no era la proporción de casos ganados y perdidos lo que atraía a sus clientes; era su expresión de mala uva, su frondosa cabellera y su atronadora voz. Upchurch era un abogado que quería ser visto y oído en revistas, periódicos, libros de bolsillo y debates de la televisión. Tenía opiniones. No le daba miedo pronosticar. Gracias a su visión radical y a que estaba dispuesto a decir cualquier cosa, se había convertido en un personaje popular de los alocados debates diurnos de la televisión.

Solo aceptaba casos sensacionalistas, con abundantes cámaras y grandes titulares. Nada era excesivamente repugnante para él. Prefería a los clientes ricos que podían pagar, pero si algún asesino famoso necesitaba ayuda, ahí estaba Upchurch con un contrato que le otorgaba derechos exclusivos a un libro y una película.

A pesar de que disfrutaba enormemente de su fama y de recibir halagos por su defensa vigorosa de asesinos indingentes, Upchurch era prácticamente un abogado de la mafia. Era propiedad de la organización, que le manipulaba como una marioneta y pagaba a su antojo. Estaba autorizado a circular un poco y vociferar, pero cuando le llamaban acudía inmediatamente.

Y cuando Johnny Sulari, el tío de Barry, le llamó a las cuatro de la madrugada, Willis Upchurch atendió solícito. El tío le contó lo poco que se sabía acerca de la muerte inoportuna de Jerome Clifford. Upchurch se deshizo en cumplidos por teléfono cuando Sulari le ordenó que cogiera el primer avión a Nueva Orleans. Entró dando brincos en el cuarto de baño, solo de pensar en defender a Barry Muldanno el Navaja ante multitud de cámaras. No dejó de silbar en la ducha, pensando en la mucha tinta que se había gastado ya en el caso, y en el hecho de que ahora él se convertiría en la nueva estrella del espectáculo. Se sonrió a sí mismo en el espejo, mientras hacía el nudo de su corbata de noventa dólares y pensaba en los próximos seis meses que pasaría en Nueva Orleans, con la prensa danzando a su antojo.

¡Aquella era la razón por la que había asistido a la facultad de derecho!

Al principio la situación daba miedo. Habían retirado la sonda. Dianne estaba sobre la cama abrazada a Ricky y le frotaba la cabeza. Él gemía, farfullaba, temblaba y se retorcía. Sus ojos estaban ora abiertos ora cerrados. Dianne, con la cabeza pegada a la de su hijo, le hablaba entre sollozos.

—No tengas miedo, hijo. No pasa nada. Mamá está contigo. Mamá está contigo.

Greenway estaba cerca de la cama, con los brazos cruzados y frotándose la barba. Parecía confuso, como si viera aquello por primera vez. Al otro lado de la cama había una enfermera.

Mark entró despacio en la habitación y nadie se percató de su presencia. Reggie se había quedado en el puesto de las enfermeras. Eran casi las doce del mediodía, la hora de enfrentarse al FBI y todo lo demás, pero Mark se dio cuenta enseguida de que a ninguno de los presentes le importaba remotamente la policía y sus preguntas.

—No pasa nada, hijo. No pasa nada. Mamá está contigo.

Mark se acercó al pie de la cama para ver mejor. Dianne logró brindarle una ligera sonrisa forzada, antes de cerrar los ojos y seguir susurrando al oído de Ricky.

Al cabo de unos largos minutos, Ricky abrió los ojos, pareció ver y reconocer a su madre, y dejó de moverse. Ella le dio una docena de besos en la frente. La enfermera le acarició sonriente el hombro y le susurró unas palabras.

Greenway miró a Mark e hizo una seña con la cabeza en dirección a la puerta. Mark le siguió hasta el pasillo, que estaba desierto. Caminaron juntos en dirección opuesta al puesto de las enfermeras.

—Ha despertado hace un par de horas —explicó el médico—. Parece que recupera lentamente el conocimiento.

—¿Ha dicho ya alguna cosa?

—¿Sobre qué?

—Bueno, ya sabe, referente a lo ocurrido ayer.

—No. Ha farfullado bastante, lo cual es un buen indicio, pero todavía no ha dicho nada coherente.

En cierto modo, eso era reconfortante, pero a Mark le convendría no alejarse de la habitación, por si acaso.

—¿De modo que se recuperará?

—No he dicho eso —respondió el médico en el momento en que el carro de la comida se detenía en medio del pasillo y ellos se echaban a un lado para pasar—. Creo que se recuperará, pero puede que tarde algún tiempo.

Se hizo una larga pausa durante la cual a Mark le preocupó que Greenway esperara que dijera algo.

—¿Es fuerte tu madre? —preguntó finalmente el médico.

—Supongo que bastante. Hemos superado muchas dificultades.

—¿Dónde vive la familia? Necesitará mucha ayuda.

—No tenemos familia. Mi madre tiene una hermana en Texas, pero no se llevan bien. Además, también tiene problemas.

—¿Y tus abuelos?

—Mi padre era huérfano. Sospecho que sus padres le abandonaron cuando empezaron a conocerle. El padre de mi madre murió y su madre también vive en Texas. Está siempre enferma.

—Cuánto lo siento.

Al llegar al fondo del pasillo, contemplaron el centro de Memphis a través de una sucia ventana. El edificio Sterick sobresalía de los demás.

—El FBI me da la lata —dijo Greenway.

Y a mí, pensó Mark.

—¿Dónde están?

—En la habitación veintiocho. Es una pequeña sala de conferencias del segundo piso, raramente utilizada. Han dicho que nos esperaban a mí, a ti y a tu madre a las doce en punto, y parecían hablar muy en serio —dijo Greenway, antes de consultar su reloj y empezar a andar de regreso a la habitación—. Están bastante preocupados.

—Estoy listo para ellos —declaró Mark, en un débil esfuerzo por parecer intrépido.

—¿Cómo? —preguntó Greenway con el entrecejo fruncido.

—He contratado a un abogado —respondió Mark con orgullo.

—¿Cuándo?

—Esta mañana. Está aquí ahora, al fondo del pasillo.

Greenway miró, pero el puesto de las enfermeras estaba a la vuelta de la esquina.

—¿El abogado está aquí? —preguntó con incredulidad.

—Sí.

—¿Cómo te las has arreglado para encontrar un abogado?

—Sería largo de contar. Pero he pagado de mi propio bolsillo.

Greenway reflexionó, sin dejar de caminar.

—En estos momentos tu madre no puede abandonar a Ricky bajo ningún pretexto. Y yo tampoco puedo alejarme.

—No importa. Mi abogado y yo nos ocuparemos de todo.

Se detuvieron frente a la puerta de la habitación de Ricky, y Greenway titubeó antes de abrirla.

—Podría aplazar la reunión hasta mañana. En realidad, podría ordenarles que abandonaran el hospital.

Intentaba ser duro, pero Mark conocía la realidad.

—No es preciso, gracias. No desaparecerán. Usted cuide de Ricky y de mi madre, y mi abogado y yo nos ocuparemos del FBI.

Reggie había encontrado una habitación vacía en el octavo piso y bajaron apresuradamente para utilizarla. Llevaban diez minutos de retraso.

—Levántate la camisa —dijo Reggie después de cerrar la puerta.

Mark la miró azorado.

—¡Levántate la camisa!

Mark empezó a tirar de su grueso jersey de Memphis State Tigers. Reggie abrió su maletín y sacó un pequeño magnetófono negro, una cinta de plástico y esparadrapo. Verificó la microcasete y pulsó unos botones. Mark la miraba atentamente. Comprendió que ya había utilizado aquel aparato muchas veces.

—Aguántalo ahí —dijo, después de colocárselo sobre el estómago.

Entonces pasó la cinta de plástico por una ranura del magnetófono, se la envolvió alrededor del tórax y sujetó los extremos con esparadrapo.

—Respira hondo.

Mark obedeció. Volvió a meterse la camisa debajo del pantalón; Reggie retrocedió un paso y le observó el estómago.

—Perfecto —exclamó.

—¿Qué ocurrirá si me cachean?

—No lo harán. Vámonos.

Reggie cogió su maletín y abandonaron la habitación.

—¿Cómo sabes que no me cachearán? —preguntó de nuevo, angustiado.

Caminaba de prisa para poder seguirla. Una enfermera les miró con suspicacia.

—Porque han venido a hablar, no a detenerte. Confía en mí.

—Confío en ti, pero estoy muy asustado.

—No te preocupes, Mark. Pero recuerda lo que te he dicho.

—¿Estás segura de que no pueden ver ese aparato?

—Completamente segura.

Reggie empujó decididamente una puerta y se encontraron de nuevo en la escalera. Descendieron rápidamente por los peldaños verdes de hormigón. Mark iba ligeramente rezagado.

—¿Qué ocurrirá si emite algún pitido, o algo por el estilo, ellos se asustan y desenfundan sus pistolas? ¿Qué ocurrirá entonces?

—No emite ningún pitido —respondió al tiempo que le cogía de la mano y se la estrechaba, mientras descendían zigzagueando hacia el segundo piso—. Además, no disparan contra los niños.

—En una ocasión vi que lo hacían en una película.

El segundo piso del Saint Peter había sido construido muchos años antes que el noveno. Era gris, sucio y sus pasillos bullían con el afanoso tráfico habitual de enfermeras, médicos, técnicos y camilleros, así como pacientes en sillas de ruedas y parientes aturdidos que circulaban sin ton ni son, procurando no quedarse dormidos. Pasillos procedentes de distintas direcciones se reunían en cruces caóticos, para luego proseguir en un laberinto desesperante. Reggie preguntó a tres enfermeras dónde se encontraba la habitación 28, y la tercera se lo indicó y señaló sin dejar de andar. Llegaron por fin a un descuidado pasillo mal iluminado y con una antiquísima moqueta. La sexta puerta a la derecha, de madera barata y sin ventana, era la que buscaban.

—Tengo miedo, Reggie —dijo Mark, con la mirada fija en la puerta.

Ella le estrechó la mano. Si estaba nerviosa, no lo aparentaba. Su expresión era serena. Su voz cálida y segura.

—Limítate a hacer lo que te he dicho, Mark. Sé lo que me hago.

Retrocedieron un par de pasos y Reggie abrió otra puerta idéntica, de la habitación 24. Era una sala de reposo abandonada, utilizada ahora como trastero.

—Yo te esperaré aquí. Vamos, llama a la puerta.

—Tengo miedo, Reggie.

Reggie palpó cuidadosamente el magnetófono y movió los dedos hasta pulsar los botones adecuados.

—Ánimo —ordenó, señalando el pasillo.

Mark respiró hondo, y llamó a la puerta.

—Adelante —respondió una voz poco amable.

Abrió lentamente la puerta, entró y la cerró a su espalda.

La habitación era larga y estrecha, al igual que la mesa en el centro de la misma. No tenía ventanas. Ninguno de los dos individuos situados hacia el fondo de la misma, uno a cada lado de la mesa, sonreía. Parecían gemelos con sus camisas blancas, corbatas rojas y azules, pantalones oscuros y pelo corto.

—Tú debes de ser Mark —dijo uno de ellos, mientras su compañero miraba fijamente hacia la puerta.

Mark asintió, incapaz de hablar.

—¿Dónde está tu madre?

—¿Quiénes son ustedes? —logró proferir.

—Me llamo Jason McThune, FBI, Memphis —respondió el de la derecha, al tiempo que le tendía la mano y Mark se la estrechaba débilmente—. Encantado de conocerte, Mark.

—El gusto es mío.

—Y yo me llamo Larry Trumann —añadió su compañero—. FBI, Nueva Orleans.

Mark le estrechó también débilmente la mano. Los agentes se miraron un tanto desconcertados, y, durante unos segundos, nadie supo qué decir.

Por fin Trumann señaló una silla al fondo de la mesa.

—Siéntate, Mark.

McThune asintió, casi con una sonrisa. Mark obedeció, aterrorizado por si de algún modo se soltaba el esparadrapo y se le caía el aparato. Inmediatamente le esposarían, le meterían en un coche y nunca volvería a ver a su madre. ¿Qué haría entonces Reggie? Se le acercaron con sus sillas y colocaron sus cuadernos sobre la mesa, a escasos centímetros de donde él se encontraba.

Estaban tan cerca que Mark sentía hasta su aliento, y supuso que aquello formaba parte de su estrategia. Estuvo casi a punto de sonreír. Si les apetecía estar tan cerca, allá ellos. Pero el magnetófono negro no se perdería palabra. No habría voces confusas.

—En realidad —dijo Trumann, mirando fugazmente a McThune—, esperábamos que te acompañaran tu madre y el doctor Greenway.

—Están con mi hermano.

—¿Cómo se encuentra? —preguntó gravemente McThune.

—No muy bien. Mi madre no puede dejarle solo en estos momentos.

—Esperábamos que estuviera aquí contigo —repitió Trumann, al tiempo que miraba a McThune como si no estuviera seguro de cómo proceder.

—Podemos esperar un día o dos hasta que esté disponible —propuso Mark.

—No, Mark, es importante que hablemos ahora.

—Tal vez pueda ir a por ella.

Trumann se sacó una pluma del bolsillo de la camisa y le sonrió.

—No, Mark, charlemos unos minutos. Solo nosotros tres. ¿Estás nervioso?

—Un poco. ¿Qué desean?

Estaba muerto de miedo, pero respiraba mejor. El magnetófono no había emitido ningún ruido, ni le había dado ningún calambre.

—Queremos formularte algunas preguntas respecto a ayer.

—¿Necesito un abogado?

—Claro que no —respondió McThune, después de que los agentes se miraran entre sí durante cinco segundos con la boca abierta.

—¿Por qué no?

—El caso es que solo queremos hacerte unas preguntas. Eso es todo. Si quieres que venga tu madre, iremos a por ella. Algo haremos. Pero no necesitas a ningún abogado. Solo unas preguntas, eso es todo.

—Ya he hablado una vez con la policía. En realidad, hablé con ellos durante mucho rato anoche.

—No somos policías. Somos agentes del FBI.

—Eso es lo que me da miedo. Creo que tal vez necesito un abogado, ya sabe, para que proteja mis derechos y todo lo demás.

—Ves demasiada televisión, muchacho.

—Mi nombre es Mark, ¿vale? ¿Le importaría llamarme por mi nombre?

—Desde luego. Lo siento. Pero no necesitas ningún abogado.

—Exactamente —corroboró Trumann—. Los abogados no hacen más que entrometerse. Te sacan el dinero y lo entorpecen todo.

—¿No creen que deberíamos esperar a que mi madre estuviera presente?

—Creo que no, Mark —respondió McThune, después de que los agentes intercambiaran idénticas sonrisas—. Podemos esperar si lo deseas, pero eres un chico listo, tenemos bastante prisa y solo queremos hacerte unas cuantas preguntas.

—De acuerdo. Adelante. Si no hay otra alternativa.

Trumann consultó su cuaderno y tomó la iniciativa.

—Entonces empecemos —dijo—. Ayer dijiste a la policía de Memphis que Jerome Clifford ya estaba muerto cuando tú y Ricky os encontrasteis con el coche. Dime, Mark, ¿es eso realmente cierto?

Hizo una especie de mueca cuando formuló la pregunta, como si supiera perfectamente que no lo era. Mark se inquietó y miró hacia el fondo de la sala.

—¿Debo contestar esa pregunta?

—Por supuesto.

—¿Por qué?

—Porque necesitamos saber la verdad, Mark. Somos el FBI, estamos investigando lo sucedido y debemos conocer la verdad.

—¿Qué ocurrirá si no respondo?

—Bueno, muchas cosas. Tal vez nos veamos obligados a llevarte a nuestras dependencias, evidentemente en el asiento trasero del coche, sin esposas, y hacerte algunas preguntas realmente difíciles. Puede que también debamos llevarnos a tu madre.

—¿Qué le ocurrirá a mi madre? ¿Puede tener problemas?

—Tal vez.

—¿Qué tipo de problemas?

Hicieron una pausa e intercambiaron miradas inquietas. Habían empezado en terreno resbaladizo y se ponían cada vez las cosas peor. Estaba prohibido interrogar a un menor sin hablar antes con los padres.

Pero qué diablos. Su madre no se había presentado. No tenía padre. Era un pobre niño y estaba allí, solo. A decir verdad, la situación era perfecta. No podía ser mejor. Solo un par de preguntas breves.

—Dime, Mark, ¿has oído hablar alguna vez de obstrucción a la justicia? —preguntó McThune con el entrecejo fruncido, después de aclararse la garganta.

—Creo que no.

—Pues bien, es un delito. Un delito federal. A una persona que sepa algo acerca de un crimen y lo oculte al FBI o a la policía, se la puede declarar culpable de obstrucción a la justicia.

—¿Qué ocurre entonces?

—Bueno, si se la condena, dicha persona puede ser castigada, ¿comprendes? Puede ir a la cárcel o algo por el estilo.

—¿De modo que, si no contesto a sus preguntas, mi madre y yo podemos acabar en la cárcel?

McThune se echó un poco atrás y miró a Trumann. El terreno era cada vez más resbaladizo.

—¿Por qué no quieres contestar la pregunta, Mark? —preguntó Trumann—. ¿No estarás ocultando algo?

—Lo único que ocurre es que tengo miedo. Y teniendo en cuenta que solo tengo once años, que ustedes son del FBI y que mi madre no está aquí, no parece justo. En realidad, no sé qué hacer.

—¿No puedes limitarte a responder, Mark, aunque tu madre no esté presente? Ayer viste algo, pero tu madre no estaba contigo. Ella no puede ayudarte a responder. Solo queremos saber qué viste.

—Si estuvieran en mi lugar, ¿querrían un abogado?

—Claro que no —respondió McThune—. Yo no querría tener nunca ningún trato con abogados. Con perdón, hijo, pero son un coñazo. Un verdadero coñazo. Si no tienes nada que ocultar, no necesitas ningún abogado. Limítate a responder sinceramente a nuestras preguntas y no habrá ningún problema.

El agente empezaba a enojarse y a Mark no le sorprendió. Uno de ellos tenía que estar enojado. Era la estrategia del bueno y el malo que había visto un millar de veces por televisión. McThune se pondría furioso, Trumann sonreiría a menudo e incluso, para complacer a Mark, le dirigiría alguna mirada ceñuda a su compañero, a fin de ganarse su simpatía. Entonces McThune se hartaría y abandonaría la sala, con la esperanza de que Mark se lo contara todo a su compañero.

Trumann se le acercó con una empalagosa sonrisa.

—Dime, Mark, ¿estaba Jerome Clifford ya muerto cuando tú y Ricky le encontrasteis?

—Me amparo en la Quinta Enmienda.

La empalagosa sonrisa se esfumó de su rostro. A McThune se le enrojecieron las mejillas y movió la cabeza con absoluta frustración. Durante una larga pausa, los agentes se miraron fijamente entre sí. Mark contemplaba una hormiga que cruzaba por la mesa, hasta que desapareció bajo uno de los cuadernos.

—Mark, me temo que has estado viendo demasiada televisión —dijo por fin Trumann, el bueno de los dos.

—¿Quiere decir que no puedo ampararme en la Quinta Enmienda?

—Deja que lo adivine —refunfuñó McThune—. Apuesto a que has visto *La ley de Los Ángeles*.

—Todas las semanas.

—Me lo figuraba. ¿Vas a contestar a alguna pregunta, Mark? Porque, de lo contrario, tendremos que hacerlo de otro modo.

—¿Cómo?

—Acudir al juzgado. Hablar con el juez. Convencer a su señoría de que necesitamos que nos hables. En realidad, es bastante desagradable.

—Tengo que ir al lavabo —dijo Mark, después de empujar la silla y ponerse de pie.

—Por supuesto, Mark —respondió Trumann, de pronto temeroso de haberle puesto enfermo—. Creo que está al fondo del pasillo.

Mark se encontraba ya en el umbral de la puerta.

—Tómate cinco minutos, Mark. Esperaremos. No hay prisa.

Salió y cerró la puerta a su espalda.

Durante diccisiete minutos, los agentes se dedicaron a charlar y a jugar con sus bolígrafos. No estaban preocupados. Eran veteranos, con muchos recursos. No era la primera vez. Acabaría por hablar.

—Adelante —exclamó McThune, cuando alguien llamó a la puerta.

Se abrió la puerta. Una señora atractiva, de unos cincuenta años, entró como en su propio despacho y volvió a cerrarla.

—No se molesten —dijo la dama, después de que ambos agentes se levantaran de sus sillas.

—Estamos celebrando una reunión —declaró oficialmente Trumann.

—Se ha equivocado de sala —añadió McThune con malos modales.

La dama colocó su maletín sobre la mesa y les entregó una tarjeta a cada uno.

—Creo que no —respondió—. Me llamo Reggie Love. Soy abogado y represento a Mark Sway.

No se lo tomaron mal. McThune inspeccionó la tarjeta, mientras Trumann seguía de pie, con los brazos caídos, sin saber qué decir.

—¿Cuándo la ha contratado? —preguntó McThune, mirando desesperadamente a Trumann.

—¿Qué puede importarles eso? No me ha contratado, ha solicitado mis servicios. Siéntense.

Ella se sentó elegantemente en su silla y la acercó a la mesa. Los agentes también se sentaron, pero guardaron las distancias.

—¿Dónde está Mark? —preguntó Trumann.

—Se ha retirado, amparándose en la Quinta Enmienda. ¿Tendrían la amabilidad de mostrarme sus documentos de identidad?

Sin perder un instante, cogieron sus respectivas chaquetas, buscaron con afán en sus bolsillos y mostraron simultáneamente sus placas. Ella las examinó atentamente y tomó nota en su cuaderno.

—¿Han intentado ustedes interrogar al niño sin que estuviera su madre presente? —preguntó después de devolverles la documentación.

—No —respondió Trumann.

—Claro que no —añadió McThune, escandalizado ante tal sugerencia.

—El niño afirma que lo han hecho.

—Está confundido —dijo McThune—. Inicialmente hablamos con el doctor Greenway, que accedió a que se celebrara esta reunión, a la que se suponía asistirían Mark, Dianne Sway y el médico.

—Pero el niño se ha presentado solo —agregó rápidamente Trumann, ansioso por dar explicaciones—. Cuando le hemos preguntado dónde estaba su madre, nos ha respondido que en este momento estaba ocupada y hemos supuesto que seguramente llegaría de un momento a otro. De manera que simplemente charlábamos con el niño.

—Exactamente, mientras esperábamos a la señora Sway y al médico —se apresuró a corroborar McThune—. ¿Dónde estaba usted?

—No pregunte bobadas. ¿Han aconsejado a Mark que hablara con un abogado?

Los agentes se miraron entre sí, en busca de ayuda.

—Se ha mencionado —respondió Trumann, encogiéndose ingenuamente de hombros.

Lo más fácil era mentir, puesto que el niño no estaba presente. Además, no era más que un niño asustado y confundido, mientras que ellos eran, después de todo, agentes del FBI, y ella acabaría por creerles.

—Por cierto, no sé si lo recuerdas, Larry —dijo McThune, después de aclararse la garganta—, pero en un momento dado Mark ha dicho algo, o quizá haya sido yo, sobre *La ley de Los Ángeles* y entonces ha mencionado algo respecto a la posibilidad de necesitar un abogado. Pero nos ha dado la impresión, por lo menos a mí, de que bromeaba. ¿Lo recuerdas, Larry?

—Ah, sí —recordó de pronto Larry—. Algo sobre *La ley de Los Ángeles*. Pero era solo una broma.

—¿Está seguro? —preguntó Reggie.

—Claro que estoy seguro —protestó Trumann, al tiempo que McThune asentía con el entrecejo fruncido.

—¿No les ha preguntado si necesitaba un abogado?

Ambos agentes movieron la cabeza, intentando desesperadamente recordar.

—No es así como yo lo recuerdo —dijo McThune—. No es más que un niño, muy asustado, y creo que está confundido.

—¿Le han comunicado sus derechos?

—Claro que no —dijo Trumann sonriendo, de pronto más seguro de sí mismo—. No es un sospechoso. Es solo un niño. Pero tenemos que hacerle algunas preguntas.

—¿Y no han intentado interrogarle sin la presencia ni el consentimiento de su madre?

—No.

—Claro que no.

—¿Ni tampoco le han aconsejado que se mantuviera aleja-do de los abogados, después de que les pidiera su parecer?

—No, señora.

—En absoluto. Ese chiquillo miente si le ha contado otra cosa.

Reggie abrió lentamente su maletín y sacó el magnetófono negro, con su correspondiente microcasete. Los colocó sobre la mesa y dejó el maletín en el suelo. Los agentes especiales McThune y Trumann contemplaron los aparatos y parecieron empequeñecer un poco en sus asientos.

—Creo que sabemos quién miente —dijo Reggie, mien-tras les obsequiaba a ambos con una perversa sonrisa.

McThune se frotó con dos dedos el puente de la nariz. Trumann se frotó los ojos. Durante unos momentos, dejó que sufrieran en el silencio de la habitación.

—Está todo aquí grabado, muchachos. Han intentado in-terrogar a un niño sin la presencia ni el consentimiento de su madre. Él les ha preguntado específicamente si no convendría esperar hasta que ella estuviera disponible y le han dicho que no. Han intentado presionar al niño con la amenaza de un proceso, no solo contra él sino también contra su madre. Les ha dicho que estaba asustado y, en dos ocasiones, les ha pre-guntado concretamente si necesitaba un abogado. Ustedes le han aconsejado que no hablara con ningún abogado, entre otras razones debido a que en su opinión los abogados son un coñazo. Caballeros, aquí está el coñazo.

Se hundieron en sus asientos. McThune se frotaba suave-mente la frente con cuatro dedos. Trumann contemplaba la cinta con incredulidad, pero eludía cuidadosamente la mirada de aquella mujer. Pensó en coger la cinta y romperla en mil pedazos, antes de pisotearla, porque podía costarle el empleo, pero por alguna razón en su torturado corazón estaba con-vencido de que aquella mujer había hecho una copia.

Verse atrapado en una mentira era grave, pero sus proble-mas eran mucho peores. Podrían ser sometidos a un importante proceso disciplinario. Expedientes. Traslados. Una mancha en su historial. Y en aquel momento, Trumann estaba también convencido de que aquella mujer sabía todo lo relacionado con los procesos disciplinarios de los agentes del FBI que cometían irregularidades.

—Le ha colocado un micrófono al niño —dijo sumisamente Trumann, sin dirigirse a nadie en particular.

—¿Por qué no? No es ningún delito. Ustedes son del FBI y utilizan más micrófonos que la ATT.

¡Menuda listilla! Claro que... era abogado.

McThune se inclinó sobre la mesa, hizo crujir los nudillos y decidió ofrecer cierta resistencia.

—Escúcheme, señora Love, nosotros...

—Llámeme Reggie.

—De acuerdo, Reggie, el caso es que lo lamentamos. Nos hemos dejado llevar un poco y le pedimos disculpas.

—¿Un poco? Podría costarles el empleo.

No estaban dispuestos a discutir con ella. Probablemente tenía razón y, aunque hubiera margen para discutir, sencillamente no estaban en condiciones de hacerlo.

—¿Está grabando esta conversación? —preguntó Trumann.

—No.

—De acuerdo, nos hemos excedido y lo lamentamos —declaró, sin poder mirarla a los ojos.

Reggie guardó lentamente la cinta en el bolsillo de su chaqueta.

—Mírenme, muchachos —dijo, al tiempo que ellos levantaban lenta y dolorosamente la mirada—. Ya han demostrado que son capaces de mentir y que están dispuestos a hacerlo con facilidad. ¿Por qué debería confiar en ustedes?

De pronto Trumann dio una palmada sobre la mesa, suspiró ruidosamente, se puso de pie y caminó hasta el fondo de la mesa.

—Esto es increíble —exclamó levantando las manos—. Nuestro único propósito era hacerle unas cuantas preguntas al niño, cumplir con nuestra obligación, y ahora estamos aquí peleándonos con usted. El chiquillo no nos ha dicho que tuviera un abogado. Si lo hubiera hecho, no habríamos insistido. ¿Qué se propone? ¿Por qué opta deliberadamente por pelearse? No tiene sentido.

—¿Qué quieren del niño?

—La verdad. Miente sobre lo que vio. Sabemos que miente. Sabemos que habló con Jerome Clifford antes de que se quitara la vida. Sabemos que el niño estuvo dentro del coche. Tal vez sea comprensible que mienta. No es más que un niño. Está asustado. Pero, maldita sea, debemos saber todo lo que vio y oyó.

—¿Qué sospechan que vio y oyó?

De pronto Trumann visualizó la pesadilla de explicárselo todo a Foltrigg y se apoyó contra la pared. He ahí la razón por la que detestaba a los abogados: Foltrigg, Reggie, el próximo que se encontrara... No hacían más que complicarle la vida.

—¿Se lo ha contado todo? —preguntó McThune.

—Nuestras conversaciones son estrictamente confidenciales.

—Lo sé. Pero ¿se da usted cuenta de quiénes eran Clifford, Muldanno y Boyd Boyette? ¿Está al corriente de lo sucedido?

—He leído el periódico esta mañana. También he seguido el caso de Nueva Orleans. Lo que necesitan ustedes es encontrar el cadáver, ¿no es cierto?

—Y que lo diga —afirmó Trumann desde el fondo de la mesa—. Pero en este momento lo que más nos urge es hablar con su cliente.

—Me lo pensaré.

—¿Cuándo cree que habrá tomado una decisión?

—No lo sé. ¿Están ocupados esta tarde?

—¿Por qué?

—Tengo que hablar un poco más con mi cliente. Qué les parece si nos reunimos en mi despacho a las tres de la tarde

—dijo, al tiempo que recogía su maletín y guardaba el magnetófono en su interior, dando evidentemente por terminada la reunión—. Guardaré para mí lo de la cinta. Será nuestro pequeño secreto, ¿de acuerdo?

McThune asintió, a sabiendas de que aquello no era todo.

—Si necesito algo de ustedes, por ejemplo la verdad o una respuesta sin rodeos, cuento con ello. Si les descubro otra mentira, utilizaré la cinta.

—Eso es chantaje —dijo Trumann.

—Eso es exactamente lo que es. Presenten cargos contra mí —respondió después de ponerse de pie, con la mano en la manecilla de la puerta—. Hasta las tres de la tarde.

—Oiga, Reggie, hay un individuo que probablemente querrá asistir a la reunión —dijo McThune, que la siguió hasta la puerta—. Se llama Roy Foltrigg y es...

—¿El señor Foltrigg está en la ciudad?

—Sí. Llegó anoche e insistirá en asistir a esa reunión en su despacho.

—Caramba, caramba. Me siento honrada. Les ruego que le inviten.

10

El artículo de primera plana en el *Memphis Press* sobre la muerte de Clifford estaba escrito de cabo a rabo por Artero Moeller, un veterano corresponsal de sucesos que cubría los delitos y asuntos policiales de Memphis desde hacía treinta años. Su verdadero nombre era Alfred, pero nadie lo sabía. Su propia madre le llamaba Artero, aunque ni ella recordaba el origen de dicho apodo. Tres esposas y un centenar de novias le habían llamado Artero. No vestía particularmente con elegancia, no había acabado el bachillerato ni tenía dinero, Dios le había dotado de un aspecto y tipo corrientes, circulaba en un Mustang, era incapaz de conservar a una mujer y, por consiguiente, nadie sabía por qué le llamaban Artero.

La delincuencia era su vida. Conocía a los chulos y a los camellos. Tomaba copas en los prostíbulos y chismorreaba con los matones. Elaboraba cuadros sinópticos de las pandillas motorizadas que suministraban drogas y prostitutas a la ciudad. Era capaz de moverse hábilmente en los ambientes más turbulentos de Memphis sin sufrir el menor rasguño. Conocía a los componentes de las pandillas callejeras. Había ayudado a desmantelar por lo menos una docena de bandas dedicadas al robo de coches, facilitando pistas a la policía. Conocía a los ex convictos, especialmente los que volvían a la delincuencia. Podía detectar el tráfico de artículos robados con solo observar las tiendas de empeños. Su abigarrado piso del centro de la ciudad no tenía nada de particular, a excepción de una pared llena de detectores y radios de la policía. En su Mustang había más aparatos que en un coche patrulla de la policía, a excepción del radar, que no le interesaba.

Artero Moeller vivía y se desenvolvía en los ambientes más tenebrosos de Memphis. A menudo llegaba al lugar donde se había cometido un crimen antes que la policía. Circulaba a sus anchas por los depósitos de cadáveres, los hospitales y las funerarias de la ciudad. Había cultivado millares de fuentes y contactos, que le hablaban porque se podía confiar en él. Si era extraoficial, era extraoficial. La información de fondo era información de fondo. El chivato nunca se veía comprometido. Guardaba celosamente las pistas. Artero era un hombre de palabra e incluso los jefes de las pandillas callejeras lo sabían.

También se tuteaba con casi todos los policías de la ciudad, muchos de los cuales le llamaban el Topo con gran admiración. El Topo Moeller ha dicho o hecho tal o cual cosa. Puesto que Artero se había convertido en su verdadero nombre, no le importaba el apodo adicional. Nada le importaba en demasía. Tomaba café con los policías en un centenar de tugurios nocturnos de la ciudad. Les veía jugar al béisbol, sabía cuándo sus esposas solicitaban el divorcio y cuándo se les abría algún expediente. Parecía pasar veinte horas diarias en la central de policía y no era inusual que los agentes le preguntaran qué ocurría. ¿Contra quién han disparado? ¿Dónde ha tenido lugar el atraco? ¿Estaba borracho el conductor? ¿Cuántas han sido las víctimas mortales? Artero les contaba todo lo que podía. Les ayudaba en la medida de lo posible. A menudo se mencionaba su nombre en las clases de la academia de policía de Memphis.

Por consiguiente, a nadie le sorprendió que Artero pasara toda la mañana en la central, en busca de información. Había efectuado las llamadas oportunas a Nueva Orleans y conocía la información básica. Sabía que Roy Foltrigg y algunos agentes del FBI de Nueva Orleans estaban en la ciudad, y que la investigación estaba ahora en sus manos. Eso le intrigaba. No se trataba de un simple suicidio; había demasiados rostros impávidos y «sin comentarios». Existía algún tipo de nota y todas las preguntas relacionadas con la misma recibían respuestas negativas. Era capaz de leer la expresión de algunos de aquellos policías; lo practicaba desde hacía muchos años. Sabía lo de los niños y que el estado del menor no era muy halagüeño. Había huellas y colillas.

Se apeó del ascensor en el noveno piso y echó a andar en dirección contraria a la del puesto de las enfermeras. Conocía el número de la habitación de Ricky, pero también sabía que aquello era el departamento de psiquiatría y no se proponía irrumpir en la habitación para empezar a formular preguntas. No quería asustar a nadie, y menos aún a un niño de ocho años en estado de *shock*. Introdujo dos monedas de un cuarto en la máquina de refrescos y empezó a tomarse lentamente una Coca-Cola *light*, como si hubiera pasado toda la noche deambulando por los pasillos. Un auxiliar con una bata azul claro empujaba un carro con productos de limpieza hacia el ascensor. Era un joven de unos veinticinco años, con el cabello largo, y ciertamente aburrido de su servil tarea. Artero se acercó también al ascensor y, cuando las puertas se abrieron, entró con el auxiliar. El nombre de Fred estaba bordado sobre el bolsillo de la bata. Estaban solos en el ascensor.

—¿Trabaja en el noveno piso? —preguntó Artero, hastiado pero con una sonrisa.

—Sí —respondió Fred sin mirarle.

—Soy Artero Moeller, del *Memphis Press,* y estoy trabajando en un artículo sobre Ricky Sway, de la habitación novecientos cuarenta y tres. Ya sabe, esa historia del suicidio.

Hacía muchos años había descubierto que lo mejor era decir qué y quién desde el primer momento.

De pronto Fred se mostró interesado. Se irguió y miró a Artero como quien dice «Sí, sé mucho, pero no esperes que te lo cuente». El carro que les separaba estaba cargado de Ajax, detergentes y una veintena de frascos del hospital. Un cubo, trapos y esponjas cubrían la plataforma inferior. El trabajo de Fred consistía en limpiar retretes, pero de pronto se había convertido en un individuo portador de valiosa información.

—Desde luego —respondió con absoluta tranquilidad.

—¿Ha visto al niño? —preguntó Artero sin darle importancia, mientras contemplaba los números luminosos sobre la puerta.

—Sí, ahora mismo vengo de allí.

—He oído decir que padece un *shock* traumático severo.

—No lo sé —respondió afectadamente Fred, como si sus secretos fueran importantísimos.

Sin embargo, deseaba hablar y eso nunca dejaba de sorprender a Artero. Bastaba comunicarle a cualquiera que era periodista y, en el 90 por ciento de los casos, se sentían obligados a hablar. No cabía duda de que quería hablar. Estaba dispuesto a contar sus secretos más íntimos.

—Pobre chico —susurró Artero sin levantar la mirada del suelo, como si Ricky estuviera en las puertas de la muerte.

Durante unos segundos guardó silencio, y eso resultó excesivo para Fred. ¿Qué clase de periodista era? ¿Dónde estaban sus preguntas? Fred sabía que el niño acababa de salir de su estado de *shock*, había hablado con su madre. Fred era uno de los protagonistas de la historia.

—Sí, está muy mal —añadió Fred sin levantar tampoco la mirada del suelo.

—¿Está todavía en coma?

—Entra y sale. Puede que tarde algún tiempo en recuperarse.

—Sí, eso he oído.

El ascensor se detuvo en el quinto piso, pero el carro de Fred bloqueaba la puerta y no entró nadie. Volvieron a cerrarse las puertas.

—No se puede hacer gran cosa por un niño en esas condiciones —explicó Artero—. Lo he visto un montón de veces.

En una fracción de segundo el niño ve algo horrible, entra en estado de *shock* y tarda meses en recuperarse. Intervienen un montón de médicos y psiquiatras. Muy lamentable. Pero el pequeño Sway no está tan mal, ¿no es cierto?

—Creo que no. Al doctor Greenway le parece que se repondrá en un par de días. Tendrán que aplicarle alguna terapia, pero se recuperará. He visto muchos casos parecidos. Estoy pensando en matricularme en la facultad de medicina.

—¿Ha estado husmeando la policía?

Fred miró fugazmente a su alrededor, como si en el ascensor hubiera micrófonos ocultos.

—Sí, el FBI ha estado aquí todo el día. La familia ha contratado ya a un abogado.

—No me diga.

—Sí, la policía está muy interesada en el caso y ahora están interrogando al hermano del niño. De algún modo ha aparecido un abogado en escena.

El ascensor se detuvo en el segundo piso y Fred agarró la empuñadura del carro.

—¿Quién es el abogado? —preguntó Artero.

—Un tal Reggie —respondió Fred mientras empujaba el carro, después de que se abrieran las puertas del ascensor—. Todavía no le he visto.

—Gracias —dijo Artero, al tiempo que Fred se alejaba y el ascensor se llenaba de gente.

Regresó al noveno piso, en busca de otra presa.

Al mediodía, el reverendo Roy Foltrigg y sus acólitos, Wally Boxx y Thomas Fink, se habían convertido en una molestia colectiva en las dependencias del distrito oeste de Tennessee de la fiscalía federal. George Ord ocupaba el cargo de fiscal de aquel distrito desde hacía siete años y no simpatizaba con Roy Foltrigg. No le había invitado a Memphis. Le había visto en varias ocasiones con anterioridad, en reuniones y conferencias donde se juntaban los diversos fiscales para estudiar formas de proteger al gobierno. Foltrigg solía hablar en dichas reuniones, siempre ansioso por compartir sus opiniones, triunfos y estrategias con quien estuviera dispuesto a escucharle.

Cuando McThune y Trumann regresaron del hospital con las decepcionantes noticias acerca de Mark y de su nuevo abogado, Foltrigg volvió a instalarse en el despacho de Ord, acompañado de Boxx y Fink, para analizar la situación. Ord estaba en su soberbio sillón de cuero, tras su enorme escritorio, escuchando cómo Foltrigg interrogaba a los agentes y, de vez en cuando, daba alguna orden a Boxx.

—¿Qué se sabe del abogado? —le preguntó a Ord.

—Nunca he oído hablar de ella.

—Seguro que alguien de su oficina habrá tenido algún trato con ella —declaró Foltrigg.

Su comentario era como un reto para que Ord encontrara a alguien que tuviera información sobre Reggie Love. Salió de su despacho para consultar con su ayudante. Empezó la búsqueda.

Trumann y McThune estaban sentados muy discretamente en un rincón del despacho de Ord. Habían decidido no mencionarle la cinta a nadie, por lo menos de momento. Tal vez más adelante. Tal vez, ojalá, nunca.

Una secretaria trajo bocadillos y se los comieron entre charla y especulaciones vanas. Foltrigg estaba ansioso por regresar a Nueva Orleans, pero todavía más ansioso por oír a Mark Sway. El hecho de que el chiquillo se hubiera asegurado de algún modo los servicios de un abogado era enormemente preocupante. Tenía miedo de hablar. Foltrigg estaba convencido de que Clifford le había contado algo y, conforme avanzaba el día, estaba cada vez más seguro de que el niño sabía algo acerca del cadáver. No era una persona que vacilara antes de sacar conclusiones. Cuando se acabaron los bocadillos, había logrado convencerse a sí mismo, y a todos los demás presentes, de que Mark Sway sabía exactamente dónde estaba sepultado el cuerpo de Boyette.

David Sharpinski, uno de los numerosos ayudantes de Ord, se presentó en el despacho y explicó que había estudiado en la facultad de derecho de la Universidad estatal de Memphis con Reggie Love. Se sentó junto a Foltrigg, en el asiento de Wally, y se dispuso a ser interrogado. Estaba muy ocupado y habría preferido seguir con su trabajo.

—Nos licenciamos juntos hace cuatro años —dijo Sharpinski.

—De modo que solo hace cuatro años que ejerce —dedujo rápidamente Foltrigg—. ¿A qué se dedica? ¿Derecho penal? ¿Qué cantidad de casos penales? ¿Conoce el paño?

McThune miró fijamente a Trumann. Se habían dejado atrapar por un abogado con cuatro años de experiencia.

—Pocos casos penales —respondió Sharpinski—. Somos bastante amigos. La veo de vez en cuando. Casi todos sus casos son de niños maltratados. De hecho, bueno, ha tenido bastantes dificultades en la vida.

—¿Qué quiere decir?

—Sería muy largo de contar, señor Foltrigg. Es una persona muy compleja. Esta es su segunda vida.

—La conoce muy bien, ¿no es cierto?

—Desde luego. Durante tres años fuimos condiscípulos en la facultad, intermitentemente.

—¿A qué se refiere con lo de intermitentemente?

—Bueno, tuvo que abandonar los estudios, digamos que por problemas sentimentales. En su primera vida estuvo casada con un destacado médico, un ginecólogo. Tenían éxito y una buena posición, aparecían en las páginas de sociedad, funciones benéficas, clubes campestres, etcétera. Una gran casa en Germantown. Un Jaguar cada uno. Ella estaba en la junta de todas las asociaciones de jardinería y organizaciones sociales de Memphis. Había trabajado como maestra de escuela para costearle los estudios de medicina a su marido y, después de quince años, él decidió cambiarla por un nuevo modelo. Empezó a alternar con otras mujeres y mantuvo relaciones con una joven enfermera, que acabó por convertirse en su segunda esposa. En aquella época, el nombre de Reggie era Regina Cardoni. Se lo tomó muy mal, solicitó el divorcio y las cosas se pusieron feas. Se prolongaron los trámites del divorcio. Para ella la publicidad resultaba humillante. Sus amigas eran esposas de médicos, mujeres de sociedad, y todas la abandonaron. Incluso intentó suicidarse. Está todo en la secretaría, en los documentos del divorcio. Él disponía de un ejército de abogados, que utilizaron sus influencias y lograron ingresarla en una institución psiquiátrica. A continuación la dejó sin blanca.

—¿Hijos?

—Dos, un hijo y una hija. En aquella época ambos adolescentes y, naturalmente, el marido conservó la patria potestad. Les concedió la libertad y suficiente dinero para financiarla, y le volvieron la espalda a su madre. Entre él y sus abogados la obligaron a ingresar varias veces en instituciones psiquiátricas a lo largo de dos años, y luego todo terminó. Él se quedó con la casa, los hijos, la esposa de sus sueños, todo.

A Sharpinski le molestaba contar la trágica historia de una amiga y le resultaba evidentemente incómodo describírsela al señor Foltrigg. Aunque la mayor parte de la información era pública.

—Entonces ¿cómo se convirtió en abogado?

—No fue fácil. El juez le negó el derecho a visitar a sus hijos. Se instaló con su madre, quien, en mi opinión, probablemente le salvó la vida. No estoy seguro, pero he oído decir que hipotecó su casa para financiar una terapia bastante costosa. Tardó dos años, pero lentamente volvió a organizarse la vida. Superó la crisis. Los hijos crecieron y abandonaron Memphis. El hijo acabó en la cárcel por venta de estupefacientes. La hija vive en California.

—¿Qué tal era como estudiante de derecho?

—A veces muy astuta. Estaba decidida a demostrarse a sí misma que podía tener éxito como abogado. Pero seguía luchando contra la depresión. Se refugiaba en las píldoras y en el alcohol, y acabó por colgar la carrera. Luego volvió, sana y abstemia, y se entregó con toda el alma hasta terminarla.

Como de costumbre, Fink y Boxx se afanaban en tomar apuntes, procurando registrar todas y cada una de las palabras que oían, como si Foltrigg fuera a repasar más adelante sus notas. Ord escuchaba, pero estaba más preocupado por el mucho trabajo que tenía pendiente. Cada minuto que transcurría, mayor era su resentimiento para con Foltrigg y su intrusión. Él estaba igualmente ocupado en asuntos tan importantes como los de Foltrigg.

—¿Qué clase de abogado es? —preguntó Roy.

Astuta como el diablo, pensó McThune. Ruin como las tinieblas, pensó Trumann. Bastante lista con la electrónica.

—Trabaja mucho, gana poco, pero creo que para Reggie el dinero no es importante.

—¿De dónde diablos ha sacado un nombre como Reggie? —preguntó Foltrigg, enormemente intrigado.

Puede que proceda de Regina, pensó Ord para sus adentros.

Sharpinski empezó a hablar, pero luego reflexionó un instante.

—Tardaría horas en contarle todo lo que sé acerca de ella y, a decir verdad, no me apetece. ¿No le parece que no tiene importancia?

—Tal vez —exclamó Boxx.

Sharpinski le miró de reojo, antes de volver a concentrarse en Foltrigg.

—Cuando ingresó en la facultad de derecho intentó borrar la mayor parte de su pasado, especialmente los años dolorosos. Recuperó su nombre de soltera: Love. Sospecho que Reggie se le ocurrió a partir de Regina, pero nunca se lo he preguntado. En todo caso, lo hizo todo legalmente, por el juzgado y todo lo demás, sin dejar rastro, por lo menos oficialmente, de Regina Cardoni. No hablaba de su pasado en la facultad, pero daba mucho de qué hablar. Lo cual, por otra parte, no le importa un rábano.

—¿Sigue siendo abstemia?

Foltrigg quería conocer los detalles escabrosos, lo cual irritaba a Sharpinski. A McThune y Trumann les había parecido extraordinariamente sobria.

—Tendrá que preguntárselo a ella, señor Foltrigg.

—¿Con qué frecuencia la ve?

—Una o dos veces al mes. De vez en cuando hablamos por teléfono.

—¿Qué edad tiene? —preguntó Foltrigg con sumo recelo, como si cupiera la posibilidad de que entre Sharpinski y Reggie existiera algún idilio.

—Eso también tendrá que preguntárselo a ella. Sospecho que poco más de cincuenta años.

—¿Por qué no la llama por teléfono y se interesa por sus asuntos? Solo una pequeña charla amigable, ya me comprende. Tal vez mencione a Mark Sway.

Sharpinski le lanzó una mirada capaz de agriar el vino. A continuación miró a Ord, su jefe, como para decirle «¿No le parece increíble este loco?». Ord miró al techo y empezó a cargar una grapadora.

—Porque no es estúpida, señor Foltrigg. En realidad, es bastante lista, y si la llamo sabrá inmediatamente por qué lo hago.

—Puede que tenga razón.

—La tengo.

—Me gustaría que nos acompañara a las tres a su despacho, si el trabajo se lo permite.

Sharpinski miró a Ord en busca de orientación, pero este estaba enfrascado en su grapadora.

—Lo siento. Estoy muy ocupado. ¿Desea algo más?

—No. Puede retirarse —dijo de pronto Ord—. Gracias, David.

Sharpinski salió del despacho.

—Realmente necesito que me acompañe —dijo Foltrigg a Ord.

—Ha dicho que estaba ocupado, Roy. Mis muchachos trabajan —respondió mientras miraba a Boxx y a Fink.

Una secretaria llamó a la puerta y entró en el despacho. Llevaba consigo un fax de dos páginas que le entregó a Foltrigg.

—Es de mi oficina —aclaró dirigiéndose a Ord, mientras se lo mostraba a Boxx, como si solo él dispusiera de aquel tipo de tecnología—. ¿Ha oído hablar de Willis Upchurch? —preguntó después de leer el documento.

—Sí. Es un famoso abogado de Chicago, trabaja frecuentemente para la mafia. ¿Qué ha hecho?

—Acaba de dar una conferencia de prensa ante un montón de cámaras en Nueva Orleans. Dice que le ha contratado Muldanno, que se aplazará el juicio, que a su cliente se le declarará inocente, etcétera.

—Típico de Willis Upchurch. Me cuesta creer que no haya oído hablar de él.

—Nunca ha estado en Nueva Orleans —afirmó categóricamente Foltrigg, como si recordara a todos los abogados que habían osado entrar en su territorio.

—Su caso acaba de convertirse en una pesadilla.

—Maravilloso. Realmente maravilloso.

11

La habitación estaba a oscuras porque las persianas estaban cerradas. Dianne echaba un sueño acurrucada al pie de la cama de Ricky. Tras una mañana farfullando, moviéndose y despertando las esperanzas de todo el mundo, después del almuerzo se había sumido de nuevo en su estado anterior y había adoptado su posición ya familiar, con las rodillas contra el pecho, la sonda en el brazo y el pulgar en la boca. Greenway le había asegurado repetidamente que no sufría. Pero después de abrazarle y besarle durante cuatro horas, estaba convencida de que padecía. Dianne estaba agotada.

Mark, sentado en la cama plegable con la espalda contra la pared, contemplaba a su hermano y a su madre. Él también estaba agotado, pero no podía permitirse el lujo de dormir. Los sucesos pululaban por su atrafagada mente, pero procuraba no dejar de pensar. ¿Cuál sería el próximo paso? ¿Podía confiar en Reggie? Después de los muchos abogados que había visto en películas y programas de televisión, parecía que la mitad eran dignos de confianza y la otra mitad víboras. ¿Cuándo debería contárselo a Dianne y al doctor Greenway? ¿Ayudaría a Ricky si se lo contaba todo? Reflexionó sobre este punto durante un buen rato. Permanecía sentado en la cama, escuchando las voces suaves de las enfermeras que circulaban por el pasillo, mientras debatía consigo mismo cuánto debía revelar.

Según el reloj digital de la mesilla de noche, eran las 14.32. Parecía increíble que todo aquello hubiera ocurrido en menos de veinticuatro horas. Se rascó las rodillas y tomó la decisión de contar al doctor Greenway todo lo que Ricky pudiera haber visto y oído. Contempló el cabello rubio que asomaba bajo la sábana y se sintió aliviado. Sería sincero, dejaría de mentir y haría cuanto estuviera en su mano para ayudar a Ricky. Nadie había oído lo que Romey le había contado en el coche y de momento, salvo contraindicación de su abogado, se lo reservaría para él.

Pero no por mucho tiempo. La carga se hacía demasiado pesada. Aquello no era como jugar al escondite en el bosque con los chiquillos del cámping, ni como haber huido por la ventana para dar un paseo a la luz de la luna. Romey se había disparado con una pistola de verdad. Aquellos individuos eran auténticos agentes del FBI con placas de verdad, como en los documentales sobre crímenes que aparecían por televisión. Él había contratado a un verdadero abogado, que le había colocado un auténtico magnetófono en la cintura para ganarle astutamente una baza al FBI. El senador había muerto en manos de un asesino profesional que, según Romey, había asesinado a muchas otras personas, formaba parte de la mafia y no vacilaría en mandar al otro mundo a un niño de once años.

Era demasiado para soportarlo solo. En aquel momento debería estar en la escuela, en la clase de matemáticas que detestaba, pero que ahora de pronto echaba de menos. Hablaría con Reggie. Ella organizaría una reunión con el FBI y les contaría hasta el último detalle de lo que Romey le había revelado. Entonces le protegerían. Tal vez le facilitarían guardaespaldas hasta que el asesino estuviera en la cárcel, o puede que le detuvieran inmediatamente y ya no correría peligro alguno. Tal vez.

Entonces recordó una película sobre un individuo que delató a la mafia, convencido de que el FBI le protegería, pero de pronto tuvo que huir para escapar de las bombas y de las balas que le disparaban. El FBI ni siquiera le devolvía las llamadas telefónicas, porque no se había expresado como esperaban en el juzgado. Por lo menos veinte veces durante la película alguien dijo: «La mafia nunca olvida». En la última escena, su coche estalló en mil pedazos al introducir la llave del contacto y su cuerpo cayó a medio kilómetro de distancia, con ambas piernas amputadas. Cuando daba el último suspiro, un lúgubre personaje se le acercó y dijo: «La mafia nunca olvida». La película no era muy buena, pero de pronto el mensaje le llegó a Mark con toda claridad.

Necesitaba un Sprite. El monedero de su madre estaba en el suelo, bajo la cama, y lo abrió sigilosamente. Dentro había tres frascos de píldoras, además de dos paquetes de cigarrillos, y momentáneamente estuvo a punto de sucumbir a la tentación. Pero se limitó a coger unas monedas y salir de la habitación.

Una enfermera hablaba en voz baja con un anciano en la sala de espera. Mark abrió la lata de Sprite y se dirigió a los ascensores. Greenway le había pedido que permaneciera en la habitación todo el tiempo posible, pero estaba harto de la habitación, harto de Greenway, y parecía improbable que Ricky despertara en un futuro próximo. Entró en el ascensor y pulsó el botón del sótano. Echaría un vistazo a la cafetería y vería qué hacían los abogados.

Un individuo entró en el ascensor un momento antes de que se cerraran las puertas y pareció mirarle con excesivo interés.

—¿Eres Mark Sway? —preguntó.

La situación comenzaba a molestarle. Empezando por Romey, había conocido a demasiadas personas durante las últimas veinticuatro horas.

—¿Quién es usted? —preguntó cautelosamente, convencido de que nunca había visto a aquel individuo.

—Artero Moeller, del *Memphis Press*, ya sabes, el periódico. Y tú eres Mark Sway, ¿no es cierto?

—¿Cómo lo sabe?

—Soy periodista. Se supone que debo saber esas cosas. ¿Cómo está tu hermano?

—Progresa estupendamente. ¿Por qué quiere saberlo?

—Estoy preparando un artículo sobre el suicidio y todo lo demás, y tu nombre aparece constantemente. La policía dice que sabes más de lo que cuentas.

—¿Cuándo publicará su artículo?

—No lo sé. Tal vez mañana.

Mark volvió a sentirse débil y dejó de mirarle.

—No pienso contestar a ninguna pregunta.

—De acuerdo.

De pronto se abrieron las puertas y el ascensor se llenó de gente. Mark ya no veía al periodista. A los pocos segundos se detuvo en el quinto piso y se escabulló entre dos médicos. Se dirigió a la escalera y subió a toda prisa al sexto piso.

Había despistado al periodista. Se sentó en un peldaño de la escalera desierta y empezó a llorar.

Foltrigg, McThune y Trumann llegaron a la pequeña pero agradable recepción del despacho de Reggie Love, abogado, a las tres en punto como estaba previsto. Clint les recibió, les rogó que se sentaran y les ofreció té o café, que ninguno de ellos quiso aceptar. Foltrigg comunicó formalmente a Clint que era el fiscal del distrito sur de Luisiana, en Nueva Orleans, y que después de tomarse la molestia de acudir personalmente a aquel despacho, no pensaba esperar. Fue un error.

Esperó cuarenta y cinco minutos. Mientras los agentes repasaban revistas en el sofá, Foltrigg paseaba de un lado para otro, consultaba su reloj, se enfurecía, echaba a Clint miradas airadas, e incluso en un par de ocasiones llegó a gritarle, pero este siempre le respondía que Reggie estaba al teléfono hablando de un asunto importante. Como si el motivo de la presencia de Foltrigg no lo fuera. Deseaba desesperadamente marcharse, pero no podía hacerlo. Excepcionalmente en su vida, se veía obligado a aguantar una sutil humillación sin poder defenderse.

Por fin Clint les pidió que le siguieran a una pequeña sala de conferencias, con estanterías repletas de gruesos textos jurídicos. Les rogó que tomaran asiento y dijo que Reggie estaría con ellos al cabo de un momento.

—Lleva cuarenta y cinco minutos de retraso —protestó Foltrigg.

—Esto es poco para Reggie —respondió Clint con una sonrisa, antes de cerrar la puerta.

Foltrigg se sentó junto a un extremo de la mesa, con un agente a cada lado. Siguieron esperando.

—Escúcheme, Roy —dijo cautelosamente Trumann—, debe tener cuidado con esa mujer. Puede que grabe esta conversación.

—¿Qué le hace suponer tal cosa?

—Bueno, no sé, nunca se sabe...

—Los abogados de Memphis son muy aficionados a las grabaciones —añadió interesadamente McThune—. No sé cómo será en Nueva Orleans, pero aquí hay que andarse con mucho cuidado.

—¿No tiene que advertírnoslo con antelación si graba la conversación? —preguntó Foltrigg, evidentemente sin tener ni idea.

—No necesariamente —respondió Trumann—. Simplemente tenga cuidado, ¿de acuerdo?

Se abrió la puerta y Reggie entró con cuarenta y cinco minutos de retraso.

—No se levanten —dijo cuando Clint cerraba la puerta a su espalda, mientras le tendía la mano a Foltrigg, que estaba semilevantado—. Reggie Love. Usted debe de ser Roy Foltrigg.

—Efectivamente. Encantado de conocerla.

—Por favor, siéntense. —Sonrió en dirección a McThune y Trumann, mientras los tres pensaban momentáneamente en la grabación—. Lamento llegar tarde —añadió al tiempo que se sentaba al otro extremo de la mesa.

Dos metros y medio la separaban de los tres individuos, acurrucados como polluelos.

—No tiene importancia —respondió Foltrigg levantando la voz, como si realmente la tuviera.

Reggie sacó un voluminoso magnetófono de un cajón oculto y lo colocó sobre la mesa.

—¿Les importa que grabe esta pequeña conferencia? —preguntó mientras conectaba el micrófono, sin dejar opción a ninguna alternativa—. Tendré mucho gusto en facilitarles una copia de la cinta.

—No tengo ningún inconveniente —respondió Foltrigg, fingiendo que podía elegir.

McThune y Trumann contemplaron el magnetófono. ¡Cuánta amabilidad la suya por habérselo preguntado! Ella les sonrió, ellos le devolvieron la sonrisa y luego los tres miraron al magnetófono sin dejar de sonreír. Era tan sutil como una pedrada en la ventana. Seguro que la maldita microcasete no estaría muy lejos.

—Díganme, ¿qué se les ofrece? —preguntó Reggie, después de pulsar un botón.

—¿Dónde está su cliente? —preguntó Foltrigg, inclinado sobre la mesa y evidentemente dispuesto a llevar la voz cantante.

—En el hospital. El médico quiere que se quede en la habitación, cerca de su hermano.

—¿Cuándo podremos hablar con él?

—Usted presupone que efectivamente hablarán con él —respondió mirando a Foltrigg, muy segura de sí misma.

Su cabello era gris y cortado como el de un chico. Su rostro discretamente coloreado. Cejas oscuras. Labios de un rojo pálido, meticulosamente pintados. La piel suave y con escaso maquillaje. Era un rostro atractivo, con rizos en la frente y una mirada tranquila y serena. Foltrigg la observó y pensó en lo mucho que había sufrido. Lo disimulaba de maravilla.

McThune abrió una carpeta y la hojeó. En las dos últimas horas habían reunido una ficha de cuatro centímetros de grosor sobre Reggie Love, conocida también como Regina L. Cardoni. Habían copiado los documentos del divorcio y del proceso de reclusión en un centro psiquiátrico, del registro del juzgado. Los documentos de la hipoteca y la escritura de la casa de su madre estaban también en la carpeta. Dos agentes de Memphis intentaban obtener su historial en la facultad.

A Foltrigg le encantaban los trapos sucios. Independientemente del caso y del rival, siempre quería conocer los detalles más escabrosos. McThune leyó el sórdido historial jurídico del divorcio, con sus alegaciones de adulterio, alcoholismo, drogas, incapacidad y, por último, intento de suicidio. Lo leyó cuidadosamente, pero sin llamar la atención. No pretendía, bajo concepto alguno, enojar a aquella mujer.

—Necesitamos hablar con su cliente, señora Love.

—Llámeme Reggie, ¿de acuerdo, Roy?

—Como desee. Creemos que sabe algo, simple y sencillo.

—¿Como qué?

—Estamos convencidos de que el pequeño Mark estuvo dentro del coche con Jerome Clifford con anterioridad a su muerte. Creemos que no fueron solo unos segundos el tiempo que pasó con él. Es evidente que Clifford se proponía quitarse la vida y tenemos razones para suponer que quería contar a alguien dónde su cliente, el señor Muldanno, había ocultado el cadáver del senador Boyette.

—¿Qué le hace suponer que quería contárselo a alguien?

—Sería muy largo de explicar, pero en dos ocasiones se había puesto en contacto con un ayudante de mi departamento e insinuado que estaría dispuesto a hacer algún trato y retirarse. Tenía miedo. Bebía mucho. Su conducta era muy excéntrica. Se estaba desmoronando y quería hablar.

—¿Por qué cree que habló con mi cliente?

—No es más que una posibilidad, ¿de acuerdo? Y no podemos dejar una sola piedra por remover. Estoy seguro de que lo comprende.

—Detecto cierta desesperación.

—Una enorme desesperación, Reggie. Le hablo con toda sinceridad. Sabemos quién asesinó al senador, pero, francamente, no me siento en condiciones de ir a juicio sin haber hallado el cadáver.

Hizo una pausa y le sonrió cariñosamente. A pesar de sus muchos defectos, Roy había pasado muchas horas ante numerosos jurados, y sabía cómo y cuándo actuar con sinceridad.

Reggie, por su parte, había pasado muchas horas en psicoterapia y era capaz de detectar un engaño.

—No digo que no puedan hablar con Mark Sway. No pueden hacerlo hoy, pero tal vez mañana. Puede que pasado mañana. Los sucesos se aceleran. Todavía no se ha enfriado el cadáver del señor Clifford. Hagamos las cosas con cierta calma, paso a paso. ¿De acuerdo?

—De acuerdo.

—Ahora, convénzame de que Mark Sway estuvo dentro del coche en compañía de Jerome Clifford con anterioridad a su muerte.

Pan comido. Foltrigg consultó un cuaderno y enumeró los muchos lugares donde se habían identificado las huellas dactilares: luces traseras, maletero, manecilla de la puerta delantera derecha, seguro, cuadro de mandos, pistola y botella de Jack Daniels. Las de la manguera no eran definitivas. Seguían investigando. Ahora Foltrigg actuaba como acusador, elaborando un caso con pruebas irrefutables...

Reggie tomaba abundantes notas. Sabía que Mark había estado dentro del coche, pero no tenía ni idea de que hubiera dejado aquella retahíla de huellas.

—¿La botella de whisky? —preguntó.

—Sí, tres huellas muy claras —respondió Foltrigg, después de volver la página en busca de más detalles—. No cabe la menor duda.

Mark le había hablado de la pistola, pero no de la botella.

—¿No les parece un poco extraño?

—En estos momentos, todo parece extraño. Los agentes de policía que hablaron con él no recuerdan que oliera a alcohol, de modo que no creo que bebiera. Estoy seguro de que podría explicárnoslo, si pudiéramos hablar con él.

—Se lo preguntaré.

—Entonces ¿no le había hablado de la botella?

—No.

—¿Ha dado alguna explicación referente a la pistola?

—No estoy autorizada a divulgar lo que me ha contado mi cliente.

Foltrigg estaba desesperado por obtener alguna pista, y aquello le enojó. Trumann se aguantaba también la respiración. McThune dejó de leer el informe de un psiquiatra nombrado por el tribunal.

—¿De modo que no se lo ha contado todo? —preguntó Foltrigg.

—Me ha contado muchas cosas. Puede que haya omitido algún detalle.

—Los detalles podrían ser fundamentales.

—Yo decidiré lo que es fundamental y lo que no lo es. ¿De qué más disponen?

—Muéstrale la nota —ordenó Foltrigg a Trumann, quien la sacó de una carpeta y se la entregó.

Reggie la leyó despacio y luego la releyó. Mark no había mencionado la nota.

—Evidentemente dos plumas distintas —aclaró Foltrigg—. Encontramos la azul en el coche, un bolígrafo barato, sin tinta. A guisa de especulación, parece que Clifford intentó añadir algo después de que Mark abandonara el coche. La palabra «dónde» parece indicar que el niño se había marchado. Es evidente que hablaron, se comunicaron sus respectivos nombres, y que el niño estuvo en el coche el tiempo suficiente para tocarlo todo.

—¿Alguna huella en el papel? —preguntó Reggie, con la nota en la mano.

—Ninguna. Lo hemos estudiado detenidamente. El niño no lo tocó.

Reggie la dejó cuidadosamente junto a su cuaderno y juntó las manos.

—Bueno, Roy, creo que la gran pregunta es: ¿cómo se las han arreglado para identificar sus huellas? ¿Cómo han obtenido sus huellas para compararlas con las del coche? —preguntó con la misma sonrisa de autosuficiencia que Trumann y McThune habían visto hacía menos de cuatro horas, cuando les mostró la cinta.

—Muy sencillo. Las obtuvimos de una lata de refresco anoche en el hospital.

—¿Pidieron permiso a Mark Sway o a su madre antes de hacerlo?

—No.

—De modo que han invadido la intimidad de un niño de once años.

—No. Intentábamos conseguir pruebas.

—¿Pruebas? ¿Pruebas de qué? No de un delito. El delito ha sido cometido y el cadáver ocultado. Solo que no logran encontrarlo. ¿Qué otro delito se ha cometido? ¿Suicidio? ¿Presenciar un suicidio?

—¿Presenció el suicidio?

—No puedo contarles lo que hizo o lo que vio, porque me ha hablado confidencialmente como abogado. Nuestras conversaciones son reservadas, usted lo sabe, Roy. ¿Qué más le han quitado al niño?

—Nada.

Reggie suspiró, como si no le creyera.

—¿Con qué otras pruebas cuentan?

—¿No le bastan?

—Lo quiero todo.

Foltrigg hojeó la carpeta, cada vez más furioso.

—Se habrá dado cuenta del ojo hinchado y del chichón que el niño tiene en la frente. La policía dijo que había residuos de sangre en sus labios cuando le encontraron en el lugar de autos. La autopsia reveló una mancha de sangre en el reverso de la mano derecha de Clifford que no corresponde a su grupo sanguíneo.

—No me lo diga. Es de Mark.

—Probablemente. El mismo grupo sanguíneo.

—¿Cómo conocen su grupo sanguíneo?

Foltrigg dejó caer el cuaderno sobre la mesa y se frotó la cara. Los abogados defensores más eficaces son los que siguen luchando en los aspectos periféricos. Discuten y cuestionan las pequeñas facetas del caso con la esperanza de que la acusación y el jurado descuiden la culpabilidad evidente de sus clientes. Si hay algo que ocultar, se acusa al contrincante de infracciones técnicas. En esos momentos deberían estar aclarando lo que Clifford había contado a Mark, si es que le había dicho algo. Así de simple. Pero ahora el niño tenía un abogado e intentaban justificar cómo habían conseguido cierta información fundamental. No tenía nada de malo obtener huellas de una lata sin haberlo consultado. Era un buen trabajo policial. Sin embargo, en boca de un abogado defensor, se convertía de pronto en una intrusión grave en la intimidad ajena. No tardaría en amenazarles con un proceso judicial. Y ahora lo de la sangre.

Era lista. Le costaba creer que solo tuviera cuatro años de experiencia profesional.

—Por la ficha médica de su hermano en el hospital.

—¿Cómo han conseguido la ficha médica?

—Tenemos nuestros recursos.

Trumann se preparó para la reprimenda. McThune se ocultó tras la carpeta. Su mal genio les había hecho perder la batalla. Les había hecho tartamudear, titubear, sudar sangre, y ahora Roy estaba a punto de recibir su merecido. Era casi gracioso.

Pero Reggie conservó la serenidad. Levantó lentamente un delgado dedo, con barniz transparente en la uña, y señaló a Roy.

—Si vuelve a acercarse a mi cliente e intenta conseguir algo de él sin mi permiso, les llevaré a usted y al FBI ante los tribunales. Presentaré una denuncia de inmoralidad profesional ante el colegio de abogados de Lusiana y Tennessee, solicitaré su presencia ante el tribunal tutelar de menores y le pediré al juez que le encierre —declaró sin levantar la voz ni exaltarse, pero con tanta seguridad que todos los presentes, incluido Roy Foltrigg, comprendieron que cumpliría al pie de la letra sus amenazas.

—De acuerdo —asintió con una sonrisa—. Lo lamento si nos hemos propasado ligeramente. Pero estamos preocupados y tenemos que hablar con su cliente.

—¿Me han contado todo lo que saben sobre Mark?

Foltrigg y Trumann consultaron sus notas.

—Sí, creo que sí

—¿Qué es eso? —insistió, señalando la carpeta en la que McThune se había sumergido.

Estaba leyendo su intento de suicidio, con píldoras, y se alegaba en las declaraciones, bajo juramento, que había estado en coma durante cuatro días antes de recuperar el conocimiento. Evidentemente su ex marido, el doctor Cardoni, un individuo repugnante según las declaraciones, cargado de dinero y rodeado de abogados, había acudido inmediatamente al juzgado después de que Regina/Reggie se tomara la sobredosis, con un montón de peticiones para asegurarse la tutela de los hijos. Al observar las fechas de los documentos era evidente que el doctor había presentado solicitudes y requerido audiencias cuando ella estaba en coma luchando por su vida.

McThune no se inquietó.

—Es solo documentación interna —respondió mientras la miraba con inocencia.

No le mintió, porque le daba miedo hacerlo. Grababa la conversación y habían jurado decir la verdad.

—¿Sobre mi cliente?

—Claro que no.

—Podemos volver a reunirnos mañana —declaró después de consultar su cuaderno.

No era una sugerencia, sino una orden.

—Tenemos mucha prisa, Reggie —suplicó Foltrigg.

—Yo no. Y supongo que soy yo quien marca la pauta, ¿no cree?

—Supongo que sí.

—Necesito tiempo para digerir lo que me han contado y hablar con mi cliente.

Aquello no era lo que querían, pero estaba penosamente claro que no conseguirían otra cosa. Foltrigg cerró teatralmente su pluma y guardó sus notas en su maletín. Trumann y McThune siguieron su ejemplo, y durante un minuto temblaba la mesa mientras recogían sus papeles, documentos y todo lo demás.

—¿A qué hora mañana? —preguntó Foltrigg, después de cerrar el maletín y apartarse de la mesa.

—A las diez. En este despacho.

—¿Estará presente Mark Sway?

—No lo sé.

Se pusieron de pie y abandonaron la estancia.

12

Wally Boxx llamaba a la oficina de Nueva Orleans por lo menos cuatro veces cada hora. Foltrigg tenía cuarenta y siete fiscales a sus órdenes, que luchaban contra toda clase de delitos y protegían los intereses del gobierno, y Wally era el encargado de transmitir las órdenes de su jefe desde Memphis. Además de Thomas Fink, otros tres fiscales trabajaban en el caso de Muldanno, y Wally se sentía obligado a llamarles cada quince minutos para darles instrucciones y comunicarles las últimas noticias relacionadas con Clifford. A las doce del mediodía, todo el personal conocía la existencia de Mark Sway y de su hermano menor. El lugar estaba lleno de chismes y especulaciones. ¿Cuánto sabía el niño? ¿Les conduciría al cadáver? Al principio, solo los tres fiscales de Muldanno musitaban esas preguntas, pero a media tarde las secretarias intercambiaban teorías descabelladas sobre la nota del suicidio y lo que Clifford había contado al niño antes de suicidarse, en la sala de descanso. La oficina estaba prácticamente paralizada, a la espera de la próxima llamada de Wally.

Foltrigg había tenido problemas anteriormente con las fugas de información. Había despedido a personas de las que sospechaba que hablaban demasiado. Había exigido a todos los abogados, pasantes, investigadores y secretarias que trabajaban para él que se sometieran al detector de mentiras. Guardaba la información confidencial bajo llave, por temor a que su propio personal la divulgara. Profería advertencias y amenazas.

Pero Roy Foltrigg no era una de esas personas que inspiran una lealtad profunda. No gozaba del aprecio de muchos de sus subordinados. Lo suyo era el juego político. Utilizaba los casos para satisfacer su ambición desmesurada. Procuraba estar siempre en el centro del escenario, atribuyéndose el mérito de todos los éxitos y culpando a sus subordinados por todos los fracasos. Formulaba acusaciones marginales contra funcionarios electos, para conseguir algún titular en los periódicos. Investigaba a sus enemigos y sacaba a relucir sus trapos sucios en la prensa. Era una prostituta, cuyo único talento jurídico se manifestaba en el juzgado, donde sermoneaba al jurado y citaba las escrituras. Había sido nombrado por Reagan y le quedaba un año para cumplir su mandato, y la mayoría de sus ayudantes contaban los días para perderle de vista. Le alentaban a que se presentara como candidato. A cualquier cargo.

Los periodistas de Nueva Orleans empezaron a llamar a las ocho de la mañana. Querían un comentario oficial sobre Clifford, del despacho de Foltrigg. No lo consiguieron. A las dos de la tarde Willis Upchurch interpretó su espectáculo, junto a un regocijante Muldanno, y aparecieron otros periodistas husmeando por la fiscalía. Había centenares de llamadas entre Memphis y Nueva Orleans.

La gente hablaba.

Estaban frente a los sucios cristales de la ventana del pasillo del noveno piso y contemplaban el ajetreado tráfico de la hora punta en el centro de la ciudad. Dianne encendió con nerviosismo un Virginia Slim y soltó una enorme bocanada de humo.

—¿Quién es ese abogado?

—Es una mujer y se llama Reggie Love.

—¿Cómo la has encontrado?

—He ido a su despacho en aquel edificio —respondió señalando el edificio Sterick, situado a cuatro manzanas—, y he hablado con ella.

—¿Por qué, Mark?

—Esos policías me dan miedo, mamá. La policía y el FBI están por todas partes. Y los periodistas. Esta tarde uno de ellos me ha atrapado en el ascensor. Creo que necesitamos asesoramiento jurídico.

—Los abogados no trabajan gratis, Mark. Sabes que no podemos permitírnoslo.

—Ya le he pagado —respondió como un magnate.

—¿Cómo? ¿Cómo puedes pagar tú a un abogado?

—Quería un pequeño anticipo y se lo he dado. Le he dado el dólar sobrante de los cinco que tenía esta mañana para comprar buñuelos.

—¿Trabaja por un dólar? Debe de ser un gran abogado.

—Lo hace bastante bien. Hasta ahora me ha impresionado.

Dianne movió la cabeza asombrada. Durante su nefasto divorcio, Mark, que tenía entonces nueve años, no había dejado de criticar a su abogado. Había visto innumerables capítulos repetidos de *Perry Mason* y nunca se perdía *La ley de Los Ángeles*. Hacía muchos años que no le ganaba una discusión a su hijo.

—¿Qué ha hecho hasta ahora? —preguntó Dianne como si emergiera de las tinieblas y viera la luz por primera vez en mucho tiempo.

—A las doce del mediodía se ha reunido con unos agentes del FBI y les ha puesto en su lugar. Luego se ha reunido conmigo en su despacho. No he vuelto a hablar con ella desde entonces.

—¿Cuándo vendrá aquí?

—A eso de las seis. Quiere conocerte y hablar con el doctor Greenway. Te encantará, mamá.

Dianne se llenó los pulmones de humo y luego lo expulsó.

—Pero ¿para qué la necesitamos, Mark? No comprendo qué hace en nuestras vidas. Tú no has hecho nada malo. Tú y Ricky visteis un coche, intentasteis ayudar a su conductor, pero acabó por pegarse un tiro. Y vosotros lo visteis. ¿Para qué necesitas a un abogado?

—Al principio mentí a la policía y eso me da miedo. Además, tenía miedo de que tuviéramos problemas por no haberle impedido que se suicidara. Da mucho canguelo, mamá.

Ella le miraba fijamente mientras le escuchaba, y Mark eludía su mirada. Hubo una larga pausa.

—¿Me lo has contado todo? —preguntó con mucha lentitud, como si lo supiera.

Primero le había mentido en la caravana cuando esperaban a la ambulancia, con Hardy presente y todo oídos. Había vuelto a mentirle la noche anterior, en la habitación de Ricky, cuando Greenway le interrogaba, y contó solo la primera versión de la verdad. Recordaba lo mucho que se había entristecido al oír su segunda versión de lo ocurrido y luego le había dicho: «No me mientas jamás, Mark».

A pesar de todo lo que habían sufrido juntos, no acababa de contarle la verdad, eludía sus preguntas y se había sincerado más con Reggie que con su propia madre. Sentía asco de sí mismo.

—Mamá, ayer todo ocurrió con mucha rapidez. Anoche estaba todo confuso en mi mente, pero hoy lo he estado pensando. Pensándolo mucho. Lo he reflexionado paso por paso, minuto por minuto, y ahora recuerdo más cosas.

—¿Como qué?

—Bueno, ya sabes cómo todo esto ha afectado a Ricky. Creo que a mí también me ocurrió algo parecido. No tan grave, pero ahora recuerdo cosas que debía haber recordado anoche, cuando hablaba con el doctor Greenway. ¿Crees que tiene sentido?

En realidad, lo tenía. De pronto Dianne estaba preocupada. Dos niños presencian el mismo suceso. Uno de ellos entra en estado de *shock*. Es lógico suponer que al otro también le haya afectado. Hasta entonces no lo había pensado.

—Mark, ¿estás bien? —preguntó después de acercársele. Comprendió que la había engatusado.

—Creo que sí —respondió con el entrecejo fruncido, como si empezara a sufrir los efectos de una jaqueca.

—¿Qué has recordado? —preguntó cautelosamente Dianne.

—Pues, recuerdo... —empezó a decir después de un suspiro.

Greenway apareció como por arte de magia y se aclaró la garganta. Mark volvió la cabeza.

—Tengo que salir —declaró Greenway casi disculpándose—. Volveré dentro de un par de horas.

Dianne asintió sin decir palabra.

—Escúcheme, doctor —dijo Mark, decidido a quitarse un peso de encima—, estaba contando a mamá que ahora recuerdo ciertas cosas por primera vez.

—¿Sobre el suicidio?

—Sí, señor. A lo largo de todo el día he tenido visiones y recordado detalles. Creo que algunas cosas pueden ser importantes.

Greenway miró a Dianne y dijo:

—Volvamos a la habitación y hablemos.

Regresaron a la habitación, cerraron la puerta y escucharon a Mark, que intentaba atar los cabos sueltos. Era un alivio quitarse aquel peso de encima, aunque en general hablaba con la mirada fija en el suelo. Aquella forma dolorosa de extraer los detalles de una mente gravemente herida era una farsa que interpretaba con suma convicción. Hacía pausas frecuentes, largas pausas en las que buscaba las palabras adecuadas para describir lo que ya estaba firmemente grabado en su memoria. De vez en cuando miraba a Greenway, cuya expresión nunca cambiaba. Echó alguna ojeada ocasional a su madre, que no parecía decepcionada. Su aspecto era el de una madre preocupada.

Pero cuando llegó a la parte del relato en que Clifford le

agarraba, se percató de que se inquietaban. Mantuvo su turbada mirada en el suelo. Dianne suspiró cuando habló de la pistola. Greenway movió la cabeza al oír lo del disparo por la ventana. En algunos momentos creyó que le regañarían por haberles mentido la noche anterior, pero siguió adelante, evidentemente turbado y meditabundo.

Relató meticulosamente todos los sucesos que Ricky pudo haber visto y oído. Lo único que se reservó fue la confesión de Clifford. Rememoró vivamente los aspectos más pintorescos: el país de las maravillas e ir flotando a ver al mago.

Cuando terminó, Dianne estaba sentada sobre la cama plegable, frotándose la cabeza y hablando de Valium. Greenway estaba sentado en una silla, pendiente de cada palabra.

—¿Es eso todo, Mark?

—No lo sé. Es todo lo que recuerdo ahora —susurró como si le dolieran las muelas.

—¿Estuviste realmente dentro del coche? —preguntó Dianne, sin abrir los ojos.

—Ves esto —respondió Mark mostrando el ojo, que seguía ligeramente hinchado—. Aquí fue donde me golpeó cuando intenté salir del coche. Estuve mucho rato aturdido. Puede que perdiera el conocimiento, no lo sé.

—Me dijiste que te habías peleado en la escuela.

—No recuerdo habértelo dicho, mamá, y si lo hice puede que estuviera confundido.

Maldita sea. Atrapado en otra mentira.

—¡Caramba! —exclamó Greenway mientras se frotaba la barba—. Ricky vio que te agarraba, te metía en el coche y oyó el disparo.

—Sí. Ahora lo recuerdo con mucha claridad. Siento no haberlo recordado antes, pero se me quedó la mente en blanco. Como a Ricky.

Hubo otra larga pausa.

—Francamente, Mark, me resulta difícil creer que no recordaras ninguna de estas cosas anoche —dijo Greenway.

—Por favor, no se ponga duro conmigo. Fíjese en Ricky. Vio lo que me ocurría y se nos ha ido a otra dimensión. ¿Hablamos anoche?

—Por Dios, Mark —dijo Dianne.

—Claro que hablamos —declaró Greenway, por lo menos con cuatro nuevas arrugas en la frente.

—Sí, supongo que sí. Pero no recuerdo gran cosa.

Greenway miró fijamente a Dianne con el entrecejo fruncido. Mark entró en el baño y tomó un vaso de agua.

—No te preocupes —dijo Dianne—. ¿Se lo has contado a la policía?

—No. ¿No te das cuenta de que acabo de recordarlo?

Dianne asintió lentamente, mientras miraba a Mark con una ligera sonrisa y los ojos entornados. De pronto Mark dirigió su mirada al suelo. Creía todo lo que había contado acerca del suicidio, pero no se tragaba lo de su recuperación repentina de la memoria. Hablaría con él más tarde.

Greenway también tenía sus dudas, pero estaba más preocupado por tratar a su paciente que por regañar a Mark. Se frotó suavemente la barba y contempló la pared. Se hizo una larga pausa.

—Tengo hambre —dijo finalmente Mark.

Reggie llegó con una hora de retraso y se disculpó. Greenway ya se había marchado. Mark le presentó inmediatamente a su madre. Le estrechó la mano con una radiante sonrisa y se sentó junto a ella sobre la cama. A continuación le hizo un montón de preguntas sobre Ricky. Pasó a ser inmediatamente una amiga de la familia, con gran interés y preocupación por todos sus problemas. ¿Qué ocurriría con su trabajo? ¿La escuela? ¿El dinero? ¿La ropa?

Dianne estaba cansada, se sentía vulnerable, y le resultó agradable poder charlar con otra mujer. Durante un rato hablaron de Greenway, de lo que comentaba, de asuntos que no tenían ninguna relación con Mark, de su relato y del FBI, única razón por la que Reggie había acudido.

Había traído consigo una bolsa de bocadillos y patatas fritas, que Mark colocó sobre una abigarrada mesa junto a la cama de Ricky. Luego salió de la habitación en busca de bebidas, sin que apenas se percataran de su desaparición.

Compró dos refrescos en la sala de espera y regresó a la habitación sin que le pararan la policía, los periodistas, ni los pistoleros de la mafia. Las mujeres estaban enfrascadas en una conversación sobre el interrogatorio al que McThune y Trumann habían intentado someter a Mark. Reggie se lo contó de tal manera que Dianne no tuvo más alternativa que desconfiar del FBI. Estaban ambas alarmadas. Dianne estaba verdaderamente animada por primera vez en muchas horas.

Jack Nance & Associates era una discreta empresa que se anunciaba como especialista en seguridad, pero que en realidad la constituían tan solo un par de investigadores privados. Su anuncio en las páginas amarillas era uno de los más pequeños. No les interesaban los casos habituales de divorcios, en los que uno de los miembros de la pareja mantenía relaciones extramatrimoniales y el otro quería fotografías. No tenían ningún detector de mentiras. No se ocupaban de niños secuestrados, ni de perseguir a empleados que hubieran defraudado a la empresa.

El propio Jack Nance era un ex convicto con un historial impresionante, que a lo largo de diez años había evitado los problemas. Su socio era Cal Sisson, también ex carcelario y autor de una gran estafa con una falsa empresa de construcción. Juntos se ganaban bien la vida, haciendo trabajos sucios para los ricos. En una ocasión habían roto ambas manos a un adolescente que salía con la hija de un cliente rico, después de que este le diera un bofetón a la chica. En otra ocasión habían «desprogramado» a dos miembros de la secta de Moon, hijos de otro cliente adinerado. No temían la violencia. En más de una ocasión habían dado una paliza a algún competidor que le había sacado dinero a un cliente. En otro caso habían incendiado el céntrico piso donde la esposa de un cliente se reunía con su amante.

Había un buen mercado para su tipo de trabajo, y se les conocía en pequeños círculos como a dos individuos nefastos y muy eficaces, que cobraban y hacían el trabajo sucio sin dejar huellas. Los resultados que conseguían eran asombrosos. Todos los clientes llegaban recomendados.

Jack Nance estaba en su abigarrado despacho ya de noche, cuando alguien llamó a la puerta. La secretaria se había marchado. Cal Sisson acechaba a un traficante de *crack* que había convertido en drogadicto al hijo de un cliente. Nance tenía alrededor de cuarenta años, no era particularmente corpulento, pero sí fuerte y sumamente ágil. Cruzó el despacho de la secretaria y abrió la puerta. El rostro del visitante le era desconocido.

—Busco a Jack Nance.

—Soy yo.

Se dieron la mano.

—Me llamo Paul Gronke. ¿Puedo pasar?

Nance abrió la puerta de par en par e indicó a Gronke que pasara. Se detuvieron frente al escritorio de la secretaria. Gronke contempló la abigarrada y desordenada sala.

—Es tarde —dijo Nance—. ¿Qué desea?

—Necesito un trabajo rápido.

—¿Quién le ha mandado?

—He oído hablar de usted. Las noticias corren.

—Deme un nombre.

—De acuerdo. J. L. Grainger. Creo que le ayudó en un negocio. También mencionó al señor Schwartz, que quedó bastante satisfecho de su trabajo.

Nance reflexionó unos instantes, mientras observaba a Gronke. Era un individuo robusto de cerca de cuarenta años, ancho de pecho y mal vestido, sin ser consciente de ello. Gracias a su acento, Nance reconoció inmediatamente que era de Nueva Orleans.

—Cobro dos mil dólares por adelantado, no reembolsables, todo al contado, antes de mover un dedo.

Gronke se sacó un fajo de billetes del bolsillo izquierdo y le entregó veinte de los grandes. Nance se relajó. Había sido el anticipo más rápido que había cobrado en diez años.

—Siéntese —dijo después de recibir el dinero, al tiempo que le mostraba un sofá—. Le escucho.

Gronke se sacó un recorte de periódico del bolsillo y se lo entregó a Nance.

—¿Ha visto este artículo en el periódico de hoy?

—Sí, lo he leído —respondió Nance, después de echarle una ojeada—. ¿En qué le concierne?

—Yo soy de Nueva Orleans. En realidad, soy un viejo amigo del señor Muldanno, a quien le preocupa enormemente que de pronto su nombre aparezca en un periódico de Memphis. La prensa destruirá este país.

—¿Era Clifford su abogado?

—Sí. Pero ahora tiene otro. Aunque eso no es lo que importa. Permítame que le cuente qué le preocupa. Una fuente bien informada le ha asegurado que esos niños saben algo.

—¿Dónde están los niños?

—Uno está en el hospital, en coma o algo parecido. Quedó trastornado cuando Clifford se pegó un tiro. Su hermano estuvo en el coche con Clifford antes de que se quitara la vida, y tememos que sepa algo. Ha contratado ya a un abogado y se niega a hablar con el FBI. Parece muy sospechoso.

—¿Qué quieren de mí?

—Necesitamos a alguien con contactos en Memphis. Necesitamos ver al niño. Necesitamos saber dónde está en todo momento.

—¿Cómo se llama?

—Mark Sway. Creemos que está en el hospital con su madre. Pasaron la última noche en la habitación de su hermano menor, un chiquillo llamado Ricky Sway. En el noveno piso del hospital de Saint Peter. Habitación novecientas cuarenta y tres. Queremos que encuentre al niño, determine su emplazamiento a partir de ahora y le vigile.

—Parece bastante fácil.

—Puede que no lo sea. La policía y probablemente agentes del FBI también le vigilan. El chiquillo se ha convertido en un centro de atracción.

—Cobro cien dólares por hora, al contado.

—Lo sé.

Se autodenominaba Amber, que junto con Alexis, eran los dos apodos más populares entre las camareras y prostitutas del barrio francés. Contestó al teléfono y lo acercó un par de metros al diminuto cuarto de baño, donde Barry Muldanno se cepillaba los dientes.

—Es Gronke —declaró, al tiempo que le entregaba el aparato.

Él lo cogió, cerró el grifo, admiró el cuerpo desnudo de la muchacha mientras se metía de nuevo en la cama y se acercó al umbral de la puerta.

—Sí —dijo junto al auricular.

Al cabo de un minuto dejó el aparato sobre la mesilla de noche, y se secó y vistió apresuradamente. Amber estaba ya bajo las sábanas.

—¿A qué hora vas a trabajar? —preguntó, mientras se hacía el nudo de la corbata.

—A las diez. ¿Qué hora es? —dijo, hundida la cabeza entre los almohadones.

—Casi las nueve. Tengo que hacer un recado. Volveré.

—¿Por qué? Ya has conseguido lo que querías.

—Puede que quiera un poco más. Aquí soy yo quien paga el alquiler, querida.

—Menudo alquiler. ¿Por qué no me sacas de este cuchitril? ¿No podrías conseguirme un lugar más bonito?

Tiró de los puños de su camisa y se admiró frente al espejo. Perfecto, simplemente perfecto.

—Me gusta este lugar —dijo sonriendo.

—Es una pocilga. Si me respetaras, me conseguirías un lugar agradable.

—Claro, claro. Hasta luego, querida.

Salió dando un portazo. Camareras. Uno les da trabajo, luego un piso, se les compra ropa, se las invita a comer bien, y entonces adquieren cultura y empiezan las exigencias. Era una costumbre cara, pero de la que no podía prescindir.

Bajó por la escalera dando saltos, con sus mocasines de caimán, y salió a la calle Dumaine. Miró de un lado para otro, convencido de que alguien le observaba, y dobló la esquina de Bourbon. Avanzaba por la sombra, cruzando una y otra vez la calle, doblando esquinas y volviendo sobre sus pasos. Zigzagueó a lo largo de ocho manzanas, antes de desaparecer en Randy's Oysters de Decatur. Si no le habían perdido, eran superhombres.

Randy's era un santuario. Era un mesón de Nueva Orleans a la antigua usanza, largo y estrecho, oscuro y atestado de gente, vedado a los turistas y regentado por la propia familia. Corrió por la transitada escalera hasta el segundo piso, al que solo se podía acceder con reserva previa y únicamente a unos pocos se les concedía dicho privilegio. Saludó con la cabeza al camarero, sonrió a un robusto portero y entró en una sala privada con cuatro mesas. En tres de ellas no había nadie, y en la cuarta, un personaje solitario leía en la oscuridad a la luz de una vela. Barry se acercó, se detuvo y esperó a ser invitado. El individuo le miró y le mostró una silla. Barry, obediente, se sentó.

Johnny Sulari era el hermano de la madre de Barry, y cabeza incuestionable de la familia. Era propietario de Randy's, además de otro centenar de negocios diversos. Como de costumbre estaba trabajando, examinando extractos de cuentas a la luz de una vela, mientras esperaba la cena. Era martes, una noche como cualquiera en la oficina. El viernes, Johnny estaría allí con una Amber, una Alexis o una Sabrina, y el sábado acudiría con su esposa.

No le gustaba que le interrumpieran.

—¿Qué ocurre? —preguntó.

Barry se inclinó sobre la mesa, perfectamente consciente de que en aquel momento su presencia no era grata.

—Acabo de hablar con Gronke, en Memphis. El chiquillo ha contratado a un abogado y se niega a hablar con el FBI.

—¿Sabes lo que te digo, Barry?, no puedo creer que seas tan estúpido.

—Ya hemos hablado de eso.

—Lo sé. Y volveremos a hacerlo. Eres un zopenco y solo quiero que sepas que, en mi opinión, eres un verdadero zoquete.

—De acuerdo. Soy un zoquete. Pero tenemos que hacer algo.

—¿Qué?

—Debemos mandar a Bono y a alguien más, tal vez Pirini o el Toro, no me importa, pero tenemos que mandar a un par de individuos a Memphis. Y debe ser ahora.

—¿Quieres cargarte al chiquillo?

—Tal vez. Veremos. Tenemos que averiguar qué sabe, ¿de acuerdo? Si sabe demasiado, tal vez lo liquidemos.

—Me avergüenzo de que llevemos la misma sangre, Barry. ¿Sabes que eres un verdadero imbécil?

—De acuerdo. Pero debemos hacer algo.

Johnny levantó un montón de papeles y se puso a leer.

—Manda a Bono y a Pirini, pero no cometas más estupideces. ¿De acuerdo? Eres un idiota, Barry, un imbécil, y no quiero que se haga nada sin mi consentimiento. ¿Comprendido?

—Sí, señor.

—Ahora lárgate —indicó Johnny con un ademán.

Barry se incorporó de un brinco.

13

El martes por la tarde, George Ord y su personal habían logrado limitar las actividades de Foltrigg, Boxx y Fink a la extensa biblioteca en el centro de sus dependencias, donde instalaron su cuartel general. Disponían de dos teléfonos. Ord les prestó una secretaria y un pasante. Al resto del personal se le ordenó mantenerse alejado de la biblioteca. Foltrigg, con las puertas cerradas, desparramó sus documentos y demás enseres sobre una mesa de conferencias de cuatro metros, situada en el centro de la sala. A Trumann se le permitía ir y venir. La secretaria iba en busca de café y bocadillos cuando el reverendo se lo ordenaba.

Foltrigg había sido un estudiante de derecho mediocre y había logrado eludir el hastío de la investigación jurídica durante los últimos quince años. Había aprendido a odiar las bibliotecas en la facultad. La investigación era cosa de doctos intelectuales; esa era su teoría. La abogacía era algo que solo podían ejercer los auténticos abogados, capaces de enfrentarse al jurado y sermonear.

Pero ahí estaba, aburrido en la biblioteca de George Ord, en compañía de Boxx y Fink, sin nada más que hacer que mantenerse a disposición de cierta Reggie Love y, por consiguiente, el gran Roy Foltrigg, abogado extraordinario, tenía la nariz pegada a un voluminoso texto jurídico, con otra docena de libros a su alrededor. Fink, el docto intelectual, estaba en el suelo entre dos estanterías de libros, sin zapatos, y rodeado de material de investigación. Boxx, otro peso ligero de la intelectualidad jurídica, se hallaba al otro extremo de la mesa. Hacía muchos años que no consultaba un texto jurídico, pero en aquel momento no tenía otra cosa en que entretenerse. Llevaba puestos los únicos calzoncillos limpios que le quedaban y confiaba en que pudieran regresar al día siguiente a Nueva Orleans.

En el fondo, en el núcleo de su investigación radicaba la cuestión de cómo obligar a Mark Sway a divulgar información si se negaba a hacerlo. En el caso de que alguien posea información decisiva para una acusación penal y se niegue a facilitarla, ¿cómo puede obtenerse dicha información? El segundo aspecto que Foltrigg deseaba averiguar era si se podía obligar a Reggie Love a revelar la información que Mark Sway pudiera haberle facilitado. La relación entre un cliente y su abogado es casi sagrada, pero de todos modos Roy quería que se investigara.

El debate sobre si Mark Sway poseía o dejaba de poseer alguna información había terminado hacía horas con una clara victoria por parte de Foltrigg. El chiquillo había estado en el coche. Clifford estaba loco y quería hablar. El chiquillo había mentido a la policía. Y ahora tenía un abogado, porque sabía algo y le daba miedo hablar. ¿Por qué no se había limitado Mark Sway a ser sincero y contarlo todo? ¿Por qué? Porque tenía miedo al asesino de Boyd Boyette. Así de simple.

Fink todavía tenía dudas, pero estaba harto de discutir. Su jefe, de escasa inteligencia, era muy testarudo, y cuando tomaba una decisión no cambiaba nunca de opinión. Además, los argumentos de Foltrigg eran muy convincentes. La conducta del chiquillo era extraña, sobre todo para un niño.

Boxx, evidentemente, brindaba pleno apoyo a su jefe y creía en todo lo que decía. Si Roy afirmaba que el chiquillo sabía dónde estaba el cadáver, era como si lo declarara la Biblia. A raíz de una de sus muchas llamadas telefónicas, media docena de fiscales llevaban a cabo la misma investigación en Nueva Orleans.

Larry Trumann llamó a la puerta y entró en la biblioteca; eran casi las diez de la noche. Había pasado la mayor parte de la tarde en el despacho de McThune. Obedeciendo órdenes de Foltrigg, habían iniciado el proceso de autorización que concedería protección a Mark Sway, según el programa federal de protección de testigos. Habían llamado a Washington una docena de veces, en dos ocasiones para hablar con el director del FBI, F. Denton Voyles. Si por la mañana Mark Sway no facilitaba a Foltrigg las respuestas que deseaba, estarían en condiciones de hacerle una oferta sumamente atractiva.

Foltrigg aseguró que sería pan comido. El chiquillo no tenía nada que perder. Le ofrecerían a su madre un buen empleo en otra ciudad de su elección. Superaría con creces los seis miserables dólares por hora que cobraba en la fábrica de lámparas. Vivirían en una casa como Dios manda en lugar de en un vulgar remolque. Habría un incentivo económico, tal vez un coche nuevo.

Mark estaba tumbado en la oscuridad sobre el delgado colchón y contemplaba a su madre acostada a mayor altura, junto a Ricky. Estaba harto de aquella habitación y de aquel hospital. La cama plegable le lastimaba la espalda. Salió. Lamentablemente, la hermosa Karen no estaba en el puesto de enfermeras. Los pasillos estaban desiertos. No había nadie junto a los ascensores.

En la sala de estar había un individuo solitario que hojeaba una revista sin prestar atención alguna a la televisión, donde reponían un episodio de *MASH*. Estaba sentado en el sofá, que era donde Mark se proponía dormir. Mark introdujo dos monedas en la máquina de bebidas y sacó un Sprite. Se sentó en una silla con la mirada fija en la pantalla. Aquel hombre, de unos cuarenta años, parecía cansado y preocupado. Al cabo de diez minutos, terminó el episodio de *MASH*. De pronto apareció Gill Teal en la pantalla, el abogado del pueblo, hablando con mucha serenidad junto a un accidente de tráfico, sobre la defensa de los derechos personales y la necesidad de enfrentarse a las compañías de seguros. Gill Teal era auténtico.

Jack Nance cerró la revista y cogió otra. Luego miró a Mark por primera vez y le sonrió.

—Hola —dijo amablemente antes de concentrarse en un ejemplar de *Redbook*.

Mark saludó con la cabeza. Lo último que necesitaba era un nuevo desconocido en su vida. Tomó un trago y le suplicó a Dios que guardara silencio.

—¿Qué estás haciendo aquí? —preguntó aquel individuo.

—Mirando la televisión —respondió Mark en un tono apenas audible.

El individuo dejó de sonreír y empezó a leer un artículo. Llegaron las noticias de medianoche, cuyo tema central era un huracán que había azotado Pakistán. Mostraron imágenes en directo de personas y animales muertos, amontonados en la orilla del mar como restos de un naufragio. Eran imágenes que uno no podía dejar de mirar.

—Qué desastre —exclamó Jack Nance con la mirada fija en la pantalla mientras un helicóptero volaba sobre los restos humanos.

—Es terrible —dijo Mark, procurando no mostrarse excesivamente amable.

Quién sabe, aquel individuo podía ser otro abogado hambriento, al acecho de alguna presa herida.

—Realmente terrible —añadió el individuo mientras movía la cabeza ante tanto sufrimiento—. Supongo que tenemos mucho de que estar agradecidos. Pero es difícil en un hospital, ¿no crees?

De pronto estaba nuevamente triste y miraba a Mark con expresión de sufrimiento.

—¿Qué le ocurre? —no pudo evitar preguntarle Mark.

—Es mi hijo. Está muy grave —respondió, al tiempo que arrojaba la revista sobre la mesa y se frotaba los ojos.

—¿Qué le ha ocurrido? —preguntó Mark, que empezó a compadecerse de aquel individuo.

—Un accidente de tráfico. Un conductor borracho. Mi hijo salió disparado del coche.

—¿Dónde está?

—En la UVI, en el primer piso. He tenido que alejarme de allí. Parece un manicomio, hay gente que gime y llora sin parar.

—Cuánto lo siento.

—Tiene solo ocho años —dijo, al parecer llorando, aunque Mark no estaba seguro.

—Mi hermano también tiene ocho años. Está en una habitación a la vuelta de la esquina.

—¿Qué le ocurre? —preguntó el individuo sin mirarle.

—Está en estado de *shock*.

—¿Qué le ha ocurrido?

—Sería muy largo de contar. Y cada vez más complicado. Pero se repondrá. Deseo sinceramente que su hijo también se recupere.

Jack Nance consultó su reloj y de pronto se puso de pie.

—Eso espero. Voy a ver cómo sigue. Buena suerte. A propósito, ¿cómo te llamas?

—Mark Sway.

—Buena suerte, Mark. Tengo que marcharme.

Caminó hacia los ascensores y desapareció.

Mark ocupó su lugar en el sofá y en pocos minutos estaba dormido.

14

Las fotografías de primera plana de la edición del miércoles del *Memphis Press* habían sido extraídas del anuario de la escuela primaria de Willow Road. Eran del año anterior; Mark estudiaba cuarto y Ricky primero. Estaban juntas en el tercio inferior de la página y bajo sus simpáticos rostros sonrientes figuraban sus nombres: Mark Sway y Ricky Sway. A la izquierda había un artículo sobre el suicidio de Jerome Clifford y las peculiares secuelas que los niños acarreaban. Estaba escrito por Artero Moeller, que lo había convertido en una pequeña historia cargada de recelo. El FBI estaba involucrado; Ricky estaba en estado de *shock;* Mark había llamado al 911, sin dar su nombre; la policía había intentado interrogar a Mark, pero este todavía no había hablado; la familia había contratado a un abogado, una mujer llamada Reggie Love; las huellas de Mark estaban por todas partes en el interior del coche, incluida la pistola. El artículo daba la impresión de que Mark era un asesino a sangre fría.

Karen le trajo el periódico alrededor de las seis, cuando estaba sentado en una habitación vacía, frente a la de Ricky. Mark miraba dibujos animados e intentaba dormir un poco. Greenway había ordenado que todo el mundo abandonara la habitación, a excepción de Ricky y Dianne. Una hora antes, Ricky había abierto los ojos y había dicho que quería ir al baño. Ahora estaba de nuevo en la cama, farfullando sobre pesadillas y comiendo helado.

—Te has hecho famoso —dijo Karen cuando le entregó el periódico y dejó su zumo de naranja sobre la mesa.

—¿Qué es esto? —preguntó antes de ver su propia cara en blanco y negro—. ¡Maldita sea!

—Solo un pequeño artículo. Me gustaría que me dieras tu autógrafo, cuando no estés demasiado ocupado.

Muy graciosa. La enfermera se retiró y Mark leyó lentamente el artículo. Reggie ya le había hablado de las huellas y de la nota. Había soñado con la pistola, pero debido a un comprensible lapsus de la memoria había olvidado haber tocado la botella de whisky.

Había algo injusto en la situación. Él no era más que un niño que no se metía con nadie, y ahora de pronto su fotografía aparecía en primera plana y le señalaban con el dedo. ¿Cómo podía un periódico apoderarse de las antiguas fotografías de un anuario y publicarlas a su antojo? ¿No tenía él derecho a cierta intimidad?

Arrojó el periódico al suelo y se acercó a la ventana. Estaba amaneciendo, lloviznaba y el centro de Memphis cobraba lentamente vida. Junto a la ventana de aquella habitación desierta, contemplando los altos edificios, se sentía completamente solo. Durante la hora siguiente medio millón de personas despertarían y leerían el artículo sobre Mark y Ricky Sway, mientras tomaban café y comían tostadas. Los altos edificios no tardarían en llenarse de gente ajetreada que formaría corros en torno a mesas y cafeteras para chismorrear y especular descabelladamente acerca de lo ocurrido con el abogado difunto. Sin duda el chiquillo había estado en el coche. ¡Estaba todo lleno de huellas! ¿Cómo entró en el vehículo? ¿Cómo salió? Leerían el reportaje de Artero Moeller como si cada palabra fuera cierta, como si Artero hubiera estado presente.

No era justo que un chiquillo leyera sobre sí mismo en primera plana, sin poder ampararse en unos padres que le protegieran. Cualquier niño en esas circunstancias necesitaba la protección de un padre y el afecto exclusivo de una madre. Necesitaba que le defendieran de la policía, de los agentes del FBI, de los periodistas y, Dios no lo quiera, de la mafia. Ahí estaba, con sus once añitos, solo, mintiendo, luego diciendo la verdad, a continuación volviendo a mentir, sin estar nunca seguro de lo que debía hacer. La verdad podía causarle la muerte, lo había visto en una ocasión en una película, y siempre lo recordaba cuando sentía el impulso de mentir a alguna autoridad. ¿Cómo podría salir del lío en el que se había metido?

Recogió el periódico del suelo y salió al pasillo. Greenway había colocado una nota en la puerta de la habitación de Ricky, prohibiendo la entrada a todo el mundo, incluidas las enfermeras. A Dianne le dolía la espalda de mecer a su hijo sentada en su cama y Greenway le había recetado otras pastillas para aliviar el dolor.

Mark se detuvo en el puesto de las enfermeras y devolvió el periódico a Karen.

—No está mal, ¿eh? —dijo la enfermera sonriendo.

El idilio había desaparecido. Seguía siendo hermosa, pero ahora fingía ser inaccesible y él no tenía energía para luchar.

—Voy a comprarme un buñuelo —dijo Mark—. ¿Quieres uno?

—No, gracias.

Se acercó a los ascensores y pulsó el botón de llamada. Se abrieron las puertas y entró.

En aquel preciso momento, Jack Nance volvió la cabeza en la oscuridad de la sala de espera y habló en voz baja por su radio portátil.

Mark estaba solo en el ascensor. Pasaban pocos minutos de las seis y faltaba una buena media hora para que empezaran las aglomeraciones. El ascensor se detuvo en el octavo piso. Se abrió la puerta y entró un individuo con bata blanca, vaqueros, zapatillas y gorra de béisbol. Mark no le miró a la cara. Estaba harto de hablar con desconocidos.

De pronto, en el momento de cerrarse la puerta, aquel individuo agarró a Mark y le empujó contra un rincón del ascensor. Le estrujó el cuello con los dedos, se agachó y sacó algo del bolsillo. Su rostro, que era horrible, estaba a escasos centímetros del de Mark. Jadeaba.

—Escúchame, Mark Sway —exclamó, al tiempo que se oía un clic en su mano derecha y de pronto aparecía la reluciente hoja de una navaja automática, una hoja muy larga—. No sé qué te contó Jerome Clifford —dijo apresuradamente, sin que el ascensor dejara de moverse—, pero si le repites una sola palabra a alguien, incluido a tu abogado, te mataré. Y también mataré a tu madre y a tu hermano. ¿Comprendes? Está en la habitación nueve cuatro tres. He visto la caravana donde vivís. ¿Comprendes? He estado en la escuela de Willow Road —añadió con un cálido aliento que olía a café con leche—. ¿Está claro? —concluyó con una perversa sonrisa.

Cuando el ascensor se detuvo, el individuo estaba de pie junto a la puerta, con la navaja oculta junto a la pierna. Mark estaba paralizado y deseaba ardientemente que alguien entrara en el ascensor. Era evidente que aquel individuo no se apearía. Esperaron diez segundos en el sexto piso, no entró nadie, se cerraron las puertas y empezó a moverse de nuevo el ascensor.

El individuo volvió a acercársele, en esta ocasión con la navaja a escasos centímetros de su nariz. Lo acorraló en un rincón con un musculoso antebrazo y, de pronto, bajó la navaja a la altura de la cintura de Mark. Con rapidez y pericia, cortó uno de los pasadores del cinturón. Luego otro. Había dado ya su mensaje, sin interrupción alguna, y había llegado el momento de reforzarlo un poco.

—Te cortaré las tripas, ¿comprendes? —declaró, antes de soltarle.

Mark asintió. Un nudo del tamaño de una pelota de golf se había formado en su seca garganta y de pronto se le humedecieron los ojos. Asintió repetidamente.

—Te mataré. ¿No me crees?

Mark miró fijamente la navaja y volvió a asentir.

—Y si le hablas a alguien de mí, te lo haré pagar muy caro. ¿Comprendido?

Mark seguía asintiendo, cada vez con mayor rapidez.

Entonces el individuo se guardó la navaja en el bolsillo y se sacó una fotografía en color doblada, de 20 × 25, de debajo de la bata.

—¿La habías visto? —preguntó entonces con una sonrisa, al tiempo que se la mostraba a Mark.

Era un retrato de Mark cuando estudiaba segundo curso, que había estado colgado desde hacía años en la sala de estar, encima del televisor. Mark la miró fijamente.

—¿La reconoces? —insistió el individuo.

Mark asintió. Había solo una foto como aquella en el mundo.

El ascensor se detuvo en el quinto piso y el individuo se trasladó de nuevo rápidamente junto a la puerta. En el último momento entraron dos enfermeras y Mark por fin respiró aliviado. No se movió del rincón, agarrado al pasamano, con la esperanza de que tuviera lugar un milagro. En cada asalto se le había acercado un poco más la navaja, y simplemente no se sentía en condiciones de aguantar un nuevo envite. En el tercer piso entraron otras tres personas y se colocaron entre Mark y el hombre de la navaja. En un santiamén el individuo desapareció, cuando ya se cerraba la puerta.

—¿Te sientes bien? —preguntó una enfermera, que le miraba fijamente con el entrecejo fruncido—. Estás muy pálido —añadió cuando el ascensor empezaba de nuevo a descender, después de tocarle la frente y comprobar que estaba sudando.

Se le habían humedecido los ojos.

—Estoy bien —respondió débilmente, agarrado al pasamano para no tambalearse.

Otra enfermera le miró. Contemplaban su rostro con preocupación.

—¿Estás seguro?

Mark asintió, en el momento en que el ascensor se detenía

en el segundo piso. Se escurrió entre los presentes y se encontró en un estrecho pasillo entre camillas y sillas de ruedas. Sus desgastadas zapatillas Nike crujían sobre el linóleo conforme corría hacia una puerta con un letrero que decía SALIDA. La cruzó y se encontró en las escaleras. Agarrado a la barandilla, subió los peldaños de dos en dos. Al llegar al sexto piso le dolían las piernas, pero siguió corriendo con mayor ahínco. En el octavo piso se cruzó con un médico, pero no redujo la velocidad. Siguió a toda velocidad hasta alcanzar la cima de la escalera en el piso decimoquinto, donde se dejó caer en la oscuridad bajo una manguera; al poco rato el sol empezó a filtrarse por el cristal pintado de una diminuta ventana, encima de donde se encontraba.

De acuerdo con lo convenido con Reggie, Clint abría el despacho a las ocho en punto y, después de encender las luces, preparaba el café. Era miércoles y tocaba pecana del sur. Examinó los innumerables paquetes de medio kilo de café en grano, guardados en el frigorífico, hasta que encontró el pecana del sur y puso cuatro cucharadas rasas en el molinillo. Ella lo detectaría inmediatamente si se equivocaba de media cucharada. Tomaría el primer sorbo como un catador de vino, movería los labios como un conejo y pronunciaría su sentencia respecto al café. Añadió la cantidad precisa de agua, pulsó el interruptor y esperó a que emergieran las primeras gotas negras de la cafetera. El aroma era delicioso.

A Clint le gustaba casi tanto el café como a su jefa, y se tomaba bastante en serio la meticulosa rutina de su preparación. Empezaban todas las mañanas tomando tranquilamente un café, mientras programaban la jornada y hablaban de la correspondencia. Se habían conocido hacía once años en un centro de desintoxicación, cuando ella tenía cuarenta años y él diecisiete. Empezaron a estudiar derecho al mismo tiempo, pero él tuvo que abandonarlo después de una experiencia pésima con la cocaína. No había tocado ninguna droga desde hacía cinco años, y ella, seis. Se habían ayudado mutuamente muchas veces.

Clasificó la correspondencia y la colocó cuidadosamente sobre su impecable escritorio. Se sirvió su primera taza de café en la cocina y leyó con gran interés el artículo de primera plana sobre su nuevo cliente. Como de costumbre, Artero sabía lo que se decía. Y también como de costumbre, mezclaba la realidad con una buena dosis de insinuaciones. Los chicos se parecían, pero el cabello de Ricky era un poco más claro. Su sonrisa mostraba los dientes que le faltaban.

Clint dejó la primera plana en el centro del escritorio de Reggie.

A no ser que Reggie tuviera que acudir al juzgado, raramente llegaba al despacho antes de las nueve. Empezaba a trabajar con lentitud, pero solía estar en plena actividad a eso de las cuatro de la tarde y prefería no acabar temprano.

Su misión como abogado consistía en proteger a los menores maltratados y desatendidos, con una pericia y una pasión ejemplares. Los tribunales juveniles la llamaban a menudo para representar a menores que necesitaban un abogado pero no lo sabían. Defendía afanosamente a pequeños clientes que no podían darle ni las gracias. Había procesado a padres que abusaban de sus hijas. Tíos que violaban a sus sobrinas. Madres que maltrataban a sus hijos. Había investigado a padres que iniciaban a sus hijos en el consumo de drogas. Ejercía la tutela jurídica de más de veinte menores. Trabajaba como abogado de oficio en los tribunales tutelares de menores, representando a niños que tenían problemas con la ley. Ofrecía gratuitamente sus servicios a menores que necesitaban tratamiento psiquiátrico. Ganaba lo suficiente, pero el dinero para ella carecía de importancia. En otra época lo había tenido en abundancia y solo le había aportado desdichas.

Saboreó el pecana del sur, lo declaró satisfactorio y programó la jornada con Clint. Era un ritual que, a ser posible, siempre practicaban.

En el momento en que levantó el periódico, sonó el timbre de la puerta. Clint acudió inmediatamente y se encontró a Mark Sway en el vestíbulo, empapado a causa de la lluvia y con la respiración entrecortada.

—Buenos días, Mark. Estás muy mojado.

—Tengo que ver a Reggie —respondió aturdido, con el flequillo pegado a la frente y el agua chorreándole por la nariz.

—Muy bien —dijo Clint antes de entrar en el baño, regresar con una toalla y secarle la cara—. Sígueme.

Reggie estaba en medio de su despacho. Clint cerró la puerta y les dejó solos.

—¿Qué ocurre? —preguntó Reggie.

—Creo que tenemos que hablar.

Reggie señaló un sillón en el que Mark se sentó y ella se instaló en el sofá.

—¿Qué ocurre, Mark?

—Ricky ha recobrado el conocimiento esta madrugada —respondió con unos ojos cansados e irritados, y la mirada fija en las flores de la mesilla.

—Estupendo. ¿A qué hora?

—Hace un par de horas.

—Pareces cansado. ¿Te apetece una taza de chocolate caliente?

—No. ¿Has visto el periódico de esta mañana?

—Sí, lo he leído. ¿Te da miedo?

—Claro que me da miedo.

Clint llamó a la puerta y entró sin esperar respuesta con una taza de chocolate caliente. Mark le dio las gracias y la agarró con ambas manos. Tenía frío y el calor de la taza era reconfortante. Clint se retiró y cerró la puerta.

—¿A qué hora nos reuniremos con el FBI? —preguntó Mark.

—Dentro de una hora. ¿Por qué?

—No estoy seguro de querer hablar con ellos —respondió después de tomar un sorbo de chocolate y quemarse la lengua.

—De acuerdo. Ya te lo he dicho, no tienes por qué hacerlo.

—Lo sé. ¿Puedo hacerte una pregunta?

—Desde luego, Mark. Pareces asustado.

—Ha sido una mañana muy difícil —dijo mientras tomaba pequeños sorbos de chocolate—. ¿Qué me ocurriría si nunca le contara a nadie lo que sé?

—Me lo has contado a mí.

—Sí, pero tú no puedes desvelarlo. Además, no olvides que no te lo he contado todo.

—Cierto.

—Te he contado que sé dónde está el cadáver, pero no te he revelado...

—Lo sé, Mark. Yo no sé dónde está. Hay una gran diferencia y soy perfectamente consciente de ello.

—¿Quieres saberlo?

—¿Quieres contármelo?

—Realmente no. Todavía no.

—De acuerdo —respondió aliviada, sin manifestarlo—. En tal caso, prefiero no saberlo.

—Entonces, dime, ¿qué ocurrirá si nunca lo cuento?

Reggie lo había pensado durante muchas horas y todavía no tenía ninguna respuesta. Pero se había entrevistado con Foltrigg, había visto que estaba muy presionado y sabía con certeza que intentaría, por todos los medios legales, extraer la información de su cliente. Por mucho que le apeteciera, no podía aconsejarle que mintiera.

Bastaría con una simple mentira. Un pequeño engaño y Mark Sway podría vivir el resto de su vida sin preocuparse de lo ocurrido en Nueva Orleans. ¿Por qué tenían que importarle Muldanno, Foltrigg y el difunto Boyd Boyette? No era más que un niño que no había cometido ningún delito ni pecado.

—Creo que intentarán obligarte a hablar.

—¿Cómo funciona?

—No estoy segura. No es frecuente, pero creo que se pueden tomar ciertas medidas judiciales para obligarte a declarar cuanto sabes. Clint y yo lo hemos estado investigando.

—Sé lo que Clifford me contó, pero no sé si es cierto.

—Pero tú crees que es cierto, ¿no es verdad, Mark?

—Supongo que sí. No sé qué hacer —susurraba en un tono casi inaudible, sin levantar la mirada—. ¿Pueden obligarme a hablar? —preguntó.

—Podría suceder —respondió cautelosamente Reggie—. Son muchas las cosas que podrían ocurrir. Pero, sí, algún juez podría ordenarte que hablaras en un futuro próximo.

—¿Y si me niego?

—Buena pregunta, Mark. Es una área muy confusa. Si un adulto desobedece la orden del juez, pueden condenarle por desacato y corre el riesgo de ser encarcelado. No sé qué hacen si se trata de un niño. Nunca he oído que se haya dado el caso.

—¿Qué me dices del detector de mentiras?

—¿Qué quieres decir?

—Supongamos que me obligan a ir al juzgado, el juez me ordena que declare todo lo que sé y cuento lo ocurrido sin revelar lo más importante. Si ellos creen que miento, entonces ¿qué? ¿Pueden sujetarme a la silla y empezar a interrogarme? Lo vi una vez en una película.

—¿Viste cómo conectaban a un niño a un detector de mentiras?

—No. Se trataba de un policía al que habían atrapado mintiendo. Pero lo que me pregunto es si pueden hacérmelo a mí.

—Lo dudo. Nunca he oído nada parecido y yo lucharía con uñas y dientes para impedirlo.

—Pero podría ocurrir.

—No estoy segura. Lo dudo. Pero debo advertirte, Mark, que si mientes ante el juez puedes tener graves problemas.

Eran preguntas difíciles las que le caían como un chaparrón, y tenía que responder con cautela. A menudo los clientes oían lo que les apetecía y lo demás les pasaba desapercibido.

—Te diré la verdad —dijo Mark después de reflexionar unos instantes—. Tengo más problemas.

—¿Por qué?

Esperó mucho tiempo a que le respondiera. Aproximadamente cada veinte segundos Mark tomaba un sorbo de chocolate, pero era evidente que no estaba dispuesto a contestar. El silencio no le preocupaba. Tenía la mirada fija en la mesa, pero su mente divagaba por otros derroteros.

—Mark, anoche estabas dispuesto a hablar con el FBI y contarles lo ocurrido. Ahora es evidente que has cambiado de opinión. ¿Por qué? ¿Qué ha ocurrido?

Sin decir palabra, dejó cuidadosamente la taza sobre la mesa y se cubrió los ojos con los puños. Dejó caer la cabeza hasta que la barbilla reposó sobre su pecho y se echó a llorar.

Se abrió la puerta de la recepción y entró una mensajera de Federal Express con una caja de seis centímetros de grosor. Con una sonrisa y eficacia impecables se la entregó a Clint y le indicó dónde firmar. Le dio las gracias, se despidió y desapareció.

Estaban a la espera de aquel paquete, procedente de Print Research, una asombrosa pequeña empresa de Washington, cuya función consistía sencillamente en escudriñar diariamente periódicos de todo el país y catalogar sus artículos. Las noticias eran clasificadas, copiadas, informatizadas y, en veinticuatro horas, disponibles para quien estuviera dispuesto a pagar. A Reggie no le apetecía pagar, pero necesitaba información rápida sobre el caso Boyette. Clint la había solicitado el día anterior, cuando Mark acababa de marcharse y Reggie tenía un nuevo cliente. La investigación se había limitado a los periódicos de Washington y Nueva Orleans.

Sacó su contenido, un pulcro montón de fotocopias de artículos, titulares y fotografías, en orden perfectamente cronológico, con una impresión impecable.

Boyette era un viejo demócrata de Nueva Orleans, que había servido durante varias legislaturas como miembro insignificante del Congreso, pero cuando un buen día falleció a los noventa y un años el senador Dauvin, una reliquia de antes de la guerra civil estadounidense, todo cambió. Fiel a la tradición política de Luisiana, Boyette presionó y utilizó sus influencias para reunir algún dinero e invertirlo en su futuro político. Entonces el gobernador le nombró para que durante el resto de aquella legislatura ocupara el cargo que Dauvin había dejado vacante. La teoría era simple: si alguien era capaz de reunir un montón de dinero, con toda certeza merecía ser senador de Estados Unidos.

Boyette se convirtió en miembro del club más exclusivo del mundo y, con el transcurso del tiempo, demostró estar a la altura de las circunstancias. A lo largo de los años eludió por los pelos varios procesos judiciales y, evidentemente, aprendió la lección. Superó dos reñidas reelecciones y por último logró, como la mayoría de los senadores sureños, quedarse simplemente solo. Entonces Boyette empezó lentamente a suavizarse y dejó de ser un encarnizado segregacionista para convertirse en un estadista bastante liberal y sin prejuicios. Se enemistó con tres gobernadores sucesivos de Luisiana, y al mismo tiempo se convirtió en un indeseable para las empresas químicas y petrolíferas que habían destruido la ecología del estado.

Boyd Boyette se transformó en un ecologista radical, algo inaudito entre los políticos sureños. Se enfrentó a la industria petrolífera, y esta juró derrotarle. Celebró audiencias en pequeñas ciudades del delta, devastadas por el auge del oro negro, y plantó cara a los ejecutivos de los rascacielos de Nueva Orleans. El senador Boyette estudiaba y defendía apasionadamente la precaria ecología de su querido estado.

Hacía seis años que alguien había propuesto la construcción de un vertedero de residuos tóxicos en Lafourche Parish, a unos ciento treinta kilómetros al sudoeste de Nueva Orleans. Por primera vez, las autoridades locales no tardaron en denegar el permiso necesario. Como suele ocurrir con la mayoría de las ideas de las grandes empresas, en lugar de abandonar el proyecto, reapareció al cabo de un año con otro nombre, un nuevo grupo de asesores, la promesa de crear puestos de trabajo y un nuevo portavoz que lo presentaba. Las autoridades locales volvieron a denegar el permiso necesario, pero por un margen mucho más reducido. Transcurrió otro año, ciertas sumas de dinero cambiaron de manos, el proyectó experimentó algunos retoques cosméticos y de pronto figuró de nuevo en la agenda. Los residentes de la zona se pusieron histéricos. Circulaban infinidad de rumores, especialmente uno muy persistente según el cual la mafia de Nueva Orleans estaba tras el proyecto del vertedero y no cesaría en su empeño hasta convertirlo en realidad. Evidentemente, había muchos millones en juego.

La prensa de Nueva Orleans estableció un convincente vínculo entre la mafia y el vertedero tóxico. Había una docena de corporaciones involucradas, y los nombres y direcciones conducían a varios personajes conocidos ligados al mundo del crimen.

Estaba todo listo, el negocio pactado y el permiso del vertedero a punto de ser concedido, cuando apareció el senador Boyd Boyette con un ejército de reguladores federales y la amenaza de que una docena de agencias investigaran el proyecto. Celebró conferencias de prensa todas las semanas. Pronunció discursos a lo largo y ancho del sur de Luisiana. A los defensores del vertedero les faltó tiempo para ocultarse. Las corporaciones se sumieron en un silencio sepulcral. Boyette las tenía contra las cuerdas y disfrutaba de lo lindo.

En la noche de su desaparición, el senador había asistido a una reunión de furiosos residentes locales, apiñados en el gimnasio de un instituto de Houma. Salió tarde y solo, como de costumbre, para regresar a su casa, a una hora escasa de Nueva Orleans. Hacía años que Boyette se había hartado de la permanente charla y adulaciones de sus subalternos, por lo que, a ser posible, prefería ir solo en el coche. Estudiaba ruso, su cuarto idioma, y valoraba enormemente la soledad de su Cadillac y sus cintas pedagógicas.

Al mediodía del día siguiente se determinó que el senador había desaparecido. Grandes titulares en Nueva Orleans difundían la noticia. Los del *Washington Post* insinuaban juego sucio. Transcurrían los días y las noticias eran escasas. No se encontró ningún cadáver. Aparecieron un centenar de fotos del senador, que difundieron los periódicos. La noticia empezaba a perder vigencia, cuando de pronto se vinculó el nombre de Barry Muldanno a su desaparición, y eso desencadenó un frenesí de siniestra información relacionada con la mafia. Los periódicos de Nueva Orleans publicaron en primera plana un retrato robot de Muldanno bastante horripilante. Sacaron a relucir de nuevo el tema del vertedero y la mafia. El Navaja era un conocido asesino profesional con antecedentes penales...

Roy Foltrigg efectuó una entrada triunfal en escena, con el anuncio ante las cámaras del auto de procesamiento contra Barry Muldanno por el asesinato del senador Boyd Boyette. Apareció también en primera plana tanto en Nueva Orleans como en Washington, y Clint recordaba haberle visto en el periódico de Memphis. Una gran noticia, pero sin cadáver. Esto, sin embargo, no parecía preocupar al señor Foltrigg. Despotricaba contra el crimen organizado. Pronosticó una victoria certera. Recitó sus comentarios meticulosamente ensayados con el donaire de un veterano actor, levantando la voz en los momentos oportunos, señalando con el dedo y agitando en el aire el auto de procesamiento. No hizo ningún comentario respecto a la ausencia del cadáver, pero insinuó que sabía algo que no podía revelar y afirmó que indudablemente se encontrarían los restos del senador.

Aparecieron fotografías y artículos cuando Barry Muldanno fue detenido, o mejor dicho, cuando se entregó voluntariamente al FBI. Pasó tres días en la cárcel antes de que se le concediera la libertad bajo fianza, y sus fotos a la salida eran idénticas a las de su llegada. Vestía traje oscuro y sonreía ante las cámaras. Declaró que era inocente. Se trataba de una represalia.

Aparecieron fotos de palas mecánicas tomadas desde lo lejos, cuando el FBI cavaba zanjas en el terreno pantanoso de Nueva Orleans en busca del cadáver. Más actuaciones de Foltrigg ante las cámaras. Nuevas investigaciones periodísticas de la pródiga historia del crimen organizado en Nueva Orleans. El tema parecía perder ímpetu conforme continuaba la búsqueda.

El gobernador, que era demócrata, nombró a un correligionario para reemplazar a Boyette durante el año y medio restante de legislatura. El periódico de Nueva Orleans publicó una lista de los muchos políticos que aspiraban a una candidatura al Senado. Foltrigg era uno de los dos republicanos supuestamente interesados.

Mark se frotaba los ojos sentado en el sofá. Se despreciaba a sí mismo por llorar, pero no había podido remediarlo. Reggie colocó el brazo sobre sus hombros y le acarició con ternura.

—No tienes por qué decir una sola palabra —repetía suavemente Reggie.

—Prefiero no hacerlo. Tal vez más adelante, si no hay otro remedio, pero no ahora. ¿De acuerdo?

—De acuerdo, Mark.

Alguien llamó a la puerta.

—Adelante —respondió Reggie en un tono apenas audible.

Apareció Clint con un montón de papeles y consultó su reloj.

—Lamento la interrupción, pero son casi las diez y el señor Foltrigg llegará de un momento a otro —dijo, al tiempo que dejaba los papeles sobre la mesilla, delante de Reggie—. Querías verlos antes de la reunión —añadió.

—Dile al señor Foltrigg que no tenemos nada de que hablar —declaró Reggie.

Clint les miró a ambos con el entrecejo fruncido. Reggie estaba sentada muy cerca de Mark, como si necesitara protegerle.

—¿No piensas recibirle?

—No. Dile que la reunión ha sido anulada porque no tenemos nada que decir —asintió mirando a Mark.

Clint consultó de nuevo su reloj y se acercó torpemente a la puerta.

—Desde luego —dijo sonriendo, como si de pronto le divirtiera la idea de mandar a Foltrigg a freír espárragos, antes de cerrar la puerta a su espalda.

—¿Estás bien? —preguntó Reggie.

—No mucho.

Reggie se inclinó sobre la mesilla y empezó a hojear las copias de los recortes. Mark seguía aturdido, cansado, asustado y con una sensación de vacío incluso después de hablar de la situación con su abogado. Ella repasaba las páginas, leía los titulares y los pies de foto, y examinaba las fotografías. Había revisado aproximadamente un tercio del material, cuando de pronto se detuvo y se apoyó en el respaldo del sofá. Mostró a Mark un primer plano de Barry Muldanno, que sonreía a la cámara, publicado en un periódico de Nueva Orleans.

—¿Era este el hombre?

—No. ¿Quién es?

—Barry Muldanno.

—No es el hombre que me ha amenazado. Supongo que debe de tener muchos amigos.

Dejó la foto con los demás papeles sobre la mesilla y le dio unas palmaditas sobre la pierna.

—¿Qué piensas hacer? —preguntó Mark.

—Unas cuantas llamadas telefónicas. Hablaré con el administrador del hospital para que pongan medidas de seguridad alrededor de la habitación de Ricky.

—No puedes hablarle de ese individuo, Reggie. Nos matarán. No puedes contárselo a nadie.

—No lo haré. Les contaré que hemos recibido ciertas amenazas. Es habitual en los casos penales. Colocarán algunos guardias en el noveno piso, alrededor de la habitación.

—Tampoco quiero contárselo a mi madre. Está muy angustiada con lo de Ricky y no deja de tomar pastillas para dormir, para eso y para lo otro. Creo que en estos momentos no está en condiciones de asimilarlo.

—Tienes razón.

Era un niño muy valiente, criado en la calle y muy maduro para su edad. Reggie admiraba su valor.

—¿Crees que mi madre y Ricky están a salvo?

—Por supuesto. Esos individuos son profesionales, Mark. No cometerán ninguna estupidez. Se mantendrán ocultos y a la escucha. Puede que solo amenacen en vano —dijo con escasa convicción.

—No, no amenazan en vano. He visto la navaja, Reggie. Están aquí, en Memphis, por una sola razón: aterrorizarme. Y lo han conseguido. No pienso hablar.

15

Foltrigg chilló una sola vez antes de abandonar el despacho profiriendo amenazas y dando un portazo. McThune y Trumann se sentían frustrados, pero también avergonzados de su grotesca conducta. Cuando se marchaban, McThune miró a Clint y levantó las cejas como para disculparse en nombre de aquel ostentoso vocinglero. Clint saboreó el instante, y cuando las aguas regresaron a su cauce, entró en el despacho de Reggie.

Mark había acercado una silla a la ventana y contemplaba la lluvia que caía sobre la calle. Reggie hablaba por teléfono con la administración del hospital para que pusieron medidas de seguridad en el noveno piso. Cubrió el auricular con una mano y Clint le informó de que ya se habían marchado. A continuación fue en busca de más chocolate para Mark, que permanecía inmóvil.

A los pocos minutos, Clint recibió una llamada de George Ord y llamó a Reggie por el intercomunicador. No conocía al fiscal de Memphis, pero no le sorprendió que la llamara entonces por teléfono. Le tuvo esperando un minuto entero antes de levantar el auricular.

—Diga.

—Señora Love, soy...

—Llámeme Reggie, ¿de acuerdo? Simplemente Reggie. Y usted es George, si no me equivoco.

Llamaba a todo el mundo por su nombre de pila, incluidos los murrios jueces en sus sobrias audiencias.

—De acuerdo, Reggie. Me llamo George Ord. Roy Foltrigg está en mi despacho y...

—Qué coincidencia. Acaba de abandonar el mío.

—Lo sé, y esta es la razón de mi llamada. No ha tenido oportunidad de hablar con usted, ni con su cliente.

—Ruéguele que me disculpe. Mi cliente no tiene nada que decirle.

Hablaba con la mirada fija en el cogote de Mark. Si la escuchaba, no lo manifestaba. Permanecía inmóvil junto a la ventana.

—Reggie, me parece que sería sensato que, por lo menos usted, hablara de nuevo con el señor Foltrigg.

—No deseo hablar con Roy, ni tampoco mi cliente.

Imaginaba a Ord hablando con toda seriedad por teléfono mientras Foltrigg paseaba por su despacho agitando los brazos.

—Comprenderá que esto no puede acabar así.

—¿Me está amenazando, George?

—Considérelo una promesa.

—De acuerdo. Dígale a Roy y a sus muchachos que si alguien intenta ponerse en contacto con mi cliente o con su familia, me aseguraré de que le caigan un montón de problemas encima. ¿Comprendido, George?

—Transmitiré su mensaje.

En realidad tenía cierta gracia, después de todo no era su caso, pero Ord no podía reírse.

—Dice que ni ella ni el niño piensan hablar y que si alguien se pone en contacto con el niño o con su familia, según sus propias palabras, se asegurará de que le caigan un montón de problemas encima —dijo después de colgar el teléfono, mientras sonreía para sus adentros.

Foltrigg se mordió el labio y asintió con cada palabra como si no le importara, porque era capaz de jugar duro con cualquiera. Había recuperado su compostura y estaba ya preparando el plan «B». Paseaba por el despacho como si estuviera profundamente inmerso en sus pensamientos. McThune y Trumann estaban junto a la puerta como centinelas. Centinelas hastiados.

—Quiero que sigan al niño, ¿entendido? —dijo finalmente Foltrigg, dirigiéndose a McThune—. Vamos a regresar a Nueva Orleans y quiero que le vigilen las veinticuatro horas del día. Quiero saber qué hace, pero sobre todo es preciso protegerle de Muldanno y sus esbirros.

McThune no obedecía órdenes de ningún fiscal, y en aquel momento, estaba hasta la coronilla de Roy Foltrigg. Además, la idea de utilizar a tres o cuatro atareados agentes para seguir a un niño de once años era una estupidez. Pero no valía la pena discutir. Foltrigg estaba en contacto permanente con el director Voyles en Washington, y a Voyles le interesaba que se encontrara el cadáver y se condenara al culpable casi tanto como a Foltrigg.

—De acuerdo —respondió—. Así se hará.

—Paul Gronke ya está aquí —declaró Foltrigg como si acabara de recibir la noticia.

Hacía once horas que conocían el número de su vuelo y la hora de llegada a Memphis, pero le habían perdido la pista al salir del aeropuerto. Por la mañana habían hablado de ello con Ord, Foltrigg y una docena de agentes del FBI. En aquellos momentos, la friolera de ocho agentes intentaban localizar a Gronke en Memphis.

—Le encontraremos —afirmó McThune—. Y vigilaremos al niño. ¿Por qué no regresa cuanto antes a Nueva Orleans?

—Prepararé la furgoneta —declaró oficialmente Trumann como si se tratara del avión presidencial.

—Nos vamos, George —dijo Foltrigg después de pararse

frente al escritorio—. Lamento la intromisión. Seguramente volveré dentro de un par de días.

Qué noticia tan maravillosa, pensó Ord. Se puso de pie y se estrecharon la mano.

—Encantado. Si en algo podemos serle útil, no tiene más que llamarnos.

—Me entrevistaré con el juez Lamond a primera hora de la mañana. Le llamaré.

Ord le tendió de nuevo la mano y Foltrigg se la estrechó antes de dirigirse hacia la puerta.

—Vigilen a esos asesinos —le aconsejó a McThune—. No creo que sean tan imbéciles para meterse con el niño, pero nunca se sabe.

McThune abrió la puerta y le cedió el paso. Ord le siguió.

—Muldanno ha oído algo —prosiguió Foltrigg al llegar a la antesala, donde Wally Boxx y Thomas Fink esperaban— y solo han venido a husmear. Pero no les pierdan de vista, ¿de acuerdo, George? Esos individuos son realmente peligrosos. No pierdan tampoco de vista al niño ni a su abogado. Muchas gracias. Llamaré mañana. ¿Dónde está la furgoneta, Wally?

Después de contemplar la calle, tomar chocolate caliente y oír trabajar a su abogado durante una hora, Mark estaba nuevamente dispuesto a actuar. Reggie había llamado a Dianne para contarle que Mark estaba con ella en su despacho y la ayudaba con los papeles. Ricky estaba mucho mejor, nuevamente dormido. Había consumido un par de litros de helado mientras Greenway le formulaba un sinfín de preguntas.

A las once, Mark se instaló en el escritorio de Clint e inspeccionó el dictáfono. Reggie atendía a una cliente, una mujer desesperada por divorciarse, con la que necesitaba pasar una hora para programar una estrategia. Clint mecanografiaba y contestaba al teléfono cada cinco minutos.

—¿Cómo te convertiste en secretario? —preguntó Mark, sumamente hastiado con aquella visión ingenua de la práctica de la abogacía.

—Por casualidad —respondió Clint volviendo la cabeza para sonreírle.

—¿Querías ser secretario de niño?

—No. Quería ser constructor de piscinas.

—¿Qué ocurrió?

—No lo sé. Tuve problemas con las drogas, casi me echaron del instituto, luego fui a la universidad y acabé en la facultad de derecho.

—¿Hay que ir a la facultad de derecho para ser secretario?

—No. Abandoné la facultad y Reggie me ofreció trabajo. La mayor parte del tiempo es divertido.

—¿Dónde conociste a Reggie?

—Sería muy largo de contar. Éramos amigos en la facultad. Hace mucho tiempo que nos conocemos. Probablemente te lo contará cuando conozcas a mamá Love.

—¿Mamá qué?

—Mamá Love. ¿No te ha hablado de mamá Love?

—No.

—Mamá Love es la madre de Reggie. Viven juntas y le encanta cocinar para los pequeños a los que Reggie representa. Prepara raviolis, lasaña con espinacas y otros deliciosos platos italianos. A todo el mundo le encanta.

Después de dos días de comer buñuelos y pastelitos, la idea de unos buenos platos calientes preparados en casa con abundante queso era enormemente apetecible.

—¿Cuándo crees que conoceré a mamá Love?

—No lo sé. Reggie suele invitar a su casa a la mayoría de sus clientes, especialmente a los menores.

—¿Tiene hijos?

—Dos, pero ya son mayores y viven lejos.

—¿Dónde vive mamá Love?

—Cerca del centro de la ciudad, no lejos de aquí. En una casa antigua que tiene desde hace muchos años. En realidad, es la casa donde Reggie se crió.

Sonó el teléfono. Clint tomó nota del mensaje y volvió a su máquina de escribir. Mark le miraba atentamente.

—¿Cómo aprendiste a mecanografiar tan deprisa?

Dejó la máquina y volvió lentamente la cabeza para mirar a Mark.

—En el instituto. —Sonrió—. Tuve una profesora que parecía un sargento del ejército. Todos la odiábamos, pero nos obligó a aprender. ¿Sabes mecanografiar?

—Un poco. He estudiado tres años informática en la escuela.

—Aquí tenemos un montón de ordenadores —dijo Clint mientras señalaba un Apple junto a la máquina de escribir.

Mark lo miró, pero no le impresionó. Todo el mundo tenía ordenadores.

—Entonces ¿cómo te convertiste en secretario?

—No estaba previsto. Cuando Reggie se licenció no quería trabajar para nadie y abrió este despacho. De esto hace unos cuatro años. Necesitaba un secretario y me ofrecí voluntario. ¿Has visto antes a un hombre que trabaje como secretario?

—No. No sabía que los hombres pudieran desempeñar este trabajo. ¿Está bien pagado?

—No está mal —dijo Clint riendo—. Si Reggie tiene un buen mes, yo también lo tengo. Es como si fuéramos socios.

—¿Gana mucho dinero Reggie?

—No mucho. No le interesa particularmente el dinero. Años atrás estaba casada con un médico, vivía en una casa muy grande y tenía mucho dinero. Todo acabó mal y considera que, en gran parte, fue culpa del dinero. Probablemente te lo contará. Es muy sincera en lo que concierne a su vida.

—¿Es abogado y no le interesa el dinero?

—Poco corriente, ¿no te parece?

—Y que lo digas. He visto muchas series de abogados por televisión y lo único que hacen es hablar de dinero. De sexo y de dinero.

Sonó el teléfono. Era un juez, con el que Clint adoptó una actitud muy amable y charló con él durante cinco minutos. Colgó y volvió a su máquina de escribir.

—¿Quién es esa mujer? —preguntó Mark cuando Clint empezaba a mecanografiar a toda velocidad.

Paró, miró el teclado y se volvió lentamente.

—¿La que está con Reggie? —preguntó Clint con una sonrisa forzada.

—Sí.

—Norma Thrash.

—¿Cuál es su problema?

—En realidad tiene muchos problemas. Está en pleno proceso de un desagradable divorcio. Su marido es un cretino.

Mark sentía curiosidad por averiguar cuánto sabía Clint.

—¿La maltrata?

—Creo que no —respondió lentamente.

—¿Tienen hijos?

—Dos. En realidad no puedo decir gran cosa al respecto. Es confidencial, ¿comprendes?

—Sí, claro. Pero supongo que tú estás al corriente de todo, ¿no es cierto? A fin de cuentas tú eres quien lo escribe.

—Sé casi todo lo que ocurre. Desde luego. Pero Reggie no me lo cuenta todo. Por ejemplo, no tengo ni idea de lo que le has contado. Supongo que es bastante importante, pero Reggie se reservará la información. He leído el periódico. He visto al FBI y al señor Foltrigg, pero desconozco los detalles.

Aquello era exactamente lo que Mark deseaba oír.

—¿Conoces a Robert Hackstraw? Le llaman Hack.

—Es un abogado, ¿no es cierto?

—Sí. Representó a mi madre cuando se divorció hace un par de años. Un verdadero zángano.

—¿No te impresionó?

—Me resultó detestable. Nos trató como si fuéramos escoria. Íbamos a su despacho y nos tenía esperando un par de horas. Luego hablaba diez minutos con nosotros y nos decía que tenía mucha prisa, que tenía que ir al juzgado para hacer algo muy importante. Intenté convencer a mi madre de que contratara a otro abogado, pero estaba demasiado aturdida.

—¿Hubo juicio?

—Sí. Mi padre quería quedarse con uno de nosotros. No le importaba con cuál, pero prefería a Ricky porque sabía que yo le odiaba. De modo que contrató a un abogado y durante dos días él y mi madre se pelearon ante el juez. Ambos intentaron demostrar que el otro era un inepto. Hack actuó como un imbécil en la sala, pero el abogado de mi padre todavía era peor. El juez odiaba a ambos letrados y decidió que no estaba dispuesto a separar a los niños. Pregunté si podía declarar. Se lo pensó durante el almuerzo del segundo día y decidió que quería oír lo que tenía que decir. Se lo había preguntado antes a Hack y este se había hecho el listo, diciendo que yo era demasiado joven e incompetente para declarar.

—Pero declaraste.

—Sí, durante tres horas.

—¿Cómo te fue?

—En realidad, bastante bien. Me limité a hablar de las palizas, los cardenales y los puntos. Conté lo mucho que odiaba a mi padre. El juez casi se puso a llorar.

—¿Y funcionó?

—Sí. Mi padre solicitaba ciertos derechos de visita y yo pasé mucho rato explicándole al juez que, cuando terminara el juicio, no quería volver a ver a aquel hombre en mi vida. Y que Ricky le tenía un miedo atroz. De modo que el juez no solo le negó todo derecho de visita, sino que le ordenó que se mantuviera alejado de nosotros.

—¿Has vuelto a verle desde entonces?

—No. Pero algún día lo haré. Cuando sea mayor, algún día Ricky y yo le encontraremos, y le daremos una buena paliza.

Golpe por golpe. Punto por punto. Siempre hablamos de ello.

A Clint había dejado de aburrirle la conversación. No se perdía palabra. Era asombrosa la tranquilidad con que proyectaba darle una paliza a su padre.

—Puede que te manden a la cárcel.

—A él no le mandaron a la cárcel cuando nos daba palizas a nosotros. No le mandaron a la cárcel cuando desnudó por completo a mi madre y la arrojó a la calle cubierta de sangre. Entonces fue cuando le golpeé con el bate de béisbol.

—¿Qué hiciste?

—Una noche estaba emborrachándose en casa y presentimos que se pondría violento. Siempre lo presentíamos. Luego salió en busca de más cerveza. Yo fui corriendo a casa de un vecino llamado Michael Moss, para pedirle prestado un bate de aluminio que escondí debajo de la cama. Recuerdo que imploré a Dios que tuviera un buen accidente para que no regresara a casa. Pero lo hizo. Mi madre estaba en su dormitorio, con la esperanza de que él perdiera el conocimiento, lo que solía ocurrirle a menudo. Ricky y yo nos quedamos en nuestro cuarto, a la espera de que estallara la tormenta.

Volvió a sonar el teléfono, Clint se apresuró a coger el recado y se concentró nuevamente en la historia.

—Más o menos al cabo de una hora, se empezaron a oír gritos y blasfemias. Temblaba el remolque. Cerramos la puerta con llave. Ricky estaba llorando debajo de la cama. Entonces mi madre empezó a llamarme. Yo tenía solo siete años y mi madre me pedía ayuda. Él no hacía más que golpearla, empujarla de un lado para otro, patearla, arrancarle a jirones el camisón, llamarla zorra y puta. Ni siquiera sabía qué significaba eso. Me acerqué a la cocina. Supongo que el miedo me impedía moverme. Me vio y me arrojó una lata de cerveza. Ella intentó escapar a la calle, pero la agarró y le arrebató las bragas. Dios mío, le pegaba con todas sus fuerzas. A continuación le quitó el sujetador. Mi madre tenía los labios hinchados y estaba cubierta de sangre. La echó a la calle, completamente desnuda, y la arrastró ante todos los vecinos, quienes, por supuesto, estaban mirando. Entonces se rió de ella y la dejó allí tirada. Fue horrible.

Clint le escuchaba atentamente, sin perderse palabra. Mark hablaba con una voz monótona, desprovista de todo sentimiento.

—Cuando regresó a la caravana, la puerta estaba evidentemente abierta y yo le esperaba. Había acercado una silla de la cocina a la puerta y casi le decapité con el bate de béisbol. Le di exactamente en plena nariz. Lloraba y estaba muerto de miedo, pero siempre recordaré el ruido del bate contra su rostro. Se desplomó sobre el sofá y le golpeé en el estómago. Intentaba golpearle entre las piernas, porque suponía que sería donde más le dolería. Seguro que me comprendes. Yo agitaba el bate como si estuviera loco. Le golpeé una vez más en la oreja y en ese punto acabó la historia.

—¿Qué ocurrió? —preguntó Clint.

—Se puso de pie, me dio un bofetón en la cara, me derribó y empezó a insultarme y a patearme. Recuerdo que tenía tanto miedo que no podía siquiera defenderme. Su rostro estaba completamente ensangrentado. Apestaba. Refunfuñaba, golpeaba y tiraba de mi ropa. Empecé a patalear como un endemoniado cuando tiró de mi ropa interior, me la quitó y me echó a la calle. No llevaba prenda alguna. Supongo que quería que estuviera fuera, con mi madre, pero entonces ella logró llegar hasta la puerta y cayó sobre mí.

Lo relataba con tanta tranquilidad como si lo hubiera hecho un centenar de veces y se hubiera aprendido el guión de memoria. No manifestaba emoción alguna, se limitaba a narrar los hechos de forma breve y concisa. Unas veces tenía la mirada fija en el escritorio y otras en la puerta, pero no interrumpió el relato.

—¿Qué ocurrió entonces? —preguntó Clint, sin poder casi respirar.

—Uno de los vecinos había llamado a la policía. Debes

comprender que se oye todo de un remolque a otro, de modo que nuestros vecinos se habían visto obligados a soportar el escándalo. Y aquella no era, ni mucho menos, la primera vez. Recuerdo que vi las luces azules en la calle y él entró en la caravana. Mi madre y yo nos incorporamos rápidamente y fuimos a vestirnos. Pero algunos vecinos me habían visto desnudo. Intentamos lavar la sangre antes de que llegara la policía. Mi padre se había tranquilizado bastante y de pronto trató con mucha amabilidad a la policía. Mi madre y yo esperábamos en la cocina. La nariz de mi padre parecía un balón de fútbol y los agentes estaban más preocupados por su cara que por mi madre y por mí. A uno de los agentes le llamaba Frankie, como si fueran compañeros. Los agentes, que eran dos, nos separaron. Frankie se llevó a mi padre al dormitorio para que se tranquilizara. El otro se sentó con mi madre, junto a la mesa de la cocina. Siempre hacían lo mismo. Yo regresé a mi cuarto y saqué a Ricky de debajo de la cama. Más adelante mi madre me contó que mi padre se había hecho muy amigo de los policías, les había contado que no era más que una simple riña familiar, nada grave, y que había sido principalmente culpa mía, porque le había atacado sin razón alguna con un bate de béisbol. Los agentes, como de costumbre, lo catalogaron como otra disputa doméstica. No se presentaron cargos. Se llevaron a mi padre al hospital, donde pasó la noche. Durante algún tiempo tuvo que usar un horrible vendaje.

—¿Y qué os hizo a vosotros?

—Después de aquello pasó una larga temporada sin beber. Nos pidió disculpas y prometió que nunca volvería a ocurrir. A veces se portaba bien cuando no bebía. Pero luego empeoraban las cosas. Volvieron las agresiones y las palizas. Por último mi madre pidió el divorcio.

—Y él intentó quedarse con la patria potestad...

—Efectivamente. Mintió en el juicio y lo hacía con bastante convicción. No sabía que yo declararía, así que negó un montón de cosas y afirmó que mi madre mentía sobre lo demás.

Se portaba de un modo realmente insolente, muy seguro de sí mismo, y el imbécil que teníamos como abogado no sabía qué hacer con él. Pero cuando yo declaré, conté lo del bate de béisbol y que me había arrancado la ropa a jirones; al juez se le llenaron los ojos de lágrimas. Se puso furioso con mi padre y le acusó de mentir. Dijo que debería mandarle a la cárcel por contar mentiras y yo le sugerí que eso era exactamente lo que debería hacer.

Hizo una pequeña pausa. Mark había empezado a perder ímpetu, hablaba más despacio. Clint seguía ensimismado.

—Evidentemente, Hack se atribuyó otra brillante victoria en el juzgado. Luego mi padre amenazó a mi madre con llevarla ante los tribunales si no le pagaba una pensión. Ella tenía un montón de cuentas por saldar, él venía dos veces a la semana para reclamar su dinero y mi madre se vio obligada a declararse en quiebra. Entonces se quedó sin trabajo.

—¿De modo que has pasado por un divorcio y una quiebra?

—Sí. El abogado que se ocupó de la quiebra también era un idiota.

—Pero ¿te gusta Reggie?

—Sí. Reggie no está nada mal.

—Me alegra oírtelo decir.

Sonó el teléfono y Clint contestó. Un abogado del tribunal tutelar de menores quería cierta información sobre un cliente, y se prolongó la conversación. Mark salió en busca de un chocolate caliente. Cruzó la sala de conferencias, con sus paredes cubiertas de hermosos libros. Junto a los lavabos encontró la pequeña cocina.

En el frigorífico descubrió una botella de Sprite y la abrió. Se había percatado de que había asombrado a Clint con su relato. Había omitido muchos detalles, pero todo era verdad. En cierto modo se sentía orgulloso de ello, orgulloso de haber defendido a su madre, y el relato siempre asombraba a quienes lo escuchaban.

Entonces, el pequeño valiente del bate de béisbol recordó

la navaja del ascensor y la fotografía de una pobre familia sin padre. Pensó en su madre en el hospital, sola y sin que nadie la protegiera. Volvió a tener miedo.

Intentó abrir un paquete de galletas saladas, pero le temblaban las manos y el plástico se resistía. Empeoró el temblor y no podía detenerlo. Mark cayó al suelo y derramó el Sprite.

16

La llovizna había cesado cuando las secretarias se desplazaban apresuradamente por las húmedas aceras, en grupos de a tres o de a cuatro, en busca de su almuerzo. El cielo era gris y las calles estaban mojadas. Una nube de bruma bullía y siseaba tras cada coche que pasaba por la calle Tercera. Reggie y su cliente doblaron la esquina de Madison. En la mano izquierda llevaba su maletín y con la derecha sujetaba la de Mark, a quien conducía entre la muchedumbre. Tenía mucho que hacer y andaba de prisa.

Desde una furgoneta Ford de color blanco normal y corriente, aparcada exactamente frente al edificio Sterick, Jack Nance observaba y llamó por radio. Cuando doblaron la esquina de Madison y desaparecieron de su campo de visión, se quedó a la escucha. A los pocos minutos, Cal Sisson, su socio, les había localizado y veía cómo se dirigían hacia el hospital, como era de prever. Al cabo de cinco minutos, habían entrado en el edificio.

Nance cerró la furgoneta y cruzó apresuradamente la calle Tercera. Entró en el edificio Sterick, cogió el ascensor hasta el segundo piso e hizo girar suavemente la manecilla de la puerta sobre la que se leía REGGIE LOVE, ABOGADO. Tuvo la agradable sorpresa de descubrir que no estaba cerrada con llave. Pasaban once minutos de las doce. Prácticamente todos los abogados de la ciudad que trabajaban solos cerraban el despacho y salían a la hora del almuerzo. Abrió la puerta y entró, cuando un molesto timbre sobre su cabeza anunció su llegada. ¡Maldita sea! Habría preferido encontrarse con una puerta cerrada con llave, que era capaz de abrir con gran pericia, y registrar los ficheros sin que nadie le molestara. Era un trabajo fácil. A la mayoría de los pequeños bufetes no les preocupaba la seguridad. Los de mayor envergadura eran otra historia, aunque Nance era capaz de penetrar en cualquiera de los millares de bufetes de Memphis cuando estaban cerrados y encontrar lo que le interesara. Lo había hecho por lo menos una docena de veces. Había dos cosas que los abogados más modestos no tenían en sus despachos: dinero y medidas de seguridad. Se limitaban a cerrar la puerta con llave.

—¿En qué puedo servirle? —preguntó un joven a su espalda.

—Sí, claro —respondió Nance sin sonreír, como si hubiera tenido un día muy ajetreado—. Soy del *Times-Picayune,* ya sabe, el periódico de Nueva Orleans. Busco a Reggie Love.

—No está aquí —dijo Clint, a tres metros de distancia.

—¿Cuándo espera que regrese?

—No lo sé. ¿Tiene alguna identificación?

—¿Se refiere a esas tarjetitas blancas que ustedes, los abogados, reparten a diestro y siniestro? —replicó Nance, de camino hacia la puerta—. No, amigo, no tengo tarjetas de visita. Yo soy periodista.

—Muy bien. ¿Cómo se llama?

—Arnie Carpentier. Dígale que la veré más tarde.

Abrió la puerta, sonó de nuevo la campanilla y desapareció. La visita no había sido muy productiva, pero había conocido a Clint, y había visto el vestíbulo y la recepción. La próxima visita sería más prolongada.

La subida hasta el noveno piso se efectuó sin contratiempo alguno. Reggie llevaba a Mark cogido de la mano, lo cual normalmente le habría irritado, pero dadas las circunstancias era bastante reconfortante. Se miraba los pies mientras subían. Tenía miedo a levantar la cabeza, miedo a más desconocidos. Se aferraba a la mano de Reggie.

Habían dado apenas diez pasos, después de salir al vestíbulo del noveno piso, cuando se les acercaron tres personas corriendo desde la sala de espera.

—¡Señora Love! ¡Señora Love! —chillaba una de ellas.

Al principio a Reggie le sorprendió, pero agarró fuertemente la mano de Mark y siguió andando. Una de ellas llevaba un micrófono, otra un cuaderno y la tercera una cámara.

—Señora Love, solo unas preguntas —dijo la del cuaderno.

—Sin comentarios —respondió, acelerando en dirección al puesto de las enfermeras.

—¿Es cierto que su cliente se niega a cooperar con el FBI y con la policía?

—Sin comentarios —dijo Reggie sin volver la cabeza.

Les seguían como sabuesos.

—No mires ni digas una palabra —dijo, después de agacharse para hablar con Mark.

—¿Es verdad que el fiscal de Nueva Orleans ha estado en su despacho esta mañana?

—Sin comentarios.

Los médicos, las enfermeras y los pacientes dejaron libre el centro del pasillo, por donde Reggie avanzaba velozmente con su famoso cliente, seguida de los canes gañidores.

—¿Habló su cliente con Jerome Clifford antes de su muerte?

—Sin comentarios —respondió, estrujando la mano de Mark y acelerando el paso.

Cuando llegaban al fondo del pasillo, de pronto el payaso de la cámara se les colocó delante, se agachó al tiempo que retrocedía y logró hacerles una foto antes de caerse de culo en el suelo. Las enfermeras soltaron una carcajada. Un guardia de seguridad salió al paso de los gañidores junto al puesto de las enfermeras y levantó las manos. Ya se habían encontrado antes con él.

—¿Es cierto que su cliente sabe dónde está enterrado Boyette? —preguntó uno de ellos, cuando Reggie y Mark doblaban una esquina del pasillo.

Ella titubeó un poco al andar. Se le estremecieron los hombros y se le dobló ligeramente la espalda, pero lo superó inmediatamente y desapareció en compañía de su cliente.

Dos guardias de seguridad excesivamente corpulentos estaban sentados en sillas plegables junto a la puerta de Ricky. Las pistolas que colgaban de sus cinturones fue lo primero que llamó la atención de Mark. Uno de ellos tenía un periódico en las manos, que bajó inmediatamente cuando vio que se acercaban. Su compañero se puso de pie para recibirles.

—¿En qué puedo servirles? —preguntó dirigiéndose a Reggie.

—Soy el abogado de la familia y este es Mark Sway, hermano del paciente —respondió en un susurro muy profesional, como si ella, y no ellos, tuviera derecho a estar allí, y sugiriendo que se dieran prisa en formular sus preguntas porque tenía mucho que hacer—. El doctor Greenway nos espera —añadió al tiempo que llamaba a la puerta.

Mark estaba detrás de ella, con la mirada fija en la pistola, enormemente parecida a la utilizada por el pobre Romey.

El guardia de seguridad volvió a sentarse y su compañero a leer el periódico. Greenway abrió la puerta y salió al pasillo, seguido de Dianne, que había estado llorando. Esta dio un achuchón a Mark y colocó un brazo sobre sus hombros.

—Está durmiendo —declaró Greenway sin levantar la voz—. Progresa muy satisfactoriamente, pero está muy cansado.

—Ha preguntado por ti —susurró Dianne hablando con Mark.

—¿Qué ocurre, mamá? —preguntó Mark al percatarse de que su madre tenía lágrimas en los ojos.

—Nada. Te lo contaré luego.

—¿Qué ha ocurrido?

Dianne miró primero a Greenway, luego a Reggie y por último a Mark.

—No tiene importancia —respondió.

—Esta mañana tu madre se ha quedado sin trabajo —dijo Greenway—. Sus jefes han mandado una carta por mensajero para comunicarle que estaba despedida. ¿No es increíble? —añadió mirando a Reggie—. Ha llegado al puesto de las enfermeras del noveno piso y una de ellas se la ha entregado hace aproximadamente una hora.

—Muéstreme la carta —dijo Reggie.

Dianne se la sacó del bolsillo. Reggie la abrió y la leyó lentamente.

—Saldremos adelante, Mark —dijo Dianne, al tiempo que le daba un abrazo a su hijo—. Lo hemos superado en otras ocasiones. Encontraré otro trabajo.

Mark se mordió el labio y le entraron ganas de llorar.

—¿Le importa que la guarde? —preguntó Reggie, mientras la introducía en su maletín.

Dianne asintió.

Greenway observó su reloj, como si no lograra determinar la hora exacta.

—Voy a comer un bocado y volveré dentro de veinte minutos. Quiero pasar un par de horas con Ricky y con Mark, a solas.

—Yo volveré a eso de las cuatro —dijo Reggie, después de consultar su reloj—. Ahí fuera hay unos periodistas y quiero que no les presten atención alguna —añadió dirigiéndose a todos.

—Eso. Basta con decir: sin comentarios —añadió Mark—. Es muy divertido.

—¿Qué quieren? —preguntó Dianne sin verle la gracia.

—Todo. Han leído el periódico. Circula un sinfín de rumores. Se huelen la historia y harán cualquier cosa para obtener información. He visto una furgoneta de la televisión en la calle y sospecho que sus ocupantes no deben de estar muy lejos. Creo que lo mejor sería que se quedara aquí con Mark.

—De acuerdo —respondió Dianne.

—¿Dónde hay un teléfono? —preguntó Reggie.

—Venga conmigo, se lo mostraré —dijo Greenway, señalando en dirección al puesto de las enfermeras.

—Nos veremos a las cuatro, ¿de acuerdo? —añadió Reggie, mirando a Dianne y a Mark—. No lo olviden, no se alejen de la habitación y ni una palabra a nadie.

A continuación se alejó con Greenway por el pasillo. Los guardias de seguridad estaban medio dormidos. Mark y su madre entraron en la oscura habitación y se sentaron sobre la cama. Un buñuelo seco le llamó la atención y lo devoró en un santiamén.

Reggie llamó a su despacho para hablar con Clint.

—¿Recuerdas el caso de Penny Patoula que llevamos el año pasado? —preguntó en voz baja, mientras miraba a su alrededor por si aparecía algún sabueso—. Se trataba de discriminación sexual, despido indebido, atosigamiento. Creo que les acusamos de todo lo imaginable. En la audiencia. Sí, eso es. Saca el sumario. Cambia el nombre de Penny Patoula por el de Dianne Sway. Los acusados serán Ark-Lon Fixtures. Quiero que cites al propio gerente. Se llama Chester Tanfill. Sí, acúsale también personalmente y presenta cargos por despido indebido, infracción de contrato laboral, acoso sexual, violación de los derechos civiles, y pide un par de millones de compensación. Hazlo inmediatamente, sin pérdida de tiempo. Redacta la citación y verifica los gastos. Entrégala inmediatamente en el juzgado. Pasaré a recogerla dentro de unos treinta minutos, de modo que date prisa. Se la entregaré personalmente al señor Tanfill.

Colgó el teléfono y dio las gracias a la enfermera más próxima. Los periodistas deambulaban cerca de la máquina de refrescos, pero Reggie salió por la puerta que daba a la escalera sin ser vista.

Ark-Lon Fixtures estaba situada en una serie de edificios metálicos conectados entre sí, en una calle de estructuras parecidas, en un polígono industrial de salario mínimo cerca del aeropuerto. El edificio central era de un naranja descolorido y se le habían añadido estructuras en todas direcciones, excepto hacia la calle. El estilo arquitectónico de los nuevos edificios era semejante al original, pero en diferentes tonos anaranjados. En una zona de carga de la parte posterior había camiones a la espera. Una verja de tela metálica protegía rollos de cable de acero y de aluminio.

Reggie aparcó el coche cerca de la entrada, en un espacio reservado a las visitas. Cogió su maletín y abrió la puerta. La mujer de pecho abultado, cabello negro y un largo cigarrillo en la boca, que estaba pegada al teléfono, no le prestó atención alguna. Reggie se puso delante de ella y esperó con invisible impaciencia. La sala estaba sucia, polvorienta y llena de humo de tabaco. Unos descoloridos cuadros de sabuesos adornaban las paredes. La mitad de las luces fluorescentes estaban apagadas.

—¿En qué puedo servirla? —preguntó la recepcionista, después de colgar el teléfono.

—Quiero ver a Chester Tanfill.

—Está reunido.

—Lo sé. Es un hombre muy ocupado, pero tengo algo para él.

—Comprendo —dijo la recepcionista—. ¿De qué se trata?

—No es de su incumbencia. Tengo que ver a Chester Tanfill. Es urgente.

Aquello enojó realmente a la recepcionista que, según una tarjeta de identificación, se llamaba Louise Chenault.

—No me importa lo urgente que sea, señora. No puede irrumpir aquí y exigir una entrevista con el gerente de la empresa.

—Esta empresa es un mercado de esclavos y acabo de

demandarla por dos millones de dólares. También he demandado al amigo Chester por un par de millones, y le aconsejo que encuentre a ese desgraciado cuanto antes y le traiga inmediatamente aquí.

Louise se incorporó de un brinco y se retiró de la mesa.

—¿Es usted una especie de abogado?

Reggie sacó la citación y la demanda de su maletín, contempló los documentos sin mirar a Louise y dijo:

—Ha acertado, soy abogado, y debo entregar a Chester estos documentos. Encuéntrele. Si no ha aparecido en cinco minutos, modificaré la demanda y pediré cinco millones por daños y perjuicios.

Louise abandonó inmediatamente la sala por una puerta doble. Reggie esperó un segundo y la siguió. Cruzó otra sala repleta de abigarradas cabinas, de todas las cuales parecía rezumar humo de tabaco. La desgastada moqueta era vieja y asquerosa. Atisbó el redondeado trasero de Louise, que entraba por una puerta a la derecha, y la siguió.

Chester Tanfill acababa de ponerse de pie tras su escritorio, cuando Reggie irrumpió en el despacho. Louise se quedó sin habla.

—Puede retirarse —dijo Reggie sin contemplaciones—. Soy Reggie Love, abogada —añadió, mirando fijamente a Chester.

—Chester Tanfill —respondió él sin tenderle la mano, que Reggie no habría estrechado—. Su conducta no es muy cívica, señora Love.

—Llámeme Reggie, ¿de acuerdo, Chester? Y ordénele a Louise que se retire.

Esta se retiró aliviada, después de que su jefe asintiera, y cerró la puerta a su espalda.

—¿Qué quiere? —preguntó el gerente de unos cincuenta años, flaco y demacrado, con granos en la cara y unos ojos hinchados, parcialmente ocultos tras unas gafas de montura metálica.

A Reggie le dio la impresión de que tenía problemas con el

alcohol. Su ropa era de Sears o Penney's, y su cuello iba adquiriendo un tono rojo oscuro.

—He venido a entregarle esta citación —respondió, después de arrojar sobre la mesa la demanda y la citación.

—¿Por qué? —preguntó, mientras contemplaba los documentos con una mueca, sin dejarse impresionar por aquellos jueguecitos.

—Represento a Dianne Sway. La ha despedido esta mañana y esta tarde le llevamos ante los tribunales. ¿Qué le parece la agilidad de la justicia?

—Bromea —exclamó, mientras contemplaba de nuevo los documentos con los párpados entornados.

—Usted es un iluso si cree que bromeo. Está todo aquí, Chester. Despido indebido, acoso sexual, etcétera. Un par de millones en daños y perjuicios. Me ocupo constantemente de casos semejantes. Sin embargo, debo confesar que este es uno de los mejores que he visto. Hace dos días que esa pobre mujer está en el hospital con su hijo. Su médico le ha prohibido abandonar la habitación. Incluso les ha llamado para explicarles la situación, pero han sido tan imbéciles como para despedirla. Me muero de impaciencia por contárselo al jurado.

Los abogados de Chester a veces tardaban un par de días en devolver una llamada telefónica, y esa mujer, Dianne Sway, había presentado una demanda en toda regla a las pocas horas de que se consumaran los hechos. El gerente levantó lentamente los documentos y examinó la primera página.

—¿Se me cita personalmente? —exclamó, como si se sintiera ofendido.

—Usted la ha despedido, Chester. Pero no se preocupe, si el jurado le encuentra personalmente culpable, puede limitarse a solicitar que le declaren insolvente.

Chester acercó la silla a la mesa y se dejó caer lentamente sobre la misma.

—Por favor, siéntese —dijo, mientras hacía un ademán en dirección a otra silla.

—No, gracias. ¿Quién es su abogado?

—Santo cielo, mis abogados son Findley y Baker. Pero espere un momento. Déjeme reflexionar —suplicó, mientras hojeaba los documentos—. ¿Acoso sexual?

—Sí, hoy en día es un campo muy fecundo. Parece ser que uno de sus encargados la tomó con mi cliente. Siempre sugiriéndole lo que podrían hacer en un lugar reservado durante la hora del almuerzo. Chistes verdes. Lenguaje soez. Todo saldrá a relucir en el juicio. ¿Con quién puedo hablar en Findley y Baker?

Hojeó los documentos, los dejó sobre la mesa y se frotó las sienes. Reggie le miraba fijamente, de pie junto al escritorio.

—Espere un momento. Yo no necesito esto.

—Tampoco lo necesitaba mi cliente.

—¿Qué quiere?

—Un poco de dignidad. Aquí tratan a los obreros como esclavos. Se aprovechan de las madres sin marido, que apenas pueden alimentar a sus hijos con lo que les pagan. No pueden permitirse ni el lujo de quejarse.

—Ahórrese el discurso, ¿eh? —dijo frotándose los ojos—. Simplemente esto es algo que no necesito. Podría causar problemas en la cumbre.

—No me importan en absoluto sus problemas, Chester. Esta tarde mandaré una copia de esta demanda al *Memphis Press* y estoy segura de que aparecerá mañana. La prensa le presta mucha atención a la familia Sway en estos momentos.

—¿Qué quiere?

—¿Intenta negociar?

—Tal vez. No creo que pueda ganar este caso, señora Love, pero prefiero ahorrarme los dolores de cabeza.

—Será más que un dolor de cabeza para usted, se lo prometo. Mi cliente produce novecientos dólares mensuales y solo recibe entre cincuenta y sesenta. Esto equivale a mil cien anuales, y le aseguro que sus costes judiciales serán cinco veces superiores. Tendré acceso a sus cuentas personales. Obtendré declaraciones de otras empleadas. Investigaré sus libros. Conseguiré una orden judicial para revisar todos sus ficheros. Y si descubro algo indebido, se lo comunicaré a la Comisión para la Igualdad de Oportunidades en el Trabajo, la Junta Nacional de Relaciones Laborales, Hacienda, la OSHA y a cualquiera que pueda interesarle. No voy a dejarle dormir, Chester. Deseará mil veces no haber despedido a mi cliente.

—¡Maldita sea! ¿Qué es lo que quiere? —exclamó, al tiempo que golpeaba la mesa con las palmas de las manos.

Reggie cogió su maletín y se dirigió hacia la puerta.

—Quiere su empleo. Sería agradable que le subiera el sueldo, de seis a nueve dólares por hora, si puede permitírselo. Y si no puede, hágalo de todos modos. Cámbiela a otra sección, lejos de ese lascivo encargado.

Chester escuchaba atentamente. La propuesta no estaba tan mal después de todo.

—Seguirá en el hospital unas semanas y tiene cuentas que pagar, de modo que debe seguir recibiendo su salario. En realidad, Chester, quiero que se lo manden al hospital, al igual que han tenido la poca vergüenza de mandarle la notificación de despido esta mañana. Debe recibir su sueldo todos los viernes. ¿De acuerdo?

El gerente asintió lentamente.

—Dispone de treinta días para contestar la demanda. Si se porta bien y hace lo que le digo, retiraré la denuncia el día en que se cumpla dicho plazo. Le doy mi palabra. No es necesario que se lo comunique a sus abogados. ¿Trato hecho?

—Trato hecho.

—A propósito —dijo Reggie desde el umbral de la puerta—, no olvide mandar unas flores. Habitación nueve cuatro tres. Una postal tampoco estaría mal. Mejor aún, mande flores todas las semanas. ¿De acuerdo, Chester?

El hombre no dejaba de asentir.

Reggie dio un portazo y abandonó las mugrientas oficinas de Ark-Lon Fixtures.

Mark y Ricky estaban sentados al borde de la cama plegable, con la mirada fija en el rostro ceñudo y barbudo del doctor Greenway, a poco más de medio metro. Ricky llevaba un pijama que había pertenecido a Mark y una manta sobre los hombros. Como de costumbre tenía frío, estaba asustado y se sentía inseguro en su primera expedición fuera de la cama, aunque solo estaba a escasos centímetros de la misma. Además, habría preferido que su madre estuviera presente, pero el médico había insistido amablemente en hablar con los niños a solas. Greenway había dedicado casi doce horas a intentar ganarse la confianza de Ricky. Estaba sentado cerca de su hermano mayor, a quien había empezado a aburrirle aquella charla incluso antes de que comenzara.

La habitación, cuyas persianas estaban cerradas, estaba solo iluminada por la tenue luz de una pequeña lámpara, sobre una mesa junto al cuarto de baño. Greenway estaba inclinado hacia delante, con los codos sobre las rodillas.

—Ahora, Ricky, me gustaría hablar del otro día, cuando tú y Mark fuisteis al bosque a fumar un cigarrillo. ¿De acuerdo?

Eso asustó a Ricky. ¿Cómo sabía Greenway que habían estado fumando?

—No te preocupes, Ricky —dijo Mark acercándose un poco—. Ya se lo he contado. Mamá no está furiosa con nosotros.

—¿Recuerdas lo del cigarrillo? —preguntó Greenway.

—Sí, señor —respondió, asintiendo lentamente con la cabeza.

—Por qué no me cuentas lo que recuerdas, cuando tú y Mark fuisteis al bosque a fumar un cigarrillo.

Tiró de la manta que le envolvía y la arrebujó sobre el estómago con los puños cerrados.

—Tengo frío —susurró tiritando.

—Ricky, la temperatura aquí es de casi veintiséis grados. Y tú llevas un pijama de lana y estás envuelto en una manta. Procura pensar en que tienes calor, ¿de acuerdo?

Lo intentó, pero no sirvió de nada. Mark le colocó suavemente el brazo sobre los hombros y Ricky tuvo la sensación de sentirse mejor.

—¿Recuerdas lo del cigarrillo?

—Sí, creo que sí.

Mark miró a Greenway y luego a Ricky.

—Muy bien. ¿Recuerdas también un coche negro que paró entre la hierba?

De pronto Ricky dejó de tiritar y concentró la mirada en el suelo.

—Sí —farfulló.

Aquella sería la última palabra que pronunciaría en veinticuatro horas.

—¿Qué hacía aquel enorme coche negro, cuando lo viste por primera vez?

La referencia al cigarrillo le había asustado, pero el recuerdo del coche negro y del miedo que le había provocado fueron simplemente demasiado para él. Se dobló por la cintura y apoyó la cabeza sobre las rodillas de Mark. Tenía los ojos muy cerrados y empezó a sollozar, pero sin lágrimas.

—Tranquilo, Ricky, tranquilo —repetía Mark acariciándole el cabello—. Tenemos que hablar de lo ocurrido.

Greenway permanecía impasible. Cruzó sus huesudas piernas y se rascó la barba. No se esperaba otra cosa, y ya había advertido a Mark y a Dianne que aquella primera sesión no sería productiva. Pero era muy importante.

—Ricky, escúchame —dijo en un tono infantil—. Ricky, no ocurre nada. Solo quiero hablar contigo. ¿De acuerdo, Ricky?

Pero a Ricky ya le bastaba como terapia por un día. Empezó a acurrucarse bajo la manta, y Mark supo que el pulgar no podía estar muy lejos. Greenway asintió como si todo estuviera bajo control. Se puso de pie, levantó cuidadosamente a Ricky en brazos y le acostó en su cama.

17

Wally Boxx detuvo la furgoneta en medio del intenso tráfico de la calle Camp, haciendo caso omiso de los bocinazos y gestos obscenos de los demás conductores, mientras su jefe, Fink y los agentes del FBI se apeaban rápidamente en la acera frente al edificio federal. Foltrigg subió fastuosamente por la escalera seguido de su escolta. En el vestíbulo, un par de periodistas hastiados le reconocieron y empezaron a formularle preguntas, pero no estaba para monsergas y se limitó a sonreírles sin hacer comentario alguno.

Entró en las oficinas del distrito sur de Luisiana del ministerio fiscal y las secretarias entraron en acción. El espacio que tenía asignado en el edificio consistía en un conjunto de pequeños despachos conectados por pasillos, grandes áreas donde trabajaba el personal administrativo y salas subdivididas de tamaño más reducido para pasantes y secretarios. En total eran cuarenta y siete los abogados que trabajaban a las órdenes del reverendo Roy. Otros treinta y ocho subalternos se ocupaban del papeleo y la investigación rutinaria, todo ello con el propósito de proteger los derechos jurídicos del cliente de Roy: los Estados Unidos de Norteamérica.

El mayor de los despachos pertenecía, por supuesto, a Foltrigg y estaba suntuosamente decorado con madera noble y lujoso cuero. La mayoría de los abogados se asignaban una sola pared personal para fotografías, diplomas, títulos y certificados del Rotary Club, pero Roy había cubierto tres paredes con fotografías enmarcadas y diplomas amarillentos con los espacios en blanco rellenados, de centenares de conferencias jurídicas a las que había asistido. Arrojó su chaqueta sobre el sofá de cuero color borgoña y se dirigió inmediatamente a la biblioteca, donde le esperaban para celebrar una reunión.

Había llamado seis veces por teléfono durante las cinco horas de viaje desde Memphis. Se habían mandado tres faxes. Seis ayudantes esperaban alrededor de la mesa de roble de diez metros, cubierta de textos jurídicos abiertos y un número incalculable de cuadernos. Se habían quitado todos la chaqueta y llevaban las mangas de la camisa arremangadas.

Saludó a los presentes y se instaló en la presidencia. Cada uno disponía de un informe resumido de lo descubierto por el FBI en Memphis: la nota, las huellas, la pistola, todo. No había nada nuevo que Foltrigg o Fink pudieran contarles, a excepción de que Gronke estaba en Memphis, lo cual no tenía ningún interés para los presentes.

—¿Qué ha descubierto, Bobby? —preguntó dramáticamente Foltrigg, como si el futuro del sistema jurídico estadounidense dependiera de él y de lo que hubiera averiguado.

Bobby, con sus treinta y dos años de servicio, con su odio por los tribunales y su amor por las bibliotecas, era el decano de los ayudantes. En los momentos de crisis, cuando se necesitaban respuestas a cuestiones complejas, todos acudían a Bobby.

Frotó su frondosa cabellera canosa y se ajustó las gafas de montura negra. Le faltaban seis meses para la jubilación y para despreocuparse de personajes como Roy Foltrigg. Había visto ir y venir a una docena de ellos, la mayoría de los cuales se habían perdido en el anonimato.

—Bien, creo que lo hemos simplificado —declaró, ante la sonrisa de la mayoría de los presentes.

Empezaba todos los informes con las mismas palabras. Para Bobby, la investigación jurídica era un juego que consistía en eliminar los montones de escombros acumulados sobre

—incluso— el más simple de los casos, y limitar su enfoque a lo que pudiera ser fácilmente asimilable por jueces y jurados. Todo se simplificaba cuando Bobby se ocupaba de la investigación.

—Hay dos caminos, ninguno de ellos muy atractivo, pero puede que uno o ambos funcionen. En primer lugar, sugiero la vía del tribunal tutelar de menores de Memphis. Según el código de menores de Tennessee, se puede formular una solicitud ante el tribunal tutelar, alegando alguna falta por parte del menor. Hay varias categorías de faltas, y en la solicitud se debe calificar al menor como delincuente o como alguien que precisa supervisión. Se celebra una vista, se presentan las pruebas ante el juez tutelar y este determina el destino del menor. Lo mismo ocurre en los casos de malos tratos o negligencia de menores. El mismo proceso, el mismo tribunal.

—¿Quién puede presentar la solicitud? —preguntó Foltrigg.

—El estatuto es muy amplio y en mi opinión erróneo. Pero dice literalmente que puede presentarla «cualquier persona interesada».

—¿Podemos hacerlo nosotros?

—Tal vez. Depende de lo que aleguemos en la solicitud. Y esta es la parte delicada. Tenemos que alegar que el niño ha hecho o está haciendo algo reprensible, quebrantando de algún modo la ley. Y la única infracción remotamente relacionada con la conducta de ese chico es, evidentemente, obstrucción a la justicia. De modo que debemos alegar algo de lo que no estamos seguros, como el hecho de que el niño sabe dónde está el cadáver. Esto podría ser delicado, puesto que no tenemos una certeza absoluta.

—El niño sabe dónde está el cadáver —afirmó categóricamente Foltrigg.

Fink examinaba unas notas y fingió no haberle oído, pero los demás repitieron sus palabras para sus adentros. ¿Sabía Foltrigg alguna cosa que todavía no les había contado? Hubo una pausa, mientras los presentes digerían aquella aparente verdad.

—¿Nos lo ha contado todo? —preguntó Bobby después de mirar a sus compañeros.

—Sí —respondió Foltrigg—. Pero les aseguro que el niño lo sabe. Es una corazonada.

Típico de Foltrigg. Sus corazonadas eran verdades en las que los demás debían creer por acto de fe.

—El tribunal tutelar cita a la madre del niño —prosiguió Bobby— y el juicio se celebra en el plazo de siete días. El niño debe tener un abogado, y tengo entendido que ya lo tiene. Puede estar presente en la vista y declarar si lo desea —añadió mientras escribía algo en su cuaderno—. Creo sinceramente que este es el sistema más rápido para obligarle a hablar.

—¿Y si el niño se niega a subir al estrado?

—Buena pregunta —respondió Bobby, como si hablara con un estudiante de primer curso de derecho—. Depende enteramente del juez. Si aportamos argumentos convincentes y persuadimos al juez de que el niño sabe algo, está autorizado a ordenarle que hable. Si el niño se niega a hacerlo, puede incurrir en desacato al tribunal.

—Supongamos que incurra en desacato. ¿Qué sucedería entonces?

—Es difícil de prever. El niño tiene solo once años, pero el juez podría, en último recurso, ordenar su detención en un centro juvenil hasta que purgara el desacato.

—En otras palabras, hasta que hablara.

Resultaba fácil llevar a Foltrigg de la mano.

—Efectivamente. Aunque esta sería la decisión más grave que podría tomar el juez. Todavía no hemos descubierto ningún precedente del encarcelamiento de un niño de once años por desacato al tribunal. No lo hemos verificado en la totalidad de los cincuenta estados, pero lo hemos cubierto en la mayoría de ellos.

—No irá tan lejos —pronosticó tranquilamente Foltrigg—. Si presentamos una solicitud como parte interesada, mandamos la debida citación a la madre del niño y obligamos al pequeño a presentarse en el juzgado acompañado de su abogado, creo que tendrá tanto miedo que nos contará todo lo que sepa. ¿Qué opina usted, Thomas?

—Sí, creo que funcionará. Pero ¿y si no lo hace? ¿Qué es lo peor que puede ocurrir?

—El riesgo es escaso —aclaró Bobby—. Todos los procesos juveniles se celebran a puerta cerrada. Podemos solicitar que la petición se guarde bajo llave. Si inicialmente se desestima por falta de pruebas o cualquier otra razón, nadie lo sabrá. Si llegada la vista resulta que el niño no sabe nada, o que el juez se niega a obligarle a hablar, no habremos perdido nada. Pero si el niño habla, por miedo o bajo la amenaza de desacato, habremos conseguido lo que queremos. En el supuesto de que sepa algo acerca de Boyette.

—Lo sabe —afirmó Foltrigg.

—El plan no sería tan atractivo si el proceso fuera público. Daríamos una impresión de debilidad y desesperación si perdiéramos. Podría, en mi opinión, menoscabar gravemente nuestras posibilidades en el juicio de Nueva Orleans si se divulgara que hemos fracasado después de intentarlo.

Se abrió la puerta y entró Wally Boxx, que había conseguido aparcar la furgoneta; parecía molesto al comprobar que habían empezado sin él. Se instaló junto a Foltrigg.

—¿Estamos completamente seguros de que se puede hacer en privado? —preguntó Fink.

—Eso es lo que dice la ley. No sé cómo la aplican en Memphis, pero así lo establece explícitamente la ley de enjuiciamiento. Se penaliza incluso su divulgación.

—Necesitaremos un letrado local, alguien del departamento de Ord —dijo Foltrigg dirigiéndose a Fink, como si la decisión ya estuviera tomada—. Me gusta —añadió volviendo al grupo—. A estas alturas, el niño y su abogado probablemente creen que ya todo ha acabado. Esto les dará un toque de atención. Sabrán que no bromeamos. Comprenderán que tendrán que aparecer ante el juez. Su abogado se percatará de que no descansaremos hasta sonsacar la verdad al niño. Me gusta. El riesgo es escaso. La vista se celebrará a quinientos kilómetros de aquí, lejos de esos imbéciles de las cámaras. Nadie se enterará. Me gusta la idea de que no haya cámaras ni periodistas.

Dejó de hablar como si estuviera meditando, como un mariscal en el campo de batalla que reflexionara sobre sus planes y decidiera adónde mandar los tanques.

Excepto a Boxx y a Foltrigg, a todos les parecía divertida la situación. La idea de que el reverendo Roy proyectara una estrategia que no incluyera cámaras era inaudita. Él, por supuesto, no era consciente de ello. Se mordió el labio y asintió. Aquel era sin duda el mejor plan. Funcionaría.

—Existe otro enfoque posible —dijo Bobby después de aclararse la garganta—, que no me gusta, pero que vale la pena mencionar. Una posibilidad muy remota. Si asumimos que el niño sabe...

—Lo sabe.

—Muy bien. En el supuesto de que así sea y de que se lo haya confiado a su abogado, existe la posibilidad de extender contra ella un auto de procesamiento federal por obstrucción a la justicia. No es preciso que les recuerde lo difícil que resulta obligar a un abogado a violar la confianza de su cliente; es casi imposible. El auto de procesamiento se utilizaría, evidentemente, para intentar obligarla a llegar a algún tipo de acuerdo. Tengo mis dudas. Como ya he dicho, es una posibilidad muy remota.

Foltrigg lo pensó unos instantes, pero su mente estaba todavía ocupada con el primer proyecto y no llegó a digerir aquel segundo enfoque.

—Podría ser difícil obtener una condena —comentó Fink.

—Desde luego —admitió Bobby—. Pero nuestro objetivo no sería la condena. El auto de procesamiento se dictaría aquí, lejos de su casa, y creo que podría sentirse bastante intimidada. Recibiría mucha publicidad adversa por parte de la prensa. No se podría evitar que fuera del dominio público. Se vería obligada a contratar a un abogado. Podríamos prolongarlo durante muchos meses. Se podría considerar incluso la posibilidad de obtener un auto de procesamiento contra ella, archivarlo, comunicárselo y ofrecerle la posibilidad de hacer un trato a cambio de su anulación. No es más que una idea.

—Me gusta —dijo, como era previsible, Foltrigg, ya que llevaba el sello de la mano dura del gobierno, y siempre le gustaban ese tipo de estrategias—. Y podríamos anular el auto de procesamiento cuando se nos antojara.

¡Claro! La especialidad de Roy Foltrigg. Conseguir un auto de procesamiento, celebrar una conferencia de prensa, acoquinar al acusado con toda suerte de amenazas, hacer un trato y luego, al cabo de un año, anular discretamente el auto de procesamiento. En siete años lo había hecho un centenar de veces. También en algunas ocasiones le había salido el tiro por la culata, cuando el acusado o su abogado se habían negado a hacer un trato y habían insistido en que se celebrara el juicio. En tales casos, Foltrigg estaba siempre demasiado ocupado en procesos de mayor importancia y dejaba el sumario en manos de uno de sus ayudantes más expertos, que acaba por hacer un ridículo irremediable. Ineludiblemente, Foltrigg atribuía toda la responsabilidad del fracaso a su ayudante. Había llegado incluso a despedir a uno de ellos.

—Muy bien, esta es la segunda alternativa, que de momento dejaremos en reserva —declaró, en pleno control de la situación—. Nuestro primer plan de acción consistirá en presentar una solicitud ante el tribunal tutelar a primera hora de la mañana. ¿Cuánto tardará en estar lista?

—Una hora —respondió un corpulento ayudante con el portentoso nombre de Thurston Alomar Mozingo, conocido simplemente como Tank Mozingo—. La ley de enjuiciamiento describe el modelo de la petición. Lo único que debemos hacer es añadir las alegaciones y rellenar los espacios en blanco.

—Háganlo —ordenó dirigiéndose a Fink—. Usted, Thomas, se ocupará del caso. Llame a Ord por teléfono y dígale que necesitamos su ayuda. Trasládese a Memphis esta noche en avión. Quiero que presente la solicitud a primera hora de la mañana, después de hablar con el juez. Explíquele la urgencia del caso —ordenó Foltrigg, como si se tratara del rey Salomón hablando con sus escribas, mientras los demás, concluido su trabajo de investigación, recogían los papeles de la mesa—. Pídale al juez que se celebre la vista cuanto antes. Explíquele la enorme presión a la que estamos sometidos. Solicite una reserva absoluta, incluso en lo que afecte a la clausura de la petición y a todos los informes. Haga hincapié en ello. Estaré cerca del teléfono por si me necesitan.

—Escúcheme, Roy —dijo Bobby, mientras se abrochaba los puños—, hay algo más que debemos mencionar.

—¿De qué se trata?

—Estamos jugando muy duro con ese niño. No olvidemos el peligro que corre. Muldanno está desesperado. Hay periodistas por todas partes. Una filtración por aquí, otra por allá, y la mafia podría cerrarle la boca al muchacho antes de que hablara. Hay mucho en juego.

—Lo sé, Bobby —dijo Roy sonriendo, muy seguro de sí mismo—. En realidad, Muldanno ya ha mandado a sus muchachos a Memphis. El FBI los está localizando y también vigilan al niño. Personalmente, no creo que Muldanno sea tan estúpido para comprometerse, pero hemos tomado las debidas precauciones. Buen trabajo, muchachos —añadió sonriente, después de ponerse de pie—. Les estoy agradecido.

Farfullaron sus cumplidos y abandonaron la biblioteca.

En el cuarto piso del hotel Radisson, en el centro de Memphis, a dos manzanas del edificio Sterick y cinco del Saint Peter, Paul Gronke jugaba una monótona partida de naipes con Mack Bono, uno de los esbirros de Muldanno en Nueva Orleans. Bajo la mesa, abandonado, había un papel lleno de cifras. Habían jugado a dólar la partida, pero ya estaban hartos. Los zapatos de Gronke estaban sobre la cama. Su camisa desabrochada. Una nube de humo de tabaco se pegaba al techo. Bebían agua mineral porque no eran todavía las cinco, pero casi, y a la hora mágica llamarían al servicio de habitaciones. Gronke consultó su reloj, miró por la ventana al edificio situado al otro lado de la avenida Union y tiró una carta.

Gronke era amigo de la infancia de Muldanno y socio de máxima confianza en muchos de sus negocios. Era propietario de varios bares y de una tienda de ropa deportiva en el barrio francés. Había roto bastantes piernas y ayudado al Navaja en operaciones semejantes. No sabía dónde estaba enterrado Boyd Boyette, ni pensaba preguntarlo, pero si hubiera insistido, su amigo probablemente se lo habría revelado. Eran íntimos amigos.

Gronke estaba en Memphis porque el Navaja se lo había pedido. Pero estaba sumamente aburrido jugando a los naipes en la habitación de aquel hotel, sin zapatos, bebiendo agua, comiendo bocadillos y fumando Camel, a la espera del próximo paso de un chiquillo de once años.

Al otro lado de la cama de matrimonio, una puerta abierta daba a una habitación contigua donde había otras dos camas y una nube de tabaco pegada al techo. Jack Nance, junto a la ventana, contemplaba el tráfico de la hora punta en el centro de la ciudad. Sobre una mesa cercana había una radio y un teléfono sin hilos. En cualquier momento, Cal Sisson llamaría desde el hospital con las últimas noticias sobre Mark Sway. Sobre una de las camas había un maletín abierto, y Nance, de puro aburrimiento, había pasado la mayor parte de la tarde jugando con sus detectores de escucha.

Se proponía instalar un micrófono en la habitación 943. Había visto el despacho de la letrada, desprovisto de cerrojos especiales en la puerta, cámaras de televisión en el techo o cualquier otra medida de seguridad. Típico de un abogado. Le sería fácil instalar micrófonos allí. Cal Sisson había visitado el consultorio del médico y lo había encontrado por el estilo.

Una recepcionista en el vestíbulo. Sofás y sillones donde los pacientes esperaban a que les recibiera el psiquiatra. Un par de insípidos despachos a lo largo del pasillo. Ninguna medida especial de seguridad. Su cliente, ese payaso que gustaba de hacerse llamar el Navaja, había dado el visto bueno a la intervención de los teléfonos, tanto en el despacho del médico como en el de la letrada. También quería copias de ciertas fichas. Pan comido. Además, quería que se instalara un micrófono en la habitación de Ricky. Tampoco ofrecía ninguna dificultad, pero lo difícil sería recibir la transmisión cuando el micrófono estuviera instalado. Nance lo estaba estudiando.

En lo que concernía a Nance, era sencillamente un trabajo de vigilancia, ni más ni menos. El cliente pagaba unos buenos honorarios al contado. Si deseaba que siguieran a un niño, lo harían con facilidad. Y si quería escuchar conversaciones ajenas, no tenía ningún inconveniente en instalar micrófonos, siempre y cuando pagara.

Pero Nance había leído los periódicos. Y había oído rumores en la habitación contigua. No se trataba de una simple operación de vigilancia. No hablaban de piernas ni de brazos rotos mientras jugaban a los naipes. Eran unos individuos muy peligrosos, y Gronke ya había hablado de llamar a Nueva Orleans para pedir refuerzos.

Cal Sisson estaba listo para darse el bote. Acababa de salir de la condicional y otra condena le supondría décadas de encarcelamiento. Si le condenaban por complicidad en un asesinato, pasaría el resto de su vida en la cárcel. Nance le había convencido para que aguantara un día más.

Sonó el teléfono sin hilos. Era Sisson. La letrada acababa de llegar al hospital. Mark Sway estaba en la habitación 943, con su madre y la letrada.

Nance dejó el teléfono sobre la mesa y se dirigió a la habitación contigua.

—¿Quién era? —preguntó Gronke, con un Camel entre los labios.

—Cal. El muchacho sigue en el hospital, ahora con su madre y la letrada.

—¿Dónde está el médico?

—Salió hace una hora.

Nance se acercó a la cómoda y se sirvió un vaso de agua.

—¿Algún rastro de los federales? —refunfuñó Gronke.

—Sí. La misma pareja deambula por el hospital. Supongo que haciendo lo mismo que nosotros. El hospital ha colocado dos guardias de seguridad en la puerta y otro cerca de la misma.

—¿Creéis que el niño les ha hablado de su encuentro conmigo esta mañana? —preguntó Gronke por centésima vez.

—Se lo ha contado a alguien. De no ser así, ¿por qué rodearían de pronto su habitación de guardias de seguridad?

—Sí, pero los guardias de seguridad no son agentes del FBI. Si se lo hubiera contado a los federales, ¿no creéis que estarían de guardia en el pasillo?

—Desde luego.

Esa misma conversación se había repetido a lo largo del día. ¿A quién se lo había contado el niño? ¿Por qué habían aparecido de pronto guardias en la puerta...? Gronke nunca se saciaba.

A pesar de su arrogancia y de su aspecto de chulo callejero, parecía ser bastante paciente. Nance suponía que era propio de su profesión. Los asesinos debían tener sangre fría y paciencia.

18

Se marcharon del hospital en el Mazda RX 7 de Reggie, el primer coche deportivo al que Mark se subía. La tapicería era de cuero, pero el suelo estaba sucio. A pesar de no ser nuevo, el coche era emocionante y tenía un cambio de marchas manual, que ella manipulaba como un veterano piloto de fórmula uno. Dijo que le gustaba conducir deprisa, y a Mark le encantaba. Ya casi había oscurecido. La radio, apenas audible, estaba sintonizada en una emisora de FM especializada en música ligera.

Ricky estaba despierto cuando abandonaron el hospital. Miraba unos dibujos animados sin decir gran cosa. Sobre la mesa había una bandeja con la insípida comida del hospital, que ni Ricky ni Dianne habían tocado. Mark había comprobado que su madre apenas había probado bocado en los dos últimos días. Le daba pena verla sentada en la cama, con la mirada fija en Ricky y terriblemente preocupada. La noticia de Reggie sobre el trabajo y el aumento de sueldo la había hecho sonreír. Luego había llorado.

Mark estaba harto de llanto, de guisantes fríos, de aquella habitación oscura y abigarrada, y sentía remordimientos por haberla abandonado, pero le encantaba estar en aquel coche deportivo, con la esperanza de encontrarse al final del trayecto con una buena comida caliente. Clint le había hablado de raviolis y de lasaña de espinacas, y por alguna razón aquellos deliciosos platos le habían quedado grabados en la mente. Puede que incluso hubiera pastel y algunas galletas. Pero si mamá Love le daba de comer patatas cocidas, tal vez se las arrojaría a la cabeza.

Mientras estas ideas ocupaban la mente de Mark, Reggie pensaba en la posibilidad de que la siguieran. No dejaba de dirigir miradas fugaces al retrovisor. Conducía muy de prisa, filtrándose entre los demás coches y cambiando permanentemente de carril, sin que a Mark le importara en absoluto.

—¿Crees que mi madre y Ricky están a salvo? —preguntó mientras contemplaba los coches que tenían delante.

—Sí. No te preocupes por ellos. El hospital ha prometido que los guardias no se moverán de la puerta.

Reggie había hablado con George Ord, su nuevo amigo, para manifestarle su preocupación por la seguridad de la familia Sway. No mencionó ninguna amenaza específica, a pesar de que Ord se lo preguntó. Le explicó que la familia recibía demasiada atención no deseada. Muchos chismes y rumores, generados en su mayoría por la frustración de los medios de información. Ord habló con McThune y luego la llamó para decirle que el FBI estaría cerca de la habitación sin ser visto. Ella se lo agradeció.

A Ord y a McThune les divertía la situación. El FBI ya tenía agentes en el hospital, pero ahora les habían invitado.

El coche giró de pronto a la derecha en un cruce y chirriaron los neumáticos. Mark se rió y ella soltó una carcajada, como si se estuvieran divirtiendo, pero Reggie tenía un nudo en el estómago. Estaban en una calle secundaria, con casas antiguas y enormes robles.

—Este es mi barrio —dijo Reggie.

Era sin duda más bonito que el de Mark. Giraron de nuevo para entrar en otra calle más estrecha, con casas de dos o tres plantas, aunque de menor tamaño que las anteriores, amplios jardines e impecables setos.

—¿Por qué llevas a tus clientes a tu casa? —preguntó Mark.

—No lo sé. La mayoría de mis clientes son niños de hogares con problemas. Supongo que me inspiran compasión. Me siento apegada a ellos.

—¿Sientes compasión por mí?

—Un poco. Pero tú tienes suerte, Mark, mucha suerte. Tienes una buena madre, que te quiere muchísimo.

—Sí, supongo que sí. ¿Qué hora es?

—Casi las seis. ¿Por qué?

—Hace cuarenta y nueve horas que Jerome Clifford se quitó la vida —respondió Mark, después de contar las horas—. Ojalá hubiéramos echado a correr cuando vimos el coche.

—¿Por qué no lo hicisteis?

—No lo sé. Tuve la sensación de que debía hacer algo cuando comprendí lo que se proponía. No podía abandonarle. Estaba a punto de morir y yo no podía limitarme a ignorarlo. Algo me atraía repetidamente hacia su coche. Ricky lloraba y me suplicaba que lo dejara, pero no podía hacerlo. Es todo culpa mía.

—Tal vez, pero ya no puedes cambiarlo, Mark. Lo hecho, hecho está —dijo mientras miraba por el retrovisor, sin ver nada.

—¿Crees que saldremos bien parados de esta situación? Me refiero a Ricky, a mí y a mi madre. Cuando todo haya terminado, ¿crees que las cosas volverán a ser como antes?

Redujo la velocidad y entró en un estrecho camino privado, guarnecido de frondosos setos sin podar.

—Ricky se pondrá bien. Puede que tarde algún tiempo, pero se recuperará. Los niños son muy resistentes, Mark. Lo veo todos los días.

—¿Y yo?

—Todo se solucionará, Mark. Confía en mí.

El Mazda se detuvo frente a una enorme casa de dos plantas, con un pórtico en la fachada. Las flores y los matorrales llegaban hasta las ventanas. La hiedra cubría un costado del pórtico.

—¿Es esta tu casa? —preguntó Mark casi pasmado.

—Mis padres la compraron hace cincuenta y tres años, un año antes de que yo naciera. Aquí fue donde me crié. Mi padre murió cuando yo tenía quince años, pero mamá Love, bendita sea, todavía está con nosotros.

—¿La llamas mamá Love?

—Todo el mundo la llama mamá Love. Tiene casi ochenta años y está en mejor forma que yo. ¿Ves esas tres ventanas encima del garaje? —preguntó, mientras señalaba hacia la parte posterior de la casa—. Ahí es donde yo vivo.

Al igual que el resto de la casa, el garaje necesitaba una buena capa de pintura. Ambos edificios eran antiguos y hermosos, pero los parterres estaban llenos de hierbajos y la hierba crecía en las grietas del camino.

Entraron por una puerta lateral y a Mark le llegó inmediatamente el olor de la cocina. De pronto sintió que estaba muerto de hambre. Les recibió una mujer bajita, con el cabello gris recogido en una cola de caballo y los ojos oscuros; abrazó a Reggie.

—Mamá Love, te presento a Mark Sway —dijo Reggie, mientras señalaba en dirección a Mark.

Eran ambos exactamente de la misma altura, y mamá Love le dio un abrazo y un beso en la mejilla. Mark se mantuvo rígido, sin saber cómo reaccionar ante una desconocida de ochenta años.

—Encantada de conocerte, Mark —dijo la anciana, con una voz potente muy parecida a la de Reggie—. Siéntate aquí —añadió, mientras le llevaba del brazo a una silla de la cocina—, te traeré algo de beber.

Reggie le sonrió, como diciendo: «Limítate a obedecerla, porque no tienes otra alternativa». Colgó su paraguas en el perchero tras la puerta y dejó su maletín en el suelo.

La cocina era pequeña, con las paredes cubiertas de armarios y estanterías. Del fogón manaba vapor. En el centro había una mesa de madera con cuatro sillas, y sobre la misma ollas y sartenes que colgaban de una viga. La cocina estaba caliente y despertaba inmediatamente el apetito.

Mark se sentó en la silla más próxima y observó cómo mamá Love sacaba un vaso de un armario, abría el frigorífico, llenaba el vaso de hielo y luego le añadía té de una tetera.

Reggie se quitó los zapatos y empezó a remover el contenido de una olla. Ella y mamá Love no dejaban de charlar sobre cómo habían pasado el día y quién había llamado. Un gato se acercó a la silla de Mark y le observó.

—Se llama Axle —dijo mamá Love, mientras le servía el granizado de té con una servilleta de ropa—. Tiene diecisiete años y es muy cariñosa.

Mark se tomó el té sin prestarle atención a Axle. No le gustaban los gatos.

—¿Cómo está tu hermano? —preguntó mamá Love.

—Mucho mejor —respondió, de pronto preocupado por lo que Reggie pudiera haberle contado a su madre, pero enseguida se relajó al pensar que si Clint sabía poca cosa, con toda probabilidad mamá Love todavía sabría menos—. Hoy ha empezado a hablar —añadió después de tomar otro trago de té, al percatarse de que esperaba una respuesta más larga.

—¡Cuánto me alegro! —exclamó con una radiante sonrisa, al tiempo que le daba unos golpecitos en el hombro.

Reggie se sirvió un té de otra tetera, y le agregó azúcar y limón. Se sentó frente a Mark, y Axle se instaló inmediatamente sobre sus rodillas. Mientras se tomaba el té y acariciaba al gato, empezó a quitarse lentamente las joyas. Estaba cansada.

—¿Tienes hambre? —preguntó mamá Love, mientras andaba de un lado para otro de la cocina, abriendo el horno, removiendo el contenido de la olla y cerrando un cajón.

—Sí, señora.

—Es muy agradable encontrarse con un niño bien educado —dijo mamá Love, mientras hacía una pausa para sonreírle—. La mayoría de los niños con los que trata Reggie son unos mal educados. No había oído «sí, señora» en esta casa desde hace muchos años.

Volvió inmediatamente a sus ocupaciones, enjuagando una sartén y dejándola en el fregadero.

—Hace tres días que Mark come solo lo que le dan en el hospital, mamá Love, y quiere saber lo que guisas —dijo Reggie, mientras le guiñaba un ojo a Mark.

—Es una sorpresa —respondió al tiempo que abría el horno, del que emergió un fuerte aroma a carne, queso y tomates—. Pero creo que te gustará, Mark.

Mark estaba seguro de que le gustaría. Reggie volvió a guiñarle el ojo, mientras ladeaba la cabeza para quitarse unos pequeños pendientes de diamante.

El montón de joyas que tenía delante incluía media docena de brazaletes, unos pendientes, un collar y dos anillos. Axle también observaba. Ahora mamá Love cortaba algo sobre un tablero, con un enorme cuchillo. Dio media vuelta y colocó delante de Mark un cesto de pan caliente con mantequilla y ajo.

—Hago pan todos los miércoles —dijo dándole nuevamente unos golpecitos en el hombro, antes de volver a acercarse al fogón.

Mark cogió la rebanada más grande y le dio un mordisco. Al contrario del pan que había estado comiendo, aquel era tierno y estaba caliente. La mantequilla y el ajo se fundieron inmediatamente en su boca.

—Mamá Love es cien por cien italiana —dijo Reggie, mientras acariciaba a Axle—. Tanto su madre como su padre nacieron en Italia y emigraron a este país en 1902. Yo soy medio italiana.

—¿Quién era el señor Love? —preguntó Mark, con los dedos y los labios llenos de mantequilla.

—Un muchacho de Memphis. Se casaron cuando ella tenía dieciséis años...

—Diecisiete —rectificó mamá Love sin volver la cabeza.

En aquel momento mamá Love ponía los platos y las fuentes sobre la mesa.

—¿Cuándo estará lista la cena? —preguntó Reggie, mientras recogía sus joyas y empujaba al gato al suelo.

—Dentro de un minuto.

—Voy a cambiarme de ropa. Vuelvo enseguida —dijo Reggie.

Axle se había sentado sobre los pies de Mark y restregaba la cabeza contra sus tobillos.

—Siento muchísimo lo de tu hermano —dijo mamá Love mirando hacia la puerta para asegurarse de que Reggie se había ausentado.

Mark se tragó el pan que tenía en la boca y se secó los labios con la servilleta.

—Se repondrá. Tenemos unos buenos médicos.

—Y el mejor abogado del mundo —afirmó mamá Love sin sonreír.

—Estoy seguro de ello —respondió lentamente Mark.

Después de asentir, se dirigió al fregadero.

—¿Qué diablos visteis en el bosque?

Mark tomó un sorbo de té y contempló su cola de caballo canosa. Aquella podría ser una noche muy larga, repleta de preguntas, y decidió resolverlo cuanto antes.

—Reggie me ha dicho que no hable de ello —respondió mientras mordía otra rebanada de pan.

—Eso es lo que siempre dice, pero puedes hablar conmigo. Todos los niños con los que trata lo hacen.

En las últimas cuarenta y nueve horas había aprendido mucho sobre los interrogatorios. Convenía mantener en vilo al interlocutor. Cuando las preguntas se repetían, lo mejor era hacer otras por cuenta propia.

—¿Con qué frecuencia trae niños a casa?

Separó suavemente la olla del fogón y reflexionó unos instantes.

—Puede que un par de veces al mes. Quiere que coman

bien, y se los trae a mamá Love. A veces se quedan a pasar la noche. Hubo una niña que se quedó un mes en casa. Daba mucha pena. Se llamaba Andrea. El tribunal la retiró de sus padres porque adoraban a Satán, con sacrificios animales y todo lo demás. Era una niña muy triste. Durmió arriba, en la antigua habitación de Reggie, y lloró cuando tuvo que marcharse. Me destrozó el corazón. «No vuelvas a traerme a ningún niño», le dije a Reggie después de aquello. Pero Reggie hace lo que le da la gana. ¿Sabes que tú realmente le gustas?

—¿Qué ocurrió con Andrea?

—Volvió con sus padres. Rezo por ella todos los días. ¿Vas a la iglesia?

—Algunas veces.

—¿Eres un buen católico?

—No. Bueno, el caso es que no estoy seguro de qué clase de Iglesia es. Pero no es católica. Creo que es anabaptista. Vamos de vez en cuando.

Mamá Love le escuchaba con mucha atención, terriblemente confundida por el hecho de que no supiera de qué Iglesia se trataba.

—Tal vez debería llevarte a mi iglesia, San Lucas. Es hermosa. Los católicos saben cómo construir iglesias bellas.

Mark asintió, aunque no se le ocurrió nada que decir. En un santiamén, mamá Love olvidó lo de las iglesias para volver a concentrarse en el fogón, abrir la puerta del horno y examinar la comida con una concentración digna del doctor Greenway. Susurró algo para sus adentros, y era evidente que se sentía satisfecha.

—Lávate las manos, Mark, al fondo del pasillo. Hoy en día los pequeños no se lavan las manos tanto como deberían. Date prisa.

Mark se llevó el último trozo de pan a la boca y siguió a Axle al cuarto de baño.

Cuando regresó, Reggie estaba sentada a la mesa repasando un montón de correspondencia. La cesta estaba nuevamente llena de pan. Mamá Love abrió el horno y sacó una fuente cubierta con papel de aluminio.

—Es lasaña —dijo Reggie con cierta anticipación.

Mamá Love empezó a contar una breve historia acerca del plato, mientras lo cortaba en porciones y las servía con una enorme cuchara. El recipiente humeaba.

—En mi familia nos hemos transmitido la receta de generación en generación, a lo largo de los siglos —declaró mirando fijamente a Mark, como si le importara la historia de aquel plato, cuando lo único que deseaba era comérselo—. Procede de nuestro país de origen. Cuando yo tenía solo diez años, ya era capaz de prepararlo para mi padre —añadió mientras Reggie levantaba la mirada al cielo y le guiñaba el ojo a Mark—. Tiene cuatro capas, cada una con un queso distinto.

Puso en cada uno de los platos un cuadrado perfecto. Los cuatro quesos se habían entremezclado y sobresalían por los costados.

Sonó el teléfono situado sobre una de las superficies de la cocina y Reggie acudió a contestarlo.

—Come, Mark, si te apetece —dijo mamá Love, acercándole majestuosamente el plato—. Puede pasarse la vida al teléfono —añadió al tiempo que gesticulaba en dirección a Reggie.

Reggie escuchaba y susurraba junto al auricular. Era evidente que se trataba de una conversación privada.

Mark cortó un enorme pedazo con el tenedor, sopló solo lo suficiente para que dejara de humear y se lo llevó cautelosamente a la boca. Lo masticó con lentitud para saborear la deliciosa salsa de carne, los quesos y quién sabe qué otros ingredientes. Incluso las espinacas eran suculentas.

Mamá Love observaba y esperaba. Se sirvió un segundo vaso de vino y lo mantuvo a medio camino de la mesa a su boca, en espera de la reacción a la receta secreta de su abuela.

—Está riquísimo —exclamó Mark, cuando iba a por su segundo bocado—. Riquísimo.

La única vez que había probado lasaña, hacía aproximadamente un año, su madre había sacado una bandeja de plástico del microondas y había servido la cena. Congelados Swanson o algo por el estilo. Recordaba un gusto pegajoso que en nada se parecía a lo que estaba comiendo.

—¿Te gusta? —preguntó mamá Love, mientras tomaba un sorbo de vino.

Mark asintió con la boca llena y mamá Love se sintió satisfecha. Tomó un pequeño bocado.

Reggie colgó el teléfono y volvió a la mesa.

—Tengo que ir a la ciudad —dijo—. La policía ha vuelto a detener a Ross Scott por robar en las tiendas. Está en una celda llorando por su madre, pero no logran localizarla.

—¿Cuánto tardarás? —preguntó Mark, con el tenedor paralizado en el aire.

—Un par de horas. Acaba de comer y charla con mamá Love. Más tarde te llevaré al hospital.

Le dio unos golpecitos en el hombro y se marchó.

Mamá Love guardó silencio hasta que oyó el motor del coche de Reggie.

—¿Qué diablos visteis en el bosque? —preguntó entonces.

Mark se llevó un trozo de lasaña a la boca, la masticó lentamente mientras ella esperaba y luego tomó un largo trago de té.

—Nada. ¿Cómo prepara este plato? Es delicioso.

—Es una receta muy antigua.

Tomó un sorbo de vino y habló durante diez minutos de la salsa. Luego la emprendió con los quesos.

Mark no oía una palabra.

Mark acabó de comerse el melocotón en almíbar con helado, mientras mamá Love recogía la mesa y cargaba el lavavajillas. Le dio de nuevo las gracias, declaró por décima vez lo deliciosa que estaba la comida y cuando se puso de pie le dolía la barriga. Había estado una hora sentado. En su casa se solía cenar en diez minutos. La mayoría de los días tomaban comida precocinada calentada al microondas, sobre una bandeja de plástico, frente al televisor. Dianne estaba demasiado cansada para cocinar.

Mamá Love miró con satisfacción el plato vacío y le mandó a la sala de estar, mientras acababa de limpiar. El televisor era en color, pero sin control remoto. No tenían televisión por cable. Sobre el sofá colgaba un gran retrato familiar. Le llamó la atención y se acercó para examinarlo. Era una vieja fotografía de la familia Love, amarillenta, con un grueso marco de madera labrada. El señor y señora Love estaban en el sofá de un estudio, junto a dos niños con el cuello almidonado. Mamá Love tenía el cabello oscuro y una hermosa sonrisa. El señor Love, que le pasaba más de un palmo, estaba rígido y sin sonreír. Los niños se sentían evidentemente incómodos con sus corbatas y camisas almidonadas. Reggie estaba entre sus padres, en el centro de la fotografía. Con su sonrisa hermosa y traviesa, era evidente que ocupaba el centro de la atención familiar, y eso le producía una enorme satisfacción. Tenía diez u once años, aproximadamente la edad de Mark, y el rostro de aquella hermosa niña cautivó su atención y le cortó la respiración. Él la miraba y ella parecía sonreírle. Sus ojos estaban llenos de picardía.

—Hermosos niños, ¿no te parece? —dijo mamá Love, que acababa de acercarse sigilosamente para admirar a la familia.

—¿Cuándo se tomó esta fotografía? —preguntó Mark sin dejar de admirarla.

—Hace cuarenta años —respondió lentamente, casi con tristeza—. Entonces éramos todos jóvenes y felices.

Se sentó junto a él, brazo contra brazo, hombro contra hombro.

—¿Dónde están los chicos?

—Joey, el de la derecha, es el mayor. Era piloto de pruebas en las fuerzas aéreas y murió en 1964, en un accidente de aviación. Es un héroe.

—Cuánto lo siento —susurró Mark.

—Bennie, a la izquierda, tiene un año menos que Joey. Es biólogo marino y vive en Vancouver. Nunca viene a visitar a su madre. Estuvo aquí hace un par de años, por Navidad, y volvió a marcharse. No ha estado nunca casado, pero creo que está bien. Tampoco me ha dado ningún nieto. Los únicos son los de Reggie —dijo mientras cogía una foto enmarcada de 13 × 18, que estaba junto a una lámpara sobre la mesa, para mostrársela a Mark.

Eran fotos de graduación, con gorros azules y togas. La niña era atractiva. El niño tenía el pelo desordenado, barba de adolescente y verdadero odio en la mirada.

—Son los hijos de Reggie —aclaró mamá Love sin el más mínimo indicio de amor ni de orgullo—. El chico estaba en la cárcel, la última vez que supimos de él. Por vender drogas. De pequeño era un buen chico, pero luego cayó bajo la influencia de su padre y se estropeó. Ocurrió después del divorcio. La niña está en California, donde intenta convertirse en actriz, cantante, o algo por el estilo, o por lo menos eso es lo que dice, pero también ha tenido problemas con las drogas y no solemos tener noticias suyas. También era una niña encantadora. Hace casi diez años que no la he visto. ¿No es increíble? Mi única nieta. Es muy triste.

Mamá Love se estaba tomando su tercer vaso de vino y charlaba con gran soltura. Después de hablar lo suficiente de su propia familia, puede que decidiera interesarse por la de Mark. Y después de charlar de sus respectivas familias, tal vez llegarían a lo que había visto exactamente en el bosque.

—¿Por qué no la ha visto en diez años? —preguntó Mark solo por decir algo.

Era una pregunta realmente estúpida, cuya respuesta podía durar horas. Le dolía la barriga como consecuencia del festín y lo único que deseaba era tumbarse en el sofá y que le dejaran tranquilo.

—Regina, es decir Reggie, la perdió cuando tenía unos trece años. Estaban en plena pesadilla del divorcio. Su marido perseguía a otras mujeres, tenía amantes por todas partes, incluso le sorprendieron con una atractiva enfermera en el hospital, pero el divorcio fue una horrible pesadilla y Reggie llegó al extremo de ser incapaz de soportarlo. Joe, su ex marido, era un buen chico cuando se casaron, pero luego ganó un montón de dinero y adoptó la actitud típica de los médicos. Ya puedes imaginártelo, cambió. Se le subió el dinero a la cabeza —dijo, antes de hacer una pausa para tomar un sorbo de vino—. Fue terrible, verdaderamente terrible. Pero les echo de menos. Son mis únicos nietos.

No tenían aspecto de nietos, especialmente el chico, que parecía un gamberro.

—¿Qué le ha ocurrido al chico? —preguntó Mark después de unos segundos de silencio.

—Bueno. —Suspiró como si detestara hablar de ello, pero dispuesta a hacerlo de todos modos—. Tenía dieciséis años cuando cayó en manos de su padre, ya completamente descarriado. Su padre, que era ginecólogo, no tenía tiempo para sus hijos, y los niños necesitan un padre, ¿no crees? El niño, Jeff, se descontroló muy temprano. Entonces el padre, con un montón de dinero y muchos abogados, logró que ingresaran a Regina, se quedó con los hijos y Jeff se encontró más o menos solo. Con el dinero de su padre, claro está. Acabó el bachillerato casi a punta de pistola y en menos de seis meses le cogieron con un montón de drogas —dijo, antes de dejar repentinamente de hablar. Mark pensó que se echaría a llorar, pero solo tomó un sorbo de vino—. La última vez que le di un abrazo fue cuando acabó el bachillerato. Vi su fotografía en los periódicos cuando tuvo problemas, pero nunca nos llamó ni se puso en contacto con nosotras. Han transcurrido diez años, Mark. Sé que moriré sin volver a verle.

Se frotó los ojos, y Mark habría querido encontrar un agujero donde esconderse.

—Ven conmigo —dijo entonces mamá Love cogiéndole del brazo—. Vamos a sentarnos en la terraza.

Mark la siguió por un estrecho pasillo, por la puerta principal y se sentaron en un balancín de la terraza. Estaba oscuro y el aire era fresco. Se mecieron suavemente en silencio. Mamá Love saboreaba su vino.

—Cuando Joe se quedó con los niños —prosiguió mamá Love—, destrozó simplemente sus vidas. Les dio un montón de dinero. Llevaba a sus múltiples amantes a su casa. Presumía ante sus hijos. Les compró coches. Amanda quedó embarazada en el instituto y le arregló un aborto.

—¿Por qué cambió Reggie de nombre? —preguntó educadamente con la esperanza de que cambiara de tema.

—Pasó varios años entrando y saliendo de instituciones psiquiátricas. Esto ocurrió después del divorcio, y te aseguro, Mark, que estaba muy mal. Yo lloraba todas las noches en la cama, pensando en mi hija. Vivió conmigo casi todo el tiempo. Tardó años, pero finalmente lo superó. Mucho tratamiento. Mucho dinero. Mucho amor. Y un buen día decidió que la pesadilla había terminado, que se repondría, que seguiría adelante y que se crearía una nueva vida. De ahí que se cambiara el nombre. Acudió al registro y lo formalizó legalmente. Se arregló unas habitaciones sobre el garaje. Me dio estas fotografías, porque no quiere verlas. Ingresó en la facultad de derecho. Se convirtió en otra persona, con una nueva identidad y un nuevo nombre.

—¿Siente rencor?

—Procura evitarlo. Perdió a sus hijos y eso es algo de lo que ninguna madre puede reponerse. Pero intenta no hablar de ello. Su padre les lavó el cerebro y ella no significa nada para ellos. Evidentemente detesta a su ex marido, y creo que probablemente es sano que lo haga.

—Es muy buena abogada —dijo Mark, como si hubiera contratado y despedido personalmente a muchos de ellos.

Mamá Love se acercó, demasiado para el gusto de Mark. Le acarició la rodilla y eso le irritó enormemente, pero era una amable anciana y no tenía malas intenciones. Había enterrado a su hijo y perdido a su único nieto, de modo que decidió tener paciencia con ella. Era una noche sin luna. Una suave brisa movía las hojas de los enormes robles oscuros, entre la terraza y la calle. No ansiaba volver al hospital y decidió que aquello era, después de todo, bastante agradable. Miró a mamá Love con una sonrisa, pero ella tenía la mirada perdida en la oscuridad, inmersa en sus propios pensamientos. Un grueso edredón cubría el balancín.

Supuso que intentaría volver al tema de Jerome Clifford y quería evitarlo a toda costa.

—¿Por qué tiene Reggie a tantos niños como clientes? —preguntó.

—Porque algunos necesitan a un abogado —respondió sin dejar de acariciarle la rodilla—, aunque muchos no lo sepan. Y la mayoría de los abogados están demasiado enfrascados en ganar dinero para ocuparse de los críos. Ella quiere ayudar. Nunca dejará de culparse a sí misma por haber perdido a sus hijos y simplemente quiere ayudar a los demás. Desea proteger a sus pequeños clientes.

—Le he pagado muy poco dinero.

—No te preocupes, Mark. Todos los meses Reggie acepta por lo menos dos casos gratuitos. Lo denominan *pro bono* y significa que el abogado trabaja gratis. Si no le hubiera interesado el caso, no lo habría aceptado.

Mark estaba familiarizado con el concepto de *pro bono*. La mitad de los abogados de la televisión trabajaban en casos por los que no recibirían honorario alguno. La otra mitad se acostaban con mujeres hermosas y comían en restaurantes de lujo.

—Reggie tiene alma, Mark, conciencia —prosiguió sin dejar de acariciarle y con el vaso ya vacío, pero con el habla clara y la mente aguda—. Trabaja gratis si cree en su cliente. Y algunos de sus clientes pobres, Mark, te rompen el corazón. Nunca dejo de llorar por algunos de ellos.

—Se siente orgullosa de ella, ¿no es cierto?

—Desde luego, Mark. Reggie estuvo a punto de morir hace unos años, durante el divorcio. Casi la perdí. Luego, para ayudarla a recuperarse, me quedé casi sin un centavo. Pero mírala ahora.

—¿Cree que volverá a casarse?

—Tal vez. Ha salido con un par de hombres, pero nada serio. Para ella las relaciones no son prioritarias. Lo que más le importa es su trabajo. Como esta noche. Son casi las ocho y ha acudido a los calabozos de la policía, para entrevistarse con un pequeño rufián al que han sorprendido robando en las tiendas. Me pregunto de qué hablarán los periódicos mañana.

Deportes, esquelas, lo habitual. Mark se movió nervioso y esperó. Era vidente que debía decir algo.

—Quién sabe.

—¿Qué impresión te causó ver tu foto en primera plana?

—No me gustó.

—¿De dónde sacaron las fotografías?

—Eran antiguas fotos de la escuela.

Hubo una larga pausa. Las cadenas del balancín crujían con su suave vaivén.

—¿Qué impresión te causó estar cerca de ese hombre que acababa de quitarse la vida de un disparo?

—Me dio mucho miedo, pero para serle sincero, mi médico me ha dicho que no hable de ello porque puede perturbarme. Fíjese en mi hermano. Lo mejor será que no hablemos de ello.

—Claro, claro —repitió, dándole unos golpecitos más vigorosos.

Mark se dio impulso con los dedos de los pies y aceleró un poco el balancín. Su estómago estaba todavía lleno y de pronto le entró sueño. Ahora mamá Love tarareaba. Aumentó la brisa y Mark se estremeció.

Reggie los encontró en el balancín de la terraza meciéndose suavemente. Mamá Love tomaba café y acariciaba el hombro

a Mark, que estaba acurrucado junto a ella, con la cabeza sobre sus rodillas y las piernas bajo el edredón.

—¿Cuánto hace que duerme? —preguntó en un susurro.

—Más o menos una hora. Primero le entró frío y luego se
durmió. Es un niño encantador.

—Desde luego. Llamaré a su madre al hospital y veré si
puede quedarse aquí esta noche.

—Comió hasta saciarse. Le preparé un buen desayuno
por la mañana.

19

La idea era de Trumann y era maravillosa. Funcionaría y, por consiguiente, Foltrigg se apoderaría inmediatamente de la misma para atribuírsela como propia. La vida junto al reverendo Roy consistía en una serie de ideas y méritos robados, cuando tenían éxito. Pero se culpaba de los fracasos a Trumann y a sus colaboradores, a los subordinados de Foltrigg, a la prensa, al jurado, a la corrupción de la defensa y en general a cualquiera, a excepción del gran hombre.

Sin embargo, Trumann había mimado y manipulado muchas veces los egos de esos señorones, y sabría sin duda cómo ocuparse de ese cretino.

Era tarde, y al levantar un trozo de lechuga de su ensalada de gambas, en el oscuro rincón de una marisquería, se le ocurrió la idea. Llamó en primer lugar al despacho privado de Foltrigg y nadie contestó el teléfono. Luego marcó el número de la biblioteca y respondió Wally Boxx. Eran las nueve y media, y Wally le explicó que él y su jefe estaban inmersos en un montón de textos jurídicos, como un par de maníacos del trabajo obsesionados por los detalles. Una jornada laboral como cualquier otra. Trumann dijo que se reuniría con ellos en diez minutos.

Abandonó la ruidosa marisquería y avanzó apresuradamente entre la muchedumbre de la calle Canal. Septiembre en Nueva Orleans era uno más de los bochornosos meses de verano. Después de dos manzanas, se quitó la chaqueta y aceleró el paso. Al cabo de otras dos manzanas, su camisa estaba húmeda y pegada al cuerpo.

Mientras se abría paso entre la multitud de turistas que deambulaban por la calle con sus cámaras y chillonas camisetas, se preguntó por enésima vez qué impulsaría a tanta gente a venir a aquella ciudad para gastarse el dinero que habían ganado con el sudor de su frente en diversiones baratas y comida a precios abusivos. El turista medio que circulaba por la calle Canal llevaba calcetines negros, zapatillas blancas, le sobraban veinte kilos, y Trumann suponía que al regresar a su casa presumiría, ante sus amigos menos privilegiados, de la deliciosa cocina que solo él había descubierto y degustado en Nueva Orleans. Tropezó con una robusta mujer que llevaba una caja negra pegada al rostro. Se encontraba en realidad junto al borde de la acera, desde donde filmaba una tienda de recuerdos baratos, con sugestivos carteles en el escaparate. ¿Qué clase de persona querría ver el vídeo de una tienducha en el barrio francés? Los estadounidenses habían dejado de disfrutar de sus vacaciones. Se limitaban a filmarlas para despreocuparse de las mismas durante el resto del año.

Trumann había solicitado el traslado. Estaba harto de turistas, del tráfico, de la humedad, del crimen y, especialmente, de Roy Foltrigg. Giró junto a Rubinstein Brothers y se dirigió hacia Poydras.

A Foltrigg no le asustaba el trabajo. Lo hacía con naturalidad. Había comprendido en la facultad de derecho que no era un genio y que si quería triunfar debía trabajar más que los demás. Estudió como un energúmeno y acabó entre el montón. Pero le habían elegido presidente de la unión de estudiantes y, en alguna de sus paredes, había un diploma enmarcado en roble que así lo certificaba. Su carrera como animal político empezó en aquel momento, cuando sus condiscípulos le eligieron como presidente, cargo desconocido e ignorado por la mayoría. Las posibilidades de empleo habían sido escasas para el joven Roy y, en el último momento, había logrado convertirse en ayudante del fiscal de Nueva Orleans. Quince mil dólares anuales en 1975. En dos años se ocupó de más casos que los de todos los demás fiscales unidos. Trabajó. Dedicó muchísimas horas a una labor monótona porque tenía ambiciones. Era una estrella, aunque nadie se había dado cuenta de ello.

Empezó a inmiscuirse en la política republicana a nivel local, un pasatiempo solitario, y aprendió las reglas del juego. Conoció a gente rica y poderosa, y consiguió un trabajo en un bufete privado. Dedicó un número increíble de horas a su profesión y acabó por convertirse en socio del bufete. Se casó con una mujer a la que no amaba pero que era de buena familia, y una esposa aporta respetabilidad. Roy progresaba. Se labraba un porvenir.

Seguía casado con ella, aunque dormían en habitaciones separadas. Sus hijos tenían diez y doce años. Una familia ejemplar.

Prefería el despacho a su casa, lo cual se ajustaba espléndidamente a los deseos de su esposa, que no sentía ninguna atracción por él pero sí por su salario.

La mesa de conferencias de Roy estaba nuevamente cubierta de textos jurídicos y cuadernos. Wally se había quitado la chaqueta y la corbata. La sala estaba llena de tazas de café vacías. Estaban ambos cansados.

La ley era bastante clara: todo ciudadano está obligado ante la sociedad a ofrecer su testimonio para ayudar al cumplimiento de la ley. Además, no se exime al testigo de su obligación de declarar por temor a represalias contra él o su familia. Estaba, como suele decirse, en blanco y negro, ratificado por centenares de jueces y magistrados a lo largo de los años. Ninguna excepción. Ninguna exención. Ningún subterfugio para niños asustados. Roy y Wally habían leído docenas de casos. Muchos habían sido copiados, subrayados y estaban sobre la mesa. El chiquillo tendría que hablar. Si fracasaba el intento ante el tribunal tutelar de Memphis, Foltrigg se proponía obligar a Mark Sway a comparecer ante el gran jurado en Nueva Orleans. Daría a ese mocoso un susto de muerte y soltaría la lengua.

—Trabajan hasta muy tarde —comentó Trumann al entrar por la puerta.

Wally Boxx separó la silla de la mesa y estiró ostentosamente los brazos por encima de la cabeza.

—Sí, hay que examinar mucho material —respondió agotado mientras mostraba con orgullo los libros y los papeles.

—Siéntese —dijo Foltrigg indicándole una silla—. Estamos a punto de terminar.

También se desperezó e hizo crujir los nudillos. Le encantaba su reputación de trabajador empedernido, de hombre importante dispuesto a trabajar a todas horas, de padre de familia cuya dedicación profesional se anteponía a sus obligaciones familiares. El trabajo lo significaba todo para él. Su cliente eran los Estados Unidos de Norteamérica.

Hacía siete años que Trumann oía hablar de esa bobada de dieciocho horas diarias. Era el tema predilecto de Foltrigg: hablar de sí mismo, de las horas que pasaba en el despacho y de la poca necesidad que su cuerpo tenía de dormir. Los abogados se vanaglorian del sueño perdido. Verdaderos superhombres que trabajan sin descansar.

—Tengo una idea —dijo Trumann después de coger una silla—. Antes me habló de la vista en Memphis, mañana, ante el tribunal tutelar.

—Presentaremos una solicitud —aclaró Roy—. No sé cuándo se celebrará la vista. Pero pediremos que sea cuanto antes.

—Bien, ¿a ver qué les parece esto? Esta tarde, antes de salir de mi despacho, he hablado con K. O. Lewis, primer ayudante de Voyles.

—Conozco a K. O. —interrumpió Foltrigg.

Trumann se lo esperaba. En realidad hizo una breve pausa

para que Foltrigg pudiera interrumpir y aclararle lo muy amigo que era, no del señor Lewis, sino de K. O.

—Bien, el caso es que se encuentra en Saint Louis para asistir a una conferencia, y se ha interesado por el caso Boyette, por Jerome Clifford y por el niño. Le he contado todo lo que sabemos y me ha respondido que no dudemos en llamarle si en algo puede sernos útil. Dice que el señor Voyles quiere un informe diario.

—Eso ya lo sé.

—Pues bien, he estado pensando. Saint Louis está a una hora de vuelo de Memphis, ¿no es cierto? ¿Qué le parecería si el señor Lewis se presentara personalmente en el tribunal tutelar de Memphis a primera hora de la mañana, cuando se entregue la solicitud, hablara con el juez y le presionara un poco? Estamos hablando del hombre que ocupa el segundo cargo más importante en el FBI. Puede decir al juez lo que creemos que sabe el niño.

Foltrigg empezó a asentir, y cuando Wally se dio cuenta asintió también, pero más rápido.

—Hay algo más —prosiguió Trumann—. Sabemos que Gronke está en Memphis y es lógico suponer que no ha ido a visitar la tumba de Elvis. ¿Cierto? Le ha mandado Muldanno. De modo que, si suponemos que el niño corre peligro, el señor Lewis puede explicar al juez del tribunal tutelar que la mejor forma de protegerle consistiría en ponerle bajo nuestra custodia. Ya me comprende, por su propio bien.

—Me gusta —dijo lentamente Foltrigg.

A Wally también le gustaba.

—El chiquillo cederá cuando se le presione. En primer lugar, quedará detenido por orden del tribunal tutelar, como en cualquier otro caso, y eso le dará un susto de muerte. Puede que incluso despierte a su abogado. Con un poco de suerte, el juez le ordenará que hable. En ese momento, estoy convencido de que hablará. Si no lo hace, puede que se le acuse de desacato. ¿Qué le parece?

—Sí, cometerá desacato, pero no podemos pronosticar qué hará el juez en tal caso.

—Exactamente. Pero el señor Lewis hablará al juez de Gronke, de sus vínculos con la mafia y de que cree que está en Memphis para dañar al niño. En ambos casos el niño estará bajo nuestra custodia, lejos de su abogado. Esa puta.

Foltrigg estaba ahora exaltado y escribió algo en un cuaderno. Wally se puso de pie y empezó a pasear por la biblioteca con aspecto meditabundo, como si las circunstancias conspiraran para obligarle a tomar una decisión significativa.

Trumann podía permitirse el lujo de llamarla puta en privado, allí, en un despacho de Nueva Orleans. Pero no había olvidado la grabación y deseaba mantenerse alejado de ella y dejar que McThune se ocupara de Reggie en Memphis.

—¿Puede localizar a K. O. por teléfono? —preguntó Foltrigg.

—Creo que sí —respondió Trumann, antes de sacarse un papel del bolsillo y empezar a marcar números.

Foltrigg se reunió con Wally en un rincón de la sala, lejos del agente.

—Es una gran idea —dijo Wally—. Estoy seguro de que el juez de ese tribunal tutelar no es más que un pueblerino que escuchará a K. O. y hará todo lo que le pida, ¿no le parece?

Trumann tenía al señor Lewis al teléfono. Foltrigg le observaba mientras escuchaba a Wally.

—Es posible. Pero de todos modos, debemos llevar al niño ante el juez cuanto antes y creo que hablará. De lo contrario, quedará detenido, bajo nuestro control y lejos de su abogado. Me gusta.

Susurraron durante unos minutos, mientras Trumann hablaba con K. O. Lewis. Trumann asentía, indicó que todo estaba en orden con una gran sonrisa y colgó el teléfono.

—Lo hará —anunció con orgullo—. Cogerá un vuelo a Memphis a primera hora de la mañana y se reunirá con Fink.

Luego recogerán a George Ord y visitarán al juez —añadió mientras se les acercaba muy satisfecho de sí mismo—. ¿Se lo imaginan? El fiscal general, K. O. Lewis y Fink se presentan a primera hora de la mañana en el despacho del juez. Obligarán a ese niño a hablar en menos que canta un gallo.

Foltrigg esbozó una perversa sonrisa. Le encantaban esos momentos en los que la autoridad federal hacía alarde de su poder y descargaba inesperadamente su peso sobre algún sujeto insignificante. Así de sencillo, con una simple llamada telefónica, el segundo del FBI había entrado en escena.

—Puede que funcione —declaró—. Puede que funcione.

En un rincón de la sala de estar situada sobre el garaje, Reggie hojeaba un grueso libro a la luz de una lámpara. Era medianoche, pero no podía dormir y, acurrucada bajo el edredón con una taza de té en la mano, leía un libro titulado *Testigo reticente* que Clint había encontrado. Para ser un texto jurídico era bastante delgado. Sin embargo, la ley era clara: todo testigo tiene la obligación de declarar y ayudar a las autoridades en la investigación de un delito. El testigo no puede negarse a declarar alegando que se siente amenazado. La mayoría de los casos citados en el libro hacían referencia al crimen organizado. Al parecer, la mafia, a lo largo de la historia, había visto con malos ojos que su gente confraternizara con la policía y a menudo había amenazado a sus esposas e hijos. El tribunal supremo lo había lamentado por ellos en más de una ocasión, pero el testigo no estaba exento de declarar.

En un futuro muy próximo obligarían a Mark a hablar. Foltrigg podía obtener una orden judicial y obligarle a comparecer ante un gran jurado en Nueva Orleans. Evidentemente, ella tendría derecho a asistir. Si Mark se negaba a declarar ante el gran jurado, se celebraría inmediatamente una vista ante el juez, que sin duda le ordenaría responder a las preguntas de Foltrigg. Si no obedecía, caería sobre él el peso de la justicia.

Ningún juez tolera la desobediencia, pero los jueces federales podían ser particularmente nefastos cuando sus palabras caían en oídos sordos.

Había lugares de reclusión para los menores de once años que se encontraran en el lado equivocado de la ley. En aquellos momentos, tenía por lo menos veinte clientes en distintos centros correccionales de Tennessee. El mayor tenía dieciséis años. Estaban todos tras las rejas, custodiados por carceleros. Hasta hacía poco, solían denominarlos reformatorios. Ahora las llamaban escuelas especiales.

Cuando le ordenaran que hablara, Mark apelaría indudablemente a ella. De ahí que no pudiera dormir. Aconsejarle que revelara el paradero del cadáver del senador equivaldría a poner en riesgo su seguridad. La familia no estaba en condiciones de movilizarse inmediatamente. Ricky podría permanecer varias semanas en el hospital. Cualquier programa de protección de testigos sería postergado hasta que recuperara la salud. Dianne ofrecería un blanco perfecto si a Muldanno se le antojaba.

Lo correcto, ético y moral sería aconsejarle que cooperara, y eso constituiría la solución más fácil. Pero ¿y si salía perjudicado? La consideraría a ella responsable. ¿Y si les ocurría algo a Ricky o a Dianne? Ella, su abogado, tendría la culpa.

Los niños son muy malos clientes. El abogado se convierte en mucho más que un simple letrado. Con los adultos, bastaba poner sobre la mesa las ventajas y desventajas de cada opción. Aconsejarles en un sentido u otro. Pronosticar un poco, sin excederse. Luego se le decía al adulto que había llegado el momento de tomar una decisión y se le dejaba un rato a solas. Al regresar al despacho, el cliente anunciaba su decisión y el abogado actuaba en consecuencia. Pero no era así con los niños. Ellos no comprenden los consejos jurídicos. Lo que quieren es un abrazo y que sea otro quien decida. Están asustados y van en busca de amigos.

Había estrechado muchas manos infantiles en los juzgados. Había derramado muchas lágrimas.

Se imaginaba la situación: una enorme sala vacía de la audiencia federal en Nueva Orleans, con las puertas cerradas y custodiadas por dos alguaciles; Mark en el estrado; Foltrigg en todo su esplendor, paseando con orgullo por su propio territorio para impresionar a sus subordinados y quizá a un par de agentes del FBI; el juez con su toga negra y probablemente un profundo desdén por Foltrigg, porque se veía obligado a soportarlo permanentemente, tratando la situación con delicadeza. El juez pregunta a Mark si es cierto que se ha negado a responder a determinadas preguntas ante el gran jurado por la mañana, en una sala adjunta pasillo abajo. Mark levanta la cabeza para mirar a su señoría y responde afirmativamente. ¿Cuál era la primera pregunta?, dice el juez dirigiéndose a Foltrigg, que se pavonea por la sala con un cuaderno en la mano, como si estuviera ante las cámaras. Con la venia de su señoría, le he preguntado si Jerome Clifford, con anterioridad al suicidio, había dicho algo relacionado con el cadáver del senador Boyd Boyette. Y se ha negado a contestar. A continuación le he preguntado si Jerome Clifford le había confesado dónde estaba oculto el cadáver. Y también se ha negado a contestar, señoría. Entonces el juez se inclina hacia Mark. No sonríe. Mark mira fijamente a su abogado. ¿Por qué no has respondido a esas preguntas?, dice el juez. Porque no quiero, responde Mark, en un tono casi gracioso. Pero nadie sonríe. Pues te ordeno, dice el juez, que respondas a esas preguntas ante el gran jurado, ¿me comprendes, Mark? Te ordeno que regreses ahora mismo a la sala del gran jurado y contestes todas las preguntas que te formule el señor Foltrigg, ¿me comprendes? Mark permanece inmóvil, sin decir palabra. Mira fijamente a su abogado, en quien confía, a diez metros de distancia. ¿Qué ocurrirá si no contesta?, pregunta por fin. El juez se enoja. No tienes otra alternativa, jovencito. Debes contestar, porque así te lo ordeno. ¿Y si no lo hago?, pregunta Mark aterrorizado. En tal caso, te condenaré por desacato y probablemente ordenaré que ingreses en prisión hasta que me obedezcas. El juez refunfuña durante un buen rato.

Axle se frota contra el sillón y asusta a Reggie. La escena de la sala se ha desvanecido. Cierra el libro y se acerca a la ventana. Lo mejor que podría aconsejar a Mark sería que mintiera. Que contara una gran mentira. En el momento justo, podría limitarse a declarar que el fallecido Jerome Clifford no había dicho nada referente a Boyd Boyette. Estaba loco, borracho, drogado y, en realidad, no había dicho nada. ¿Quién en el mundo podría saber que mentía?

Mark era un convincente embustero.

Despertó en una cama extraña, entre un colchón mullido y una espesa capa de mantas. La tenue lámpara del pasillo proyectaba un estrecho rayo de luz por la rendija de la puerta. Sus desgastadas zapatillas estaban en una silla junto a la puerta, pero todavía llevaba puesto el resto de su ropa. Bajó las mantas hasta las rodillas y crujió la cama. Al mirar el techo, recordó vagamente que Reggie y mamá Love le habían acompañado a la habitación. Luego recordó el balancín de la terraza y el hecho de que se sentía cansado.

Colocó lentamente los pies en el suelo y se sentó al borde de la cama. Recordó que le habían ayudado a subir la escalera. Empezaba a aclararse su mente. Se sentó en la silla y se abrochó las zapatillas. El suelo era de madera y crujió suavemente cuando se acercó a la puerta. Chirriaron las bisagras. El pasillo estaba silencioso. Había otras tres puertas, todas cerradas. Se acercó cautelosamente a la escalera y bajó de puntillas, sin apresurarse.

Le llamó la atención la luz de la cocina y aceleró el paso. Según el reloj de pared, eran las dos y veinte. Entonces recordó que Reggie no vivía en la casa, sino sobre el garaje. Probablemente mamá Love estaba profundamente dormida en alguna habitación del primer piso, de modo que dejó de andar sigilosamente, cruzó el vestíbulo, abrió la puerta principal y encontró el lugar que había ocupado en el balancín. El aire era fresco y el jardín estaba negro como la boca de un túnel.

Se sintió momentáneamente frustrado por haberse quedado dormido y haberse acostado en aquella casa. El lugar que le correspondía era junto a su madre, en el hospital, sobre la misma incómoda cama, a la espera de que Ricky despertara de su aletargamiento para poder regresar a su casa. Supuso que Reggie habría llamado a Dianne y, por consiguiente, su madre no estaría preocupada. A decir verdad, probablemente se alegraba de que estuviera allí, disponiendo de una comida suculenta y una buena cama. Así eran las madres.

Según sus cálculos, se había perdido dos días de escuela. Ese día sería jueves. El anterior le había atacado en el ascensor aquel individuo de la navaja. El hombre con la fotografía de la familia. Y el día anterior, martes, había contratado a Reggie. Aquello también parecía haber ocurrido hacía un mes. Y el día anterior, lunes, se había despertado como cualquier niño normal y había ido a la escuela, sin la menor sospecha de todo lo que estaba a punto de ocurrir. Debía de haber un millón de niños en Memphis, y jamás comprendería cómo o por qué había sido elegido para conocer a Jerome Clifford poco antes de que se disparara un tiro en la boca.

Fumar. He ahí la respuesta. Seriamente perjudicial para la salud. Qué duda cabe. Dios le castigaba por fumar y perjudicar su cuerpo. ¡Maldita sea! Menos mal que no le habían sorprendido con una cerveza.

En la acera apareció la silueta de un hombre, que se detuvo momentáneamente frente a la casa de mamá Love. El fulgor anaranjado de un cigarrillo brilló frente a su rostro y luego se alejó muy lentamente hasta perderse de vista. Un poco tarde para un paseo nocturno, pensó Mark.

Al cabo de un minuto, reapareció. El mismo individuo. La misma forma de caminar. La misma reticencia entre los árboles mientras miraba hacia la casa. Mark aguantó la respiración. Estaba sentado en la oscuridad y sabía que no podían verle. Aquel individuo no era un simple vecino curioso.

A las cuatro en punto de la madrugada, una furgoneta Ford de color blanco, cuya matrícula había sido temporalmente retirada, entró lentamente en la finca de Tucker Wheel y giró por la calle Este. Las caravanas estaban oscuras y silenciosas. Las calles, desiertas. El pequeño barrio estaba pacíficamente dormido y así seguiría durante otras dos horas, hasta el amanecer.

La furgoneta se detuvo frente al número diecisiete. Paró el motor y se apagaron las luces. Nadie se percató de su presencia. Al cabo de un minuto, un hombre uniformado abrió la puerta del conductor y se apeó del vehículo. El uniforme parecía el de un policía de Memphis: pantalón azul marino, camisa azul marino, un ancho cinturón negro con pistolera, algún tipo de arma en la pistolera, botas negras, pero sin gorra ni sombrero. Una buena imitación, especialmente a las cuatro de la madrugada, cuando nadie observaba. Llevaba un recipiente rectangular, del tamaño aproximado de dos cajas de zapatos. Después de mirar a su alrededor, observó y escuchó atentamente la caravana junto al número 17. El silencio era absoluto. Ni siquiera un perro que ladrara. Sonrió para sus adentros y se acercó tranquilamente a la puerta del número 17.

Si detectaba el más mínimo movimiento en la caravana, se limitaría a llamar suavemente a la puerta y a fingir que era un mensajero frustrado que buscaba a la señora Sway. Pero no fue necesario. Ni un suspiro por parte de los vecinos. Dejó rápidamente la caja junto a la puerta, volvió a su furgoneta y se alejó. Había ido y venido sin ser detectado, dejando tras de sí una pequeña advertencia.

A los treinta minutos exactos estalló la caja. Fue una explosión moderada, cuidadosamente controlada. No tembló el suelo, ni voló la fachada. Derribó la puerta y las llamas se dirigieron al interior de la caravana. El fuego rojo y amarillo y el humo negro envolvieron las habitaciones. El material del suelo y de los tabiques del remolque ardía con gran facilidad.

Cuando Rufus Bibbs, el vecino de la caravana contigua, llamó al 911, las llamas envolvían irremediablemente el remolque de los Sway. Rufus colgó el teléfono y corrió a por la manguera de su jardín. Su esposa e hijos corrían como locos, procurando vestirse y salir de la caravana. La calle se llenó de gritos y chillidos, conforme los vecinos acudían al fuego ataviados con una asombrosa variedad de pijamas y albornoces. Docenas de personas contemplaban la hoguera, mientras numerosas mangueras rociaban las caravanas contiguas. Crecieron las llamas y el número de espectadores. Estallaron las ventanas del remolque de los Bibbs. El efecto dominó. Más gritos y más ventanas rotas. Sirenas y luces rojas.

La muchedumbre retrocedió cuando los bomberos empezaron a extender sus mangueras y bombear agua. Los demás remolques se salvaron, pero la caravana de los Sway se convirtió en un montón de escombros. El techo y la mayor parte del suelo habían desaparecido. Solo quedó en pie el muro posterior, con una sola ventana todavía intacta.

Llegaron más curiosos cuando los bomberos rociaban los escombros. Walter Deeble, un charlatán de la calle Sur, empezó a despotricar sobre la pésima construcción de los malditos remolques, con sus cables de aluminio y todo lo demás. «Maldita sea —decía en el tono de un predicador ambulante—, vivimos en trampas incendiarias y lo que deberíamos hacer sería llevar a ese hijo de puta de Tucker ante los tribunales para obligarle a proporcionarnos casas con las debidas medidas de seguridad.» Decía que probablemente se lo comentaría a su abogado. Aseguraba que en su propia caravana tenía ocho detectores de humo y de calor, por lo de los cables de aluminio y todo lo demás. Sí, hablaría con su abogado.

Se formó un pequeño corro junto al remolque de Bibbs, y daban gracias a Dios de que el fuego no se hubiera extendido.

Pobres Sway. ¿Qué más podía ocurrirles?

20

Después de desayunar unos bollos de canela y chocolate con leche, salieron de la casa en dirección al hospital. Eran las siete y media, demasiado temprano para Reggie, pero Dianne les esperaba. Ricky estaba mucho mejor.

—¿Qué crees que ocurrió hoy? —preguntó Mark.

De algún modo, aquello a Reggie le pareció gracioso.

—Pobre pequeño —exclamó cuando terminó de reírse—. Te han ocurrido muchas cosas esta semana.

—Sí. Detesto la escuela, pero me gustaría volver. Anoche tuve un sueño descabellado.

—¿Qué ocurrió?

—Nada. Soñé que todo volvía a ser normal y que pasaba el día entero sin que me ocurriera nada. Era maravilloso.

—Pues lo siento, Mark, pero tengo malas noticias.

—Lo sabía. ¿De qué se trata?

—Clint acaba de llamar hace unos minutos. Estás de nuevo en primera plana. Es una fotografía de ti y de mí, tomada evidentemente ayer por uno de aquellos payasos cuando salíamos del ascensor.

—Estupendo.

—Hay un periodista del *Memphis Press* llamado Artero Moeller. Todo el mundo le conoce como el Topo. Topo Moeller. Escribe sobre el crimen, es legendario en la ciudad. Sigue de cerca la pista de este caso.

—Él es quien ha escrito el artículo.

—Efectivamente. Tiene muchos contactos en la policía. Parece que las autoridades están convencidas de que el señor Clifford te lo contó todo antes de morir, y que ahora te niegas a cooperar.

—Aciertan, ¿no te parece?

—Sí. Pone los pelos de punta —dijo Reggie, mientras echaba una ojeada al retrovisor.

—¿Cómo lo sabe?

—Los policías hablan con él, extraoficialmente por supuesto, y él no deja de investigar hasta atar los cabos sueltos. Y si las cosas no encajan a la perfección, entonces Artero rellena las lagunas. Según Clint, la información procede de fuentes no identificadas de la policía de Memphis, y hay mucha especulación sobre lo que creen que sabes. La teoría es que si me has contratado es porque tienes algo que esconder.

—Paremos para comprar un periódico.

—Conseguiremos uno en el hospital. Llegaremos dentro de un minuto.

—¿Crees que volverán a estar ahí los periodistas?

—Probablemente. Le he dicho a Clint que busque alguna entrada por la parte posterior y que se reúna con nosotros en el aparcamiento.

—Estoy verdaderamente harto de todo esto. Me pone enfermo. Todos mis compañeros están hoy en la escuela, divirtiéndose, haciendo una vida normal, peleándose con las niñas durante el recreo, gastándoles bromas a los profesores..., ya sabes, lo normal. Y fíjate en mí. Circulando por la ciudad con mi abogado, leyendo mis aventuras en los periódicos, viendo mi cara en primera plana, escondiéndome de los periodistas y huyendo de asesinos con navajas. Parece una película. Me tiene harto. No sé si podré seguir soportándolo. Es demasiado.

Reggie le observaba de reojo, sin apartar la mirada del tráfico y de la calle. Tenía las mandíbulas apretadas. Miraba al frente, sin ver nada.

—Lo siento, Mark.

—Sí, yo también lo siento. Malditos sueños.

—Hoy podría ser un día muy largo.

—¿Qué tiene eso de sorprendente? ¿Sabías que anoche vigilaban la casa?

—¿Cómo dices?

—Sí, alguien vigilaba la casa. Yo estaba en la terraza a las dos y media, y vi a un individuo que paseaba por la acera. Iba muy tranquilo, fumando un cigarrillo y observando la casa.

—Podía tratarse de algún vecino.

—Claro, a las dos y media de la madrugada.

—Tal vez alguien que había salido a dar un paseo.

—Entonces ¿por qué pasó frente a la casa tres veces en quince minutos?

Reggie volvió a mirarle y tuvo que dar un frenazo para no chocar con el coche que tenía delante.

—¿Confías en mí, Mark? —preguntó.

—Claro que confío en ti, Reggie —respondió Mark mirándola fijamente, como si le sorprendiera la pregunta.

—Entonces no te muevas de mi lado —dijo Reggie sonriendo, al tiempo que le daba unos golpecitos en el brazo.

Una ventaja de la horripilante arquitectura del Saint Peter era la existencia de numerosas entradas y salidas que pocos conocían. Con imprevistas extensiones agregadas por aquí y por allá, habían aparecido infinidad de pasillos y recovecos raramente utilizados y a menudo desconocidos por los desconcertados guardias de seguridad.

Cuando llegaron, Clint había estado circulando en vano durante media hora por el hospital. Se las había arreglado para perderse tres veces. Se disculpó, sudoroso, cuando se reunió con ellos en el aparcamiento.

—Seguidme —dijo Mark.

Cruzaron rápidamente la calle y entraron por una salida de emergencia. Se abrieron paso entre el numeroso público que abarrotaba el vestíbulo y llegaron a una escalera automática que descendía.

—Espero que sepas adónde vas —dijo Reggie, evidentemente escéptica y casi corriendo para seguirle el paso.

Clint estaba empapado de sudor.

—No te preocupes —respondió Mark, mientras abría una puerta que daba a la cocina.

—Estamos en la cocina, Mark —dijo Reggie, mirando a su alrededor.

—Tranquila. Actúa como si fuera normal que estuvieras aquí.

Pulsó un botón junto al ascensor de servicio y se abrió una puerta inmediatamente. Pulsó otro botón en el interior y empezaron a ascender hacia el décimo piso.

—Hay dieciocho pisos en el edificio principal, pero este ascensor para en el décimo. No se detiene en el noveno. ¿Sabéis por qué? —explicó Mark como un guía aburrido, mientras observaba los números sobre la puerta.

—¿Qué ocurre en el décimo? —preguntó Clint con la respiración entrecortada.

—Espera y verás.

La puerta se abrió en el décimo piso y salieron a un enorme desván, lleno de estanterías con sábanas y toallas. Mark avanzó decididamente entre las estanterías. Abrió una gruesa puerta metálica y salieron a un pasillo con habitaciones de pacientes a derecha e izquierda. Señaló hacia la izquierda, siguió andando y se detuvo frente a una salida de emergencia, con advertencias rojas y amarillas sobre la misma. Agarró la barra de seguridad que la cruzaba. Reggie y Clint quedaron paralizados.

La empujó y no ocurrió nada.

—Las alarmas no funcionan —declaró con toda tranquilidad, mientras empezaba a bajar por la escalera hacia el noveno piso.

Abrió otra puerta y de pronto se encontraron en un silencioso pasillo, con una gruesa moqueta industrial y nadie a la vista. Volvió a señalar y reanudaron la marcha, pasaron frente a varias habitaciones de pacientes, doblaron luego una esquina y se encontraron con el puesto de las enfermeras, desde donde vieron a un grupo de periodistas junto al ascensor, al fondo de otro pasillo.

—Buenos días, Mark —dijo sin sonreír Karen, la hermosa enfermera, cuando pasaron apresuradamente frente a ella.

—Hola, Karen —respondió Mark sin detenerse.

Dianne estaba sentada en una silla plegable en el pasillo, con un policía de Memphis agachado frente a ella. Hacía rato que lloraba. Los dos guardias de seguridad estaban juntos, a unos seis metros de distancia. Cuando Mark vio al policía y las lágrimas de su madre, corrió a su lado. Ella le dio un fuerte abrazo.

—¿Qué ocurre, mamá? —preguntó.

Dianne empezó a llorar más fuerte.

—Mark, vuestra caravana ardió anoche —dijo el policía—. Hace solo unas horas.

Mark le miró con incredulidad y se agarró con fuerza al cuello de su madre, que se secaba las lágrimas e intentaba recuperar su compostura.

—¿Ha sido grave? —preguntó Mark.

—Muy grave —respondió con tristeza el policía, mientras sostenía la gorra con ambas manos—. Ha quedado todo destruido.

—¿Cuál ha sido la causa del incendio? —preguntó Reggie.

—Todavía no lo sabemos. El inspector de incendios visitará el lugar esta mañana. Podría ser la instalación eléctrica.

—Tengo que hablar con el inspector de incendios —dijo Reggie.

El policía le echó una mirada de la cabeza a los pies.

—¿Quién es usted? —preguntó.

—Reggie Love, abogado de la familia.

—Ah, claro. He visto el periódico de esta mañana.

—Por favor, dígale al inspector de incendios que me llame —dijo, mientras le entregaba una tarjeta.

—Desde luego, señora —respondió el policía, al tiempo que se ponía la gorra y miraba de nuevo a Dianne con tristeza—. Señora Sway, no sabe cuánto lo siento.

—Gracias —dijo Dianne secándose el rostro.

El agente saludó con la cabeza a Reggie y a Clint, retrocedió y se retiró apresuradamente. Apareció una enfermera y se quedó por si se la necesitaba.

De pronto se había formado un corro alrededor de Dianne. Se puso de pie, dejó de llorar e incluso logró sonreír a Reggie.

—Le presento a Clint van Hooser. Trabaja para mí —dijo Reggie.

—Crea que lo siento —dijo Clint.

—Gracias —respondió débilmente Dianne.

Durante unos segundos, mientras acababa de secarse la cara, se hizo un incómodo silencio. Tenía el brazo sobre el hombro de Mark, que estaba todavía aturdido.

—¿Se ha portado bien? —preguntó Dianne.

—De maravilla. Ha comido como un pequeño regimiento.

—Me alegro. Gracias por cuidar de él.

—¿Cómo está Ricky? —preguntó Reggie.

—Ha pasado una buena noche. El doctor Greenway ha venido a verle esta mañana, y Ricky estaba despierto y charlando. Tiene mucho mejor aspecto.

—¿Sabe lo del incendio? —preguntó Mark.

—No. Y de momento no se lo diremos, ¿de acuerdo?

—De acuerdo, mamá. ¿Podemos entrar un momento para hablar a solas, solo tú y yo?

Después de sonreír a Reggie y a Clint, Dianne entró con Mark en la habitación. Se cerró la puerta y la diminuta familia Sway se quedó a solas con todas sus posesiones terrenales.

Su señoría Harry Roosevelt presidía el tribunal tutelar de menores de Shelby desde hacía entonces veintidós años, y a pesar de la naturaleza triste y deprimente de los asuntos que trataba, había logrado conducir sus procesos con enorme dignidad. Era el primer juez tutelar negro de Tennessee, nombrado por el gobernador a principios de los años setenta, con la perspectiva de un futuro brillante y cargos de rango superior.

Los cargos de rango superior todavía existían y Harry Roosevelt seguía en el mismo lugar, en un edificio cada día más destartalado, conocido simplemente como tribunal tutelar de menores. Había juzgados mucho más bonitos en Memphis. En la Main Street, el edificio federal, siempre el más nuevo de la ciudad, albergaba las elegantes y suntuosas salas de la audiencia. Los funcionarios federales disponían siempre de lo mejor: lujosas moquetas, sillones tapizados en cuero, gruesas mesas de roble, abundante iluminación, un buen aire acondicionado, y numerosos administrativos y ayudantes bien pagados. A pocas manzanas, la audiencia provincial de Shelby era un hervidero de actividad judicial con miles de abogados pululando por sus pasillos de mármol e impecables salas. El edificio era un poco más antiguo, pero con hermosos murales y algunas estatuas. Harry podía haber dispuesto de una sala en dicho edificio, pero no había querido. Y no lejos de allí se encontraba el palacio comarcal de justicia de Shelby, con un laberinto de modernas salas con luces fluorescentes, altavoces y sillas tapizadas. Harry también podía haber dispuesto de una de ellas, pero tampoco la había querido.

Seguía allí, en el tribunal tutelar de menores, un instituto de enseñanza media convertido en juzgado, a varias manzanas del centro de la ciudad, con pocos bedeles y más casos por juez que cualquier otro tribunal del mundo. Su tribunal era el hijastro rechazado del sistema judicial. La mayoría de los abogados le volvían la espalda. Casi todos los estudiantes de derecho soñaban con un despacho elegante en un gran edificio y clientes adinerados. Ninguno de ellos aspiraba a deambular por los lúgubres pasillos llenos de cucarachas del tribunal tutelar.

Harry había rechazado cuatro nombramientos, todos a juzgados donde la calefacción funcionaba en invierno. Le habían ofrecido dichos cargos porque era inteligente y negro, y los había rechazado porque era pobre y negro. Le pagaban sesenta mil al año, menos que en cualquier otro juzgado de la ciudad, para mantener a su esposa, cuatro adolescentes y vivir en una bonita casa. Pero de niño había pasado hambre y no se le olvidaba. Siempre se vería a sí mismo como un pobre niño negro.

Y esa era precisamente la razón por la que, el antes prometedor Harry Roosevelt, había permanecido como un simple juez del tribunal tutelar de menores. Para él era el trabajo más importante del mundo. Jurídicamente tenía competencia absoluta sobre los menores delincuentes, incontrolables, dependientes y desatendidos. Determinaba la patria potestad en casos de niños nacidos fuera del matrimonio, e imponía sus propias reglas para su mantenimiento y educación, lo cual, en un condado donde la mitad de los niños eran de madres solteras, constituía la mayor parte de su trabajo. Revocaba los derechos tutelares y mandaba a los niños maltratados a otros hogares. Harry soportaba una enorme carga sobre sus espaldas.

Pesaba entre ciento treinta y ciento cincuenta kilos, y llevaba siempre el mismo atuendo: traje negro, camisa blanca de algodón y una pajarita que se ataba precariamente él mismo. Nadie sabía si Harry poseía un solo traje o cincuenta. Tenía siempre el mismo aspecto. Su presencia era imponente en el estrado, mirando por encima de las gafas a los padres morosos que se negaban a mantener a sus hijos. Estos, tanto blancos como negros, le tenían un miedo atroz. Los perseguía y los encarcelaba. Averiguaba dónde trabajaban y retiraba lo que debían de su salario. Si alguien molestaba a los sujetos de

Harry, conocidos como los niños de Harry, acababa esposado ante él, entre dos alguaciles.

Harry Roosevelt era legendario en Memphis. Las autoridades del condado habían tenido a bien otorgarle otros dos jueces para aliviar el peso de su trabajo, pero su horario laboral era inhumano. Solía llegar antes de las siete y se preparaba él mismo el café. La sala se abría a las nueve en punto, y que Dios amparara al abogado que llegaba tarde. A lo largo de los años había ordenado el encarcelamiento de varios de ellos.

A las ocho y media, su secretaria entró con una caja de correspondencia y le comunicó que había un grupo de hombres en la antesala que necesitaba hablar desesperadamente con él.

—¿Qué tiene eso de particular? —preguntó mientras le daba el último mordisco a una tarta de manzana.

—Tal vez quiera recibirles.

—¿En serio? ¿De quién se trata?

—Uno de ellos es George Ord, nuestro distinguido fiscal.

—George fue alumno mío en la facultad.

—Eso ha sido precisamente lo que me ha dicho dos veces. También le acompañan un ayudante del fiscal de Nueva Orleans, el señor Thomas Fink, el señor K. O. Lewis, subdirector del FBI, y un par de agentes del FBI.

—Un grupo de personas muy distinguidas —comentó Harry, después de levantar la cabeza y reflexionar unos instantes—. ¿Qué desean?

—No me lo han dicho.

—Bueno, que pasen.

A los pocos segundos de que la secretaria abandonara el abigarrado despacho, entraron Ord Fink, Lewis y McThune, y se presentaron a su señoría. Harry y su secretaria retiraron sumarios de las sillas para que todo el mundo pudiera sentarse.

—Caballeros, hoy me esperan diecisiete casos —dijo Harry al cabo de unos minutos intercambiando cumplidos, después de consultar su reloj—. ¿En qué puedo servirles?

—Señor juez —empezó a decir Ord después de aclararse la

garganta—, estoy seguro de que habrá visto los periódicos estos dos últimos días, especialmente los artículos de primera plana sobre un niño llamado Mark Sway.

—Muy extraño.

—El señor Fink, aquí presente, se ocupa de la acusación contra el presunto asesino del senador Boyette y está previsto que se celebre el juicio dentro de unas semanas en Nueva Orleans.

—Ya lo sé. He leído los artículos.

—Estamos casi seguros de que Mark Sway sabe más de lo que dice. Ha mentido varias veces a la policía de Memphis. Creemos que habló extensamente con Jerome Clifford antes de que se suicidara. Sabemos que estuvo dentro del coche. Hemos intentado hablar con el niño, pero se ha negado a cooperar. Ahora ha contratado a un abogado y se refugia tras un muro de silencio.

—Reggie Love aparece habitualmente en mi sala. Es una letrada muy competente. A veces protege excesivamente a sus clientes, pero no hay nada de malo en ello.

—Sí, señor. Pero tenemos graves sospechas respecto al niño y estamos prácticamente convencidos de que posee cierta información de gran importancia.

—¿A saber?

—El paradero del cadáver del senador.

—¿Qué les hace suponer tal cosa?

—Es una historia bastante larga, su señoría. Y tardaríamos bastante en explicárselo todo.

Harry jugaba con su pajarita y miró a Ord, como solía hacerlo, con el entrecejo fruncido. Estaba pensando.

—Y pretenden que yo llame al niño y le formule unas preguntas.

—Más o menos. El señor Fink ha traído una solicitud en la que se alega que el niño es un delincuente.

Eso no le cayó bien a Harry, y su reluciente frente se llenó de arrugas.

—Una alegación bastante grave. ¿Qué clase de delito ha cometido?

—Obstrucción a la justicia.

—¿Algún precedente jurídico?

Fink, que tenía ya una carpeta abierta, se puso inmediatamente de pie y le entregó al juez un pequeño informe. Harry lo cogió y empezó a leerlo lentamente. El despacho estaba silencioso. K. O. Lewis todavía no había abierto la boca y eso le preocupaba porque, después de todo, ocupaba el segundo cargo de mayor importancia en el FBI. Y a aquel juez no parecía importarle.

Harry pasó una página y consultó su reloj.

—Le escucho —dijo en dirección a Fink.

—Afirmamos, su señoría, que mediante engaños Mark Sway ha obstruido la investigación de este caso.

—¿Qué caso? ¿El del asesinato o del suicidio?

Excelente matización que, en el momento de oírla, Fink comprendió que Harry Roosevelt no sería pan comido. Estaban investigando un asesinato, no un suicidio. No había ninguna ley contra el suicidio ni nada que prohibiera presenciarlo.

—Lo cierto, su señoría, es que el suicidio está directamente relacionado con el asesinato de Boyette, a nuestro parecer, y es importante que el muchacho colabore.

—¿Y si el muchacho no sabe nada?

—No podemos estar seguros hasta que se lo preguntemos. En estos momentos impide el progreso de la investigación y, como su señoría sabe, todo ciudadano tiene la obligación de ayudar a los agentes encargados de hacer cumplir la ley.

—Soy perfectamente consciente de ello. Pero parece bastante grave alegar que el niño es un delincuente, sin tener ninguna prueba.

—Obtendremos la prueba, su señoría, si le ordena subir al estrado, bajo juramento, a puerta cerrada y le formula algunas preguntas. Es lo único que pretendemos.

Harry dejó caer el informe sobre un montón de papeles y se quitó las gafas. Empezó a morder una varilla.

Ord se inclinó hacia delante y habló con solemnidad.

—Señor juez, si podemos detener al niño y celebrar una vista a la mayor brevedad posible, creemos que este asunto quedará resuelto. Si declara bajo juramento que no sabe nada acerca de Boyd Boyette, la solicitud quedará sobreseída, el niño regresará a su casa y asunto resuelto. Pura rutina. Si no hay prueba, no hay delito, ni perjuicio alguno. Pero si sabe algo relacionado con el paradero del cadáver, tenemos derecho a que nos lo comunique y creemos que lo hará durante la vista.

—Hay dos formas de obligarle a hablar, su señoría —añadió Fink—. Podemos presentar esta solicitud en su juzgado para que se celebre una vista, u obligar al niño a que aparezca ante un gran jurado en Nueva Orleans. Solucionarlo aquí parece lo mejor y más rápido, especialmente para el niño.

—No quiero que ordenen a ese niño que se presente ante un gran jurado —declaró firmemente Harry—. ¿Entendido?

Todos asintieron, aunque eran perfectamente conscientes de que un gran jurado federal podía ordenar en cualquier momento la comparecencia de Mark Sway, fueran cuales fuesen los sentimientos de un juez regional. Era típico de Harry. Extendía inmediatamente su manto protector a cualquier niño bajo su jurisdicción.

—Preferiría resolverlo en mi juzgado —dijo casi para sus adentros.

—Estamos de acuerdo, su señoría —dijo Fink.

Todos estaban de acuerdo.

Harry levantó su agenda, como de costumbre más cargada de problemas de los que podía resolver en un día.

—Esas alegaciones de obstrucción a la justicia, en mi opinión, son bastante precarias —dijo, después de consultar su horario—. Pero no puedo impedirles que presenten la solicitud. Sugiero que se celebre la vista cuanto antes. Si el muchacho no sabe nada, que a mi parecer es lo más probable, quiero que quede resuelto sin demora. Inmediatamente.

A todo el mundo le parecía bien.

—Celebremos la vista hoy al mediodía. ¿Dónde está el niño?

—En el hospital —respondió Ord—. Su hermano seguirá ingresado durante un tiempo indeterminado. Su madre está siempre en su habitación. Mark deambula de un lado para otro. Ayer pasó la noche en casa de su abogado.

—Típico de Reggie —dijo Harry con afecto—. No veo la necesidad de detener al niño.

La detención era muy importante para Fink y para Foltrigg. Querían que le recogiera un coche de policía, que le encerraran en algún tipo de celda y, en general, que le asustaran hasta que soltara la lengua.

—Su señoría, si me permite —dijo finalmente K. O.—, creemos que es urgente que se le detenga.

—¿Eso creen? Le escucho.

McThune entregó al juez Roosevelt una fotografía de 20 × 25.

—El individuo de la fotografía —dijo Lewis— es Paul Gronke. Es un maleante de Nueva Orleans, íntimamente relacionado con Barry Muldanno. Está en Memphis desde el martes por la noche. Esta foto se tomó cuando entraba en el aeropuerto de Nueva Orleans. Al cabo de una hora llegó a Memphis y, lamentablemente, le perdimos al salir del aeropuerto. El personaje de gafas oscuras es Mack Bono —prosiguió, después de que McThune sacara otras dos fotografías de menor tamaño—, condenado por asesinato, con fuertes vínculos mafiosos en Nueva Orleans. El del traje es Gary Pirini, otro maleante de la mafia, que trabaja para la familia Sulari. Bono y Pirini llegaron a Memphis anoche. Y no han venido para comer costillas asadas —declaró, antes de hacer una pausa como efecto dramático—. El niño corre un grave peligro, su señoría. Su casa es un remolque aparcado al norte de Memphis, en un lugar llamado Tucker Wheel Estates.

—Conozco muy bien el lugar —dijo Harry, al tiempo que se frotaba los ojos.

—Hace unas cuatro horas, la caravana ha sido completamente destruida por las llamas. El incendio parece sospechoso. Creemos que se trata de intimidación. El chiquillo circula a sus anchas desde el lunes por la noche. No tiene padre y la madre no puede abandonar al hijo menor. Es muy triste y peligroso.

—Entonces le han estado vigilando.

—Sí, señor. Su abogado ha solicitado guardias de seguridad para proteger la habitación de su hermano.

—Y me ha llamado a mí —añadió Ord—. Está muy preocupada por la seguridad del niño y ha solicitado la protección del FBI en el hospital.

—Y se la hemos concedido —declaró McThune—. Durante las últimas cuarenta y ocho horas, hemos tenido en todo momento por lo menos un par de agentes cerca de la habitación. Esos individuos son asesinos, su señoría, y reciben órdenes de Muldanno, mientras ese muchacho deambula inconsciente del peligro que le acecha.

Harry les escuchó atentamente. Era una actuación bien ensayada. Por naturaleza, sospechaba de la policía y de sus aliados, pero aquel no era un caso habitual.

—Nuestras leyes contemplan ciertamente que se detenga al niño cuando se haya presentado la solicitud —dijo sin dirigirse a nadie en particular—. ¿Qué le ocurrirá al niño si la vista no produce lo que desean, si en realidad el niño no está obstruyendo la justicia?

—Ya hemos pensado en ello, su señoría —respondió Lewis—, y no nos permitiríamos hacer nada que quebrantara el secreto de la vista. Pero tenemos medios de hacerles saber a esos maleantes que el niño no sabe nada. Francamente, si habla con sinceridad y no sabe nada, el asunto quedará zanjado y los muchachos de Muldanno dejarán de interesarse por él. ¿Para qué amenazarle si no sabe nada?

—Parece lógico —dijo Harry—. Pero ¿qué ocurrirá si el niño les cuenta lo que quieren saber? Si esos individuos son tan peligrosos como aseguran, nuestro pequeño amigo corre un grave peligro.

—Estamos haciendo los arreglos preliminares para incluirle en el programa de protección de testigos, junto con su madre y su hermano.

—¿Han hablado de ello con su abogado?

—No, señor —respondió Fink—. La última vez que estuvimos en su despacho, se negó a recibirnos. También nos lo pone difícil.

—Permítame ver la solicitud.

Fink la sacó y se la entregó. El juez se puso cuidadosamente las gafas y la leyó. Cuando terminó, se la devolvió a Fink.

—Esto no me gusta, caballeros. Huele a chamusquina. He visto un millón de casos, pero ninguno en el que interviniera un menor y una acusación de obstrucción a la justicia. Tengo un mal presentimiento.

—Estamos desesperados, su señoría —confesó Lewis con enorme sinceridad—. Debemos descubrir lo que sabe el niño y tememos por su seguridad. Hemos puesto todas las cartas sobre la mesa. No ocultamos absolutamente nada, ni intentamos en modo alguno aprovecharnos de usted.

—Sin duda eso espero.

Harry les miró fijamente y escribió algo en un trozo de papel. Ellos esperaban y observaban cada uno de sus movimientos. El juez consultó su reloj.

—Firmaré la orden. Quiero que el niño ingrese inmediatamente en el ala juvenil y que lo instalen en una celda a solas. Estará muerto de miedo y quiero que le traten con guantes de terciopelo. Más tarde llamaré personalmente a su abogado.

Se levantaron simultáneamente y le dieron las gracias. El juez les mostró la puerta y abandonaron rápidamente el despacho sin despedirse ni darse la mano.

21

Karen llamó suavemente a la puerta y entró en la oscura habitación con una cesta de frutas. En la tarjeta, la congregación anabaptista de Little Creek expresaba sus mejores deseos. Las manzanas, los plátanos y las uvas estaban envueltas en celofán verde y formaban un bonito cuadro junto al magnífico y pintoresco ramo de flores mandado por los preocupados amigos de Ark-Lon Fixtures.

Las persianas estaban cerradas, la televisión apagada, y cuando Karen abandonó la habitación, ninguno de los Sway se había movido. Ricky había cambiado de posición, y ahora sus pies descansaban sobre las almohadas y su cabeza sobre las mantas. Estaba despierto, pero durante la última hora había permanecido con la mirada perdida en el techo, sin decir palabra ni mover un pelo. Esto era algo nuevo. Mark y Dianne estaban sentados el uno junto al otro, con las piernas cruzadas sobre la cama plegable, y hablaban en voz baja de cosas como ropa, juguetes y vajillas. Tenían un seguro contra incendios, pero Dianne desconocía la cuantía de la póliza.

Procuraban que Ricky no les oyera. Tardaría días, o incluso semanas, en enterarse del incendio.

En algún momento de la mañana, aproximadamente una hora después de que Reggie y Clint se marcharan, se les pasó el susto de la noticia y Mark empezó a pensar. Era fácil reflexionar en aquella oscura habitación porque no había otra cosa que hacer. La televisión solo se encendía cuando Ricky lo deseaba. Las persianas permanecían cerradas, si existía la posibilidad de que durmiera. La puerta estaba siempre cerrada.

Mark estaba sentado en una silla debajo del televisor, comiendo una galleta de chocolate reblandecida, cuando se le ocurrió que tal vez el incendio no hubiera sido accidental. El individuo de la navaja se las había arreglado de algún modo para entrar en el remolque y encontrar la fotografía. Su intención era la de mostrarle la navaja y el retrato con el propósito de silenciar permanentemente al pequeño Mark Sway. Y lo había logrado. ¿Y si el incendio fuera otra advertencia del individuo de la navaja? Las caravanas ardían con facilidad. El barrio solía estar tranquilo a las cuatro de la madrugada. Lo sabía por experiencia propia.

Al pensar en ello se le formó un nudo en la garganta y la boca se le quedó seca. Dianne no se percató. Tomaba café y acariciaba a Ricky.

Hacía ya rato que Mark meditaba sobre el incendio, desde que había dado un paseo hasta el puesto de las enfermeras y Karen le mostró el periódico.

Aquel terrible pensamiento le perforaba la mente y, al cabo de dos horas, llegó al pleno convencimiento de que el fuego había sido provocado intencionadamente.

—¿Qué cubrirá el seguro? —preguntó.

—Tendré que llamar a la agencia. Tenemos dos pólizas, si mal no recuerdo. Una la paga el señor Tucker por el remolque, porque es de su propiedad, y la otra la pagamos nosotros por el contenido de la caravana. El alquiler mensual incluye supuestamente la prima de la póliza del contenido. Creo que es así como funciona.

Eso preocupó enormemente a Mark. Tenía muchos recuerdos nefastos del divorcio y recordaba la incapacidad de su madre para declarar sobre cualquiera de los asuntos financieros de la familia. No sabía nada. Su padre pagaba las facturas, guardaba el talonario de cheques y se ocupaba de la declaración de la renta. En el último año les habían cortado dos veces el teléfono porque Dianne había olvidado pagar la cuenta. O eso dijo. En ambas ocasiones, Mark sospechó que no tenían dinero para pagar.

—Pero ¿qué pagará el seguro? —preguntó.

—Supongo que los muebles, la ropa y los utensilios de cocina. Eso suele ser lo que cubren las pólizas.

Alguien llamó a la puerta, pero no se abrió. Esperaron y volvieron a llamar. Mark la abrió ligeramente y vio dos nuevas caras que le miraban.

—¿Qué desean? —preguntó anticipando problemas, puesto que ni las enfermeras ni los guardias de seguridad permitían a nadie llegar tan lejos.

Abrió un poco más la puerta.

—Buscamos a Dianne Sway —retumbó la voz del rostro más cercano.

Dianne empezó a dirigirse hacia la puerta.

—¿Quiénes son ustedes? —preguntó Mark, después de abrir completamente la puerta y salir al pasillo.

Los dos guardias de seguridad estaban juntos a la derecha y tres enfermeras a la izquierda, todos ellos paralizados como si presenciaran un suceso terrible. Mark fijó su mirada en los ojos de Karen y comprendió inmediatamente que ocurría algo horrible.

—Soy el detective Nassar, de la policía de Memphis. Mi compañero es el detective Klickman.

Nassar vestía chaqueta y corbata, y Klickman un chándal negro y unas zapatillas Nike Air Jordan completamente nuevas. Ambos eran jóvenes, probablemente de poco más de treinta años, y Mark pensó inmediatamente en la vieja serie repetida de *Starsky y Hutch*. Dianne se colocó detrás de su hijo.

—¿Es usted Dianne Sway? —preguntó Nassar.

—Sí —respondió inmediatamente.

Nassar se sacó unos documentos del bolsillo y se los entregó por encima de la cabeza de Mark.

—Son del tribunal tutelar de menores, señora Sway. Es una citación para las doce del mediodía.

Le temblaban las manos y los papeles crujían, mientras intentaba en vano comprender qué ocurría.

—¿Puedo ver sus credenciales? —preguntó Mark con mucha tranquilidad, dadas las circunstancias.

Ambos las pusieron ante sus narices. Mark las estudió atentamente.

—Bonitas zapatillas —dijo dirigiéndose a Klickman, después de hacerle una mueca a Nassar.

—Señora Sway, la orden nos obliga a detener a Mark Sway en este momento —dijo Nassar intentando sonreír.

Se hizo una pausa de dos o tres segundos, mientras digerían la palabra «detención».

—¡Cómo! —exclamó Dianne después de dejar caer los papeles al suelo, con más enojo que temor.

—Aquí está —respondió inmediatamente Nassar, después de recoger la citación—. Órdenes del juez.

—¡Cómo se atreven! —exclamó de nuevo—. ¡No pueden llevarse a mi hijo!

Las palabras de Dianne retumbaron como el chasquido de un látigo. Se le habían subido los colores a la cara, y su cuerpo, con sus cincuenta kilos, estaba tenso y retorcido.

Estupendo, pensó Mark, otro viaje en un coche de la policía.

—¡Cerdo! —exclamó entonces su madre.

Mark intentó tranquilizarla.

—Mamá, no chilles. Ricky puede oírte.

—¡Tendrán que pasar por encima de mi cadáver! —chilló Dianne, a pocos centímetros de Nassar.

Klickman retrocedió un paso como para cederle aquella loca a su compañero.

Pero Nassar era un profesional. Había detenido a centenares de personas.

—Compréndalo, señora. Sé cómo se siente. Pero debo cumplir mis órdenes.

—¿Qué órdenes?

—Mamá, por favor, no grites —suplicó Mark.

—El juez Harry Roosevelt ha firmado la orden hace aproximadamente una hora. Nos limitamos a cumplir con nuestra obligación, señora Sway. No le ocurrirá nada a Mark. Cuidaremos de él.

—¿De qué se le acusa? ¿Puede alguien decirme de qué se le acusa? —exclamó Dianne mirando a las enfermeras—. Que alguien me ayude —suplicó en un tono que inspiraba compasión—. Por favor, Karen, haga algo. Llame al doctor Greenway. No se quede ahí parada.

Pero Karen y las demás enfermeras permanecieron inmóviles. Los policías ya habían hablado antes con ellas.

—Si lee estos documentos, señora Sway —Nassar intentaba todavía sonreír—, verá que se ha presentado una solicitud ante el tribunal tutelar de menores en la que se alega que Mark ha infringido la ley al negarse a cooperar con la policía y el FBI. Y el juez Roosevelt quiere que se celebre una vista hoy al mediodía. Eso es todo.

—¡Eso es todo! ¡Sinvergüenza! ¡Aparece aquí con unos papeles, pretende llevarse a mi hijo y dice que «eso es todo»!

—No levantes la voz, mamá —dijo Mark, que no había oído aquel tipo de lenguaje desde el divorcio.

Nassar dejó de intentar sonreír y tiró de las puntas de su bigote. Por alguna razón, Klickman miraba fijamente a Mark como si fuera un asesino múltiple, al que persiguieran desde hacía años. Hubo una larga pausa. Dianne tenía ambas manos sobre los hombros de Mark.

—¡No pueden llevárselo!

—Escúcheme, señora Sway —dijo por fin Klickman—, no tenemos otra alternativa. Debemos llevarnos a su hijo.

—Váyase a la porra —respondió Dianne—. Para llevarse a mi hijo, antes tendrán que azotarme.

Klickman era un tarugo con poca delicadeza y durante una fracción de segundo movió los hombros como si estuviera dispuesto a aceptar el reto. Luego se relajó y sonrió.

—No te preocupes, mamá. Iré con ellos. Llama a Reggie y dile que venga a verme a la cárcel. Probablemente a la hora del almuerzo llevará a estos payasos ante los tribunales y mañana les habrán puesto de patitas en la calle.

Los policías intercambiaron una sonrisa. Vaya pequeño listillo.

Entonces Nassar cometió el gravísimo error de intentar agarrar el brazo de Mark, y Dianne saltó como una cobra.

—¡No le toque! —exclamó después de darle un bofetón en la mejilla izquierda—. ¡No le toque!

Nassar se llevó la mano a la cara y Klickmann agarró inmediatamente el brazo de Dianne. Quería volver a golpearle, pero de pronto la obligaron a darse la vuelta, tropezó con los pies de Mark y se cayeron ambos al suelo.

—¡No le toque! —chillaba—. ¡Hijo de puta!

Por alguna razón, Nassar se agachó y Dianne le dio una patada en la pantorrilla. Pero iba descalza y no le hizo daño. Klickman se agachó, Mark se esforzaba por levantarse, y Dianne daba patadas, se retorcía y vociferaba.

—¡No le toquen!

Las enfermeras se acercaron y los guardias de seguridad se unieron al grupo, cuando Dianne logró ponerse de pie.

Klickman separó a Mark del grupo. Los dos guardias de seguridad sujetaron a Dianne, que lloraba sin dejar de retorcerse. Nassar se frotaba la cara. Las enfermeras intentaban tranquilizar y consolar a todo el mundo.

Se abrió la puerta y apareció Ricky con un conejo de peluche. Miró a Mark y vio que Klickman le sujetaba las muñecas. Miró a su madre y vio que los guardias de seguridad la sujetaban. Todo el mundo quedó paralizado, con la mirada fija en Ricky. Estaba pálido como la cera. Su pelo se proyectaba en todas direcciones. Tenía la boca abierta, pero no decía palabra.

Entonces empezó aquel gemido profundo que solo Mark ya había oído. Dianne liberó sus muñecas de una sacudida y le cogió en brazos. Las enfermeras la siguieron al interior de la habitación y acostaron a Ricky. Le acariciaron los brazos y las piernas, pero no dejó de gemir. A continuación se llevó el pulgar a la boca y cerró los ojos. Dianne se acostó junto a él y empezó a canturrear mientras le acariciaba el brazo.

—Vámonos, muchacho —dijo Klickman.

—¿Van a esposarme?

—No. No estás detenido.

—Entonces ¿qué coño es esto?

—Esa lengua, niño.

—Vete a la mierda, cabrón, hijo de puta.

Klickman se paró en seco y miró fijamente a Mark.

—Cuidado con lo que dices, niño —le advirtió Nassar.

—Fíjate en tu cara, matón. Creo que se está poniendo azul. Mi madre te ha arreado un buen sopapo. Ja, ja. Ojalá te haya roto los dientes.

Klickman se agachó, colocó las manos sobre sus rodillas y miró fijamente a los ojos de Mark.

—¿Vas a venir con nosotros o quieres que te llevemos a rastras?

—Creéis que os tengo miedo, ¿no es cierto? —respondió Mark después de resoplar, devolviéndole la mirada—. Deja que te diga algo, tarugo: tengo un abogado que me sacará en diez minutos. Es tan buena que esta tarde estaréis buscando empleo.

—Estoy muerto de miedo. Y ahora, vámonos.

Echaron a andar con un policía a cada lado del acusado.

—¿Adónde vamos?

—Al centro de detención juvenil.

—¿Es una especie de cárcel?

—Puede serlo, si no moderas ese lenguaje.

—Tú has derribado a mi madre, ¿lo sabes? Eso te costará el empleo.

—Se lo regalo —respondió Klickman—. Es un trabajo de mierda por tener que tratar con pequeños rufianes como tú.

—Sí, pero no encontrarás otro. Hoy en día no hay muchas salidas para los imbéciles.

Pasaron junto a un grupo de enfermeras y camilleros, y Mark se convirtió de pronto en el centro de atención. Un inocente al que llevaban al cadalso. Se contoneó un poco. Al volver la esquina, se acordó de los periodistas.

Y ellos le recordaron a él. Se disparó un *flash* al llegar junto a los ascensores y dos de aquellos haraganes se colocaron junto a Klickman, papel y lápiz en mano. Esperaban el ascensor.

—¿Es usted policía? —preguntó uno de ellos, con la mirada fija en las zapatillas Nike fosforescentes.

—Sin comentarios.

—Dime, Mark, ¿adónde vas? —preguntó otro, a poco más de un metro.

Se disparó otro *flash*.

—A la cárcel —respondió en voz alta, sin volver la cabeza.

—Cállate, niño —ordenó Nassar, al tiempo que ponía una pesada mano sobre sus hombros.

Había un fotógrafo junto a ellos, casi pegado a la puerta del ascensor. Nassar levantó el brazo para entorpecerle la vista.

—Lárguense —refunfuñó.

—¿Estás detenido, Mark? —preguntó uno de los periodistas.

—No —respondió Klickman en el momento en que se abría la puerta.

Nassar empujó a Mark al interior del ascensor, mientras Klickman bloqueaba la puerta hasta que empezó a cerrarse.

Estaban solos en el ascensor.

—Te has portado de un modo muy estúpido, niño. Realmente estúpido —dijo Klickman moviendo la cabeza.

—Entonces detenedme.

—Muy estúpido.

—¿Es ilegal hablar con los periodistas?

—Limítate a cerrar la boca, ¿de acuerdo?

—¿Por qué no me das una buena paliza, eh, tarugo?

—Me encantaría hacerlo.

—Sí, pero no puedes, ¿no es cierto? Porque no soy más que un niño y tú eres un policía estúpido y grandullón, y si me tocas te echarán, tendrás que rendir cuentas ante el juez y todo lo demás. Tú has derribado a mi madre, tarugo, y esto no acabará aquí.

—Tu madre me ha golpeado —respondió Nassar.

—Me alegro. Sois unos payasos y no tenéis ni idea de lo que ha tenido que soportar. Venís a buscarme y actuáis como si no tuviera importancia, como si por el hecho de ser policías y traer un trozo de papel, mi madre tuviera que sentirse feliz y despedirme con un beso. Sois un par de cretinos. Solo unos tarugos idiotas y grandullones.

Se detuvo el ascensor, se abrieron las puertas y entraron dos médicos. Dejaron de hablar para mirar a Mark. Se cerraron las puertas y siguieron descendiendo.

—¿Pueden creer que estos payasos me han detenido? —preguntó Mark, dirigiéndose a los médicos.

Los doctores miraron a Nassar y Klickman con el entrecejo fruncido.

—Por orden del tribunal tutelar de menores —aclaró Nassar.

¿Por qué no se callaría ese pequeño rufián?

—Hace cinco minutos, ese de los zapatos de fantasía ha derribado a mi madre de un empujón —dijo Mark, al tiempo que gesticulaba en dirección a Klickman—. ¿No les parece increíble?

Ambos médicos contemplaron los zapatos.

—Cállate ya, Mark —ordenó Klickman.

—¿Está bien tu madre? —preguntó uno de los médicos.

—Sí, de maravilla. Mi hermano está en la sala de psiquiatría. Hace unas horas que nuestro remolque ha sido completamente arrasado por un incendio. Y luego aparecen estos maleantes y me detienen en presencia de mi madre. Ese patoso la ha derribado. Está contentísima.

Los médicos miraron a los policías. Nassar bajó la mirada y Klickman cerró los ojos. Se abrieron las puertas y un pequeño grupo subió al ascensor. Klickman se mantuvo cerca de Mark.

Cuando todo estaba silencioso y el ascensor se había puesto de nuevo en movimiento, Mark dijo en voz alta:

—Mi abogado os denunciará, cretinos, supongo que lo sabéis. Mañana os habréis quedado sin empleo.

Ocho pares de ojos se centraron en el rincón y a continuación en la cara de circunstancias del detective Klickman. Silencio.

—Cállate, Mark.

—¿Y si no lo hago? ¿Vas a sacudirme como lo has hecho con mi madre? Arrójame al suelo y dame unas cuantas patadas. ¿Sabes que no eres más que un tarugo, Klickman? Un policía más, gordo y con una pistola. ¿Por qué no adelgazas?

A Klickman empezó a sudarle la frente. Se percató de que los presentes le observaban. El ascensor apenas se movía. Podía haber estrangulado a Mark.

Nassar estaba en el otro rincón posterior y le silbaban los oídos del tortazo que había recibido. No veía a Mark Sway, pero sin duda le oía.

—¿Está bien tu madre? —preguntó una enfermera, que se le acercó preocupada.

—Sí, se lo está pasando de maravilla. Claro que estaría mucho mejor si esos polis la dejaran tranquila. ¿Sabía que me llevan a la cárcel?

—¿Por qué?

—No lo sé. No quieren decírmelo. Yo estaba sin meterme con nadie, intentando consolar a mi madre, porque la caravana donde vivíamos ha sido arrasada por un incendio esta mañana y hemos perdido todo lo que teníamos, cuando han llegado sin previo aviso y ahora me llevan a la cárcel.

—¿Qué edad tienes?

—Solo once años. Pero eso a ellos no les importa. Son capaces de detener a un niño de cuatro años.

Nassar refunfuñó discretamente. Klickman mantenía los ojos cerrados.

—Esto es terrible —dijo la enfermera.

—Tenía que haberlo visto, cuando nos tenían a mí y a mi madre en el suelo. Ha ocurrido hace solo unos minutos, en la sala de psiquiatría. Saldrá en las noticias de la noche. Lea el periódico. Mañana estos payasos estarán de patitas en la calle. Luego les denunciaremos.

El ascensor paró en la planta baja y se apeó todo el mundo.

Insistió en instalarse en el asiento trasero, como un auténtico criminal. El coche era un Chrysler sin distintivos, pero lo detectó a cien metros en el aparcamiento. Nassar y Klickman tenían miedo de hablarle. Se instalaron ambos en los asientos delanteros y guardaron silencio, con la esperanza de que Mark hiciera lo mismo. No tuvieron tanta suerte.

—Habéis olvidado leerme mis derechos —dijo, mientras Nassar conducía tan rápido como podía.

Silencio en el asiento delantero.

—Eh, payasos, habéis olvidado leerme mis derechos.

Silencio. Nassar aumentó la velocidad.

—¿Sabéis cómo leerme mis derechos?

Silencio.

—Oye, tarugo. Sí, tú, el de los zapatos. ¿Sabes cómo leerme mis derechos?

Klickman respiraba con dificultad, pero estaba decidido a no hacerle caso. Curiosamente, a Nassar se le dibujaba una perversa sonrisa bajo el bigote. Paró en un semáforo en rojo, miró a ambos lados y aceleró el motor.

—Escúchame, tarugo, lo haré yo mismo, ¿de acuerdo? Tengo derecho a guardar silencio. ¿Lo has oído? Y si digo algo, esos payasos que sois vosotros tenéis derecho a utilizar-lo contra mí ante el juez. ¿Lo oyes, tarugo? Claro que si digo algo, sois tan imbéciles que lo olvidaréis. Después hay algo sobre el derecho a tener un abogado. ¿Puedes ayudarme con esa parte, tarugo? ¡Eh, tú! ¡Tarugo! ¿Cómo es eso del aboga-do? Lo he visto un millón de veces por televisión.

Tarugo Klickman abrió un poco la ventana para poder res-pirar. Nassar miró sus zapatos y estuvo a punto de echarse a reír. El detenido se había acomodado en el asiento posterior con las piernas cruzadas.

—Pobre tarugo. Ni siquiera sabe leerme mis derechos. Este coche apesta, tarugo. ¿Por qué no lo lavas? Huele a tabaco.

—Tengo entendido que te gusta el humo del tabaco —dijo Klickman enormemente aliviado.

Nassar sonrió a su compañero. Ya le habían aguantado bastante a aquel mocoso.

Mark vio un aparcamiento abarrotado junto a un edificio alto. Numerosos coches de policía estaban alineados frente al mismo. Nassar acercó el coche al edificio y paró delante de la puerta.

Entraron y avanzaron por un largo pasillo. Por fin había dejado de hablar. Ahora estaban en su territorio. Había poli-cías por todas partes. Los carteles dirigían el tráfico a los cala-bozos, a la sala de visitas y a recepción. Muchos rótulos y mu-chas puertas. Se detuvieron junto a un mostrador, tras el cual había una serie de monitores de circuito cerrado. Nassar fir-mó unos papeles. Mark miró a su alrededor. Klickman casi sintió compasión por él. Parecía todavía más pequeño.

Se pusieron de nuevo en movimiento. El ascensor les llevó al cuarto piso, donde pararon junto a otro mostrador. El le-trero de la pared señalaba hacia el ala juvenil y Mark supuso que se estaba acercando a su destino.

Una mujer uniformada, con una carpeta en la mano y una tarjeta de plástico colgada que la identificaba como Doreen, les obligó a detenerse. Hojeó unos papeles y luego la carpeta.

—Aquí dice que el juez Roosevelt quiere a Mark Sway en una habitación individual —dijo.

—No me importa donde le ponga —respondió Nassar—. Quédeselo.

La mujer miraba la carpeta con el entrecejo fruncido.

—Claro, Roosevelt quiere a todos los menores en habitaciones individuales. Cree que esto es el Hilton.

—¿No lo es?

La mujer hizo caso omiso del comentario e indicó a Nassar un papel para que lo firmara.

—Es todo suyo —dijo después de estampar apresuradamente su nombre—. Que Dios la proteja.

Klickman y Nassar se retiraron sin decir palabra.

—Vacíate los bolsillos, Mark —dijo la mujer, al tiempo que le entregaba una gran caja metálica.

Mark sacó un billete de un dólar, unas monedas y un paquete de chicle. Ella lo contó y escribió algo en una ficha, que luego sujetó al fondo de la caja metálica. En una esquina, por encima del mostrador, dos cámaras captaban a Mark, que podía verse a sí mismo en una de las doce pantallas de la pared. Otra mujer uniformada sellaba papeles.

—¿Es esto la cárcel? —preguntó Mark mirando de un lado para otro.

—Lo llamamos centro de detención —respondió la mujer.

—¿Cuál es la diferencia?

Eso pareció molestarla.

—Escúchame, Mark, aquí vienen toda clase de listillos, ¿comprendes? Será mucho mejor para ti que mantengas la boca cerrada —declaró aquella mujer a pocos centímetros de su rostro, con olor a cigarrillos y café solo.

—Lo siento —dijo, y se le llenaron los ojos de lágrimas.

De pronto reaccionó. Estaban a punto de encerrarle en una habitación, lejos de su madre y de Reggie.

—Sígueme —ordenó Doreen, orgullosa de haber restaurado cierta autoridad en su relación.

Avanzó rápidamente con un manojo de llaves colgado de la cintura. Abrió una enorme puerta de madera y empezaron a caminar por un pasillo con puertas metálicas grises equidistantes a ambos lados. Junto a cada pequeño cuarto había un número. Doreen se detuvo junto al 16 y abrió la puerta con una de sus llaves.

—Hemos llegado —dijo.

Mark entró lentamente. El cuarto medía unos cuatro metros de ancho por seis de largo. La luz era brillante y la moqueta estaba limpia. A su derecha había dos literas.

—Elige la que prefieras —dijo Doreen como una verdadera azafata, mientras pasaba la mano por la superior—. Las paredes son de hormigón y las ventanas están blindadas, de modo que no se te ocurra intentar nada.

Mark se percató de que había dos ventanas, una en la puerta y otra por encima del lavabo, pero en ninguna de ellas le habría cabido la cabeza.

—Aquí está el retrete, de acero inoxidable —prosiguió Doreen—. Ya no utilizamos los de cerámica. Tuvimos un chiquillo que rompió una taza y se cortó las venas con un trozo de cerámica. Pero eso ocurrió en el edificio antiguo. Este lugar es mucho más bonito, ¿no crees?

Hermoso, estuvo a punto de decir Mark. Pero se hundía con gran rapidez. Se sentó en la litera inferior y apoyó los codos en las rodillas. La moqueta era verde pálido, semejante a la que había observado en el hospital.

—¿Estás bien, Mark? —preguntó Doreen sin el menor indicio de compasión.

Cumplía con su obligación.

—¿Puedo llamar a mi madre?

—Todavía no. Podrás hacer unas llamadas dentro de una hora aproximadamente.

—¿Puede llamarla usted y decirle que estoy bien? Estará terriblemente preocupada.

Doreen sonrió y se le agrietó el maquillaje alrededor de los ojos.

—Imposible, Mark —respondió acariciándole la cabeza—. Las normas. Pero sabe que estás bien. Santo cielo, aparecerás ante el juez dentro de un par de horas.

—¿Cuánto tiempo permanecen aquí los niños?

—No mucho. A veces unas semanas, pero esto es una especie de alojamiento temporal hasta que son procesados y devueltos a sus casas o mandados a una escuela especial —respondió mientras hacía tintinear las llaves—. Ahora debo marcharme. Las puertas quedan automáticamente trabadas cuando se cierran, y si se abren sin utilizar esta llave que tengo aquí, suena la alarma y se organiza un gran alboroto. De modo que no se te ocurra ninguna idea extraña, ¿de acuerdo, Mark?

—Sí, señora.

—¿Necesitas algo?

—Un teléfono.

—Dentro de un rato, ¿vale?

Doreen cerró la puerta a su espalda. Se oyó un sonoro clic, seguido de silencio.

Contempló durante un buen rato la manecilla de la puerta. Aquello no parecía una cárcel. No había rejas en las ventanas. Las camas y el suelo estaban limpios. Las paredes de hormigón estaban pintadas de un agradable tono amarillo. Las había visto mucho peores en las películas.

Tenía mucho en qué pensar. El gemido de Ricky que se había repetido, el incendio, el derrumbamiento gradual de Dianne, los policías y periodistas que le acosaban. No sabía por dónde empezar.

Se tumbó sobre la litera superior y contempló el techo. ¿Dónde diablos estaba Reggie?

22

La capilla estaba fría y húmeda. Era un edificio redondo, adosado a un mausoleo como un quiste canceroso. Estaba lloviendo y, acurrucados junto a sus furgonetas, había dos equipos de televisión de Nueva Orleans protegidos con paraguas.

El público era considerable, especialmente para un hombre sin familia. Sus restos estaban exquisitamente guardados en una urna de porcelana, sobre una mesa de caoba. De los altavoces del techo emergía una música lúgubre, mientras abogados, jueces y algunos clientes se aventuraban a entrar, para instalarse en las últimas filas. El Navaja avanzó ostentosamente por el pasillo central, seguido de un par de matones. Vestía un apropiado traje negro de chaqueta cruzada, camisa negra y corbata negra. Zapatos negros de piel de lagarto. Su cola de caballo impecable. Llegó tarde y disfrutó de las miradas de los asistentes. Después de todo, conocía a Jerome Clifford desde hacía mucho tiempo.

Cuatro hileras más atrás, el ilustre reverendo Roy Foltrigg, en compañía de Wally Boxx, contemplaba con ceño fruncido la cola de caballo. Los abogados y los jueces miraban a Muldanno, a continuación a Foltrigg, y luego de nuevo a Muldanno. Era extraño verles a ambos en la misma sala.

Paró la música y un sacerdote de creencia indefinida apareció en el pequeño púlpito detrás de la urna. Empezó con una minuciosa necrología de Walter Jerome Clifford, en la que lo único que no incluyó fueron los nombres de sus animales de compañía durante la infancia. No era sorprendente, puesto que, terminada la necrología, había poco que añadir.

Fue una ceremonia breve, tal como lo había solicitado Romey en su nota. Abogados y jueces consultaban sus relojes. Otro lúgubre lamento emergió de las alturas y el sacerdote dio por terminada la ceremonia.

El último adiós a Romey terminó en quince minutos. No hubo llanto. Incluso su secretaria guardó su compostura. Su hija no estaba presente. Muy lamentable. Después de cuarenta y cuatro años de vida, nadie lloró en su funeral.

Foltrigg permaneció en su asiento y miró ceñudamente a Muldanno cuando se dirigía ostentosamente hacia la puerta. Esperó a que se vaciara la capilla y salió seguido de Wally. Allí estaban las cámaras, y eso era precisamente lo que quería. Con anterioridad, Wally había filtrado la noticia de que el gran Roy Foltrigg asistiría al funeral y, también, de que existía la posibilidad de que Barry Muldanno el Navaja estuviera presente. Ni Wally ni Roy tenían la seguridad de que Muldanno asistiera a la ceremonia, pero tratándose solo de una filtración, no importaba que no fuera exacta. Funcionaba.

Un periodista le solicitó un par de minutos y Foltrigg reaccionó como de costumbre. Consultó su reloj, fingió que aquella intrusión le provocaba una terrible frustración y mandó a Wally en busca de la furgoneta.

—De acuerdo, pero sea breve. Tengo que estar en el juzgado dentro de quince minutos.

Hacía tres semanas que no aparecía por el juzgado. Solía hacerlo aproximadamente una vez al mes, pero a juzgar por su forma de hablar vivía en los juzgados, luchando contra los maleantes y protegiendo los intereses de los contribuyentes estadounidenses. Un auténtico cruzado.

Se protegió bajo un paraguas y miró hacia el objetivo de la pequeña cámara. El periodista le acercó un micrófono.

—Jerome Clifford era un rival. ¿Por qué ha asistido a su funeral?

—Jerome era un excelente abogado y un buen amigo mío —respondió con repentina tristeza—. Nos habíamos enfrentado muchas veces, pero siempre con mutuo respeto.

Qué grandeza. Generoso incluso en la muerte. Se odiaban mutuamente, pero lo único que captó la cámara fue la aflicción de un compañero.

—El señor Muldanno ha contratado a otro abogado y ha solicitado un aplazamiento. ¿Cuál es su reacción?

—Como bien sabe, el juez Lamond ha ordenado una vista sobre el aplazamiento mañana a la diez de la mañana. Él será quien tome la decisión. El ministerio fiscal estará listo para el juicio cuando se decida.

—¿Espera encontrar el cadáver del senador Boyette antes del juicio?

—Sí. Creo que la solución está próxima.

—¿Es cierto que estuvo usted en Memphis pocas horas después de que el señor Clifford se quitara la vida?

—Sí —respondió encogiéndose de hombros, como si no tuviera importancia.

—Circulan noticias por Memphis, según las cuales el niño que estaba con el señor Clifford cuando se suicidó puede saber algo sobre el caso Boyette. ¿Hay algo de verdad en ello?

Sonrió tímidamente. Otro de sus trucos.

—No puedo hacer ningún comentario al respecto.

Solía responder con una sonrisa cuando la respuesta era afirmativa pero no podía asegurarlo en público.

Miró a su alrededor como si tuviera prisa y debiera ocuparse de sus múltiples obligaciones.

—¿Sabe el niño dónde está el cadáver?

—Sin comentarios —respondió enojado, al tiempo que aumentaba la lluvia que le mojaba los zapatos y los calcetines—. Debo marcharme.

Después de una hora en la cárcel, Mark estaba dispuesto a huir. Examinó ambas ventanas. La que estaba encima del lavabo tenía tela metálica, pero eso no le importaba. Sin embargo, lo que le preocupaba era que cualquier objeto que saliera por la ventana, incluido un niño, se precipitaría por lo menos dieciséis metros en el vacío, hasta una acera de hormigón con una verja metálica y alambre espinoso. Además, decidió que las ventanas eran demasiado pequeñas y el cristal excesivamente grueso.

Tendría que huir durante el traslado y tal vez capturar a un par de rehenes. Había visto algunas películas excelentes sobre fugas de la cárcel. Su predilecta era *La fuga de Alcatraz*, con Clint Eastwood. Algo se le ocurriría.

Doreen llamó a la puerta, tintineó las llaves y entró en el cuarto. Traía una guía telefónica y un teléfono negro que enchufó en la pared.

—Es tuyo durante diez minutos. Solo llamadas locales.

A continuación desapareció, se oyó el fuerte ruido del cerrojo, y dejó tras de sí un poderoso aroma a perfume barato que le irritaba los ojos.

Encontró el número del Saint Peter, preguntó por la habitación 943 y le comunicaron que no conectaban llamadas a aquella habitación. Pensó que Ricky estaría durmiendo. Malas noticias. Encontró el número de Reggie y oyó la voz de Clint en el contestador automático. Llamó al despacho de Greenway y le comunicaron que el doctor estaba en el hospital. Mark se identificó con precisión y la secretaria le dijo que, según creía, el médico había ido a visitar a Ricky. Llamó de nuevo a Reggie. La misma grabación. Dejó un mensaje urgente: «¡Sácame de la cárcel, Reggie!». Llamó a su casa y oyó otra grabación.

Miró fijamente el teléfono. Le quedaban siete minutos y tenía que hacer algo. Hojeó la guía y encontró el número de la comisaría norte de la policía de Memphis.

—Con el detective Klickman —dijo.

—Un momento —respondió una voz—. ¿Con quién desea hablar? —preguntó otra voz al cabo de unos instantes.

—Con el detective Klickman —respondió procurando parecer duro, después de aclararse la garganta.

—Está de servicio.

—¿A qué hora regresa?

—Alrededor del mediodía.

—Gracias.

Mark colgó y se preguntó si las líneas estarían intervenidas. Probablemente no. Después de todo, aquellos teléfonos era para delincuentes y personas como él, a fin de que pudieran llamar a sus abogados y hablar de sus asuntos. Debían respetar su intimidad.

Grabó en su memoria el número y dirección de la comisaría y hojeó las páginas amarillas en busca de restaurantes.

—Domino's Pizza —respondió atentamente una voz, después de que marcara un número—. ¿En qué puedo servirle?

Mark se aclaró la garganta y procuró que su voz fuera lo más ronca posible.

—¿Pueden mandarme cuatro de sus mejores pizzas?

—¿Eso es todo?

—Sí. Las quiero para las doce.

—¿Su nombre?

—Son para el detective Klickman, comisaría norte.

—¿Dónde las quiere?

—Tráiganlas a la comisaría norte, número treinta y seis treinta y tres de la carretera Allen. Pregunten por el detective Klickman.

—Conocemos el lugar, no pase cuidado. ¿Teléfono?

—Cinco, cinco, cinco, ochenta y nueve, ochenta y nueve.

—Serán cuarenta y ocho dólares y diez centavos —dijo después de una pausa, durante la que se oía la máquina de calcular.

—De acuerdo. No las necesito hasta las doce.

Mark colgó, con el pulso muy acelerado. Pero lo había hecho una vez y podía repetirlo. Encontró los números de Pizza

Hut, las diecisiete que había en Memphis, y empezó a hacer pedidos. Tres respondieron que estaban demasiado lejos del centro de la ciudad. Colgó. Una joven tenía sospechas, porque dijo que le parecía demasiado joven, y también colgó. Pero la mayoría aceptaron tranquilamente sus pedidos, dio la dirección y el número de teléfono, y dejó que la libre empresa se ocupara del resto.

Cuando Doreen llamó a la puerta al cabo de veinte minutos, estaba haciendo un pedido de comida china para Klickman en el Wong Boys. Colgó inmediatamente y se dirigió a las literas. La mujer retiró el teléfono con gran satisfacción, como si le quitara los juguetes a un niño travieso. Pero no había sido lo suficientemente rápida. El detective Klickman había encargado unas cuarenta pizzas de calidad superior y una docena de almuerzos chinos, todos para las doce del mediodía, con un coste global de unos quinientos dólares.

Para su resaca, Gronke se tomaba el cuarto zumo de naranja de la mañana y un nuevo sobre de polvos para la jaqueca. Estaba junto a la ventana de la habitación de su hotel, sin zapatos, con el cinturón y la camisa desabrochados, y escuchaba de mala gana a Jack Nance, que le daba las malas noticias.

—Ha ocurrido hace menos de media hora —decía Nance, sentado sobre la cómoda con la mirada fija en la pared y procurando no pensar en aquel imbécil que le daba la espalda.

—¿Por qué? —refunfuñó Gronke.

—Debe ser cosa del tribunal tutelar de menores. Se lo han llevado directamente a la cárcel. Diablos, es insólito, no pueden coger a un niño, ni a cualquiera para el caso, y llevárselo directamente a la cárcel. Tiene que haberse efectuado algún trámite en el tribunal tutelar. Cal está allí ahora, intentando averiguarlo. No lo sé, puede que pronto sepamos algo. Creo que la documentación del tribunal tutelar está vedada al público.

—Consigan esa maldita documentación, ¿está claro?

Nance estaba agitado, pero se mordió la lengua. Odiaba a Gronke y a su pequeña pandilla de asesinos, y a pesar de que necesitaba los cien dólares por hora, se había hartado de estar en aquel cuarto sucio y maloliente como un lacayo, a la espera de recibir órdenes. Tenía otros clientes. Cal tenía los nervios destrozados.

—Lo estamos intentando —respondió.

—Pongan mayor empeño —dijo Gronke yendo hacia la ventana—. Ahora tendré que llamar a Barry para comunicarle que se han llevado al niño y que está fuera de nuestro alcance. Que está encerrado en algún lugar, probablemente con un policía en la puerta —añadió con la mirada fija en Nance, después de terminarse el zumo de naranja, de arrojar la lata en la dirección aproximada de la papelera, errar el disparo, y de que esta tintineara contra la pared—. Barry querrá saber si hay forma de llegar hasta el niño. ¿Alguna sugerencia?

—Sugiero que dejen al niño tranquilo. Esto no es Nueva Orleans y ese niño no es un rufián cualquiera al que puedan eliminar y asunto resuelto. Es un niño con equipaje, mucho equipaje. La gente está pendiente de él. Si cometen alguna estupidez, se verán acosados por un centener de federales. No podrán ni respirar, y usted y el señor Muldanno se pudrirán en la cárcel. Aquí, no en Nueva Orleans.

—Claro —exclamó Gronke levantando ambas manos con asco, antes de acercarse de nuevo a la ventana—. Quiero que sigan vigilándole. Si le trasladan a algún lugar, quiero que me lo comuniquen inmediatamente. Si le llevan al juzgado, quiero saberlo. Arrégleselas, Nance. Esta es su ciudad. Usted conoce las calles y los callejones. Por lo menos eso se supone. Está muy bien pagado.

—Sí, señor —respondió Nance, antes de abandonar el cuarto.

23

Todos los jueves por la mañana, Reggie pasaba un par de horas en el consultorio del doctor Elliot Levin, su antiguo psiquiatra. Hacía diez años que Levin la llevaba de la mano. Era el arquitecto que había identificado los fragmentos y la había ayudado a recomponerlos. Jamás se interrumpían sus sesiones.

Clint paseaba nervioso por la sala de espera. Dianne había llamado ya dos veces. Le había leído la citación y la solicitud por teléfono. Él había llamado al juez Roosevelt, al centro de detención, al despacho de Levin, y ahora esperaba con impaciencia que dieran las once. La recepcionista intentaba no hacerle caso.

Reggie sonreía cuando el doctor Levin dio la sesión por concluida. Le dio un beso en la mejilla y salieron cogidos de la mano a la elegante antesala donde Clint esperaba. Dejó de sonreír inmediatamente.

—¿Qué ocurre? —preguntó, con la certeza de que algo terrible había sucedido.

—Tenemos que marcharnos —respondió Clint al tiempo que la cogía del brazo y la acompañaba hacia la puerta.

Reggie saludó con la cabeza a Levin, que observaba con interés y preocupación.

—Han detenido a Mark Sway —dijo Clint, cuando llegaron a la acera junto a un pequeño aparcamiento—. Está en la cárcel.

—¡Cómo! ¿Quién?

—La policía. Esta mañana se ha presentado una solicitud alegando que Mark es un delincuente y el juez Roosevelt ha ordenado su detención —explicó Clint—. Cojamos tu coche. Yo conduciré.

—¿Quién ha presentado la solicitud?

—Foltrigg. Dianne ha llamado desde el hospital, donde le han detenido. Ella ha tenido una gran pelea con los policías y Ricky ha vuelto a asustarse. He hablado con ella y le he asegurado que te ocuparías de Mark.

Abrieron y cerraron las puertas del coche de Reggie, y salieron velozmente del aparcamiento.

—Roosevelt ha ordenado una vista para las doce del mediodía —aclaró Clint.

—¡Las doce! Bromeas. Eso es dentro de cincuenta y seis minutos.

—Se trata de una vista urgente. He hablado con él hace aproximadamente una hora y no ha querido comentar la solicitud. En realidad, ha dicho muy poca cosa. ¿Adónde vamos?

—Está en el centro de detención y no puedo sacarle de allí —dijo, después de reflexionar unos instantes—. Vayamos al tribunal tutelar de menores. Quiero ver la solicitud y entrevistarme con Harry Roosevelt. Esto es absurdo, una vista a las pocas horas de presentar una solicitud. La ley dice entre tres y siete días, no entre tres y siete horas.

—Pero ¿no hay alguna excepción para vistas urgentes?

—Sí, pero solo para casos de extrema importancia. Le han contado a Harry una sarta de infundios. ¡Delincuente! ¿Qué ha hecho el niño? Esto es una locura. Solo intentan hacerle hablar, Clint, eso es todo.

—¿Quieres decir que no te lo esperabas?

—Claro que no. No aquí, en el tribunal tutelar de menores. Anticipaba una citación ante un gran jurado en Nueva Orleans, pero no en el tribunal tutelar. No ha cometido ningún delito. No es justo que le hayan detenido.

—Pues lo han hecho.

Jason McThune se abrochó los pantalones y tiró tres veces de la cadena para lograr que bajara el agua por el antiguo retrete. La taza estaba cubierta de manchas de color castaño, el suelo mojado, y dio gracias a Dios de trabajar en un edificio federal donde todo estaba limpio e impecable. Habría preferido trabajar a pico y pala, antes que hacerlo en un tribunal tutelar.

Pero, le gustara o no, ahí estaba trabajando en el caso Boyette, porque así se lo había ordenado K. O. Lewis. Y K. O. recibía sus órdenes del señor F. Denton Voyles, director del FBI desde hacía cuarenta y dos años. Y durante todo aquel tiempo ningún congresista, ni ciertamente ningún senador de Estados Unidos, había sido asesinado. Además, el hecho de que el difunto Boyd Boyette hubiera sido tan escrupulosamente ocultado, era humillante. El señor Voyles estaba consternado, no por el crimen en sí, sino por la incapacidad del FBI para resolverlo satisfactoriamente.

McThune tenía el fuerte presentimiento de que la señora Reggie Love aparecería de un momento a otro, ya que le habían arrebatado a su cliente ante sus propias narices, y suponía que estaría furiosa cuando la viera. Tal vez comprendería que aquellas estrategias jurídicas se fraguaban en Nueva Orleans, no en Memphis, y ciertamente no en su departamento. Sin duda comprendería que él, McThune, no era más que un humilde agente del FBI que se limitaba a cumplir con su obligación y a obedecer las órdenes de los abogados. Tal vez lograría eludirla hasta que estuvieran en la sala.

Tal vez no. Cuando McThune abrió la puerta del servicio y salió al vestíbulo, se encontró cara a cara con Reggie Love, seguida de Clint. Ella le vio inmediatamente y, a los pocos segundos, él estaba de espaldas contra la pared. Reggie estaba agitada.

—Buenos días, señora Love —dijo sonriendo con forzada serenidad.

—Me llamo Reggie, McThune.

—Buenos días, Reggie.

—¿Quién está aquí con usted? —preguntó mirándole fijamente a los ojos.

—¿A qué se refiere?

—A su equipo, su pandilla, su pequeño grupo de conspiradores gubernamentales. ¿Quién está aquí?

No era ningún secreto. Podía revelárselo.

—George Ord, Thomas Fink, de Nueva Orleans, y K. O. Lewis.

—¿Quién es K. O. Lewis?

—El subdirector del FBI, de Washington.

—¿Qué está haciendo aquí?

Sus preguntas eran breves, incisivas y lanzadas como saetas a los ojos de McThune, que estaba de espaldas contra la pared, con miedo a moverse, pero procurando parecer tranquilo. Si Fink, u Ord, o en el peor de los casos K. O. Lewis aparecían en el vestíbulo y le veían en aquella situación, nunca se recuperaría.

—Bueno, el caso es que...

—No me obligue a recordarle aquella grabación, McThune —dijo, recordándosela de todos modos—. Limítese a decirme la verdad.

Clint estaba a su espalda, contemplando a los transeúntes con el maletín en la mano. Parecía un poco sorprendido por aquella confrontación y por la rapidez con que se desenvolvía. McThune se encogió de hombros como si lo hubiera olvidado, pero ahora que lo mencionaba, qué diablos le importaba.

—Creo que Foltrigg ha llamado al señor Lewis y le ha pedido que viniera. Eso es todo.

—¿Eso es todo? ¿Han celebrado una pequeña reunión con el juez Roosevelt esta mañana?

—Sí.

—¿Y no se han molestado en llamarme?

—El juez dijo que la llamaría.

—Comprendo. ¿Se propone declarar durante esta pequeña vista? —preguntó tras retroceder un paso.

McThune respiró con más tranquilidad.

—Lo haré si me llaman como testigo.

Reggie le acercó un dedo a la cara. Su uña era larga, roja, curvada, impecablemente cuidada, y McThune la observaba atemorizado.

—Cíñase a los hechos, ¿de acuerdo? Una mentira, por pequeña que sea, alguna información no solicitada, o algún comentario barato que perjudique a mi cliente, y no tendré piedad de usted, McThune. ¿Comprendido?

Siguió sonriendo, sin dejar de mirar de un lado a otro del vestíbulo, como si se tratara de una insignificante riña entre amigos.

—Comprendido —dijo sonriendo.

Reggie dio media vuelta y se alejó en compañía de Clint. McThune volvió a entrar en los servicios, a pesar de que estaba convencido de que Reggie no tendría inconveniente en seguirle si quería algo.

—¿A qué venía todo eso? —preguntó Clint.

—Solo es cuestión de garantizar su honradez —respondió mientras avanzaban entre multitud de litigantes: aspirantes a la patria potestad, padres delincuentes, menores con problemas, y sus abogados agrupados en pequeños corros a lo largo del pasillo.

—¿Qué es eso de la grabación?

—¿No te lo he contado?

—No.

—Luego la escucharás. Es para troncharse de risa.

Abrió una puerta sobre la que figuraban las palabras JUEZ HARRY M. ROOSEVELT, y entraron en una pequeña sala abarrotada, con cuatro escritorios en el centro de la misma, e hileras de archivos contra las paredes. Reggie se acercó al primer escritorio de la izquierda, donde una atractiva negra escribía a máquina. La placa de la mesa la identificaba como Marcia Riggle. Dejó de mecanografiar y sonrió.

—Hola, Reggie —dijo.

—Hola, Marcia. ¿Dónde está su señoría?

Cuando cumplía años, Marcia recibía flores del despacho de Reggie Love y bombones por Navidad. Era la mano derecha de Harry Roosevelt, un hombre tan ocupado que no tenía tiempo de recordar cosas como reuniones, citas y aniversarios. Pero Marcia siempre los recordaba. Reggie se había ocupado de su divorcio hacía un par de años. Mamá Love le había preparado una lasaña.

—Está en la sala. Debería terminar dentro de quince minutos. Está citada para las doce, ¿lo sabía?

—Eso he oído.

—Ha intentado llamarla toda la mañana.

—Pero no me ha localizado. Esperaré en su despacho.

—Desde luego. ¿Le apetece un bocadillo? Ahora voy a encargar el almuerzo para él.

—No, gracias.

Reggie cogió su maletín e indicó a Clint que se quedara en el vestíbulo e intentara ver a Mark. Eran las doce menos veinte y estaría por llegar.

Marcia le entregó una copia de la solicitud y Reggie entró en el despacho del juez como Pedro por su casa. Cerró la puerta a su espalda.

Harry e Irene Roosevelt también habían degustado la comida de mamá Love. Pocos abogados de Memphis, quizá ninguno, pasaban tanto tiempo en el tribunal tutelar de menores como Reggie Love, y a lo largo de los últimos cuatro años, su relación juez/abogado había pasado del respeto mutuo a una verdadera amistad. Prácticamente el único bien que se le había concedido a Reggie al divorciarse de Joe Cardoni había sido un abono para cuatro espectadores en el estadio de baloncesto de Memphis. Harry, Irene y Reggie habían presenciado muchos partidos en el Pyramid, a veces en compañía de Elliot Levin o algún otro amigo de Reggie. Después del baloncesto solían ir a comer tarta de queso en el Café Expresso de The Peabody o, según el humor de Harry, a cenar en Grisanti's. Harry siempre tenía hambre, siempre pensaba en la comida siguiente. Irene le recordaba su exceso de peso y entonces comía todavía más. A veces Reggie bromeaba sobre el tema, y cada vez que mencionaba kilos o calorías, Harry se interesaba inmediatamente por las pastas y los quesos de mamá Love.

Los jueces son seres humanos. Necesitan tener amigos. Harry podía comer y alternar con Reggie Love o, para el caso, con cualquier otro abogado, y mantener una total imparcialidad.

Le maravilló el organizado caos del despacho del juez. El suelo, cubierto por una antiquísima moqueta pálida, estaba lleno de sumarios y otros eruditos documentos jurídicos, meticulosamente amontonados, con una altura media de unos treinta centímetros. Unas estanterías pandeantes cubrían dos de las paredes, con libros ocultos tras más montones de informes, fichas y documentos, varios centímetros de los cuales colgaban peligrosamente en el aire. Había carpetas y archivadores por doquier. Tres viejas y tristes sillas de madera descansaban delante del escritorio. Una estaba cubierta de documentos. Había otro montón de papeles debajo de la segunda. La tercera estaba temporalmente libre, pero sin duda se utilizaría para archivar algo antes del fin de la jornada. Reggie se sentó en la misma, de cara al escritorio.

Aunque supuestamente era de madera, esta no era visible, a excepción de la parte frontal y los costados. La parte superior podía ser de cuero o de cromo, nadie lo sabría nunca. El propio Harry había olvidado cómo era la parte superior de su escritorio. El nivel superior lo formaban pulcras hileras de documentos, con los que Marcia había formado montones de veinte centímetros. Treinta para el suelo, veinte para el escritorio. Debajo de los mismos, en la capa siguiente, había un enorme calendario de mil novecientos ochenta y seis en el que Harry se había dedicado a dibujar y hacer garabatos mientras los abogados le aburrían con sus argumentos. Debajo del calendario era tierra de nadie. Ni siquiera Marcia se atrevía a investigar.

La secretaria había pegado una docena de notas con papel adhesivo al respaldo de su silla. Evidentemente, los asuntos más urgentes de la mañana.

A pesar del caos de su despacho, Harry Roosevelt era el juez más organizado con el que Reggie se había encontrado en sus cuatro años de ejercicio de la profesión. No tenía que perder tiempo estudiando decretos, porque él había redactado la mayoría de ellos. Se le conocía por su economía de palabras, y sus fallos y sentencias solían ser sucintos desde un punto de vista jurídico. No toleraba informes prolongados por parte de los abogados y perdía la paciencia con los que se recreaban con su propia voz. Administraba inteligentemente su tiempo y Marcia se ocupaba de todo lo demás. Su escritorio y su despacho gozaban de cierta fama en los círculos jurídicos de Memphis, y Reggie sospechaba que eso le gustaba. Sentía gran admiración por él, no solo por su sensatez e integridad, sino por su dedicación al trabajo. Podía haber ascendido hacía muchos años a un cargo de mayor prestigio, con un despacho elegante, subalternos y pasantes, una moqueta limpia y un buen aire acondicionado.

Reggie hojeó la petición. Foltrigg y Fink, cuyas firmas figuraban al final de la misma, eran los solicitantes. Nada detallado, solo alegaciones amplias y generales sobre el menor Mark Sway, por su obstrucción a una investigación federal, al negarse a cooperar con el FBI y el ministerio fiscal del distrito sur de Luisiana. Sentía desdén por Foltrigg cada vez que veía su nombre.

Pero podía ser peor. El nombre de Foltrigg podría aparecer en la citación de un gran jurado, exigiendo la comparecencia de Mark Sway en Nueva Orleans. Sería perfectamente justo y legal que lo hiciera, y a Reggie le sorprendía que hubiera elegido Memphis como arena. Si esta vez no funcionaba, la próxima sería Nueva Orleans.

Se abrió la puerta y entró una enorme toga negra seguida de Marcia, con una lista en la mano y señalando asuntos que requerían una atención inmediata. El juez, que la escuchaba sin mirarla, se desabrochó la toga y la arrojó sobre una silla, la que tenía debajo un montón de documentos.

—Buenos días, Reggie —dijo sonriendo, y le dio unos golpecitos en la espalda al pasar tras ella—. Puede retirarse —añadió dirigiéndose a Marcia, que abandonó el despacho y cerró la puerta.

Recogió las notas del respaldo de su silla sin leerlas y se dejó caer en la misma.

—¿Cómo está mamá Love? —preguntó.

—Muy bien. ¿Y usted?

—De maravilla. No me sorprende verla.

—No era necesario que firmara la orden de detención. Sabe perfectamente, Harry, que yo le habría traído. Anoche se quedó dormido en el balancín de la terraza de mamá Love. Está en buenas manos.

Harry sonrió y se frotó los ojos. Muy pocos abogados le llamaban Harry en su despacho. Pero no le disgustaba cuando era ella quien lo hacía.

—Reggie, Reggie. Nunca cree que convenga detener a sus clientes.

—Eso no es cierto.

—Cree que todo se arregla si puede llevárselos a su casa y darles de comer.

—Ayuda.

—Sí, claro. Pero según el señor Ord y el FBI, el pequeño Mark podría correr un grave peligro.

—¿Qué le han contado?

—Saldrá a relucir en la vista.

—Deben de haber sido bastante convincentes, Harry. Se me ha notificado la celebración de la vista con una hora de antelación. Dudo de que haya algún precedente.

—Creí que le gustaría. Podemos aplazarla para mañana si lo prefiere. No me importa obligar al señor Ord a que espere.

—No con Mark detenido. Suéltelo bajo mi responsabilidad y celebremos la vista mañana. Necesito tiempo para pensar.

—Me da miedo soltarle antes de escuchar las pruebas.

—¿Por qué?

—Según el FBI, actualmente hay algunos personajes muy peligrosos en la ciudad cuya intención puede ser la de cerrarle la boca. ¿Conoce al señor Gronke y a sus amigos Bono y Pirini? ¿Ha oído hablar de ellos alguna vez?

—No.

—Yo tampoco, hasta esta mañana. Al parecer esos caballeros han llegado a nuestra bella ciudad procedentes de Nueva Orleans, y son estrechos colaboradores del señor Barry Muldanno, conocido en su tierra como el Navaja. Doy gracias a Dios de que el crimen organizado no haya llegado nunca a Memphis. Eso me da miedo, Reggie, mucho miedo. Esos individuos no se andan con juegos.

—A mí también me asusta.

—¿Ha recibido alguna amenaza?

—Sí. Ayer en el hospital. Me lo contó y desde entonces ha estado conmigo en todo momento.

—De modo que ahora es su guardaespaldas.

—No, no lo soy. Pero no creo que la ley de enjuiciamiento le otorgue derecho a ordenar la detención de niños que puedan estar en peligro.

—Querida Reggie, yo fui quien la redactó. Puedo firmar una orden de detención contra cualquier niño que haya cometido presuntamente algún delito.

Ciertamente, él había redactado la ley de enjuiciamiento. Hacía mucho tiempo que los tribunales de apelación habían dejado de cuestionar las decisiones de Harry Roosevelt.

—Y según Foltrigg y Fink, ¿qué pecados ha cometido Mark?

Harry sacó un par de pañuelos de un cajón y se sonó la nariz.

—No puede guardar silencio, Reggie. —Volvió a sonreír—. Si sabe algo, debe contárselo. Usted lo sabe perfectamente.

—Usted supone que sabe algo.

—Yo no supongo nada. La solicitud contiene ciertas alegaciones basadas parcialmente en hechos y parcialmente en supuestos. Seguramente como todas las peticiones, ¿no le parece? Nunca conocemos la verdad hasta que se celebra la vista.

—¿Cuánto cree de la basura que escribe Artero Moeller?

—Yo no creo nada, Reggie, hasta que lo oigo bajo juramento en la sala, y entonces creo el diez por ciento.

Se hizo una larga pausa, mientras el juez dudaba sobre si formular la pregunta.

—Dígame, Reggie, ¿qué sabe el niño?

—Usted sabe perfectamente, Harry, que esta información es confidencial.

—De modo que sabe más de lo que dice —dijo sonriendo.

—Podría decirse que así es.

—Si es fundamental para la investigación, Reggie, debe revelarlo.

—¿Y si se niega?

—No lo sé. Lo resolveremos cuando ocurra. ¿Es inteligente ese muchacho?

—Mucho. Padres divorciados, padre ausente, madre que trabaja y el niño se ha criado en las calles. Lo habitual. Ayer hablé con su profesor de quinto y saca sobresaliente en todo, menos en matemáticas. Es muy inteligente, además de ser un lince en la calle.

—Sin antecedentes.

—Ninguno. Es un gran muchacho, Harry. A decir verdad, extraordinario.

—La mayoría de sus clientes lo son, Reggie.

—Este es especial. No está aquí por culpa suya.

—Confío en que reciba pleno asesoramiento por parte de su abogado. La vista podría ser peliaguda.

—La mayoría de mis clientes reciben pleno asesoramiento.

—Sin duda alguna.

Después de llamar suavemente a la puerta, Marcia entró en el despacho.

—Ha llegado su cliente, Reggie. Sala de testigos C.

—Gracias —respondió Reggie después de ponerse de pie para dirigirse a la puerta—. Nos veremos dentro de unos minutos, Harry.

—Sí. Escúcheme. Soy muy severo con los niños que no me obedecen.

—Lo sé.

Estaba sentado en una silla apoyada contra la pared, con los brazos cruzados y aspecto frustrado. Hacía ya tres horas que le trataban como a un condenado y empezaba a acostumbrarse a ello. Se sentía seguro. No había recibido ninguna paliza por parte de la policía ni de otros detenidos.

La sala era diminuta, sin ventanas y con mala iluminación. Entró Reggie y acercó una silla plegable. Había estado muchas veces en la misma sala, en circunstancias idénticas. Mark le sonrió, evidentemente aliviado.

—¿Cómo te sienta la cárcel? —preguntó Reggie.

—Todavía no me han dado de comer. ¿Podemos denunciarles?

—Tal vez. ¿Cómo está Doreen, la dama de las llaves?

—Es una necia. ¿La conoces?

—He estado aquí muchas veces, Mark. Es mi trabajo. Su marido está cumpliendo treinta años por el atraco de un banco.

—Estupendo. Me interesaré por él si vuelvo a verla. ¿Volverán a mandarme allí, Reggie? Me gustaría saber qué está ocurriendo.

—Es muy sencillo. Dentro de unos minutos se celebrará una vista ante el juez Harry Roosevelt que podrá durar un par de horas. El ministerio fiscal y el FBI alegan que posees cierta información de importancia, y creo que podemos estar seguros de que pedirán al juez que te obligue a hablar.

—¿Puede obligarme el juez?

Reggie hablaba con mucha lentitud y cautela. Era un niño de once años, inteligente y con mucha sabiduría cellejera, pero había visto a muchos como él y sabía que, en aquel momento, no era más que un chiquillo asustado. Puede que escuchara sus palabras, pero también puede que no las escuchara. O también cabía la posibilidad de que escuchara lo que le apeteciera escuchar. Por consiguiente, debía tener mucho cuidado.

—Nadie puede obligarte a hablar.

—Bien.

—Pero el juez puede mandarte de nuevo a la celda si no lo haces.

—¡De regreso a la cárcel!

—Efectivamente.

—No lo comprendo. No he hecho nada malo y estoy en la cárcel. Sencillamente no lo comprendo.

—Es muy sencillo. Si, y hago hincapié en la palabra «si», el juez Roosevelt te ordena que respondas a ciertas preguntas, y «si» te niegas a hacerlo, entonces puede detenerte por desacato al tribunal, por no haber contestado, por haberle desobedecido. Ahora bien, no he conocido ningún caso en el que se condenara a un niño de once años por desacato, pero si fueras mayor de edad y te negaras a responder a las preguntas del juez, irías a la cárcel por desacato.

—Pero soy un niño.

—Sí, pero no creo que te deje en libertad si te niegas a responder a sus preguntas. Compréndelo, Mark, la ley es muy clara en este sentido. Una persona que posea información esencial para una investigación criminal no puede callársela por el hecho de sentirse amenazada. En otras palabras, no puedes mantener la boca cerrada por miedo a lo que pueda ocurriros a ti o a tu familia.

—Esa ley es verdaderamente estúpida.

—A mí tampoco me parece justa, pero eso no es lo importante. Es la ley y no admite excepciones, ni siquiera para los menores de edad.

—¿De modo que me mandarán a la cárcel por desacato?

—Es muy posible.

—¿Podemos denunciar al juez o hacer algo para salir de este atolladero?

—No. No podemos denunciar al juez. Además, el juez Roosevelt es muy justo y muy buena persona.

—Me muero de impaciencia por conocerle.

—Ya falta poco.

La silla de Mark se mecía rítmicamente contra la pared mientras reflexionaba.

—¿Cuánto tiempo puedo pasar en la cárcel?

—En el supuesto, evidentemente, de que el juez ordene que ingreses en prisión, probablemente permanecerás encarcelado hasta que decidas obedecer sus órdenes. Hasta que hables.

—De acuerdo. Supongamos que decido no hablar, ¿cuánto tiempo permaneceré en la cárcel? ¿Un mes? ¿Un año? ¿Diez años?

—No puedo responderte, Mark. Nadie lo sabe.

—¿El juez no lo sabe?

—No. Si ordena que ingreses en prisión por desacato al tribunal, dudo que tenga idea del tiempo que permanecerás encarcelado.

Hubo otra larga pausa. Había pasado tres horas en el pequeño cuarto de Doreen y no estaba tan mal. Había visto películas en las que pandillas de presos se peleaban y se sublevaban, y utilizaban armas de fabricación casera para matar a los chivatos. Los carceleros torturaban a los reclusos. Los presos se atacaban mutuamente. Hollywood en su apogeo. Pero aquel lugar era distinto.

Además, ¿cuál era su alternativa? Sin ningún lugar al que pudiera llamar su casa, la familia Sway vivía ahora en la habitación 943 del hospital Saint Peter de beneficencia. Pero la idea de su madre y de Ricky solos, luchando sin su ayuda, le resultaba insoportable.

—¿Has hablado con mi madre? —preguntó.

—No, todavía no. Lo haré después de la vista.

—Estoy preocupado por Ricky.

—¿Quieres que tu madre esté en la sala durante la vista? Tendría que estar aquí.

—No. Ya tiene bastantes preocupaciones. Tú y yo podemos resolver este embrollo.

Reggie le dio unas palmaditas en la rodilla y le entraron ganas de llorar.

—Un momento —exclamó cuando alguien llamó a la puerta.

—El juez está listo —respondió una voz.

Mark respiró hondo y miró fijamente la mano de Reggie sobre su rodilla.

—¿Puedo ampararme en la Quinta Enmienda?

—No. No puedes hacerlo. Ya he pensado en ello. No te formularán preguntas que te incriminen a ti. El objeto de las preguntas será el de obtener la información que puedas poseer.

—No comprendo.

—No te lo reprocho. Escúchame atentamente, Mark. Intentaré explicártelo. Quieren saber lo que Jerome Clifford te contó antes de morir. Te formularán preguntas muy específicas relacionadas con lo sucedido antes del suicidio. Te preguntarán si Clifford te dijo algo acerca del senador Boyette. Nada de lo que digas puede incriminarte en modo alguno en el asesinato del senador Boyette. ¿Comprendes? No tuviste nada que ver con lo sucedido. Ni tampoco tuviste nada que ver con el suicidio de Jerome Clifford. No has quebrantado ninguna ley, ¿comprendes? No se te considera sospechoso de ningún crimen ni delito. Tus respuestas no pueden incriminarte. Por consiguiente, no puedes ampararte en la Quinta Enmienda. ¿Comprendes? —preguntó con la mirada fija en sus ojos, después de una pausa.

—No. Si no he cometido ningún delito, ¿por qué me ha detenido la policía y me han llevado a la cárcel? ¿Por qué estoy aquí a la espera de una vista?

—Estás aquí porque creen que sabes algo importante y porque, como ya te he dicho, todo ciudadano tiene la obligación de cooperar con los agentes del orden público en sus investigaciones.

—Sigo creyendo que la ley es estúpida.

—Puede que así sea. Pero no podemos cambiarla hoy.

Mark inclinó la silla y la apoyó sobre sus cuatro patas.

—Necesito saber algo, Reggie. ¿Por qué no puedo decirles simplemente que no sé nada? ¿Qué me impide decirles que el viejo Romey y yo hablamos del suicidio, del cielo y del infierno, y cosas por el estilo?

—¿Hablas de mentir?

—Sí. Estoy seguro de que funcionará. Nadie conoce la verdad, a excepción de Romey, tú y yo. ¿No es cierto? Y Romey, bendito sea, no hablará.

—No puedes mentir en la sala, Mark —dijo Reggie con toda la sinceridad de la que fue capaz.

Había perdido muchas horas de sueño intentando encontrar la respuesta a aquella inevitable pregunta. Anhelaba poder decirle: «¡Sí! ¡Eso es! ¡Miente, Mark, miente!».

Le dolía el estómago y casi le temblaban las manos, pero no perdió el temple.

—No puedo permitir que mientas en la sala. Estarás bajo juramento y, por consiguiente, debes decir la verdad.

—En tal caso, ¿no crees que he cometido un error contratándote?

—Creo que no.

—Estoy seguro de que ha sido una equivocación. Me obligas a decir la verdad y, en este caso, la verdad puede costarme la vida. Si no fuera por ti entraría en la sala, mentiría con toda tranquilidad, y mi madre, Ricky y yo estaríamos a salvo.

—Puedes despedirme si lo deseas. La sala te asignará otro abogado.

Mark se puso de pie, se dirigió al rincón más oscuro de la sala y empezó a llorar. Reggie vio cómo agachaba la cabeza y se le hundían los hombros. Se cubrió los ojos con el reverso de la mano derecha y creció su llanto.

A pesar de que lo había presenciado muchas veces, ver a un niño asustado y sufriendo le resultaba terriblemente doloroso. Reggie tampoco pudo contener las lágrimas.

24

Dos agentes le condujeron al interior de la sala por una puerta lateral, lejos del vestíbulo donde se sabía que acechaban los curiosos, pero Artero Moeller había previsto aquella pequeña maniobra y observaba tras un periódico, a pocos metros de distancia.

Reggie seguía a su cliente y a los agentes. Clint esperaba fuera. Eran casi las doce y cuarto, hora de almorzar, y había disminuido la actividad del tribunal tutelar.

La sala era de una forma y diseño que Mark nunca había visto por televisión. ¡Era pequeña! Y estaba vacía. No había bancos ni asientos para los espectadores. El juez estaba en una tarima, entre dos banderas, con solo la pared a su espalda. En medio de la sala, frente al juez, había dos mesas, una de ellas ya ocupada por unos individuos de traje oscuro. A la derecha del juez había una diminuta mesa, donde una mujer madura hojeaba un montón de papeles, aparentemente hastiada, hasta que Mark entró en la sala. Una hermosa joven estaba sentada frente a una máquina estenográfica, exactamente delante del estrado. Llevaba una falda corta y sus piernas llamaban mucho la atención. No podía tener más de dieciséis años, pensó Mark, mientras seguía a Reggie hacia su mesa. Un oficial del juzgado con una pistola en la cadera completaba el reparto.

Mark se instaló en su asiento, muy consciente de que todas las miradas se centraban en él. Los dos agentes que le habían acompañado abandonaron la sala, y después de cerrar la puerta, el juez volvió a hojear el informe. Hasta entonces habían esperado al menor y a su abogado, y ahora todos los demás debían esperar al juez. Así lo exigía el protocolo.

Reggie sacó un solo cuaderno del maletín y empezó a tomar notas. En una de las manos tenía un pañuelo, con el que se secaba los ojos. Mark miraba fijamente la mesa, con los ojos todavía húmedos, pero decidido a ser duro y soportar aquel suplicio. La gente le miraba.

Fink y Ord admiraban las piernas de la taquígrafa, cuya falda llegaba a medio camino entre las rodillas y las caderas. Era ceñida y parecía ascender una fracción de centímetro más o menos por minuto. El trípode que sostenía la máquina se erguía firme entre sus rodillas. En la intimidad de la pequeña sala de Harry, les separaban menos de tres metros, y lo último que necesitaban era una distracción. Pero no dejaban de mirarla. ¡Ahora! Acababa de subir otro medio centímetro.

Baxter L. McLemore, un joven abogado recién salido de la facultad, era un manojo de nervios sentado junto al señor Fink y al señor Ord. Era uno de los ayudantes más novatos en la fiscalía del condado y aquel día le había correspondido ocuparse de la acusación en el tribunal tutelar de menores. Ciertamente aquel no era el aspecto más glorioso de la acusación, pero estar sentado junto a George Ord era bastante emocionante. No sabía nada del caso Sway, pero el señor Ord le había explicado en el pasillo, pocos minutos antes de entrar en la sala, que el señor Fink se ocuparía de todo durante la vista. Con la venia de la sala, evidentemente. Lo único que se esperaba de Baxter era que permaneciera en su lugar, atento y con la boca cerrada.

—¿Está la puerta cerrada con llave? —preguntó finalmente el juez al oficial del juzgado.

—Sí, señor.

—Muy bien. He revisado la petición y podemos proseguir. Conste en acta que el niño está presente, acompañado de su abogado, y que la madre del menor, que presuntamente ejerce la patria potestad, ha recibido esta mañana una citación y una copia de la solicitud. Sin embargo, no está presente en la sala y esto me preocupa —dijo Harry antes de hacer una pausa momentánea, durante la que parecía leer el informe.

Fink decidió que aquel era el momento adecuado para darse a conocer. Se puso lentamente de pie, se abrochó la chaqueta y se dirigió a la sala:

—Con la venia de su señoría y para que conste en acta, me llamo Thomas Fink y soy ayudante del fiscal federal en el distrito sur de Luisiana.

Harry levantó lentamente la mirada del informe hasta posarla en Fink, que estaba de pie, erguido, muy ceremonioso, con el entrecejo inteligentemente fruncido y abrochándose todavía el botón superior de la chaqueta.

—Soy uno de los firmantes de la solicitud que nos ocupa —prosiguió Fink—, y con la venia de su señoría, desearía referirme al tema de la presencia de la madre del niño.

Harry se limitaba a mirarle fijamente, sin decir palabra, como si no diera crédito a sus oídos. Reggie no pudo evitar sonreírse y le guiñó el ojo a Baxter McLemore.

El juez se inclinó hacia delante y apoyó los codos en el estrado, aparentemente fascinado por la sabiduría que fluía de aquella privilegiada mente jurídica. Fink se había ganado la atención del público.

—Con la venia de su señoría —siguió diciendo el fiscal—, nosotros, los solicitantes, consideramos que dada la naturaleza urgente de este asunto, la vista debe celebrarse inmediatamente. El niño está representado por un abogado, un abogado bastante competente dicho sea de paso, y la ausencia de la madre no perjudicará ninguno de los derechos legales del menor. Según tenemos entendido, la presencia de la madre es requerida junto a la cama de su hijo menor y, bueno, quién sabe cuándo estará en condiciones de asistir a una vista. Simplemente creemos, su señoría, que es importante proseguir inmediatamente con la vista.

—¡No me diga! —exclamó Harry.

—Sí, señor. Así lo consideramos.

—Lo que debe considerar, señor Fink —dijo muy lentamente Harry, levantando la voz y señalándole con el dedo—, es no moverse de esa silla. Le ruego que se siente y que me escuche con mucha atención, porque no pienso repetirlo. Y si me veo obligado a repetirlo, lo haré mientras le esposan para conducirle a nuestra espléndida cárcel, donde pasará la noche.

Fink se dejó caer en su silla con la boca abierta, atónito.

—Escúcheme, señor Fink —prosiguió Harry mirándole por encima de las gafas—. Esta no es una de las sofisticadas salas de Nueva Orleans, ni yo soy uno de sus jueces federales. Esta es mi pequeña sala privada, donde las normas las decido yo, señor Fink. Según la primera de dichas normas, en mi sala solo hablará cuando le hable yo primero. Según la segunda norma, no obsequiará a su señoría con exclamaciones, comentarios ni discursos no solicitados. La norma número tres declara que a su señoría no le gusta oír las voces de los abogados. Su señoría oye dichas voces desde hace veinte años y su señoría sabe lo mucho que les gusta a los abogados oírse a sí mismos. Norma número cuatro, no ponerse de pie en mi sala. Permanezca junto a su mesa y hable lo menos posible. ¿Comprende las normas, señor Fink?

Fink le miró pasmado e intentó asentir. Pero Harry no había terminado.

—Esta sala es diminuta, señor Fink, diseñada por mí mismo hace muchos años para vistas a puerta cerrada. Todos podemos vernos y oírnos con mucha facilidad, de modo que mantenga la boca cerrada, el culo en su asiento, y nos llevaremos de maravilla.

Fink todavía intentaba asentir. Se agarró a la silla, decidido a no volver a levantarse. A su espalda, McThune, que detestaba a los abogados, apenas logró reprimir una sonrisa.

—Señor McLemore, tengo entendido que el señor Fink se dispone a ocuparse de la acusación. ¿Está usted de acuerdo?

—No tengo ningún inconveniente, su señoría.

—Cuenta con la aprobación de la sala. Pero procure que no se mueva de su silla.

Mark estaba aterrorizado. Esperaba encontrarse con un viejo amable, cargado de simpatía y compasión. No con eso. Miró de reojo al señor Fink, a quien se le había puesto el cuello rojo como un tomate y tenía la respiración alterada, y casi le dio pena.

—Señora Love —dijo entonces el juez en un tono ahora muy amable y compasivo—, tengo entendido que puede tener algo que objetar en nombre del niño.

—Sí, su señoría —respondió con determinación en dirección a la taquígrafa, después de inclinarse sobre la mesa—. Tenemos varias objeciones y quiero que consten en acta.

—Por supuesto —dijo Harry, como si Reggie Love pudiera disponer de todo lo que deseara.

Fink se hundió en su silla y se sintió todavía más estúpido. Como para volver a intentar impresionar a la sala con una exhibición inicial de elocuencia.

—Con la venia de su señoría —dijo Reggie, después de consultar sus notas—, solicito que la transcripción de este proceso se mecanografíe y prepare cuanto antes, para facilitar una apelación urgente si fuera necesario.

—Así lo ordeno.

—Tengo varias objeciones respecto a esta vista. En primer lugar, no se ha avisado con la antelación suficiente al niño, ni a su madre, ni a su abogado. Han transcurrido aproximadamente tres horas desde la entrega de la citación a la madre del niño, y a pesar de que hace tres días que le represento como abogado, hecho conocido por todos los interesados en este asunto, no se me ha comunicado la celebración de esta vista hasta hace setenta y cinco minutos. Esto es injusto, absurdo y un abuso por parte de la sala.

—¿Cuándo le parecería oportuno celebrar la vista, señora Love? —preguntó Harry.

—Hoy es jueves —dijo Reggie—. ¿Qué le parecería el martes o miércoles de la semana próxima?

—Muy bien. Digamos el martes a las nueve de la mañana —declaró Harry mirando a Fink, que seguía inmóvil y demasiado asustado para responder—. Pero tenga en cuenta, señora Love, que el niño permanecerá detenido hasta entonces.

—El niño no merece estar detenido, su señoría.

—Pero he firmado una orden de detención y no es mi intención rescindirla hasta que se haya celebrado la vista. Nuestro código, señora Love, contempla la detención inmediata de presuntos delincuentes, y su cliente no recibe un trato distinto a los demás. Por otra parte, existen también otras consideraciones en el caso de Mark Sway, de las que estoy seguro hablaremos en breve.

—Retiro la petición de aplazamiento si mi cliente debe permanecer en la cárcel.

—Muy bien —respondió cortésmente su señoría—. Conste en acta que la sala ha ofrecido un aplazamiento y el niño lo ha rechazado.

—Y que conste también en acta que el niño ha rechazado el aplazamiento porque no desea permanecer en el centro de detención juvenil más tiempo del indispensable.

—Conste —dijo Harry con una ligera sonrisa—. Por favor, señora Love, prosiga.

—Consideramos también improcedente la ausencia de la madre del niño. Debido a graves circunstancias, su presencia no es posible en la sala en este momento, y tenga en cuenta su señoría que la pobre mujer ha recibido la citación hace escasamente tres horas. El niño inculpado tiene solo once años y merece la ayuda de su madre. Como bien sabe su señoría, nuestro código subraya la importancia de la presencia de los padres en estas vistas y no es justo proceder sin que la madre de Mark esté presente.

—¿Cuándo puede estar disponible la señora Sway?

—Nadie lo sabe, su señoría. Está literalmente recluida en

el hospital junto a su hijo, que padece *shock* postraumático. Los médicos solo le permiten abandonar la habitación unos minutos. Podrían transcurrir semanas antes de que estuviera disponible.

—¿Propone entonces un aplazamiento indefinido de la vista?

—Sí, señor.

—Muy bien. Concedido. Evidentemente, el niño permanecerá detenido hasta la celebración de la misma.

—Mi cliente no tiene por qué estar en la cárcel. Comparecerá ante el tribunal cuando se le ordene. No supone ventaja alguna mantenerle encarcelado.

—Hay factores muy complejos en este caso, señora Love, y no estoy dispuesto a autorizar la puesta en libertad del niño antes de que se celebre la vista y se determine lo que sabe. Es así de sencillo. No me parece prudente ponerle ahora en libertad. Si lo hiciera y le ocurriera algún percance, me sentiría eternamente culpable. ¿Comprende lo que le digo, señora Love?

Lo comprendía perfectamente, pero no quería admitirlo.

—Me temo que basa esta decisión en hechos no demostrados.

—Puede que así sea. Pero gozo de una amplia discreción en estos asuntos y, hasta que oiga las pruebas, no estoy dispuesto a soltarle.

—Facilitará la apelación —replicó Reggie.

A Harry no le gustó.

—Conste en acta que la sala ha ofrecido un aplazamiento de la vista hasta que la madre del niño inculpado pudiera estar presente, y que el aplazamiento ha sido rechazado por el niño.

—Y conste también en acta —se apresuró a añadir Reggie— que el niño ha rechazado el aplazamiento porque no desea permanecer en el centro de detención juvenil más tiempo del indispensable.

—Así conste. Por favor, señora Love, prosiga.

—El niño inculpado solicita que la petición presentada ante esta sala sea sobreseída, basándose en que las alegaciones de la misma carecen de fundamento y la solicitud se ha presentado con el propósito de explorar lo que el niño pueda saber. Los solicitantes, Fink y Foltrigg, utilizan esta vista como expedición de pesca, en su desesperada investigación criminal. Su solicitud, consistente en una descabellada retahíla de posibilidades y especulaciones, ha sido presentada bajo juramento sin el más mínimo indicio de realidad palpable. Están desesperados, su señoría, y disparan en la oscuridad con la esperanza de acertar en el blanco. La petición debería ser sobreseída y el asunto zanjado.

—Me inclino a estar de acuerdo —dijo Harry con la mirada fija en Fink—. ¿Algo que objetar?

Instalado cómodamente en su silla, a Fink le había encantado comprobar cómo su señoría rechazaba las dos primeras objeciones de Reggie. Su respiración casi se había normalizado y la piel de su rostro había recuperado su color rosado, cuando de pronto el juez estaba de acuerdo con ella y le miraba fijamente.

Fink estuvo a punto de incorporarse de un brinco, pero permaneció en su silla y empezó a tartamudear:

—Bien, e... el caso es, su señoría, que de... demostraremos las alegaciones, si se nos brinda la oportunidad de hacerlo. Creemos en la veracidad de lo que se declara en la solicitud...

—Eso espero —replicó Harry.

—Además, su señoría, estamos convencidos de que ese niño impide el progreso de una investigación. Sí, señor, confiamos en poder demostrar lo que alegamos.

—¿Y de no ser así?

—Bueno..., estoy seguro de que...

—¿Se da usted cuenta, señor Fink, de que si después de presentar sus pruebas yo llegara a la conclusión de que lo suyo es un juego, podría acusarle de desacato? Y conociendo a la señora Love como la conozco, estoy seguro de que le pediría daños y perjuicios para el niño.

—Con la venia de su señoría, nos proponemos presentar una denuncia a primera hora de la mañana —añadió inmediatamente Reggie— contra el señor Fink y Roy Foltrigg, por abuso de esta sala y de la ley de enjuiciamiento de menores del estado de Tennessee. Mi ayudante la está redactando en estos momentos.

Su ayudante estaba sentado en el vestíbulo, comiendo una barra de Snickers y saboreando una Coca-Cola *light.* Pero la amenaza parecía terrible en la sala.

Fink miró a George Ord, su coacusador, que estaba sentado junto a él confeccionando una lista de tareas para la tarde, ninguna de las cuales tenía nada que ver con Mark Sway o Roy Foltrigg. Ord supervisaba a veintiocho abogados que trabajaban en muchos otros casos, y sencillamente no tenía ningún interés por Barry Muldanno, ni por el cuerpo de Boyd Boyette. No estaban en su jurisdicción. Ord era un hombre ocupado, demasiado ocupado para perder su valioso tiempo como faraute de Roy Foltrigg.

Pero Fink no era un peso pluma. Había experimentado una buena variedad de juicios nefastos, jueces hostiles y jurados escépticos.

—Con la venia de su señoría —dijo, afianzándose cómodamente en su territorio—, la solicitud que nos ocupa es en cierto modo como un auto de procesamiento. Su veracidad no podrá establecerse sin la celebración de la vista, y si se nos impide proceder, no lograremos demostrar nuestras alegaciones.

—Dejaré la solicitud de sobreseimiento bajo consideración —declaró Harry mirando a Reggie— y escucharé las pruebas de los solicitantes. Si no logran demostrar sus alegaciones, concederé la petición de la defensa y pasaremos a la siguiente etapa.

Reggie se encogió de hombros, como si ya se lo esperara.

—¿Algo más, señora Love?

—Nada de momento.

—Señor Fink, llame a su primer testigo —dijo Harry—. Y procure ser breve. Vaya directamente al grano. Si nos hace perder el tiempo, intervendré enérgicamente para acelerar el proceso.

—Sí, señor. Nuestro primer testigo es el sargento Milo Hardy de la policía de Memphis.

Mark había permanecido inmóvil durante esas escaramuzas iniciales. No estaba seguro de que Reggie las hubiera ganado o perdido, y por alguna razón, no le importaba. Había algo injusto en un sistema en el que se obligaba a un niño a comparecer en una sala donde los abogados discutían y se lanzaban estocadas entre sí, bajo la mirada desdeñosa de un juez, árbitro de la contienda, y que sumergido en aquel cenagal de leyes, decretos, peticiones y jerga jurídica, se supusiera que el menor debía comprender lo que le ocurría. Era terriblemente injusto.

De modo que se limitaba a permanecer ahí sentado, con la mirada fija en el suelo, cerca de la taquígrafa. Sus ojos estaban todavía húmedos y no lograba que se secaran.

Se hizo un silencio en la sala, en espera del sargento Hardy. Su señoría se acomodó en su silla y se quitó las gafas.

—Quiero que lo siguiente conste en acta —dijo el juez con la mirada fija en Fink—: este asunto es privado y confidencial. La vista se celebra a puerta cerrada por buenas razones. Prohibo a todos los presentes que repitan una sola palabra pronunciada hoy en esta sala, o comenten cualquier aspecto de este proceso. Comprendo, señor Fink, que usted tiene la obligación de informar al fiscal federal de Nueva Orleans y que el señor Foltrigg, como solicitante, tiene derecho a saber lo que ocurra en esta sala. Cuando hable con él, le ruego le comunique que estoy muy enojado por su ausencia. Ha firmado la petición y debería estar presente en la sala. A él y solo a él, puede contarle lo ocurrido. A ninguna otra persona. Y dígale que no abra su bocaza, ¿comprendido, señor Fink?

—Sí, su señoría.

—Y advierta al señor Foltrigg que, al menor indicio de indiscreción, le acusaré de desacato y ordenaré su encarcelamiento.

—Sí, su señoría.

A continuación fijó su mirada en McThune y K. O. Lewis, que estaban sentados detrás de Fink y Ord.

—Señor McThune y señor Lewis, pueden abandonar la sala —declaró inesperadamente Harry.

Ambos se incorporaron de un brinco, al tiempo que Fink volvía la cabeza para mirarles, antes de dirigirse al juez.

—Con la venia de su señoría. ¿No sería posible que estos caballeros permanecieran...?

—Acabo de ordenarles que abandonen la sala, señor Fink —respondió Harry levantando la voz—. Si van a declarar, se les llamará a su debido tiempo. Si no van a hacerlo, no tienen por qué estar en la sala y pueden esperar en el vestíbulo con el resto del rebaño. Y ahora, caballeros, prosigamos.

McThune se dirigió hacia la puerta a grandes zancadas, sin el menor indicio de sentirse ofendido, pero a K. O. Lewis le había tocado el amor propio. Se abrochó la chaqueta y miró fijamente a su señoría, pero solo un instante. Nadie había logrado aguantarle la mirada a Harry Roosevelt, y K. O. Lewis no estaba dispuesto a intentarlo. Se dirigió lentamente a la puerta, que McThune había dejado abierta.

A los pocos segundos, el sargento Hardy entró en la sala y ocupó su lugar como testigo en el estrado. Iba perfectamente uniformado. Acomodó su amplio trasero en la silla y esperó. Fink permanecía inmóvil, temeroso de empezar antes de que se le autorizara a hacerlo.

El juez Roosevelt deslizó su silla hacia un extremo del estrado y observó a Hardy. Algo le había llamado la atención, y Hardy permaneció como un gordo sapo sobre un taburete, hasta darse cuenta de que su señoría estaba a escasos centímetros.

—¿Por qué va armado? —preguntó Harry.

Hardy levantó la cabeza desconcertado y luego bajó la mirada a su cadera derecha, como si la pistola fuera una gran sorpresa también para él. Contempló el arma como si se le hubiera pegado inexplicablemente al cuerpo.

—Bueno, yo...

—¿Está usted de servicio, sargento Hardy?

—No, señor.

—En tal caso, ¿por qué va de uniforme y por qué diablos va armado en la sala?

Mark sonrió por primera vez desde hacía mucho tiempo.

El oficial del juzgado reaccionó inmediatamente y se acercó al testigo, mientras Hardy se quitaba el cinturón con la pistola. El oficial la retiró, como si se tratara del arma homicida.

—¿Ha declarado alguna vez en el juzgado? —preguntó Harry.

—Sí, señor, muchas veces —respondió Hardy con una sonrisa infantil en los labios.

—¿Está seguro?

—Sí, señor. Muchas veces.

—¿Y cuántas veces ha declarado armado?

—Lo siento, su señoría.

Harry se relajó, miró a Fink, e hizo un ademán en dirección a Hardy, como si ahora se le permitiese proseguir. Fink había pasado muchas horas en los juzgados a lo largo de los últimos veinte años y se sentía muy orgulloso de su pericia en la sala. Su historial era impresionante. Era locuaz, afable y diligente cuando estaba de pie.

Pero se sentía torpe sentado, e interrogar a un testigo sin moverse de su silla era para él una forma muy radical de descubrir la verdad. Estuvo a punto de levantarse de nuevo, pero reaccionó a tiempo y levantó su cuaderno. Su frustración era evidente.

—¿Cómo se llama usted? —preguntó a toda prisa.

—Milo Hardy, y soy sargento de la policía de Memphis.

—¿Cuál es su domicilio?

—Señor Fink —dijo Harry, después de levantar la mano para interrumpir al fiscal—, ¿por qué necesita saber dónde vive este hombre?

—Supongo, su señoría, que no es más que una pregunta rutinaria —respondió el fiscal, que miraba pasmado al juez.

—¿Sabe usted cuánto detesto las preguntas rutinarias, señor Fink?

—Empiezo a comprenderlo.

—Las preguntas rutinarias no nos llevan a ningún lugar, señor Fink. Nos hacen perder muchas horas de tiempo valioso. Se lo ruego, olvide las preguntas rutinarias.

—Sí, su señoría. Lo intentaré.

—Sé que no es fácil.

Fink miró a Hardy e intentó desesperadamente pensar en una pregunta original.

—El lunes pasado, sargento, ¿recibió la orden de dirigirse a un lugar donde se había realizado algún disparo?

Harry levantó de nuevo la mano y Fink se hundió en su asiento.

—Señor Fink, no sé cómo hacen ustedes las cosas en Nueva Orleans, pero aquí en Memphis obligamos a los testigos a tomar juramento antes de empezar a declarar. Lo denominamos: «Prestar juramento.» ¿Le suena familiar?

—Sí, señor —respondió Fink frotándose las sienes—. ¿Tendrían la bondad de tomarle juramento al testigo?

La anciana del escritorio de pronto resucitó, se puso inmediatamente de pie y chilló en dirección a Hardy, que estaba a menos de cinco metros:

—¡Levante la mano derecha!

Hardy obedeció y ella le tomó juramento. A continuación, la anciana regresó a su silla y prosiguió con su siesta.

—Y ahora, señor Fink, puede proseguir —declaró Harry con una perversa sonrisa, muy satisfecho de haberle sorprendido in fraganti.

El juez se acomodó entonces en su descomunal asiento y escuchó atentamente una rápida serie de preguntas y respuestas.

Hardy hablaba en tono de charla, ansioso por ayudar, y era pródigo en detalles. Describió el escenario del suicidio, la posición del cuerpo y la condición del vehículo. Había fotografías, si su señoría deseaba verlas. No quiso hacerlo. Eran ajenas a la cuestión. Hardy mostró la transcripción mecanografiada de la llamada de Mark al 911 y se ofreció para hacerle escuchar a su señoría la grabación de la llamada. No, a su señoría no le interesaba.

A continuación, Hardy contó con gran regocijo la captura del joven Mark en el bosque, cerca del lugar de autos, así como la conversación que mantuvieron en el coche, en la caravana de los Sway, de camino al hospital y en la cafetería. Describió su sensación visceral de que el joven Mark no contaba toda la verdad. La versión del niño era endeble y, gracias a su pericia en el interrogatorio, con una adecuada dosis de sutileza, Hardy había descubierto numerosas lagunas.

Las mentiras eran lastimosas. El niño dijo que él y su hermano se habían encontrado accidentalmente con el coche y el cadáver; que no oyeron ningún disparo; que no eran más que un par de niños que jugaban en el bosque sin meterse con nadie, cuando de pronto se encontraron inesperadamente con el cadáver. Evidentemente, la versión de Mark no era cierta, y Hardy no tardó en percatarse de ello.

Describió detalladamente el estado del rostro de Mark, su ojo hinchado, el labio partido y la sangre alrededor de la boca. El niño dijo que se había peleado en la escuela. Otra triste mentira.

Al cabo de treinta minutos, Harry empezó a impacientarse y Fink se dio por aludido. Reggie no quiso interrogarle, y cuando Hardy bajó del estrado y abandonó la sala, no cabía ninguna duda de que Mark Sway era un mentiroso, que había intentado engañar a la policía. Esto empeoraría la situación.

—No he tenido tiempo de prepararme para este testigo —se limitó a responder Reggie cuando su señoría le preguntó si deseaba interrogar al sargento Hardy.

Entonces subió McThune al estrado y prestó juramento. Reggie metió lentamente la mano en el bolso y sacó una casete. Cuando McThune miró hacia ella, se limitó a golpear ligeramente su cuaderno con esta. El agente del FBI cerró los ojos.

Reggie colocó cuidadosamente la cinta sobre el papel y empezó a dibujar sus contornos con un lápiz.

Fink, que a esas alturas ya se había acostumbrado a eludir toda pregunta vagamente rutinaria, iba directo al grano. Aquel uso eficiente de las palabras era una nueva experiencia para él, y cuanto más la practicaba más le gustaba.

McThune respondía con suma parquedad. Habló de las huellas dactilares encontradas por todo el coche, la pistola, la botella y el parachoques trasero. Especuló acerca de los chiquillos y la manguera, y mostró a Harry las colillas de Virginia Slims encontradas bajo el árbol. También le mostró la nota que había dejado Clifford y, una vez más, expresó sus propias ideas en cuanto a las palabras agregadas con otro bolígrafo. Le mostró a Harry el bolígrafo encontrado en el coche y declaró que no cabía duda de que era el utilizado por el señor Clifford para intentar escribir aquellas últimas palabras. Habló de la gota de sangre hallada en la mano de Clifford. No era de su grupo, sin embargo correspondía al de Mark Sway, que a la sazón había salido de la aventura con un labio partido y un par de heridas.

—¿Cree que en algún momento el señor Clifford golpeó al niño? —preguntó Harry.

—Creo que sí, su señoría.

Las ideas, opiniones y especulaciones de McThune eran cuestionables, pero Reggie guardó silencio. Había participado en muchas vistas presididas por Harry, y sabía que el juez querría oírlo todo antes de decidir en qué creer. Protestar no serviría de nada.

Harry preguntó cómo se las había arreglado el FBI para conseguir las huellas dactilares del niño, que luego compararían con las halladas en el coche. McThune respiró hondo y le habló de la lata de Sprite que consiguieron en el hospital, pero se apresuró a señalar que no consideraban al niño sospechoso de haber cometido ningún delito cuando lo hicieron, solo pensaban en él como testigo y, por consiguiente, no les pareció incorrecto obtener sus huellas. A Harry no le gustó, pero no dijo nada. McThune hizo hincapié en que, si hubieran considerado al niño sospechoso de algún delito, nunca se les habría ocurrido robar sus huellas. Jamás.

—Por supuesto —comentó Harry, con el suficiente sarcasmo para que McThune se ruborizara.

Fink le invitó a contar los sucesos del martes, el día siguiente al suicidio, cuando el joven Mark había contratado a un abogado. Habían intentado desesperadamente hablar con el niño, luego con su abogado, pero la situación no había hecho más que deteriorarse.

McThune se portó bien y se ciñó a los hechos. Cuando abandonó ágilmente la sala, dejó tras de sí la inconfundible impresión de que Mark era un pequeño embustero.

De vez en cuando, Harry observaba a Mark mientras Hardy y McThune declaraban. El niño permanecía impávido, inexpresivo, concentrado en algún punto invisible del suelo. Estaba hundido en su silla y la mayor parte del tiempo hacía caso omiso de Reggie. Tenía los ojos húmedos, pero no lloraba. Parecía triste y cansado, y de vez en cuando miraba al testigo cuando se hacía hincapié en sus mentiras.

Harry había observado a Reggie muchas veces en ocasiones semejantes, y solía mantenerse muy cerca de sus pequeños clientes, hablándoles al oído durante la vista. Les acariciaba, les estrujaba los brazos, les infundía confianza y les daba explicaciones cuando era necesario. No solía cesar en su empeño por proteger a sus clientes de las duras realidades del sistema jurídico dirigido por adultos. Pero no en esta ocasión. De vez en cuando miraba de reojo a su cliente, como a la espera de alguna señal, pero él parecía desentenderse de ella.

—Llame a su próximo testigo —dijo Harry dirigiéndose a Fink, que estaba apoyado sobre los codos haciendo un esfuerzo para no levantarse.

Fink miró a Ord en busca de orientación y luego a su señoría.

—Con la venia de su señoría —respondió finalmente—, puede que esto parezca un poco extraño, pero ahora querría declarar yo.

—Usted está un poco confundido, señor Fink —dijo Harry mirándole fijamente, después de quitarse las gafas—. Usted está aquí como abogado, no como testigo.

—Soy consciente de ello, su señoría, pero también soy firmante de la solicitud, y aunque esto sea un poco irregular, creo que mi declaración puede ser importante.

—Thomas Fink, solicitante, abogado y testigo. ¿Le apetece actuar también como alguacil, señor Fink? ¿Cómo se le da la taquigrafía? ¿Tal vez quiera ponerse un rato mi toga? Más que un juzgado, señor Fink, esto parece un teatro. ¿Por qué no elige el papel que más le guste?

Fink tenía la mirada perdida en dirección al estrado, sin establecer contacto con los ojos de su señoría.

—Puedo explicárselo —respondió humildemente.

—No tiene nada que explicar, señor Fink. No estoy ciego. Ustedes se han precipitado al presentar su solicitud sin la debida preparación. El señor Foltrigg debería estar en la sala, pero no está, y ahora usted le necesita. Creían poder improvisar una petición, traer personal importante del FBI, comprometer al señor Ord, e impresionarme para que hiciese cualquier cosa que me pidieran. ¿Me permite que le aclare algo, señor Fink?

Fink asintió.

—No estoy impresionado. He visto ejercicios mejores en el instituto. La mitad de los estudiantes de primer curso de la facultad podrían dejarle en ridículo, y la otra mitad podría dejar en ridículo al señor Foltrigg.

Fink no estaba de acuerdo, pero por alguna razón no dejaba de asentir. Ord separó un poco su silla.

—¿Qué opina usted, señora Love? —preguntó Harry.

—Con la venia de su señoría, nuestra ley de enjuiciamiento es bastante clara al respecto. Un abogado que intervenga en un juicio no puede participar en el mismo como testigo. Así de sencillo —respondió con tedio y frustración, como si todo el mundo debiera saberlo.

—¿Señor Fink?

—Con la venia de su señoría —respondió Fink, que comenzaba a sentirse más seguro de sí mismo—, desearía comunicar a la sala, bajo juramento, ciertos hechos relacionados con la conducta del señor Clifford antes del suicidio. Pido disculpas por la petición, ineludible dadas las circunstancias.

Alguien llamó a la puerta y el oficial del juzgado la entreabrió. Marcia entró en la sala, bandeja en mano, con un grueso bocadillo de rosbif y un enorme vaso de té helado. Dejó la bandeja delante de su señoría, este le dio las gracias y la secretaria se retiró.

Era casi la una y, de pronto, todo el mundo estaba hambriento. El rosbif, acompañado de rábanos y cebolla, emitía un apetitoso aroma que impregnaba la sala. Todas las miradas estaban fijas en el bocadillo, y cuando Harry lo levantó para darle un enorme mordisco, comprobó que Mark Sway estaba pendiente de cada uno de sus movimientos. Se detuvo antes de llevárselo a la boca y vio que Fink, Ord, Reggie, e incluso el alguacil, le miraban con gran atención.

Harry dejó el bocadillo sobre la bandeja y la echó a un lado.

—Señor Fink —dijo señalándole con un dedo—, no se mueva de su sitio. ¿Jura decir la verdad?

—Lo juro.

—Más le vale. Está bajo juramento. Dispone de cinco minutos para contarme lo que le preocupa.

—Muchísimas gracias, su señoría.

—De nada.

—El caso es que Jerome Clifford y yo fuimos condiscípulos en la facultad y nos conocíamos desde hace muchos años. Participamos juntos en muchos juicios, por supuesto siempre como rivales.

—Por supuesto.

—Después de que se dictara el auto de procesamiento contra Barry Muldanno, creció la tensión y Jerome empezó a actuar de un modo extraño. Ahora, restrospectivamente, creo que empezaba a desmoronarse, pero en su momento no le di gran importancia. El caso es que Jerome siempre había sido un tipo estrafalario.

—Comprendo.

—Yo trabajaba en el caso muchas horas todos los días y hablaba con Jerome Clifford varias veces por semana. Presentó una serie de enmiendas preliminares y, por consiguiente, nos vimos de vez en cuando en el juzgado. Tenía un aspecto horrible. Había engordado muchísimo y bebía demasiado. Llegaba siempre tarde a las reuniones. Casi nunca se duchaba. Con frecuencia no devolvía las llamadas telefónicas, lo cual era inusual para Jerome. Aproximadamente una semana antes de su muerte, me llamó a mi casa por la noche, muy borracho, y charló durante casi una hora. Estaba loco. Luego me llamó al despacho a primera hora de la mañana siguiente y se disculpó. Pero no se decidía a colgar el teléfono. Tanteaba, como si tuviera miedo de haber hablado demasiado la noche anterior. Mencionó el cadáver de Boyette por lo menos dos veces y quedé convencido de que Jerome sabía dónde se encontraba.

Fink hizo una pausa para que el juez digiriera lo que acababa de decir, pero Harry estaba impaciente.

—Después de aquello me llamó varias veces y mencionaba siempre el cadáver. Yo le daba cuerda. Insinué que había hablado demasiado cuando estaba borracho. Le dije que pensábamos en la posibilidad de solicitar un auto de procesamiento contra él, por obstrucción a la justicia.

—Parece ser una de sus técnicas predilectas —declaró gravemente Harry.

—Lo cierto es que Jerome bebía muchísimo y actuaba de un modo muy peculiar. Le confesé que el FBI le seguía día y noche, lo cual no era completamente cierto, pero él pareció creerme. Llegó a ponerse muy paranoico y me llamaba varias veces al día. Se emborrachaba y me llamaba a altas horas de la noche. Quería hablar del cadáver, pero tenía miedo de confesar todo lo que sabía. Durante nuestra última conversación telefónica, le sugerí la posibilidad de hacer un trato. Si nos revelaba el paradero del cadáver, le ayudaríamos a salir del atolladero sin antecedentes, sin condena, ni nada por el estilo. Tenía un miedo atroz a su cliente, y ni en una sola ocasión negó conocer el paradero del cadáver.

—Con la venia de su señoría —interrumpió Reggie—, está clarísimo que esto no son más que rumores perfectamente gratuitos. No hay forma de comprobar nada de lo dicho.

—¿No me cree? —exclamó Fink.

—No, no le creo —respondió Reggie.

—Yo tampoco estoy seguro de creerle, señor Fink —añadió Harry—. Ni tampoco estoy seguro de que esto guarde alguna relación con esta vista.

—Lo que pretendo establecer, su señoría, es que Jerome Cliflord conocía el paradero del cadáver y hablaba de ello. Además, se estaba desmoronando.

—Yo diría, señor Fink, que acabó por desmoronarse. Se disparó un tiro en la boca. Me parece una locura.

Fink se quedó con la boca abierta, inseguro de si debía seguir hablando.

—¿Algún otro testigo, señor Fink? —preguntó Harry.

—No, señor. Sin embargo, con la venia de su señoría, consideramos que debido a las inusuales circunstancias de este caso, el niño debería subir al estrado y declarar.

Harry se quitó de nuevo las gafas y miró fijamente a Fink. Si le hubiera tenido al alcance de la mano, tal vez le habría estrangulado.

—¿Cómo dice?

—Consideramos que, bueno...

—Señor Fink, ¿ha estudiado usted el código de menores de esta jurisdicción?

—Sí, señor.

—Estupendo. ¿Puede indicarme, si es tan amable, qué artículo del código le concede derecho para obligar al niño a declarar?

—Me limito a expresar nuestra solicitud.

—Magnífico. ¿Qué artículo del código autoriza al solicitante a formular dicha petición?

Fink agachó la cabeza para examinar su cuaderno.

—Esto no es un juzgado de pacotilla, señor Fink. No improvisamos las reglas sobre la marcha. Al igual que en cualquier otra vista penal o juvenil, no podemos obligar al niño a declarar. Estoy seguro de que lo comprende.

Fink siguió estudiando sus notas con gran interés.

—¡Diez minutos de descanso! —exclamó su señoría—. Que todo el mundo abandone la sala, a excepción de la señora Love. Alguacil, llévese a Mark a la sala de testigos —añadió el juez mientras se ponía de pie.

Fink, temeroso de levantarse antes de tiempo, titubeó demasiado y enojó al juez.

—Lárguese, señor Fink —exclamó de mal temple su señoría, señalando la puerta.

Fink y Ord tropezaron entre sí mientras abandonaban la sala. La secretaria y la taquígrafa les siguieron. Después de que el alguacil se llevara a Mark, Harry se quitó la toga y la arrojó sobre la mesa. Cogió su almuerzo y lo colocó frente a Reggie.

—¿Almorzamos? —dijo al tiempo que partía el bocadillo por la mitad y le ofrecía una porción con una servilleta. Dejó el plato de cebolla a la romana junto al cuaderno. Reggie empezó a mordisquear.

—¿Permitirá que el niño declare? —preguntó el juez con la boca llena de rosbif.

—No lo sé, Harry. ¿Usted qué opina?

—Creo que Fink es un imbécil, eso es lo que opino.

Reggie le dio un pequeño mordisco al bocadillo y se limpió los labios.

—Si sube al estrado —dijo sin dejar de masticar—, Fink le formulará preguntas muy concretas sobre lo ocurrido en el coche con Clifford.

—Lo sé. Eso es lo que me preocupa.

—¿Cómo contestará el niño a dichas preguntas?

—Sinceramente no lo sé. Le he asesorado plenamente. Hemos hablado ampliamente del tema. Pero no tengo ni idea de qué hará.

Harry respiró hondo y se percató de que el té estaba todavía sobre el estrado. Cogió dos vasos de plástico de la mesa de Fink y los llenó.

—Es evidente, Reggie, que algo sabe. ¿Por qué ha contado tantas mentiras?

—No es más que un niño, Harry. Estaba muerto de miedo. Oyó más de lo que debía haber oído. Vio cómo Clifford se volaba la tapa de los sesos. Se llevó un susto de muerte. Fíjese en su pobre hermanito. Presenciaron algo horrible y creo que al principio Mark temía que le causara problemas. De modo que mintió.

—A decir verdad, no se lo reprocho —dijo Harry mientras mordía un aro de cebolla y Reggie masticaba un pepinillo.

—¿En qué está pensando? —preguntó Reggie.

El juez se limpió los labios y reflexionó un buen rato. Aquel niño era ahora uno de los suyos, uno de los chiquillos de Harry, y cualquier decisión que se tomara en adelante se basaría en los mejores intereses de Mark Sway.

—Si me permito suponer que el chiquillo sabe algo primordial relacionado con la investigación de Nueva Orleans, pueden ocurrir varias cosas. En primer lugar, si le autoriza a declarar y facilita la información que persigue Fink, el caso habrá concluido en lo que a mi jurisdicción concierne. El niño será puesto en libertad, pero correrá un grave peligro. En segundo lugar, si sube al estrado y se niega a responder las preguntas de Fink, me veré obligado a ordenarle que conteste. Si se niega a hacerlo, incurrirá en desacato. No puede guardar silencio, si posee información fundamental. En ambos casos, si la vista de hoy concluye sin respuestas satisfactorias por parte del niño, tengo la fuerte sospecha de que el señor Foltrigg reaccionará inmediatamente. Obtendrá una citación de un gran jurado y se trasladará el caso a Nueva Orleans. Si se niega a hablar ante el gran jurado, un juez federal le condenará sin duda por desacato y sospecho que será encarcelado.

Reggie asintió. Estaba completamente de acuerdo.

—Entonces ¿qué hacemos, Harry?

—Si se llevan al chiquillo a Nueva Orleans, ya no estará bajo mi control. Prefiero que permanezca aquí. Si estuviera en su lugar, le autorizaría a declarar y le aconsejaría no contestar a las preguntas fundamentales. Por lo menos por ahora. Siempre podrá hacerlo más adelante. Puede hacerlo mañana, o al día siguiente. Le aconsejaría que se resistiera a la presión del juez y, por lo menos por ahora, mantuviera la boca cerrada. Volverá al centro de detención juvenil, que probablemente es mucho más seguro que cualquier lugar de Nueva Orleans. De ese modo protegerá al niño de los maleantes de Nueva Orleans, que me asustan incluso a mí, hasta que los federales puedan arreglar algo más satisfactorio. Asimismo, ganará tiempo para ver lo que el señor Foltrigg se propone en Nueva Orleans.

—¿Cree que corre un grave peligro?

—Sí, y aunque no lo creyera, no me arriesgaría. Si se va

ahora de la lengua, puede salir muy perjudicado. No estoy dispuesto, en modo alguno, a ponerle hoy en libertad.

—¿Y si Mark se niega a hablar y Foltrigg consigue una citación de un gran jurado?

—No le permitiré que vaya.

Reggie se había quedado sin apetito. Tomó un sorbo de té y cerró los ojos.

—Se está cometiendo una grave injusticia con ese niño, Harry. Merece que el sistema le trate mejor.

—Estoy de acuerdo. ¿Alguna sugerencia?

—¿Y si no le autorizo a declarar?

—No le pondré en libertad, Reggie. Por lo menos no hoy. Tal vez mañana. Puede que al día siguiente. Los acontecimientos se precipitan y sugiero que avancemos por la vía más segura hasta que veamos lo que ocurre en Nueva Orleans.

—No ha respondido a mi pregunta. ¿Qué ocurrirá si no le autorizo a declarar?

—En tal caso, de acuerdo con las pruebas presentadas, no tendré más alternativa que declararle delincuente y devolvérselo a Doreen. Claro que podría cambiar el veredicto mañana. O al día siguiente.

—No es un delincuente.

—Puede que no. Pero si sabe algo y se niega a revelarlo, está obstruyendo la justicia —declaró el juez, antes de hacer una prolongada pausa—. ¿Cuánto sabe, Reggie? Si me lo cuenta, estaré en mejores condiciones de ayudarle.

—No puedo contárselo, Harry. Secreto profesional.

—Por supuesto —dijo sonriendo—. Pero es evidente que sabe bastante.

—Sí, supongo que sí.

Harry se acercó y le acarició el brazo.

—Escúcheme, querida. Nuestro pequeño amigo está metido en un buen lío, pero le ayudaremos. Sugiero que nos planteemos la situación día a día, que le mantengamos en un lugar seguro donde las decisiones las planteemos nosotros y que, entretanto, hablemos con los federales de su programa de protección de testigos. Si ofrecen una solución satisfactoria para el niño y su familia, entonces podrá contar esos terribles secretos y estar protegido.

—Hablaré con él.

25

Bajo la rigurosa vigilancia del alguacil, un individuo llamado Grinder, volvieron a reunirse los participantes en la vista y a ocupar sus lugares. Fink miró con incertidumbre a su alrededor, inseguro de si sentarse, quedarse de pie, hablar o esconderse bajo la mesa. Ord se hurgaba la uña de un pulgar. Baxter McLemore alejó su silla tanto como pudo de Fink.

Su señoría sorbía las últimas gotas de té, a la espera de que todo el mundo se aposentara.

—Para que conste en acta —declaró mirando a la taquígrafa—. Señora Love, necesito saber si el joven Mark está dispuesto a declarar.

Reggie estaba sentada un par de palmos detrás de su cliente y contemplaba su perfil. Los ojos de Mark estaban todavía húmedos.

—Dadas las circunstancias —respondió—, no le queda otra alternativa.

—¿Esto significa sí o no?

—Le autorizaré a que declare —dijo Reggie—, pero no toleraré ninguna pregunta abusiva por parte del señor Fink.

—Con la venia de su señoría, por favor —exclamó Fink.

—Silencio, señor Fink. ¿Ha olvidado la primera regla? No hable hasta que se le pregunte.

—Un golpe bajo —refunfuñó Fink con la mirada fija en Reggie.

—Cállese, señor Fink —exclamó Harry.

Silencio.

Entonces su señoría sonrió y adoptó un tono cálido.

—Mark, quiero que permanezcas en tu lugar, junto a tu abogado, mientras yo te hago algunas preguntas.

Fink guiñó el ojo a Ord. Por fin el niño hablaría. Aquel podía ser el gran momento.

—Levanta la mano derecha, Mark —dijo su señoría.

Mark obedeció. La mano derecha le temblaba, así como la izquierda. La anciana se le acercó y le tomó juramento. No se levantó, pero se acercó a Reggie.

—Y ahora, Mark, voy a hacerte algunas preguntas. Si no entiendes algo de lo que te digo, puedes preguntárselo tranquilamente a tu abogado. ¿Entendido?

—Sí, señor.

—Procuraré que las preguntas sean claras y sencillas. Si necesitas un descanso para hablar con Reggie, la señora Love, no tienes más que decírmelo. ¿Entendido?

—Sí, señor.

Fink giró su silla para encararse a Mark y se instaló como un cachorro hambriento a la espera de su comida. Ord acabó de hurgarse las uñas y se dispuso a tomar notas en su cuaderno.

—Bien, Mark —dijo Harry sonriendo después de repasar sus apuntes—, quiero que me expliques exactamente cómo tú y tu hermano descubristeis al señor Clifford el lunes.

Mark se agarró con fuerza a su silla y se aclaró la garganta. Aquello no era lo que esperaba. Nunca había visto una película en la que el juez formulara las preguntas.

—Nos escabullimos por el bosque, detrás del cámping, para fumar un cigarrillo —empezó a relatar hasta el momento en que Romey introdujo por primera vez la manguera en el tubo de escape y se subió al coche.

—¿Qué hiciste entonces? —preguntó con ansia su señoría.

—Desconecté la manguera —respondió Mark, y contó sus idas y venidas entre los hierbajos para retirar el artefacto suicida de Romey.

A pesar de que ya se lo había contado un par de veces a su madre y al doctor Greenway, y otro par de veces a Reggie, nunca le había parecido divertido. Sin embargo en aquel momento, al contárselo al juez, empezaron a brillarle los ojos y se le dibujó una sonrisa en los labios. Acabó por reírse. Al alguacil le parecía divertido. La taquígrafa, siempre impertérrita, se distraía. Incluso la anciana que actuaba como secretaria sonrió por primera vez.

Pero el relato perdió su tono humorístico cuando el señor Clifford le agarró, le dio dos bofetones y le arrojó al interior del coche. Mark evocó los sucesos con el rostro impávido y la mirada fija en las zapatillas de color marrón de la taquígrafa.

—¿De modo que estuviste en el coche con el señor Clifford antes de su muerte? —preguntó cautelosamente su señoría, ahora con suma seriedad.

—Sí, señor.

—¿Y qué hizo el señor Clifford después de obligarte a subir al coche?

—Volvió a golpearme, me chilló varias veces y me amenazó.

A continuación, Mark contó todo lo que recordaba acerca de la pistola, la botella de whisky y el frasco de píldoras. Reinaba un silencio sepulcral en la pequeña sala y hacía tiempo que se habían esfumado las sonrisas. Las palabras de Mark eran precisas. Eludía la mirada de los demás. Hablaba como si estuviera en trance.

—¿Disparó la pistola? —preguntó el juez.

—Sí, señor —respondió Mark sin mencionar los detalles.

Cuando terminó aquella parte del relato, esperó a que se le formulara la próxima pregunta. Harry reflexionó durante un largo minuto.

—¿Dónde estaba Ricky?

—Oculto entre los matorrales. Le vi avanzar entre los hierbajos y supuse que volvería a desconectar la manguera. Más adelante supe que lo había hecho. El señor Clifford repetía una y otra vez que sentía el efecto del gas, y me preguntó un montón de veces si yo también lo sentía. Le dije que sí, creo que un par de veces, pero sabía que Ricky había retirado la manguera.

—¿Y el señor Clifford no conocía la existencia de Ricky?

La pregunta era innecesaria, insustancial, pero Harry la formuló porque no se le ocurrió nada mejor en aquel momento.

—No, señor.

Otra larga pausa.

—¿De modo que hablaste con el señor Clifford cuando estabas dentro del coche?

Mark sabía lo que venía, al igual que todos los presentes en la sala, e intentó salirse por la tangente.

—Sí, señor. Deliraba, hablaba de salir volando para reunirse con el gran mago, de ir al país de las maravillas, luego me chillaba porque lloraba y a continuación se disculpó por haberme golpeado.

Hubo una pausa, mientras Harry esperaba para ver si había terminado.

—¿Fue eso todo lo que dijo?

Mark miró a Reggie, que le observaba atentamente. Fink acercó la silla. La taquígrafa estaba paralizada.

—¿A qué se refiere? —preguntó Mark para ganar tiempo.

—¿Dijo algo más el señor Clifford?

Mark reflexionó unos instantes y decidió que odiaba a Reggie. Podía haberse limitado a decir «No», y todo habría terminado.

—No, señor, el señor Clifford no dijo nada más. Se limitó a farfullar como un imbécil durante unos cinco minutos, luego se quedó dormido y yo salí corriendo.

Si no hubiera conocido a Reggie ni oído el sermón sobre la obligación de decir la verdad bajo juramento, se habría limitado a responder «no, señor», y a volver tranquilamente a su casa, al hospital, a donde fuera.

O tal vez no. Un día, cuando estaba en la clase de cuarto, la policía les había hecho una demostración de los métodos que utilizaban y les habían mostrado un detector de mentiras. Se lo habían conectado a Joey McDermant, el mayor mentiroso de la clase, y todos pudieron ver cómo la aguja se volvía loca cada vez que Joey abría la boca.

—Siempre descubrimos cuándo mienten los delincuentes —presumió el policía que hacía la demostración.

Rodeado como estaba de policías y agentes del FBI, ¿podía el detector de mentiras estar muy lejos? No había dejado de mentir desde la muerte de Romey, y ya estaba harto.

—Mark, te he preguntado si el señor Clifford dijo algo más.

—¿Por ejemplo?

—¿Mencionó, por ejemplo, algo relacionado con el senador Boyd Boyette?

—¿Quién?

Harry sonrió brevemente, pero volvió a ponerse serio.

—Dime, Mark, ¿mencionó el señor Clifford algo respecto a uno de sus casos en Nueva Orleans, relacionado con el señor Barry Muldanno o el difunto senador Boyd Boyette?

Una pequeña araña circulaba cerca de las zapatillas marrones de la taquígrafa y Mark la observó hasta que desapareció bajo el trípode. Pensó de nuevo en el maldito detector de mentiras. Reggie había dicho que lucharía para evitarlo, pero ¿y si el juez se lo ordenaba?

La prolongada pausa antes de la respuesta era en sí muy elocuente. A Fink le latía con fuerza el corazón y se le había acelerado enormemente el pulso. ¡Por fin! ¡Ese pequeño bastardo lo sabía!

—Me parece que no quiero responder esa pregunta —dijo con la mirada fija en el suelo, a la espera de que reapareciera la araña.

Fink miró al juez esperanzado.

—Mark, mírame —dijo Harry, en el tono amable de un abuelo—. Quiero que contestes mi pregunta. ¿Mencionó el señor Clifford a Barry Muldanno o a Boyd Boyette?

—¿Puedo ampararme en la Quinta Enmienda?

—No.

—¿Por qué no? ¿No incluye también a los niños?

—Sí, pero no en este caso. Tú no estás involucrado en la muerte del senador Boyette. No estás involucrado en ningún crimen.

—Entonces ¿por qué me mandó a la cárcel?

—Volveré a hacerlo si no respondes a mis preguntas.

—Me amparo de todos modos en la Quinta Enmienda.

El testigo y el juez se miraban fijamente, y el testigo parpadeó primero. Se le humedecieron los ojos y se sorbió dos veces los mocos. Se mordía el labio para no llorar. Cerró los puños alrededor de los brazos de la silla, hasta que se le pusieron blancos los nudillos. Empezaron a descenderle lágrimas por las mejillas, pero no dejó de mirar fijamente los ojos oscuros de su señoría Harry Roosevelt.

Las lágrimas de un chiquillo inocente. Harry volvió la cabeza y sacó un pañuelo de un cajón del estrado. También tenía los ojos húmedos.

—¿Te gustaría hablar con tu abogado en privado? —preguntó el juez.

—Ya hemos hablado —respondió con una voz débil que se perdía en la lejanía, mientras se secaba las mejillas con la manga.

Fink estaba a punto de tener un infarto. Tenía tanto que decir, tantas preguntas para formularle a aquel mocoso, tantas sugerencias para la sala sobre cómo reaccionar en aquellas circunstancias... ¡Maldita sea, el niño lo sabía! ¡Obliguémosle a hablar!

—Mark, lo que voy a hacer no me gusta, pero debes contestar a mis preguntas. Si no lo haces, cometerás desacato al tribunal. ¿Comprendes lo que te digo?

—Sí, señor. Reggie me lo ha explicado.

—¿Y también te ha explicado que si cometes desacato podré mandarte de nuevo al centro de detención juvenil?

—Sí, señor. Puede llamarlo cárcel si lo prefiere, no me importa.

—Gracias. ¿Quieres volver a la cárcel?

—No, pero tampoco tengo adónde ir.

Su voz era más fuerte y habían desaparecido las lágrimas. La idea de la cárcel ya no era tan aterradora después de haberla visto por dentro. Podría resistirla unos días. A decir verdad, creía poder aguantar la presión más tiempo que el juez. Estaba seguro de que su nombre volvería a aparecer en el periódico en un futuro próximo. Y los periodistas averiguarían indudablemente que le había encerrado el juez Harry Roosevelt, por negarse a hablar. Entonces el juez se encontraría con toda seguridad en un aprieto por haber encerrado a un niño que no había hecho nada malo.

Reggie le había dicho que podría cambiar de opinión en cualquier momento, cuando se hartara de estar en la cárcel.

—¿Te mencionó el señor Clifford el nombre de Barry Muldanno?

—Me amparo en la Quinta.

—¿Te mencionó el señor Clifford el nombre de Boyd Boyette?

—Me amparo en la Quinta.

—¿Dijo algo el señor Clifford relacionado con el asesinato de Boyd Boyette?

—Me amparo en la Quinta.

—¿Dijo el señor Clifford algo relacionado con el actual paradero del cadáver de Boyd Boyette?

—Me amparo en la Quinta.

Harry se quitó las gafas por enésima vez y se frotó la cara.

—No puedes ampararte en la Quinta Enmienda, Mark.

—Acabo de hacerlo.

—Te ordeno que contestes estas preguntas.

—Sí, señor. Lo siento.

Harry cogió una pluma y empezó a escribir.

—Su señoría —dijo Mark—, siento respeto por usted y por lo que intenta hacer. Pero no puedo responder a esas preguntas porque tengo miedo de lo que pueda ocurrirnos a mí y a mi familia.

—Lo comprendo, Mark, pero la ley no permite que una persona se niegue a facilitar información fundamental para una investigación criminal. No tengo nada contra ti, pero debo atenerme a la ley. Te declaro culpable de desacato al tribunal. No estoy enojado contigo, pero no me dejas otra alternativa. Ordeno que ingreses de nuevo en el centro de detención juvenil, donde permanecerás mientras sigas en desacato.

—¿Cuánto puede durar?

—Depende de ti, Mark.

—¿Qué ocurrirá si decido no responder nunca a esas preguntas?

—No lo sé. De momento lo resolveremos día a día —respondió Harry mientras consultaba su agenda, encontraba un hueco y tomaba nota—. Volveremos a reunirnos mañana a las doce del mediodía, si todo el mundo está de acuerdo.

A Fink se le cayó el mundo a los pies. Se levantó dispuesto a hablar, pero Ord le tiró del brazo y le obligó a sentarse de nuevo.

—Con la venia de su señoría, creo que no voy a poder estar aquí mañana —dijo—. Como usted sabe, mi despacho está en Nueva Orleans y...

—Usted estará aquí mañana, señor Fink. Usted y el señor Foltrigg. Han decidido presentar una solicitud aquí en Memphis, en la sala que yo presido, y ahora están bajo mi jurisdicción. Cuando salga de aquí, le sugiero que llame inmediatamente al señor Foltrigg y le diga que esté presente a las doce del mediodía. Quiero que ambos solicitantes, Fink y Foltrigg, estén aquí mañana a las doce en punto. Si no comparecen, les declararé culpables de desacato al tribunal, y mañana serán usted y su jefe quienes ingresen en prisión.

Fink tenía la boca abierta, pero no emitió sonido alguno. Ord habló por primera vez:

—Con la venia de su señoría. Tengo entendido que el señor Foltrigg tiene una vista en el tribunal federal por la mañana. El señor Muldanno tiene un nuevo abogado que ha solicitado un aplazamiento, y el juez federal ha convocado una vista en Nueva Orleans para mañana por la mañana.

—¿Es eso cierto, señor Fink?

—Sí, señor.

—En tal caso, dígale al señor Foltrigg que me mande una copia por fax de la orden del juez convocando la vista para mañana. Le declararé exento. Pero mientras Mark siga en la cárcel por desacato, me propongo ordenar su comparecencia en la sala cada día para comprobar si se decide a hablar. Y espero que ambos solicitantes estén presentes.

—Esto supone un gran engorro para nosotros, su señoría.

—No tanto como lo será si no comparecen. Ustedes han elegido este escenario, señor Fink. Ahora deben atenerse a las consecuencias.

Fink había llegado a Memphis hacía seis horas en avión, sin cepillo de dientes ni muda interior. Parecía que tendría que alquilar un apartamento, con habitaciones para él y para Foltrigg.

El oficial del juzgado se había acercado a la espalda de Reggie y de Mark, y miraba a su señoría a la espera de sus órdenes.

—Mark, por ahora he terminado contigo —dijo Harry mientras escribía algo en un formulario—. Mañana volveremos a vernos. Si tienes algún problema en el centro de detención, me lo comunicarás mañana y procuraré resolverlo. ¿De acuerdo?

Mark asintió.

—Hablaré con tu madre y vendré a verte por la mañana —dijo Reggie estrujándole el brazo.

—Dile a mi madre que estoy bien —susurró Mark al oído de su abogado—. Intentaré llamarla por teléfono esta noche

—añadió antes de ponerse de pie y abandonar la sala en compañía del alguacil.

—Dígales a esas personas del FBI que entren en la sala —ordenó Harry en el momento en que el oficial del juzgado cerraba la puerta.

—¿Permite su señoría que abandonemos la sala? —preguntó Fink con la frente sudada, ansioso por comunicarle a Foltrigg las terribles noticias.

—¿Tiene usted prisa, señor Fink?

—No, su señoría, ninguna prisa.

—Entonces tranquilícese. Deseo hablar extraoficialmente con ustedes y con el personal del FBI. Tardaremos solo unos minutos.

Harry concedió permiso a la taquígrafa y a la anciana para que se retiraran. McThune y Lewis entraron y se sentaron detrás de los abogados.

Harry se desabrochó la toga, pero no se la quitó. Se secó la cara con un pañuelo y acabó de tomarse las últimas gotas de té. Estaban todos pendientes de él.

—No me propongo mantener a ese niño encarcelado —comentó el juez mirando a Reggie—. A lo sumo unos cuantos días. Me parece evidente que posee información crítica y tiene la obligación de revelarla.

Fink empezó a asentir.

—Está asustado y tengo la seguridad de que todos somos capaces de comprenderlo. Tal vez podamos convencerle de que hable, si podemos garantizar su seguridad, así como la de su madre y su hermano. Creo que el señor Lewis podría ayudarnos. ¿Alguna sugerencia?

K. O. Lewis estaba preparado.

—Hemos tomado medidas preliminares, su señoría, para incluirle en nuestro programa de protección de testigos.

—Eso he oído, señor Lewis, pero desconozco los detalles.

—Es muy sencillo. Trasladamos a la familia a otra ciudad. Les facilitamos nuevas identidades. Encontramos un buen trabajo para la madre y les facilitamos un lugar agradable para vivir. No un remolque ni un apartamento, sino una casa. Nos aseguramos de que los niños asistan a una buena escuela. Les entregamos cierto dinero por adelantado. Y no les perdemos de vista.

—La propuesta parece muy tentadora, señora Love —dijo Harry.

Indudablemente lo parecía. En aquel momento los Sway no tenían casa. Dianne trabajaba en un cuchitril. No tenían parientes en Memphis.

—No pueden trasladarse en este momento —respondió Reggie—. Ricky está internado en el hospital.

—Ya hemos localizado un hospital psiquiátrico infantil en Portland, donde se ocuparán inmediatamente de él —aclaró Lewis—. Se trata de un hospital privado, no de beneficencia como el Saint Peter, y uno de los mejores del país. Le admitirán cuando se lo pidamos y, evidentemente, nosotros sufragaremos todos los gastos. Cuando le den de alta, trasladaremos a toda la familia a otra ciudad.

—¿Cuánto tardarán en incluir a toda la familia en su programa? —preguntó Harry.

—Menos de una semana —respondió Lewis—. El director Voyles le ha otorgado máxima prioridad. El papeleo tarda pocos días: nuevo permiso de conducir, números de la seguridad social, partidas de nacimiento, tarjetas de crédito y cosas por el estilo. Es preciso que la familia esté decidida a hacerlo y que la madre nos diga adónde quiere ir. Luego nosotros nos ocuparemos de todo lo demás.

—¿Qué opina, señora Love? —preguntó Harry—. ¿Le interesará a la señora Sway?

—Hablaré con ella. En este momento está muy traumatizada. Uno de sus hijos en coma, otro en la cárcel y anoche un incendio destruyó todo lo que poseía. Puede que, por lo menos por ahora, no esté dispuesta a huir al amparo de la oscuridad.

—Pero ¿lo intentará usted?

—Se lo propondré.

—¿Cree que podría asistir mañana a la vista? Me gustaría hablar con ella.

—Se lo preguntaré al médico.

—Estupendo. Se levanta la sesión. Volveremos a reunirnos mañana a las doce del mediodía.

El alguacil entregó a Mark a dos agentes de paisano, de la policía de Memphis, que le sacaron por una puerta lateral en dirección al aparcamiento. A continuación, el alguacil subió por la escalera hasta el segundo piso y entró en unos servicios donde no había nadie, a excepción de Artero Moeller.

Se colocaron frente a los urinarios, uno junto a otro, con la mirada fija en las ilustraciones de la pared.

—¿Estamos solos? —preguntó el alguacil.

—Sí. ¿Qué ha ocurrido? —preguntó Artero después de desabrocharse la bragueta y llevarse las manos a la cintura—. Rápido.

—El niño no ha querido hablar y ha ingresado de nuevo en la cárcel. Desacato.

—¿Qué sabe?

—Yo diría que lo sabe todo. Es bastante evidente. Ha confesado que había estado en el coche con Clifford, que habían charlado, y cuando Harry ha insistido en lo de Nueva Orleans, el chiquillo se ha amparado en la Quinta Enmienda. Un mocoso muy tenaz.

—Pero ¿lo sabe?

—Desde luego. Pero no habla. El juez quiere volver a verle mañana a las doce del mediodía. Tal vez una noche entre rejas le haga cambiar de opinión.

Artero se abrochó la bragueta y se retiró de los urinarios. Se sacó un billete de cien dólares doblado del bolsillo y se lo entregó al alguacil.

—No he dicho nada —dijo el alguacil.

—¿No confía en mí?

—Desde luego.

Y era cierto. El Topo Moeller no revelaba jamás sus fuentes de información.

Moeller tenía tres fotógrafos en lugares estratégicos, alrededor del tribunal tutelar de menores. Conocía sus tácticas mejor que los propios policías y dedujo que utilizarían una puerta lateral, cerca de la zona de carga y descarga, para desaparecer rápidamente con el niño. Eso fue exactamente lo que hicieron, y casi habían llegado a su coche sin distintivos, cuando una gorda con una bata se apeó de una furgoneta aparcada y les tomó un primer plano con su Nikon. Los policías le chillaron e intentaron ocultar al niño, pero demasiado tarde. Se subieron apresuradamente al coche y empujaron a Mark al asiento trasero.

Lo que faltaba, pensó Mark. Todavía no eran las dos de la tarde y durante aquel mismo día ya habían tenido lugar el incendio de su caravana, su detención en el hospital, su ingreso en la cárcel, una vista ante el juez Roosevelt y ahora otro maldito fotógrafo acababa de fotografiarle para lo que sería indudablemente otro artículo de primera plana.

Mientras chirriaban los neumáticos y el coche se alejaba a toda velocidad, Mark se hundió en su asiento. Le dolía el estómago, no de hambre, sino de miedo. Volvía a estar solo.

26

Foltrigg contemplaba el tráfico de la calle Poydras, a la espera de que le llamaran de Memphis. Estaba harto de andar de un lado para otro y de consultar su reloj. Había intentado devolver llamadas y dictar cartas, pero era inútil. Su mente era incapaz de abandonar la maravillosa imagen de Mark Sway como testigo en el estrado, revelando sus espléndidos secretos. Habían transcurrido dos horas desde la hora prevista para el comienzo de la vista, e indudablemente debían de haberse tomado algún descanso, durante el cual Fink podía haber acudido al teléfono más próximo para llamarle.

Larry Trumann lo tenía todo preparado, a la espera de la llamada, para entrar en acción con una brigada de buscadores de cadáveres. Durante los últimos ocho meses se habían convertido en expertos excavadores. Pero no habían encontrado nada.

Sin embargo, ese día sería distinto. Roy recibiría la llamada, acudiría al despacho de Trumann y sabrían dónde encontrar al difunto Boyd Boyette. Foltrigg hablaba consigo mismo, no en un susurro ni en voz baja, sino con toda la fuerza de sus pulmones, como si se dirigiera a la prensa para comunicarles que sí, efectivamente, habían encontrado al senador y que sí, efectivamente, había recibido seis balazos en la cabeza. Las balas eran del calibre veintidós y sus fragmentos indicaban, sin ningún lugar a dudas, que se habían disparado con la misma pistola meticulosamente vinculada al acusado, el señor Barry Muldanno.

Sería un momento maravilloso aquella conferencia de prensa.

Alguien llamó suavemente a la puerta y la abrió antes de que Roy volviera la cabeza. Era Wally Boxx, la única persona a quien se le permitía entrar de aquel modo en su despacho.

—¿Se sabe algo? —preguntó Wally, al tiempo que se acercaba a la ventana para colocarse junto a su jefe.

—No. Ni una palabra. Ojalá Fink se acercara a un teléfono. Tiene órdenes específicas.

Contemplaron la calle en silencio.

—¿Qué hace el gran jurado? —preguntó Roy.

—Lo habitual. Autos de procesamiento rutinarios.

—¿Quién está con ellos?

—Hoover. Está concluyendo la redada de drogas de Gretna. Seguramente habrá acabado esta tarde.

—¿Está previsto que trabajen mañana?

—No. Han tenido una semana muy atareada. Ayer les prometimos que mañana podrían marcharse. ¿En qué está pensando?

Foltrigg se movió un poco y se rascó la barbilla. Tenía la mirada perdida en la lejanía y contemplaba los coches que circulaban por la calle sin verlos. Concentrarse, para él, a veces era algo doloroso.

—Piénselo. Si por alguna razón el chiquillo no habla y Fink no consigue lo que se propone en la vista, ¿qué haremos entonces? Sugiero que acudamos al gran jurado, obtengamos citaciones para el niño y para su abogado, y les obliguemos a venir aquí. A estas alturas el niño debe de estar asustado, y se encuentra todavía en Memphis. Si tiene que venir aquí, se sentirá aterrorizado.

—¿Para qué citar a su abogado?

—Con el propósito de asustarla. Para causarle molestias. Trastornarlos a ambos. Obtenemos hoy las citaciones, las guardamos bajo llave hasta mañana por la tarde cuando empieza el fin de semana y todo está cerrado, y entonces las hacemos llegar al chiquillo y a su abogado. Las citaciones requerirán su comparecencia ante el gran jurado el lunes a las diez de la mañana. No tendrán oportunidad de acudir al juzgado para anular las citaciones, porque durante el fin de semana todo está cerrado y los jueces abandonan la ciudad. Piénselo, Wally, estarán demasiado asustados para no comparecer el lunes por la mañana. Aquí, en nuestro propio terreno, en este edificio, a lo largo del pasillo.

—¿Y si el niño no sabe nada?

Roy movió frustrado la cabeza. Habían tenido aquella conversación una docena de veces en las últimas cuarenta y ocho horas.

—Creí que esto ya estaba decidido.

—Tal vez. Y puede que el chiquillo esté hablando en estos momentos.

—Es probable.

Emergió la voz de una secretaria por el intercomunicador, para anunciar que el señor Fink estaba al teléfono.

—¡Diga! —exclamó Foltrigg después de levantar el auricular de su escritorio.

—La vista ha concluido, Roy —dijo Fink, cansado y con alivio.

Foltrigg pulsó el botón del altavoz y se dejó caer en su silla. Wally acomodó su diminuto trasero en una esquina del escritorio.

—Wally está aquí conmigo, Tom. Cuéntenos lo ocurrido.

—Poca cosa. El chiquillo está de nuevo en la cárcel. Se ha negado a hablar y el juez le ha condenado por desacato.

—¿Qué quiere decir que se ha negado a hablar?

—No ha querido hablar. El juez ha sido quien le ha interrogado, y el chiquillo ha admitido haber estado en el coche y haber hablado con Clifford. Pero cuando el juez le ha formulado preguntas sobre Boyette y Muldanno, el chiquillo se ha amparado en la Quinta Enmienda.

—¿La Quinta Enmienda?

—Exactamente. Ha adoptado una actitud inflexible. Ha dicho que la cárcel no estaba tan mal después de todo y que, además, no tenía adónde ir.

—Pero lo sabe, ¿no es cierto, Tom? Ese mocoso lo sabe.

—No cabe la menor duda. Clifford se lo contó todo.

—¡Lo sabía! ¡Lo sabía! ¡Lo sabía! —exclamó Foltrigg, al tiempo que daba una palmada—. Hace tres días que lo vengo repitiendo —añadió después de ponerse de pie y juntar las manos—. ¡Lo sabía!

—El juez ha convocado otra vista para mañana, a las doce del mediodía —prosiguió Fink—. Quiere que el chiquillo comparezca de nuevo en la sala, para comprobar si ha cambiado de opinión. No me siento demasiado optimista.

—Quiero que asista a la vista, Tom.

—Desde luego, y el juez también quiere que venga usted, Roy. Le he explicado que debía asistir a una vista por la mañana, sobre la solicitud de aplazamiento, y ha insistido en que le mande una copia de la orden judicial por fax. Solo entonces autorizará su ausencia.

—¿Está loco?

—No. No está loco. Ha dicho que se proponía celebrar otras vistas con cierta frecuencia durante la próxima semana y que espera que ambos solicitantes estemos presentes.

—Entonces está loco.

Wally levantó la mirada al techo y movió la cabeza. Esos jueces locales podían ser unos imbéciles.

—Después de la vista, el juez nos ha hablado de incluir al niño y a su familia en el programa de protección de testigos. Cree poder convencer al chiquillo para que hable si garantizamos su seguridad.

—Esto podría tardar varias semanas.

—Yo opino lo mismo, pero K. O. ha dicho al juez que podría organizarse en pocos días. Con franqueza, Roy, no creo que el chiquillo hable hasta que le ofrezcamos ciertas garantías. Es un hombrecito muy duro.

—¿Qué me dice de su abogada?

—Ha sido discreta, no ha dicho gran cosa, pero ella y el juez son bastante amigos. Me ha dado la impresión de que asesora ampliamente al muchacho. No tiene un pelo de tonta.

—Tom, soy yo, Wally —dijo este sin poder resistir la tentación de intervenir—. ¿Qué cree que ocurrirá durante el fin de semana?

—¿Quién sabe? Como ya he dicho, no creo que el muchacho cambie de opinión de un día para otro, ni que el juez esté dispuesto a ponerle en libertad. Se ha informado al juez acerca de Gronke y de los muchachos de Muldanno, y me da la impresión de que quiere al niño entre rejas para su propia protección. Mañana es viernes y, por consiguiente, parece que el niño permanecerá encerrado durante el fin de semana. Además, estoy seguro de que el juez nos convocará para otra pequeña charla el lunes.

—¿Viene a Nueva Orleans, Tom? —preguntó Roy.

—Sí, cogeré un avión dentro de un par de horas y volveré a Memphis por la mañana —respondió Fink en un tono ahora agotado.

—Le espero aquí esta noche, Tom. Buen trabajo.

—De acuerdo.

La voz de Fink desapareció y Roy colgó el teléfono.

—Prepare al gran jurado —exclamó Roy cuando se dirigía ya hacia la puerta—. Dígale a Hoover que se tome un descanso. Esto se resolverá en pocos minutos. Tráigame la ficha de Mark Sway. Comuníquele al secretario que las citaciones no se entregarán hasta mañana por la tarde.

Wally abandonó inmediatamente el despacho y Foltrigg volvió junto a la ventana.

—Lo sabía —susurraba para sus adentros—. Estaba seguro de ello.

El policía trajeado firmó la carpeta de Doreen y se marchó con su compañero.

—Sígueme —dijo Doreen, como si Mark hubiera vuelto a pecar y empezara a perder la paciencia con él.

Mientras la seguía, Mark observó el balanceo de su amplio trasero en un ceñido pantalón de poliéster negro. Un grueso y reluciente cinturón, del que colgaba un manojo de llaves, un par de cajas negras que supuso contenían localizadores electrónicos y unas esposas, cercaban su esbelta cintura. No iba armada. Su camisa blanca era de uniforme, con diversos distintivos a lo largo de las mangas y un ribete dorado en el cuello.

El pasillo estaba vacío cuando abrió la puerta y le indicó que entrara de nuevo en su pequeña habitación. Ella le siguió y examinó las paredes, como los sabuesos adiestrados de los aeropuertos.

—Me sorprende un poco verte de nuevo aquí —dijo mientras inspeccionaba el retrete.

Mark no supo qué responder, ni estaba de humor para conversar. Mientras la observaba, pensó en su marido, que cumplía una condena de treinta años por el atraco de un banco, y decidió que, si insistía en charlar, tal vez sacaría el tema a relucir. Eso le cerraría el pico a ella, y le dejaría tranquilo a él.

—Debes de haber molestado al juez Roosevelt —dijo Doreen, mientras miraba por la ventana.

—Supongo.

—¿Cuánto tiempo te ha caído?

—No me lo ha dicho. Tengo que volver mañana al juzgado.

Doreen se acercó a las literas y empezó a palpar la manta.

—He leído sobre ti y tu hermano menor. Un caso bastante extraño. ¿Cómo está?

Mark estaba junto a la puerta, con la esperanza de que se largara.

—Probablemente morirá —respondió con tristeza.

—¡No!

—Sí, es terrible. Está en coma, se chupa el dedo, y de vez en cuando farfulla y babea. Se le han hundido los ojos en la cabeza. No come.

—Lamento habértelo preguntado.

Sus ojos, generosamente decorados, estaban muy abiertos y había dejado de tocarlo todo.

Sí, apuesto a que lamentas habérmelo preguntado, pensó Mark.

—Debería estar junto a él. Mi madre se encuentra allí, pero está destrozada. Toma muchos medicamentos, ¿sabe?

—Cuánto lo siento.

—Es terrible. Yo también tengo mareos. Quién sabe si acabaré como mi hermano.

—¿Necesitas algo?

—No. Solo acostarme.

Se acercó a la litera inferior y se dejó caer. Doreen se agachó junto a él, ahora profundamente preocupada.

—Cualquier cosa que desees, cariño, no tienes más que pedírmelo, ¿de acuerdo?

—De acuerdo. Un poco de pizza no estaría mal.

Doreen se puso en pie y reflexionó unos instantes. Mark cerró los ojos, como si le embargara un profundo dolor.

—Veré qué puedo hacer.

—¿Sabe que hoy no he almorzado?

—Volveré enseguida.

Doreen abandonó el cuarto. Se oyó un fuerte ruido del cerrojo, Mark saltó de la cama y se acercó a la puerta para escuchar.

27

La habitación estaba como de costumbre a oscuras, con las luces apagadas, las persianas cerradas y solo iluminada por las parpadeantes sombras azules del televisor insonoro, situado a bastante altura contra la pared. Dianne estaba mentalmente agotada y físicamente exhausta, después de ocho horas en la cama junto a Ricky, acariciándole, abrazándole, musitando en su oído y procurando conservar las fuerzas en aquella diminuta celda húmeda y oscura.

Reggie la había visitado hacía un par de horas, y habían pasado treinta minutos hablando, sentadas al borde de la cama plegable. Le habló de la vista, le aseguró que Mark no pasaba hambre ni corría peligro alguno, le describió su habitación en el centro de detención, que había visto con anterioridad, le dijo que estaba más seguro encerrado que en libertad, y le habló del juez Roosevelt, del FBI y de su programa de protección de testigos. Al principio y dadas las circunstancias, la idea le pareció atractiva; se limitarían a trasladarse a otra ciudad con nuevos nombres, un buen empleo y un lugar decente donde vivir. Podrían alejarse de aquel embrollo y empezar de nuevo. Podrían elegir una gran ciudad, con buenas escuelas, donde los niños pasarían desapercibidos entre la multitud. Pero cuanto más tiempo pasaba acurrucada de costado, con la mirada fija en la pared por encima de la pequeña cabeza de Ricky, menos le atraía la idea. En realidad, era una idea horrible: viviendo como fugitivos el resto de sus días, siempre con el temor de que alguien llamara inesperadamente a la puerta; sumida en el pánico cada vez que uno de los niños llegara tarde y mintiendo permanentemente respecto a su pasado.

Aquel pequeño plan era para siempre. ¿Qué ocurriría —se preguntaba— por ejemplo dentro de cinco o diez años, mucho después del juicio de Nueva Orleans, si un buen día a alguna persona a la que ni siquiera conocía se le escapaba algún detalle, la información llegaba a oídos equivocados, y se reconstruía rápidamente su historia? ¿Y si cuando Mark estuviera, por ejemplo, en el instituto, alguien le esperara después de un partido de fútbol y le pusiera una pistola en la cabeza? No se llamaría Mark, pero moriría de todos modos.

Casi había decidido rechazar la idea del programa de protección de testigos, cuando Mark la llamó por teléfono desde la cárcel. Le dijo que acababa de comerse una enorme pizza, que se sentía de maravilla, que el lugar era más agradable que el hospital, que la comida era mejor, y charlaba con tanto entusiasmo que comprendió que mentía. Dijo que ya estaba organizando la fuga y que pronto saldría. Hablaron de Ricky, de la caravana, de la vista de aquel día y de la del siguiente. Dijo que confiaba en los consejos de Reggie, y Dianne confirmó que le parecía lo más prudente. Se disculpó por no estar junto a ella cuidando de Ricky y ella tuvo que hacer un esfuerzo para contener las lágrimas. Se disculpó una vez más por todo el lío.

Su conversación fue breve. Le resultaba difícil hablar con él. Tenía pocos consejos maternos que ofrecerle y se sentía fracasada por tener a un hijo de once años en la cárcel y no ser capaz de sacarle. Tampoco podía visitarle. Ni hablar con el juez. No podía aconsejarle que hablara, ni que dejara de hacerlo, porque ella también tenía miedo. Lo único que podía hacer era permanecer en aquella estrecha cama contemplando las paredes y rogar para que cuando despertara la pesadilla hubiera desaparecido.

Eran las seis de la tarde, hora de las noticias locales. Contempló el rostro silencioso de un presentador, con la esperanza de que no ocurriera. Pero poco tardó en hacerlo. Después de que se retiraran dos cadáveres de un vertedero, de pronto apareció en pantalla una foto en blanco y negro de Mark y del policía al que había abofeteado por la mañana. Subió el volumen.

El presentador describió los hechos básicos relacionados con el prendimiento de Mark Sway, evitando cuidadosamente denominarlo detención, antes de conectar con un corresponsal frente al edificio del tribunal tutelar de menores. Este habló unos segundos de la vista celebrada, sobre la que no sabía absolutamente nada, explicó apresuradamente que el niño, Mark Sway, había sido trasladado de nuevo al centro de detención juvenil y que al día siguiente se celebraría otra vista en la sala presidida por el juez Roosevelt. De nuevo en los estudios, el presentador resumió los acontecimientos relacionados con el joven Mark y el trágico suicidio de Jerome Clifford. Mostraron unas breves imágenes de los asistentes al funeral en la capilla de Nueva Orleans y, durante un par de segundos, apareció Roy Foltrigg en pantalla, hablando con un periodista bajo un paraguas. A continuación el presentador empezó a citar los artículos de Artero Moeller y crecieron las sospechas. Ningún comentario por parte de la policía de Memphis, del FBI, del ministerio fiscal, ni del tribunal tutelar de menores de Shelby. El relato perdió solidez cuando empezó a citar fuentes no identificadas, con escasos hechos comprobados pero abundante especulación. Cuando afortunadamente dejó de hablar para dar paso a la publicidad, los televidentes mal informados podían fácilmente creer que el joven Mark Sway no solo había disparado contra Jerome Clifford, sino que también había asesinado a Boyd Boyette.

A Dianne le dolía el estómago y apagó el televisor. El cuarto estaba ahora todavía más oscuro. Hacía diez horas que no probaba bocado. Ricky gemía y se movía, y eso la irritaba. Se separó de la cama, frustrada con su hijo, frustrada con Greenway porque no progresaba, harta de aquel hospital con una decoración e iluminación propias de una mazmorra, horrorizada por un sistema que permitía encarcelar a los niños por ser niños y, sobre todo, aterrorizada por las fuerzas sombrías que habían amenazado a Mark, incendiado su casa y evidentemente estaban dispuestas a hacer lo que creyeran necesario. Se encerró en el baño, se sentó al borde de la bañera y encendió un Virginia Slim. Le temblaban las manos y tenía la mente confusa. Se le empezaba a insinuar un dolor en la nuca y a medianoche estaría paralizada. Puede que las pastillas la aliviaran.

Arrojó la colilla al retrete, tiró de la cadena y se sentó al borde de la cama de Ricky. Se había prometido a sí misma vivir aquella epopeya día a día, pero, maldita sea, cada día era peor que el anterior. No podría soportarlo mucho más.

Barry el Navaja había elegido aquella pequeña taberna porque era tranquila, oscura, y la recordaba de los años de su adolescencia, cuando era aspirante a maleante en las calles de Nueva Orleans. No solía frecuentarla, pero estaba en el corazón del barrio francés, lo que suponía que podía aparcar cerca del Canal y escabullirse entre los turistas por Bourbon y Royal, sin que los federales tuvieran posibilidad alguna de seguirle.

Se instaló en una diminuta mesa del fondo del local y se tomó una copa de vodka mientras esperaba a Gronke.

Quería trasladarse personalmente a Memphis, pero estaba en la calle bajo fianza y no tenía libertad de movimientos. Tenía que pedir permiso para salir del estado y sabía que era preferible no hacerlo. La comunicación con Gronke no había sido fácil. La paranoia se le comía vivo. Desde hacía ocho meses, cualquier mirada curiosa era la de algún policía que vigilaba todos sus movimientos. Un desconocido en la acera era otro agente del FBI, oculto entre las tinieblas. Sus teléfonos estaban intervenidos. Había micrófonos en su coche y en su casa. La mayor parte del tiempo tenía miedo de hablar, porque podía casi sentir los detectores y los micrófonos.

Vació el vaso y pidió otro. Uno doble. Gronke llegó con veinte minutos de retraso y aposentó su voluminoso cuerpo en una silla del rincón. El techo estaba dos metros por encima de sus cabezas.

—Bonito lugar —dijo Gronke—. ¿Cómo te va?

—Bien —respondió Barry, al tiempo que chasqueaba los dedos para llamar al camarero.

—Cerveza. Grolsch —dijo Gronke.

—¿Te han seguido? —preguntó Barry.

—No lo creo. Imagínate, he zigzagueado por medio barrio francés.

—¿Qué ocurre allá arriba?

—¿En Memphis?

—No, en Milwaukee, imbécil —dijo Barry sonriendo—. ¿Qué ocurre con el niño?

—Está en la cárcel y se niega a hablar. Le han detenido esta mañana, han celebrado algún tipo de vista en el tribunal tutelar de menores a la hora del almuerzo y se lo han llevado de nuevo a la cárcel.

El camarero acababa de cruzar la puerta que daba a la mugrienta y abarrotada cocina, con una pesada bandeja de jarras de cerveza sucias, cuando le pararon dos agentes del FBI con vaqueros. Uno le mostró la placa, mientras su compañero le quitaba la bandeja.

—¿Qué diablos? —exclamó el camarero, al tiempo que se retiraba hacia la pared, con la placa a escasos centímetros de su nariz.

—FBI. Necesitamos un favor —dijo sosegadamente el agente especial Scherff con absoluta seriedad.

Se acercó el otro agente. El camarero, condenado dos veces por delitos graves, hacía menos de seis meses que disfrutaba de su libertad. Se mostró ansioso por colaborar.

—Por supuesto. Lo que sea.

—¿Cómo te llamas? —preguntó Scherff.

—Pues... Dole. Link Dole.

Había utilizado tantos nombres a lo largo de los años que le resultaba difícil recordar el vigente.

Los agentes se acercaron todavía más y Link temió que le atacaran.

—Muy bien, Link. ¿Estás dispuesto a ayudarnos?

Link asintió rápidamente. El cocinero removía una olla de arroz, con un pitillo apenas colgado de los labios. Les echó una breve mirada, pero tenía otras preocupaciones.

—En el fondo, a la derecha, donde el techo es bajo, hay un par de individuos tomándose una copa.

—Sí, de acuerdo, pero yo no estoy implicado en nada.

—Claro que no, Link. Escúchame —dijo Scherff sacando un salero y pimentero del bolsillo—. Coloca esto en una bandeja, junto a una botella de ketchup. Acércate a la mesa, con toda normalidad, deja estos y llévate los que hay ahora allí. Pregúntales si quieren algo de comer u otra copa. ¿Comprendes?

Link asentía sin comprender.

—¿Qué hay en estos?

—Sal y pimienta —respondió Scherff—, además de un pequeño micrófono que nos permitirá oír lo que dicen. Son delincuentes, ¿comprendes, Link?, y les tenemos bajo vigilancia.

—Prefiero no involucrarme —dijo Link, perfectamente consciente de que, por poco que le presionaran, haría cualquier cosa para ayudarles.

—No me obligues a que me enfade —replicó Scherff, mientras agitaba el salero.

—De acuerdo, de acuerdo.

Un camarero dio una patada a la puerta y entró con un montón de platos sucios. Link cogió la sal y la pimienta.

—No se lo digan a nadie —dijo temblando.

—Trato hecho, Link. Será un secreto entre nosotros. Dime, ¿hay algún espacio vacío por aquí? —preguntó Scherff mirando alrededor de la abarrotada cocina.

La respuesta era evidente. Hacía cincuenta años que no quedaba un palmo cuadrado libre en aquel antro.

Link reflexionó unos instantes, muy ansioso por ayudar a sus nuevos amigos.

—No, pero hay un pequeño despacho encima del bar.

—Estupendo, Link. Apresúrate a cambiar esto y nosotros instalaremos algunos aparatos en el despacho.

Link cogió el salero y el pimentero con aprensión, como si fueran a estallar, y regresó a la barra.

Un camarero dejó una gruesa botella verde de Grolsch frente a Gronke y se retiró.

—Ese pequeño hijo de puta sabe algo, ¿no es cierto? —decía el Navaja.

—Por supuesto. De lo contrario, esto no ocurriría. ¿Por qué ha contratado a un abogado? ¿Por qué se niega a hablar?

Gronke vació media botella de Grolsch, de un largo y sediento trago.

Link se les acercó con una bandeja en la que llevaba una docena de saleros, pimenteros, botellas de ketchup y tarros de mostaza.

—¿Van a comer algo? —preguntó rutinariamente, al tiempo que retiraba el salero, el pimentero y las botellas de la mesa, y los sustituía.

—No —respondió Gronke, mientras Barry le indicaba con un gesto que se retirara.

Link obedeció.

A menos de diez metros de distancia, Scherff y otros tres agentes abrían unas pesadas maletas sobre un pequeño escritorio. Uno de los agentes cogió unos auriculares, se los colocó y sonrió.

—Ese chiquillo me da miedo —decía Barry—. Se lo ha contado a su abogado y eso significa que hay dos personas más que lo saben.

—Sí, pero no habla, Barry. No lo olvides. Le hemos hecho llegar el mensaje. Le mostré la fotografía. Nos hemos encargado del remolque donde vivían y está muerto de miedo.

—No estoy seguro. ¿Hay alguna forma de alcanzarle?

—No en estos momentos. Maldita sea, está en manos de la policía. Le tienen encerrado.

—Hay formas de lograrlo. Dudo que se tomen muchas medidas de seguridad en esa cárcel de menores.

—Sí, pero los policías también están asustados. Están por todas partes en el hospital. Hay guardias de seguridad en el pasillo. El centro está lleno de federales disfrazados de médicos. Nos tienen terror.

—Pero pueden obligarle a hablar. Pueden introducirle en el programa de ratones y ofrecerle un montón de dinero a su madre. Maldita sea, puede que les compren un nuevo remolque, tal vez uno de doble anchura o algo por el estilo. Estoy muy nervioso, Paul. Si ese chiquillo estuviera limpio, jamás habríamos oído hablar de él.

—No podemos eliminarle, Barry.

—¿Por qué no?

—Porque es un niño. Porque en estos momentos todo el mundo está pendiente de él. Porque si lo hacemos, un millón de policías nos perseguirá hasta la tumba. No funcionará.

—¿Qué me dices de su madre o de su hermano?

Gronke tomó otro trago de cerveza y movió la cabeza con frustración. Era un maleante duro capaz de intimidar como el mejor, pero, al contrario que su amigo, no era un asesino. Esa búsqueda azarosa de víctimas le daba miedo. No respondió.

—¿Y su abogado? —preguntó Barry.

—¿De qué serviría cargársela a ella?

—Odio a los abogados. Tal vez asustaría tanto al niño que entraría en coma al igual que su hermano. No lo sé.

—Y tal vez matar a personas inocentes en Memphis no sea una buena idea. El chiquillo conseguirá otro abogado.

—Nos cargaremos también al próximo. Piénsalo, Paul, podría ser maravilloso para la profesión jurídica —exclamó Barry con una carcajada, antes de acercarse como si estuviera a punto de confesarle un gran secreto, con la barbilla a escasos centímetros del salero—. Piénsalo, Paul. Si nos cargamos al abogado del chiquillo, ningún abogado que no esté loco querrá representarle. ¿No te das cuenta?

—Demasiados nervios, Barry. Te estás desmoronando.

—Sí, lo sé. Pero es una gran idea, ¿no te parece? Si nos la cargamos, el chiquillo no hablará ni con su madre. ¿Cómo se llama, Rollie o Ralphie?

—Reggie. Reggie Love.

—¿Qué coño de nombre es ese para una tía?

—Yo qué sé.

Barry vació el vaso y llamó de nuevo al camarero.

—¿Qué dice por teléfono? —preguntó de nuevo agachado, muy cerca del salero.

—No lo sé. No pudimos entrar anoche.

—¡Cómo! —exclamó de pronto enojado el Navaja, con furor en su perversa mirada.

—Nuestro ayudante lo hará esta noche, si no hay ningún contratiempo.

—¿Cómo es su local?

—Un pequeño despacho en un edificio alto del centro de la ciudad. Debería ser cosa fácil.

Scherff se apretó los auriculares contra las orejas. Dos de sus compañeros hicieron lo mismo. Lo único que se oía era el suave ronroneo del magnetófono.

—¿Son buenos esos tíos?

—Nance es bastante sosegado y tranquilo bajo presión. Su socio, Cal Sisson, es como una bala perdida. Le teme a su propia sombra.

—Quiero que se solucionen los teléfonos esta noche.

—Se hará.

Barry encendió un Camel sin filtro y soltó una bocanada de humo hacia el techo.

—¿Protegen al abogado? —preguntó con los ojos entornados.

Gronke desvió la mirada.

—Creo que no.

—¿Dónde vive? ¿Cómo es su casa?

—Tiene un pinito detrás de la casa de su madre.

—¿Vive sola?

—Creo que sí.

—Sería fácil, ¿no es cierto? Forzar la puerta, cargársela y robar un par de cosas. Un robo más como cualquiera, en el que algo sale mal. ¿Qué te parece?

Gronke movió la cabeza y contempló a una rubia de la barra.

—¿Qué te parece? —repitió Barry.

—Sí, sería cosa fácil.

—Entonces hagámoslo. ¿Me estás escuchando, Paul?

Paul le escuchaba, pero eludía su perversa mirada.

—No estoy de humor para matar a nadie —respondió sin dejar de mirar a la rubia.

—No importa. Le diré a Pirini que lo haga.

Hacía algunos años un detenido —como los denominaban en el centro de detención juvenil— que solo tenía doce años había fallecido en la habitación adjunta a la de Mark de un ataque epiléptico. Acto seguido recibieron una tonelada de denuncias y de mala prensa, y a pesar de que Doreen no estaba de guardia cuando ocurrió el incidente, quedó bastante trastornada. Siguió una investigación. Dos personas fueron despedidas. Y entró en vigor una nueva serie de normas.

El turno de Doreen terminaba a las cinco, y lo último que hizo fue comprobar que Mark estaba bien. Le había visitado cada hora a lo largo de la tarde y, con creciente preocupación, había visto cómo se deterioraba. Se retraía ante sus propios ojos, con menos palabras en cada visita, simplemente tumbado en la cama con la mirada fija en el techo. A las cinco trajo consigo a un practicante del condado que examinó a Mark y le declaró en buen estado físico. Sus constantes vitales eran fuertes. Antes de marcharse le frotó las sienes con la ternura de una abuela y prometió regresar al día siguiente, viernes, temprano por la mañana. También le mandó otra pizza.

Mark le respondió que seguramente resistiría hasta entonces. Procuraría sobrevivir durante la noche. Evidentemente dejó instrucciones, porque la encargada del próximo turno, una mujer baja y gordita de nombre Telda, llamó inmediatamente a la puerta y se presentó. A lo largo de las siguientes cuatro horas, Telda le visitó regularmente y examinó con mucha atención sus ojos, como si estuviera loco y al borde de un colapso nervioso.

Mark miró la televisión, no por cable, hasta las noticias de las diez, cuando se cepilló los dientes y apagó las luces. La cama era bastante cómoda y pensó en su madre intentando dormir en el desvencijado catre que las enfermeras habían colocado en la habitación de Ricky.

La pizza era de Domino's, no como una dura rebanada de queso que alguien hubiera introducido en un microondas, sino una verdadera pizza que Doreen había pagado seguramente de su bolsillo. La cama era cómoda, la pizza auténtica y la puerta estaba cerrada con llave. Mark se sentía a salvo no solo respecto a otros presos y a las pandillas violentas que no podían estar muy lejos, sino en cuanto al individuo de la navaja que conocía su nombre y tenía su fotografía. El que había incendiado su remolque. No había dejado de pensar en él desde su encuentro en el ascensor el día anterior por la mañana. Había pensado en él la noche anterior, frente a la casa de mamá Love, y en la sala de la audiencia, escuchando a Hardy y a McThune. Le preocupaba que deambulara por el hospital sin que Dianne fuera consciente de su existencia.

Estar sentado en un coche aparcado en la calle Tercera, en el centro de Memphis a medianoche, no era la idea que Cal Sisson tenía de una diversión inofensiva, pero las puertas tenían el seguro puesto y había una pistola bajo el asiento. Sus condenas por delitos graves le prohibían poseer armas de fuego, pero aquel era el coche de Jack Nance. Estaba aparcado detrás de una furgoneta de repartos, cerca de Madison, a un par de manzanas del edificio Sterick. El vehículo no tenía nada de sospechoso. Había poco tráfico.

Dos policías uniformados paseaban por la acera y se detuvieron a menos de un metro de su coche. Le miraron fijamente. Cal miró por el retrovisor y vio otra pareja. ¡Cuatro polis! Uno de ellos se sentó sobre el maletero e hizo temblar el coche. ¿Habría olvidado alimentar el parquímetro? No, había pagado para una hora y hacía menos de diez minutos que había llegado. Nance le había dicho que el trabajo duraría treinta minutos.

Otros dos policías se reunieron con los de la acera y Cal empezó a sudar. Le preocupaba la pistola, pero un buen abogado lograría convencer al supervisor de su libertad condicional de que el arma no era suya. Se limitaba a conducir para Nance.

Un coche de policía sin distintivos aparcó detrás del suyo y dos agentes de paisano se reunieron con los demás. ¡Ocho polis!

Uno con vaqueros y jersey se agachó y le mostró la placa por la ventana. Tenía una radio sobre el asiento, junto a su pierna, y hacía treinta segundos que debía haber pulsado el botón azul para avisar a Nance. Pero ya era demasiado tarde. Los policías habían aparecido como por arte de magia.

Bajó lentamente la ventana. El agente se acercó y sus rostros estaban a escasos centímetros.

—Buenas noches, Cal. Soy el teniente Byrd, de la policía de Memphis.

El hecho de que le llamara Cal le produjo escalofríos. Procuró conservar la serenidad.

—¿En qué puedo servirle, teniente?

—¿Dónde está Jack?

A Cal le dio un vuelco el corazón y empezó a sudarle el cuerpo entero.

—¿Qué Jack?

Qué Jack. Byrd miró a su compañero por encima del hombro y sonrió.

—Jack Nance. Tu buen amigo. ¿Dónde está?

—No le he visto.

—Qué coincidencia. Yo tampoco le he visto. Por lo menos desde hace quince minutos. En realidad, la última vez que vi a Jack estaba en la esquina de las calles Segunda y Union, hace menos de media hora, y se apeaba de este coche. Tú ibas al volante, te has alejado y, mira por dónde, ahora estás aquí.

Cal respiraba, pero con dificultad.

—No sé de qué me está hablando.

Byrd quitó el seguro y abrió la puerta.

—Sal de ahí, Cal —ordenó el teniente, y Cal obedeció.

Byrd cerró la puerta y le empujó contra el coche. Cuatro policías le rodearon. Los otros tres vigilaban el edificio Sterick.

—Escúchame bien, Cal —dijo Byrd, a escasos centímetros de su cara—. La pena por complicidad en allanamiento de morada es de siete años. Tú tienes tres condenas anteriores y, por consiguiente, se te considerará delincuente habitual. Piensa en la de años que pueden caerte.

Le castañeteaban los dientes y le temblaba todo el cuerpo. Movió la cabeza como si no comprendiera y deseara que Byrd se lo explicara.

—Treinta años, sin remisión de condena.

Cerró abatido los ojos. Respiraba con dificultad.

—Ahora bien, Cal —prosiguió Byrd en un tono muy cruel y sosegado—, no nos preocupa Jack Nance. Cuando termine con los teléfonos de la señora Love, tenemos a unos muchachos que le esperan en la puerta del edificio. Será detenido, acusado y, a su debido tiempo, encarcelado. Pero no contamos con que hable demasiado. ¿Comprendes?

Cal asintió rápidamente.

—Sin embargo, Cal, hemos pensado que tal vez te interese hacer un trato. Ayudarnos un poco. ¿Comprendes a lo que me refiero?

Cal asentía todavía con mayor rapidez.

—Se nos ha ocurrido que nos contarás lo que deseamos saber y, a cambio, te dejaremos libre.

Cal le miraba angustiado, con la boca abierta y el pulso alterado.

—¿Ves esa acera, Cal? —preguntó Byrd señalando hacia el otro lado de Madison.

—Sí —respondió anhelante, después de contemplar esperanzado la acera vacía.

—Es toda tuya. Dime lo que quiero saber y puedes marcharte. ¿De acuerdo? Te ofrezco treinta años de libertad, Cal. No seas estúpido.

—De acuerdo.

—¿Cuándo regresa Gronke de Nueva Orleans?

—Por la mañana, alrededor de las diez.

—¿Dónde se hospeda?

—En el Holiday Inn de Crowne Plaza.

—¿Número de la habitación?

—Siete ocho dos.

—¿Dónde están Bono y Pirini?

—No lo sé.

—Por favor, Cal, no somos estúpidos. ¿Dónde están?

—En la siete ocho tres y la siete ocho cuatro.

—¿Quién más está aquí de Nueva Orleans?

—Eso es todo. Es todo lo que sé.

—¿Podemos esperar que llegue más gente de Nueva Orleans?

—Le juro que no lo sé.

—¿Piensan atacar al muchacho, a su familia o a su abogado?

—Se ha hablado de ello, pero no está decidido. En todo caso, quiero que sepa que yo no intervendría.

—Lo sé, Cal. ¿Se proponen intervenir otros teléfonos?

—No. Creo que no. Solo los del bufete.

—¿Y los de su casa?

—No, que yo sepa.

—¿Ningún otro micrófono ni teléfono intervenido?

—No, que yo sepa.

—¿Ningún plan para asesinar a alguien?

—No.

—Si me mientes, Cal, vendré a por ti y te caerán treinta años.

—Se lo juro.

De pronto Byrd abofeteó a Cal en la mejilla izquierda y le agarró por el cuello. Cal le miraba aterrorizado, con la boca abierta.

—¿Quién incendió el remolque? —exclamó Byrd empujándole contra el coche.

—Bono y Pirini —respondió sin titubear un instante.

—¿Participaste en el incidente, Cal?

—No. Se lo juro.

—¿Algún otro incendio previsto?

—No, que yo sepa.

—Entonces ¿qué diablos están haciendo aquí, Cal?

—Esperar, escuchar, ya sabe, por si se les necesita para algo. Depende de lo que haga ese chiquillo.

Byrd le estrujó el cuello y le mostró los dientes.

—Una sola mentira, Cal, y te haré papilla. ¿Comprendido?

—No miento. Se lo juro —exclamó Cal en una especie de chillido.

Byrd le soltó y movió la cabeza en dirección a la acera.

—Lárgate y no te metas en líos.

Los demás policías se separaron y Cal echó a andar a grandes zancadas por la acera, hasta perderse en la oscuridad de la noche.

28

Viernes de madrugada. Reggie tomaba un cargado café solo en la oscuridad que precede al alba, a la espera de otro día imprevisible como representante judicial de Mark Sway. Era una madrugada clara y fresca, la primera de muchas en septiembre, y primer indicio de que llegaban a su fin los días calurosos y agobiantes del verano de Memphis. Sentada en una mecedora de mimbre, en la terraza posterior de su apartamento, intentaba dilucidar las últimas cinco horas de su vida.

La policía la había llamado a la una y media para advertirle que había sucedido algo en su despacho y pedirle que se personara urgentemente en el mismo. Después de llamar a Clint, se habían presentado ambos en el despacho, donde se encontraron con media docena de policías. Le habían permitido a Jack Nance concluir su trabajo sucio y salir del edificio, antes de detenerle. Mostraron a Reggie y a Clint los tres teléfonos con diminutos transmisores pegados a los auriculares, y dijeron que Nance había hecho un trabajo bastante satisfactorio.

Ante sus propios ojos, retiraron cuidadosamente los transmisores y se los guardaron como prueba. Le explicaron cómo Nance había entrado y, en más de una ocasión, comentaron su falta de medidas de seguridad. Reggie respondió que no le preocupaba particularmente la seguridad. No había nada de especial importancia en el despacho.

Verificó los ficheros y todo parecía estar en orden. La ficha de Mark Sway estaba en su casa, dentro del maletín, donde la guardaba cuando se acostaba. Clint inspeccionó su escritorio y dijo que cabía la posibilidad de que Nance hubiera examinado sus documentos. Pero no podía asegurarlo porque su escritorio no estaba muy organizado.

Les comunicaron que la policía sabía con anterioridad que Nance iría, pero no les revelaron cómo lo sabían. Una docena de policías le habían observado cuando entraba sin ninguna dificultad en el edificio, a través de puertas que no estaban cerradas con llave, guardias de seguridad ausentes... Ahora estaba detenido y, hasta el momento, no había hablado. Un agente se la había llevado aparte para explicarle confidencialmente los vínculos de Nance con Gronke, Bono y Pirini. No habían logrado localizar a los dos últimos; sus habitaciones en el hotel habían sido abandonadas. Gronke estaba en Nueva Orleans y le tenían bajo vigilancia.

Nance cumpliría un par de años, puede que más. Por un instante Reggie se sintió partidaria de la pena de muerte.

Los policías se habían ido marchando. Alrededor de las tres, Reggie y Clint se quedaron solos en el despacho vacío, con el pavoroso conocimiento de que lo había profanado un profesional para colocar sus trampas. Un individuo contratado por asesinos había penetrado en la estancia con el propósito de obtener información para llevar a cabo más asesinatos, si fuera necesario. El lugar la ponía nerviosa y, poco después de que se marcharan los policías, salió con Clint hasta encontrar un café alejado del centro de la ciudad.

Después de dormir solo tres horas y con la perspectiva de un día angustioso, saboreaba su café y contemplaba el cielo de levante que se tornaba anaranjado. Pensó en Mark, en cómo había llegado el miércoles a su despacho, hacía escasamente dos días, empapado por la lluvia y muerto de miedo, para contarle que le había amenazado un individuo con una navaja. Aquel individuo era feo, corpulento, agitaba una navaja y le había mostrado una foto de la familia Sway. Había escuchado horrorizada, cuando aquel chiquillo tembloroso describía la navaja. Era aterrador solo oír hablar de ello, pero le había ocurrido a otro. Ella no estaba directamente implicada. No era a ella a quien habían amenazado con la navaja.

Pero aquello ocurría el miércoles, ese día era viernes, y la misma pandilla de maleantes había violado su intimidad y las cosas se habían puesto mucho más feas. Su pequeño cliente estaba a salvo en una bonita cárcel, con guardias de seguridad a su disposición, mientras ella tomaba café a solas en la oscuridad, pensando en Bono, Pirini, y a saber quién pudiera acechar en las tinieblas.

A pesar de que no podía verse desde la casa de mamá Love, en la calle, no muy lejos, estaba aparcado un coche sin distintivos. Dos agentes del FBI estaban de guardia, por si acaso. Reggie había dado su beneplácito.

Imaginó la habitación de un hotel, con una enorme nube de humo de tabaco cerca del techo, el suelo cubierto de botellas de cerveza vacías, las cortinas echadas y un pequeño grupo de maleantes mal vestidos alrededor de una mesilla, escuchando un magnetófono. Era su voz la que tenían grabada, hablando con sus clientes, con el doctor Levin, con mamá Love, charlando con absoluta tranquilidad, como si las conversaciones fueran privadas. En general los maleantes se aburrían, pero de vez en cuando uno de ellos soltaba una carcajada y hacía algún comentario.

Mark no utilizaba los teléfonos de su despacho, y la idea de intervenirlos era absurda. Evidentemente esa gente creía que Mark sabía lo de Boyette, y que tanto él como su abogada eran lo suficientemente estúpidos para discutirlo por teléfono.

Sonó el teléfono de la cocina y Reggie se sobresaltó. Consultó su reloj; las seis y veinte. Debía de haber sucedido algo, porque nadie llamaba a esas horas. Se acercó y lo descolgó después de cuatro llamadas.

—Diga.

—Buenos días, Reggie —dijo Harry Roosevelt—. Siento despertarla.

—Ya estaba despierta.

—¿Ha visto el periódico?

—No. ¿Qué ocurre? —preguntó, después de respirar hondo.

—Hay dos fotografías de Mark en primera plana. Una saliendo del hospital, según ellos detenido, y otra a la salida del juzgado, con un policía a cada lado. El artículo está escrito por Artero Moeller, y lo sabe todo acerca de la vista. Para variar, su información es correcta. Dice que Mark se negó a responder mis preguntas sobre todo lo relacionado con Boyette, que yo le declaré culpable de desacato y le mandé a la cárcel. Da la impresión de que yo fuera Hitler.

—Pero ¿cómo lo sabe?

—Cita fuentes no identificadas.

—¿Habrá sido Fink? —preguntó Reggie, después de repasar mentalmente la lista de los presentes en la sala.

—Lo dudo. Filtrar esto no le aportaría ninguna ventaja, y los riesgos son excesivos. Tiene que tratarse de alguien que no es demasiado inteligente.

—Por eso había pensado en Fink.

—Tiene razón, pero no creo que se trate de ningún abogado. He decidido mandarle una citación al señor Moeller para que comparezca ante mí a las doce del mediodía. Le exigiré que me revele su fuente, o de lo contrario le mandaré a la cárcel por desacato.

—Estupendo.

—No tardaremos mucho, y a continuación celebraremos la pequeña vista de Mark. ¿De acuerdo?

—Por supuesto, Harry. Por cierto, hay algo que debe saber. Ha sido una noche muy larga.

—La escucho.

Reggie le ofreció un breve resumen de lo ocurrido en su

despacho, haciendo especial hincapié en Bono y Pirini, y en el hecho de que no habían sido localizados.

—¡Dios mío! —exclamó el juez—. Esos individuos son unos locos.

—Y muy peligrosos.

—¿Está asustada?

—Claro que lo estoy. Han violado mi intimidad, Harry, y da miedo pensar que me han estado vigilando.

Hubo una larga pausa al otro extremo de la línea.

—Reggie, no voy a poner a Mark en libertad bajo ninguna circunstancia, no hoy. Veremos qué ocurre durante el fin de semana. Está mucho más seguro donde se encuentra.

—Estoy de acuerdo.

—¿Ha hablado con su madre?

—Ayer. Estaba medianamente interesada por el programa de protección de testigos. Puede que necesite un poco de tiempo. La pobre mujer es un manojo de nervios.

—Procure convencerla. ¿Puede estar presente hoy en la sala? Me gustaría verla.

—Lo intentaré.

—Hasta las doce del mediodía.

Reggie se sirvió otro café y regresó a la terraza. Axle dormía debajo del balancín. Entre los árboles se filtraba la primera luz del alba. Con la taza caliente entre ambas manos, dobló sus pies descalzos para colocarlos bajo su albornoz. Mientras saboreaba el aroma del café, pensó en lo mucho que detestaba a la prensa. Ahora la vista sería del dominio público. De poco había servido celebrarla a puerta cerrada. De pronto su pequeño cliente era más vulnerable que nunca. Ahora era perfectamente evidente que sabía algo que no debía saber. De lo contrario, ¿por qué no habría hablado cuando se lo ordenó el juez?

A cada hora que transcurría, el juego era más peligroso. Y se suponía que ella, Reggie Love, abogado y asesor jurídico, debía poseer todas las respuestas y dispensar el asesoramiento perfecto. Mark la miraría asustado con sus ojos azules y querría saber qué harían a continuación. ¿Cómo diablos podía saberlo?

La perseguían también a ella.

Doreen despertó a Mark temprano. Le había traído unos pastelitos de arándano y le observó con gran preocupación mientras mordisqueaba uno de ellos. Mark se sentó en una silla con un pastelito en la mano pero sin probarlo, y con la mirada fija en el suelo. Levantó lentamente el pastelito, le dio un pequeño mordisco y lo bajó de nuevo hasta las rodillas. Doreen le observaba sin perder detalle.

—¿Estás bien, cariño? —preguntó.

—Sí, muy bien —asintió lentamente Mark con una voz ronca y lejana.

Doreen le acarició la rodilla y luego el hombro. Tenía los ojos entornados y estaba muy preocupada.

—Estaré aquí todo el día —dijo después de ponerse de pie y dirigirse hacia la puerta—. Vendré a verte de vez en cuando.

Mark dio otro mordisco sin prestarle atención. Se cerró la puerta, se oyó el ruido del cerrojo e inmediatamente se comió el resto del bollo y cogió otro.

Encendió el televisor, pero al no disponer de cable se vio obligado a ver el programa de Bryant Gumbel. No había dibujos animados. Ni viejas películas. Solo Willard con un sombrero, comiendo mazorcas y pinchitos de boniato.

Doreen regresó al cabo de veinte minutos. Se oyó el tintineo de su manojo de llaves, el ruido del cerrojo y la puerta que se abría.

—Ven conmigo, Mark —dijo—. Tienes visita.

De pronto estaba nuevamente inmóvil, aislado, perdido en otro mundo.

—¿Quién? —preguntó en un tono lejano.

—Tu abogada.

Se incorporó y la siguió por el pasillo.

—¿Estás seguro de que estás bien? —preguntó Doreen después de agacharse frente a él.

Mark asintió lentamente y caminaron juntos hacia la escalera.

Reggie esperaba en una pequeña sala de conferencias del piso inferior. Después de intercambiar algunos cumplidos con Doreen, a quien conocía desde hacía tiempo, cerraron la puerta con llave. Mark estaba sentado al otro lado de una pequeña mesa redonda.

—¿Amigos? —preguntó Reggie con una sonrisa.

—Sí. Lamento lo de ayer.

—No tienes por qué disculparte, Mark. Te comprendo, créeme. ¿Has dormido bien?

—Sí. Mucho mejor que en el hospital.

—Doreen dice que está preocupada por ti.

—Estoy bien. Mucho mejor que ella.

—Me alegro.

Reggie sacó un periódico de su maletín, lo colocó sobre la mesa y Mark leyó lentamente el artículo de primera plana.

—Has salido tres días consecutivos en primera plana —dijo Reggie, intentando forzar una sonrisa.

—Empiezo a estar harto. Creí que la vista se celebraba a puerta cerrada.

—Así se suponía que debía ser. El juez Roosevelt me ha llamado esta mañana a primera hora. Se propone llamar al periodista e interrogarle.

—Ya es tarde para eso, Reggie. El artículo está aquí en blanco y negro. Todo el mundo puede leerlo. Es evidente que yo soy el chiquillo que sabe demasiado.

—Exactamente.

Reggie esperó a que Mark leyera nuevamente el artículo y examinara las fotos.

—¿Has hablado con tu madre? —preguntó entonces.

—Sí, ayer, alrededor de las cinco de la tarde. Parecía cansada.

—Lo está. Estuve con ella antes de que la llamaras y sigue sin poder moverse de allí. Ayer Ricky tuvo un mal día.

—Claro. Gracias a esos malditos policías. Deberíamos denunciarles.

—Tal vez más adelante. Tenemos algo de que hablar. Ayer, después de que abandonaras la sala, el juez Roosevelt habló con los abogados y con el FBI. Quiere que tú, tu madre y Ricky ingreséis en el programa federal de protección de testigos. Considera que es la mejor forma de protegerte y yo estoy bastante de acuerdo.

—¿En qué consiste?

—El FBI os traslada a un lugar nuevo, totalmente secreto, lejos de aquí, con nombres nuevos, escuelas nuevas, todo completamente nuevo. Le consiguen un trabajo nuevo a tu madre, donde le paguen más de seis dólares por hora. Al cabo de unos años y para estar completamente seguros, puede que vuelvan a trasladaros. Ingresarán a Ricky en un hospital mucho mejor, hasta que se recupere. Evidentemente, todos los gastos corren a cargo del gobierno.

—¿Me compran una bici nueva?

—Por supuesto.

—Era una broma. Lo vi una vez en una película. Una historia de la mafia. Un chivato denunció a la mafia y el FBI le ayudó a desaparecer. Le practicaron la cirujía plástica. Incluso le encontraron una esposa nueva y le mandaron a Brasil, o algún lugar parecido.

—¿Qué ocurrió?

—Tardaron aproximadamente un año en encontrarle. Mataron también a su esposa.

—Era solo una película, Mark. En realidad, no tienes otra elección. Es lo mejor que puedes hacer.

—Evidentemente, tengo que contárselo todo antes de que hagan esas cosas tan maravillosas por nosotros.

—Forma parte del trato.

—La mafia nunca olvida, Reggie.

—Has visto demasiadas películas, Mark.

—Tal vez. Pero ¿ha perdido el FBI algún testigo en dicho programa?

La respuesta era afirmativa, aunque Reggie no podía citar ningún ejemplo concreto.

—No lo sé, pero nos reuniremos con ellos y puedes formularles todas las preguntas que se te antojen.

—¿Y si prefiero no reunirme con ellos? ¿Y si decido quedarme en mi pequeña celda hasta que tenga veinte años y el juez Roosevelt acabe por morirse? ¿Podré salir entonces?

—Muy bien, pero ¿qué me dices de tu madre y de Ricky? ¿Qué harán cuando le den de alta en el hospital y no tengan adónde ir?

—Pueden venir a vivir conmigo. Doreen cuidará de nosotros.

Maldita sea, qué agilidad mental para un niño de once años. Reggie hizo una pausa y le sonrió. Mark la miraba fijamente.

—Dime, Mark, ¿confías en mí?

—Sí, Reggie. Confío en ti. En estos momentos, tú eres la única persona en el mundo en quien confío. Y por consiguiente te ruego que me ayudes.

—No hay ninguna salida fácil, ¿comprendes?

—Lo sé.

—Tu seguridad es lo único que me preocupa. Tu seguridad y la de tu familia. El juez Roosevelt comparte mis sentimientos. Tardarán unos días en organizar los detalles del programa de protección. El juez ordenó ayer al FBI que empezaran inmediatamente, y creo que es la mejor solución.

—¿Has hablado de ello con mi madre?

—Sí. Quiere hablar más a fondo del tema. Creo que le gusta la idea.

—Pero ¿cómo sabes que funcionará, Reggie? ¿Es totalmente seguro?

—Nada es totalmente seguro, Mark. No existe ninguna garantía.

—Estupendo. Puede que nos descubran y puede que no. Eso le aportará emoción a la vida, ¿no te parece?

—¿Tienes alguna idea mejor?

—Desde luego. Es muy sencillo. Cobramos la póliza del remolque, buscamos otro y nos instalamos. Yo mantengo la boca cerrada y vivimos felices para siempre. En realidad, no me importa que encuentren ese cadáver, Reggie. No me importa en absoluto.

—Lo siento, Mark, pero eso no es posible.

—¿Por qué no?

—Porque has tenido muy mala suerte. Posees una información importante y tendrás problemas hasta que la reveles.

—Y esto puede costarme la vida.

—No lo creo, Mark.

Mark cruzó los brazos y cerró los ojos. Tenía una ligera contusión en la parte superior de la mejilla izquierda que empezaba a oscurecer. Era viernes. Clifford le había abofeteado el lunes, y aunque todo parecía haber ocurrido hacía muchas semanas, el cardenal recordaba a Reggie que los acontecimientos se sucedían con excesiva rapidez. Todavía eran patentes en el pobre niño las heridas del ataque.

—¿Adónde iríamos? —preguntó en un susurro, sin abrir los ojos.

—Muy lejos. El señor Lewis, del FBI, ha mencionado un hospital psiquiátrico infantil en Portland, que al parecer es uno de los mejores. Allí Ricky recibirá las mejores atenciones.

—¿Pueden seguirnos?

—El FBI está capacitado para impedirlo.

—¿Por qué confías de pronto en el FBI? —preguntó Mark con la mirada fija en sus ojos.

—Porque no hay nadie más en quien confiar.

—¿Cuánto tardará todo eso?

—Hay dos problemas. El primero es el papeleo y los detalles. El señor Lewis dice que puede resolverse en una semana.

El segundo es Ricky. Puede que transcurran varios días antes de que el doctor Greenway permita que le trasladen.

—¿De modo que debo permanecer en la cárcel toda la semana?

—Eso parece. Lo siento.

—No lo lamentes, Reggie. No me importa estar aquí. A decir verdad, podría estar aquí mucho tiempo si me dejaran tranquilo.

—No van a dejarte tranquilo.

—Tengo que hablar con mi madre.

—Puede que hoy asista a la vista. El juez Roosevelt quiere verla. Sospecho que celebrará una reunión extraoficial con el personal del FBI para hablar del programa de protección de testigos.

—Si voy a seguir en la cárcel, ¿para qué celebrar la vista?

—En los casos de desacato, el juez tiene la obligación de hacerte comparecer periódicamente para brindarte la oportunidad de redimirte, o en otras palabras, de que le obedezcas.

—La ley apesta, Reggie. Es absurdo, ¿no te parece?

—Sí, suele ocurrir.

—Anoche, cuando intentaba dormir, se me ocurrió un disparate. Pensé: ¿y si el cadáver no estuviera donde Clifford dijo que estaba? ¿Y si Clifford estaba sencillamente loco y decía bobadas? ¿No se te ha ocurrido esa posibilidad, Reggie?

—Sí, muchas veces.

—¿Y si todo esto no es más que una broma mayúscula?

—No podemos arriesgarnos, Mark.

Mark se frotó los ojos y retiró la silla. Empezó a caminar por la pequeña sala, de pronto muy nervioso.

—¿De modo que basta con hacer las maletas y dejar atrás nuestra vida anterior? Para ti es fácil decirlo, Reggie. Tú no serás quien tenga las pesadillas. Seguirás con tu vida como si nada hubiera ocurrido. Tú y Clint. Mamá Love. Tu pequeño bufete. Montones de clientes. Pero para nosotros será distinto. Viviremos con miedo el resto de nuestras vidas.

—No lo creo.

—Pero no lo sabes, Reggie. Es fácil estar ahí sentada y decir que todo saldrá a pedir de boca. Tu cabeza no está en juego.

—No tienes otra alternativa, Mark.

—Sí que la tengo. Puedo mentir.

No era más que una solicitud de aplazamiento, normalmente una tediosa gestión rutinaria, pero no tenía nada de aburrido cuando el inculpado era Barry Muldanno el Navaja y Willis Upchurch, su portavoz. Al agregarle el descomunal egocentrismo del reverendo Roy Foltrigg y la pericia de Wally Boxx para manipular los medios de información, aquella insignificante vista para evaluar una solicitud de prórroga adquirió el aspecto de una ejecución. La sala presidida por su señoría James Lamond se llenó de curiosos, periodistas y un pequeño ejército de abogados envidiosos que tenían cosas más importantes que hacer, pero pasaban casualmente por allí. Formaban corros y hablaban con suma gravedad, sin dejar de mirar ansiosamente a las cámaras. Los objetivos y los periodistas atraen a los abogados como la sangre a los tiburones.

Más allá de la barrera que separaba a los jugadores de los espectadores, Foltrigg susurraba en el centro de un corro de ayudantes, con el entrecejo fruncido, como si proyectaran una invasión. Vestía como para asistir a una boda: traje oscuro con chaleco, camisa blanca, corbata de seda roja y azul, un corte de pelo impecable y zapatos perfectamente lustrados. Estaba de cara al público, pero evidentemente demasiado preocupado para prestarle atención. Al otro lado de la sala, Muldanno estaba sentado de espaldas a los boquiabiertos fisgones, cuya presencia fingía ignorar. Vestía de negro. Su cola de caballo era perfecta y le llegaba exactamente hasta la parte inferior del cuello. Willis Upchurch estaba sentado a un extremo de la mesa de la defensa, también de cara a la prensa, mientras charlaba animadamente con un pasante. A Upchurch le encantaba la atención, incluso más que a Foltrigg.

Muldanno todavía no se había enterado de la detención de Jack Nance, practicada ocho horas antes en Memphis. No sabía que Cal Sisson se había ido de la lengua. No había tenido noticias de Bono ni de Pirini, y había mandado a Gronke de regreso a Memphis por la mañana, sin que supiera nada de lo sucedido durante la noche.

Foltrigg, por otra parte, se sentía bastante optimista. Gracias a la conversación grabada mediante el salero, el lunes obtendría autos de procesamiento contra Muldanno y Gronke por obstrucción a la justicia. Demostrar su culpabilidad sería cosa fácil. Los tenía en el saco. A Muldanno le caerían cinco años.

Pero Roy no tenía el cadáver. Y juzgar a Barry el Navaja por obstrucción a la justicia generaría mucha menos publicidad que un juicio por asesinato en toda regla, con las fotos a todo color del cadáver en descomposición y los informes patológicos de las trayectorias de las balas, con sus correspondientes puntos de entrada y salida. Semejante juicio duraría varias semanas, y Roy sería todas las noches la estrella de las últimas noticias. Ya se lo imaginaba.

A primera hora de la mañana había mandado a Fink de regreso a Memphis, con citaciones del gran jurado para el chiquillo y su abogado. Eso debería animar un poco las cosas. El muchacho tendría que hablar el lunes por la tarde y tal vez, con un poco de suerte, aquella misma noche recuperarían los restos de Boyette. Dicha perspectiva le había retenido en su despacho hasta las tres de la madrugada. Se acercó sin ningún propósito al escritorio de la secretaria y luego regresó, sin dejar de mirar fijamente a Muldanno, que no le prestó atención alguna.

El secretario de la sala se detuvo frente al estrado y ordenó que todo el mundo se sentara. Estaba abierta la sesión, presidida por su señoría James Lamond. Este apareció por una puerta lateral, acompañado de un ayudante que llevó un montón de documentos al estrado. Con poco más de cincuenta años, Lamond era un párvulo entre los jueces federales. Era uno de los típicos e innumerables nombramientos de Reagan: directo al grano, ninguna sonrisa, nada de divagaciones y sin perder tiempo. Había sido fiscal federal del distrito sur de Luisiana inmediatamente antes que Roy Foltrigg, y detestaba tanto como cualquiera a su sucesor. Seis meses después de ocupar el cargo, Foltrigg había efectuado una gira por su distrito dando conferencias y presentando cuadros y diagramas a los miembros del Rotary Club y otras destacadas personalidades, con pruebas estadísticas de que su departamento funcionaba con mucha mayor eficacia que en años anteriores. Habían aumentado los autos de procesamiento. Los narcotraficantes estaban en la cárcel. Los funcionarios públicos estaban asustados. El crimen disminuía y los intereses públicos estaban vigorosamente protegidos gracias a que él, Roy Foltrigg, era ahora el fiscal general del distrito.

Fue una campaña estúpida, porque insultó a Lamond y enojó a los demás jueces. No sentían mucho respeto por el reverendo.

Lamond echó una ojeada a la abarrotada sala. Todo el mundo estaba sentado.

—Caramba —empezó diciendo—, me satisface enormemente el interés que muestran con su asistencia, pero francamente solo nos hemos reunido para evaluar una solicitud de aplazamiento.

El juez miró fijamente a Foltrigg, rodeado de seis ayudantes. Upchurch tenía un abogado local a cada lado y dos pasantes a su espalda.

—El tribunal está listo para oír la solicitud de aplazamiento del acusado Barry Muldanno —prosiguió el juez—. El tribunal hace constar que este caso está listo para ser juzgado en tres semanas a partir del próximo lunes. Señor Upchurch, usted ha presentado la solicitud, puede empezar. Le ruego que sea breve.

Upchurch sorprendió a todo el mundo con su brevedad. Se limitó a declarar lo que ya era del dominio público respecto a Jerome Clifford, y explicó que tenía un juicio ante un tribunal federal en Saint Louis, que daría comienzo en tres semanas a partir del lunes. Estaba relajado, completamente a sus anchas en una sala desconocida para él, y se expresaba con elocuencia. El aplazamiento era necesario, explicó con toda precisión, porque necesitaba tiempo para preparar la defensa de lo que sería indudablemente un juicio prolongado. Concluyó en diez minutos.

—¿Cuánto tiempo necesita? —preguntó Lamond.

—Con la venia de su señoría, tengo una agenda muy saturada, que mostraré con gusto a su señoría. Sería razonable que nos otorgara una prórroga de seis meses.

—Gracias. ¿Algo más?

—Con la venia de su señoría, he terminado.

Upchurch se sentaba, cuando Foltrigg acababa de levantarse para dirigirse al podio situado frente al estrado. Consultaba sus notas y se disponía a hablar, pero Lamond se le anticipó.

—¿No me negará, señor Foltrigg, que dadas las circunstancias la defensa tiene derecho a una prórroga?

—No, su señoría, no lo niego. Pero creo que seis meses es demasiado.

—Entonces ¿qué sugiere?

—Uno o dos meses. El caso es, su señoría, que yo...

—No estoy dispuesto a perder el tiempo oyendo una discusión sobre si la prórroga debe ser de dos, cuatro o seis meses, señor Foltrigg. Si admite que la defensa tiene derecho a un aplazamiento, deliberaré sobre el caso y fijaré la fecha del juicio cuando mi agenda lo permita.

Lamond sabía que Foltrigg necesitaba el aplazamiento más que Muldanno. Pero no podía solicitarlo. El ministerio fiscal debe estar siempre al ataque. Los acusadores son incapaces de solicitar prórrogas.

—Estoy de acuerdo, su señoría —declaró Foltrigg—. Pero

la acusación considera que deben evitarse los retrasos innecesarios. Este asunto se ha prolongado ya demasiado.

—¿Sugiere que el tribunal pierde el tiempo, señor Foltrigg?

—No, su señoría, pero sí el acusado. Ha presentado las solicitudes de aplazamiento de mayor frivolidad conocidas por la jurisprudencia estadounidense, con el propósito de postergar el proceso. Ha empleado todas las tácticas, todos...

—Señor Foltrigg, el señor Clifford está muerto. No puede presentar más solicitudes. Y ahora el acusado tiene un nuevo abogado quien, que yo sepa, ha presentado una sola solicitud.

Foltrigg consultó sus notas y empezó a indignarse. No tenía grandes esperanzas en cuanto a aquella pequeña vista, pero tampoco esperaba recibir una patada en la boca.

—¿Tiene algo importante que decir? —preguntó su señoría como si hasta entonces Foltrigg no hubiera dicho nada sustancial.

El fiscal recogió sus notas y regresó de mala gana a su asiento. Una intervención bastante lamentable. Debió haber mandado a un subordinado.

—¿Tiene algo que añadir, señor Upchurch? —preguntó Lamond.

—No, su señoría.

—Muy bien. Muchas gracias a todos por su interés. Lamento que haya sido tan breve. Puede que la próxima vista sea más prolongada. Se anunciará a su debido tiempo la nueva fecha para el juicio.

Lamond se puso de pie y se retiró. Habían transcurrido solo unos minutos desde que se sentó. Los periodistas abandonaron la sala, seguidos evidentemente de Foltrigg y Upchurch, que se dirigieron a extremos opuestos del vestíbulo para celebrar conferencias de prensa improvisadas.

29

A pesar de que Artero Moeller había informado sobre disturbios, violaciones y agresiones en las cárceles, y de que actuaba con pies de plomo, no había estado nunca físicamente en el interior de una celda. Y a pesar de que lo tenía siempre presente, conservaba la tranquilidad y proyectaba la imagen de un periodista seguro de sí mismo, con una fe absoluta en la Primera Enmienda. Tenía un abogado a cada lado, letrados muy bien pagados de un gran bufete que representaba al periódico desde hacía varias décadas, y en las últimas dos horas le habían asegurado una docena de veces que la Constitución de los Estados Unidos de Norteamérica le protegía y que, en aquella ocasión, sería su coraza. Artero, como buen periodista callejero, vestía vaqueros, camisa de safari y botas de montaña.

Harry no estaba impresionado por la imagen que proyectaba aquella comadreja. Como tampoco lo estaba por los parlanchines republicanos de sangre azul y calcetines de seda, que nunca hasta entonces se habían dignado entrar en su sala. Harry estaba molesto. Sentado en el estrado leyó por décima vez el artículo de Artero en el periódico de la mañana. También examinó los casos aplicables de la Primera Enmienda, referidos a periodistas y sus fuentes confidenciales. Se lo tomaba con calma para hacer sudar a Artero.

Las puertas estaban cerradas con llave. El alguacil Grinder, amigo de Artero, estaba bastante nervioso junto al estrado.

Por orden del juez había dos agentes uniformados exactamente detrás de Artero y sus abogados, aparentemente listos para entrar en acción. Eso preocupaba a Artero y a sus abogados, pero procuraban no darle importancia.

La misma taquígrafa, con una falda todavía más corta, se limaba las uñas a la espera de que empezaran a fluir las palabras. La misma anciana malhumorada estaba tras su mesa hojeando un ejemplar del *National Enquirer*. Hacía rato que esperaban. Eran casi las doce y media. Como de costumbre, la agenda estaba llena y llevaban retraso. Marcia tenía preparado un enorme bocadillo para Harry. La próxima vista sería la de Sway.

El juez se apoyó sobre los codos y miró fijamente a Artero que, con sus sesenta kilos escasos, pesaba probablemente tres veces menos que su señoría.

—Para que conste en acta —exclamó Harry en dirección a la taquígrafa, que empezó inmediatamente a pulsar teclas al tiempo que Artero, a pesar de lo tranquilo que era, se incorporaba en su asiento—. Señor Moeller, he ordenado que comparezca ante mí porque usted ha infringido un artículo de la ley de enjuiciamiento de Tennessee, respecto al secreto de los procesos en esta sala. El asunto es sumamente grave porque afecta a la seguridad y bienestar de un menor. Lamentablemente, el Código no contempla cargos penales, solo de desacato. Ahora bien, señor Moeller —prosiguió el juez en el tono frustrado de un abuelo después de quitarse las gafas y frotarlas con un pañuelo—, aunque me siento molesto con usted y con su artículo, lo que verdaderamente me preocupa es el hecho de que alguien le haya facilitado la información. Alguien que estaba presente en esta sala durante la vista de ayer. Su fuente me preocupa enormemente.

Grinder estaba apoyado contra la pared, con las pantorrillas unidas para evitar que le temblaran las rodillas. No se atrevía a mirar a Artero. Había tenido su primer infarto hacía solo seis años, y si no se controlaba, el próximo podía ser el definitivo.

—Por favor, señor Moeller, suba al estrado y dispóngase a declarar —ordenó Harry con un ademán—. Le doy la bienvenida.

La vieja gruñona le tomó juramento. Artero colocó una de sus botas de montaña sobre una rodilla y miró a sus abogados para que le infundieran confianza. Ellos miraban a otra parte. Grinder se dedicaba a estudiar el techo.

—Está usted bajo juramento, señor Moeller —le recordó Harry al cabo de unos segundos.

—Sí, señor —respondió el periodista, mientras intentaba sonreír a aquel enorme individuo que le escudriñaba desde las alturas del estrado.

—¿Es usted realmente el autor del artículo publicado en el periódico de hoy, firmado por usted?

—Sí, señor.

—¿Lo ha escrito usted solo o con la ayuda de alguien?

—He escrito todas y cada de las palabras, su señoría, si es a eso a lo que se refiere.

—A eso me refiero. Ahora bien, en el cuarto párrafo del artículo ha escrito literalmente: «Mark Sway se negó a responder las preguntas relacionadas con Barry Muldanno o Boyd Boyette». ¿Ha escrito usted estas palabras, señor Moeller?

—Sí, señor.

—¿Estaba usted presente en la sala cuando declaró el niño durante la vista de ayer?

—No, señor.

—¿Estaba usted en este edificio?

—Pues... sí, señor, estaba aquí. ¿Tiene algo de malo?

—Silencio, señor Moeller. Yo formulo las preguntas y usted las responde. ¿Comprende la relación?

—Sí, señor.

Artero imploró a sus abogados con la mirada, pero ambos estaban ocupados leyendo. Se sentía abandonado.

—De modo que usted no estaba presente en la sala. Dígame, señor Moeller, ¿cómo se enteró de que el niño se había negado a responder mis preguntas sobre Barry Muldanno o Boyd Boyette?

—Tengo una fuente.

Grinder nunca se había considerado a sí mismo una fuente. No era más que un funcionario del juzgado, mal pagado, con un uniforme y una pistola, y cuentas por pagar. Los almacenes Sears estaban a punto de llevarle ante los tribunales porque su esposa había abusado de la tarjeta de crédito. Quería secarse el sudor de la frente, pero no se atrevía a moverse.

—Una fuente —replicó Harry mofándose de Artero—. Claro que tiene una fuente, señor Moeller. Lo daba por sentado. Usted no estaba aquí. Alguien se lo contó. Eso significa que tiene una fuente. Dígame, ¿quién es dicha fuente?

El abogado con el pelo más canoso se puso de pie para hablar. Vestía traje oscuro, camisa blanca, corbata roja con una audaz línea amarilla y zapatos negros, como solían hacerlo los letrados de los grandes bufetes. Su nombre era Alliphant, era uno de los decanos del bufete y no solía hacer acto de presencia en los juzgados.

—Con la venia de su señoría... —empezó a decir.

Harry hizo una mueca y le dirigió lentamente la mirada. Tenía la boca abierta, como si aquella audaz interrupción le hubiera trastornado. Miró a Alliphant con el entrecejo fruncido.

—Con la venia de su señoría —repitió el letrado.

—Usted no ha estado nunca en esta sala, ¿no es cierto, señor Alliphant? —dijo Harry, después de una eternidad.

—No, señor —respondió el abogado, todavía de pie.

—Eso me parecía. No es uno de sus lugares habituales. ¿Cuántos abogados hay en su bufete, señor Alliphant?

—Ciento siete, según el último recuento.

Harry silbó y movió la cabeza.

—Un montón de abogados. ¿Alguno de ellos trabaja en el tribunal tutelar de menores?

—Estoy seguro, su señoría, de que algunos lo hacen.

—¿Quiénes?

Alliphant se metió una mano en el bolsillo, mientras dejaba correr el índice de la otra por el borde de su cuaderno. No estaba en el lugar que le correspondía. Su mundo jurídico era el de los consejos de administración, extensos documentos, altos honorarios y almuerzos suntuosos. Era rico porque cobraba trescientos dólares a la hora, al igual que sus treinta socios. El bufete era próspero porque en él trabajaban setenta abogados que cobraban cincuenta mil dólares anuales y se esperaba que facturaran cinco veces dicha cantidad. Su presencia se debía aparentemente a que era el abogado en jefe del periódico, pero en realidad ninguno de los especialistas en litigios de su bufete pudo prepararse para la vista con solo dos horas de tiempo.

Harry sentía desprecio por él, por su bufete y por los de su calaña. No confiaba en los funcionarios corporativos que solo descendían de sus altos edificios para mezclarse con las clases inferiores cuando era indispensable. Eran orgullosos y reacios a ensuciarse las manos.

—Siéntese, señor Alliphant —dijo el juez señalándole con el dedo—. No se levante en esta sala. Siéntese.

El abogado obedeció de mala gana.

—Y ahora, dígame, señor Alliphant, ¿qué intenta decirnos?

—Con la venia de su señoría, las preguntas nos parecen improcedentes, como nos parece improcedente el interrogatorio del señor Moeller, puesto que su artículo está protegido por la garantía de libertad de expresión de la Primera Enmienda de la Constitución. Por consiguiente...

—Señor Alliphant, ¿ha leído usted el artículo correspondiente a las vistas a puerta cerrada en el tribunal tutelar de menores de la ley de enjuiciamiento? Estoy seguro de que lo habrá hecho.

—Sí, señor, lo he leído. Y francamente, su señoría, el artículo en cuestión me parece sumamente problemático.

—¿En serio? Prosiga.

—Sí, señor. A mi parecer, en la forma en que está redactado, dicho artículo es inconstitucional. Aquí tengo algunos casos de otros...

—¿Inconstitucional? —exclamó Harry con las cejas levantadas.

—Sí, señor —afirmó Alliphant.

—¿Sabe usted quién lo redactó, señor Alliphant?

Alliphant miró a su acompañante como si supusiera que debía saberlo todo, pero este movió la cabeza.

—Yo lo redacté, señor Alliphant —exclamó Harry levantando la voz—. Fui yo en persona, un servidor. Y si supiera algo sobre el derecho juvenil en este estado, sabría que el experto soy yo, porque redacté el Código. ¿Qué me dice ahora?

Artero se hundió en su silla. Había cubierto miles de juicios. Había visto abogados humillados por jueces iracundos y sabía que quien solía pagar las consecuencias era el cliente.

—Sigo considerando que es inconstitucional, su señoría —declaró atentamente Alliphant.

—Lo último que deseo, señor Alliphant, es entablar una prolongada y rimbombante discusión con usted sobre la Primera Enmienda. Si no le gusta la ley, presente el debido recurso y cámbiela. Le aseguro que no me importa. Pero en este momento, mientras me pierdo el almuerzo, quiero que su cliente conteste a mi pregunta —dijo el juez antes de volver la cabeza hacia Artero, que le miraba aterrorizado—. Dígame, señor Moeller, ¿quién es su fuente?

Grinder estaba a punto de vomitar. Se colocó los pulgares bajo el cinturón y se apretó la barriga. Artero tenía la reputación de ser hombre de palabra. Protegía siempre a sus fuentes.

—No puedo revelarla —declaró Artero esforzándose por parecer dramático, como un mártir dispuesto a morir.

Grinder respiró hondo. Dulces palabras.

Harry hizo inmediatamente una seña a los dos agentes.

—Señor Moeller, le declaro culpable de desacato y ordeno que ingrese en la cárcel.

Los agentes se acercaron a Artero, que miraba desesperadamente a su alrededor.

—Con la venia de su señoría —dijo Alliphant, al tiempo que se ponía distraídamente de pie—. ¡Esto es improcedente! No puede...

Harry hizo caso omiso de Alliphant y se dirigió a los agentes.

—Llévenselo a la cárcel. Ningún trato especial. Ningún favoritismo. El lunes comparecerá de nuevo ante mí.

Cogieron a Artero y le esposaron.

—¡Haga algo! —exclamó el detenido en dirección a su abogado.

—Esto es un atentado contra la libertad de expresión, su señoría. No puede hacer eso —decía Alliphant.

—Acabo de hacerlo, señor Alliphant —chilló Harry—. Y si no se sienta, compartirá la celda de su cliente.

Alliphant se dejó caer en su silla.

—Señor Moeller —añadió Harry cuando Artero estaba ya en la puerta y los agentes a punto de llevárselo de la sala—, si leo una sola palabra en el periódico escrita por usted mientras está en la cárcel, le dejaré un mes en su celda antes de volver a llamarle. ¿Comprendido?

Artero se quedó sin habla.

—Apelaremos —prometió Alliphant mientras se lo llevaban—. Apelaremos.

Dianne Sway estaba sentada en una pesada silla de madera con su hijo mayor en brazos, contemplando los rayos del sol que se filtraban a través de la polvorienta persiana rota de la segunda sala de testigos. Las lágrimas habían desaparecido y las palabras habían fracasado.

Después de cinco días y cuatro noches de detención involuntaria en la sala de psiquiatría, al principio se había alegrado de abandonarla. Pero en las actuales circunstancias la felicidad era breve, y en aquel momento deseaba regresar junto a la cama de Ricky. Había visto a Mark, le había abrazado, habían llorado juntos y sabía que estaba a salvo. En su situación, era cuanto una madre podía desear.

No confiaba en sus instintos ni en su juicio. Cinco días de aislamiento alteran el sentido de la realidad. Aquella serie interminable de sustos la había dejado exhausta y aturdida. Todos los medicamentos que tomaba, pastillas para dormir, pastillas para despertar y pastillas para seguir adelante, habían aturdido su mente convirtiendo su vida en una serie de instantáneas sucesivas. Su mente funcionaba, pero a cámara lenta.

—Quieren mandarnos a Portland —dijo Dianne mientras frotaba el brazo a su hijo.

—Reggie te ha hablado de ello.

—Sí, ayer tuvimos una larga charla. Allí hay un buen lugar para Ricky y podemos empezar de nuevo.

—Es atractivo, pero me da miedo.

—También a mí, Mark. No quiero vivir los próximos cuarenta años mirando por encima del hombro. En una ocasión leí un artículo en una revista sobre un chivato de la mafia que colaboró con el FBI y accedieron a ocultarle. Al igual que quieren hacerlo con nosotros. Creo que la mafia tardó dos años en encontrarle, y le hicieron volar en su propio coche.

—Me parece que he visto la película.

—No puedo vivir así, Mark.

—¿Podemos conseguir otro remolque?

—Creo que sí. Esta mañana he hablado con el señor Tucker y dice que lo tenía muy bien asegurado. Me ha dicho que tiene otro para nosotros. Y todavía conservo mi empleo. Por cierto, esta mañana me han traído la paga al hospital.

Mark sonrió ante la perspectiva de volver al cámping y jugar con los demás chiquillos. Incluso echaba de menos la escuela.

—Esa gente es muy peligrosa, Mark.

—Lo sé. Los he visto.

—¿Qué has dicho? —preguntó Dianne tras reflexionar unos instantes.

—Supongo que es una de las cosas que he olvidado contarte.

—Me gustaría que lo hicieras.

—Ocurrió hace un par de días en el hospital. No recuerdo el día exacto. Todos se acumulan.

Mark respiró hondo y le contó lo de su encuentro con el individuo de la navaja y la fotografía. Normalmente, como cualquier madre, se habría asustado. Pero para Dianne aquello no fue más que uno de los muchos sucesos de una semana horrible.

—¿Por qué no me lo contaste? —preguntó.

—Porque no quería preocuparte.

—¿No te das cuenta de que tal vez no estaríamos metidos en este lío si me lo hubieras contado todo desde el primer momento?

—No me riñas, mamá. No puedo soportarlo.

Ella tampoco podía y no insistió. Reggie llamó a la puerta y entró.

—Debemos irnos. El juez está esperando.

La siguieron por el pasillo y doblaron una esquina, seguidos de dos agentes.

—¿Estás nervioso? —susurró Dianne.

—No. No es nada del otro mundo, mamá.

Harry se estaba comiendo un bocadillo y hojeando una ficha cuando entraron en la sala. Fink, Ord y Baxter McLemore, el fiscal de guardia en el tribunal tutelar, estaban sentados junto a su mesa, obedientes y callados, aburridos de esperar lo que indudablemente sería una aparición breve por parte del chiquillo. Fink y Ord estaban fascinados por las piernas y las faldas de la taquígrafa. Tenía un cuerpo espectacular: cintura estrecha, senos generosos y esbeltas piernas. Constituía el único elemento redentor en aquella mísera sala y Fink tuvo que admitir que había pensado en ella la noche anterior, durante su vuelo a Nueva Orleans. Y había seguido pensando en ella durante todo el camino de regreso a Memphis. No le había decepcionado. Su falda estaba a medio muslo e iba subiendo.

Harry miró a Dianne y le brindó su mejor sonrisa. Tenía una dentadura perfecta y calor en la mirada.

—Hola, señora Sway —dijo atentamente el juez.

Dianne saludó con la cabeza e intentó sonreír.

—Estoy encantado de conocerla y lamento que sea en estas circunstancias.

—Gracias, su señoría —dijo con una voz débil al hombre que había mandado a su hijo a la cárcel.

—Supongo que todo el mundo habrá leído el *Memphis Press* de esta mañana —dijo Harry mirando despectivamente a Fink—. Publica un artículo fascinante sobre nuestra sesión de ayer y el autor del mismo está ahora en la cárcel. Me propongo investigar este asunto más a fondo y estoy seguro de que descubriré la filtración.

Grinder, junto a la puerta, se sintió nuevamente descompuesto.

—Y cuando lo haga, acusaré al responsable de desacato. Por consiguiente, damas y caballeros, mantengan la boca cerrada. No digan ni una palabra a nadie —dijo, antes de levantar los documentos que tenía delante—. Dígame, señor Fink, ¿dónde está el señor Foltrigg?

—En Nueva Orleans, su señoría —respondió Fink sin moverse de su asiento—. Aquí tengo una copia de la orden judicial que usted exigió.

—Muy bien. Confío en su palabra. Señora secretaria, tómele juramento al testigo.

La señora secretaria levantó la mano y chilló en dirección a Mark:

—Levanta la mano derecha.

Mark se puso torpemente de pie y prestó juramento.

—Puedes permanecer en tu asiento —dijo Harry.

Reggie estaba a su derecha y Dianne a su izquierda.

—Mark, voy a formularte unas preguntas, ¿de acuerdo?

—Sí, señor.

—Antes de morir, ¿te dijo el señor Clifford algo relacionado con el señor Barry Muldanno?

—No le responderé.

—¿Mencionó el señor Clifford el nombre de Boyd Boyette?

—No le responderé.

—¿Dijo el señor Clifford algo relacionado con el asesinato de Boyd Boyette?

—No le responderé.

—¿Dijo el señor Clifford algo relacionado con el paradero actual del cadáver de Boyd Boyette?

—No le responderé.

Harry hizo una pausa y consultó sus notas. Dianne había dejado de respirar y miraba fijamente a Mark.

—No te preocupes, mamá —susurró Mark.

—Su señoría —dijo Mark con una voz fuerte y segura—. Quiero que sepa que no respondo por la misma razón que le di ayer. Tengo miedo, eso es todo.

Harry asintió, pero de un modo inexpresivo. No estaba enojado ni satisfecho.

—Señor alguacil, llévese a Mark a la sala de testigos y déjelo allí hasta el fin de la sesión. Puede hablar con su madre hasta su traslado al centro de detención.

Las rodillas de Grinder parecían flanes, pero logró llevarse a Mark de la sala.

—Ahora hablemos extraoficialmente —dijo Harry, después de desabrocharse la toga—. Señora secretaria y señorita Cregg, pueden irse a almorzar.

No se trataba de una invitación, sino de una orden. Harry quería el menor número posible de oídos en la sala.

—Llame a los agentes del FBI, señor Fink —ordenó el juez.

McThune y un molesto K. O. Lewis entraron en la sala y se sentaron detrás de Ord. Lewis era un hombre ajetreado, con un sinfín de asuntos importantes sobre su escritorio en

Washington, y en las últimas veinticuatro horas se había preguntado un centenar de veces por qué había vajado a Memphis. Evidentemente, el director Voyles se lo había ordenado, lo cual aclaraba muchísimo las prioridades.

—Señor Fink, usted ha indicado antes de la vista que había un asunto urgente que yo debería conocer.

—Sí, señor. Al señor Lewis le gustaría comunicárselo.

—Señor Lewis. Por favor, sea breve.

—Sí, su señoría. Hace varios meses que tenemos a Barry Muldanno bajo vigilancia y ayer obtuvimos una conversación por medios electrónicos entre Muldanno y Paul Gronke. Tuvo lugar en un bar del barrio francés y creo que su señoría debería oírla.

—¿Tiene la cinta?

—Sí, señor.

—Oigámosla —dijo Harry, a quien de pronto el tiempo había dejado de importarle.

McThune instaló rápidamente un magnetófono y un altavoz sobre la mesa, frente a Fink, y Lewis introdujo una microcasete.

—La primera voz que oirá es la de Muldanno —explicó, como un químico que prepara un experimento—. La otra es la de Gronke.

Todo el mundo permanecía inmóvil y silencioso cuando las voces roncas pero claras emergieron del altavoz. Habían grabado la conversación de cabo a rabo: la sugerencia de Muldanno de liquidar al niño y las dudas de Gronke al respecto, la idea de liquidar a la madre o al hermano y las protestas de Gronke en cuanto al asesinato de inocentes, Muldanno hablando de asesinar al abogado y lo gracioso que le parecía el impacto que eso tendría en el gremio de abogados, Gronke presumiendo de la destrucción del remolque, y por último el proyecto de intervenir aquella noche los teléfonos de Reggie.

Era escalofriante. Fink y Ord, que lo habían oído ya una docena de veces, eran los menos afectados. Reggie cerró los ojos cuando oyó que charlaban alegremente de quitarle la vida. Dianne estaba paralizada de terror. Harry miraba al altavoz como si pudiera verles la cara, y cuando se acabó la cinta y Lewis pulsó un botón, se limitó a decir:

—Póngalo otra vez.

Al escucharlo por segunda vez, el impacto fue menor. Dianne estaba temblando. Reggie le estrujaba el brazo y procuraba infundirle valor, pero la facilidad con la que hablaban de asesinar al abogado le congelaba la sangre. A Dianne se le puso la carne de gallina y empezaron a llenársele los ojos de lágrimas. Pensó en Ricky, que en aquellos momentos estaba al cuidado de Greenway y de una enfermera, y rogó para que estuviera a salvo.

—He oído bastante —dijo Harry cuando paró la cinta.

Lewis se sentó y todos esperaron a que su señoría dijera algo. Harry se secó los ojos con un pañuelo, tomó un largo trago de té helado y sonrió a Dianne.

—¿Comprende ahora, señora Sway, por qué hemos recluido a Mark en un centro de detención?

—Creo que sí.

—Existen dos razones. La primera es por haberse negado a contestar a mis preguntas, pero en estos momentos la segunda es mucho más importante. Como acaba usted de oír, corre un grave peligro. ¿Qué cree que debo hacer?

No era justo formularle aquella pregunta a una mujer asustada, irracional y profundamente trastornada. A Dianne no le gustó que lo hiciera y se limitó a mover la cabeza.

—No lo sé —susurró.

Harry habló despacio, y era evidente que sabía con exactitud qué había que hacer a continuación.

—Reggie me ha dicho que ha hablado con usted del programa de protección de testigos. Cuénteme su parecer.

Dianne levantó la cabeza, se mordió el labio, reflexionó unos instantes y procuró concentrarse en el magnetófono.

—No quiero que esos individuos —declaró mientras movía la cabeza en dirección al aparato— nos persigan a mí y a mi familia durante el resto de nuestras vidas. Y tengo miedo de lo que ocurrirá si Mark hace lo que le piden.

—Dispondrán de la protección del FBI y de todos los servicios necesarios del gobierno de Estados Unidos.

—Pero nadie puede garantizar de un modo absoluto nuestra seguridad. Se trata de mis hijos, su señoría, y no tengo marido. Solo me tienen a mí. Si cometo un error... bueno, es demasiado horrible imaginar las consecuencias.

—Creo que estarán a salvo, señora Sway. En estos momentos hay miles de testigos gubernamentales bajo protección.

—Pero algunos han sido descubiertos, ¿no es cierto?

Fue una pregunta discreta que caló hondo. Ni McThune ni Lewis podían negar que habían perdido a algunos testigos. Hubo un largo silencio.

—Dígame, señora Sway —dijo finalmente Harry en un tono profundamente compasivo—, ¿cuál cree usted que es la alternativa?

—¿Por qué no detienen a esa gentuza? Enciérrenlos en algún lugar. Da la impresión de que les permiten deambular libremente para que nos aterroricen a mí, a mi familia y a Reggie, aquí presente. ¿Qué hace la maldita policía?

—Tengo entendido, señora Sway, que anoche se practicó una detención. La policía busca a los dos individuos que incendiaron su remolque, unos maleantes de Nueva Orleans llamados Bono y Pirini, pero todavía no los han encontrado. ¿Estoy en lo cierto, señor Lewis?

—Sí, señor. Creemos que están todavía en la ciudad. Y me gustaría añadir, su señoría, que el fiscal federal de Nueva Orleans se propone dictar autos de procesamiento contra Muldanno y Gronke a principios de la semana próxima, por obstrucción a la justicia. De modo que no tardarán en estar en la cárcel.

—Pero esos individuos son de la mafia, ¿no es cierto? —preguntó Dianne.

Cualquier imbécil capaz de leer el periódico sabía que se trataba de la mafia. Era un asesinato de la mafia llevado a cabo por un asesino de la mafia, cuya mafiosa familia practicaba el crimen en Nueva Orleans desde hacía cuatro décadas. Su pregunta era muy sencilla, pero llevaba implícito lo evidente: la mafia es un ejército invisible, con un número ilimitado de soldados.

Lewis no quería responder y esperó a que lo hiciera su señoría, que también habría preferido que se esfumara la pregunta. Se hizo un prolongado e incómodo silencio.

Dianne se aclaró la garganta y habló con una voz mucho más fuerte.

—Su señoría, cuando me muestren una forma de proteger completamente a mis hijos, les ayudaré. Pero no hasta entonces.

—Entonces quiere que permanezca en la cárcel —exclamó Fink.

Dianne volvió la cabeza y le miró fijamente a menos de tres metros de distancia.

—Caballero, prefiero que mi hijo esté en un centro de detención que en una tumba.

Fink se hundió en su silla y agachó la cabeza. Pasaban los segundos. Harry consultó su reloj y se abrochó la toga.

—Sugiero que volvamos a reunirnos el lunes a las doce del mediodía. Enfrentémonos a la situación día a día.

30

Paul Gronke dio por concluido su inesperado viaje a Mineápolis, cuando el 727 de Northwest despegó en dirección a Atlanta. Desde Atlanta esperaba coger un vuelo directo a Nueva Orleans, y, una vez en su casa, no tenía previsto volver a viajar en mucho tiempo. Tal vez años. A pesar de la amistad que le unía a Muldanno, estaba harto de aquel embrollo. Podía romper un pulgar o una pierna cuando fuera necesario, y asustar con sus amenazas casi a cualquiera, pero no le gustaba particularmente acechar a niños y amenazarles con una navaja. Se ganaba bien la vida con sus salas de fiestas y cervecerías, y si el Navaja necesitaba ayuda, tendría que pedírsela a su familia. Gronke no era de la familia. No pertenecía a la mafia. Ni estaba dispuesto a matar a nadie para complacer a Barry Muldanno.

Había hecho dos llamadas telefónicas por la mañana, tras su llegada al aeropuerto de Memphis. Desconfió de la primera porque nadie contestó. A continuación llamó a un segundo número, donde debía haber un mensaje grabado, y tampoco obtuvo respuesta alguna. Entonces se dirigió inmediatamente al mostrador de Northwest y compró un billete al contado a Mineápolis. Luego se dirigió al mostrador de Delta y pagó al contado un billete a Dallas-Fort Worth. A continuación compró un billete a Chicago con United. Deambuló una hora por las terminales, mirando a su espalda sin descubrir nada, y en el último momento cogió el vuelo de Northwest.

Bono y Pirini tenían instrucciones muy precisas. Las llamadas telefónicas significaban una de dos cosas: o habían sido detenidos por la policía, o se habían visto obligados a levantar el campamento y huir a toda prisa. Ninguna de aquellas perspectivas era halagüeña.

La azafata sirvió dos cervezas. Faltaban unos minutos para la una, demasiado temprano para empezar a beber, pero estaba nervioso. Además, qué diablos, en algún lugar eran las cinco de la tarde.

Muldanno se pondría furioso y empezaría a arrojar lo que tuviera a mano. Acudiría a su tío para que le prestara más maleantes. Descenderían sobre Memphis y empezarían a dañar a gente. La delicadeza no era una característica de Barry.

Su amistad había empezado en el instituto, en el último curso, cuando ambos estaban a punto de dar por concluida su educación formal, para empezar a negociar en las calles de Nueva Orleans. El camino de delincuente de Barry le venía de familia. El caso de Gronke fue un poco más complicado. Su primer negocio consistió en la compraventa de artículos robados y tuvo muchísimo éxito. Sin embargo, Barry absorbió los beneficios y los mandó a la familia. Traficaron con drogas, extorsionaron, dirigieron un prostíbulo... negocios todos ellos muy rentables. Pero Gronke apenas recibía ningún beneficio. Después de diez años de sociedad desequilibrada, dijo a Barry que quería su propio negocio. Barry le ayudó a comprar un *topless* y luego un local porno. Gronke ganó dinero y logró quedárselo. Por aquella época, Barry empezó a asesinar, y Gronke aumentó la distancia que les separaban.

Pero siguieron siendo amigos. Aproximadamente un mes después de la desaparición de Boyette, pasaron un largo fin de semana juntos en la casa de Johnny Sulari en Acapulco, con un par de *strippers*. Una noche, cuando las chicas se quedaron rendidas, dieron un largo paseo juntos por la playa. Barry bebía tequila y hablaba más de lo habitual. Se le acababa de citar como sospechoso y presumió ante su amigo del asesinato.

Las tierras de Lafourche Parish significaban muchos millones para la familia Sulari. A la larga, Johnny se proponía verter allí la mayor parte de las basuras de Nueva Orleans. El senador Boyette se había convertido en un enemigo inesperado. Su actuación había atraído mucha publicidad negativa para el vertedero, y cuanta más atención se prestaba a Boyette, mayor era su vehemencia. Ordenó investigaciones federales. Involucró a docenas de expertos, que redactaron extensos informes, la mayoría de los cuales condenaban el vertedero. En Washington, presionó al departamento de Justicia hasta que este inició su propia investigación sobre el presunto vínculo con la mafia. El senador Boyette se convirtió en el mayor obstáculo para que Johnny pudiera explotar su mina de oro.

Se decidió eliminar a Boyette.

Con una botella de Cuervo Gold en la mano, Barry se reía del asesinato. Después de acechar a Boyette durante seis meses, tuvo la agradable sorpresa de descubrir que el senador, que estaba divorciado, sentía debilidad por las jovencitas. Jovencitas baratas, de las que uno se encuentra en un prostíbulo y puede comprar por cincuenta dólares. Su lugar predilecto era un antro, a medio camino entre Nueva Orleans y Houma, lugar previsto para el vertedero. El tugurio estaba en zona petrolífera y lo frecuentaban los obreros de las plataformas y las putitas que estos atraían. Evidentemente, el senador conocía al propietario y recibía un trato especial. Aparcaba detrás de un contenedor de basura, lejos del aparcamiento abarrotado de monstruosas motos y camionetas. Entraba siempre por la puerta posterior de la cocina.

Los viajes del senador a Houma eran cada vez más frecuentes. Organizaba tumultuosas reuniones en las ciudades y celebraba conferencias de prensa todas las semanas. Y disfrutaba de sus viajes de regreso a Nueva Orleans con su breve parada en el tugurio.

El trabajo fue fácil, dijo Barry cuando estaban sentados en

la arena, rodeados de espuma de agua salada. Siguió a Boyette durante treinta y dos kilómetros, después de asistir a una concentración en Houma, y le esperó pacientemente en la oscuridad, detrás del tugurio. Cuando apareció Boyette, acabada su diversión, le golpeó con un palo en la nuca y lo arrojó sobre el asiento trasero. Se detuvo al cabo de unos kilómetros y le disparó cuatro tiros a la cabeza. Envolvió el cuerpo en bolsas de basura y lo colocó en el maletero.

¿Te lo imaginas?, había exclamado Barry maravillado, ¡un senador de Estados Unidos atrapado en la oscuridad, junto a un prostíbulo de mala muerte! Después de veintiún años de servicio, de haber presidido importantes juntas, comido en la Casa Blanca, circulado por todo el planeta buscando formas de gastar el dinero de los contribuyentes, con dieciocho ayudantes y subordinados que trabajaban para él, y de pronto, sin más, sorprendido de improviso. A Barry le parecía realmente cómico. Uno de sus trabajos más fáciles, dijo, como si hubiera realizado centenares.

Un policía de tráfico paró a Barry por exceso de velocidad, a dieciséis kilómetros de Nueva Orleans. Ya puedes imaginártelo, dijo, hablando con un policía con un cadáver todavía caliente en el maletero. Hablaron de fútbol y logró que no le pusiera una multa. Pero luego se asustó y decidió ocultar el cadáver en otro lugar. Gronke tuvo la tentación de preguntarle dónde, pero prefirió no hacerlo.

Las pruebas de la acusación eran precarias. El testimonio del policía de tráfico situaba a Barry en las proximidades del suceso a la hora de la desaparición. Pero sin cadáver no había ninguna prueba de la hora de la muerte. Una de las prostitutas había visto a un individuo parecido a Barry entre las sombras del aparcamiento mientras el senador estaba en el edificio. Ahora gozaba de protección gubernamental, pero no se esperaba demasiado de su testimonio. El coche de Barry había sido limpiado y desinfectado. No tenía rastro alguno de sangre, ni fibras capilares. El principal testigo de la acusación era un chivato de la mafia que había pasado veinte de sus cuarenta y dos años en la cárcel, y no se esperaba que viviera lo suficiente para declarar en el juicio. En el apartamento de una de las novias de Barry se había encontrado una Ruger del calibre 22, pero una vez más, sin cadáver, no se podía determinar la causa de la muerte. Las huellas de Barry estaban en la pistola. La chica declaró que era un regalo.

Los jurados se resisten a condenar sin tener una certeza absoluta de que la víctima está realmente muerta. Y Boyette era un personaje tan excéntrico que los rumores y los chismes habían generado toda clase de especulaciones descabelladas en cuanto a su desaparición. Se había publicado un informe con un detallado historial sobre sus recientes problemas psiquiátricos, y del mismo había emergido la teoría popular de que se había vuelto loco y huido con una prostituta adolescente. Tenía deudas de juego. Bebía demasiado. Su ex esposa le había demandado por fraude durante el divorcio...

Boyette tenía muchas razones para desaparecer.

Y ahora, un chiquillo de once años en Memphis sabía dónde estaba enterrado. Gronke abrió la segunda cerveza.

Doreen cogió a Mark del brazo y le acompañó a su habitación. Caminaba precavidamente y con la mirada fija en el suelo, como si acabara de presenciar la explosión de un coche bomba en un concurrido supermercado.

—¿Estás bien, muchacho? —preguntó Doreen con innumerables arrugas de preocupación alrededor de los ojos.

Mark asintió y siguió andando. Doreen abrió rápidamente la puerta y le instaló en la litera inferior.

—Acuéstate, cariño —dijo después de retirar las sábanas y colocarle las piernas sobre la cama—. ¿Estás seguro de que estás bien? —preguntó agachada junto a él, mirándole fijamente a los ojos.

Mark asintió, sin poder decir palabra.

—¿Quieres que llame a un médico?

—No —logró responder en un tono lejano—. Estoy bien.

—Creo que llamaré a un médico —insistió Doreen.

Mark la cogió del brazo y se lo estrujó.

—Solo necesito descansar un poco —susurró—. Eso es todo.

Abrió la puerta y salió, sin dejar de mirarle fijamente. Cuando se cerró la puerta y se oyó el cerrojo, Mark se puso inmediatamente de pie.

A las tres de tarde del viernes, la legendaria paciencia de Harry Roosevelt se había agotado. Pensaba pasar el fin de semana en las Ozarks, pescando con sus dos hijos, y mientras contemplaba desde el estrado a los agobiados padres que esperaban ser sentenciados por pensiones impagadas, pensaba en las largas mañanas en la cama y los frescos riachuelos de la montaña. Por lo menos dos docenas de hombres llenaban los bancos de la sala principal de la audiencia, la mayoría con esposas o compañeras angustiadas junto a ellos. Algunos habían venido acompañados de su abogado, aunque en aquella etapa no se les permitía representación jurídica. En breve todos cumplirían condenas de fin de semana en la granja penitenciaria del condado de Shelby, por no haber pagado la pensión correspondiente para sus hijos.

Harry quería terminar a las cuatro, pero parecía dudoso. Sus dos hijos esperaban en la última fila. En la calle el jeep estaba preparado con todos los enseres, y cuando se levantara la sesión, saldrían inmediatamente con su señoría del edificio para dirigirse al río Buffalo. Por lo menos, eso era lo que se proponían. Estaban aburridos, pero ya habían estado allí muchas veces.

A pesar del caos junto al estrado, con funcionarios trasladando sumarios de un lado para otro, los susurros de los abogados que esperaban, agentes de policía y acusados que iban y venían del banquillo, la cadena de producción de Harry funcionaba con gran eficacia. Miraba al condenado, fruncía el entrecejo, a veces le hacía un pequeño discurso, firmaba la orden y pasaba al próximo.

Reggie entró sigilosamente en la sala y se acercó a la secretaria, sentada junto al estrado. Se hablaron en voz baja, al tiempo que Reggie señalaba un documento que había traído consigo. Se rió de algo que probablemente no tenía mucha gracia, pero Harry la oyó y la llamó al estrado.

—¿Algún problema? —preguntó, con la mano sobre el micrófono.

—No. Mark sigue bien, que yo sepa. Necesito un pequeño favor. Se trata de otro caso.

Harry sonrió y cerró el micrófono. Típico de Reggie. Sus casos eran siempre más importantes y exigían una atención inmediata.

—¿De qué se trata? —preguntó el juez.

—Otro caso de secuestro por parte del servicio de asistencia social —respondió Reggie, al tiempo que le mostraba una orden y la secretaria le entregaba la ficha.

Reggie hablaba en voz baja. Nadie les escuchaba. A nadie le preocupaba.

—¿Quién es el niño? —preguntó el juez mientras hojeaba la ficha.

—Ronald Allan Thomas tercero. También conocido como Trip Thomas. Ayer se lo llevó el servicio de asistencia social y lo instaló en un hogar infantil. Su madre me ha contratado hace una hora.

—Aquí dice que estaba descuidado y abandonado.

—No es cierto, Harry. Es una larga historia, pero le aseguro que ese niño tiene unos buenos padres y un hogar decente.

—¿Y pretende que les devuelvan al niño?

—Inmediatamente. Le recogeré yo misma y le llevaré a la casa de mamá Love, si es necesario.

—Y le darán lasaña para comer.

—Por supuesto.

Harry examinó la orden y la firmó.

—Tendré que confiar en usted, Reggie.

—Siempre lo hace. He visto a Damon y a Al en el fondo de la sala. Parece que se aburren.

Harry le entregó la orden a la secretaria, que la selló.

—También yo. Cuando aclare toda esa basura de la sala, nos iremos a pescar.

—Buena suerte. Hasta el lunes.

—Que pase un buen fin de semana, Reggie. No olvide visitar a Mark.

—Desde luego.

—Procure convencer a su madre de que sea razonable. Cuanto más pienso en ello, más convencido estoy de que esa gente debe cooperar con el FBI y acogerse a su programa de protección de testigos. Maldita sea, no tienen nada que perder si hacen borrón y cuenta nueva. Convénzala de que estarán protegidos.

—Lo intentaré. Pasaré algún tiempo con ella durante este fin de semana. Puede que el lunes ya esté resuelto.

—Hasta entonces.

Reggie le guiñó el ojo y se retiró del estrado. La secretaria le entregó una copia de la orden y abandonó la sala.

31

Thomas Fink, recién llegado de otro viaje a Memphis, entró en el despacho de Foltrigg a las cuatro y media del viernes por la tarde. Wally Boxx estaba sentado en el sofá como un fiel sabueso, escribiendo lo que Fink supuso otro discurso para su jefe, o quizá un comunicado para la prensa relacionado con los próximos autos de procesamiento. Roy tenía los pies descalzos sobre la mesa y el teléfono apoyado en el hombro. Escuchaba con los ojos cerrados. El día había sido desastroso. Lamond le había puesto en ridículo en una sala abarrotada de gente. Roosevelt no había logrado hacer hablar al niño. Estaba harto de jueces.

Fink se quitó la chaqueta y se sentó. Foltrigg acabó de hablar por teléfono y colgó.

—¿Dónde están las citaciones del gran jurado?

—Las he entregado al jefe de la policía federal en Memphis, con instrucciones precisas de no entregarlas hasta que usted le llame.

Boxx abandonó el sofá para sentarse junto a Fink; sería una lástima que se le excluyera de la conversación.

Roy se frotó los ojos y se pasó los dedos por el cabello. Estaba frustrado, muy frustrado.

—¿Qué hará ese niño, Thomas? Usted ha estado allí. Ha visto a su madre. Ha oído su voz. ¿Qué ocurrirá?

—No lo sé. Es evidente que el niño no está dispuesto a hablar en un futuro próximo. Él y su madre están aterrorizados. Han visto demasiada televisión, demasiados chivatos de la mafia que han volado en mil pedazos. La madre está convencida de que no estarán seguros con el programa de protección de testigos. Está realmente asustada. Esta semana ha sido un infierno para ella.

—Muy conmovedor —susurró Boxx.

—No me queda más alternativa que utilizar las citaciones —declaró gravemente Foltrigg—. No me dejan otra salida. Hemos sido justos y razonables. Hemos pedido al tribunal tutelar de Memphis que nos ayudara con el niño y sencillamente no ha funcionado. Ha llegado el momento de traer a esa gente aquí, a nuestro campo, nuestra audiencia, nuestro público, y obligarles a hablar. ¿No está de acuerdo, Thomas?

Fink no estaba completamente de acuerdo.

—La jurisdicción me preocupa. El niño está bajo la jurisdicción del tribunal tutelar de menores de Memphis y no estoy seguro de lo que ocurrirá cuando reciba la citación.

—Exacto —dijo Roy sonriendo—, pero el tribunal está cerrado durante el fin de semana. Hemos investigado un poco y creo que en este caso la ley federal tiene prioridad sobre la estatal, ¿no es cierto, Wally?

—Sí, eso creo —respondió Wally.

—También he hablado con la policía federal aquí, en Nueva Orleans. Les he dicho que quiero que mañana sus agentes en Memphis recojan al niño y le traigan para que pueda comparecer el lunes ante el gran jurado. No creo que las autoridades locales de Memphis se enfrenten a la policía federal. Está todo previsto para que el niño ingrese en el ala juvenil de la cárcel de la ciudad. Será pan comido.

—¿Y su abogado? —preguntó Fink—. No puede obligarle a declarar. Si algo sabe, lo ha aprendido como representante del niño. La información es privilegiada.

—Solo pretendo causarle molestias —confesó Foltrigg

con una sonrisa—. El lunes, ella y el muchacho estarán muertos de miedo. La batuta estará en nuestras manos, Thomas.

—A propósito del lunes. El juez Roosevelt quiere que comparezcamos ante él a las doce del mediodía.

Roy y Wally se troncharon de risa.

—El pobre juez se sentirá muy solo —dijo Foltrigg con una carcajada—. Usted, yo, el niño y su abogado estaremos aquí. Pobre imbécil.

Fink no compartía su alegría.

A las cinco Doreen llamó a la puerta y manipuló las llaves hasta abrirla. Mark estaba en el suelo jugando a las damas consigo mismo y se convirtió inmediatamente en un zombie. Se sentó sobre los pies cruzados y contempló el tablero como si estuviera en trance.

—¿Estás bien, Mark?

No respondió.

—Mark, cariño, estoy realmente preocupada por ti. Creo que llamaré al médico. Puede que estés entrando en un estado de shock, al igual que tu hermano menor.

Mark movió lentamente la cabeza y la miró con ojos tristes.

—No, estoy bien. Solo necesito descansar.

—¿Comerías algo?

—Tal vez un poco de pizza.

—No faltaría más. Ordenaré que te la traigan. Escúchame, cariño, salgo de servicio dentro de cinco minutos, pero le diré a Telda que esté pendiente de ti, ¿de acuerdo? ¿Estarás bien hasta mi regreso por la mañana?

—Tal vez —farfulló Mark.

—Pobre niño. No deberías estar aquí.

—Sobreviviré.

Telda estaba mucho menos preocupada que Doreen. Visitó a Mark dos veces. Cuando entró en su habitación por tercera vez, alrededor de las ocho, lo hizo acompañada. Llamó, abrió lentamente la puerta, y cuando Mark estaba a punto de entrar en su trance rutinario, vio a dos corpulentos individuos trajeados.

—Mark, estos señores son policías federales —dijo Telda con nerviosismo.

Mark se puso de pie cerca del retrete. De pronto el cuarto era diminuto.

—Hola, Mark —dijo uno de ellos—. Me llamo Vern Duboski y soy policía federal —añadió en un tono formal y preciso que Mark reconoció como el de un yanqui; tenía unos documentos en la mano—. ¿Eres Mark Sway?

Mark asintió, sin poder decir palabra.

—No tengas miedo, Mark. Solo tenemos que entregarte estos papeles.

Miró a Telda en busca de ayuda, pero ella no tenía ni idea.

—¿De qué se trata? —preguntó nervioso.

—Es una citación y significa que tienes que comparecer ante un gran jurado federal el lunes en Nueva Orleans. Pero no te preocupes, mañana por la tarde vendremos a buscarte y te llevaremos en coche.

Se le formó un nudo en el estómago y se sintió débil.

—¿Por qué? —preguntó.

—No podemos responder a esa pregunta, Mark. En realidad, no nos concierne. Nos limitamos a obedecer órdenes.

Mark contempló los papeles que Vern tenía en la mano. ¡Nueva Orleans!

—¿Se lo han comunicado a mi madre?

—Verás, Mark, estamos obligados a entregarle una copia de estos mismos documentos. Se lo explicaremos todo y le aseguraremos que estarás bien. En realidad, puede venir contigo si lo desea.

—No puede venir. Debe quedarse junto a Ricky.

Los agentes se miraron entre sí.

—Bueno, de todos modos se lo explicaremos todo.

—¿Saben que tengo un abogado? ¿Se lo han comunicado?

—No. No estamos obligados a hacerlo, pero puedes llamar tú si lo deseas.

—¿Dispone de teléfono? —preguntó el segundo agente dirigiéndose a Telda.

—Solo si yo se lo traigo —respondió.

—¿Puede esperar treinta minutos?

—Si usted lo dice... —respondió Telda.

—Mark, dentro de unos treinta minutos podrás llamar a tu abogado —dijo Duboski antes de hacer una pausa para mirar a su compañero—. Buena suerte, Mark. Lamento haberte asustado.

Cuando se marcharon, Mark seguía de pie junto al retrete, apoyado contra la pared para no caerse, más confundido que nunca y muerto de miedo. Y enojado. El sistema jurídico era atroz. Estaba harto de leyes, abogados, tribunales, policías locales y federales, periodistas, jueces y carceleros. ¡Maldita sea!

Cogió una toalla de papel, se secó los ojos y se sentó en el retrete.

Juró a las paredes que no iría a Nueva Orleans.

Otros dos agentes visitarían a Dianne e incluso otros dos a la señora Reggie Love en su casa, todo ello coordinado para que recibieran las citaciones aproximadamente al mismo tiempo. A decir verdad, un solo agente, o para el caso un peón en el paro, podía haber entregado tranquilamente las tres citaciones sin apresurarse y terminar el trabajo en una hora. Pero era más divertido utilizar seis hombres en tres coches, con radios, teléfonos y pistolas, y atacar simultáneamente al amparo de la oscuridad, como si se tratara de una unidad de las fuerzas especiales.

Llamaron a la puerta de la cocina de mamá Love y esperaron a que se encendiera la luz del portal y a que ella apareciera tras la mosquitera. Comprendió inmediatamente que había algún problema. Durante la pesadilla del divorcio de Reggie, sus internamientos y su batalla jurídica con Joe Cardoni, habían aparecido numerosos agentes e individuos de traje oscuro en su puerta, a horas inusuales. Siempre eran portadores de algún problema.

—¿En qué puedo servirles? —preguntó con una sonrisa forzada.

—Buscamos a Reggie Love, señora.

Hablaban incluso como policías.

—¿Y quiénes son ustedes? —preguntó.

—Yo me llamo Mike Hedley y mi compañero Terry Flagg. Somos policías federales.

—¿Agentes o subagentes federales? Acredítense.

Eso les sorprendió, y de un modo perfectamente sincronizado, se sacaron sus placas del bolsillo.

—Subagentes federales, señora.

—Eso no ha sido lo que han dicho —dijo mamá Love mientras examinaba las placas a través de la mosquitera.

Reggie estaba tomando un café en la diminuta terraza de su apartamento cuando oyó la puerta del coche. Asomó la cabeza y observó a los dos individuos bajo la luz del portal. Oía sus voces, pero no comprendía lo que decían.

—Lo siento, señora —dijo Hedley.

—¿Por qué quieren ver a Reggie Love? —preguntó mamá Love con el entrecejo fruncido.

—¿Vive aquí?

—Puede que sí y puede que no. ¿Qué quieren?

Hedley y Flagg se miraron mutuamente.

—Debemos entregarle esta citación.

—¿Citación para qué?

—¿Le importaría decirnos quién es usted? —preguntó Flagg.

—Soy su madre. ¿Para qué es la citación?

—Es una citación de un gran jurado. Debe comparecer

ante un gran jurado en Nueva Orleans el lunes. Podemos dejársela a usted, si lo desea.

—Yo no puedo aceptarla —respondió como si intentaran entregarle citaciones todas las semanas—. Si no me equivoco, deben entregársela a ella personalmente.

—¿Dónde está?

—No vive aquí.

Eso les molestó.

—Este es su coche —dijo Hedley moviendo la cabeza en dirección al Mazda de Reggie.

—No vive aquí —repitió mamá Love.

—Muy bien, pero ¿está aquí ahora?

—No.

—¿Sabe dónde está?

—¿Han ido a su despacho? Casi siempre trabaja.

—Pero ¿qué hace aquí su coche?

—A veces utiliza el de Clint, su secretario. Puede que estén cenando juntos, o algo por el estilo.

Los agentes se miraron mutuamente con frustración.

—Creo que está aquí —dijo Hendley, de pronto agresivo.

—A usted no le pagan para pensar, hijo. Le pagan para entregar esos documentos y ya le he dicho que no está aquí —dijo mamá Love levantando la voz para que Reggie la oyera.

—¿Podemos registrar la casa? —preguntó Flagg.

—Pueden hacerlo, si disponen de una orden de registro. De lo contrario, ha llegado el momento de que abandonen mi propiedad.

Ambos retrocedieron un paso y se detuvieron.

—Confío en que no esté impidiendo la entrega de una citación federal —declaró gravemente Hedley.

Intentó dar un tono siniestro y pavoroso a sus palabras, pero fracasó miserablemente.

—Y yo confío en que no esté amenazando a una anciana —respondió mamá Love con las manos en las caderas, dispuesta a luchar.

Se dieron por vencidos y se retiraron.

—Volveremos —prometió Hedley cuando abría la puerta del coche.

—Aquí me encontrarán —replicó enojada después de abrir la puerta principal.

Se quedó en el portal viendo cómo salían a la calle. Al cabo de unos minutos, cuando estuvo segura de que se habían marchado, se dirigió al pisito de Reggie sobre el garaje.

Dianne recibió la citación sin comentario alguno, de manos de un educado y correcto caballero. La leyó a la tenue luz de la lámpara, junto a la cama de Ricky. No contenía instrucción alguna, solo la orden para Mark de comparecer ante el gran jurado a las diez de la mañana en la dirección que figuraba a continuación. No se indicaba cómo llegaría hasta allí, cuándo regresaría, ni lo que podría ocurrir si no obedecía la orden o si se negaba a hablar.

Llamó a Reggie, pero no obtuvo respuesta alguna.

Aunque el apartamento de Clint estaba solo a quince minutos, Reggie tardó casi una hora en llegar al mismo. Zigzagueó por los barrios periféricos, circuló velozmente por la carretera interestatal sin rumbo fijo, y cuando estuvo segura de que nadie la seguía, dejó el coche en una calle llena de vehículos aparcados y caminó cuatro manzanas.

Su cita de las nueve había sido abruptamente cancelada, a pesar de que era muy prometedora.

—Lo siento —dijo Reggie cuando abrió la puerta para entrar en el apartamento.

—No tiene importancia. ¿Estás bien? —respondió, al tiempo que recogía su bolso y le ofrecía el sofá—. Siéntate.

Aquel apartamento no le era desconocido. Cogió una Coca-Cola *light* de la nevera y se sentó en un taburete.

—Ha venido la policía federal con una citación de un gran jurado para que comparezca el lunes a las diez de la mañana en Nueva Orleans.

—Pero ¿no te han entregado la citación?

—No. Mamá Love se los ha sacudido de encima.

—Entonces no tienes por qué preocuparte.

—Sí, a no ser que me encuentren. No hay ninguna ley que prohiba eludir las citaciones. Tengo que llamar a Dianne.

Clint le entregó el teléfono y marcó el número de memoria.

—Tranquilízate, Reggie —dijo Clint, y le dio un beso en la mejilla.

Ordenó las revistas desparramadas y puso en marcha el estéreo. Dianne estaba al teléfono y Reggie logró decir tres palabras antes de verse obligada a escuchar. Había citaciones por doquier. Una para Reggie, otra para Dianne y otra para Mark. Reggie intentó tranquilizarla. Dianne había llamado al centro de detención, pero no había logrado hablar con Mark. Le dijeron que no estaba permitido recibir llamadas a aquella hora. Hablaron durante cinco minutos. Reggie, a pesar de lo nerviosa que estaba, intentó convencer a Dianne de que no había ningún problema. Le aseguró que lo tenía todo bajo control, que la llamaría por la mañana y colgó.

—No pueden llevarse a Mark —dijo Clint—. Está bajo la jurisdicción de nuestro tribunal tutelar de menores.

—Tengo que hablar con Harry, pero no está en la ciudad.

—¿Dónde está?

—De pesca en algún lugar con sus hijos.

—Esto es más importante que la pesca, Reggie. Encontrémosle. Él podrá evitarlo, ¿no es cierto?

Reggie pensaba en un centenar de cosas al mismo tiempo.

—Esto es muy astuto, Clint. Piénsalo bien. Foltrigg ha esperado hasta el viernes a última hora para entregar las citaciones para el lunes por la mañana.

—¿Cómo ha podido hacerlo?

—Fácilmente. Lo ha logrado. En un caso penal como este, un

gran jurado federal puede citar a cualquier testigo en cualquier lugar, independientemente del tiempo y la distancia. Y el testigo debe comparecer, a no ser que logre anular antes la citación.

—¿Cómo se anula?

—Presentando un recurso ante el tribunal federal para eludir la citación.

—No me lo digas, ¿el tribunal federal de Nueva Orleans?

—Exactamente. Tenemos que encontrar un juez federal a primera hora del lunes en Nueva Orleans y suplicarle que celebre una vista urgente para anular la citación.

—No funcionará, Reggie.

—Claro que no funcionará. Así es como Foltrigg lo ha proyectado —dijo mientras tomaba un trago de Coca-Cola—. ¿Tienes café?

—Por supuesto —respondió, al tiempo que empezaba a abrir cajones.

Reggie pensaba en voz alta.

—Si logro eludir la citación hasta el lunes, Foltrigg se verá obligado a expedir otra. Entonces tal vez tenga tiempo de anularla. El problema es Mark. No es a mí a quien persiguen, saben que no pueden obligarme a hablar.

—¿Sabes dónde está el maldito cadáver, Reggie?

—No.

—¿Lo sabe Mark?

—Sí.

Quedó momentáneamente paralizado y luego llenó un recipiente de agua.

—Tenemos que encontrar la forma de que Mark permanezca aquí, Clint. No podemos permitir que vaya a Nueva Orleans.

—Llama a Harry.

—Harry está pescando en las montañas.

—Entonces llama a su esposa. Averigua dónde está. Yo iré si es necesario.

—Tienes razón —respondió, antes de levantar el teléfono y marcar.

32

El último control de las habitaciones en el centro de detención juvenil se efectuaba a las diez y media de la noche, cuando se aseguraban de que todas las luces y televisores estuvieran apagados. Mark oyó a Telda que daba órdenes en el pasillo y el tintineo de sus llaves. Tenía la camisa empapada, desabrochada, y el sudor le bajaba hasta el ombligo y descendía por la cremallera de sus vaqueros. La televisión estaba apagada. Respiraba con dificultad. Su espesa cabellera estaba empapada y le descendían regueros de sudor hasta las cejas y la nariz. Telda estaba en la habitación contigua. Mark tenía la cara roja y caliente.

Telda llamó antes de abrir la puerta. Le molestó inmediatamente encontrarse con la luz encendida. Entró, miró hacia las literas, pero no estaba allí.

Entonces vio sus pies junto al retrete. Estaba acurrucado con las rodillas contra el pecho, inmóvil a no ser por su acelerada y pesada respiración.

Tenía los ojos cerrados y el pulgar izquierdo en la boca.

—¡Mark! —exclamó, de pronto horrorizada—. ¡Mark! ¡Oh, Dios mío!

Salió corriendo de la habitación en busca de ayuda y regresó con Denny, su compañero, que echó una breve ojeada.

—Doreen se lo temía —dijo Denny, al tiempo que tocaba el estómago de Mark—. Maldita sea, está empapado.

—Tiene el pulso muy alterado —dijo Telda, que le había cogido la muñeca—. Fíjate cómo respira. ¡Llama a una ambulancia!

—Este pobre niño está en estado de *shock*, ¿no es cierto?

—¡Llama a una ambulancia!

Denny salió del cuarto y tembló el suelo. Telda levantó cuidadosamente a Mark y le colocó sobre la litera inferior, donde volvió a acurrucarse con las rodillas contra el pecho. El pulgar permaneció en su boca. Denny regresó con una carpeta.

—Esto parece la letra de Doreen. Dice que se le vigile cada media hora y que, en caso de duda, se le traslade inmediatamente al hospital de Saint Peter y se avise al doctor Greenway.

—Es todo culpa mía —dijo Telda—. No debí permitir a esos malditos policías que entraran. Le han dado un susto de muerte al pobre niño.

Denny se agachó junto a ella y con un grueso pulgar le levantó el párpado derecho.

—¡Maldita sea! Tiene los ojos en blanco. Este niño tiene problemas —declaró Denny con la sobriedad de un neurocirujano.

—Tráeme una toalla de ahí —dijo Telda, y Denny obedeció—. Doreen me ha dicho que eso fue lo que le ocurrió a su hermano menor. El lunes ambos presenciaron aquel suicidio y el menor lleva en estado de *shock* desde entonces.

Denny le entregó la toalla y Telda secó la frente de Mark.

—Maldita sea, parece que le vaya a estallar el corazón —dijo Denny, agachado junto a Telda—. Respira como un condenado.

—Pobre niño. Debí haber mandado a aquellos policías a la porra —añadió Telda.

—Yo lo habría hecho —declaró Denny—. No tienen derecho a entrar en este piso.

Denny le levantó el párpado izquierdo con el pulgar y Mark gimió y se contorsionó. Entonces empezó a emitir un quejido como el de Ricky y se asustaron todavía más. Era

431

un sonido grave y apagado, procedente de lo más profundo de la garganta. No dejaba de chuparse el pulgar.

Un practicante de la cárcel principal, tres pisos más abajo, entró en la habitación seguido de otro carcelero.

—¿Qué ocurre? —preguntó, al tiempo que Telda y Denny se retiraban.

—Creo que padece un *shock* traumático, o estrés, o algo por el estilo —respondió Telda—. Se ha comportado de un modo extraño todo el día, y hace una hora más o menos han venido un par de policías federales para entregarle una citación —explicaba mientras el practicante, que no la escuchaba, le tomaba el pulso—. Le han dado un susto de muerte y creo que ha entrado en estado de *shock*. Debí haberle vigilado después de lo ocurrido, pero estaba ocupada.

—Yo habría mandado a esos malditos policías a la porra —dijo Denny junto a Telda, detrás del practicante.

—Eso fue lo que le ocurrió a su hermano menor, el que ha salido en el periódico toda la semana. El suicidio y todo lo demás.

—Debemos trasladarle —dijo el practicante con el entrecejo fruncido, después de incorporarse—. Daos prisa con la camilla, al cuarto piso —exclamó por radio—. Tenemos a un niño en estado crítico.

—Aquí dice que hay que llevarle al hospital de Saint Peter. Doctor Greenway —dijo Denny mostrándole la carpeta al practicante.

—Allí es donde está su hermano —añadió Telda—. Doreen me lo ha contado todo. Temía que ocurriera esto. Ha dicho que ha estado a punto de llamar a una ambulancia esta tarde. Al parecer ha ido empeorando a lo largo del día. Debí haber tenido más cuidado.

Llegó la camilla con dos enfermeros. Colocaron rápidamente a Mark sobre la misma y le cubrieron con una manta. Le sujetaron con una correa sobre los muslos y otra sobre el pecho. Salieron rápidamente al pasillo y llegaron al ascensor.

—¿Habías visto antes algo parecido? —le susurró uno de los enfermeros a su compañero.

—No, que yo recuerde.

—Está que arde.

—La piel suele estar fría y pegajosa en estado de *shock*. Nunca había visto nada parecido.

—Sí. Puede que el *shock* traumático sea distinto. Fíjate en el pulgar.

—¿Es este el niño al que persigue la mafia?

—Sí. Ha salido en primera plana, ayer y hoy.

—Supongo que se ha desmoronado.

Cuando se detuvo el ascensor, empujaron rápidamente la camilla por una serie de cortos pasillos, todos muy concurridos por el tráfico habitual de un viernes por la noche en la cárcel. Se abrió una puerta de doble batiente y llegaron a la ambulancia.

En menos de diez minutos estaban en el hospital de Saint Peter, la mitad del tiempo que tuvieron que esperar a su llegada. Otras tres ambulancias depositaban a sus ocupantes. Saint Peter recibía la mayoría de las víctimas de navajazos o disparos, esposas apaleadas y cuerpos malheridos en accidentes de tráfico de Memphis. El ritmo era frenético veinticuatro horas al día, pero desde el viernes hasta el domingo por la noche el lugar era caótico.

Introdujeron la camilla por la puerta de urgencias, hasta llegar a una sala con baldosas blancas donde los enfermeros se detuvieron y rellenaron unos formularios. Un pequeño ejército de médicos y enfermeras rodeaba a un nuevo paciente, y todos chillaban al mismo tiempo. La gente corría en todas las direcciones. Había media docena de policías entre la muchedumbre. Llegaron otras tres camillas al vestíbulo.

Una enfermera se detuvo momentáneamente junto a los enfermeros.

—¿De qué se trata? —preguntó.

Uno de los enfermeros le mostró un impreso.

—De modo que no sangra —comentó la enfermera, como si lo único que importara fueran las hemorragias.

—No. Parece estrés, *shock* o algo por el estilo. Herencia familiar.

—Puede esperar. Llévenlo a ingresos. Volveré dentro de un minuto —dijo, antes de desaparecer.

Se abrieron paso con la camilla entre la muchedumbre, hasta llegar a una pequeña sala adjunta al vestíbulo principal. Mostraron los formularios a otra enfermera, que escribió algo en los mismos sin mirar a Mark.

—¿Dónde está el doctor Greenway? —preguntó la enfermera.

Los enfermeros se miraron entre sí y se encogieron de hombros.

—¿No le han llamado?

—Pues... no.

—No —repitió la enfermera, al tiempo que levantaba la mirada al cielo, pensando en aquel par de imbéciles—. Escúchenme, esto es un campo de batalla. Aquí es cuestión de vida o muerte. En la última media hora se nos han muerto dos personas en ese vestíbulo. Para nosotros, los casos psiquiátricos no son prioritarios.

—¿Quiere que le peguemos un tiro? —preguntó uno de ellos moviendo la cabeza en dirección a Mark.

Eso la puso furiosa.

—No. Quiero que se marchen. Yo me ocuparé de él. Pero ustedes lárguense.

—Firme los papeles, señora. Es todo suyo —dijeron sonriendo, de camino hacia la puerta.

—¿Ha venido con él algún policía? —preguntó la enfermera.

—No. Es menor de edad —respondieron antes de desaparecer.

Mark logró girarse a la izquierda y levantar las rodillas hasta el pecho. Las correas no estaban apretadas. Abrió ligeramente los ojos. Había un negro tumbado sobre tres sillas en un rincón de la sala. Junto a una puerta verde, al lado de una fuente, había una camilla vacía con las sábanas manchadas de sangre. La enfermera contestó al teléfono, dijo unas palabras y abandonó la sala. Mark desabrochó inmediatamente las correas y saltó al suelo. No era ningún delito pasear. Ahora se había convertido en un caso psiquiátrico, de modo que no importaba que le sorprendieran deambulando.

La enfermera había dejado los formularios sobre el mostrador. Mark los cogió y empujó la camilla por la puerta verde, que daba a un abigarrado pasillo con pequeñas salas a ambos lados. Abandonó la camilla y arrojó los documentos a una papelera. Las flechas de salida señalaban hacia una puerta con una ventana que daba al caótico vestíbulo de ingresos.

Mark sonrió para sus adentros. Había estado antes allí. Miró por la ventana y vio el lugar donde había esperado con Hardy, cuando Greenway y Dianne desaparecieron con Ricky. Entró sigilosamente en la sala y se abrió paso entre la multitud de maltrechos y heridos que aspiraban desesperadamente a ingresar en el hospital. Correr y escabullirse podía haber llamado la atención, de modo que actuó con toda tranquilidad. Bajó por su escalera automática predilecta hasta el sótano y se encontró con una silla de ruedas abandonada al pie de la misma. Era de tamaño adulto, pero logró hacer girar las ruedas y cruzar la cafetería en dirección al depósito de cadáveres.

Clint se había quedado dormido en el sofá. Letterman casi había terminado cuando sonó el teléfono. Reggie contestó:

—Diga.

—Hola, Reggie, soy Mark.

—¡Mark! ¿Cómo estás, cariño?

—Muy bien, Reggie. Maravilloso.

—¿Cómo me has encontrado? —preguntó mientras apagaba el televisor.

—He llamado a mamá Love y la he despertado. Ella me ha dado este número. Es la casa de Clint, ¿no es cierto?

—Efectivamente. ¿Cómo has podido llegar a un teléfono? Es muy tarde.

—El caso es que ya no estoy en la cárcel.

—¿Dónde estás? —preguntó Reggie tras ponerse de pie para dirigirse al mueble bar.

—En el hospital de Saint Peter.

—Comprendo. ¿Y cómo has llegado hasta allí?

—Me han traído en una ambulancia.

—¿Estás bien?

—De maravilla.

—¿Por qué te han llevado en una ambulancia?

—He tenido un ataque de estrés postraumático y me han traído a toda prisa.

—¿Te parece conveniente que vaya a verte?

—Tal vez. ¿Qué es eso del gran jurado?

—Solo pretenden asustarte para que hables.

—Pues lo han logrado. Estoy más asustado que nunca.

—Das la impresión de estar bien.

—Puros nervios, Reggie. Estoy muerto de miedo.

—Me refiero a que no pareces estar en estado de *shock*, ni nada por el estilo.

—Me recupero con mucha facilidad. He fingido, ¿vale? Me pasé media hora dando saltos en mi pequeña celda y cuando me encontraron estaba empapado de sudor y, según ellos, en estado crítico.

Clint se acababa de incorporar y escuchaba atentamente.

—¿Te ha visto algún médico? —preguntó Reggie mirando a Clint con el entrecejo fruncido.

—No exactamente.

—¿Qué significa eso?

—Significa que he salido andando de la sala de urgencias. Significa que me he fugado, Reggie. Ha sido muy fácil.

—¡Dios mío!

—Tranquilízate. Estoy bien. No voy a volver a la cárcel, Reggie. Ni pienso comparecer ante el gran jurado en Nueva Orleans. Lo único que harían allí sería encerrarme, ¿me equivoco?

—Escúchame, Mark, no puedes hacer eso. No puedes fugarte. Debes...

—Ya me he fugado, Reggie. ¿Y quieres que te diga algo?

—¿Qué?

—Dudo que alguien lo sepa todavía. Este lugar es tan caótico que dudo que me hayan echado de menos.

—¿Y la policía?

—¿Qué policía?

—¿No te ha acompañado ningún policía al hospital?

—No. Solo soy un niño, Reggie. Me han traído dos robustos enfermeros, pero no soy más que un niño y cuando llegamos estaba en coma, chupándome el pulgar y gimiendo como Ricky. Te habrías sentido orgullosa de mí. Parecía una película. Cuando llegamos me han vuelto la espalda y me he limitado a salir andando.

—No puedes hacer eso, Mark.

—Ya está hecho, ¿vale? Y no pienso volver.

—¿Y tu madre?

—He hablado con ella hace aproximadamente una hora, por teléfono naturalmente. Se ha llevado un gran susto, pero la he convencido de que estaba bien. No le ha gustado y me ha dicho que me reuniera con ella en la habitación de Ricky. Hemos tenido una gran discusión por teléfono, pero luego se ha tranquilizado. Creo que ha vuelto a tomar pastillas.

—Pero ¿estás en el hospital?

—Exactamente.

—¿Dónde? ¿En qué habitación?

—¿Todavía eres mi abogado?

—Claro que soy tu abogado.

—Me alegro. ¿Significa eso que si te cuento algo no puedes repetirlo?

437

—Exactamente.

—¿Eres mi amiga, Reggie?

—Claro que soy tu amiga.

—Magnífico, porque en estos momentos eres la única amiga que tengo. ¿Estás dispuesta a ayudarme, Reggie? Tengo muchísimo miedo.

—Haré lo que sea, Mark. ¿Dónde estás?

—En el depósito de cadáveres. Hay un pequeño despacho en un rincón y estoy escondido debajo de la mesa. Las luces están apagadas. Si de pronto cuelgo, es porque ha entrado alguien. Han traído dos cadáveres desde que estoy aquí, pero hasta ahora nadie ha entrado en el despacho.

—¿El depósito de cadáveres?

Clint se incorporó de un brinco y se colocó junto a Reggie.

—Sí. Ya había estado aquí antes. No olvides que conozco bastante bien el lugar.

—Desde luego.

—¿Quién está en el depósito de cadáveres? —susurró Clint.

Reggie le miró con el entrecejo fruncido y movió la cabeza.

—Mi madre me ha dicho que también tenían una citación para ti, Reggie. ¿Es cierto?

—Sí, pero no me la han entregado. Esa es la razón por la que estoy en casa de Clint. Si no me entregan la citación, no estoy obligada a comparecer.

—¿De modo que tú también estás escondida?

—Supongo que sí.

De pronto se cortó la línea. Reggie miró el teléfono y lo colgó.

—Ha colgado —dijo.

—¿Qué diablos ocurre? —preguntó Clint.

—Es Mark. Se ha fugado de la cárcel.

—¿Se ha fugado?

—Está escondido en el depósito de cadáveres del Saint Peter —dijo Reggie como si no se lo creyera, en el momento en que volvía a sonar el teléfono—. Diga.

—Siento haber colgado. La puerta del depósito se ha abierto un momento y se ha vuelto a cerrar. Creí que traían otro cadáver.

—¿Estás a salvo, Mark?

—Maldita sea, claro que no estoy a salvo. Pero soy menor de edad, ¿no? Y ahora soy un caso psiquiátrico. De modo que si me descubren, volveré a entrar en estado de *shock* y me llevarán a una habitación. Luego puede que se me ocurra otra forma de escapar.

—No puedes estar siempre escondido.

—Tú tampoco.

Le maravilló una vez más su agilidad mental.

—Tienes razón, Mark. Entonces ¿qué hacemos?

—No lo sé. En realidad me gustaría marcharme de Memphis. Estoy harto de cárceles y policías.

—¿Adónde querrías ir?

—Permíteme que te haga una pregunta. Si vinieras a buscarme y nos marcháramos juntos, ¿podrías tener problemas por ayudarme a escapar?

—Sí. Sería cómplice.

—¿Qué podría ocurrirte?

—Nos preocuparemos de eso en otro momento. He hecho cosas peores.

—¿De modo que me ayudarás?

—Sí, Mark. Te ayudaré.

—¿Y no se lo contarás a nadie?

—Puede que necesitemos la ayuda de Clint.

—De acuerdo, puedes contárselo a Clint. Pero a nadie más, ¿eh?

—Te doy mi palabra.

—¿Y no intentarás convencerme para que regrese a la cárcel?

—Te lo prometo.

Hubo una larga pausa. Clint estaba al borde del pánico.

—Muy bien, Reggie. ¿Conoces el aparcamiento principal, el que está junto a ese gran edificio verde?

—Sí.

—Entra en el mismo muy despacio, como si buscaras un lugar para aparcar. Yo estaré escondido entre los coches.

—Ese lugar es oscuro y peligroso, Mark.

—Es viernes por la noche, Reggie. Toda esta zona es oscura y peligrosa.

—Pero hay un guardia en una garita, junto a la salida.

—Casi siempre está dormido. Es solo un vigilante, no un policía. Sé lo que me hago, ¿vale?

—¿Estás seguro?

—No. Pero has dicho que me ayudarías.

—Lo haré. ¿Cuándo quieres que vaya?

—Cuanto antes.

—Utilizaré el coche de Clint. Es un Honda Accord negro.

—Bien. Date prisa.

—Salgo ahora mismo. Ten cuidado, Mark.

—Tranquilízate, Reggie. Es como en las películas.

Reggie colgó y respiró hondo.

—¿Mi coche? —preguntó Clint.

—A mí también me buscan.

—Estás loca, Reggie. Esto es descabellado. No puedes huir con un fugitivo, o lo que diablos sea. Te detendrán por complicidad. Te procesarán. No te permitirán volver a ejercer.

—¿Dónde está mi bolso?

—En el dormitorio.

—Necesito tus llaves y tus tarjetas de crédito.

—¡Mis tarjetas de crédito! Mira, Reggie, te quiero muchísimo, pero mi coche y mis tarjetas...

—¿Cuánto tienes al contado?

—Cuarenta dólares.

—Dámelos. Te los devolveré —dijo mientras se dirigía al dormitorio.

—Te has vuelto loca.

—No es la primera vez, ¿recuerdas?

—Por Dios, Reggie.

—Tranquilízate, Clint. No vamos a estropear nada. Tengo que ayudar a Mark. Está escondido en un despacho oscuro del depósito de cadáveres del Saint Peter, suplicándome que le ayude. ¿Qué se supone que debo hacer?

—¡Maldita sea! Creo que deberías asaltar el hospital con un rifle y liarte a balazos. Cualquier cosa por Mark Sway.

Reggie guardó el cepillo de dientes en una bolsa de lona.

—Dame tus tarjetas de crédito y el dinero, Clint. Tengo prisa.

—Estás como un cencerro —dijo mientras buscaba en sus bolsillos—. Esto es absurdo.

—Quédate junto al teléfono. No te vayas de aquí, ¿de acuerdo? Luego te llamaré.

Cogió las llaves, el dinero y dos tarjetas de crédito: Visa y Texaco. Clint la siguió hasta la puerta.

—Cuidado con la Visa. Está cerca del límite.

—¿Por qué no me sorprende? —dijo Reggie, al mismo tiempo que le daba un beso en la mejilla—. Gracias, Clint. Cuida de mamá Love.

—Llámame.

Clint estaba totalmente derrotado.

Reggie salió por la puerta y se perdió en la oscuridad.

33

A partir del momento en que Mark subió al coche y se escondió en el suelo, Reggie se convirtió en cómplice de su fuga. Sin embargo, a no ser que asesinara a alguien antes de que les capturaran, era dudoso que la encarcelaran por su delito. Consideraba más probable que la condenaran a servicios comunitarios, tal vez cierta restitución y cuarenta años de condicional. No le importaba en absoluto la duración de la condicional. Sería su primer delito. Ella y su abogado presentarían un convincente argumento sobre la persecución del niño por parte de la mafia, el hecho de que estaba solo y, qué diablos, alguien tenía que hacer algo. No podía detenerse a pensar en refinamientos jurídicos cuando su cliente estaba implorando ayuda. Tal vez, con algunas influencias, lograría que le permitieran seguir ejerciendo.

Le pagó cincuenta centavos al guardia del aparcamiento y evitó mirarle a los ojos. Se había limitado a dar una vuelta al aparcamiento. El vigilante estaba en otro mundo. Mark estaba acurrucado en algún lugar oscuro del suelo del coche, donde permaneció hasta que llegaron a la avenida Union y se dirigieron hacia el río.

—¿Puedo salir? —preguntó nervioso.

—Creo que sí.

Se subió al asiento y contempló el paisaje. El reloj digital indicaba que eran las doce quince. Los seis carriles de la avenida Union estaban desiertos. Después de tres manzanas, con semáforos rojos en cada esquina, Reggie seguía a la espera de que Mark hablara.

—¿Adónde vamos? —preguntó finalmente Reggie.

—Al Álamo.

—¿Al Álamo? —repitió Reggie sin la menor sonrisa.

Mark movió la cabeza. A veces los mayores podían ser increíblemente estúpidos.

—Era una broma, Reggie.

—Lo siento.

—¿Supongo que no has visto *La gran aventura de Pee-Wee*?

—¿Es una película?

—¡Olvídalo! No vale la pena.

Se detuvieron en otro semáforo en rojo.

—Prefiero tu coche —dijo entonces Mark, mientras acariciaba los mandos y se interesaba por la radio.

—Me alegro, Mark. Pero esta calle termina en el río y creo que deberíamos decidir exactamente adónde quieres ir.

—De momento, lo único que quiero es salir de Memphis, ¿vale? No me importa adónde vayamos, solo quiero alejarme de ese embrollo.

—Y cuando salgamos de Memphis, ¿hacia dónde nos dirigimos? Sería agradable tener un punto de destino.

—¿Qué te parece si cruzamos el puente junto a la pirámide?

—De acuerdo. ¿Quieres ir a Arkansas?

—¿Por qué no? Sí, claro, vamos a Arkansas.

—De acuerdo.

Solventado lo de la decisión, Mark se inclinó hacia delante para examinar atentamente la radio. Pulsó un interruptor, hizo girar un botón y Reggie se preparó para recibir una potente ráfaga de *rap* o *heavy metal*. Hacía ajustes con ambas manos. No era más que un niño con un juguete nuevo. Debería haber estado arropado en la cama de su propia casa y durmiendo hasta tarde, porque era sábado. Y al despertarse, ver los dibujos animados en la televisión, y luego, todavía en pijama, jugar al Nintendo con todos sus botones y accesorios, más o menos como lo hacía ahora con la radio. Los Four Tops acababan de cantar una canción.

—¿Escuchas música antigua? —preguntó Reggie, verdaderamente sorprendida.

—A veces. He pensado que te gustaría. Es casi la una de la madrugada, no es el mejor momento para música chillona.

—¿Qué te hace suponer que me gusta la música antigua?

—Con toda sinceridad, Reggie, no te imagino en un concierto de *rap*. Además, en la radio de tu coche estaba sintonizada esta emisora cuando me monté en él por última vez.

La avenida Union terminaba junto al río y se detuvieron en otro semáforo en rojo. Junto a ellos paró un coche de policía y el agente que iba al volante miró a Mark con el entrecejo fruncido.

—No le mires —exclamó Reggie.

El semáforo se puso verde y Reggie giró a la derecha por Riverside Drive. Les siguió el policía.

—No vuelvas la cabeza —farfulló Reggie entre dientes—. Actúa con normalidad.

—Maldita sea, Reggie, ¿por qué nos sigue?

—No tengo ni idea. Pero conserva la serenidad.

—Debe de haberme reconocido. Mi foto ha salido en los periódicos cada día esta semana y el policía me ha reconocido. Maldita sea, Reggie. Emprendemos la gran fuga y a los diez minutos nos captura la policía.

—Cállate, Mark. Estoy intentando conducir y vigilarle al mismo tiempo.

Mark se deslizó hasta que su trasero llegó al borde del asiento y su cabeza a la altura de la manecilla de la puerta.

—¿Qué hace? —susurró.

La mirada de Reggie no dejaba de fluctuar entre la calle y el retrovisor.

—Solo nos sigue. No, espera. Ahí viene.

El coche de policía se les acercó, aceleró y desapareció.

—Se ha marchado —dijo Reggie, y Mark empezó de nuevo a respirar.

Entraron en la Interestatal 40 desde el centro de la ciudad y empezaron a cruzar el puente sobre el río Mississippi. Mark contempló la pirámide brillantemente iluminada a su derecha y luego volvió la cabeza para admirar la silueta de Memphis que se perdía en la lejanía. Miraba asombrado, como si nunca lo hubiera visto. Reggie se preguntó si aquel pobre chico habría salido alguna vez de Memphis.

Empezó a sonar una canción de Elvis.

—¿Te gusta Elvis? —preguntó Mark.

—Aunque te cueste creerlo, Mark, cuando era adolescente y vivía en Memphis, iba con un grupo de amigas los domingos por la tarde a la casa de Elvis y veía cómo se entrenaba para jugar al fútbol. Eso era antes de que se hiciera realmente famoso, cuando todavía vivía con sus padres en una bonita casita. Estudiaba en el instituto Humes, que ahora se llama Northside.

—Por ahí vivo yo. O por lo menos vivía. Ahora ya no sé dónde vivo.

—Íbamos a sus conciertos y le veíamos por la ciudad. Al principio era un chico como cualquier otro; luego cambiaron las cosas. Se hizo tan famoso que no podía llevar una vida normal.

—Igual que yo, Reggie —dijo de pronto Mark con una sonrisa—. Piénsatelo. Elvis y yo. Fotografías en primera plana. Periodistas por todas partes. Toda clase de gente buscándome. Es duro ser famoso.

—Sí; espera a mañana, en el dominical. Ya veo los grandes titulares: ¡SWAY SE FUGA!

—¡Estupendo! Y apareceré de nuevo sonriente en primera plana, rodeado de policías como si fuera una especie de múltiple asesino. Y esos mismos policías parecerán unos imbéciles, intentando explicar cómo un niño de once años se ha fugado de la cárcel. Me pregunto si seré el fugitivo más joven de la historia.

—Probablemente.

—Pero lo siento por Doreen. ¿Crees que tendrá problemas?

—¿Estaba de servicio?

—No. Estaban Telda y Denny. No me importaría que les pusieran a ambos de patitas en la calle.

—No creo que Doreen tenga ningún problema. Lleva mucho tiempo de servicio.

—¿Sabes que la engañé? Empecé a actuar como si entrara en estado de *shock,* volando hacia el más allá, como habría dicho Romey. Cada vez que venía a verme, actuaba de un modo más peculiar, hasta que dejé de hablarle y me quedé mirando fijamente al techo, gimiendo. Sabía todo lo relacionado con Ricky y se convenció de que me estaba ocurriendo lo mismo. Ayer llamó a un practicante de la cárcel para que me reconociera. Dijo que estaba bien. Pero Doreen seguía preocupada. Supongo que la he utilizado.

—¿Cómo lograste salir?

—Fingí que estaba en estado de *shock.* Empecé por quedarme empapado de sudor dando saltos en mi pequeña celda, luego me acurruqué como una pelota y me puse el pulgar en la boca. Se llevaron tal susto que llamaron a una ambulancia. Sabía que si lograba llegar al Saint Peter, estaría libre como un pájaro. Aquello parece un parque zoológico.

—¿Y entonces sencillamente has desaparecido?

—Me llevaban en una camilla y cuando volvieron la espalda, pues... sí, sencillamente me largué. Ten en cuenta, Reggie, que allí se les está muriendo gente, de modo que nadie se preocupaba por mí. Ha sido fácil.

Habían cruzado el puente y estaban en Arkansas. La carretera era llana, con áreas de servicio para camiones y moteles a ambos lados. Mark volvió la cabeza para admirar una vez más la silueta de Memphis, pero había desaparecido.

—¿Qué buscas? —preguntó Reggie.

—Memphis. Me gusta ver los grandes edificios del centro de la ciudad. En una ocasión, cierto profesor me contó que hay gente que vive realmente en esos edificios. Parece increíble.

—¿Por qué te parece increíble?

—Una vez vi una película de un niño rico que vivía en un gran edificio de una ciudad y se divertía circulando por las calles. Se tuteaba con los policías. Cuando quería ir a algún lugar, cogía un taxi. Por la noche se sentaba en el balcón y contemplaba el tráfico de la calle. Siempre he pensado que esa sería una forma maravillosa de vivir. Nada de remolques baratos. Ningún desalmado por vecino. Ninguna camioneta aparcada en la calle frente a la casa.

—Ahora puedes hacerlo, Mark. No tienes más que decidirte.

—¿Cómo? —preguntó mirándola fijamente.

—En estos momentos el FBI te dará lo que se te antoje. Puedes vivir en un edificio alto de alguna gran ciudad, o en una cabaña en las montañas. Puedes elegir.

—Me lo he estado pensando.

—Puedes vivir junto al mar y jugar en la playa, o en Orlando e ir a Disney World todos los días.

—Eso estaría bien para Ricky. Yo soy demasiado mayor. He oído decir que las entradas son carísimas.

—Probablemente te darían un abono para toda la vida, si se lo pidieras. En estos momentos, Mark, tu madre y tú podéis conseguir lo que se os antoje.

—Eso está muy bien, Reggie, pero a quién le interesa a cambio de tenerle miedo a su propia sombra. Hace tres noches, Reggie, que veo a esos individuos en mis pesadillas. No quiero estar asustado el resto de mi vida. Algún día darán conmigo, sé que lo lograrán.

—Entonces ¿qué quieres hacer, Mark?

—No lo sé, pero he estado pensando mucho en algo.

—Te escucho.

—Una de las ventajas de la cárcel es que dispones de mucho tiempo para pensar —dijo Mark mientras colocaba un pie sobre la rodilla y lo envolvía con ambas manos—. Piénsalo detenidamente, Reggie. ¿No podría ser que Romey me hubiera mentido? Estaba borracho, drogado y divagaba. Tal vez solo hablaba por hablar. No olvides que yo estaba allí, con él. Ese individuo estaba loco. Dijo un montón de cosas estrafalarias y, al principio, me lo creía todo. Estaba muerto de miedo y no pensaba con claridad. Me dolía la cabeza donde me había golpeado. Pero ahora, bueno, ya no estoy tan seguro. Toda la semana he estado pensando en las cosas extrañas que dijo e hizo; puede que yo estuviera demasiado dispuesto a creérmelo todo.

Reggie conducía exactamente a 88 km/h, sin perderse palabra. No tenía ni idea de adónde pretendía llegar, ni de hacia dónde se dirigían.

—Pero no podía arriesgarme, ¿vale? Imagínate que se lo hubiera contado todo a la policía y hubieran encontrado el cadáver en el lugar indicado por Romey. Todo el mundo estaría contento menos la mafia, y quién sabe lo que me ocurriría a mí. ¿Y si se lo hubiera contado todo a la policía, pero no hubieran encontrado el cadáver porque Romey mentía? Entonces habrían acabado mis problemas porque, en realidad, yo no sabía nada. Menudo bromista ese Romey. Pero eso suponía un riesgo excesivo —dijo antes de hacer una pausa a lo largo de un kilómetro, durante el cual los Beach Boys interpretaban *California Girls*—. De modo que por fin se me ocurrió algo.

Reggie ya casi captaba sus ondas cerebrales. Le dio un vuelco el corazón y logró mantener las ruedas entre las líneas blancas del carril derecho.

—¿De qué se trata? —preguntó nerviosa.

—Creo que deberíamos averiguar si Romey mentía.

—¿Te refieres a que vayamos en busca del cadáver? —preguntó Reggie después de aclararse la garganta.

—Exactamente.

Le habría gustado reírse del humor ingenuo de aquella

mente hiperactiva, pero en aquel momento le faltaban fuerzas para hacerlo.

—Bromeas.

—No, hablemos de ello. Se supone que tú y yo debemos estar en Nueva Orleans el lunes por la mañana, ¿no es cierto?

—Eso creo. Pero yo no he visto ninguna citación.

—Pero yo soy tu cliente y la he recibido. De modo que aunque tú no hayas recibido la tuya, tienes que venir conmigo, ¿cierto?

—Cierto.

—Y ahora somos fugitivos. Solo tú y yo, Bonnie y Clyde, huyendo de la policía.

—Supongo que tienes razón.

—¿Cuál es el lugar donde nunca nos buscarán? Piénsalo bien, Reggie. ¿A qué lugar del mundo nunca esperarán que vayamos?

—Nueva Orleans.

—Exactamente. Ahora bien, yo no sé nada sobre cómo esconderse, pero puesto que tú huyes de una citación, eres abogado y has tratado con muchos delincuentes, se me ha ocurrido que podrás lograr que lleguemos a Nueva Orleans sin que nadie lo sepa. ¿Me equivoco?

—Supongo que tienes razón.

Reggie empezaba a estar de acuerdo con él y se asustó de sus propias palabras.

—Y si logras que lleguemos a Nueva Orleans, encontraremos la casa de Romey.

—¿Para qué queremos encontrar la casa de Romey?

—Ahí es donde se supone que está el cadáver.

Aquello era lo último en el mundo que Reggie deseaba saber. Se quitó lentamente las gafas y se frotó los ojos. Empezaba a sentir una jaqueca entre las sienes, que solo empeoraría.

¿La casa de Romey? ¿El domicilio del fallecido Jerome Clifford? Mark lo había dicho con mucha lentitud y Reggie lo había comprendido perfectamente. Miró las luces rojas del coche que tenían delante, pero lo vio todo borroso. ¿La casa de Romey? La víctima del asesinato estaba enterrada en casa del abogado del acusado. Auténticamente insólito. Su mente daba vueltas en un torbellino, con un sinfín de preguntas sin respuesta. Echó una ojeada al retrovisor y de pronto se percató de que Mark la observaba con una curiosa sonrisa en los labios.

—Bien, Reggie, ahora ya lo sabes.

—Pero ¿cómo?, ¿por qué...?

—No me lo preguntes porque no lo sé. Es una locura, ¿no crees? Por eso creo que tal vez Romey se lo inventó. En su vehemencia imaginó esa extraña historia del cadáver en su propia casa.

—¿De modo que no crees que esté realmente allí? —preguntó Reggie, en busca de una respuesta reconfortante.

—No lo sabremos hasta que vayamos a verlo. Si no está allí, habrán acabado mis problemas y la vida volverá a la normalidad.

—¿Y si lo encontramos?

—Lo pensaremos cuando lo encontremos.

—No me gusta tu plan.

—¿Por qué no?

—Escúchame, Mark, hijo, cliente y amigo, si crees que voy a Nueva Orleans a exhumar un cadáver, estás loco.

—Claro que estoy loco. Yo y Ricky estamos como un cencerro.

—No pienso hacerlo.

—¿Por qué no, Reggie?

—Es demasiado peligroso, Mark. Es una locura que podría costarnos la vida. No iré, ni permitiré que tú vayas.

—¿Por qué es peligroso?

—No sé por qué, pero lo es.

—Piénsalo bien, Reggie. Vemos si está el cadáver, ¿vale? Si no está donde dijo Romey, se habrán acabado los problemas. Diremos a la policía que nos deje tranquilos y a cambio les contaré todo lo que sé. Y puesto que no sé realmente dónde está el cadáver, la mafia dejará de interesarse por mí. Seremos libres.

Seremos libres. Mucha televisión.

—¿Y si encontrarnos el cadáver?

—Buena pregunta. Piénsalo cuidadosamente, Reggie. Intenta discurrir como un niño. Si encontramos el cadáver, tú llamas al FBI y les cuentas exactamente dónde está porque lo habrás visto con tus propios ojos; nos darán lo que se nos antoje.

—¿Y a ti qué se te antoja exactamente?

—Probablemente Australia. Una bonita casa y un buen puñado de dinero para mi madre. Un coche nuevo. Tal vez un poco de cirujía plástica. Lo vi una vez en una película. A un individuo le hicieron una cara completamente nueva. Al principio era un verdadero adefesio y delató a unos traficantes de drogas solo para poder tener una cara nueva. Después de la operación parecía un galán de cine. Al cabo de un par de años, los narcotraficantes volvieron a modificársela.

—¿Hablas en serio?

—¿Sobre la película?

—No, sobre Australia.

—Tal vez —dijo Mark, antes de hacer una pausa para mirar por la ventana—. Tal vez.

Durante varios kilómetros se limitaron a escuchar la radio sin decir palabra. Había poco tráfico. Memphis estaba muy lejos.

—Hagamos un trato —dijo Mark sin dejar de mirar por la ventana.

—Quizá.

—Vayamos a Nueva Orleans.

—No pienso excavar en busca de ningún cadáver.

—De acuerdo, de acuerdo. Pero vayamos a Nueva Orleans. Allí nadie nos buscará. Hablaremos del cadáver cuando lleguemos.

—Ya hemos hablado.

—Limitémonos a ir a Nueva Orleans, ¿vale?

Había un cruce de autopistas y pasaron por encima de un puente. Reggie señaló a la derecha. A dieciséis kilómetros, las luces de Memphis parpadeaban bajo una media luna.

—¡Caramba! —exclamó Mark—. Es maravilloso.

Ninguno de ellos podía saber que aquélla sería la última vez que contemplaría Memphis.

Pararon en Forrest City, Arkansas, para llenar el depósito y comer un bocado. Reggie compró unos pastelitos, un café largo y un Sprite, mientras Mark se mantenía oculto pegado al suelo. A los pocos minutos circulaban de nuevo por la autopista, en dirección a Little Rock.

Su recipiente de plástico lleno de café humeaba mientras conducía y observaba cómo Mark deglutía cuatro pastelitos. Comía como los niños: migas desparramadas por los pantalones y el asiento, y los dedos llenos de nata, que lamía como si no hubiera visto comida en un mes. Eran casi las dos y media. La carretera estaba desierta, a excepción de las hileras de camiones con remolque. Reggie fijó el control de velocidad a 110.

—¿Crees que ya nos persiguen? —preguntó Mark, mientras se acababa el último pastelito y abría la lata de Sprite, con cierta emoción en el tono de su voz.

—Lo dudo. Seguramente la policía está registrando el hospital, pero ¿qué puede hacerles suponer que estamos juntos?

—Me preocupa mi madre. La he llamado, ¿sabes?, antes de llamarte a ti. Le he contado lo de la fuga y le he dicho que estaba escondido en el hospital. Se ha puesto furiosa. Pero creo que la he convencido de que estoy a salvo. Espero que no la molesten.

—No lo harán. Pero estará muy preocupada.

—Lo sé. No pretendo ser cruel, pero creo que puede soportarlo. Fíjate en todo lo que ya ha tenido que aguantar. Mi madre es una mujer bastante sufrida.

—Diré a Clint que más tarde la llame.

—¿Vas a contar a Clint adónde vamos?

—No estoy segura de saberlo ni yo misma.

Mark reflexionó, mientras les adelantaban dos camiones y el Honda se hacía a la derecha.

—¿Tú qué harías, Reggie?

—Para empezar, creo que no me habría fugado.

—Eso es una mentira.

—¿Cómo dices?

—Claro que lo es. Estás eludiendo una citación, ¿no es cierto? Yo hago lo mismo. ¿Cuál es la diferencia? Tú no quieres enfrentarte al gran jurado, yo no quiero enfrentarme al gran jurado, y aquí estamos, huyendo. Estamos los dos en la misma situación, Reggie.

—Hay solo una diferencia. Tú estabas en la cárcel y te has fugado. Eso es un delito.

—Era solo una cárcel juvenil. Además, los menores no cometen delitos. ¿No fue eso lo que me dijiste? Los menores pueden cometer faltas, merecer medidas de corrección, pero no cometen delitos. ¿Estoy en lo cierto?

—Si tú lo dices... Pero no debiste haberte fugado.

—Ya está hecho. No puedo volverme atrás. También es incorrecto que tú eludas la ley, ¿no es cierto?

—En absoluto. No es ningún delito eludir una citación. Yo no tenía ningún problema hasta que te recogí.

—Entonces para el coche y deja que me baje.

—Solo faltaría eso. Por favor, Mark, habla en serio.

—Estoy hablando en serio.

—De acuerdo. ¿Y qué harás cuando te bajes?

—Pues... no lo sé. Iré tan lejos como pueda, y si me cogen, entraré en estado de *shock* y me mandarán a Memphis. Fingiré que estaba loco y nunca sabrán que tú estabas implicada. Para cuando quieras y bajaré del coche —dijo mientras se inclinaba hacia delante y pulsaba el botón de búsqueda de la radio.

A lo largo de ocho kilómetros escucharon a Conway Twitty y Tammy Wynette.

—Detesto la música country —dijo Reggie, y Mark paró la radio—. ¿Puedo preguntarte algo?

—Por supuesto.

—Supongamos que vamos a Nueva Orleans y encontramos el cadáver. Según tu plan, hacemos un trato con el FBI y nos acogemos a su programa de protección de testigos. Entonces tú, Dianne y Ricky os vais a Australia o a cualquier otro lugar, ¿no es eso?

—Supongo que sí.

—En tal caso, ¿por qué no hacer un trato con ellos y contárselo ahora?

—Ahora empiezas a pensar, Reggie —dijo en tono paternalista, como si acabara de despertar y empezara a ver las cosas claras.

—Muchas gracias —respondió Reggie.

—He tardado cierto tiempo en comprenderlo. La respuesta es sencilla. No confío plenamente en el FBI. ¿Y tú?

—Tampoco.

—Por consiguiente, no estoy dispuesto a darles lo que quieren hasta que yo, mi madre y mi hermano estemos muy lejos. Tú eres una buena abogada, Reggie, y estoy seguro de que no permitirías que tu cliente se arriesgara.

—Continúa.

—Antes de contarles nada a esos payasos, quiero estar seguro de que estamos a salvo en algún lugar. Hay que esperar un poco antes de trasladar a Ricky. Si se lo contara ahora, esos malvados podrían enterarse antes de que tuviéramos tiempo de desaparecer. Es demasiado arriesgado.

—¿Y si se lo contaras ahora y no encontraran el cadáver? ¿Y si Clifford estaba simplemente, cómo tú dices, bromeando?

—Yo nunca lo sabría. Estaría en algún lugar sometido a cirugía plástica, con un nombre nuevo como Tommy o algo por el estilo, y todo sin ningún propósito. Es más sensato saber ahora si es cierto lo que Romey me contó.

—No estoy segura de comprenderte —comentó Reggie, al tiempo que movía desconcertada la cabeza.

—Yo tampoco estoy demasiado seguro de comprenderme a mí mismo. Pero hay algo de lo que estoy completamente seguro: no voy a ir a Nueva Orleans con la policía federal. No voy a comparecer el lunes ante el gran jurado y negarme a responder a sus preguntas para que puedan meterme de nuevo en la cárcel.

—Tienes razón. ¿Cómo vamos a pasar el fin de semana?

—¿A qué distancia está Nueva Orleans?

—A unas cinco o seis horas de camino.

—Adelante. Siempre podemos cambiar de opinión cuando lleguemos.

—¿Será difícil encontrar el cadáver?

—Probablemente no.

—¿Puedes decirme dónde está en la casa de Clifford?

—No cuelga de ningún árbol, ni está entre los matorrales. Habrá que trabajar un poco.

—Esto es una verdadera locura, Mark.

—Lo sé. Ha sido una semana fatal.

34

Ya no podría pasar el sábado por la mañana tranquilo con sus hijos. Jason McThune se contemplaba los pies sobre la alfombra, junto a la cama, mientras intentaba concentrarse en el reloj de pared, junto a la puerta del baño. Eran casi las seis, todavía no había amanecido, y las telarañas de la botella de vino que se había tomado por la noche empañaban sus ojos. Su esposa se dio la vuelta y farfulló algo que no logró entender.

Al cabo de veinte minutos la encontró envuelta entre las sábanas y le dio un beso de despedida. Le dijo que tal vez no volvería en una semana, pero no creyó que le oyera. Trabajar los sábados y pasar días fuera de casa era normal. Nada inusual.

Pero aquel sería un día especial. Abrió la puerta y el perro salió al jardín. ¿Cómo podía simplemente desaparecer un niño de once años? La policía de Memphis no tenía ni idea. Según el teniente, sencillamente se había esfumado.

No era sorprendente que el tráfico fuera escaso antes del alba, cuando se dirigía al edificio federal en el centro de la ciudad. Marcó unos números en el teléfono de su coche. Despertó a los agentes Brenner, Latchee y Durston, y les ordenó que se reunieran inmediatamente con él. Consultó su agenda de color negro y encontró el número de K. O. Lewis en Alexandria.

K. O. no dormía, pero tampoco estaba de humor para que le molestaran. Se estaba comiendo su tortita de avena, saboreando su café, charlando con su esposa y preguntándose cómo diablos había podido desaparecer de la cárcel un chiquillo de once años. McThune le contó lo que sabía, que era nada, y le pidió que se dispusiera a trasladarse a Memphis. Podía ser un largo fin de semana. K. O. respondió que haría un par de llamadas, localizaría el reactor y le llamaría al despacho.

Desde su despacho, McThune llamó a Larry Trumann en Nueva Orleans y le encantó que contestara desorientado y evidentemente dormido. El caso era de Trumann, aunque McThune hubiera trabajado en el mismo toda la semana. Luego, solo para divertirse, llamó a George Ord y le pidió que acudiera con el resto de la pandilla. McThune le dijo que tenía hambre y que le agradecería que trajera unos molletes de huevo.

A las siete de la mañana, Brenner, Latchee y Durston estaban en su despacho tomando café y especulando a sus anchas. A continuación llegó Ord sin la comida y acto seguido llamaron a la puerta dos policías de Memphis uniformados. Les acompañaba Ray Trimble, subjefe de policía y personaje legendario en las fuerzas del orden de Memphis.

Se reunieron en el despacho de McThune, y Trimble, en su perfecta jerga policial, fue directo al grano:

—El sujeto fue trasladado anoche en ambulancia desde el centro de detención hasta el hospital de Saint Peter, alrededor de las diez y media. Los enfermeros ingresaron al sujeto en el departamento de urgencias del Saint Peter y acto seguido se retiraron. Ningún miembro de la policía de Memphis ni del personal del centro de detención acompañaba al sujeto. Los enfermeros tienen la certeza de que cierta enfermera llamada Gloria Watts, blanca, firmó la recepción del sujeto, pero no ha aparecido documentación alguna. La señora Watts ha declarado que después de haberse hecho cargo del sujeto en la recepción de urgencias, recibió una llamada y tuvo que abandonar la sala por una razón indeterminada. Estuvo ausente durante más de diez minutos y, a su regreso, el sujeto había desaparecido. Había desaparecido también la documentación, y la señora Watts supuso que el sujeto había sido trasladado a alguno de los consultorios de urgencias para ser examinado y recibir tratamiento —dijo Trimble antes de hacer una pausa y aclararse la garganta, como si aquello fuera un tanto desagradable—. Aproximadamente a las cinco de la madrugada, cuando la señora Watts se preparaba para concluir su turno de servicio, verificó la lista de ingresos. Se acordó del sujeto y empezó a hacer preguntas. El sujeto no estaba en urgencias ni constaba su llegada en el registro. Se informó al servicio de seguridad del hospital y luego a la policía de Memphis. En estos momentos se está registrando meticulosamente el centro.

—Seis horas —comentó McThune con incredulidad.

—Usted perdone —exclamó Trimble.

—Han tardado seis horas en darse cuenta de que el chiquillo había desaparecido.

—Sí, señor, pero comprenda que nosotros no administramos el hospital.

—¿Por qué se trasladó al niño al hospital sin ninguna medida de seguridad?

—No lo sé. Se abrirá una investigación. Parece un descuido.

—¿Por qué se trasladó al niño al hospital?

Trimble sacó una copia del informe de Telda de su maletín y se la entregó a McThune, que la leyó atentamente.

—Dice aquí que entró en estado de *shock* después de la visita de la policía federal. ¿Qué diablos hacía allí la policía federal?

Trimble abrió de nuevo el maletín y entregó a McThune la citación. La leyó atentamente y se la pasó a George Ord.

—¿Algo más, jefe? —preguntó McThune.

Trimble no se había sentado en ningún momento ni había dejado de moverse. Estaba ansioso por marcharse.

—No, señor. Completaremos el registro y le llamaremos inmediatamente si encontramos algo. En estos momentos tenemos unas cuatro docenas de hombres en el hospital que buscan desde hace poco más de una hora.

—¿Han hablado con la madre del niño?

—No, señor. Aún no. Todavía duerme. Vigilamos la habitación por si intenta ponerse en contacto con ella.

—Yo hablaré con ella primero, jefe. Llegaré aproximadamente dentro de una hora. Asegúrese de que no hable con nadie hasta que yo llegue.

—No se preocupe.

—Gracias, jefe.

Trimble juntó los tacones y por un momento dio la impresión de que estaba a punto de brindarle un saludo militar. Se retiró inmediatamente, junto con sus acompañantes.

McThune miró a Brenner y a Latchee.

—Llamen a todos los agentes disponibles. Ordénenles que vengan aquí enseguida.

Se retiraron en el acto.

—¿Qué me dice de la citación? —preguntó entonces McThune, cuando Ord la tenía todavía en la mano.

—No puedo creerlo. Foltrigg se ha vuelto loco.

—¿No sabía nada de ello?

—Claro que no. Ese chiquillo está bajo la jurisdicción del tribunal tutelar de menores. No se me habría ocurrido entrometerme. ¿Estaría usted dispuesto a vérselas con Harry Roosevelt?

—No lo creo. Tenemos que llamarle. Yo me ocuparé, y usted avise a Reggie Love. Prefiero no hablar con ella.

Ord abandonó el despacho en busca de un teléfono.

—Llame al jefe de la policía federal —ordenó McThune a Durston—. Pregúntele por esa citación. Quiero saberlo todo al respecto.

Durston se retiró y McThune se quedó solo. Consultó la guía telefónica hasta encontrar a los Roosevelt. Pero no había ningún Harry. Si tenía teléfono, no estaba en la guía, lo cual era perfectamente comprensible con unas cincuenta mil madres intentando cobrar la pensión de sus maridos. Hizo tres llamadas a abogados conocidos y el tercero le dijo que Harry vivía en la calle Kensington. Mandaría a un agente tan pronto como estuviera disponible.

Ord regresó moviendo la cabeza.

—He hablado con la madre de Reggie Love, pero me ha formulado más preguntas ella a mí que yo a ella. Creo que no está en casa.

—Mandaré a un par de agentes cuanto antes. Supongo que debería llamar a ese imbécil de Foltrigg.

—Sí, creo que tiene razón —respondió Ord antes de abandonar de nuevo el despacho.

A las ocho, McThune se apeó del ascensor en el noveno piso del hospital de Saint Peter, seguido de Brenner y Durston. Otros tres agentes, adornados con una espléndida variedad de atuendos hospitalarios, se reunieron con él en la puerta del ascensor y le acompañaron a la habitación 943. Tres corpulentos guardias custodiaban la puerta. McThune llamó suavemente y les indicó a sus acompañantes que retrocedieran. No quería asustar a la pobre mujer.

Se abrió un poco la puerta.

—Sí —dijo una débil voz desde la oscuridad.

—Señora Sway, soy Jason McThune, agente especial del FBI. Ayer nos vimos en el juzgado.

Se abrió un poco más la puerta y Dianne asomó la cabeza. No dijo nada, se limitó a esperar sus próximas palabras.

—¿Puedo hablar con usted en privado?

Dianne miró hacia su izquierda y vio a tres guardias de seguridad, dos agentes y tres individuos con vaqueros y bata blanca.

—¿En privado? —preguntó.

—Podemos dar un pequeño paseo —respondió McThune, al tiempo que movía la cabeza en dirección al fondo del pasillo.

—¿Ocurre algo? —preguntó Dianne como si ya hubieran tenido lugar todas las desgracias posibles.

—Sí, señora.

Dianne respiró hondo y se retiró. A los pocos segundos salió con sus cigarrillos y cerró cuidadosamente la puerta a su espalda. Caminaron lentamente por el centro del pasillo desierto.

—Supongo que no ha hablado con Mark —dijo McThune.

—Ayer por la tarde me llamó desde la cárcel —respondió con un cigarrillo entre los labios.

No era mentira. Mark la había llamado efectivamente desde la cárcel.

—¿Y desde entonces?

—No —mintió—. ¿Por qué?

—Ha desaparecido.

Titubeó un instante y siguió caminando.

—¿Qué quiere decir con que ha desaparecido?

Estaba asombrosamente tranquila y McThune tuvo la impresión de que había quedado inmunizada a las desgracias. Le contó una versión resumida de la desaparición de Mark. Se detuvieron junto a la ventana y contemplaron el centro de la ciudad.

—Dios mío, ¿cree que le habrá capturado la mafia? —preguntó Dianne con lágrimas en los ojos y el cigarrillo que le temblaba en la mano, sin poder encenderlo.

—No. Ni siquiera lo saben —respondió categóricamente McThune—. No hemos permitido que se divulgue la noticia. Creo, sencillamente, que se ha fugado. Aquí mismo, en el hospital. Y hemos pensado que tal vez intentaría ponerse en contacto con usted.

—¿Han registrado las dependencias? Mark conoce muy bien el lugar.

—Hace tres horas que las están registrando, pero parece dudoso que esté aquí. ¿dónde cree que podría ir?

—No tengo ni idea —respondió Dianne después de encender finalmente el cigarrillo, dar una prolongada calada y soltar una pequeña nube de humo.

—Permítame que le formule una pregunta. ¿Sabe usted algo de Reggie Love? ¿Está aquí este fin de semana? ¿Se proponía hacer algún viaje?

—¿Por qué?

—Tampoco logramos encontrarla. No está en su casa. Su madre no dice gran cosa. Usted recibió una citación anoche, ¿no es cierto?

—Sí.

—Mark también recibió una, y han intentado entregarle otra a Reggie Love, pero todavía no han logrado encontrarla. ¿Es posible que Mark esté con ella?

Eso espero, pensó Dianne. No se le había ocurrido. A pesar de las pastillas, no había pegado ojo desde su llamada. Pero Mark huyendo con Reggie era una idea nueva. Una idea mucho más agradable.

—No lo sé. Supongo que es posible.

—¿Dónde podrían estar, si estuvieran juntos?

—¿Cómo diablos quiere que lo sepa? Usted es el del FBI. No se me había ocurrido la idea hasta hace cinco segundos y ahora me pregunta dónde están. No me atosigue.

McThune se sintió estúpido. No era una pregunta inteligente, ni ella era tan vulnerable como parecía.

Dianne dio una calada y contempló el tráfico que avanzaba lentamente por la calle. Conociendo a Mark, probablemente estaba cambiando pañales en maternidad, ayudando a algún cirujano ortopédico, o tal vez batiendo huevos en la cocina. Saint Peter era el mayor hospital del estado. Había miles de personas bajo sus diversos techos. Había circulado por sus pasillos y hecho docenas de amigos. Tardarían mucho en encontrarle. Esperaba que la llamara de un momento a otro.

—Debo regresar —dijo Dianne después de arrojar la colilla a un cenicero.

—Si se pone en contacto con usted, debo saberlo.

—Por supuesto.

—Y si recibe alguna noticia de Reggie Love le agradecería que me llamara. Dejaré a dos hombres en este piso por si les necesita.

Dianne se alejó.

A las ocho y media, Foltrigg había reunido en su despacho al equipo habitual formado por Wally Boxx, Thomas Fink y Larry Trumann, que llegó con el pelo todavía mojado de la ducha.

Foltrigg vestía como para asistir a una asamblea de la hermandad, con un pantalón caqui perfectamente planchado, camisa de algodón almidonada y unos mocasines impecablemente lustrados. Trumann llevaba un chandal.

—El abogado también ha desaparecido —dijo mientras servía café de un termo.

—¿Cuándo se ha enterado? —preguntó Foltrigg.

—Hace cinco minutos, hablando por teléfono desde mi coche. McThune me ha llamado. Fueron a su casa para entregarle la citación alrededor de las ocho, pero no han podido encontrarla. Ha desaparecido.

—¿Qué otras noticias le ha dado McThune?

Todavía registran el hospital. El chiquillo pasó allí tres días y conoce muy bien el lugar.

—Dudo que esté allí —declaró Foltrigg con su dominio habitual de lo desconocido.

—¿Cree McThune que el chiquillo está con el abogado? —preguntó Boxx.

—¿Quién diablos puede saberlo? Sería bastante estúpido por su parte ayudar al chiquillo a escapar, ¿no cree?

—No es tan inteligente —dijo Foltrigg en tono de burla.

Tampoco tú, pensó Trumann. Tú has sido el imbécil responsable de las citaciones que han dado origen a este último episodio.

—McThune ha hablado dos veces esta mañana con K. O.

Lewis. Está a la expectativa. Se proponen registrar el hospital hasta las doce del mediodía y luego abandonar las dependencias. Si para entonces no han encontrado al niño, Lewis se trasladará inmediatamente a Memphis.

—¿Cree que Muldanno está implicado? —preguntó Fink.

—Lo dudo. Parece que el chiquillo les engañó hasta llegar al hospital, donde se encontraba en terreno conocido. Apuesto a que entonces llamó a su abogado y están ocultos en algún lugar de Memphis.

—Me pregunto si lo sabrá Muldanno —reflexionó Fink mirando a Foltrigg.

—Su gente sigue en Memphis —dijo Trumann—. Gronke está aquí, pero no hemos visto a Bono ni a Pirini. Puede que en estos momentos tengan allí docenas de individuos.

—¿Ha convocado McThune a los sabuesos? —preguntó Foltrigg.

—Sí. Ha puesto a trabajar a todo su personal. Vigilan su casa, el piso de su secretario, e incluso han mandado a un par de agentes en busca del juez Roosevelt, que está pescando en algún lugar de las montañas. La policía de Memphis tiene el hospital completamente bloqueado.

—¿Y los teléfonos?

—¿Qué teléfonos?

—Los de la habitación del hospital. Es un niño, Harry; sabemos que intentará llamar a su madre.

—Se necesita autorización. McThune dice que están en ello. Pero hoy es sábado y no se encuentra a la gente necesaria.

Foltrigg se puso de pie y se acercó a la ventana.

—Ese niño dispuso de seis horas antes de que alguien se diera cuenta de que había desaparecido, ¿no es cierto?

—Eso nos han dicho.

—¿Han encontrado el coche del abogado?

—No. Todavía lo están buscando.

—Apuesto a que no lo encontrarán en Memphis. Apuesto a que ese chiquillo y la señora Love están en el coche.

—¿Usted cree?

—Sí, huyendo.

—¿Y hacia dónde cree que se dirigen?

—A algún lugar lejano.

A las nueve y media, un policía de Memphis denunció la matrícula de un Mazda aparcado ilegalmente. Pertenecía a Reggie Love. El mensaje llegó inmediatamente a Jason McThune, a su despacho del edificio federal.

Al cabo de diez minutos, dos agentes del FBI llamaban a la puerta del número 28 de Bellevue Gardens. Transcurridos unos momentos, volvieron a llamar. Clint se escondió en el dormitorio. Si derribaban la puerta, le encontrarían simplemente disfrutando de aquella pacífica y encantadora mañana de un sábado en la cama. Llamaron por tercera vez y sonó el teléfono. Le sobresaltó y estuvo a punto de contestarlo, pero estaba conectado el contestador automático. Si la policía estaba dispuesta a ir a su apartamento, tampoco dudaría en llamar por teléfono. Después de la señal reconoció la voz de Reggie. Levantó el auricular y susurró.

—Reggie, vuelve a llamarme dentro de un momento.

Colgó.

Llamaron por cuarta vez y se marcharon. Las luces estaban apagadas y las cortinas cubrían todas las ventanas. Miró fijamente el teléfono durante cinco minutos y por fin sonó. El contestador emitió su mensaje y, tras el pitido, se oyó la voz de Reggie.

—Dime —contestó inmediatamente Clint.

—Buenos días, Clint —dijo alegremente Reggie—. ¿Cómo va la vida por Memphis?

—Bueno, ya sabes, como de costumbre: policías llamando a la puerta de mi apartamento. Un sábado como cualquier otro.

—¿Policías?

—Sí. He pasado la última hora en mi cuartito viendo la televisión. La noticia está por todas partes. No han hablado de ti, pero Mark sale en todos los canales. De momento hablan de desaparición, no de fuga.

—¿Has hablado con Dianne?

—La he llamado hace aproximadamente una hora. El FBI acababa de comunicarle la desaparición de Mark. Le he explicado que estaba contigo y eso la ha tranquilizado un poco. Con franqueza, Reggie, creo que ha pasado tantos sustos que ya está inmunizada. ¿Dónde estás?

—Acabamos de instalarnos en un motel de Metairie.

—Perdona, ¿has dicho Metairie? ¿Como en Luisiana? ¿Junto a Nueva Orleans?

—Ahí es donde estamos. Hemos pasado la noche en el coche.

—¿Qué diablos estás haciendo ahí, Reggie? Entre tantos lugares donde ocultarse, ¿cómo se te ocurre elegir un barrio de Nueva Orleans? ¿Por qué no Alaska?

—Porque es el último lugar donde nos buscarán. Estamos a salvo, Clint. He pagado al contado y firmado el registro con un seudónimo. Dormiremos un poco y luego iremos a visitar la ciudad.

—¿Visitar la ciudad? Vamos, Reggie, ¿qué ocurre?

—Te lo contaré más adelante. ¿Has hablado con mamá Love?

—No. La llamaré inmediatamente.

—Hazlo. Volveré a llamarte por la tarde.

—¿Sabes que estás completamente loca, Reggie? No estás en tus cabales.

—Lo sé. He estado loca antes. Hasta luego.

Clint dejó el teléfono sobre la mesa y se tumbó sobre la cama sin hacer. Efectivamente, ya había estado loca antes.

35

Barry el Navaja entró solo en el almacén. Ya no se pavoneaba andando como el revólver más rápido del Oeste. También había desaparecido su mueca de superioridad, de orgulloso matón callejero. Tampoco llevaba ningún traje ostentoso, ni mocasines italianos. Los pendientes estaban en su bolsillo. Su cola de caballo estaba recogida bajo el cuello. Acababa de afeitarse.

Subió por la escalera oxidada hasta el segundo piso y recordó cuando jugaba allí de niño. Entonces todavía vivía su padre, y después de salir de la escuela se quedaba por allí hasta que oscurecía, contemplando el ir y venir de los contenedores, escuchando a los estibadores, aprendiendo su lenguaje, fumando sus cigarrillos y hojeando sus revistas. Fue un lugar maravilloso donde criarse, especialmente para un niño cuya única ambición era la de convertirse en gángster.

Ahora no había tanto movimiento en el almacén. Avanzó por la plataforma que se extendía junto a las sucias y descoloridas ventanas que daban al río. Se oía el eco de sus pasos en el inmenso vacío a sus pies. Había unos cuantos contenedores polvorientos que no se movían desde hacía años. Los Cadillacs negros de su tío estaban aparcados cerca del muelle. Tito, su fiel conductor, limpiaba un parachoques. Levantó la cabeza al oír los pasos y saludó a Barry con la mano.

Aunque estaba bastante angustiado, andaba decididamente, procurando no pavonearse. Llevaba ambas manos en los bolsillos y contemplaba el río a través de las antiguas ventanas. Un barco, a imitación de los antiguos buques de ruedas, transportaba turistas río abajo para sorprenderles con la asombrosa vista de otros almacenes y tal vez una o dos barcazas. La plataforma acababa frente a una puerta metálica. Pulsó el timbre y miró directamente a la cámara situada sobre la puerta. Se oyó el ruido del cerrojo y se abrió la puerta. Mo, un ex estibador que le había ofrecido su primera cerveza cuando tenía solo doce años, apareció con un traje desastroso. Mo llevaba por lo menos cuatro armas, sujetas al cuerpo o al alcance de la mano. Saludó a Barry con la cabeza y le indicó que entrara. Mo había sido una persona amable hasta que empezó a utilizar trajes, lo que ocurrió aproximadamente al mismo tiempo en que vio *El padrino*, y desde entonces no había vuelto a sonreír.

Barry cruzó una sala con dos mesas desiertas y llamó a una puerta. Respiró hondo.

—Adelante —respondió amablemente una voz, y entró en el despacho de su tío.

Johnny Sulari envejecía con dignidad. Era un hombre corpulento, de más de setenta años, que caminaba erguido y se movía con agilidad. Tenía una frondosa y elegante cabellera canosa. Su frente era estrecha, con la línea de su cabellera ondulada a cinco centímetros de las cejas, peinada hacia atrás. Como de costumbre, vestía traje oscuro y tenía la chaqueta colgada de un perchero junto a la ventana. Llevaba una insípida corbata azul marino y los tirantes rojos que le caracterizaban. Con una sonrisa, indicó a Barry que se sentara en un viejo sillón de cuero, el mismo en el que se había sentado de niño.

Johnny era un caballero, uno de los últimos en un negocio que caía progresivamente en manos de jóvenes avariciosos y desaprensivos. Jóvenes como su sobrino, al que tenía delante.

Pero la sonrisa era forzada. No era una visita de cortesía. Habían hablado más en los últimos tres días que en los últimos tres años.

—¿Malas noticias, Barry? —preguntó Johnny, que ya conocía la respuesta.

—Podría decirse que sí. El chiquillo ha desaparecido en Memphis.

Johnny miró fría y fijamente a los ojos de Barry, quien por una vez en la vida bajó la mirada. Los ojos le traicionaron. Los ojos mortíferos y legendarios de Barry Muldanno, el Navaja, parpadeaban con la mirada fija en el suelo.

—¿Cómo puedes ser tan estúpido? —preguntó sosegadamente Johnny—. Estúpido por haber dejado el cadáver por aquí. Estúpido por habérselo contado a tu abogado. Estúpido. Estúpido. Estúpido.

Aumentó el parpadeo de sus ojos y se movió en su silla.

—Necesito su ayuda, ¿sabe? —asintió arrepentido.

—Claro que necesitas mi ayuda. Has cometido una gran estupidez y ahora necesitas a alguien que te rescate.

—Creo que nos concierne a todos.

Un destello de furor emanó de los ojos de Johnny, pero se controló. Siempre lo hacía.

—¿En serio? ¿Es eso una amenaza, Barry? ¿Vienes a mi despacho a pedirme ayuda y me amenazas? ¿Estás pensando en hablar? Vamos, muchacho. Si te condenan, te llevarás tus secretos a la tumba.

—Es cierto, pero preferiría que no me condenaran. Todavía estamos a tiempo de evitarlo.

—Eres un cretino, Barry. ¿Nunca te lo había dicho?

—Creo que sí.

—Te mantuviste varias semanas al acecho de ese individuo. Le sorprendiste visitando un pequeño y asqueroso prostíbulo. Lo único que tenías que hacer era darle un buen golpe en la cabeza, pegarle un par de tiros, vaciarle los bolsillos, dejar el cadáver para que se tropezaran con él las prostitutas, y la policía lo habría atribuido a un simple atraco. Nunca habrían sospechado de nadie. Pero no, tú, Barry, eres demasiado idiota para hacer las cosas de un modo sencillo.

Barry volvió a moverse y a mirar el suelo.

—Responde a mis preguntas lentamente, ¿de acuerdo? —dijo Johnny mirándole fijamente, mientras desenvolvía un cigarro—. No quiero saber demasiado, ¿comprendes?

—Sí.

—¿Está el cadáver aquí en la ciudad?

—Sí.

Johnny cortó la punta del cigarro y empezó a lamerlo pausadamente.

—Vaya estupidez —dijo moviendo con asco la cabeza—. ¿Es fácil llegar hasta él?

—Sí.

—¿Han estado los federales cerca del mismo?

—Creo que no.

—¿Está bajo tierra?

—Sí.

—¿Cuánto se tardará en exhumarlo, o lo que haya que hacer?

—Una hora, tal vez dos.

—¿De modo que no es tierra?

—Hormigón.

Johnny encendió un cigarro con un fósforo y relajó las arrugas de su frente.

—Hormigón —repitió, pensando que tal vez no era tan estúpido como le creía; pero sí, era sumamente estúpido—. ¿Cuántos hombres se necesitan?

—Dos o tres. Yo no puedo hacerlo. Vigilan todos mis movimientos. Si me acerco al lugar, no haré más que indicarles dónde está.

Sí, era definitivamente un imbécil. Johnny soltó una bocanada de humo.

—¿Un aparcamiento? ¿Una acera?

—Debajo de un garaje —respondió Barry moviéndose de nuevo y sin levantar la mirada del suelo.

—Un garaje —repitió Johnny, mientras soltaba otra bocanada de humo—. ¿Un garaje de aparcamiento?

—Un garaje detrás de una casa.

Johnny observó la fina capa de ceniza en la punta de su cigarro y se lo llevó a la boca. No era solo estúpido, era un cretino. Dio un par de caladas.

—¿Te refieres a una casa en una calle, con otras casas alrededor?

—Sí.

Cuando enterró el cadáver de Boyd Boyette, hacía veinticinco horas que lo llevaba en el maletero de su coche. Las opciones eran escasas. Estaba muy asustado y tenía miedo de salir de la ciudad. No había sido tan mala idea, en su momento.

—Y en las casas de los alrededores, supongo que vive gente. Gente con ojos y oídos.

—No les he visto, pero supongo que sí.

—No te pases de listo conmigo.

—Lo siento —dijo Barry hundiéndose en su sillón.

Johnny se puso de pie y se dirigió lentamente a las ventanas ahumadas que daban al río. Movió con incredulidad la cabeza y dio una calada de frustración. A continuación dio media vuelta y regresó a su sillón. Dejó el cigarro en el cenicero y apoyó los codos sobre la mesa.

—¿La casa de quién? —preguntó con el rostro inexpresivo, a punto de estallar.

—De Jerome Clifford —respondió Barry después de respirar hondo y volver a cruzarse de piernas.

No se produjo ninguna reacción. Johnny tenía fama de tener agua helada en las venas y se enorgullecía de conservar la calma. Era excepcional en su profesión, pero su equilibrado temperamento le había servido para ganar muchísimo dinero. Y mantenerle vivo. Se cubrió la boca con la mano izquierda, como si no pudiera dar crédito a lo que acababa de oír.

—La casa de Jerome Clifford —repitió.

Barry asintió. Durante aquellos días, Clifford estaba esquiando en Colorado, y Barry lo sabía porque Clifford le había invitado a que le acompañara. Vivía solo en un caserón, con una docena de frondosos árboles. El garaje era un edificio aparte, situado en el jardín posterior. El lugar era perfecto, pensó en su momento, porque no levantaría nunca sospechas.

Y tenía razón, era un lugar perfecto. A los federales no se les había ocurrido acercarse allí. No era un error. Se proponía trasladarlo más adelante. La equivocación había sido contárselo a Clifford.

—¿Y lo que pretendes es que mande a tres hombres para que lo exhumen, sin hacer ningún ruido, y dispongan debidamente del cadáver?

—Sí, señor. Me salvaría el pellejo.

—¿Por qué lo dices?

—Porque me temo que ese chiquillo sabe dónde está y ha desaparecido. ¿Quién sabe qué está haciendo? Es demasiado arriesgado. Tenemos que trasladar el cadáver, Johnny. Se lo suplico.

—No me gusta la gente que suplica, Barry. ¿Y si nos descubren? Suponte que algún vecino oye algún ruido, llama a la policía, acuden los agentes para ver si hay algún intruso y se encuentran con tres muchachos exhumando un cadáver.

—No les descubrirán.

—¿Cómo lo sabes? ¿Cómo lo hiciste tú? ¿Cómo te las arreglaste para sepultar el cuerpo en hormigón sin que te descubrieran?

—No es la primera vez.

—¡Quiero saberlo!

Barry se incorporó ligeramente y volvió a cruzar las piernas.

—Al día siguiente de habérmelo cargado, llevé seis sacos de hormigón al garaje. Llegué en un camión con matrícula falsa, vestido como un peón. Nadie pareció darse cuenta. La casa más próxima está a unos treinta metros y hay árboles por todas partes. Volví por la noche con el mismo camión y dejé el cuerpo en el garaje. Luego me marché. Hay una zanja detrás del garaje y un parque al otro lado de la misma. Me acerqué entre los árboles, crucé la zanja y entré en el garaje. Tardé unos treinta minutos en cavar una fosa poco profunda, introducir el cadáver y mezclar el hormigón. El suelo del garaje es de gravilla, ya sabe, piedrecitas blancas. Volví al día siguiente por la noche, cuando el hormigón ya estaba seco, y lo cubrí de gravilla. Allí guarda un barco antiguo y volví a colocarlo sobre la fosa. Cuando me marché, estaba todo perfecto. Clifford no tenía ni idea.

—Hasta que tú se lo contaste, claro está.

—Efectivamente, hasta que yo se lo conté. Reconozco que fue un error.

—Parece mucho trabajo.

—Ya lo he hecho otras veces. Es fácil. Me proponía trasladarlo más adelante, pero entonces se entrometieron los federales y, desde hace ocho meses, me siguen día y noche.

Ahora Johnny estaba nervioso. Encendió de nuevo el cigarro y volvió junto a la ventana.

—¿Sabes una cosa, Barry? —preguntó con la mirada fija en el agua—, tienes talento, muchacho, pero eres un idiota a la hora de eliminar pruebas. Aquí siempre hemos utilizado el golfo. ¿Has olvidado los barriles, las cadenas y los muertos?

—Le prometo que no se repetirá. Ayúdeme ahora y nunca volveré a cometer un error semejante.

—No tendrás oportunidad de hacerlo, Barry. Si de algún modo logras sobrevivir, te dejaré conducir un camión durante algún tiempo y, tal vez más adelante, podrás dirigir una operación de compraventa de artículos robados durante un año aproximadamente. No lo sé. Tal vez puedas trasladarte a Las Vegas y pasar un poco de tiempo con Rock.

Barry contemplaba la nuca plateada. De momento mentiría, pero no estaba dispuesto a conducir un camión, comerciar con artículos robados, ni besarle el culo a Rock.

—Lo que usted diga, Johnny. Pero, ayúdeme.

Johnny volvió a su sillón y se pellizcó el puente de la nariz.

—Supongo que es urgente.

—Esta misma noche. Ese chiquillo anda suelto. Está asustado y es solo cuestión de tiempo antes de que se lo cuente a alguien.

Johnny cerró los ojos y movió la cabeza.

—Facilíteme tres individuos —prosiguió Barry—. Les explicaré exactamente cómo deben hacerlo y le prometo que no les descubrirán. Será fácil.

Johnny asintió lenta y dolorosamente.

—Ahora lárgate —dijo con la mirada fija en Barry.

Después de siete horas de búsqueda, el jefe Trimble decidió que Mark Sway no se encontraba en el hospital. Estaba en el vestíbulo con un grupo de agentes y dio la búsqueda por concluida. Seguirían patrullando por túneles y pasillos, vigilarían los ascensores y las escaleras, pero estaban convencidos de que el chiquillo se les había escapado. Trimble llamó a McThune a su despacho para darle la noticia.

A McThune no le sorprendió. Había recibido información periódica a lo largo de la mañana, conforme se marchitaban las esperanzas. Tampoco había rastro de Reggie. Habían acudido dos veces a mamá Love y ahora se negaba a abrirles la puerta. Les había dicho que no pusieran los pies en su propiedad, a no ser que trajeran una orden de registro. No había causa probable para una orden de registro y sospechaba que mamá Love lo sabía. El hospital había accedido a que intervinieran el teléfono de la habitación 943. Hacía menos de treinta minutos que dos agentes, fingiéndose enfermeros, habían entrado en la habitación mientras Dianne hablaba con unos policías en el pasillo. En lugar de introducir micrófonos, se habían limitado a cambiar el teléfono. Concluyeron su labor en menos de un minuto. El niño, según dijeron, permaneció dormido y no se movió. Aquel teléfono tenía línea directa con el exterior y habrían necesitado por lo menos un par de horas, y personal adicional, para intervenirlo desde la centralita del hospital.

Clint tampoco había sido localizado, pero no había ninguna razón válida para obtener una orden de registro para su apartamento, y se limitaban a vigilarlo.

Harry Roosevelt había sido localizado en un bote alquilado, en algún lugar del río Buffalo en Arkansas. McThune había hablado con él alrededor de las once. Harry, que dicho con delicadeza estaba furioso, acababa de emprender el viaje de regreso a la ciudad.

Ord había llamado dos veces a Foltrigg a lo largo de la mañana, pero, cosa inaudita, el gran hombre tenía poco que decir. Con su brillante estrategia de las citaciones le había salido el tiro por la culata y estaba calculando seriamente la forma de minimizar los daños causados.

K. O. Lewis estaba ya a bordo del reactor del director Voyles; habían mandado a dos agentes a recibirle en el aeropuerto. Llegaría a eso de las dos.

Desde primera hora de la mañana intercambiaban a escala nacional toda la información disponible con relación a Mark Sway. McThune se resistía a introducir el nombre de Reggie Love. Aunque detestaba a los abogados, le parecía difícil creer que un letrado pudiera llegar al extremo de ayudar a un niño a fugarse. Pero conforme avanzaba la mañana, sin rastro de Reggie, se fue convenciendo de que sus desapariciones no eran mera coincidencia. A las once añadió el nombre de Reggie y su descripción física a la orden de busca y captura, advirtiendo que probablemente viajaba en compañía de Mark Sway. Si estaban realmente juntos y habían cruzado la línea del estado, su delito sería federal y tendría el placer de empapelarla.

Había poco que hacer aparte de esperar. En compañía de

George Ord comió bocadillos fríos y tomó café para almorzar. Otra llamada, otro periodista formulando preguntas. Sin comentarios.

Otra llamada. El agente Durston entró en el despacho y levantó tres dedos.

—Línea tres —dijo—. Es Brenner desde el hospital.

—Diga —exclamó McThune después de pulsar el debido botón.

Brenner estaba en la habitación nueve cuatro cinco, adjunta a la de Ricky, y hablaba en tono circunspecto.

—Escúcheme, Jason, acabamos de oír una llamada de Clint van Hooser a Dianne Sway. Le ha dicho que acababa de hablar con Reggie, que estaba con Mark en Nueva Orleans, y que todo iba bien.

—¡Nueva Orleans!

—Eso ha dicho. Ningún indicio del lugar exacto, solo que estaban en Nueva Orleans. Dianne no ha dicho prácticamente nada y la conversación ha durado menos de dos minutos. Ha dicho que llamaba desde el apartamento de su novia al este de Memphis y ha prometido volver a llamarla más tarde.

—¿Dónde al este de Memphis?

—No tenemos forma de saberlo y él no lo ha dicho. La próxima vez procuraremos localizar la llamada. Ha colgado demasiado pronto. Mandaré la grabación.

—Hágalo.

McThune pulsó otro botón y Brenner desapareció. Llamó inmediatamente a Larry Trumann a Nueva Orleans.

36

La casa estaba en la esquina de una vieja calle arbolada, y al acercarse el coche, Mark se deslizó instintivamente por su asiento hasta que solo sus ojos y la parte superior de su cabeza asomaban por la ventana. Llevaba una gorra negra y dorada de los Saints, que Reggie le había comprado en Wal-Mart, junto con unos vaqueros y un par de jerséis. Cerca del freno de mano había un plano arrugado de la ciudad.

—Es una casa grande —dijo Mark desde debajo de su gorra, cuando doblaban la esquina sin reducir en lo más mínimo la velocidad.

Reggie la miró con atención sin dejar de concentrarse en la calle desconocida por la que conducía y procurando no levantar sospechas. Eran las tres de la tarde, faltaba mucho para que oscureciera, y podían pasar el resto de la tarde dando vueltas y observando si lo deseaban. Ella también llevaba una gorra de los Saints, completamente negra, que cubría su corto cabello canoso. Sus ojos permanecían ocultos tras unas grandes gafas de sol.

Reggie aguantó la respiración al pasar junto al buzón con el nombre de Clifford en letras doradas adhesivas. La casa era ciertamente grande, pero nada excepcional para aquel barrio. Era de estilo Tudor inglés, con madera, ladrillos oscuros, y una pared lateral y la mayor parte de la fachada cubiertas por la hiedra. No era particularmente atractiva, pensó mientras recordaba los artículos de los periódicos en los que se describía a Clifford como divorciado y padre de una hija. Era evidente, por lo menos para ella, que aquella casa no gozaba de la ventaja de que una mujer viviera en la misma. A pesar de que solo pudo echarle una ojeada mientras doblaba la esquina, sin dejar de mirar en todas direcciones simultáneamente por si detectaba algún vecino, policía o ladrón, y veía el garaje y la casa se percató de que no había flores en los parterres y los setos estaban descuidados. Unas cortinas parduzcas cubrían las ventanas.

No era bonita, pero sí ciertamente tranquila. Estaba en el centro de una extensa parcela, con docenas de soberbios robles a su alrededor. El camino de la finca se extendía junto a unos densos setos y se perdía hacia la parte posterior de la casa. A pesar de que hacía cinco días que Clifford había fallecido, el césped estaba perfectamente cortado. Nada indicaba que la casa estuviera deshabitada. Ningún indicio sospechoso. Tal vez era el lugar perfecto para ocultar el cadáver.

—Ahí está el garaje —dijo Mark, que ahora miraba.

Era una estructura independiente, a unos quince metros de la casa, construida evidentemente mucho después. Un pequeño camino conducía hasta la casa. Junto al garaje, sobre bloques de madera, había un Triumph Spitfire rojo.

Mark volvió la cabeza y contempló la casa por la ventana trasera, cuando doblaron la esquina.

—¿Qué te parece, Reggie?

—Tiene un aspecto muy tranquilo, ¿no crees?

—Sí.

—¿Es así como te la esperabas?

—No lo sé. Ya sabes que veo muchas películas policíacas, y por alguna razón imaginaba la casa de Romey rodeada de vallas de la policía.

—¿Por qué? Aquí no se ha cometido ningún delito. Es solo la casa de alguien que se ha suicidado. ¿Qué interés puede tener para la policía?

La casa se había perdido de vista y Mark volvió a sentarse mirando al frente.

—¿Crees que la han registrado? —preguntó.

—Probablemente. Estoy segura de que la policía habrá conseguido una orden de registro para la casa y el despacho, pero ¿qué pueden haber encontrado? Clifford llevaba su secreto consigo.

Pararon en un cruce antes de proseguir con la visita del vecindario.

—¿Qué ocurrirá con esta casa? —preguntó Mark.

—Estoy segura de que existe un testamento. Sus herederos recibirán la casa y sus bienes.

—¿Sabes lo que te digo, Reggie?, creo que debo hacer testamento. Hay mucha gente que me persigue. ¿Tú qué opinas?

—¿De qué bienes dispones exactamente?

—Pues... ahora que soy famoso y todo lo demás, calculo que la gente de Hollywood empezará a llamar a mi puerta. Soy consciente de que en estos momentos no tenemos ninguna puerta a la que puedan llamar, pero en este sentido, Reggie, ¿no crees que sucederá algo? Lo que quiero decir es que debemos tener algún tipo de puerta. En todo caso, querrán hacer una gran película sobre el chiquillo que sabía demasiado y, me sabe mal decirlo por razones demasiado evidentes, pero si esos canallas me liquidan, la película tendrá mucho éxito y mi madre y Ricky podrán darse la gran vida. ¿Comprendes?

—Creo que sí. ¿Quieres hacer testamento para que Dianne y Ricky cobren los derechos cinematográficos de la historia de tu vida?

—Exactamente.

—No lo necesitas.

—¿Por qué no?

—Porque heredarán automáticamente todos tus bienes.

—Mejor así. Me ahorro los honorarios del abogado.

—¿No podríamos hablar de otro tema en lugar de muertes y testamentos?

Mark se calló y contempló las casas de un lado de la calle. Había dormido durante la mayor parte de la noche en el asiento trasero, y luego cinco horas en la habitación del motel. Reggie, por el contrario, había conducido durante toda la noche y después dormido apenas dos horas. Estaba cansada, asustada y empezaba a irritarse con él.

Zigzagueaban despacio por las arboladas calles. Hacía un tiempo espléndido y caluroso. En todas las casas sus ocupantes estaban cortando el césped, arrancando malas hierbas o pintando persianas. Abundante musgo negro colgaba de los soberbios robles. Era la primera visita de Reggie a Nueva Orleans y habría preferido que las circunstancias fueran otras.

—¿Te estás hartando de mí, Reggie? —preguntó Mark sin levantar la cabeza.

—Claro que no. ¿Te estás hartando tú de mí?

—No, Reggie. En estos momentos, eres mi único amigo en el mundo entero. Solo deseo no ser un agobio para ti.

—Te lo prometo.

Reggie se había dedicado dos horas a estudiar el plano. Acababan de recorrer un amplio círculo y volvían a estar en la calle de Romey. Pasaron frente a la casa sin reducir la velocidad y ambos contemplaron el doble garaje, con un gablete inclinado sobre una puerta basculante. Necesitaba una mano de pintura. El camino de hormigón llegaba a seis metros de las puertas y giraba hacia la parte posterior de la casa. Unos setos irregulares, de más de dos metros de altura, flanqueaban un costado del garaje e impedían la vista de la vivienda contigua, situada a unos treinta metros de distancia. Detrás del garaje, una pequeña extensión de césped terminaba en una verja de tela metálica, más allá de la cual había un tupido bosque.

No dijeron palabra al pasar por segunda vez frente a la casa de Romey. El Accord negro circuló sin rumbo fijo por el barrio hasta detenerse junto a unas canchas de tenis en una zona denominada West Park. Reggie abrió el plano y lo desplegó sobre el asiento frontal. Mark contemplaba a dos rollizas amas de casa que jugaban pésimamente al tenis. Pero tenían cierta gracia, con sus calcetines verdes y rosados que hacían juego con sus viseras. Se les acercó un ciclista por el pequeño sendero asfaltado y luego desapareció en las profundidades del bosque.

—Este es el lugar —dijo Reggie al tiempo que intentaba doblar nuevamente el plano.

—¿Estás decidida a seguir adelante? —preguntó Mark.

—No estoy segura. ¿Y tú?

—No lo sé. Hemos llegado hasta aquí y sería una pena abandonarlo ahora. El garaje parece inofensivo.

—Supongo que podemos intentarlo —respondió Reggie, que todavía no había acabado de doblar el plano—, y si nos asustamos, huimos.

—¿Dónde estamos ahora?

Reggie abrió la puerta del coche.

—Vamos a dar un paseo.

Había un sendero para ciclistas que pasaba junto a un campo de fútbol y se adentraba luego en el bosque. Las ramas de los árboles entrelazadas hacían que pareciera un oscuro túnel. Los rayos del sol se filtraban intermitentemente. De vez en cuando un ciclista les obligaba a echarse momentáneamente a un lado.

El paseo era refrescante. Después de tres días en el hospital, dos días en la cárcel, siete horas en el coche y seis horas en el motel, Mark apenas podía contenerse al caminar por el bosque. Echaba de menos su bici y pensaba en lo agradable que sería circular por allí con Ricky, corriendo entre los árboles sin tener que preocuparse de nada. Una vez más como niños. Echaba de menos las abigarradas calles del cámping, repletas de chiquillos por doquier, y los múltiples juegos que empezaban sin previo aviso. Echaba de menos sus senderos privados alrededor de Tucker Wheel Estates y los largos paseos solitarios que había dado toda la vida. Y, por extraño que pudiera parecer, echaba de menos sus escondrijos privados en sus propios árboles y cañadas, donde se sentaba a meditar y, por qué no, a fumar a hurtadillas algún que otro cigarrillo. No los había probado desde el lunes.

—¿Qué estoy haciendo aquí? —preguntó en un tono apenas audible.

—Ha sido idea tuya —respondió Reggie con las manos hundidas en los bolsillos de sus nuevos vaqueros, también de Wal-Mart.

—Esta ha sido mi pregunta predilecta esta semana: «¿Qué estoy haciendo aquí?». Me la he formulado en todas partes: el hospital, la cárcel, el juzgado. En todas partes.

—¿Quieres volver a casa, Mark?

—¿Cuál es mi casa?

—Memphis. Te llevaré junto a tu madre.

—Sí, pero no podré quedarme con ella, ¿no es cierto? En realidad, probablemente no llegaríamos hasta la habitación de Ricky, antes me capturarían y me devolverían a la cárcel, al juzgado y a ver a Harry, que seguramente estará bastante furioso.

—Sí, pero puedo camelarme a Harry.

Mark decidió que nadie se camelaba a Harry. Se imaginaba a sí mismo en el juzgado, intentando explicar por qué se había fugado. Harry volvería a mandarle al centro de detención, donde su encantadora Doreen se habría convertido en otra persona. Nada de pizza. Nada de televisión. Tal vez le encadenarían y le encerrarían en una mazmorra.

—No puedo volver, Reggie. No ahora.

Habían hablado hasta el hastío de diversas alternativas sin llegar a ninguna conclusión definitiva. Cada nueva idea planteaba una docena de problemas. Todo proyecto conducía a un sinfín de direcciones y, por último, al desastre. Ambos habían llegado a la conclusión ineludible, cada uno por su lado, de que no había ninguna solución fácil. No había ninguna salida razonable. Ningún plan siquiera remotamente atractivo.

Pero ninguno de ellos creía que excavarían en busca del cadáver de Boyd Boyette. Antes ocurriría alguna cosa que les asustaría y regresarían apresuradamente a Memphis. Eso era algo que ninguno de ellos había admitido todavía.

Reggie se detuvo después de haber recorrido un kilómetro. A la izquierda había una zona de césped despejada, con un cobertizo en el centro para meriendas. A la derecha, un estrecho sendero penetraba en el bosque.

—Probemos este —dijo Reggie, y abandonaron el sendero de las bicicletas.

—¿Sabes hacia dónde vamos? —preguntó Mark, que le pisaba los talones.

—No, pero ven de todos modos.

El sendero seguía por el bosque hasta que, de pronto, desapareció. El suelo estaba cubierto de botellas de cerveza vacías y bolsas de patatas fritas. Avanzaron entre los árboles y los matorrales hasta llegar a un pequeño claro. Allí brillaba el sol. Reggie se protegió los ojos con la mano y miró hacia una hilera de árboles que tenían delante.

—Creo que ahí está la cañada —dijo.

—¿Qué cañada? —preguntó Mark.

—Según el plano, la calle de Clifford está junto a West Park y hay una pequeña línea verde que podría ser una cañada, el lecho seco de un riachuelo o algo por el estilo, que pasa por detrás de su casa.

—No son más que árboles.

Reggie se desplazó unos pasos lateralmente, se detuvo y señaló.

—Fíjate, ahí están los tejados, al otro lado de los árboles. Debe de tratarse de la calle de Clifford.

—Ya los veo —dijo Mark, de puntillas junto a Reggie.

—Sígueme.

Se encaminaron ambos hacia los árboles. Hacía un día estupendo y se limitaban a dar un paseo por el parque. Era un lugar público. No había nada que temer.

La cañada resultó ser tan solo un lecho seco de arena y desperdicios. Descendieron entre matorrales hasta llegar al nivel que las aguas tuvieron en un pasado remoto. Incluso el barro estaba seco. Se encaramaron por el terraplén de la otra orilla, mucho más empinado, pero con mayor número de matorrales y bejucos donde agarrarse.

Reggie se había quedado sin aliento cuando se detuvieron al llegar al otro lado.

—¿Tienes miedo? —preguntó.

—No. ¿Y tú?

—Claro que tengo miedo, y tú también. ¿Quieres que sigamos adelante?

—Desde luego, y no tengo miedo. Estamos dando un paseo, eso es todo.

Mark era presa del pánico y quería echar a correr, pero habían llegado hasta allí sin ningún incidente. Además era emocionante avanzar furtivamente por la jungla. Lo había hecho miles de veces alrededor de donde vivía. Sabía cómo guardarse de las serpientes y del zumaque venenoso. Había aprendido a alinear siempre tres árboles para no extraviarse. Había jugado al escondite en terrenos más enmarañados. De repente se agachó y tomó la delantera.

—Sígueme —dijo.

—Esto no es un juego —respondió Reggie.

—Limítate a seguirme, a no ser, claro está, que tengas miedo.

—Estoy petrificada. Tengo cincuenta y dos años, Mark. No vayas tan deprisa.

La primera verja con la que se toparon era de cedro; siguieron adelante, a lo largo de la línea de árboles. Un perro ladró en dirección a ellos, aunque no podía verles desde la casa. A continuación llegaron a una verja de tela metálica; no era la de la casa de Clifford. Los matorrales eran cada vez más densos pero, inesperadamente, se encontraron con un caminito paralelo a la verja.

Entonces lo vieron. Al otro lado de la verja se encontraba

el solitario Triumph Spitfire rojo, junto al garaje de Romey. El borde del bosque estaba a menos de seis metros de la verja, tras la cual una docena de robles y olmos con musgo de Florida proporcionaban sombra al jardín.

Por todos los indicios, Romey era un manazas. Había amontonado tablas, ladrillos, cubos, rastrillos y escombros diversos tras el garaje, para que no se vieran desde la calle.

Había una pequeña entrada en la verja de tela metálica. El garaje tenía una puerta y una ventana en la pared posterior, con numerosos sacos de fertilizantes abandonados junto a la misma. Al lado de la puerta había una cortadora de césped desprovista de empuñadura. En general, el jardín estaba descuidado desde hacía bastante tiempo. Los hierbajos junto a la verja llegaban a la altura de las rodillas.

Se acurrucaron entre los árboles y contemplaron el garaje. Ya no pensaban seguir acercándose. El jardín de los vecinos y su barbacoa estaban a cuatro pasos.

Reggie intentaba respirar con normalidad, pero no lo lograba. Agarró la mano de Mark, incapaz de asimilar la idea de que el cuerpo de un senador de Estados Unidos estuviera sepultado a menos de treinta metros de donde estaba escondida.

—¿Vamos a acercarnos? —preguntó Mark casi en un tono de desafío.

Sin embargo, Reggie detectó indicios de miedo en su voz y se alegró de que estuviera asustado.

—No. Ya hemos ido bastante lejos —susurró, después de recuperar el aliento.

—Será fácil —dijo Mark tras titubear un buen rato.

—El garaje es muy grande.

—Sé exactamente dónde está.

—Hasta ahora no te lo he preguntado, pero ¿no crees que ha llegado el momento de que compartas esa información conmigo?

—Está debajo del barco.

—¿Te lo dijo él?

—Sí. Fue muy preciso. Está sepultado debajo del barco.

—¿Y si no hay ningún barco?

—Nos largamos a toda prisa.

Mark había empezado a sudar y a respirar con dificultad. Reggie había visto bastante y, sin levantarse, empezó a retroceder.

—Yo me largo —dijo.

K. O. Lewis no se apeó del avión. McThune y sus acompañantes le esperaban cuando aterrizó, y subieron a bordo mientras se abastecía de combustible. Al cabo de treinta minutos despegaron en dirección a Nueva Orleans, donde Larry Trumann les aguardaba impaciente.

A Lewis no le gustaba. ¿Qué diablos se suponía que debía hacer en Nueva Orleans? Era una gran ciudad. No tenían ni idea del coche que conducía. A decir verdad, no sabían si Reggie y Mark habían viajado en coche, avión, tren o autobús. Era una ciudad turística y de convenciones, con infinidad de hoteles y calles abarrotadas. Hasta que cometieran algún error, sería imposible localizarles.

Pero el director Voyles quería que estuviera allí y no tuvo más remedio que obedecerle. Encuentre al niño y oblíguele a hablar; esas eran sus instrucciones. Prométale cualquier cosa.

37

Dos de los tres, Leo y Ionucci, eran matones veteranos de la familia Sulari y, en realidad, parientes de sangre de Barry el Navaja, aunque a menudo lo negaban. Al tercero, un corpulento joven de bíceps descomunales, cuello ancho y robusta cintura, por razones evidentes se le conocía simplemente como el Toro. Le habían mandado a aquella misión poco corriente para que se ocupara de la mayor parte del trabajo duro. Barry les había asegurado que no sería difícil. La capa de hormigón era delgada. El cuerpo pequeño. Después de escarbar un poco por aquí y otro poco por allá, pronto verían la bolsa negra de basura.

Les había dibujado el suelo del garaje e indicado con absoluta seguridad el lugar de la fosa. Había elaborado también un plano desde el aparcamiento de West Park, con un itinerario junto a las pistas de tenis, el campo de fútbol, entre un grupo de árboles, luego a través de un prado con un cobertizo para meriendas y a continuación por el sendero de las bicicletas, hasta encontrarse con un pequeño camino que conducía a la cañada. Sería fácil, les había asegurado toda la tarde.

El sendero de las bicicletas estaba lógicamente desierto. Eran las once y diez del sábado por la noche. El aire era pegajoso y cuando llegaron al caminito sudaban y jadeaban. El Toro, mucho más joven y en mejor forma que sus compañeros, les seguía en la oscuridad y reía para sus adentros, mientras refunfuñaban a causa de la humedad. Suponía que debían de tener cerca de cuarenta años, evidentemente fumadores empedernidos, que abusaban del alcohol y comían porquería. Estaban empapados de sudor, aunque no habían caminado ni un par de kilómetros.

Leo era el jefe de la expedición y quien llevaba la linterna. Vestían todos de negro riguroso. Ionucci le seguía como un sabueso, con la cabeza gacha, letárgico, jadeando y enojado con el mundo por estar donde estaba.

—Cuidado —dijo Leo cuando descendían hacia la cañada entre espesos matorrales.

No eran exactamente individuos campestres. El lugar les había inspirado ya cierto miedo cuando lo habían explorado a las seis de la tarde. Entonces era aterrador. El Toro temía tropezar en cualquier momento con una gruesa serpiente. En el supuesto, claro está, de que no le mordiera, tendría una justificación para dar media vuelta, con la esperanza de encontrar nuevamente el coche. Entonces sus dos compañeros se verían obligados a hacer el trabajo solos. Tropezó con un tronco, pero no perdió el equilibrio. Casi deseaba encontrarse con una serpiente.

—Cuidado —repitió Leo por enésima vez, como si así las cosas adquirieran mayor seguridad.

Se desplazaron doscientos metros a lo largo del cauce seco del riachuelo, antes de escalar el terraplén de la otra orilla. Apagaron la linterna y avanzaron agachados entre los matorrales hasta llegar a la altura de la verja metálica de Clifford. Descansaron agachados.

—Esto es absurdo —dijo Ionucci con la respiración entrecortada—. ¿Desde cuándo nos dedicamos a exhumar cadáveres?

Leo inspeccionaba la oscuridad del jardín posterior de Clifford. No había una sola luz. Al pasar en coche unos minutos antes, habían vislumbrado una pequeña lámpara de gas encendida cerca de la puerta principal, pero la parte trasera estaba completamente a oscuras.

—Silencio —dijo, sin mover la cabeza.

—Sí, sí —susurró Ionucci—. Es una estupidez.

Casi se oía el gemido de sus pulmones. Las gotas de sudor le caían de la barbilla. El Toro, agachado junto a ellos, movía la cabeza asombrado de su baja forma. Trabajaban habitualmente como guardaespaldas y conductores, actividades que exigían escaso esfuerzo. Se decía que Leo había cometido su primer asesinato a los diecisiete años, pero había tenido que dejarlo al cabo de poco, cuando pasó una temporada en la cárcel. El Toro había oído decir que a Ionucci le habían disparado dos veces a lo largo de los años, pero no estaba demostrado. Las personas que iniciaban dichos rumores no se caracterizaban por su culto a la verdad.

—Adelante —dijo Leo, como un mariscal de campo.

Se acercaron sigilosamente a la puerta de la verja y entraron. Entonces avanzaron de árbol en árbol, hasta llegar a la pared posterior del garaje. Ionucci se sentía mal. Se dejó caer, jadeando terriblemente. Leo se acercó a rastras a la esquina para ver si había algún movimiento en la casa contigua. Nada. Lo único que se oía era el ruido del infarto inminente de Ionucci. El Toro se asomó a la otra esquina y contempló la parte trasera de la casa de Clifford.

El vecindario estaba dormido. Incluso los perros se habían acostado.

Leo se puso de pie e intentó abrir la puerta trasera. Estaba cerrada con llave.

—No os mováis —dijo, antes de dar la vuelta al garaje y llegar a la puerta principal.

También estaba cerrada.

—Tendremos que romper una ventana —añadió después de regresar a la parte trasera—. También está cerrada con llave.

Ionucci se sacó un martillo de una bolsa de la cintura y Leo empezó a golpear suavemente el cristal sobre la manecilla de la puerta.

—Vigila aquella esquina —dijo dirigiéndose al Toro, que pasó tras él para observar la casa de los Ballentine.

Leo siguió golpeando hasta romper cuidadosamente el cristal y amontonar los trozos que separaba. A continuación introdujo la mano izquierda y abrió la puerta por dentro. Encendió la linterna y entraron los tres con sigilo.

Barry les había dicho que el lugar estaba hecho un asco y, evidentemente, Clifford había estado demasiado ocupado antes de morir para ordenarlo. Lo primero de lo que se percataron fue que el suelo era de grava, no de hormigón. Leo dio un puntapié a las guijas blancas. Si Barry les había hablado de la grava, él no lo recordaba.

El barco estaba en el centro del garaje. Era una lancha rápida de cuatro metros, cubierta por una espesa capa de polvo. Tres de sus cuatro neumáticos estaban pinchados. Aquella embarcación no había estado en el agua desde hacía muchos años. Había montones de artefactos apoyados contra la lancha: herramientas de jardinería, sacos de latas de aluminio, pilas de periódicos y muebles metálicos oxidados. Romey no necesitaba un servicio de recogida de basuras; para eso tenía el garaje. Estaba todo lleno de telarañas. De las paredes colgaban herramientas nunca utilizadas.

Por alguna razón, Clifford había sido un prodigioso coleccionista de colgadores de alambre. Miles de ellos colgaban de cuerdas sobre el barco. Hilera tras hilera de colgadores. En algún momento se había hartado de las cuerdas y se había limitado a clavar clavos, de los que pendían centenares de colgadores. Romey, el ecologista, coleccionaba también latas y recipientes de plástico, evidentemente con la noble intención de reciclarlos. Pero era un hombre ocupado y había dejado montones de bolsas verdes de basura, llenas de latas y botellas, que ocupaban medio garaje. Era tan poco aseado que incluso había colocado bolsas dentro del barco.

Leo dirigió el foco de la linterna a un punto situado exactamente bajo el eje del remolque e indicó al Toro que se agachara y empezara a retirar la grava. Ionucci sacó una pequeña paleta de la bolsa. El Toro la cogió y empezó a separar las guijas blancas. Sus dos compañeros le observaban.

Después de haber excavado unos cuatro centímetros, cambió el sonido al entrar en contacto con el hormigón. El barco molestaba. El Toro se puso de pie, levantó lentamente el enganche y con una fuerza descomunal desplazó lateralmente la palanca un par de metros. El costado del remolque tocó la montaña de latas de aluminio, que produjeron un prolongado tintineo. Permanecieron inmóviles, a la escucha.

—Debes tener cuidado —susurró innecesariamente Leo—. No os mováis de aquí.

Les dejó en la oscuridad junto al barco y salió sigilosamente por la puerta trasera. Se colocó junto a un árbol, detrás del garaje, y observó la casa contigua de los Ballentine. Estaba oscura y silenciosa. Una luz exterior iluminaba tenuemente la barbacoa y los parterres, pero no había movimiento alguno. Leo observó y esperó. Dudaba que los vecinos fueran capaces de oír un martillo neumático. Volvió a entrar en el garaje y dirigió el foco de la linterna al hormigón bajo la grava.

—Prosigamos —dijo, y el Toro se agachó.

Barry les había dicho que había empezado por cavar una fosa de aproximadamente metro ochenta por sesenta centímetros, y de medio metro, a lo sumo, de profundidad. Luego había metido allí el cadáver, que estaba envuelto en bolsas de plástico negro de la basura, y a continuación lo había cubierto de hormigón. Acto seguido había agregado agua. Al día siguiente había regresado para cubrirlo de grava y colocar el barco en su lugar.

Había hecho un buen trabajo. Dado el talento de Clifford para la organización, transcurrirían otros cinco años antes de que moviera la embarcación. Barry había aclarado que se trataba solo de una fosa provisional. Se proponía trasladar el cadáver, pero los federales habían empezado a seguirle. Leo y Ionucci se habían desprendido de varios cadáveres, generalmente en el mar con contrapesos, pero les impresionó el escondrijo provisional de Barry.

El Toro escarbó y barrió hasta que quedó al descubierto toda la superficie de hormigón. Ionucci se agachó al otro extremo, y ambos empezaron a golpear con martillos y cinceles. Leo dejó la linterna en el suelo junto a ellos y volvió a salir sigilosamente por la puerta trasera. Agachado, se dirigió hacia la parte delantera del garaje. Todo estaba silencioso, pero se oía el martilleo. Se acercó rápidamente a la parte trasera de la casa de Clifford, tal vez a unos quince metros, y el ruido era apenas audible. Sonrió. Aunque los Ballentine estuvieran despiertos, no podrían oírlo.

Volvió junto al garaje y se sentó en la oscuridad entre una esquina y el Spitfire, desde donde veía la calle desierta. Un pequeño coche negro pasó frente a la casa y desapareció. No había más tráfico. Entre los setos vislumbraba la silueta de la casa de los Ballentine. Nada se movía. El único ruido era el del amortiguado martilleo sobre el hormigón de la fosa de Boyd Boyette.

El Accord de Clint se detuvo cerca de las pistas de tenis. No lejos de la calle había un Cadillac rojo aparcado. Reggie paró el motor y apagó las luces.

Permanecieron sentados en silencio, contemplando el oscuro campo de fútbol a través del parabrisas. «Parece el lugar ideal para ser víctima de algún atropello», pensó Reggie sin manifestarlo. Pero había mucho trabajo para preocuparse de posibles agresores.

Mark había hablado poco desde la caída de la noche. Habían dormido una hora, juntos en la misma cama, después de recibir una pizza en la habitación de su motel. Habían mirado la televisión. Mark preguntaba con frecuencia la hora, como si tuviera una cita con el pelotón de ejecución. A las diez, Reggie estaba convencida de que se daría por vencido. A las once,

Mark andaba de un lado para otro de la habitación y entraba y salía del lavabo.

Sin embargo ahí estaban, a las doce menos cuarto, sentados en plena noche en un coche buscado por la policía, con el proyecto de llevar a cabo una misión imposible que ninguno de ellos deseaba.

—¿Crees que alguien sabe que estamos aquí? —preguntó Mark en voz baja.

Reggie le observó y comprobó que tenía la mirada perdida en la lejanía.

—¿Te refieres a Nueva Orleans?

—Sí. ¿Crees que alguien sabe que estamos en Nueva Orleans?

—No. No lo creo.

Eso pareció satisfacerle. Reggie había hablado con Clint alrededor de las siete. Un canal de televisión de Memphis había informado de su desaparición, pero todo parecía tranquilo. Clint no había salido de su habitación en doce horas, según dijo, y le pidió que hicieran cuanto antes lo que tuvieran que hacer. Había llamado a mamá Love. Estaba preocupada, pero bien, dadas las circunstancias.

Dejaron el coche y echaron a andar por el sendero de las bicicletas.

—¿Estás seguro de querer seguir adelante? —preguntó Reggie, mirando nerviosa a su alrededor.

El sendero estaba completamente a oscuras y a veces solo el asfalto bajo sus pies impedía que se extraviaran entre los árboles. Caminaban despacio, juntos, cogidos de la mano.

Mientras avanzaban con incertidumbre a causa de la oscuridad, Reggie se preguntó a sí misma qué hacía en aquel sendero, en aquellos bosques de aquella ciudad, en aquel preciso momento, con aquel chiquillo por el que sentía un gran afecto, pero por quien no estaba dispuesta a morir. Le estrujó la mano y procuró ser valiente. Rogaba para que cuanto antes ocurriera algo que les permitiera volver al coche y abandonar Nueva Orleans.

—He estado pensando —dijo Mark.

—¿Por qué no me sorprende?

—Puede que sea demasiado difícil encontrar realmente el cadáver. De modo que esto es lo que he decidido: tú te quedarás entre los árboles cerca de la cabaña y yo cruzaré sigilosamente el jardín hasta el garaje. Miraré debajo del barco, solo para asegurarme de que está allí, y luego nos largaremos.

—¿Crees que lograrás ver el cadáver solo mirando debajo del barco?

—Puede que vea dónde está.

Reggie le estrechó todavía más la mano.

—Escúchame, Mark, no vamos a separarnos, ¿de acuerdo? Si tú vas al garaje, yo iré contigo.

Su voz era extraordinariamente firme. Estaba segura de que no llegarían hasta el garaje.

Había un claro entre los árboles. Una farola iluminaba el cobertizo para meriendas a su izquierda. A la derecha estaba el caminito. Mark pulsó un botón y la luz de una pequeña linterna iluminó el suelo.

—Sígueme —dijo—. Nadie puede vernos aquí.

Avanzaba con destreza por el bosque, sin hacer ningún ruido. En la habitación del motel había hablado de muchas de sus expediciones nocturnas por los bosques alrededor del cámping y de lo mucho que había jugado con sus compañeros en la oscuridad. Los llamaba juegos de la jungla. Con la linterna en la mano avanzaba ahora a gran velocidad, eludiendo ramas y serpollos.

—No tan deprisa, Mark —dijo Reggie en más de una ocasión.

Mark le sujetó la mano y la ayudó a bajar por el terraplén. Escalaron la otra orilla y avanzaron entre árboles y matorrales hasta encontrar el caminito misterioso que les había sorprendido unas horas antes. Llegaron junto a las verjas. Mark apagó la linterna y prosiguieron con cautela.

Se encontraban en la densa arboleda, exactamente detrás

de la casa de Clifford, y se agacharon para recuperar el aliento. Entre matorrales y hierbajos se vislumbraba el contorno de la parte posterior del garaje.

—¿Y si no logramos ver el cadáver? —preguntó Reggie—. ¿Qué haremos entonces?

—Nos preocuparemos de eso cuando ocurra.

Aquel no era el momento de otra prolongada discusión sobre alternativas. Mark avanzó a gatas hasta el borde del bosque. Reggie le siguió. Se detuvieron a seis metros de la puerta de la verja, entre espesos y húmedos hierbajos. El jardín estaba oscuro y tranquilo. Ninguna luz, sonido ni movimiento. Toda la calle estaba profundamente dormida.

—Reggie, quiero que te quedes donde estás. No levantes la cabeza. Volveré dentro de un minuto.

—¡No, señor! —susurró categóricamente— ¡No puedes hacer eso, Mark!

Se había puesto ya en movimiento. Para él aquello era como uno de tantos juegos de la jungla, perseguido por sus amiguitos con pistolas de agua coloreada. Se deslizó entre la hierba como un lagarto y abrió la puerta solo lo suficiente para entrar en el jardín.

Reggie le siguió a gatas entre los hierbajos y de pronto se detuvo. Le había perdido de vista. Mark se paró a escuchar tras el primer árbol. Se arrastró hasta el próximo y oyó algo. ¡Clac! ¡Clac! Permaneció inmóvil, sin levantarse del suelo. El ruido procedía del garaje. ¡Clac! ¡Clac! Muy lentamente asomó la cabeza y miró hacia la puerta trasera. ¡Clac! ¡Clac! Volvió la cabeza en dirección a Reggie, pero el bosque y los matorrales estaban completamente a oscuras. No se le veía por ninguna parte. Observó de nuevo la puerta. Algo había cambiado. Se arrastró hasta el árbol siguiente, a unos tres metros. El ruido era más fuerte. La puerta estaba ligeramente abierta y uno de los cristales había desaparecido.

¡Ahí había alguien! ¡Clac! ¡Clac! ¡Clac! Ahí había alguien escondido que estaba excavando. Mark respiró hondo y se arrastró hasta un montón de escombros, a menos de tres metros de la puerta trasera. No había hecho ningún ruido y lo sabía. La hierba era más alta junto al montículo y avanzó como un camaleón, con mucha lentitud. ¡Clac! ¡Clac!

Muy agachado empezó a acercarse a la puerta. Se golpeó el tobillo con el borde rugoso de un listón podrido y tropezó. Con la sacudida, cayó una lata de pintura vacía del montón de escombros.

Leo se incorporó de un brinco y se acercó inmediatamente a la parte posterior del garaje. Se sacó un 38 con silenciador de la cintura y empezó a buscar en la oscuridad hasta llegar al rincón donde Mark permanecía agachado, a la escucha. El ruido del interior había cesado. Ionucci asomó la cabeza por la puerta posterior.

Reggie oyó el alboroto detrás del garaje y se pegó al suelo sobre la húmeda hierba. Cerró los ojos y rezó. ¿Qué diablos estaba haciendo allí?

Leo se acercó al montón de escombros y lo examinó, pistola en mano y listo para disparar. Luego levantó la cabeza para observar pacientemente la oscuridad. La verja era apenas visible. Todo permanecía inmóvil. Se deslizó hasta el árbol más cercano, a cinco metros del garaje, y esperó. Ionucci no le perdía de vista. Transcurrieron largos segundos sin un solo ruido. Leo se puso de pie y acercó lentamente a la puerta de la verja. Una pequeña rama se quebró bajo sus pies y permaneció momentáneamente paralizado.

Caminó por el jardín, ahora con mayor tranquilidad pero todavía pistola en mano, y se apoyó contra un grueso roble de ramas caídas, cerca de la casa de los Ballentine. Entre los descuidados setos, a menos de cuatro metros, Mark permanecía agachado y aguantaba la respiración. Observó la silueta que se movía entre los árboles en la oscuridad, convencido de que si permanecía inmóvil no le descubriría. Expulsaba lentamente el aire de sus pulmones, sin dejar de mirar al individuo junto al árbol.

—¿Qué ocurre? —preguntó una voz profunda desde el garaje.

Leo se guardó la pistola en la cintura y regresó más tranquilo. Ionucci le esperaba junto a la puerta.

—¿Qué ocurre? —repitió.

—No lo sé —respondió Leo casi en un susurro—. Puede que haya sido un gato, o algo por el estilo. Volved al trabajo.

Se cerró suavemente la puerta y Leo paseó en silencio durante cinco minutos por detrás del garaje. Cinco minutos que a Mark le parecieron una hora.

Entonces la silueta dio la vuelta a la esquina y desapareció. Mark no se perdía detalle. Contó lentamente hasta cien y luego se arrastró por el seto hasta llegar a la verja. Se detuvo junto a la puerta y contó hasta treinta. Todo estaba en silencio, a excepción del ruido difuso y lejano del martillo. A continuación se acercó a los matorrales, donde Reggie esperaba aterrorizada; ambos se ocultaron agachados entre los arbustos. Reggie agarró con fuerza a Mark.

—¡Están ahí! —dijo Mark con la respiración entrecortada.

—¿Quién?

—¡Yo qué sé! ¡Están exhumando el cadáver!

—¿Qué ha ocurrido?

Mark jadeaba. Movía la cabeza de arriba abajo cuando intentaba hablar.

—He tropezado con algo y un individuo, que creo que tenía una pistola, casi me ha descubierto. ¡Dios mío, no sabes lo asustado que estaba!

—Todavía lo estás. ¡Y yo también! ¡Larguémonos de aquí!

—Escucha, Reggie. Espera un momento. ¡Escucha! ¿Lo oyes?

—¡No! ¿Qué se supone que debo oír?

—Esos golpes. Yo tampoco los oigo. Estamos demasiado lejos.

—Y creo que deberíamos estarlo todavía más. Vámonos.

—Espera un momento, Reggie. ¡Maldita sea!

—Son asesinos, Mark. Son de la mafia. ¡Larguémonos de aquí cuanto antes!

—Tranquilízate, Reggie —dijo Mark entre dientes, sin dejar de mirarla fijamente—. Tranquilízate, ¿vale? Aquí nadie puede vernos. Ni siquiera se distinguen estos árboles desde el garaje. Lo he comprobado, ¿vale? Ahora tranquilízate.

Reggie se dejó caer sobre las rodillas y contemplaron el garaje.

—Aquí estamos a salvo —susurró entonces Mark, con un dedo sobre los labios—. Escucha.

Ambos escucharon, pero no se oía ningún ruido.

—Mark, esos individuos trabajan para Muldanno. Saben que te has fugado. Están asustados. Tienen pistolas, navajas y quién sabe qué. Vámonos. Se nos han adelantado. Todo ha terminado. Ellos han ganado.

—No podemos permitirles que se lleven el cadáver, Reggie. Reflexiona. Si se lo llevan, nadie lo encontrará jamás.

—Estupendo. Tú estarás libre y la mafia se olvidará de ti. Y ahora vámonos.

—No, Reggie. Tenemos que hacer algo.

—¿Qué? ¿Piensas enfrentarte a los pistoleros de la mafia? Sé sensato, Mark. Esto es una locura.

—Espera solo un momento.

—De acuerdo. Esperaré un momento y luego me largo.

Mark volvió la cabeza y le sonrió.

—No me abandonarás, Reggie. Sé que eres incapaz de hacerlo.

—No me presiones, Mark. Ahora comprendo cómo se sintió Ricky cuando jugabas con Clifford y su manguera.

—Cállate, ¿vale? Estoy pensando.

—Eso es lo que me da miedo.

Reggie se sentó en el suelo con las piernas cruzadas. Las hojas y las ramas le acariciaban el cuello y la cara. Mark se balanceaba lentamente sobre los pies y las manos, como un león dispuesto a matar.

—Tengo una idea —dijo por fin.

—Evidentemente.

—No te muevas de aquí.

De pronto Reggie le agarró por el cuello y le obligó a acercarse.

—Escucha, amigo, esto no es uno de tus pequeños juegos de la jungla en los que se disparan dardos de goma y se arrojan piedras. Esos que están ahí no son tus compañeros, con los que juegas al escondite, a la guerra, o a lo que sea que juguéis. Esto es cuestión de vida o muerte, Mark. Has cometido un error y has tenido suerte. Si cometes otro, estarás muerto. ¡Larguémonos de aquí ahora! ¡Inmediatamente!

Mark permaneció inmóvil mientras Reggie le reñía y luego se soltó de una fuerte sacudida.

—Quédate aquí y no te muevas —dijo con la mandíbula apretada.

Se arrastró por los matorrales y luego por la hierba hasta llegar a la verja. Junto a la puerta había un parterre abandonado, rodeado de tablas hundidas en la tierra y cubierto de hierbajos. Mark se acercó al mismo y eligió meticulosamente tres piedras, con tanto cuidado como un cocinero cuando compra sus tomates en el mercado. Observó ambas esquinas del garaje y retrocedió silenciosamente en la oscuridad.

Reggie esperaba sin mover un músculo. Mark sabía que no sería capaz de encontrar el camino de regreso al coche. Sabía que le necesitaba. Se acurrucaron de nuevo entre los matorrales.

—Mark, hijo, esto es una locura. Te lo ruego —suplicó—. Esa gente no está para bromas.

—Están demasiado ocupados para preocuparse por nosotros. Aquí estamos a salvo, Reggie. Si ahora salieran corriendo por esa puerta, nunca nos encontrarían. Aquí estamos seguros, Reggie. Confía en mí.

—¡Que confíe en ti! Vas a lograr que te maten.

—No te muevas.

—¿Cómo? ¡Por favor, Mark! ¡Déjate de juegos!

En lugar de obedecerla, señaló un lugar cerca de tres árboles, a unos diez metros de distancia.

—Volveré enseguida —dijo antes de desaparecer.

Se arrastró entre la maleza hasta situarse detrás de la casa de los Ballentine. Apenas veía la esquina del garaje de Romey. Reggie había desaparecido en la oscuridad del bosque.

El jardín era pequeño y estaba tenuemente iluminado. Había tres sillas de mimbre y una barbacoa. En la casa había un gran ventanal que daba al mismo y fue eso lo que le llamó la atención. Se situó detrás de un árbol y calculó la distancia, que a su parecer equivalía a la de dos remolques. La trayectoria de la piedra tendría que ser baja para evitar las ramas, pero lo suficientemente alta para salvar los setos. Respiró hondo y la arrojó con todas sus fuerzas.

Leo se sobresaltó al oír el ruido en la casa contigua. Se acercó a la parte delantera del garaje y miró entre los setos. El jardín estaba tranquilo y silencioso. El ruido le había parecido el de una piedra que se había estrellado contra algo de madera y luego rodado junto a un muro de ladrillo. Tal vez no era más que un perro. Observó un buen rato y no ocurrió nada. No corrían ningún peligro. Otra falsa alarma.

El señor Ballentine se dio la vuelta en la cama y se puso a mirar el techo. Tenía poco más de sesenta años y dormía con dificultad desde que, hacía un año y medio, le habían extraído una vértebra. Acababa de dormirse cuando un ruido le despertó. ¿Había sido un ruido? Ya no había ningún lugar seguro en Nueva Orleans y hacía seis meses que se había gastado dos mil dólares en un sistema de alarma. Había delincuencia por todas partes. Pensaban en trasladarse.

Se volvió de costado y acababa de cerrar los ojos cuando se rompió la ventana. Se acercó inmediatamente a la puerta, encendió la luz del dormitorio y chilló:

—¡Levántate, Wanda! ¡Levántate!

Wanda se puso la bata, al tiempo que el señor Ballentine cogía la escopeta del armario. Sonaba la sirena de la alarma. Bajaron al vestíbulo dando voces y encendiendo todas las luces a su paso. El cristal se había desparramado por la sala de estar y el señor Ballentine apuntó hacia la ventana con la escopeta como para impedir otro ataque.

—¡Llama a la policía! —chilló a su esposa—. Nueve uno uno.

—¡Conozco el número!

—¡Date prisa!

Andaba de puntillas con sus zapatillas entre el cristal roto, agachado y con el arma lista para disparar, como si un ladrón hubiese optado por entrar por la ventana. Se abrió paso hasta la cocina, donde pulsó las teclas de un marcador y dejó de sonar la sirena.

Leo acababa de regresar a su puesto de vigía junto al Spitfire cuando el ruido del cristal interrumpió el silencio. Se mordió la lengua cuando se incorporaba de un brinco para acercarse de nuevo a los setos. Sonó brevemente una sirena y luego dejó de aullar. Un individuo con un camisón rojo hasta las rodillas corría por el jardín con una escopeta.

Leo se fue sigilosamente hacia la puerta posterior del garaje. Ionucci y el Toro estaban aterrorizados junto al barco. Leo pisó un rastrillo y el mango se precipitó contra un montón de latas de aluminio. Los tres dejaron de respirar. Se oían voces en la casa contigua.

—¿Qué diablos ocurre? —preguntó Ionucci entre dientes.

Él y el Toro estaban empapados de sudor. Llevaban la camisa pegada al cuerpo. Sus cabezas estaban mojadas.

—No lo sé —refunfuñó enojado Leo, al tiempo que se acercaba a la ventana que daba a los setos—. Creo que se ha roto una ventana. No lo sé. ¡Ese loco hijo de puta tiene una escopeta!

—¿Tiene qué? —casi gimió Ionucci.

Él y el Toro se acercaron lentamente a la ventana, junto a Leo. El loco de la escopeta corría por el jardín dando voces a los árboles.

El señor Ballentine estaba harto de Nueva Orleans, de las drogas, de maleantes que se dedicaban al robo y al pillaje, harto de la delincuencia y de vivir atemorizado, y estaba tan harto que levantó la escopeta y disparó contra los árboles. Así comprenderían esos hijos de puta que no se andaba con bromas. Si volvían a su casa, saldrían en un ataúd.

La señora Ballentine, de pie junto a la puerta con su camisón rosa, dio un grito cuando su marido disparó contra los árboles.

Las tres cabezas del garaje se pegaron al suelo al oír el disparo.

—¡Ese hijo de puta está loco! —exclamó Leo.

Levantaron lentamente la cabeza, de nuevo en perfecta sincronía, en el momento preciso en que llegaba a la casa de los Ballentine el primer coche de policía, con sus luces azules y rojas centelleando desenfrenadamente.

Ionucci fue el primero en salir por la puerta, seguido del Toro y luego de Leo. Iban muy de prisa, pero al mismo tiempo con cuidado de no llamar la atención de esos imbéciles. Avanzaban agachados, de árbol en árbol, intentando desesperadamente llegar al bosque antes de que se repitieran los disparos. La retirada era ordenada.

Mark y Reggie estaban acurrucados entre los matorrales.

—Estás loco —susurraba repetidamente Reggie.

No hablaba por hablar. Creía sinceramente que su cliente estaba desequilibrado. Pero ello no le impedía abrazarle fuertemente. No vieron a las tres siluetas que emprendían la retirada, hasta que cruzaron la verja.

—Ahí están —susurró Mark, al tiempo que señalaba la verja, que hacía menos de treinta segundos le había dicho a Reggie que vigilara—. Son tres.

Cruzaron a menos de seis metros del lugar donde se ocultaban y penetraron en el bosque.

—Estás loco —repitió Reggie sin dejar de abrazarle.

—Tal vez. Pero funciona.

El disparo de la escopeta había estado a punto de provocar a Reggie un ataque de nervios. Había temblado desde su llegada. Le había trastornado la noticia de que hubiera alguien en el garaje. Había estado a punto de echar a correr cuando Mark arrojó la piedra contra la ventana. Pero el disparo había sido la última gota. Le latía con fuerza el corazón y le temblaban las manos.

Y, curiosamente, sabía que en aquel momento no podían echar a correr. Los tres ladrones de tumbas estaban entre ellos y su coche. No había escapatoria.

El disparo de la escopeta había despertado al vecindario. Hombres y mujeres con albornoces circulaban por los jardines ahora iluminados, mirando en dirección a la casa de los Ballentine. Se hacían preguntas a través de las verjas. Despertaron los perros. Mark y Reggie se adentraron en el bosque.

El señor Ballentine y uno de los agentes de policía inspeccionaron la verja trasera, tal vez en busca de otras piedras criminales. Era una pérdida de tiempo. Reggie y Mark oían sus voces, pero no comprendían lo que decían. El señor Ballentine daba muchos gritos.

Los policías le tranquilizaron y le ayudaron a cubrir la ventana rota con plástico transparente. Apagaron las luces rojas y azules, y al cabo de veinte minutos los agentes se retiraron.

Reggie y Mark esperaron, temblando y cogidos de la mano. Tenían la piel cubierta de bichitos. Los mosquitos eran brutales. Los hierbajos y las espigas se adherían a sus camisas oscuras. Por fin se apagaron las luces en casa de los Ballentine y esperaron todavía un rato.

38

Pocos minutos después de la una, se abrió un claro entre las nubes y la media luna iluminó momentáneamente el jardín y el garaje de Romey. Reggie consultó su reloj. Tenía las piernas entumecidas de estar agachada. Le dolía la espalda. No obstante, se había acostumbrado a su cobijo en la jungla y, después de sobrevivir a los maleantes, a la policía y al imbécil de la escopeta, se sentía extraordinariamente segura. Su respiración y su pulso eran normales. No sudaba, aunque sus vaqueros y su camisa estaban empapados debido al esfuerzo y a la humedad. Mark se dedicaba a ahuyentar mosquitos y apenas hablaba. Estaba imponentemente tranquilo. Mascaba un hierbajo, vigilaba la verja y actuaba como si solo él supiera exactamente cuándo dar el paso siguiente.

—Vamos a dar un paseo —dijo después de ponerse de pie.

—¿Adónde? ¿Al coche?

—No. Solo hasta el camino. Está a punto de darme un calambre en la pierna.

La pierna derecha de Reggie estaba dormida por debajo de la rodilla; la izquierda lo estaba desde la cadera, y se levantó con gran dificultad. Le siguió entre la maleza hasta un caminito junto a la cañada. Mark avanzaba hábilmente en la oscuridad, sin la ayuda de la linterna, sin dejar de ahuyentar mosquitos y rascarse las piernas.

Se detuvieron en el corazón del bosque, lejos de las verjas de los vecinos de Romey.

—Creo que ahora deberíamos marcharnos —dijo Reggie levantando un poco la voz, puesto que ya no se veían las casas—. Me dan miedo las serpientes, ¿comprendes?, y no me gustaría tropezarme con alguna.

Mark miraba fijamente en dirección a la cañada.

—Creo que no sería una buena idea marcharse ahora —susurró.

Reggie sabía que Mark debía de tener una buena razón para ello. No había ganado una discusión en las últimas seis horas.

—¿Por qué?

—Porque esos individuos podrían estar todavía por los alrededores. En realidad, puede que no estén muy lejos, a la espera de que todo se tranquilice para volver a su tarea. Si regresáramos al coche, podríamos encontrarnos con ellos.

—Mark, ya no puedo soportarlo, ¿comprendes? Puede que a ti te divierta, pero yo tengo cincuenta y dos años y estoy harta. No puedo creer que esté escondida en esta jungla a la una de la madrugada.

—Silencio —dijo Mark, al tiempo que se llevaba un dedo a los labios—. Hablas demasiado fuerte. Y esto no es un juego.

—¡Maldita sea, sé que no es ningún juego! No me des lecciones.

—Tranquilízate, Reggie. Ahora estamos a salvo.

—¡Y una mierda! No me sentiré segura hasta que me encierre con llave en el motel.

—Entonces lárgate. ¿A qué esperas? Vuelve al coche y márchate.

—Claro, y deja que lo adivine... tú te quedarás aquí, ¿me equivoco?

Volvió a esconderse la luna y el bosque se sumió de nuevo en la oscuridad. Mark volvió la espalda a Reggie y empezó a andar hacia su escondrijo. Ella instintivamente le siguió, y le irritó depender en aquel momento de un chiquillo de once años. Sin embargo lo hizo, por un sendero invisible para ella, entre densos matorrales, hasta el mismo lugar aproximado donde estaban antes. Apenas se vislumbraba al garaje.

Había recuperado la circulación en sus piernas, aunque todavía le dolían. Le molestaban también los riñones. Al pasar la mano por su antebrazo notó los bultos de las picaduras de los mosquitos. Tenía un poco de sangre en el reverso de la mano izquierda, probablemente de alguna espina o raspadura del bosque. Si algún día lograba regresar a Memphis, se prometió que iría a un gimnasio para ponerse en forma. No porque pensara repetir aquel tipo de aventura, sino porque estaba harta de que le doliera todo y de quedarse sin aliento.

Mark se agachó, cogió otra hierba para masticar y observó el garaje.

Esperaron una hora. Apenas hablaron.

—Lo he decidido, Mark, me marcho —declaró por fin Reggie, dispuesta a abandonarle y salir corriendo por el bosque—. Haz lo que tengas que hacer, porque ahora me largo.

Pero no se movió.

Permanecían juntos, agachados, y Mark señaló el garaje como si Reggie no supiera dónde estaba.

—Voy a arrastrarme hasta allí, ¿comprendes? Me llevaré la linterna y miraré el cadáver, la tumba, o lo que sea que estuvieran excavando.

—No.

—Puede que solo tarde unos segundos. Con un poco de suerte, volveré inmediatamente.

—Voy contigo —dijo Reggie.

—No. Quiero que te quedes aquí. Me preocupa que esos individuos también estén vigilando, ocultos entre los árboles. Si ves que me persiguen, quiero que empieces a chillar y eches a correr tan deprisa como puedas.

—No. Ni lo sueñes, querido. Si tú vas a ver el cadáver,

también voy a verlo yo, y no pienso discutirlo. Es mi última palabra.

La miró a los ojos, a unos diez centímetros de los suyos, y decidió no discutir. Reggie movía la cabeza con las mandíbulas apretadas. Era atractiva, con su gorra.

—Entonces, Reggie, sígueme. Mantente agachada y escucha. No dejes nunca de escuchar, ¿comprendes?

—De acuerdo, de acuerdo. No soy completamente inútil. En realidad, lo de arrastrarme se me da bastante bien.

Salieron de nuevo de la maleza, a gatas, para deslizarse por la inmóvil oscuridad. La hierba estaba fresca y húmeda. La puerta de la verja, todavía abierta desde la apresurada retirada de los ladrones de tumbas, crujió ligeramente cuando Reggie la tocó con uno de sus pies. Mark le echó una mirada de reproche. Se detuvieron detrás del primer árbol, antes de acercarse al segundo. No se oía absolutamente nada. Eran las dos de la madrugada y el vecindario estaba silencioso. No obstante, a Mark le preocupaba el loco de la casa contigua, con su escopeta. Dudaba de que aquel individuo se durmiera con solo un fino plástico en la ventana, y le imaginaba en la cocina, vigilando el jardín, a la espera de oír el menor ruido para empezar de nuevo a disparar. Se detuvieron junto al árbol siguiente y luego se arrastraron hasta el montón de escombros.

Reggie asintió una sola vez, con la respiración entrecortada. Llegaron agachados hasta la puerta del garaje, que seguía ligeramente abierta. Mark asomó la cabeza. Encendió la linterna y dirigió la luz al suelo. Reggie le siguió cautelosamente.

El aire apestaba, como si hubiera un animal en descomposición a pleno sol. Reggie se cubrió instintivamente la nariz y la boca. Mark respiró hondo y aguantó la respiración.

El único espacio libre en la abigarrada estancia estaba en el centro de la misma, donde había estado aparcado el barco. Se agacharon sobre el hormigón.

—Tengo náuseas —dijo Reggie, sin apenas abrir la boca.

Otros diez minutos y habrían extraído el cadáver. Habían empezado por el centro, en algún lugar del torso, para extenderse luego hacia cada lado. Las bolsas negras de la basura, parcialmente descompuestas por el cemento, estaban rajadas. Habían cavado una trinchera irregular hacia los pies y las rodillas.

Mark había visto lo suficiente. Cogió un cincel, que habían abandonado, y lo insertó en el plástico negro.

—¡Déjalo! —exclamó Reggie, al tiempo que retrocedía pero sin dejar de mirar.

Abrió la bolsa con el cincel y acercó la linterna. A continuación levantó el plástico con la mano y se incorporó horrorizado. Entonces acercó lentamente la linterna al rostro en descomposición del difunto senador Boyd Boyette.

Reggie retrocedió otro paso y tropezó con un montón de bolsas, llenas de latas de aluminio. El ruido fue ensordecedor en la tranquilidad de la noche. Hizo un esfuerzo para volver a ponerse de pie en la oscuridad, pero lo único que logró con sus movimientos fue hacer más ruido. Mark la cogió de la mano y tiró de ella hacia el barco.

—¡Lo siento! —susurró a medio metro del cadáver, sin pensar en ello.

—Silencio —dijo Mark, antes de subirse a una caja para mirar por la ventana.

Se encendió una luz en la casa contigua. La escopeta no podía estar lejos.

—Vámonos —dijo Mark—. Mantente agachada.

Salieron por la puerta trasera, que Mark cerró a su espalda. Se oyó un portazo en la casa vecina. Mark rodeó a gatas el montón de escombros, avanzó entre los árboles y salió por la puerta de la verja. Reggie le pisaba los talones. Solo se detuvieron al llegar a los matorrales. A continuación siguieron avanzando agachados, deslizándose como ardillas, hasta llegar al sendero. Mark encendió la linterna y no redujeron la marcha hasta alcanzar la cañada. Se agachó entre los hierbajos y apagó la linterna.

—¿Qué ocurre? —preguntó Reggie con la respiración alterada, aterrorizada, y sin ningún propósito de interrumpir la retirada.

—¿Te has fijado en su rostro? —preguntó Mark, asombrado de lo que acababa de hacer.

—Claro que me he fijado en su rostro. Ahora vámonos.

—Quiero volver a verlo.

Reggie estuvo a punto de darle un bofetón. Luego se puso de pie, con las manos en las caderas, y empezó a andar decididamente por la cañada. Mark se le acercó corriendo con la linterna.

—Era solo una broma.

Reggie se detuvo y le miró fijamente. Mark la cogió de la mano y la ayudó a bajar por el terraplén.

Entraron en la autopista por el Superdome y se dirigieron hacia Metairie. El tráfico era escaso, pero más abundante que en la mayoría de las ciudades a las dos y media de la madrugada de un domingo. No se habían dicho una palabra desde que subieron al coche en West Park y abandonaron la zona. El silencio no les preocupaba.

Reggie pensaba en lo cerca que había estado de la muerte. Pistoleros de la mafia, víboras, vecinos locos, policías, armas, un infarto; cualquiera de ellos podía haber acabado con su vida. Tenía realmente suerte de estar aquí, circulando por la autopista, empapada de sudor, cubierta de picaduras de insectos y heridas de la naturaleza, y sucia después de pasar la noche en la jungla. Podía haber sido mucho peor. Al llegar al motel tomaría una ducha caliente, tal vez dormiría un poco y luego pensaría en el paso siguiente. El miedo y los sustos inesperados la habían dejado agotada. Le dolía el cuerpo de agacharse y contorsionarse. Era demasiado vieja para esas bobadas. ¡Lo que llega a hacer un abogado!

Mark se rascaba las picaduras del antebrazo izquierdo y contemplaba las luces de Nueva Orleans, que se perdían en la lejanía conforme abandonaban el centro de la ciudad.

—¿Te has fijado en esa cosa castaña que tenía en la cara? —preguntó Mark, sin mirar a Reggie.

Aunque aquel rostro se le había quedado bien grabado en la memoria, en aquel momento no recordaba nada castaño en el mismo. Era una cara pequeña, arrugada y parcialmente descompuesta, que deseaba poder olvidar.

—Lo único que he visto han sido los gusanos —respondió.

—Esa cosa castaña era sangre —declaró Mark con la autoridad de un experto en medicina.

Reggie no deseaba continuar aquella conversación. Había cosas más importantes de las que hablar, ahora que se había roto el silencio.

—Creo que debemos hablar de tus planes, ya que ha terminado la aventura —dijo mirándole fijamente.

—Tenemos que darnos prisa, Reggie. Esos individuos volverán a por el cadáver, ¿no crees?

—Sí. Excepcionalmente estoy de acuerdo contigo. Puede, incluso, que estén allí ahora.

Se rascó el otro antebrazo y colocó un tobillo sobre la rodilla.

—He estado pensando.

—Qué duda cabe.

—Hay dos cosas que no me gustan de Memphis: el calor y el hecho de que todo sea llano. No hay colinas ni montañas, ¿comprendes a lo que me refiero? Siempre he pensado que sería muy agradable vivir en las montañas, donde el aire es fresco y se acumula la nieve en invierno. ¿No crees que debe de ser divertido, Reggie?

—Parece maravilloso —dijo Reggie sonriendo mientras cambiaba de carril—. ¿Alguna montaña en particular?

—Hacia el Oeste. Me encanta ver la repetición de los antiguos episodios de *Bonanza*, con Hoss y Little Joe. Adam no está mal, pero no me importó que se marchara. Los he visto desde que era pequeño y siempre he pensado que sería agradable vivir allí.

—¿Qué ha ocurrido con los altos edificios y la ciudad llena de gente?

—Eso era ayer. Hoy me gustan las montañas.

—¿Ahí es adonde te gustaría ir, Mark?

—Creo que sí. ¿Puedo?

—Puede organizarse. En estos momentos accederán a cualquier petición.

Dejó de rascarse y juntó los dedos alrededor de la rodilla.

—No puedo volver a Memphis, ¿verdad, Reggie? —preguntó, evidentemente cansado.

—No —respondió Reggie con ternura.

—Lo suponía. Creo que no importa —añadió al cabo de unos segundos—. Ya no me queda ningún vínculo.

—Plantéatelo como otra aventura, Mark. Casa nueva, escuela nueva y un nuevo trabajo para tu madre. Tendréis un lugar mucho más agradable donde vivir, con nuevos amigos y rodeado de montañas, si eso es lo que deseas.

—Sé sincera conmigo, Reggie. ¿Crees que algún día darán conmigo?

Tuvo que decir que no. En aquellos momentos no tenía otra alternativa. Reggie no estaba dispuesta a seguir fugándose y escondiéndose con él. Tenían que llamar al FBI y hacer un trato, o entregarse. La aventura estaba por terminar.

—No, Mark. Nunca darán contigo. Tienes que confiar en el FBI.

—Yo no confío en el FBI, ni tú tampoco.

—No desconfío completamente de ellos. Pero en estos momentos son los únicos que pueden ayudarte.

—¿Y debo seguirles la corriente?

—A no ser que tengas una idea mejor.

Mark estaba en la ducha. Reggie marcó el número de Clint y oyó cómo el teléfono llamaba una docena de veces antes de que lo contestara. Eran casi las tres de la madrugada.

—Clint, soy yo.

—¿Reggie? —preguntó con la voz ronca y lenta.

—Sí, yo, Reggie. Escúchame, Clint. Enciende la luz, pon los pies en el suelo y escúchame.

—Te escucho.

—Encontrarás el número de Jason McThune en la guía telefónica de Memphis. Quiero que le llames y le pidas el número de Larry Trumann en Nueva Orleans. ¿Me has comprendido?

—¿Por qué no consultas la guía de Nueva Orleans?

—No hagas preguntas, Clint. Limítate a hacer lo que te digo. Trumann no figura en la guía.

—¿Qué ocurre, Reggie? —preguntó, mucho más despierto.

—Volveré a llamarte dentro de quince minutos. Prepara café. Hoy podría ser un día muy largo —dijo Reggie antes de colgar y desabrochar los cordones de sus zapatillas enfangadas.

Mark acabó de darse una ducha rápida y abrió una nueva bolsa llena de ropa interior. Le había dado vergüenza cuando Reggie la compraba, pero ahora aquello parecía carecer de importancia. Se puso una camiseta nueva de color amarillo y se subió los vaqueros también nuevos, aunque sucios, de Walt-Mart. No llevaba calcetines. Según su abogado, no estaba a punto de ir a ninguna parte.

Cuando salió del diminuto cuarto de baño, Reggie estaba tumbada sobre la cama, sin zapatos y con los bajos de sus vaqueros llenos de hierbas y residuos de plantas. Mark se sentó al borde de la cama con la mirada fija en la pared.

—¿Te sientes mejor? —preguntó Reggie.

Mark asintió sin decir palabra y se acostó junto a ella. Reggie le abrazó y colocó uno de sus brazos bajo su cabeza todavía húmeda.

—Estoy muy confundido, Reggie —dijo Mark con una voz muy suave—. Ya no sé qué ocurre.

El niño valiente que arrojaba piedras a las ventanas, burlaba a los asesinos y a la policía, y corría sin miedo por el bosque en plena noche, empezó a sollozar. Reggie le estrechó entre sus brazos. Entonces, por fin, abandonó toda pretensión de bravura y echó a llorar desconsoladamente. Lloraba sin vergüenza ni recato. Su cuerpo entero se convulsionaba, sin dejar de estrujar el brazo a Reggie.

—Tranquilo, Mark —susurró Reggie—. No pasa nada.

Con su mano libre, Reggie se secó las lágrimas de las mejillas y le abrazó con mayor fuerza. Ahora era ella quien debía actuar. Tenía que convertirse de nuevo en el abogado, el asesor jurídico que actúa con audacia y toma decisiones. La vida de Mark estaba nuevamente en sus manos.

La televisión estaba encendida pero el sonido apagado. Sus sombras grises y azules iluminaban tenuemente la pequeña habitación, con sus dos camas y muebles baratos.

Jo Trumann descolgó el teléfono y escudriñó la oscuridad en busca del reloj. Eran las cuatro menos diez. Le entregó el auricular a su marido, que lo cogió y se sentó en medio de la cama.

—Diga —refunfuñó.

—Hola, Larry. Soy yo, Reggie, ¿me recuerda?

—Por supuesto. ¿Dónde está?

—Aquí, en Nueva Orleans. Tenemos que hablar cuanto antes.

Estuvo a punto de hacerse el gracioso respecto a la hora, pero prefirió no hacerlo. Debía de ser importante, ya que de lo contrario no llamaría.

—Desde luego. ¿Qué ocurre, Reggie?

—Pues, para empezar, hemos encontrado el cadáver.

Trumann acabó de incorporarse de un brinco y empezó a ponerse los zapatos.

—La escucho.

—He visto el cadáver, Larry. Hace un par de horas. Lo he visto con mis propios ojos. También lo he olido.

—¿Dónde está? —preguntó Trumann mientras pulsaba el botón del magnetófono, junto al teléfono.

—Estoy en una cabina, de modo que no se pase de listo, ¿de acuerdo?

—De acuerdo.

—Los individuos que sepultaron el cadáver intentaron exhumarlo anoche, pero no lo lograron. Es una larga historia, Larry. Se la contaré más tarde. Pero apostaría cualquier cosa a que volverán a intentarlo muy pronto.

—¿Está con usted el chiquillo?

—Sí. Él sabía dónde estaba, y hemos venido, visto y vencido. A las doce del mediodía estará en sus manos, si hace lo que le digo.

—Estoy a su entera disposición.

—Así me gusta, Larry. El chiquillo quiere hacer un trato, de modo que tenemos que hablar.

—¿Dónde y cuándo?

—Reúnase conmigo en el Raintree Inn de Veterans Boulevard, en Metairie. Hay una parrilla que está abierta toda la noche. ¿Cuánto tardará?

—Deme cuarenta y cinco minutos.

—Cuanto antes llegue, antes tendrá el cadáver en sus manos.

—¿Puedo traer a alguien conmigo?

—¿A quién?

—A K. O. Lewis.

—¿Está aquí?

—Sí. Sabíamos que estaba usted en la ciudad y el señor Lewis ha llegado en avión hace unas horas.

—¿Cómo sabían que estaba aquí? —titubeó Reggie.

—Tenemos nuestros medios.

—¿Qué teléfono han intervenido, Trumann? Hábleme. Quiero que me responda sin rodeos.

Su voz era firme, pero denotaba pánico.

—¿Puedo contárselo cuando nos veamos? —preguntó, al tiempo que se maldecía por haberse ido de la lengua.

—Cuéntemelo ahora —ordenó Reggie.

—No tendré ningún inconveniente en contárselo cuando...

—Escúcheme, imbécil. Voy a anular nuestra cita si no me cuenta inmediatamente qué teléfono han intervenido. Hable, Trumann.

—De acuerdo. Hemos intervenido el teléfono de la madre del niño en el hospital. Ha sido un error. No es cosa mía, ¿comprende? Han sido los de Memphis.

—¿Qué han descubierto?

—Poca cosa. Su ayudante, Clint, llamó ayer por la tarde y dijo que usted y el niño estaban en Nueva Orleans. Eso es todo, se lo juro.

—Usted no se atrevería a mentirme, ¿verdad, Trumann? —preguntó Reggie pensando en la grabación de su primer encuentro.

—No le miento, Reggie —insistió Trumann, con la misma maldita cinta en la cabeza.

Hubo una larga pausa, durante la que solo se oía la respiración de Reggie.

—Solo usted y K. O. Lewis —dijo Reggie—. Nadie más. Si aparece Foltrigg, queda todo anulado.

—Se lo juro.

Reggie colgó. Trumann llamó inmediatamente a K. O. Lewis al Hilton. Luego llamó a McThune a Memphis.

39

Al cabo de cuarenta y cinco minutos exactamente, Trumann y Lewis entraron nerviosos en la parrilla casi vacía del Raintree Inn. Reggie esperaba sola en la mesa de un rincón, lejos de los demás clientes. Su cabello estaba todavía húmedo y no llevaba maquillaje. Vestía una holgada camiseta con la inscripción LSU TIGER de color morado y unos vaqueros descoloridos. Tomaba café solo y no se levantó ni sonrió cuando se acercaron a su mesa.

—Buenos días, señora Love —dijo Lewis procurando ser amable.

—Llámeme Reggie, ¿de acuerdo?, es demasiado temprano para cumplidos. ¿Estamos solos?

—Por supuesto —respondió Lewis.

En aquel momento ocho agentes del FBI vigilaban el aparcamiento y otros estaban en camino.

—¿Ningún aparato, transmisor, micrófono pegado al cuerpo, salero ni botella de ketchup?

—Nada.

Apareció un camarero y pidieron café.

—¿Dónde está el chiquillo? —preguntó Trumann.

—Cerca de aquí. Pronto le verán.

—¿Está a salvo?

—Claro que está a salvo. No lograrían capturarle aunque estuviera en la calle mendigando comida —respondió, al tiempo que entregaba a Lewis un papel escrito—. Aquí están los nombres de tres hospitales psiquiátricos, especializados en niños: Battenwood en Rockford, Illinois; Ridgewood en Tallahassee, y Grant's Clinic en Phoenix. Cualquiera de estos tres será aceptable.

Sus miradas se trasladaron lentamente de su rostro al papel.

—Pero el caso es que ya hemos hablado con la clínica de Portland —dijo Lewis confundido.

—No me importa con quién hayan hablado, señor Lewis. Coja esta lista y vuelvan a intentarlo. Le sugiero que lo haga cuanto antes. Llame a Washington, sáquelos de la cama y resuélvalo.

Dobló la lista y se la colocó debajo del codo.

—Usted afirma haber visto el cadáver —dijo, procurando parecer autoritario pero sin lograrlo.

—Efectivamente —sonrió Reggie—. Hace menos de tres horas. Los hombres de Muldanno intentaban recuperarlo, pero nosotros les hemos asustado y han huido.

—¿Nosotros?

—Mark y yo.

La miraron ambos atentamente, a la espera de los detalles de aquella descabellada e imposible gesta. Llegó el camarero con el café y no le prestaron atención alguna.

—No vamos a comer —declaró Reggie de mal talante, y el camarero se retiró—. He aquí la propuesta —prosiguió—. Hay varias condiciones, ninguna de las cuales es en lo más mínimo negociable. Háganlo a mi manera, inmediatamente, y puede que tengan el cadáver en sus manos antes de que lo recupere Muldanno y lo arroje al océano. Si meten la pata, caballeros, dudo que se les vuelva a presentar una ocasión como esta.

Ambos asintieron decididamente.

—¿Ha venido en un reactor privado? —preguntó dirigiéndose a Lewis.

—Sí. Es el del director.

—¿Qué capacidad tiene?

—Para una veintena de personas aproximadamente.

—Estupendo. Mándelo inmediatamente a Memphis. Quiero que recojan a Dianne y Ricky Sway, además del médico y Clint. Tráiganlos aquí sin perder un instante. McThune puede acompañarles si lo desea. Nos reuniremos con ellos en el aeropuerto, y cuando Mark esté seguro a bordo y el avión haya despegado, les diré dónde está el cadáver. ¿Qué les parece, de momento?

—Ningún problema —respondió Lewis.

Trumann se había quedado sin habla.

—Toda la familia se incorporará al programa de protección de testigos. Primero elegirán el hospital, y cuando Ricky esté en condiciones de trasladarse, decidirán la ciudad.

—Ningún problema.

—Cambio completo de identidad, una bonita casa y todo lo necesario. Esa mujer necesita quedarse en casa durante algún tiempo para cuidar de sus hijos, de modo que sugiero una asignación mensual de cuatro mil dólares, garantizados por un período de tres años. Además, una donación inicial de veinticinco mil dólares. No olvide que lo perdieron todo en el incendio.

—Por supuesto. Es todo perfectamente factible —respondió Lewis con tanta facilidad que Reggie se arrepintió de no haber pedido más.

—Si en algún momento desea volver a trabajar, sugiero un buen empleo en la administración, sin responsabilidades, poco trabajo y un buen sueldo.

—Los tenemos en abundancia.

—En el supuesto de que, en algún momento dado, desearan volver a trasladarse, ustedes se lo facilitarían y, evidentemente, sufragarían todos los gastos.

—Lo hacemos constantemente.

Ahora Trumann sonreía, aunque intentaba no hacerlo.

—Necesitará un coche.

—Ningún problema.

—Puede que Ricky necesite algún tratamiento a largo plazo.

—Lo sufragaremos.

—Quiero que un psiquiatra examine a Mark, aunque sospecho que está en mejor forma que ninguno de nosotros.

—Hecho.

—Quedan un par de aspectos, incluidos en el pacto.

—¿Qué pacto?

—El pacto que se está redactando mientras hablamos. Irá firmado por mí, por Dianne Sway, por el juez Harry Roosevelt y por usted, señor Lewis, en nombre del director Voyles.

—¿Qué más hay en el pacto? —preguntó Lewis.

—Quiero su palabra de que hará cuanto esté en su mano para garantizar la presencia de Roy Foltrigg ante el tribunal tutelar de menores del condado de Shelby, en Tennessee. El juez Roosevelt querrá discutir un par de asuntos con él y estoy segura de que Foltrigg se resistirá. Se le ha extendido una citación y quiero que sea usted, señor Trumann, quien se la entregue.

—Con mucho gusto —respondió Trumann con una perversa sonrisa.

—Haremos lo que podamos —añadió Lewis ligeramente confundido.

—Estupendo. Empiece a llamar por teléfono. Dé la orden para que despegue el avión. Llame a McThune, dígale que recoja a Clint van Hooser y que le acompañe al hospital. Y retiren ese maldito micrófono del teléfono porque tengo que hablar con Dianne.

—Ningún problema —respondió Lewis, antes de ponerse ambos inmediatamente de pie.

—Volveremos a reunirnos aquí, dentro de treinta minutos.

Clint martilleaba el teclado de su antigua Royal portátil. Su tercera taza de café temblaba cada vez que el retroceso del carro hacía vibrar la mesa de la cocina. Había estudiado sus apresurados apuntes, en el reverso de un ejemplar de *Esquire*, e intentaba recordar todas las condiciones, tal como Reggie se las había dictado por teléfono. Si lo acababa, sería sin duda el documento jurídico más chapucero que había redactado en su vida. Blasfemó y cogió el TippEx.

Una llamada a la puerta le sobresaltó. Se pasó la mano por su despeinada cabellera y acudió a la puerta.

—¿Quién es?

—El FBI.

No tan fuerte, estuvo a punto de decir. Ya imaginaba los rumores de los vecinos sobre su detención antes del alba. Cuestión de drogas, dirían con toda seguridad.

Abrió un poco la puerta y miró sin retirar la cadena. En la oscuridad del rellano había dos agentes; tenían los ojos hinchados.

—Hemos recibido la orden de venir a recogerle —se disculpó uno de ellos.

—Acredítense.

—FBI —respondió el primero, al tiempo que ambos acercaban sus placas a la puerta.

Clint acabó de abrir la puerta y les indicó que entraran.

—Tardaré unos minutos. Siéntense.

Se quedaron de pie en el centro de la sala, mientras Clint volvía a su máquina de escribir. Tecleaba lentamente. Sus garabatos le resultaban incomprensibles y redactó a su aire el resto del documento. Confiaba en no haber olvidado ninguno de los puntos importantes. Reggie siempre encontraba algo que deseaba cambiar en los documentos que redactaba en el despacho, pero en aquella ocasión tendría que resignarse. Lo retiró cuidadosamente de la Royal y lo colocó en un pequeño maletín.

—Vámonos —dijo.

A las seis menos veinte, Trumann regresó a la mesa donde Reggie esperaba. Trajo consigo dos teléfonos inalámbricos.

—He pensado que tal vez los necesitaríamos —dijo.

—¿De dónde los ha sacado? —preguntó Reggie.

—Nos los han traído.

—¿Sus hombres?

—Efectivamente.

—Solo por curiosidad, ¿cuántos hombres tienen en estos momentos en un radio de medio kilómetro?

—No lo sé. Doce o trece. Es lo habitual, Reggie. Puede que se les necesite. Mandaremos a unos cuantos a proteger al niño si me dice dónde está. Supongo que está solo.

—Está solo y bien. ¿Ha hablado con McThune?

—Sí. Ya han recogido a Clint.

—Vaya rapidez.

—Bueno, para ser sincero, unos agentes vigilaban su piso desde hace veinticuatro horas. Solo hemos tenido que despertarlos y decirles que llamaran a la puerta. Encontramos su coche, Reggie, pero no el de Clint.

—Lo tengo yo.

—Eso suponía. Muy lista, pero la habríamos localizado en veinticuatro horas.

—No se pase de listo, Trumann. Hace ocho meses que busca a Boyette.

—Cierto. ¿Cómo se fugó el niño?

—Es una larga historia. Se lo contaré luego.

—¿Sabe que usted podría estar implicada?

—No, si firman nuestro pequeño pacto.

—Lo firmaremos, no se preocupe.

Sonó uno de los teléfonos y Trumann lo contestó. Mientras escuchaba, K. O. Lewis llegó a la mesa apresuradamente con su propio teléfono inalámbrico. Se sentó y apoyó los codos sobre la mesa, con un brillo de emoción en la mirada.

—He hablado con Washington —dijo—. En estos momentos estamos verificando los hospitales. Todo parece correcto. El director Voyles llamará aquí en cualquier momento. Probablemente querrá hablar con usted.

—¿Qué me dice del avión?

—Está despegando ahora —respondió Lewis, al tiempo que consultaba su reloj—. Debería estar en Memphis a las seis y media.

Trumann cubrió el micrófono de su teléfono con la mano.

—Es McThune —dijo—. Está en el hospital esperando al doctor Greenway y al administrador. Han hablado con el juez Roosevelt y está de camino para reunirse con ellos.

—¿Han retirado el micrófono de su teléfono? —preguntó Reggie.

—Sí.

—¿Y también los saleros?

—No hay saleros. Está todo limpio.

—Estupendo. Dígale que vuelva a llamar dentro de veinte minutos —dijo Reggie.

Trumann susurró por teléfono y colgó. A los pocos segundos sonó el teléfono de K. O. En el momento de llevárselo al oído, se dibujó una enorme sonrisa en sus labios.

—Sí, señor —dijo con sumo respeto—. Ahora mismo. Es el director Voyles —añadió, al tiempo que le ofrecía el teléfono a Reggie—. Desea hablar con usted.

—Reggie Love al habla —respondió lentamente, mientras Lewis y Trumann observaban como un par de chiquillos a la espera de un helado.

Una voz profunda y muy clara se oía al otro extremo de la línea. Aunque durante sus cuarenta y dos años como director del FBI, Denton Voyles nunca había sido amigo de hablar con los periodistas, de vez en cuando le habían captado algún breve comentario. La voz era familiar.

—Señora Love, soy Denton Voyles. ¿Cómo está usted?

—Muy bien. Llámeme Reggie, ¿de acuerdo?

—Por supuesto, Reggie. K. O. me ha puesto al corriente de todo y quiero asegurarle que el FBI hará cuanto usted desee para proteger a ese niño y a su familia. K. O. goza de plenos poderes para actuar en mi nombre. También la protegeremos a usted si lo desea.

—Lo que más me preocupa es el niño, Denton.

Trumann y Lewis se miraron entre sí. Acababa de llamarle Denton, algo a lo que nadie se había atrevido hasta entonces. Y sin faltarle al respeto.

—Si lo prefiere, puede mandarme el pacto por fax y lo firmaré personalmente —dijo.

—No será necesario, pero muchas gracias.

—Y mi avión está a su disposición.

—Gracias.

—Además, le prometo que nos aseguraremos de que Foltrigg responda de sus actos en Memphis. No hemos tenido nada que ver con las citaciones del gran jurado, ¿comprende?

—Sí, lo sé.

—Buena suerte, Reggie. Ocúpense ustedes de los detalles. Lewis es capaz de mover montañas. Llámeme si me necesita. Estaré todo el día en mi despacho.

—Gracias —dijo Reggie antes de devolver el teléfono a K. O. Lewis, el movedor de montañas.

El ayudante de dirección nocturno del local, un joven de no más de diecinueve años, con un bigote color melocotón y cierta arrogancia, se acercó a la mesa. Hacía una hora que estaban allí y daban la impresión de haberse instalado permanentemente. Había tres teléfonos sobre la mesa y varios papeles. La mujer vestía camisa y vaqueros. Uno de los individuos llevaba una gorra e iba sin calcetines.

—Discúlpenme —dijo con cierta brusquedad—. ¿Puedo servirles en algo?

—No —exclamó Trumann, después de mirarle por encima del hombro.

—Soy el ayudante de dirección nocturno —dijo después de titubear y acercarse un poco más a la mesa— y quiero saber qué están haciendo aquí.

Trumann chasqueó sonoramente los dedos y dos caballeros que leían el periódico dominical en una mesa próxima se acercaron inmediatamente y sacaron sus placas del bolsillo para mostrárselas al ayudante de dirección nocturno.

—FBI —dijeron al unísono, al tiempo que le cogían uno por cada brazo y se lo llevaron.

No volvió. El local seguía vacío.

Sonó el teléfono y lo contestó Lewis. Escuchó atentamente. Reggie abrió el dominical de Nueva Orleans. Al fondo de la primera página estaba su foto. La habían obtenido del colegio de abogados y aparecía junto a una de Mark, de cuarto curso. La una junto a la otra. Fugados. Desaparecidos. Perseguidos. Boyette y todo lo demás. Pasó a la página de los chistes.

—Era Washington —dijo Lewis, después de dejar el teléfono sobre la mesa—. La clínica de Rockford está llena. Ahora verifican las otras dos.

Reggie asintió y tomó un sorbo de café. El sol empezaba a realizar los primeros esfuerzos del día. Tenía los ojos irritados y le dolía la cabeza, pero por su cuerpo circulaba la adrenalina. Con un poco de suerte, estaría en casa por la noche.

—Oiga, Reggie —dijo con suma cautela Trumann, sin querer presionarla ni molestarla, pero con la necesidad de empezar a organizarse—, ¿puede darme alguna indicación de cuánto tardaremos en llegar hasta el cadáver? Muldanno está todavía en libertad y si llega antes que nosotros, la habremos fastidiado. Está en la ciudad, ¿no es cierto? —preguntó después de hacer una pausa, a la espera de que respondiera.

—Si no se pierden, deberían encontrarle en quince minutos.

—Quince minutos —repitió lentamente, como si fuera demasiado bonito para ser cierto.

Quince minutos.

40

Clint no había fumado un cigarrillo en cuatro años, pero se encontró dando nerviosas caladas a un Virginia Slim. Dianne, también con un cigarrillo en la mano, estaba junto a él al fondo del pasillo y ambos contemplaban el amanecer en el centro de Memphis. Greenway estaba en la habitación con Ricky. En la habitación contigua esperaban Jason McThune, el administrador del hospital y un reducido grupo de agentes del FBI. Tanto Clint como Dianne habían hablado con Reggie en los últimos treinta minutos.

—El director del FBI ha dado su palabra —decía Clint, mientras chupaba con todas sus fuerzas para extraerle un poco de humo a aquel delgado cigarrillo—. No hay otra alternativa, Dianne.

Ella miraba por la ventana, con un brazo cruzado sobre el pecho y la otra mano cerca de la boca con el cigarrillo.

—¿Nos vamos, sin más? ¿Subimos al avión, nos perdemos en la lejanía y todo el mundo feliz para siempre?

—Eso es.

—¿Y si me niego, Clint?

—No puedes negarte.

—¿Por qué no?

—Es muy sencillo. Tu hijo ha tomado la decisión de hablar. También ha tomado la decisión de incorporarse al programa de protección de testigos, por consiguiente, tanto si te gusta como si no, tienes que ir. Tú y Ricky.

—Quiero hablar con mi hijo.

—Podrás hablar con él en Nueva Orleans. Si logras que cambie de opinión, no habrá trato. Reggie no les facilitará la información hasta que el avión haya despegado.

Clint procuraba ser firme pero compasivo. Dianne estaba asustada, débil y vulnerable. Le temblaban las manos al llevarse el cigarrillo a la boca.

—Señora Sway —dijo una voz grave a su espalda.

Volvieron la cabeza y se encontraron con su señoría Harry M. Roosevelt, que llevaba un enorme chándal azul brillante, con las palabras MEMPHIS STATE TIGERS impresas sobre el pecho. Debía de ser de una talla triple extragrande y los pantalones le llegaban solo a quince centímetros de los tobillos. Unas antiguas pero poco usadas zapatillas cubrían sus largos pies. Tenía en las manos el acuerdo de dos páginas que Clint había mecanografiado.

Dianne le saludó con la cabeza, pero no dijo nada.

—Buenos días, su señoría —dijo respetuosamente Clint.

—Acabo de hablar con Reggie —dijo, dirigiéndose a Dianne—. Podría decirse que han hecho un viaje bastante accidentado —prosiguió después de acercarse y hacer caso omiso de Clint—. He leído este acuerdo y soy partidario de firmarlo. Creo que protegerá los intereses de Mark, si usted también lo hace.

—¿Es una orden? —preguntó Dianne.

—No. No tengo autoridad para obligarla a que lo haga —respondió, antes de brindarle una radiante sonrisa—. Pero lo haría si la tuviera.

Dianne apagó el cigarrillo en un cenicero cerca de la ventana y hundió las manos en los bolsillos de sus vaqueros.

—¿Y si no lo hago?

—Entonces Mark volverá aquí, al centro de detención, y luego, ¿quién sabe? Tarde o temprano se le obligará a hablar. Ahora la situación es mucho más urgente.

—¿Por qué?

—Porque ahora sabemos con certeza que Mark conoce el paradero del cadáver. Y Reggie también. Podrían correr un grave peligro. Está usted en una situación, señora Sway, en la que tiene que confiar en la gente.

—Para usted es fácil decirlo.

—Sin duda lo es. Pero si estuviera en su lugar, firmaría ese documento y me subiría al avión.

Dianne recibió lentamente el documento de manos de su señoría.

—Vamos a hablar con el doctor Greenway.

La siguieron por el pasillo hasta la habitación contigua a la de Ricky.

Al cabo de veinte minutos, una docena de agentes del FBI controlaba todos los accesos al noveno piso del Saint Peter. Vaciaron la habitación. A las enfermeras se les ordenó permanecer en sus puestos. Pararon tres ascensores en la planta baja. Un agente mantenía el cuarto en el noveno piso.

Se abrió la puerta de la habitación 943, y Jason McThune y Clint van Hooser empujaron la camilla sobre la que estaba acostado el pequeño Ricky Sway, drogado y profundamente dormido. Al cabo de seis días en el hospital, no estaba mejor que a su llegada. Greenway caminaba a un lado, Dianne al otro. Harry les siguió unos pasos y luego se detuvo.

Introdujeron la camilla en el ascensor y descendieron hasta el cuarto piso, también ocupado por agentes del FBI. Allí la trasladaron hasta el ascensor de servicio, donde el agente Durston aguantaba la puerta, para bajar entonces hasta el segundo piso, también ocupado. Ricky permanecía inmóvil. Dianne le cogía el brazo y corría junto a la camilla.

Después de pasar por una serie de cortos pasillos y puertas metálicas, llegaron a un tejado plano, donde esperaba un helicóptero. Subieron a Ricky rápidamente a bordo del aparato, seguido de Dianne, Clint y McThune.

A los pocos minutos, el helicóptero aterrizaba cerca de un hangar del aeropuerto internacional de Memphis. Media docena de agentes vigilaban la zona, mientras trasladaban a Ricky a un reactor cercano.

A las siete menos diez, un teléfono inalámbrico sonó en la mesa de la esquina del Raintree. Trumann lo contestó. Escuchó y consultó su reloj.

—Han despegado —declaró, después de dejar el teléfono sobre la mesa.

Lewis hablaba de nuevo con Washington. Reggie respiró hondo y miró a Trumann con una sonrisa.

—El cadáver está sepultado en hormigón. Necesitarán martillos y cinceles.

Trumann se atragantó con su zumo de naranja.

—De acuerdo. ¿Algo más?

—Sí. Coloque a un par de muchachos en el cruce de Saint Joseph y Carondelet.

—¿Tan cerca?

—Limítese a hacerlo.

—Hecho. ¿Algo más?

—Volveré dentro de un momento.

Reggie se acercó a la recepción y les pidió que comprobaran su fax. El recepcionista volvió con una copia del acuerdo de dos páginas, que Reggie leyó atentamente. La mecanografía era horrible, pero la redacción perfecta.

—Vamos a buscar a Mark —dijo, después de regresar junto a la mesa.

Mark acabó de cepillarse los dientes por tercera vez y se sentó al borde de la cama. Su bolsa de lona negra y dorada de los

Saints estaba llena de ropa sucia y ropa interior nueva. Había dibujos animados en la televisión, pero no le interesaban.

Oyó la puerta de un coche, luego pasos y a continuación a alguien que llamaba a la puerta.

—Mark, soy yo —dijo Reggie.

Abrió la puerta, pero Reggie no entró.

—¿Estás listo?

—Supongo que sí.

Había salido el sol y el aparcamiento era visible. Junto a ella había un rostro conocido. Era uno de los agentes del FBI con los que se había reunido en el hospital. Mark cogió la bolsa y salió al aparcamiento. Tres coches esperaban. Un individuo abrió la puerta trasera del coche del centro, y Mark y su abogado subieron al vehículo.

La pequeña cabalgata aceleró.

—Todo ha salido bien —dijo Reggie, después de cogerle de la mano, sin que los dos individuos que iban delante se inmutaran—. Ricky y tu madre están en el avión. Llegarán aproximadamente dentro de una hora. ¿Estás bien?

—Supongo que sí. ¿Se lo has contado? —susurró Mark.

—Todavía no —respondió Reggie—. No pienso hacerlo hasta que estés en pleno vuelo.

—¿Son del FBI toda esa gente?

Reggie asintió y le acarició la mano. De pronto Mark se sintió importante, sentado en la parte trasera de su propio coche negro, conducido a toda prisa al aeropuerto para subir a bordo de un reactor privado, y rodeado de policías solo para protegerle. Cruzó las piernas y se irguió un poco.

Nunca había subido a un avión.

41

Barry se paseaba nervioso ante las ventanas ahumadas del despacho de Johnny mientras contemplaba los remolcadores y las barcazas en el río. Sus perversos ojos estaban irritados, pero no a causa de la bebida ni de las fiestas. No había dormido. Había estado esperando en el almacén a que trajeran el cadáver, pero cuando Leo y sus compañeros llegaron con las manos vacías, llamó a su tío.

Aquel magnífico domingo por la mañana, Johnny no llevaba corbata ni tirantes. Paseaba lentamente por detrás de su escritorio, soltando bocanadas de humo azulado con su tercer cigarro del día. Una espesa nube flotaba no muy por encima de su cabeza.

Los gritos y las acusaciones habían acabado hacía varias horas. Barry había imprecado a Leo, Ionucci y el Toro, y Leo se había defendido maldiciéndole a él. Pero con el transcurso del tiempo, el pánico había desaparecido. A lo largo de la noche, Leo había pasado periódicamente frente a la casa de Clifford, siempre con coches diferentes, y no había detectado nada inhabitual. El cadáver seguía en su lugar.

Johnny decidió esperar veinticuatro horas e intentarlo de nuevo. Vigilarían la casa durante el día y lanzarían un gran ataque al anochecer. El Toro le aseguró que acabaría de extraer el cuerpo del hormigón en diez minutos.

—Tranquilizaos —les había dicho Johnny a todos los demás—. Simplemente tranquilizaos.

Roy Foltrigg acabó de leer el periódico dominical en el jardín
de su dúplex residencial y cruzó el húmedo césped descalzo
con una taza de café frío en la mano. Había dormido poco.
Había esperado la llegada del periódico al amparo de la oscuridad de la entrada de su casa y se había apresurado a recogerlo vestido solo con su pijama y su albornoz. Había llamado a
Trumann pero, curiosamente, su esposa no estaba segura del
paradero de su marido.
   Inspeccionó los rosales de su esposa a lo largo de la verja trasera y se preguntó por enésima vez dónde se ocultaría Mark
Sway. Era indudable, por lo menos para él, que Reggie le había
ayudado a fugarse. Evidentemente había vuelto a enloquecer y
había huido con el niño. Sonrió. Tendría el placer de empapelarla.

El hangar, que formaba parte de una serie de tranquilos edificios
parduscos e idénticos, estaba a medio kilómetro de la terminal
principal. Las palabras «Gulf Air» estaban pintadas de color naranja por encima de la gran puerta doble, que se abría cuando los
tres coches llegaron frente al hangar. El suelo de hormigón verde estaba impecablemente limpio; dos reactores privados descansaban en un rincón, uno junto a otro. Había algunas luces
encendidas que se reflejaban en el suelo verde. Cuando Mark
alzó la cabeza para ver los reactores, pensó que el edificio era lo
suficientemente grande para contener un estadio de fútbol.
   Retiradas las puertas, toda la parte frontal del hangar quedó abierta. Tres individuos circulaban apresuradamente junto
al muro posterior, como en busca de algo. Otros dos estaban
junto a una puertecilla. En el exterior, otra media docena se
movía lentamente a una distancia prudencial de los coches
que acababan de llegar.

—¿Quién es esa gente? —preguntó Mark señalando hacia delante.

—Son de los nuestros —respondió Trumann.

—Son agentes del FBI —aclaró Reggie.

—¿Por qué tantos?

—Por pura precaución —respondió Reggie—. ¿Falta mucho? —preguntó a continuación dirigiéndose a Trumann.

—Probablemente treinta minutos —dijo después de consultar su reloj.

—Demos un paseo —dijo Reggie al tiempo que abría la puerta del coche.

Como si estuvieran sincronizadas, las otras once puertas se abrieron simultáneamente y se vaciaron los coches. Mark contempló los otros hangares, la terminal y un avión que aterrizaba en la pista frente a ellos. Aquello se había convertido en algo muy emocionante. Hacía menos de tres semanas que había dado una paliza a un condiscípulo por tomarle el pelo porque no había volado nunca en un avión. ¡Si pudieran verle ahora! Trasladado al aeropuerto con una escolta y a la espera del reactor privado que le llevaría a cualquier lugar que se le antojara. Se acabaron los remolques. Se acabaron las peleas. Se acabaron las notas a su madre, porque a partir de entonces estaría en casa. Sentado a solas en la habitación del motel, había decidido que aquello era una idea maravillosa. Había ido a Nueva Orleans y burlado a la mafia en su propio terreno. Además, podría hacerlo de nuevo.

Los agentes de la puerta le dirigieron algunas miradas. Se limitaban a controlarle. Tal vez más adelante firmaría algunos autógrafos.

Siguió a Reggie al interior del vasto hangar y los dos reactores privados le llamaron la atención. Eran como dos juguetes relucientes debajo del árbol de Navidad, a la espera de que alguien jugara con ellos. Uno era negro, el otro plateado, y Mark los contemplaba.

Un individuo con una camisa de color naranja con las palabras «Gulf Air» impresas sobre el bolsillo salió de una pequeña oficina de dentro del hangar y se les acercó. K. O. Lewis le saludó y empezaron a hablar en voz baja. El individuo señaló la oficina y dijo algo relacionado con café.

Larry Trumann se agachó junto a Mark, que todavía contemplaba los reactores.

—Hola, Mark, ¿te acuerdas de mí? —preguntó con una sonrisa.

—Sí, señor. Nos conocimos en el hospital.

—Exactamente. Me llamo Larry Trumann —respondió al tiempo que le tendía la mano y Mark se la estrechaba lentamente, convencido de que no se debe dar la mano a los adultos—. Soy agente del FBI aquí en Nueva Orleans.

Mark asintió sin dejar de mirar los reactores.

—¿Quieres verlos más de cerca? —preguntó Trumann.

—¿Puedo? —respondió Mark con simpatía hacia Trumann. —Por supuesto.

Trumann se incorporó y le puso una mano sobre el hombro. Caminaba lentamente sobre el reluciente suelo de hormigón y los pasos de Trumann retumbaban en el hangar. Se detuvieron frente al reactor negro.

—Esto es un reactor Lear —empezó a decir Trumann.

Reggie y K. O. Lewis salieron de la oficina con grandes tazas de café caliente. Los agentes que les acompañaban se habían distribuido por las sombras del hangar. Tomaban lo que debía de ser su décima taza de café de una larga mañana y contemplaban a Trumann y al niño, que inspeccionaban los reactores.

—Es un niño muy valiente —dijo Lewis.

—Es extraordinario —añadió Reggie—. A veces piensa como un terrorista y luego se echa a llorar como cualquier chiquillo.

—Es un niño.

—Lo sé. Pero no se lo diga. Puede que le moleste, y quién sabe lo que sería capaz de hacer —dijo Reggie antes de tomar un largo trago de café—. Es verdaderamente extraordinario.

K. O. sopló en la taza y tomó un pequeño sorbo.

—Hemos utilizado algunas influencias. Hay una habitación reservada para Ricky en la clínica Grant de Phoenix. Necesitamos saber si este será su destino. El piloto ha llamado hace cinco minutos. Necesito obtener permiso para despegar, plan de vuelo, ya sabe.

—Será Phoenix. Secreto absoluto, ¿de acuerdo? Utilicen otro nombre para la reserva. Al igual que para la madre y para Mark. Mantengan a algunos de sus hombres cerca de ellos. Quiero que paguen los gastos de su médico y de unos días de trabajo.

—No se preocupe. El personal de Phoenix desconoce por completo su identidad. ¿Han hablado de algún lugar concreto donde fijar su residencia permanente?

—Un poco, pero no mucho. Mark dice que quiere vivir en las montañas.

—Vancouver es agradable. Nosotros pasamos allí las vacaciones el año pasado. Es un lugar encantador.

—¿En el extranjero?

—Ningún problema. El director Voyles dice que pueden ir a donde se les antoje. Hemos instalado a varios testigos en el extranjero y creo que los Sway son unos candidatos perfectos. Cuidaremos de ellos, Reggie. Cuenta con mi palabra.

El individuo de la camisa naranja se unió a Mark y Trumann, que en aquel momento les hacía de guía. Bajó la escalera del Lear negro y los tres desaparecieron hacia su interior.

—Debo confesar —dijo Lewis después de tomar otro trago de café caliente— que nunca creí que el niño lo supiera.

—Clifford se lo contó todo. Conocía el paradero exacto.

—¿Lo conocía usted también?

—No. Hasta ayer. Cuando entró por primera vez en mi despacho me contó lo que sabía sin revelarme el paradero del cadáver. Gracias a Dios que no lo hizo. Se lo reservó hasta que estuvimos cerca del cadáver ayer por la tarde.

—¿Por qué vinieron aquí? Parece muy arriesgado.

Reggie movió la cabeza en dirección a los reactores.

—Tendrá que preguntárselo a él. Insistió en que debíamos encontrar el cadáver. Pensó que si Clifford le había mentido, ya no tendría de qué preocuparse.

—¿Y se limitaron a venir aquí y buscar el cadáver? ¿Así de simple?

—Fue un poco más complicado. Es una historia muy larga, K. O., que le contaré detalladamente algún día mientras cenamos.

—No puedo esperar.

La pequeña cabeza de Mark asomaba ahora por la cabina y a Reggie no le habría sorprendido que se pusieran en marcha los motores, que el avión saliera lentamente del hangar para dirigirse a la pista y que Mark les asombrara con un despegue perfecto. Sabía que sería capaz de hacerlo.

—¿Le preocupa su propia seguridad? —preguntó Lewis.

—Realmente, no. No soy más que una humilde abogada. ¿Qué ganarían metiéndose conmigo?

—Venganza. Usted no sabe cómo piensan.

—Efectivamente, no lo sé.

—Al director Voyles le gustaría que nos mantuviéramos cerca de usted algunos meses, por lo menos hasta después del juicio.

—No me importa lo que hagan, a condición de que yo no les vea, ¿de acuerdo?

—No se preocupe. Disponemos de medios.

El grupo se acercó al segundo reactor, un Citation plateado. Mark olvidó temporalmente los cadáveres y los pistoleros ocultos en las tinieblas. Bajó la escalera y subió a bordo seguido de Trumann.

—Están a punto de aterrizar —dijo un agente con una radio, después de acercarse a Reggie y Lewis.

Le siguieron hasta las puertas del hangar, cerca de los coches. Al cabo de un minuto, Mark y Trumann se reunieron con ellos y vieron aparecer un pequeño avión por el norte en el firmamento.

—Ahí están —dijo Lewis.

Mark se acercó a Reggie y la cogió de la mano. El avión aumentó de tamaño al acercarse a la pista. También era negro, pero mucho mayor que los del hangar. Los agentes, algunos de traje y otros con vaqueros, empezaron a distribuirse conforme se acercaba el avión. Se detuvo a treinta metros y paró los motores. Transcurrió un minuto antes de que se abriera la puerta y descendiera la escalera.

Jason McThune fue el primero en bajar, y cuando pisó el asfalto, una docena de agentes del FBI ya rodeaban el aparato. Dianne y Clint bajaron a continuación. Junto con McThune, se dirigieron apresuradamente al hangar.

Mark soltó la mano de Reggie y corrió junto a su madre. Dianne le dio un fuerte abrazo, y durante unos instantes todos les observaban o desviaban la mirada sin saber qué hacer.

No dijeron nada mientras se abrazaban. Mark estrechaba el cuello de su madre hasta que empezó a llorar.

—Lo siento, mamá. Lo siento muchísimo.

Ella estrechó la cabeza de su hijo contra su pecho mientras pensaba por una parte en estrangularle y por otra en no soltarle jamás.

Reggie les acompañó a una pequeña oficina impecablemente limpia y ofreció un café a Dianne. No le apetecía. Trumann, McThune, Lewis y los demás esperaban, nerviosos, en la puerta. Trumann estaba particularmente angustiado. ¿Y si cambiaban de opinión? ¿Y si Muldanno recuperaba el cadáver? ¿Y si...? Paseaba nervioso de un lado para otro con la mirada fija en la puerta cerrada y formulaba un sinfín de preguntas a Lewis. K. O. sorbía su café y procuraba conservar la serenidad. Eran las ocho menos veinte. Brillaba el sol y el aire era húmedo.

Mark estaba sentado sobre las rodillas de su madre, y Reggie, la abogada, al otro lado del escritorio. Clint estaba de pie junto a la puerta.

—Me alegro de que hayas venido —dijo Reggie.

—No he tenido mucho donde elegir.

—Puedes hacerlo ahora. Puedes cambiar de opinión si lo deseas. Pregúntame lo que quieras.

—¿Te das cuenta de la rapidez con que todo ha sucedido, Reggie? Hace seis días llegué a mi casa y encontré a Ricky con el pulgar en la boca. Luego aparecieron Mark y el policía. Ahora se me pide que me convierta en otra persona y huya a otro mundo. ¡Dios mío!

—Lo comprendo —dijo Reggie—. Pero no podemos cambiar las cosas.

—¿Estás furiosa conmigo, mamá? —preguntó Mark.

—Sí. No comerás galletas en una semana —respondió antes de acariciarle el cabello.

Hubo una larga pausa.

—¿Cómo está Ricky? —preguntó Reggie.

—Sigue más o menos igual. El doctor Greenway intenta despertarle para que disfrute del viaje en avión. Han tenido que administrarle un sedante suave antes de salir del hospital.

—No quiero regresar a Memphis, mamá —dijo Mark.

—El FBI se ha puesto en contacto con un hospital psiquiátrico infantil en Phoenix y os están esperando —aclaró Reggie—. Es muy bueno. Clint lo verificó el viernes. Ha sido muy recomendado.

—¿De modo que vamos a vivir en Phoenix? —preguntó Dianne.

—Solo hasta que Ricky se recupere. Luego podréis ir a donde se os antoje. Canadá, Australia, Nueva Zelanda. Vosotros debéis decidirlo. También podéis quedaros en Phoenix.

—Vamos a Australia, mamá. Allí todavía hay auténticos vaqueros. Una vez lo vi en una película.

—Basta de películas, Mark —dijo Dianne frotándose todavía la cabeza—. No estaríamos aquí si no hubieras visto tantas películas.

—¿Y la televisión?

—Tampoco. De ahora en adelante solo leerás libros.

Hubo un prolongado silencio. Reggie no tenía más que decir. Clint estaba agotado y a punto de quedarse dormido de pie. Dianne pensaba con claridad por primera vez desde hacía una semana. A pesar de lo asustada que estaba, había logrado salir de la mazmorra del Saint Peter. Había visto el sol y olido el aire fresco. Tenía en brazos a su hijo pródigo y el menor se recuperaría. Todas aquellas personas intentaban ayudarla. La fábrica de lámparas formaba parte del pasado. No tenía que preocuparse del trabajo. Se acabaron los remolques baratos. Podía olvidar las pensiones impagadas y las cuentas pendientes. Vería crecer a sus hijos. Formaría parte de la asociación de padres y profesores. Podría comprar ropa nueva y cuidar de sus uñas. Santo cielo, solo tenía treinta años. Con un poco de esfuerzo y dinero podía ser nuevamente atractiva. El mundo estaba lleno de hombres.

Por oscuro y traicionero que el futuro pareciera, no podía ser tan horrible como los últimos seis días. Algo tenía que mejorar. Había llegado la hora de su buena suerte. Solo necesitaba un poco de fe.

—Creo que lo mejor será que vayamos a Phoenix —dijo.

Reggie sonrió aliviada. Sacó el acuerdo que Clint había traído consigo en su maletín, firmado ya por Harry y McThune. Reggie añadió su firma y se lo entregó a Dianne junto con una pluma. Mark, saciado de abrazos y lágrimas, se acercó a la pared para admirar una serie de fotos enmarcadas de reactores.

—Pensándolo mejor, creo que seré piloto —dijo a Clint.

Reggie cogió el documento.

—Volveré dentro de un momento —dijo, antes de salir por la puerta.

Trumann se sobresaltó y derramó el café caliente sobre su

mano derecha. Echó una maldición y se la secó en los pantalones.

—Tranquilo, Harry —dijo Reggie—. Todo resuelto. Firme aquí —añadió al tiempo que le entregaba el documento.

Trumann estampó su nombre y K. O. hizo otro tanto.

—Preparen el avión —añadió entonces Reggie—. Van a Phoenix.

K. O. volvió la cabeza e hizo una seña a los agentes que estaban en la puerta del hangar. McThune se les acercó corriendo con instrucciones más específicas. Reggie regresó a la oficina y cerró la puerta.

K. O. y Trumann se estrecharon la mano y sonrieron con satisfacción. Miraron hacia la puerta de la oficina.

—¿Y ahora qué? —preguntó Trumann.

—Es abogado —respondió K. O.—. Las cosas no son nunca fáciles con los abogados.

McThune se acercó a Trumann y le entregó un sobre.

—Es una citación para el reverendo Roy Foltrigg —dijo sonriendo—. El juez Roosevelt la ha firmado esta mañana.

—¿Domingo por la mañana? —exclamó Trumann, después de recibir el sobre.

—Sí. Ha llamado a su secretario y se han reunido en su despacho. Está muy ansioso por ver a Foltrigg en Memphis.

—El reverendo la recibirá esta mañana —respondió Trumann mientras los tres se reían.

Al cabo de un momento se abrió la puerta. Clint, Dianne, Mark y Reggie salieron de la oficina y se dirigieron hacia el asfalto. Se pusieron en marcha los motores. Los agentes circulaban por los alrededores. Trumann y Lewis les acompañaron hasta las puertas del hangar y se detuvieron.

K. O., con la cortesía que le caracterizaba, tendió una mano a Dianne.

—Buena suerte, señora Sway. Jason McThune las acompañará a Phoenix y lo organizará todo a su llegada. Están ustedes completamente a salvo. Y si podemos hacer algo para ayudarles, le ruego que nos lo comunique.

Dianne le sonrió con ternura y le estrechó la mano. Mark le tendió también la suya.

—Gracias, K. O. Ha sido usted una verdadera molestia —dijo Mark sonriendo y provocando la risa de los demás, incluido K. O.

—Buena suerte, Mark. Y te aseguro, hijo, que tú has sido una molestia todavía mayor.

—Sí, lo sé. Lamento todo lo ocurrido.

Estrechó la mano de Trumann y empezó a caminar junto a su madre y McThune. Reggie y Clint estaban junto a la puerta del hangar.

De pronto, cuando estaban a medio camino del reactor, Mark se detuvo. Quedó paralizado, como si tuviera miedo, cuando Dianne subía por la escalera del avión. En ningún momento, durante las últimas veinticuatro horas, se le había ocurrido pensar que Reggie no iría con ellos. Por alguna razón había supuesto que estarían juntos hasta el fin de aquella epopeya. Viajaría con ellos y les acompañaría al nuevo hospital hasta que todo estviera resuelto. Y de repente, aquella figura diminuta en el vasto asfalto, inmóvil y aturdida, se percató de que Reggie no estaba junto a él. Se había quedado atrás con Clint y los agentes del FBI.

Volvió la cabeza y la miró aterrorizado al darse cuenta de la realidad. Dio dos pasos en dirección a ella y se detuvo. Reggie abandonó el grupo y se le acercó. Se agachó en el asfalto y miró sus ojos presos de pánico.

—Supongo que no puedes venir con nosotros, ¿verdad? —preguntó despacio y con miedo, mientras se mordía el labio.

Aunque habían pasado horas hablando, no habían mencionado nunca aquel tema.

Reggie movió la cabeza con lágrimas en los ojos.

Mark se secó los ojos con el reverso de la mano. Los agentes del FBI estaban cerca, pero no miraban. Por primera vez en su vida no le avergonzaba llorar en público.

—Pero quiero que vengas —dijo Mark.

—No puedo —respondió, al tiempo que le cogía los hombros y le abrazaba con ternura—. No puedo ir con vosotros.

—Lamento todo lo ocurrido —dijo Mark con lágrimas rodándole por las mejillas—. No te lo merecías.

—Pero si no hubiera ocurrido, Mark, nunca te habría conocido. Te quiero, Mark. Te echaré de menos.

Le dio un beso en la mejilla y un fuerte abrazo.

—Nunca volveremos a vernos, ¿no es cierto? —preguntó con una voz temblorosa y lágrimas cayéndole por la barbilla.

—No, Mark —respondió Reggie entre dientes, mientras movía la cabeza.

Reggie respiró hondo y se puso de pie. Le apetecía abrazarle y llevárselo a casa de mamá Love. Podría ocupar la habitación del primer piso y saciarse de espagueti y helados.

En su lugar, movió la cabeza en dirección al avión, donde Dianne esperaba pacientemente. Mark se secó de nuevo las mejillas.

—No volveremos a vernos —dijo casi para sus adentros.

Dio media vuelta e intentó enderezar los hombros, pero no pudo. Se acercó lentamente a la escalera y volvió la cabeza para echar una última mirada.

42

Al cabo de unos minutos, cuando el avión ya llegaba al extremo de la pista, Clint se acercó y la cogió de la mano. Observaron en silencio mientras despegaba y, por último, se perdía entre las nubes.

Reggie se secó las lágrimas de las mejillas.

—Creo que me especializaré en asuntos financieros —dijo—. Esto es demasiado duro para mí.

—Es todo un muchachote —comentó Clint.

—Duele, Clint.

—Lo sé —respondió, al tiempo que le estrujaba la mano.

Trumann se le acercó discretamente y todos contemplaron el firmamento. Cuando Reggie se percató de su presencia, se sacó una microcasete del bolsillo.

—Es suya —dijo, y Truman la aceptó—. El cadáver está en el garaje, detrás de la casa de Jerome Clifford —añadió mientras se secaba las lágrimas—, en el ochocientos ochenta y seis de East Brookline.

Trumann se volvió a la izquierda y empezó a hablar por radio. Los agentes se subieron inmediatamente a sus coches. Reggie y Clint permanecieron inmóviles.

—Gracias, Reggie —dijo Trumann, ahora con prisa por marcharse.

—No me dé las gracias —respondió al tiempo que movía la cabeza en dirección a las nubes—. Déselas a Mark.